MOEDERDAG

Ander werk van Nele Neuhaus

Sneeuwwitje moet sterven (2011)
Diepe wonden (2013)
Wie wind zaait (2013)
Boze wolf (2014)
Zomer van de waarheid (2015, als Nele Löwenberg)
De levenden en de doden (2015)
Een onbeminde vrouw (2016)
Moordvrienden (2016)
Het woud (2017)
Tussen de haaien (2018)

NELE NEUHAUS

Moederdag

Vertaald door Marion Hardoar

VOLT

AMSTERDAM · ANTWERPEN

Voor Andrea, vriendin en agent. Dank voor je vriendschap en je steun.

MIX
Papier van verantwoorde herkomst
FSC® C004472

Omslag DPS Design & Prepress Studio
Omslagbeeld © Getty Images / Gabriele Grassl / EyeEm
Binnenwerk Crius Group

ISBN 978 90 214 1700 4 / NUR 332
www.uitgeverijvolt.nl

‘Het kwaad is onopvallend en altijd menselijk,
het deelt ons bed en eet mee aan onze tafel.’

– W.H. Auden

Proloog

Zondag, 10 mei 1981

Hij leunde met zijn rug tegen de knoestige stam van de imposante treurwilg, waarvan de takken in het water van het meer hingen, en hij genoot van het zeldzame geluk dat hij helemaal alleen was. Dit was zijn lievelingsplek. Hier kon hij ongestoord zijn gedachten laten afdwalen. Achter het gordijn van loof voelde hij zich geborgen en zeker, omdat hij wist dat niemand hem hierhcen volgde. De jongere kinderen gingen nooit zo ver van huis omdat ze bang waren voor straf, die zeker zou volgen als je werd betrapt. De oudere waren te lui om zo ver te lopen, helemaal op zo'n warme dag als vandaag. Ze hingen het liefst rond, rookten stiekem, luisterden naar muziek, pestten de jongsten en maakten elkaar af tot er uiteindelijk iemand begon te huilen, meestal een van de meisjes. Hij haatte ze. Allemaal. Maar het meest haatte hij HEM. Als hij niet op tijd terug was, zou HIJ hem straffen. Soms, als HIJ in een goede bui was, kreeg hij alleen een pak slaag. Was HIJ in een slechte bui, dan werd het erger. Veel erger. Alleen al bij de gedachte voelde hij zijn mond droog worden van angst, en hij dwong zichzelf aan andere dingen te denken. Het liefst dacht hij aan mama, zijn mooie mama, die zo ver weg was. Ze rook zo lekker. En als ze hem in haar armen nam, hem 'mijn kleine prins' noemde en hem meenam naar de dierentuin of naar een deftig café in Frankfurt, dan was hij gelukkig. Vroeger had hij geloofd wat ze hem beloofde als ze bij hem op bezoek kwam. Namelijk dat ze hem snel, heel snel zou komen halen en dat ze dan een echt gezin zouden vormen. Altijd als het heel erg was, had hij zich voorgesteld hoe het zou zijn om bij mama te wonen. Hij had niet begrepen waarom hij hier moest blijven, maar de gedachte dat het maar tijdelijk was en dat ze hem snel kwam halen, had hem getroost en hem alles laten verdragen. Soms was hij bang dat ze hem zou vergeten, maar dan kwam ze weer en was alles goed. In elk geval voor een paar uur. Toen hij nog kleiner was, had hij bij het afscheid moeten huilen en zich aan haar vastgeklampt, omdat hij niet wilde dat ze weer wegging en hem achterliet. Dat deed hij nu niet meer, hij was tenslotte al dertien, dan huilde je niet meer als een baby.

Nog altijd hoopte hij stiekem dat ze haar belofte op een gegeven moment zou waarmaken. Hij had in elk geval een mama. De anderen niet. Ach, had hij dat nou maar voor zich gehouden. Wat dom van hem dat hij het uitgerekend tegen HEM had gezegd. Sindsdien dreef HIJ de spot met hem en zei hij gemene dingen over mama. 'Je bent maar een lelijke, kleine bastaard,' had hij een keer gezegd. 'Hoe stom ben je eigenlijk? Ze heeft je weggedaan omdat ze je niet wil. Die haalt je nooit op, begrepen? Wanneer heb je dat eindelijk door, sukkel?'

Hij perste zijn ogen dicht om niet te huilen. Het deed zo'n vreselijke pijn. De laatste keer toen mama bij hem op bezoek was, had hij al zijn moed verzameld en het haar gevraagd. Of ze hem niet wilde hebben omdat hij een lelijke, kleine bastaard was. Toen was ze gestopt met glimlachen en had hem raar aangekeken. 'Dat mag je nooit, nooit, nooit denken, mijn kleine prins,' had ze gefluisterd en ze had hem heel stevig in haar armen genomen. Dat was twee jaar geleden op Moederdag geweest. Afgelopen jaar was ze niet gekomen. En vandaag zou ze waarschijnlijk ook niet meer komen om hem op te halen.

Hij slikte zijn tranen weg, ademde diep de naar aarde ruikende lucht in, die door de bosgrond werd verspreid. Ver boven hem aan de wolkeloze blauwe lucht trok een buizerd langzaam zijn cirkels. Af en toe slaakte hij een kreet, die een beetje als het miauwen van een kat klonk. Insecten zoemden bedrijvig om hem heen. In het kreupelhout in de omgeving ritselde een of ander klein dier, een muis waarschijnlijk. Hij stelde zich voor hoe haar kleine muizenhartje panisch bonsde omdat ze de buizerd hoorde en niet wist of en wanneer hij zou neerduiken, pijlsnel en geruisloos, en als zijn schaduw over haar heen viel, dat was het te laat om te vluchten... Net als ik, dacht hij. Net als wij allemaal als we ZIJN stem horen en niet weten wat er als volgende gaat gebeuren.

Hij opende zijn ogen weer en liet zijn blik over het meer dwalen, dat er stil, als een glasplaat bij lag. Twee libellen gonsden boven het riet. Een waterloper scharrelde over het water, waarin plotseling beweging kwam. Hij tilde zijn hoofd op en luisterde, hoorde stemmen in de verte, toen gespetter en het geluid van roeispanen in het water. De oude roeiboot, die aan de andere kant van het meer in het riet lag vastgemeerd, was zo vermolmd dat het streng verboden was hem te gebruiken. Hij kroop op handen en voeten dichter naar de oever en gluurde door de riethalmen. Zijn hartslag werd sneller en een vrolijk triomfantelijke rilling golfde door zijn lichaam. Die twee hadden niet in de gaten gehad dat hij daarnet na de mis hun gesprekje had staan afluisteren.

'Om twee uur bij de kikkerpoel?' had hij gefluisterd zonder haar aan te kijken.

'Liever om drie uur,' had ze even zacht geantwoord. 'Dan zijn mijn ouders weg.'

Hij had gezien hoe hun handen elkaar raakten, het leek toevallig in het gedrang van de mensen, die door het middenpad van het kerkschip in de richting van de uitgang schuifelden. Het had zeker voordelen om onzichtbaar te zijn. Soms was het vernederend, maar meestal beviel het hem wel. Nu hoorde hij Nora's stem, haar lachen zweefde zuiver als een klokje door de stille namiddag. Ze lag, leunend op haar ellebogen, achter in de boot, haar zongebruinde benen nonchalant over elkaar. Haar lange blonde haar viel in golven over haar schouders, een arm hing in het water. Wat ze zeiden kon hij niet verstaan, maar HIJ liet de roeispanen opeens in het water hangen, ging rechtop in de boot staan en liet hem schommelen.

'Hé, hou op met die onzin!' Nora ging rechtop zitten.

'Alleen als je me een kus geeft,' antwoordde HIJ.

'Mooi niet,' zei Nora trots. 'Kom op, roei verder! Anders vraag ik de volgende keer iemand anders als je zo stom doet.'

Het was geweldig om ze ruzie te horen maken. Hoe Nora hem beledigde met naaldscherpe hatelijkheden, die zich met weerhaken in zijn ziel vastzetten. Hij wist precies hoe dat voelde.

Nora. Hij haatte haar. Ze was het mooiste wezen dat hij ooit had gezien. En tegelijk het kwaadaardigste.

HIJ liet de boot steeds harder schommelen, tot die uiteindelijk kapseisde. Nora schreeuwde toen ze in het water viel, daarna volgde een regen van woedende beledigingen, maar HIJ keek niet meer naar haar om. HIJ crawlde naar de oever en verdween tussen de bomen.

Hij was nu helemaal alleen met Nora. Heel even werd hij duizelig toen de draagwijdte van dit feit tot hem doordrong. Nora. Ze lag nog altijd in het water, ze verroerde geen vin. De gekapseisde oude roeiboot was half gezonken.

'Help!' schreeuwde ze. 'Help! Ik zit vast!'

Voor het eerst klonk wat ze zei oprecht. Hij schopte zijn sandalen van zijn voeten, trok zijn T-shirt en short uit en baande zich een weg door het riet. Koud en slijmerig voelde de bodem onder zijn blote voetzolen aan, en hij moest oppassen dat hij zich niet bezeerde aan de messcherpe riethalmen. Nora schreeuwde nog altijd om hulp toen hij het riet uit kwam en naar haar toe zwom. Ze zwaaide koortsachtig met haar armen, paniek in haar ogen. Nog een paar zwemslagen en hij was bij haar. Nog nooit was hij zo dicht bij haar geweest.

'Ik zit vast met mijn voet,' hijgde ze en ze probeerde zijn arm te grijpen. Hij bleef op dezelfde plek watertrappelen. Zelfs nu, zo nat en heel bang, was ze nog altijd beeldschoon. Diep in hem begon iets wakker te worden wat er al lange tijd op had gewacht gewekt te worden. Zijn handen sloten zich om Nora's nek. Ze wilde weer schreeuwen, maar hij duwde haar onder het wateroppervlak. Het was niet makkelijk haar daar te houden, en waarschijnlijk zou het hem niet zijn gelukt als haar voet niet had vastgezeten in de algen. Zijn bloed begon sneller te stromen toen hij zijn armen en benen om haar lichaam sloeg. Hoe vertwijfelder ze zich verweerde, des te heerlijker was het gevoel van macht. Ze spartelde en vocht, maar hij was sterker dan zij. Moeiteloos hield hij haar met zijn knieën onder het wateroppervlak. Gefascineerd observeerde hij Nora tijdens het sterven, in haar opengesperde ogen zag hij de doodsangst, die in ongeloof veranderde. Toen brak haar blik, die werd mat en leeg als van een pop. Hij voelde hoe het leven uit haar weggleed. Toen haar lichaam verslapte, liet hij haar los. Nora's haren spreidden zich uit en zweefden als een gouden waaier in het water. Uit haar mond en neus drongen de laatste luchtbellen. Nora Bartels' elfachtige schoonheid was voor altijd verloren. *Omdat hij het zo had gewild.* Hij keek toe hoe ze wegzonk, genoot nog een beetje van het heerlijke gevoel van macht en vervoering en heerschappij, zwom toen terug naar de oever, kleedde zich aan en rende weg. Hij rende zo snel, tot zijn longen brandden. Hij bereikte het grote huis zonder iemand tegen te komen. Toen in de late namiddag het bericht kwam dat er een kind in de kikkerpoel was verdronken, herinnerde iedereen zich alleen de jongen die met natte kleren was gezien, niet hem. Soms was het een voordeel om onzichtbaar te zijn.

Toen hij die avond in bed lag, werd het hem duidelijk dat hij die dag een belangrijke les had geleerd, namelijk hoe uniek en opwindend het moment was waarop leven in dood veranderde. Het gevoel van almacht dat hij had ervaren, zou hij nooit vergeten. Voorzichtig trok hij de pluk haar tevoorschijn die hij bij Nora in de hitte van de strijd had uitgetrokken en op zijn geheime plek, tussen het matras en het frame, had verstopt, hij snuffelde eraan en drukte hem tegen zijn wang. Vanaf vandaag, wist hij, zou hij nooit meer slachtoffer zijn. Vanaf vandaag was hij een jager.

Zürich, 19 maart 2017

Dichte mist hing als watten boven het meer, niet ongebruikelijk voor de tijd van het jaar. In april kon het weer in een paar uur tussen regen en zonneschijn, storm en sneeuw wisselen, maar als er geen wind opstak, dan bleef de mist de hele dag lang hangen. Fiona Fischer zat in tram 6, die vanaf de dierentuin de Zürichberg af reed, zoals al ontelbare keren eerder in haar leven. Maar ze was nog nooit zo opgewonden geweest. De hele nacht had ze wakker gelegen en nagedacht over wat ze moest aantrekken, wat ze moest zeggen. Om twaalf uur zou ze haar vader ontmoeten, die ze zich niet meer herinnerde. Sinds mama's begrafenis waren er veertien dagen verstreken. De brief, die ze met het bericht van overlijden naar zijn adres in Bazel had gestuurd, was teruggekomen: adres onbekend. Toen had ze de moed verzameld om mama's bureau te doorzoeken en de lijst met contacten op haar telefoon, en ze was een nummer van Ferdinand Fischer tegengekomen. Meteen opbellen had ze niet gedurfd. Hoe had ze zich moeten aankondigen, wat had ze moeten zeggen? 'Hoi, ik ben het, je dochter.' Nee. Onmogelijk. Zoiets kon je niet tegen een man zeggen die vrouw en kind had verlaten en twintig jaar niets van zich had laten horen, noch met kerst, noch met haar verjaardag.

Fiona had vaak aan hem gedacht en geprobeerd zich zijn gezicht of zijn stem te herinneren – tevergeefs. Soms had ze gemeend zijn lach te horen, een bepaalde geur te ruiken die ze met hem in verband bracht. Maar in de loop van de jaren was het steeds minder geworden. En foto's van hem waren er niet. Dat had haar verdrietig gemaakt, want ze had ernaar verlangd een vader te hebben, een papa, zoals al haar vriendinnen. Zelfs degenen van wie de ouders waren gescheiden, hadden contact met hun vader. Ze was de enige die tussen vrouwen was opgegroeid, als in een klooster. Haar hele leven had ze alleen met haar moeder en haar oma in hun huis aan de Heubeeriweg op de Zürichberg doorgebracht. Tijdens de zomer waren ze met z'n drieën naar Toscane gegaan, in de winter skiën in Wallis. Ze mocht op ballet en tennis en later bracht ze de zomermiddagen door met haar vriendenkring in het strandbad Mythenquai. Het was geen slecht leven geweest, maar wel een vaderloos. Over haar vader had haar moeder, als ze dat al deed, alleen met minachting gesproken. Hij had hen allebei in de steek gelaten, zoveel had Fiona wel begrepen. Toen ze klein was, had ze gedacht dat hij vanwege haar was weggegaan. Op een gegeven moment was ze erachter gekomen dat hij niet eens alimentatie voor haar betaalde. 'De rotmof! Je moeder wilde vrijwillig geen geld van hem,' had haar oma een keer gezegd en ze had minachtend gemompeld dat hij sowieso een raar type was geweest. Door deze opmerking was Fiona eigenlijk pas te weten gekomen dat haar verwekker een Duitser was.

De tram stopte bij de halte Flunterner Kirche, Fiona stapte uit en stond samen met een groep Japanse toeristen op tram 5 te wachten, die naar beneden tot de Bellevue reed. Ze vond een plaats bij het raam in het middengedeelte van de tram, die vandaag, op zondag, halfleeg was. Fiona had Ferdinand Fischer gegoogeld en een paar honderdduizend treffers gekregen. Omdat ze geen idee had waar hij woonde, hoe hij eruitzag en wat zijn beroep was, had ze het snel opgegeven. Uiteindelijk had ze haar vader een sms gestuurd, ze had lang en zorgvuldig zitten schaven aan de tekst. Tot haar verbazing had hij, terwijl hij twintig jaar geleden met stille trom uit haar leven was verdwenen, slechts een uur later geantwoord en ingestemd met een ontmoeting. Hij had uitgerekend café Odeon aan de Limmatquai voorgesteld, om twaalf uur. Ze had liever een rustigere plek gehad, want ze had zoveel vragen die ze hem wilde stellen. Moest stellen. Buiten hem had ze per slot van rekening niemand meer op de hele wereld.

De blauw-witte tram hobbelde langs het academisch ziekenhuis. Drie haltes verder, bij de Bellevue, stapte ze uit, hing haar kleine blauwe rugtas om haar schouders en stak de straat over. Haar maag trok samen van opwinding toen ze het café binnenliep. Bedompte lucht kwam haar tegemoet, het rook naar natte wol, vers gezette koffie en knoflook. Elke plaats aan de bar was bezet, evenals de meeste tafels. Fiona schuifelde tussen de mensen door en keek zoekend om zich heen. Helemaal achter in de hoek, naast een haak waaraan kranten in houten klemmen hingen, was nog een tafeltje vrij. Een toeristenpaartje had het ook gezien, maar Fiona won de wedloop. Tien voor twaalf. Ze had per se iets eerder willen zijn, om rustig alle mannen te kunnen bestuderen die het café binnenkwamen. Misschien zou hij haar herkennen... alhoewel ze absoluut niet op haar moeder leek. Mama was klein, mollig en een brunette geweest, voordat de kanker en tig chemotherapieën haar tot op het bot hadden uitgeteerd. Fiona bekeek zichzelf in de spiegelwand tegenover haar en zag een bleke jonge vrouw met lang donkerblond haar en grote blauwe ogen, van wie het gezicht te mager was om echt mooi te zijn. Ze zag er uitgeput uit. En zo voelde ze zich ook. Uitgeput en leeg en zwak. Mama's lange ziekbed was ook niet zonder sporen aan haar voorbijgegaan. Ze woog nog eenenvijftig kilo, en dat bij een lengte van één meter zesenzeventig, alle kleren slobberden om haar heen. Mama had geweigerd naar het ziekenhuis te gaan en Fiona had haar tot haar laatste ademtocht verzorgd. Zelfs korte uitstapjes naar de Migros of naar de apotheek waren elke keer een bevrijding voor haar geweest, en ze was onmiddellijk door een slecht geweten gekweld als ze zichzelf nog even snel een latte macchiato had gegund of een ijsje had gegeten.

'Hoi!' Een jonge donkerharige kelner bleef voor haar tafel staan. 'Weet je het al?'

Fiona schrok op uit haar gedachten en staarde hem geïrriteerd aan.

'Eh... nee, ik... ik wacht nog op iemand,' stamelde ze. Ze wierp een blik op haar telefoon. Precies twaalf uur. Het café was vol, de achtergrondgeluiden vreselijk hard. Fiona was niet meer gewend aan zulk lawaai en zoveel mensen. Het liefst was ze opgestaan en weggegaan, naar buiten, de frisse lucht in, en ze hoopte bijna dat hij niet meer zou komen. Maar op dat moment kwam er iemand naar haar tafeltje. Fiona voelde zich een tikje teleurgesteld toen ze hem zag. Ze had niet meteen George Clooney verwacht, maar ook niet deze opgezwollen man van midden vijftig met dun bruin haar dat bij zijn slapen grijs werd, een vormloos alledaags gezicht en bruine ogen achter dikke glazen van een gouden bril. Zijn kleding zag er duur uit, evenals het horloge dat hij om zijn pols droeg.

'Ik ben Ferdinand Fischer. Bent u Fiona?' vroeg hij en hij creëerde met de aanspreekvorm een afstand die Fiona ontmoedigde.

'Ja.' Ze dwong zichzelf tot een glimlach en stond op. Zijn hand voelde aan als een dode vis en Fiona betrapte zich erop dat ze, zodra ze zat, haar handpalm stiekem aan haar spijkerbroek afveegde. 'Bedankt dat u bent gekomen.'

Een stuntelig begin.

'Ja, met alle plezier.' Hij bekeek haar met onverholen nieuwsgierigheid, zodat ze zich ongemakkelijk begon te voelen. 'U... eh... je bent een mooie vrouw geworden. Je doet me denken aan Uma Thurman.'

Fiona voelde dat ze een kleur kreeg, en ze sloeg haar ogen neer. Gelukkig kwam de kelner op dat moment terug en hij bespaarde haar een antwoord. Het viel haar op dat haar vader niet naar de kaart keek om zijn bestelling – classic rundertartaar en een Feldschlösschen van het vat – door te geven; ze bestelde een ham-kaastosti, het goedkoopste gerecht, en een appelsap. Totdat de drankjes en het eten kwamen, spraken ze met elkaar. Fiona vertelde dat ze drie jaar geleden voor haar eindexamen aan het Rämibühl-gymnasium was geslaagd en dat ze zich had ingeschreven aan de universiteit van Freiburg voor de studie wiskunde, maar toen was mama ziek geworden en had ze haar plannen voor onbepaalde tijd in de ijskast moeten zetten. Wat ze hem niet vertelde was dat Silvan en zij daarover ruzie hadden gekregen. Ze was ervan uitgegaan dat haar moeder weer gezond zou worden, maar dat was niet het geval geweest, en daarom had ze de laatste drie jaar doorgebracht met het verplegen van de ernstig zieke. Hij luisterde aandachtig naar haar, condoleerde haar zonder echt medelijden en wilde weten of haar oma nog leefde en of ze nog altijd in het huis in Fluntern woonde. Hun bestelling kwam heel snel, haar vader stopte het witte stoffen servet achter zijn kraag en begon met veel smaak te eten. Fiona pakte het bestek op en sneed omzichtig een hoekje van de tosti af. Daarnet had ze honger gehad, maar haar eetlust was verdwenen.

'Kom... je hier vaker?' vroeg ze. Het voelde onwennig deze vreemde te tutoyeren.

'Twee of drie keer per week,' antwoordde hij kauwend. 'Ik werk aan de andere kant van de Limmat. Als accountant.'

'Echt?' Fiona kon haar verbazing niet verbergen. De vertrouwde pijn uit haar jeugd raakte haar onvoorbereid recht in haar hart. Haar vader werkte in Zürich! Misschien, nee, heel zeker, was ze hem weleens tegen het lijf gelopen, want Zürich was een kleine stad. Waarom had hij dan in al die jaren geen contact met haar opgenomen en haar opgezocht? Waarom had ze met het stigma moeten opgroeien vaderloos te zijn? En als accountant verdiende hij beslist genoeg om alimentatie voor haar te kunnen betalen, ook al wilde hij haar niet zien. Had mama dat geweten?

'We wonen aan de andere kant van het meer, in Wädenswil,' zei Ferdinand Fischer terloops en hij laadde zijn vork vol tartaar.

'Mijn man en ik hebben daar een paar jaar geleden een huis gekocht.'

Fiona staarde hem verbijsterd aan, alsof hij in haar maag had gestompt. *Mijn man en ik...* Heel even twijfelde ze of ze eigenlijk wel tegenover de goede Ferdinand Fischer zat. Wat als ze zich had vergist? Maar nee, hij moest het wel zijn, want hoe had hij anders over haar oma en het huis kunnen weten? Toen haar vader merkte dat ze totaal in de war was, verdween de glimlach van zijn gezicht.

'Dat meen je niet...' begon hij met een duidelijk gevoel van onbehagen, hij onderbrak zichzelf hoofdschuddend en legde zijn bestek aan de kant. Hij keek haar aan. 'Nee. O mijn god. Je weet het echt niet.' Nu leek hij van zijn stuk. 'Ik had moeten weten dat ze...' Hij zweeg, maakte ineens een hulpeloze indruk.

'Wat weet ik niet? En wat zou je hebben moeten weten?' Fiona vocht tegen haar tranen en haatte zichzelf vanwege haar gebrek aan controle. *Dat mijn weggelopen vader homo is, en hij al die jaren nog geen vijf kilometer bij mij vandaan heeft gewoond en me toch nooit wilde zien?* Haar stem trilde. 'Heb je daarom geen alimentatie betaald en me nooit opgezocht? Was ik... te lastig voor je? Schaamde je je voor je mán, omdat je een kind hebt?'

De laatste zin had ze bijna geschreeuwd, en de mensen aan het tafeltje naast hen keken nieuwsgierig, maar dat merkte ze niet.

'Fiona, alsjeblieft!' De man die ze voor haar vader hield, vond de situatie zichtbaar onaangenaam. Hij stak kalmerend zijn hand uit, maar ze deinsde voor hem terug. 'Zo was het helemaal niet!'

'Ik wil het niet horen. Het spijt me dat ik contact met je heb gezocht!' Verblind door tranen pakte ze haar spullen bij elkaar, stopte haar telefoon in haar rugzak en greep haar jas. Ze kon het allemaal geen seconde langer verdragen. Ze moest hier weg, naar buiten, de frisse lucht in.

'Wacht, Fiona,' vroeg Ferdinand Fischer haar dringend, hij had zijn servet nog steeds in de kraag van zijn overhemd. 'Je moet de waarheid horen als zij je die niet heeft verteld. Ik ben je vader niet. En Christine was ook niet je moeder!'

Dag 1

Dinsdag, 18 april 2017

Hoofdinspecteur van recherche Pia Sander zat op de onderste tree van de trap de veters van haar sneakers vast te maken. Toen ze probeerde op te staan, schoot de pijn tussen de vierde en vijfde lendenwervel, die haar inmiddels al vertrouwd was, vlijmscherp door haar rug, en ze zakte met een onderdrukt gekreun terug. Voordat ze naar de trapleuning greep om zich als een oude vrouw omhoog te trekken, hoorde ze geluiden uit de keuken komen. Als Christoph maar geen getuige werd van deze vernederende actie. Pia strekte voorzichtig haar rug en de pijn schoot eruit. Over een paar weken werd ze vijftig, en alhoewel ze zich eigenlijk helemaal niet zo oud voelde, nam haar lichaam nu wraak voor de roofbouw die ze erop had gepleegd. Dat was een van de redenen waarom Christoph en zij in januari hadden besloten de Birkenhof te verlaten. Maar de voornaamste reden was geweest dat ze zich niet meer prettig voelde op de boerderij. Er was al twee keer ingebroken, de laatste keer afgelopen november, terwijl ze alleen thuis was geweest. Het was een gelukkige samenloop van omstandigheden dat juist in die tijd de mensen die een paar jaar geleden Christophs huisje in Bad Soden op rentebasis hadden gekocht, uit het Rijn-Maingebied wilden vertrekken, en ze hadden gevraagd om het contract te ontbinden, wat Christoph maar al te graag had gedaan. De beslissing om de Birkenhof te verkopen was Pia makkelijker gevallen dan ze had gedacht. Haar paarden en honden waren een voor een gestorven, alleen een poes was er nog, en die was meeverhuisd. Een koper voor de boerderij vinden was geen probleem geweest, ze hadden zelfs keus gehad en uiteindelijk verkocht aan de hoogste bieder, een Turkse landschapsarchitect. Afgelopen donderdag had Pia een mail van haar notaris ontvangen dat de verkoopprijs volledig was binnengekomen, zodat de sleuteloverdracht zoals gepland morgenavond om zes uur kon plaatsvinden.

Toen Pia de keuken in liep, stond Christoph bij het kookeiland met een kop koffie in zijn hand de krant te bestuderen, die hij voor zich had uitgespreid. De zwart-witgevlekte poes had zich op de hoekbank genesteld en bekeek al zijn bewegingen met haar ondoorgrondelijke groene ogen.

'En, hoe gaat het met je rug na het gesleep met die dozen gisteren?' Hij wierp Pia een onderzoekende blik over de rand van zijn leesbril toe.

'Helemaal super,' beweerde ze en ze gaf hem een kus. 'Ik ben zo fit als een hoentje.'

'Echt? Je hebt nogal liggen woelen vannacht.'

'We zijn geen vijfentwintig meer.' Pia pakte een koffiebeker uit de hoge kast, zette hem onder het koffiezetapparaat en drukte op de knop met het symbool voor *caffè crema*. 'Maar ik heb wel heel goed geslapen.'

En dat was waar. Na twaalf jaar vlak naast de drukste snelweg van Duitsland ervoer ze het ontbreken van het constante dreunen als een ongelooflijke weldaad. Christoph was gelukkig omdat hij weer in het huis woonde waarin hij twintig jaar lang had gewoond. Zijn jongste dochter Antonia woonde met haar man Lukas en hun twee kleine kinderen maar een paar huizen verderop. Drie maanden hadden de verbouwing en de modernisering geduurd, en in de week voor Pasen hadden ze vakantie genomen om hun hele hebben en houden in dozen te pakken en de boerderij op te ruimen. De nieuwe eigenaar had ook alle gereedschappen, zoals een tractor, mestverspreider, paardentrailer en zelfs Pia's stokoude terreinwagen, gekocht, wat alles een stuk makkelijker had gemaakt. Op Witte Donderdag om acht uur was de verhuiswagen gekomen en binnen twee uur hadden de verhuizers alles ingeladen. Toen ze het hek van de Birkenhof achter zich had afgesloten, had Pia opluchting gevoeld in plaats van melancholie. Het was tijd om een nieuwe levensfase te beginnen, net als destijds, twaalf jaar geleden, toen ze na de scheiding van Henning de Birkenhof had gekocht en zich op haar werk had gestort.

Pia nam een slok van de hete koffie en bladerde door het plaatselijke nieuws in het *Höchster Kreisblatt*, dat Christoph al had gelezen. Ze nam de artikelen en zoals altijd de overlijdensadvertenties op de laatste pagina vluchtig door.

'Weet je,' zei ze tegen haar man, 'daarnet in bad zat ik te denken hoezeer ik lantaarnpalen, buren, het luiden van kerkklokken, winkels en restaurants op loopafstand heb gemist. Is het niet erg dat ik de Birkenhof niet mis?'

'Helemaal niet,' antwoordde Christoph. 'We hadden een mooie tijd daar, nu gaan we hier verder. "Alleen wie bereid is te vertrekken en te reizen kan zich aan de verlammende sleur ontrukken." Dat wist Hermann Hesse al.'

Pia moest glimlachen. Christoph kon de dingen altijd goed samenvatten. Ze dronk haar koffie op en zette haar kopje in de vaatwasser.

'Tot vanavond,' zei ze. Ze pakte haar jas en tas, zwaaide de poes gedag en verliet voor het eerst haar nieuwe thuis om te gaan werken.

***

Op de K11 was het niet erg druk. Volgens het dienstrooster waren Kathrin Fachinger en Cem Altunay op vakantie, en de afdelingschef, hoofdinspecteur van recherche Oliver von Bodenstein, was nog drie dagen vrij, maar hij was niet op reis en had daarom bereikbaarheidsdienst. Alleen inspecteurs van recherche Tariq Omari en Kai Ostermann waren op hun post. De laatste zat net een kaneelbroodje te eten en stak groetend zijn hand op toen Pia het kantoor binnenkwam dat ze met hem deelde.

'Hoop dat je een fijne Pasen hebt gehad,' zei hij al kauwend.

Pia kende niemand die zoveel kon eten zonder dik te worden als haar collega Kai, hoewel hij door zijn beperking niet zoveel kon sporten als andere mensen met zijn eetgewoonten zouden moeten om slank te blijven.

'Insgelijks.' Ze haalde drie doosjes chocolade-eieren en een chocoladehaas uit haar schoudertas en legde die op een van Kais bureaus. 'Vrolijk Pasen achteraf.'

'O, dank je wel!'

'Jij kunt dat spul beter eten dan ik.' Pia gaf hem een knipoogje. 'Bij mij gaat elke gram gelijk naar mijn heupen.'

Vroeger, in een kantoor met Pia en Frank Behnke, had Kai Ostermann zich tevreden moeten stellen met maar één bureau, maar sinds Behnke er niet meer was en Pia tijdens Bodensteins afwezigheid naar het kantoor van de baas was verhuisd, had hij een U-vormige werkplek van drie tafels gebouwd, die er met de vier beeldschermen en verschillende toetsenborden een beetje uitzag zoals Pia zich de frontoffice van een grote bank voorstelde. Ze had hem nooit gevraagd hoe hij de middelen voor zijn technische snufjes bij directeur Engel had losgekregen, maar waarschijnlijk zou hij het haar toch niet hebben verteld.

'Heb je een fijne vakantie gehad?' Kai borg de cadeautjes op in een la, die altijd helemaal vol met snoep lag. De tijden waarin hij in joggingbroek, afgedragen T-shirt en met een vettige paardenstaart had rondgelopen, waren voorbij. Sinds hij een vriendin had, lette hij erg op zijn uiterlijk. Ook vandaag had hij zijn kortgeknipte haar met gel achterovergekamd en droeg hij een sneeuwwit overhemd en een vest op een strakke donkerblauwe spijkerbroek. Zijn verandering had eraan bijgedragen dat Nicola Engel, de directeur van de regionale recherchedienst Hofheim, Pia tijdens een gesprek onder vier ogen ondubbelzinnig te verstaan had gegeven dat ze een kledingstijl van haar verwachtte die bij haar positie als interim-hoofdinspecteur paste. Bovendien was ze inmiddels te oud voor spijkerbroeken, jassen met capuchons en sneakers. Pia had zich ingeperkt gevoeld en geërgerd geantwoord dat ze zich precies zo zou blijven kleden als ze wilde, en dat had ze ook gedaan. Maar sindsdien dacht ze elke ochtend als ze zich aankleedde aan dit gesprek, en de onbevangenheid was weg, hoewel ze afgelopen jaar de leiding van de afdeling weer aan haar oude en nieuwe baas Oliver von Bodenstein had overgedragen. Het voorval zou aanzienlijk minder aan Pia hebben geknaagd als dr. Engel alleen haar baas was geweest, maar ze was sinds vijf jaar ook de levenspartner van haar jongere zus Kim, dus bijna zoiets als haar schoonzus. Ze had met de impertinentie die haar zo eigen was Kim zover gekregen dat ze zich ermee bemoeide en haar kant koos, wat tot onenigheid tussen de zussen had geleid.

'We zijn toch verhuisd,' bracht Pia haar collega in herinnering. Ze liet zich achter haar bureau zakken, opende de lades en zocht naar het doosje ibuprofen dat ze daar had neergelegd. 'Dan is er geen sprake van rust. Wat is hier gebeurd?'

'Afgelopen week zo goed als niets,' antwoordde Kai. 'Tariq is nu in Frankfurt bij de rechter-commissaris. In een vluchtelingencentrum in Flörsheim was gisterenavond een steekpartij met dodelijke afloop.'

'Hebben we de dader?'

'Ja. Een afgewezen Marokkaanse asielzoeker. Een uur na de aanval werd hij bij het sneltramstation gearresteerd. Heeft volledige schuld bekend.'

Omdat hoofdinspecteur Tariq Omari, die sinds drie jaar bij het team van de K11 hoorde, vloeiend Arabisch sprak, had hij geen tolk nodig als er in de vluchtelingencentra delicten werden gepleegd, wat steeds vaker het geval was.

'Heel mooi.' Pia had de pillen gevonden en drukte er een uit de verpakking. 'Is Engel eigenlijk in huis?'

'Ik geloof van wel. Tenminste, ik heb haar auto net op de parkeerplaats gezien.'

Pia startte haar computer op, checkte de e-mails die afgelopen week waren binnengekomen. Een paar externe aanvragen, een datumvoorstel voor het afscheid van een collega, een circulaire van de hoofdcommissaris van politie, die er weer eens op wees dat ze voor ambtelijke communicatie uitsluitend de dienst-BlackBerry's moesten gebruiken en geen onveilige Messenger-diensten. Niet echt iets dringends. Ze wilde net de post pakken, die op de stapel dossiers lag, toen de telefoon op haar bureau rinkelde.

'Ha, Pia,' meldde de dienstdoende hoofdagent zich. 'Ik heb iets voor jullie. We hebben net een melding binnengekregen dat er een mannelijk lichaam in een huis in Mammolshain is ontdekt. Er is een patrouille onderweg.'

'Wie heeft het lichaam gevonden?' wilde Pia weten.

'De krantenbezorgster. Ze was nieuwsgierig geworden door de volle brievenbus en heeft door een raam gekeken. Kennelijk ligt de dode er al een poosje.'

'Oké.' Pia legde de brieven weer weg. 'Ik ga ernaartoe. Heb je een adres?'

Ze noteerde een straatnaam en een huisnummer, bedankte en stond op.

'Ik moet naar Mammolshain,' zei ze tegen Kai. 'Het ziet ernaar uit dat we een woninglijk hebben.'

'Moet ik Tariq bellen en hem er ook naartoe sturen?'

'Nee, laat maar.' Pia pakte haar tas. 'Ik neem eerst poolshoogte en laat dan iets van me horen.'

***

Hoofdinspecteur van recherche Oliver von Bodenstein had de ochtend gebruikt om zich nogmaals grondig voor te bereiden op zijn verklaring in het moordproces voor de juryrechtbank dat de volgende dag zou plaatsvinden in de arrondissementsrechtbank in Frankfurt. Er werd gepleit tegen een zesenvijftigjarige man en zijn negenenveertigjarige vriendin wegens de moord op de vrouw van de zesenvijftigjarige, die ze tweeëntwintig jaar geleden samen hadden gepleegd. De aanklacht luidde moord, in het dossier werd toegelicht dat het ging om hebzucht en andere minderwaardige beweegredenen, want de vermoorde vrouw was welgesteld, en de huidige negenenveertigjarige vriendin was destijds al de geliefde van de man. Tweeëntwintig jaar had men de twee niets ten laste kunnen leggen, want de vriendin had de man een alibi gegeven dat niet te weerleggen was. Van het geld van de vermoorde vrouw hadden ze er flink op los geleefd, niet gehinderd door de politie en uitgerekend in het huis waar de vrouw in de badkamer was vermoord terwijl het pas tweejarige dochtertje van het echtpaar in de kamer ernaast lag te slapen. Omdat moord in Duitsland niet verjaart, was de zaak een halfjaar geleden routinematig opnieuw bekeken en de destijds gevonden sporen waren opnieuw onderzocht. Sinds 1995 was er op het gebied van recherchetechnieken, vooral op het gebied van DNA-analyse, heel veel gebeurd, en daarom had de herevaluatie van het tape met de veiliggestelde sporen waarmee het hele lichaam was volgeplakt, een spectaculair resultaat opgeleverd: DNA van de vriendin, die indertijd had beweerd dat ze niet in het huis was geweest, werd op de arm van de dode gevonden. Het verpletterende bewijs dat ze in tegenstelling tot haar eerdere verklaring toch in de badkamer moest zijn geweest en lichamelijk contact met de dode moest hebben gehad. Daarmee was ook het alibi dat ze haar vriend had verschaft van de baan, en Bodenstein had de twee vier maanden geleden gearresteerd. De rechter-commissaris had het stel onmiddellijk in voorarrest geplaatst en nu werden beiden berecht. Het leed geen twijfel dat het vonnis voor allebei levenslang zou luiden.

Het gaf Bodenstein een diep gevoel van tevredenheid om oude, onopgehelderde zaken zoals deze op te lossen en de bloedverwanten van het slachtoffer late genoegdoening te bezorgen. Onder andere daarom was hij in zijn functie teruggekeerd, want na een reorganisatie was de afdeling voor cold cases ingedeeld bij de K11 van de regionale recherchedienst Hofheim, wat niet alleen een nauwe samenwerking met de collega's van de deelstatelijke recherchediensten betekende, maar ook onbeperkte toegang gaf tot alle informatiebronnen van deelstatelijke en federale recherchediensten.

Drie jaar geleden was hij serieus van plan geweest ontslag te nemen bij de politie. Zijn laatste zaak had hem tot aan zijn psychische grenzen en aan de rand van een burn-out gebracht, en hij had besloten dat hij toe was aan een pauze en wat afstand. Dat jaar had hij gebruikt om rustig te overdenken hoe hij verder moest. Het vooruitzicht vermogensbeheerder van zijn ex-schoonmoeder te worden had hem niet echt aangesproken. Ten slotte was het zijn jarenlange collega en interim-opvolgster Pia Sander geweest die hem had overgehaald terug te komen. Omdat Bodenstein meer tijd voor zijn dochter en zijn vrouw wilde hebben, was hij met Pia, dr. Engel en de betrokken partijen op het hoofdbureau van politie overeengekomen dat hij weliswaar weer de leiding van de K11 plus alle voorkomende administratieve taken zou overnemen, maar in deeltijd, voor 80 procent.

Bodenstein stopte de documenten in zijn aktetas, kwam overeind achter zijn bureau en slenterde naar de televisiekamer, waar Karoline al vanaf de vroege ochtend met dichte luxaflex haar lievelingsserie op Netflix zat te kijken. Hij bleef bij de deurpost staan en glimlachte bij het zien van zijn vrouw, die onopgemaakt en in joggingbroek lui op de bank lag. Karolines zestienjarige dochter Greta was veertien dagen met de familie van haar vader naar Florida, Sophia had de feestdagen bij haar moeder doorgebracht en zou nog tot vrijdag daar blijven, en zo was Pasen dit jaar een heerlijk ontspannen aangelegenheid geworden. Op de avond voor Pasen waren ze samen met zijn ouders in Fischbach naar de kerk gegaan, verder hadden ze alleen maar 'gechild', zoals Sophia dat zo mooi noemde. Tijdens zijn sabbatical had ook Karoline haar leven opnieuw overdacht en haar baan bij het adviesbureau, die ze toch al langere tijd zat was geweest, opgezegd. Ze had in Bodensteins plaats het vermogensbeheer voor Gabriela von Rothkirch op zich genomen, en dat was maar goed ook, want Karoline wist aanzienlijk meer van zulke zaken. Bodensteins voormalige schoonmoeder had Karoline vanaf het begin vertrouwd, en samen hadden de twee het miljoenenvermogen van de Von Rothkirchs opnieuw gestructureerd en over verschillende stichtingen verdeeld. Zelfs Cosima had toegegeven dat de nieuwe vrouw van haar ex-man niet op persoonlijke verrijking uit was, en ze had haar vijandigheid tegenover Karoline laten varen. Ze reisde nog steeds de wereld rond, produceerde documentaires en bleef op een beleefde afstand, maar ondertussen werkte de afspraakregeling over Sophia wel.

'Ik ben al bij aflevering zeven van seizoen twee.' Karoline gaapte en rekte zich behaaglijk uit toen hij binnenkwam. 'Ik vind het nu al jammer dat ik nog maar zes afleveringen te gaan heb.'

'Er komt vast een volgend seizoen.' Bodenstein grijnsde.

'Vind je het erg dat ik op een normale werkdag lui voor de buis hang?' vroeg ze hem.

'Absoluut niet. Dat is het voordeel als je voor jezelf werkt.' Hij boog zich over haar heen en gaf haar een kus. De verleiding om naast haar op de bank te gaan liggen en de rest van de dag te versuffen, was groot, maar hij weerstond die met succes.

'Ik wilde even naar buiten, de frisse lucht in voordat het begint te regenen.'

'Ik snap het.' Karoline beantwoordde zijn grijns. 'Veel plezier!'

Afgelopen jaar waren ze getrouwd, ze hadden in Slot Bodenstein met de hele familie feestgevierd en aansluitend de wittebroodsweken in het huis van vrienden in de Algarve doorgebracht. Toen ze terugkwamen had in de garage een verrassing op hen staan wachten, een cadeau van Gabriela, dat hij in zijn bescheidenheid nooit had aangenomen als ze hem dat van tevoren had gevraagd. Maar omdat ze hem zo goed kende, had ze dat niet gedaan, en zijn ogen waren er bijna uit gerold toen hij onverhoopt voor zijn droomauto stond, een inktzwarte Carrera 4 GTS Cabrio met beige leren stoelen en een versnellingsbak met dubbele koppeling, die zo adembenemend mooi was, dat hij met stomheid was geslagen. Greta, die al twee jaar streng veganistisch leefde en radicale meningen over het milieu en consumptie verkondigde, had minachtend gezegd dat daarmee zijn ecologische voetafdruk nu wel zo groot als Afrika zou zijn, en ze zou zich tot op het bot schamen voor haar vrienden omdat ze hem als stiefvader had. Bodenstein had ertegen ingebracht dat ze, voordat ze hem veroordeelde, toch eerst maar eens moest uitrekenen hoe ecologisch het was wat haar vader, als piloot van een jumbojet, het milieu aandeed. Daarmee was het onderwerp afgehandeld. Inmiddels stond Greta hem minzaam toe haar af en toe met de Porsche door de omgeving te rijden, maar ze stapte altijd uit voordat ze haar eigenlijke doel had bereikt, om tegenover haar vrienden niet aan geloofwaardigheid te verliezen.

Bodenstein pakte zijn jas van de kapstok en de autosleutel uit de ladekast in de gang. Toen hij de tussendeur van de keuken naar de garage opende, glimlachte hij onwillekeurig bij het zien van de auto, waarvan hij had gedroomd sinds hij een jongetje was. Nog in de garage deed hij het dak open, dat zich automatisch achter hem samenvouwde, trok het windscherm omhoog en stoof even later door de lentelucht richting de Hintertaunus.

***

Pia zag ervan af gebruik te maken van een dienstauto uit het wagenpark, en reed in plaats daarvan met haar eigen auto naar Mammolshain. Na dertien jaar in onhandelbare terreinwagens die benzine slurpten, genoot ze van het rijgedrag van haar Mini Cabrio in *volcanic orange*, die ze voor een redelijk gunstige prijs had gekocht omdat de vorige eigenaar al na een paar maanden was uitgekeken op de opvallende kleur. Ze keek steeds weer naar de kilometerteller. De afgelopen week was ze al meteen twee keer geflitst, omdat ze nog steeds niet gewend was aan het snelle optrekken van haar Mini. Ze reed op de B519 richting Königstein, boog vlak voor de rotonde af naar rechts en volgde de weg, die in bochten door het bos bergaf naar Mammolshain, een wijk in Königstein, leidde.

In gedachten was ze bij hetgeen haar aan het eind van haar rit stond te wachten. Lijken die al langere tijd in een afgesloten woning lagen, waren niet alleen vreselijk om te zien, maar waren vooral extreem deprimerend, want uiteindelijk betekende de vergevorderde toestand van ontbinding niets anders dan dat niemand de persoon had gemist en dat de sociale controle volkomen tekort was geschoten. De meeste woninglijken in staat van ontbinding werden bijvoorbeeld niet door de geur gevonden, maar pas als er maden onder een huisdeur door de gang in kruipen. Onlangs had haar ex-man Henning Kirchhoff, hoofd van het Forensisch Instituut van de Goethe-universiteit in Frankfurt, het ongelooflijke geval meegemaakt dat buren in een flat een huisdeur waaronder maden vandaan waren gekropen, simpelweg aan de buitenkant met dekens en kranten hadden dichtgestopt. Pas toen het lijkvocht door het plafond van de woning die eronder lag was gedrongen, hadden de bewoners alarm geslagen. De oude dame, die meer dan zestig jaar in de flat had gewoond, was zes weken eerder overleden. Omdat de huur automatisch werd afgeschreven van haar bankrekening waarop elke maand haar pensioen werd gestort, werd het overlijden van de vrouw niet opgemerkt door de flatbeheerder. Tragedies zoals deze komen helaas vaak voor, en ook al zijn verrotting en ontbinding van een organisme vanuit biologisch oogpunt heel natuurlijke processen, toch vond Pia het elke keer weer niet getuigen van piëteit als dit zich in het openbaar afspeelde alleen omdat niemand zich verantwoordelijk had gevoeld.

'Over tweehonderd meter links afslaan!' commandeerde de computerstem van het navigatiesysteem toen Pia de scherpe haarspeldbocht in het midden van het kleine dorp achter zich had gelaten. 'Let op, uw doel ligt in een straat met beperkte toegang.'

Pia ging langzamer rijden, om ongeveer honderd meter voor het einde van de bebouwde kom een smal straatje vol kuilen in te slaan, dat door een klein stuk bos naar beneden liep.

'U hebt uw doel bereikt. Uw doel bevindt zich links.'

Achter de laatste bomen doken verschillende grote gebouwen van verweerd baksteen op, die een met kinderkopjes geplaveide binnenplaats omringden waarin het onkruid al een poosje de suprematie had overgenomen. Het roestige hek wekte de indruk dat het niet pas gisteren was afgesloten. In ouderwetse letters prijkte het verbleekte opschrift *E. Reifenrath & Cie – Kronthaler Mineraalbronnen Exploitant. Sinds 1858* op de gevel van een van de gebouwen.

'Indien mogelijk, keren!' eiste de navigatie, maar Pia schonk er geen aandacht aan en reed verder. Achter een bocht zag ze een politieauto. De geüniformeerde collega, die tegen het spatbord leunde, tilde zijn hand op en belemmerde haar de weg. Pia draaide het raampje open.

'Ah, u bent het.' Van dichtbij herkende de jonge agent Pia. 'Nieuwe auto, hm? Hebt u uw oude tank eindelijk laten slopen?'

'Verkocht. Benzine besparen is nu in de mode.' Ze glimlachte. 'Waar moet ik heen?'

'Door het hek en dan de oprit af.'

Pia bedankte en haalde haar voet van de rem. Het grote smeedijzeren hek stond wijd open. Een geasfalteerde oprit slingerde vervolgens door een donker bos van dennen, thuja's en metershoge rododendronstruiken. De afwisseling van zon en regen had de natuur in de afgelopen weken doen exploderen. Het gras woekerde, overal stonden narcissen in bloei, een tapijt van bosanemonen straalde wit onder de grote tamme kastanje, waarvan de takken het eerste lichte groen lieten zien. Achter een bocht dook het woonhuis op. Uit de verte leek het ronduit majestueus met zijn torentjes en een bordestrap, die naar een hal leidde die door vier zuilen werd gedragen, maar van dichtbij kon je zien dat de tand des tijds aan de hoge muren had geknaagd. Er waren grote stukken pleister afgebladerd, het dak was met mos bedekt en zakte op veel plekken door als de rug van een oud paard. Hier en daar ontbraken dakpannen en op de bovenste verdieping waren een paar ramen met planken dichtgetimmerd.

Pia stopte op het met grind bedekte voorplein en stapte uit. Naast inspecteur van politie Cordt stond een vrouw. Ze was ongeveer even oud als Pia; het kortgeknipte muisgrijze haar, dooraderd met geelachtige plukken zoals alleen slechte kappers dat voor elkaar krijgen, flatteerde haar magere gezicht niet. Haar ogen glinsterden van opwinding.

'Dit is de dame die ons heeft gewaarschuwd,' verklaarde inspecteur Cordt. 'Mevrouw... eh... brengt 's ochtends de krant rond en het viel haar op dat de brievenbus vol zat. Toen is ze bij het huis de bewoner gaan zoeken en heeft door een keukenraam een levenloze persoon gezien.'

De vrouw knikte ongeduldig bij elk woord dat hij zei. Ze stond te trappelen om eindelijk haar hart te kunnen luchten over wat ze had gezien en meegemaakt, en om heel even in het middelpunt te staan.

'Wahl, Monika Wahl,' zei ze gretig. 'Ik breng hier al zeven jaar de kranten rond. Het huis van meneer Reifenrath is altijd het laatste op mijn ronde, omdat ik daarna met mijn Peppi, mijn hond dus, beneden in het park met de bronnen ga wandelen. Ik had al veel eerder gemerkt dat er iets niet klopte, maar ik had de laatste twee weken vakantie en daarom heb ik...'

'Langzaam, langzaam!' Pia hief haar hand op om de woordenstroom van de krantenbezorgster af te remmen. 'Hoe bent u bij het huis gekomen? Stond het hek open?'

'Ja, en dat verbaasde me,' antwoordde mevrouw Wahl. 'Het hek is normaal gesproken nooit open. Ik zet mijn auto altijd helemaal aan de rand van de weg, dan laat ik Peppi eruit springen, stop de krant in de brievenbus en loop mijn rondje. Maar vandaag ging Peppi er meteen vandoor door het openstaande hek, en weg was hij! En ik erachteraan, omdat ik me zorgen maakte. Meneer Reifenrath heeft ook een hond, zo'n herdershond, dus, zo'n Belgische... een mecha... een mecho...'

'Mechelaar?' hielp Pia.

'Ja, precies, een mechelo,' bevestigde mevrouw Wahl.

Ze was de lange oprit afgerend en had haar hond bij de achteringang van het huis gevonden, waar hij opgewonden aan de deur stond te krabben en rondsnuffelde. Mevrouw Wahl had op de keukendeur geklopt, en toen niemand had gereageerd, had ze door het keukenraam gegluurd en de dode ontdekt.

'U bent het huis dus niet in gegaan?' vroeg Pia.

'Nee, want de deur was dicht. Ik heb meteen de politie gebeld!' De krantenbezorgster maakte even een onzekere indruk. 'Dat was toch goed, of niet?'

'Absoluut,' bevestigde Pia. 'Weet u wie de dode zou kunnen zijn?'

'Ik denk dat het de oude meneer Reifenrath is. Hij is al ver in de tachtig,' antwoordde mevrouw Wahl huiverend. 'Maar zo precies heb ik niet gekeken.'

'Woont hij hier alleen?'

'Ja, voor zover ik weet. Ik heb hier nooit iemand anders gezien.'

'Laat u ons alstublieft zien hoe u bent gelopen en vanwaaruit u het lijk hebt gezien,' gebood Pia haar. De krantenbezorgster leidde haar en politie-inspecteur Cordt doelbewust om het huis heen en wees naar een zijingang, waar een pad van gebroken grindtegels naartoe leidde.

'Door het raam daar kunt u hem zien.' Monika Wahl wees naar een van de beide keukenramen, maar bleef op veilige afstand. 'Ik wil het eerlijk gezegd niet nog een keer zien. En hebt u me eigenlijk nog nodig? Ik heb namelijk nog een echte baan naast het bezorgen van kranten.'

'Nee, u kunt nu gerust gaan.' Pia glimlachte vriendelijk. 'Heel erg bedankt dat u zo attent was ons te waarschuwen.'

Monika Wahl kreeg een kleur van trots over het compliment.

'Ik wist helemaal niet dat hier beneden zo'n groot huis stond,' zei Pia tegen haar geüniformeerde collega toen de vrouw was verdwenen. Ze keek omhoog naar de voorgevel van het huis. 'Het lijkt bijna een klein kasteel.'

Omdat de keukendeur was afgesloten, liepen ze terug naar de hoofdingang. De huisdeur was open en het slot van de deur was vastgezet. Dat was eigenlijk niet zo ongebruikelijk. Pia had dat op de Birkenhof ook gedaan, tenminste overdag, als ze vaak naar binnen en buiten moest. Ze liep het huis in, bleef op de drempel staan en snoof. Een zweem van ammoniak en bedorven kaas drong in haar neus. Typische lijkgeur. Ze woelde in haar jaszak, vond een paar latexhandschoenen en trok die aan.

'Zal ik mee naar binnen gaan?' vroeg Cordt.

Pia kon aan hem zien dat hij een lijk in staat van ontbinding niet zag zitten.

'Niet nodig. Vraag om versterking en bel een begrafenisonderneming,' zei ze en ze verdiende daarmee een dankbaar knikje. Pia keek rond in de entreehal. Het huis beviel haar door zijn puriteinse eenvoud. Afgezien van een groot, gebeeldhouwd houten kruis waren de muren vanaf de heuphoge, donkere houten betimmering naar boven toe helemaal kaal. De enige blikvanger was een monsterlijke tegelkachel in wit en blauw aan de rechterkant van de hal. Een stoffige kroonluchter hing aan het hoge plafond. In het midden van de hal leidde een brede bordestrap van licht zandsteen naar de bovenverdiepingen. Links en rechts waren gangen. Door twee smalle kerkramen van loodglas viel licht naar binnen en dat tekende kleurige patronen op de marmeren vloer. Pia liep de gang aan de rechterkant in. Koude lucht stroomde haar tegemoet, en de rottende lijkgeur werd intensiever hoe dichter ze bij de deur aan het eind van de gang kwam. Pia legde even haar hand op een ouderwetse radiator. Die was ijskoud. In de keukendeur bleef ze staan en ze dwong zich alleen door haar mond te ademen. Na een paar minuten wende je aan de geur, dat wist ze uit jarenlange ervaring, je moest je er niet al te erg op concentreren. In het hele huis was het zo stil als in een kerk. Het enige wat je hoorde, was het zoemen van een vlieg, die onvermoeibaar tegen de keukenramen vloog.

Het vertrek was groot en rechthoekig. Aan de linkerkant, zonder ramen, was een typische SieMatic-inbouwkeuken uit de jaren zestig in druifgroen met grepen in aluminiumlook. In Pia's jeugd hadden haar ouders dezelfde gehad, alleen in een triestere kleur. Pia's blik gleed over een hoekbank aan de andere kant van het vertrek; op de keukentafel met formicablad lag een opengeslagen krant naast gebruikt ontbijtserviesgoed. In het koffiekopje groeide schimmel, de half opgegeten boterham was eveneens schimmelig en boog aan de zijkanten omhoog. Een lege etensbak en een grote hondenmand van gevlochten wilg waren de enige aanwijzingen voor de Mechelse herder die de krantenmevrouw had genoemd. Het dier zelf was nergens te bekennen. Het stoffelijk overschot van de man, dat op een soort divan lag, bevond zich in een toestand van vergevorderde ontbinding. Rottingsgassen hadden het lichaam grotesk opgeblazen, op de groenig gemarmerde huid van de dode hadden zich blaren gevormd. Uit de mond puilde de zwart verkleurde tong. De witte haardos vormde een bizar contrast met de roodbruin verkleurde gezichtshuid. Als het in de keuken een paar graden warmer was geweest, dan had het waarschijnlijk op het lijk gekrioeld van de maden. Het was werkelijk afschuwelijk, zelfs voor Pia, die al veel lijken had gezien. Ze hoefde geen forensisch patholoog te zijn om te zien dat de man niet pas gisteren was overleden. Maar waarom had niemand hem gemist?

Aan de haak naast de deur die naar buiten leidde, hingen verschillende jassen naast een hondenriem, daaronder stond een paar groene rubberlaarzen op de mat. Op het eerste gezicht leek het alsof de man een natuurlijke dood was gestorven. Misschien was hij onwel geworden tijdens het ontbijt en was hij even op de divan gaan liggen, maar toen was zijn hart gestopt met kloppen. Als je ouder dan tachtig bent, was dat zeker mogelijk. Pia bekeek het lijk nauwkeuriger en stopte plotseling. Was dat opgedroogd bloed in het gezicht van de dode? Ze knielde naast de divan. Ja, inderdaad! Het leek wel of hij een wond boven zijn linkerwenkbrauw had. Of die van een val of een klap afkomstig was, moest een vakman beoordelen, in elk geval bracht het haar theorie van een natuurlijke dood aan het wankelen. Ze ging staan, haalde haar smartphone uit haar jas en belde haar ex-man.

'Ja?' meldde hij zich na twee keer overgaan.

'Ben je in het instituut?' vroeg Pia, zonder de moeite te nemen voor een begroeting.

'Natuurlijk, waar anders?' Professor Henning Kirchhoff klonk geïrriteerd. 'Is het dringend of wil je alleen een praatje maken?'

'Alsjeblieft zeg, wanneer heb ik jou ooit gebeld om een prâátje te maken?' antwoordde Pia even lomp. 'Ik heb een forensisch patholoog nodig.'

Henning werd echt steeds zonderlinger. Anderhalf jaar geleden was ook zijn tweede huwelijk, met Pia's schoolvriendin Miriam Horowitz, definitief stukgelopen. Pia had haar ex een gelukkige relatie toegewenst, maar tegenover Miriam voelde ze een lichte triomf, want die had aanvankelijk gedaan alsof ze makkelijk voor elkaar zou krijgen wat Pia nooit was gelukt, namelijk om Henning tot normale werktijden te dwingen. Maar Henning Kirchhoff was en bleef een workaholic, hij leefde voor zijn werk, dat voor hem meer een roeping dan een beroep was. In tegenstelling tot Pia, die had toegegeven dat haar huwelijk was stukgelopen en was verhuisd, had Miriam de ene scène na de andere geschopt met Henning, was theatraal verschillende keren weggegaan en weer teruggekomen, tot Henning ten slotte naar de dienstwoning van het instituut was gevlucht, waar hij tot op heden op vijfendertig vierkante meter woonde.

'O ja?' Hennings stem klonk ineens geïnteresseerd. 'Heb je een lijk?'

'Waarvoor zou ik anders een forensisch patholoog nodig hebben?' antwoordde Pia.

'Nou ja, het zou toch kunnen dat je me miste,' grapte Henning, maar hij werd meteen weer serieus toen Pia beschreef wat ze had aangetroffen.

'Ik kom zelf,' zei hij toen. 'Raak niets aan tot ik er ben. En laat het raam dicht!'

'Ik ben geen beginneling,' bracht Pia haar ex-man in herinnering. Ze gaf hem het adres en wierp een blik op haar horloge. Even na elf uur.

Ze verliet de keuken en keek rond in de aangrenzende vertrekken. Direct naast de keuken lag een slaapkamer. Zware meubels van notenhout, een grote kledingkast, een bed met hoog hoofd- en voeteinde en een nachtkastje met een wekker, die op 22:20 was blijven stilstaan. Boven een wastafel met een marmeren plaat hing een wolkige spiegel met een omlijsting van rozenhout. Op een dressboy hing een netjes opgevouwen broek, een geruit hemd en een groene trui. De meubelen leken te groot voor de kamer; Pia vermoedde dat de voortschrijdende broosheid van de oude man de reden was dat hij zich tot de begane grond van het grote huis had beperkt. Ze opende de lades van de commode en een vreemd gevoel bekroop haar. Hier klopte iets niet. Het ondergoed en de sokken waren doorzocht. Pia opende de kast. Kledingstukken waren van de hangers getrokken en achteloos op de bodem van de kast gegooid, overhemden waren uit elkaar gevouwen en botweg in de vakken van de kast gefrommeld. Ertegenover lag de badkamer. Pia opende het spiegelkastje. Ook hier leek het alsof iemand alles uit- en weer gehaast had ingeruimd: scheerspullen, tandpasta, een haarborstel. Kleefpasta, gebitsreiniger, wattenstaafjes, scheerwater. Ze vond een doosje aspirine, hoestdrank, keelpastilles, maar ook omeprazol, bètablokkers en ACE-remmers, wat het aannemelijk maakte dat de oude man aan maagklachten, hoge bloeddruk en hartproblemen had geleden. Naast de slaapkamer was een iets grotere kamer, die waarschijnlijk als kantoor en televisiekamer had gediend. De televisiestoel moest een favoriet meubelstuk van zijn bezitter zijn geweest, want de armleuningen en de hoofdsteun waren tot op de draad versleten. Het kale Perzische tapijt was bezaaid met hondenharen. Aan de muren hingen olieverfschilderijen, die landschappen voorstelden en niet bijzonder waardevol leken. Een lichtere rechthoek op het verschoten tapijt deed vermoeden dat er een beeld ontbrak. Pia's blik gleed over het bureau van donker mahonie met een beslag van messing, over een omgestoten dossierkast van metaal en een kolos van een brandkast, die elke inbreker tot capitulatie had gedwongen. Pia rammelde aan de handgreep, maar hij ging niet open. De dossierkast was met geweld omgegooid. Ze opende de lades van het bureau, en toen liep ze terug naar de keuken en doorzocht de aanrechtkastjes en de zakken van de jas die naast de deur hing. Geen spoor van een portemonnee. Iemand leek hier iets gezocht te hebben, maar diegene was tamelijk discreet te werk gegaan, niet zoals drugsverslaafden die op zoek naar sieraden, elektrische apparaten of contant geld matrassen opensneden, meubels omgooiden en de inhoud van lades op de grond stortten. Hadden hij of de inbrekers de oude man verrast en vermoord, of was het ongevraagde bezoek pas na Reifenraths dood opgedoken?

Zürich, 19 maart 2017

Ze hadden het bedompte café verlaten en wandelden langs de oeverpromenade, langs het plein waar het lentefeest werd gehouden en de steigers van de botenverhuurders, die op een dag als vandaag tevergeefs op klanten zaten te wachten. De takken van de bladerloze platanen glansden van het vocht, en een paar wilde eenden en zwanen dobberden lusteloos op het meer.

'Ik heb Christine destijds via een collega leren kennen,' begon Ferdinand te vertellen. 'Het was in de zomer van 1994, en ik zat in een moeilijke situatie, want mijn werkvergunning voor Zwitserland was afgelopen en ik moest terug naar Duitsland. Maar ik wilde niet terug, want ik had ten eerste onenigheid met de Duitse belastingdienst, en ten tweede was ik net verliefd op Raphael, mijn huidige man.'

Hij schraapte zijn keel en trok de kraag van zijn jas op.

'Christine zocht een man omdat ze een kind wilde adopteren,' ging Ferdinand Fischer verder. 'Ze had een paar pogingen om op een kunstmatige manier zwanger te worden achter de rug, haar eerste man had er genoeg van en liet zich scheiden. Maar zonder man maakte ze geen kans op een kind, vooral omdat ze bepaalde fantasieën had. Het moest een meisje zijn, en geen Aziatisch of Afrikaans. En het liefst van intelligente ouders. Moeilijk, zoals je je kunt voorstellen.'

Maar typisch mama, dacht Fiona. Ze was haar eerste shock te boven gekomen. De frisse lucht deed haar goed.

'Ze had dus een plan en had daar een echtgenoot voor nodig. Zij was Zwitserse, ik Duitser. We sloten een overeenkomst. Ik zou met haar trouwen en met haar getrouwd blijven tot ze een kind had geadopteerd. Dan zouden we vijf jaar wachten, zodat we niet verdacht zouden worden van een schijnhuwelijk. Daarna zouden we scheiden zonder nog iets van elkaar te willen. Zij had haar kind, ik het Zwitserse staatsburgerschap, klaar.'

'Maar ik heb nergens tussen mama's papieren een adoptiedocument gevonden,' zei Fiona.

'Dat kon ook niet.' Ferdinand bleef staan, zijn gelaatstrekken werden duister. 'Want terwijl Christine handenwringend op een geschikt kind wachtte, en elke avond bad dat een of andere intelligente vrouw haar blanke vrouwelijke zuigeling naar een vondelingenkamer zou brengen, hielp het lot een handje.'

Fiona luisterde verdoofd naar een bijna ongelooflijk verhaal. Met elk woord dat Ferdinand Fischer zei, stortte steeds een stukje van haar wereld in.

'Op een dag kreeg Christine een telefoontje van een arts uit de kliniek voor voortplantingsendocrinologie van het academisch ziekenhuis hier in Zürich. De arts kende haar en haar bijna pathologische kinderwens goed. Ze wilde over de telefoon niets zeggen, maar ze zou 's avonds langskomen. Ik moest ook thuis zijn om voor echtgenoot te spelen. De arts – helaas kan ik me haar naam niet herinneren – had een kennis die ongewild zwanger was geworden, maar ze had dit pas ontdekt toen het voor een abortus te laat was. De twee vrouwen hadden een plan gesmeed dat voor Christine ronduit perfect was: het kind moest stiekem ter wereld gebracht worden en meteen na de geboorte aan de nieuwe moeder worden overgedragen. De vrouw wilde geen adoptie, omdat dat officiële sporen achter zou laten. Geen idee wat de reden was. De arts stelde dus voor dat Christine een zwangerschap moest voorwenden met behulp van een siliconen zwangerschapsprothese en een moederpas, die de arts zelf zou vervalsen, om vervolgens de baby als eigen kind te kunnen presenteren.'

'Wat?' fluisterde Fiona ongelovig.

'Ik was niet enthousiast over dit voorstel, maar uiteindelijk kon het me niet schelen op welke manier ze aan een baby kwam; het belangrijkste was dat het me een perspectief bood deze farce te kunnen beëindigen. Het voorstel van de arts werd door beide kanten geaccepteerd. Christine kreeg hormonen, deed de prothese 's nachts niet af en speelde de zwangerschap buitengewoon geloofwaardig. Ik vond het, zacht gezegd, grotesk.'

Fiona zei niets. Ze was met stomheid geslagen.

'Het verliep allemaal voorspoedig. Op 4 mei 1995 belde de arts op en vertelde dat de baby er was. Een gezond meisje. 's Avonds tegen half tien bracht ze je in een dichte sporttas. Anderhalf jaar later namen we afscheid van elkaar en we gingen in 1999 zoals afgesproken scheiden. En toen was

Christines geluk perfect. Ze had gekregen wat ze zich in het leven het meest had gewenst: een kind, helemaal voor zichzelf alleen.'

***

'Mevrouw Sander?'

'Ja?' Pia liep de hal door in de richting van de entree. Bij de huisdeur stond inspecteur Cordt. Naast hem stond een donkerharig meisje van ongeveer twaalf jaar dat nieuwsgierig naar haar keek.

'Ik heb nog net kunnen verhinderen dat die kleine het huis zou binnendringen,' zei Cordt.

'Ik wilde niet bínnendringen,' protesteerde het meisje verontwaardigd. 'We zijn net teruggekomen van vakantie en ik wil zo snel mogelijk naar opa Theo en Beck's om hallo te zeggen!'

'Dat is aardig van je.' Pia glimlachte, stroopte haar handschoen af en stak het meisje haar rechterhand toe. 'Ik ben Pia Sander. En wie ben jij?'

'Jolanda Scheithauer,' antwoordde het meisje en gaf Pia een hand. 'We wonen hier recht tegenover.' Ze maakte een vage handbeweging naar achteren, toen snoof ze en vertrok haar gezicht. 'Waar ruikt het hier naar? En waar is Beck's?'

'Wie is Beck's dan?' Pia duwde het meisje zacht door de deur naar buiten.

'Dat is de hond van opa Theo. Hij heet Beck's omdat opa Theo het liefst Beck's-bier drinkt. Grappig toch?'

'Echt wel.'

'Bent u ook een politieagente?' Jolanda bekeek Pia sceptisch.

'Ja. Ik ben inspecteur,' bevestigde Pia.

'O!' Het kleine meisje leek te overwegen wat de aanwezigheid van een inspecteur te betekenen had. 'Heeft opa Theo iets gedaan wat verboden is?'

'Nee, ik denk het niet.' Pia schudde haar hoofd. 'Ik zou je graag een paar vragen stellen, maar het is beter als je ouders daarbij zouden kunnen zijn. Kun je me het telefoonnummer van je moeder geven?'

'Ja, natuurlijk.' Jolanda gaf haar het mobiele nummer, en Pia vroeg politie-inspecteur Cordt de politieauto aan het meisje te laten zien, zodat ze rustig met de moeder kon praten.

Tien minuten later kwam een elegante donkerharige vrouw door het park aangelopen. Ze stelde zich voor als Bettina Scheithauer en was diep geraakt toen ze hoorde dat haar buurman was overleden en al een hele poos onopgemerkt in zijn huis had gelegen.

De Scheithauers waren zes jaar geleden naar Mammolshain verhuisd. Jolanda had als klein meisje al in de hele buurt rondgelopen en had zichzelf onbevangen, overal waar ze het leuk vond, uitgenodigd, ook bij meneer Reifenrath, die over het algemeen als chagrijnig en eenzelvig bekendstond. Haar man en zij waren aanvankelijk niet helemaal gerust geweest als hun dochter bij de oude brompot was, maar de oude man was dol op Jolanda en had hun nadrukkelijk verzekerd dat ze altijd welkom was.

'Onze tuin grenst aan het stuk grond van meneer Reifenrath,' zei mevrouw Scheithauer. Jolanda kende verschillende gaten in de vervallen omheining waardoor je zonder problemen op het aangrenzende stuk grond kon komen. Jolanda ging regelmatig op bezoek bij opa Theo, zoals ze de oude buurman mocht noemen, ze dronk met hem zelfgemaakte limo, hielp bij het werk in de tuin en speelde met de hond.

'Meneer Reifenrath is jaren geleden weduwnaar geworden,' zei Jolanda's moeder. 'Hij woonde alleen met de hond in het huis.'

'Het is wel een enorm groot huis,' stelde Pia vast.

'Vroeger was het ooit een nonnenklooster,' wist mevrouw Scheithauer. 'Na de Eerste Wereldoorlog namen de nonnen gehandicapte en geestelijk achtergebleven kinderen op. Maar de orde heeft het klooster halverwege de jaren dertig van de vorige eeuw opgegeven, nadat de nazi's alle kinderen naar Hadamar hadden gedeporteerd. Geen fraaie geschiedenis. De vader van meneer Reifenrath kon het gebouw van de orde kopen. Zijn familie had al generaties de mineraalbronnen in het nabijgelegen Kronthal in bezit.'

Jolanda bleef kalm toen Pia en haar moeder haar behoedzaam vertelden dat opa Theo niet meer leefde.

'Waarschijnlijk zijn ze nu allemaal blij,' zei ze treurig.

'Wat bedoel je?' vroeg Pia. 'Wie is blij?'

'Nou ja, al die gieren,' antwoordde Jolanda schouderophalend. 'Opa Theo zei altijd: "Als ik op een dag dood ben, zullen ze allemaal blij zijn, de aasgieren."'

'Aha. En wie kan hij daarmee hebben bedoeld?'

'Dat weet ik niet precies. Misschien Ivanka. Of Ramona, de opdringerige erfenisjaagster. Dokter Raik en Jochen niet, geloof ik. Maar misschien Izzi, het getatoeëerde dorpsliefje...'

'Jolanda!' Mevrouw Scheithauer onderbrak haar dochter streng.

'Maar zo noemt opa Theo haar altijd,' verdedigde het meisje zich. 'Heet ze dan niet zo?'

Mevrouw Scheithauer vertrok haar gezicht als een boer met kiespijn, en Pia moest een grijns onderdrukken.

'Ze bedoelt de jongedame die hier in Mammolshain voetverzorging aan huis aanbiedt.'

'Ah. En wie is Ivanka?' vroeg Pia.

'Dat is opa Theo's pareltje,' antwoordde het meisje onbevangen.

'Ivanka is een soort huishoudster,' vertaalde mevrouw Scheithauer. 'Ze haalt boodschappen voor meneer Reifenrath, doet zijn was en het huishouden. Zover ik weet komt ze drie keer per week. Bij "dokter Raik" gaat het om dokter Gehrmann, de dierenarts.'

'En Ramona, de opdrin...' begon Jolanda.

'Voornamen zijn genoeg,' viel haar moeder haar in de rede.

'Oké. Ramona en Jochen zijn een paar van opa Theo's kinderen. Maar ze zijn geen kinderen zoals ik, maar al behoorlijk oud. Dus ouder dan mama en... nou ja... ook ouder dan u. Een beetje in elk geval.'

'Schiet je verder nog iemand te binnen die opa Theo regelmatig kwam bezoeken?' Pia negeerde het twijfelachtige compliment.

'De man van Ramona.' Jolanda fronste haar voorhoofd. 'En soms nog van die andere oude opa's. Opa Theo kreeg niet veel bezoek. Hij zei altijd dat de mensen allemaal zijn reet konden likken. Vroeger stuurde hij de hond af op mensen die hij stom vond, maar Beck's is daar te lief voor. Hij heeft maar één keer naar de hand van Fritz gehapt, toen die brutaal tegen opa Theo wilde doen.'

'Aha.' Pia spitste haar oren. 'Weet je wie Fritz is?'

'Nee, dat weet ik niet. Maar opa Theo is heel erg boos op hem geweest.' Jolanda wierp haar moeder een korte blik toe. 'Ik hoorde hem toevallig een keer met Fritz bellen, en toen zei hij heel boze dingen.'

'Wat dan bijvoorbeeld?' wilde Pia weten.

'Hij hoefde niet meer langs te komen en hij was de teleurstelling van zijn leven en een egoïstische rotvent.'

Pia verbeet een grijns.

'Kun je je herinneren wanneer je opa Theo voor het laatst hebt gezien?'

'Hm.' Jolanda dacht ingespannen na. 'We waren tien dagen bij opa en oma aan de Tegernsee. Ik geloof dat ik hem vlak daarvoor nog heb gezien.

Op zijn grastractor. Daar rijdt hij namelijk nog steeds mee rond, ook als hij het gras helemaal niet maait. Waarschijnlijk omdat hij niet meer zo goed kan lopen.'

'Heeft opa Theo ook een auto?' vroeg Pia.

'Ja. Een zilverkleurige Mercedes.' Jolanda draaide zich om en wees naar de garage en de bijgebouwen, die aan de andere kant van het voorplein stonden. 'Normaal gesproken staat hij altijd vooraan in de eerste garage. Maar hij is nu weg.'

Was de auto gestolen? Of was er een eenvoudigere verklaring voor dat hij er niet meer was? Theodor Reifenrath kon hem natuurlijk ook verkocht of uitgeleend hebben, of naar de garage hebben gebracht. Pia besloot dat de auto vooralsnog geen prioriteit had.

Een zwarte Volvo-SUV suisde het voorplein op en stopte vlak naast de politieauto.

'Oké, dank je wel voor nu,' zei Pia tegen Jolanda, die nog meer wilde vertellen. 'We zullen vast later nog met elkaar praten.'

'Waar is Beck's eigenlijk?' begon Jolanda weer en haar ogen werden groot van bezorgdheid. 'Die is toch niet ook dood, of wel?'

'We hebben hem tot nu toe niet gevonden,' gaf Pia toe. 'Maar mijn collega's zullen het hele terrein en het huis naar hem afzoeken.'

'Dan help ik mee!' riep Jolanda vastbesloten. 'Ik ken hier goed de weg.'

Mevrouw Scheithauer had daar niets tegen in te brengen en bood zelfs aan om zelf te helpen zoeken. De twee verdwenen met politie-inspecteur Cordt.

Henning was ondertussen zijn auto uit gestapt en keek rond.

'Waar is iedereen?' vroeg hij.

'Wie bedoel je?' Pia had haar ex-man een poosje niet gezien en was weer verbaasd dat zijn chaotische privéleven van het afgelopen jaar tenminste uiterlijk geheel zonder sporen aan hem was voorbijgegaan. Zijn haar was weliswaar iets grijzer geworden, en in zijn zorgvuldig geschoren baard mengden zich een paar zilverkleurige haren, maar verder zag hij er nog net zo uit als twaalf jaar geleden, toen ze hem had verlaten.

'Technische recherche, begrafenisondernemer, je recherchecollega's...'

'Ik heb tot nu toe alleen jou gebeld,' antwoordde Pia. 'Het hangt van jouw oordeel af hoe we hier verdergaan.'

'Hebben jullie de verhuizing achter de rug?' informeerde hij, terwijl hij een overall en latexhandschoenen aantrok.

'Ja, alles is uitgepakt en ingeruimd,' antwoordde Pia. 'Morgenavond dragen we de boerderij over aan de nieuwe eigenaar.'

'Wees blij! Dan ben je eindelijk van dat ding af.' Henning bukte en trok blauwe plastic overschoenen aan. 'Ik heb me sowieso altijd afgevraagd hoe je het in dat kot vlak naast de snelweg kon volhouden.'

Pia bespaarde zichzelf een antwoord. Henning zou toch nooit begrijpen wat ze zo fijn had gevonden aan Birkenhof. Het lawaai van de snelweg was verder naar achteren op het stuk grond nauwelijks te horen geweest en de nadelige ligging had de boerderij destijds eigenlijk vooral betaalbaar voor haar gemaakt.

'Nou, wat hebben we hier?' wilde Henning weten, toen hij Pia door de hal en de gang naar de keuken volgde.

'De krantenbezorgster heeft het lichaam ontdekt,' antwoordde Pia. 'Ik ga ervan uit dat het om de eigenaar van het huis gaat, een man van in de tachtig, die hier alleen met zijn hond woonde.'

Henning zette zijn koffer in de gang neer en opende hem, vervolgens ging hij de keuken binnen en keek rond.

'Wil je mijn inschatting van het tijdstip van overlijden horen?' informeerde hij.

'Ga je me nu vertellen dat je dat al in één oogopslag kunt zeggen, zonder onderzoek?' vroeg ze spottend.

'Dat niet. Maar deze krant is van 7 april.' Henning grijnsde en wees naar het exemplaar van de *Taunus Zeitung*, die opengeslagen op de keukentafel lag. 'Er waren tijden dat je wel wat scherpzinniger was, liefje.'

'Sorry hoor,' antwoordde Pia enigszins geërgerd. 'Ik heb me gewoon aan je instructies gehouden en tot nu niet zo nauwkeurig rondgekeken.'

Henning begon met het meten van de kamertemperatuur en de luchtvochtigheid op verschillende plaatsen in de keuken, en floot daarbij goedgemutst voor zich uit. Pia keek naar hem.

'Waarom ben je eigenlijk in zo'n goede stemming?' vroeg ze uiteindelijk.

'Ik heb de laatste maanden elke vrije minuut aan een boek zitten schrijven,' antwoordde hij. 'Gisteravond was ik klaar.'

'Ja, en? Je hebt al meer dan twintig boeken geschreven,' bracht Pia hem in herinnering. 'En daarnaast ongeveer duizend voor leken totaal onbegrijpelijke bijdragen voor allerlei forensische vakbladen.'

'Je overdrijft schaamteloos.' Henning noteerde de getallen in tabellen. 'Overigens is het dit keer geen vakboek, maar een roman. Een thriller.'

'Wat zeg je?' Pia was verbluft. 'Ik wist helemaal niet dat je dat kon.'

'Ik eerlijk gezegd ook niet,' antwoordde Henning tevreden. 'Maar het zijn vierhonderd pagina's geworden en mijn redacteur is enthousiast.'

'Redacteur? Dan heb je dus ook al een uitgever?' Pia leunde tegen de deurpost en keek hoe haar ex-man met een pincet een larf van een vlieg van het lichaam plukte en in een klein glaasje tikte. Het was een beetje zoals vroeger, toen ze nog getrouwd waren en hun privéleven zich voor het grootste gedeelte had afgespeeld in de kelder van het Forensisch Instituut aan de Kennedyallee.

'Ja, stel je voor: het zal in de herfst precies op tijd voor de Frankfurter Buchmesse bij Winterscheidt verschijnen. Als toptitel. En dat terwijl Winterscheidt tot nu toe een literaire uitgeverij was.'

'Dat is echt geweldig. Van harte gefeliciteerd!'

'Weet je, Pia,' zei Henning plotseling en hij stopte. De larf kromde zich en verzette zich tegen de greep van de pincet. 'Ik heb besloten dat ik gewoon niet geschikt ben voor een relatie. Ik ben het gelukkigst als ik ongestoord kan doen wat ik graag doe. Zonder op mijn horloge te hoeven kijken, zonder met iemand rekening te houden, zonder me te hoeven rechtvaardigen. Ik heb geen villa nodig en geen penthouse, ik heb vrijheid nodig, mijn boeken, mijn laptop, mijn werk. Het was een grote fout om met Miriam te trouwen. Ik heb vijf jaar nodig gehad om van haar af te komen. Gelukkig waren we onder huwelijkse voorwaarden getrouwd.'

Zijn ontwapenende openheid was net zo atypisch voor hem als zijn goede bui.

'Ja, wees blij. Miriam is een echte... nou ja, wat maakt het uit.' Pia snoof. Ze had zich zelden zo geërgerd aan iemand als aan Miriam Horowitz, haar oude schoolvriendin, die ze tien jaar geleden toevallig tijdens het eerste evenement waarop ze Christoph officieel had begeleid, weer had ontmoet. 'Vertel me liever waar je thriller over gaat.'

'Wil je het manuscript lezen?' Henning stopte de made in een glaasje. 'Ik kan je de pdf sturen.'

'Ja, graag!' Pia knikte opgetogen. Zoals veel agenten las ze al haar hele leven graag thrillers, ook al schudde ze vaak haar hoofd over de manier waarop haar fictieve collega's hun zaken oplosten en door welke groteske toevalligheden ze op het goede spoor werden gezet.

'De hoofdpersonen zijn overigens een forensisch patholoog en zijn exvrouw, een rechercheur.' Henning knipoogde naar haar en stopte het potje met de vliegenlarf in een plastic doosje. 'En het speelt natuurlijk in Frankfurt.'

'Overeenkomsten met levende of dode personen zijn toevallig en niet met opzet, toch?' Pia grinnikte geamuseerd.

'Laat je verrassen.' Henning glimlachte fijntjes.

'Mag ik het raam openzetten?' vroeg Pia.

'Ja. Ik heb de kamertemperatuur al gemeten.' Henning hurkte naast het lijk en begon met de uitwendige lijkschouwing. Pia opende de beide keukenramen, zoog de frisse voorjaarslucht diep in haar longen en besloot nog wat in het huis rond te kijken. Misschien zat de hond wel in een of andere kamer opgesloten.

'Sterke ontbindingsveranderingen... partiële mummificering,' hoorde ze Henning zeggen toen ze wegliep. 'Tonvormige zwelling van de buikwand en de ledematen, uittreding van ontbindingsvocht uit de mond en neus...'

***

Pia liep de brede bordestrap op naar de eerste verdieping en zag dat haar schoenen afdrukken in het stof achterlieten. Hier was al langere tijd niemand meer naar boven gegaan. Met elke stap werd het onbehaaglijke gevoel sterker dat ze al bij het betreden van het huis had gevoeld. Ze bleef staan. Het was maar een vermoeden, vaag en verontrustend, dat haar eigenlijk alleen overviel als ze op een plaats delict kwam. Een of ander speciaal zintuig gaf haar het gevoel dat er ergens iets uit evenwicht was geraakt. Had dat met het verleden van het huis te maken?

Links en rechts van het trappenhuis bogen twee brede gangen af. Hier boven was het nog kouder dan op de benedenverdieping. Rillend betrad Pia de rechter gang. Door de bijna matte ruiten van de grote ramen met roeden viel melkachtig licht op de versleten stenen vloer. Op zoek naar Beck's opende ze alle deuren en keek in kleine kamers, die met hun spartaanse inrichting aan een kazerne of een streng internaat deden denken. Steeds twee smalle houten bedden met een nachtkastje, twee kledingkasten van goedkoop fineerhout, twee bureaus met een bureaulamp, onmiskenbaar uit de jaren zeventig, aan de muur tegenover de deur een houten kruis. Het rook muffig, alsof er al lange tijd niet meer was gelucht, en een dikke stoflaag bedekte de meubels en de vloer. Pia ging aan een van de lessenaars zitten en tilde het met inktvlekken en krassen bedekte werkblad op. Aan de onderkant van het bureaublad stonden woorden en spreuken, hartjes en namen gekrast. Daaronder zat een opbergvak, waarin ze een houten liniaal, een gebroken geodriehoek, gekleurde stiften, een stuiterbal, een wiskundeboek – dat met doorzichtige folie was gekaft – en een gehavend turkoois Matchbox-autootje ontdekte. Voor wie had dat ooit iets betekend? Ze tastte verder naar achteren, voelde papier en trok een tijdschrift tevoorschijn, op de voorpagina staarde een vergeelde Pierre Brice als Winnetou haar aan. Een exemplaar van *BRAVO* van 18 februari 1982! Pia moest glimlachen. Haar vriendinnen en zij waren destijds hartstochtelijke liefhebbers van het tijdschrift, en iemand uit haar klas had er altijd stiekem eentje gekocht, die dan rondging. Giechelend en met hoogrode wangen hadden ze het jeugdtijdschrift verslonden, vooral de gewaagde levenstips van dokter Sommer en de contactadvertenties.

Pia legde het tijdschrift terug en sloeg het wiskundeboek open. *André Doll, klas R6b*, stond er in een net kinderhandschrift. Net toen ze het boek opzij wilde leggen, viel er een vel volgekrabbeld blauw vloeipapier uit en het zweefde naar de grond. Pia pakte het op en keek ernaar, vouwde het toen op en stopte het in haar jaszak.

'André Doll,' mompelde ze en ze stelde zich een jongen voor die hier dertig jaar geleden had gewoond, geslapen en aan dit bureau huiswerk had zitten maken. Over een uitgestrekte parkachtige tuin keek je uit op de burcht van Kronberg, links strekte zich over de helling tot aan Königstein een dicht bos uit. Niet ver daarachter lag Opel-Zoo. Pia draaide zich om, wierp nog een blik in het bureau aan de andere kant van de kamer, maar dat was leeg, wat conclusies over zijn gebruiker onmogelijk maakte.

Het laatste vertrek in de gang was een wasruimte. De muren, die tot aan het hoge plafond wit betegeld waren, gaven de grote ruimte een steriel en koud uiterlijk. Er waren meerdere wastafels, twee douches en een ouderwets vrijstaand bad, waarvan de aanblik Pia's onbehagen in beklemming veranderde. Snel keerde ze terug naar het trappenhuis en liep de krakende houten treden naar de zolder op. Op de zolderverdieping waren twee aangrenzende kamers, die door dakkapellen aan hoogte hadden gewonnen. Deze waren duidelijk persoonlijker dan de sobere kamers een verdieping lager: beide kamers waren gemeubileerd met bed, bureau en kledingkast, maar daarnaast stonden er nog een bank, boekenkasten en in elke kamer een stoel. Plafond en muren waren met hout betimmerd en de vloer bekleed met lichtgrijs tapijt, dat inmiddels oud en vlekkerig was, maar vroeger chic geweest moest zijn. Aan de andere kant van de trap lag een kersenrood betegelde badkamer met douche, wastafel en een groot bad vlak naast de dakkapel. Pia draaide de waterkraan open. Roestbruin water druppelde uit de leiding. Jolanda had gezegd dat Reifenrath meerdere kinderen had. Te oordelen aan de hand van het aantal bedden moesten het wel heel veel kinderen zijn geweest. Of was het huis, in de traditie van de nonnen, een kindertehuis geweest en hadden de verzorgers hier boven op de zolderverdieping gewoond?

Via een steile houten trap belandde Pia op de bergzolder. Onder de dakspar waren in het halfdonker oude meubels, opgerolde tapijten en een hele lading verhuisdozen opgeslagen. Ook hier was er geen spoor van de hond, maar daar had Pia ook niet op gerekend. Ze keerde terug naar de entreehal. Naast de enorme tegelkachel zag ze een kleine deur, die ze openduwde. Een afgesleten stenen trap leidde naar een wijdvertakte kelder. Een muffe geur sloeg haar tegemoet. In een houten hok lagen aardappelen te schimmelen. Pia riep naar de hond, keek in elke ruimte en scheen met de zaklamp van haar smartphone in donkere hoeken. Niets. Ze klom de steile trap weer op, en omdat Henning nog steeds met de lijkschouwing bezig was, liep ze de werkkamer binnen in de hoop aanwijzingen over de kinderen van de overledene of andere familieleden te vinden, die ze over het overlijden van Theodor Reifenrath kon informeren. Het was altijd onaangenaam in de privésfeer van een dode binnen te dringen, maar vaak was het absoluut noodzakelijk. Het blad van het bureau was leeg op een lamp, een onderlegger en een telefoon met antwoordapparaat, waarvan het lampje rood knipperde, na. Een computer had Theodor Reifenrath kennelijk niet. Met haar gehandschoende wijsvinger drukte Pia op de afspeeltoets van het antwoordapparaat.

'U hebt veertien nieuwe berichten,' verkondigde het apparaat. 'Bericht één, ontvangen op 9 april om 11:26 uur.'

'Hier dokter Katzenmeier uit de Kronthaler Straße,' klonk een beschaafde maar onmiskenbaar opgewonden mannenstem. 'Uw hond blaft nu al zesendertig uur bijna on-af-ge-bro-ken. Dit is écht niet meer te tolereren. Waarom neemt u het dier niet mee op uw uitstapjes? Ik moet wel aannemen dat u dat met op-zet doet. Dit is pure terreur! Als het niet snel ophoudt, zie ik mij gedwongen de politie te bellen!'

'Had dat maar gedaan, wijsneus,' mompelde Pia.

'Mevrouw Sander?' riep iemand in de hal en Pia stopte.

'Ja? Ik ben hier in de werkkamer!'

In de deurpost verscheen politie-inspecteur Cordt. Zijn gezicht was rood, hij maakte een opgewonden indruk en deed zijn best net te doen alsof de lijkgeur hem niet stoorde.

'We hebben de hond gevonden,' zei hij. 'Maar ik denk dat hij dood is.'

***

'Het kleine meisje dacht dat de hond daar weleens zou kunnen zijn,' zei Cordt tegen Pia, toen ze om het huis naar het achterste deel van het grote stuk grond liepen. 'We hadden de kooi eerst niet gezien, omdat hij helemaal is dichtgegroeid.'

Achter het huis strekte zich, tot aan de bosrand, een weide uit over een oplopende helling. Een grindpad, dat door lage buxushagen werd omzoomd, leidde naar een verwilderde groentetuin met een broeikas, die een treurige aanblik bood: de meeste ramen waren vuil of gebroken.

'Wat is dat daar verderop voor een hut?' informeerde Pia en ze wees naar een huisje van rood hout, dat was overwoekerd door wijnranken, die niemand had gesnoeid.

'Daarachter ligt een leeg zwembad vol met oud loof en vuil,' antwoordde Cordt. 'Het huisje lijkt ooit een soort *poolhouse* te zijn geweest.'

De hondenkennel bevond zich achter dichte rododendronstruiken. De roestige tralies waren met klimop en braamstuiken overwoekerd. Aan de eigenlijke kennel grensde een licht aflopend buitenhok, dat met groene ijzeren tralies was omheind. Op de gebarsten betonplaten stond een groot hondenhok van hout, dat er net zo slecht uitzag als de hele kennel.

'We hebben hem gevonden! We hebben Beck's gevonden!' Jolanda stortte zich op Pia en trok opgewonden aan haar armen. 'Hij ligt in het hondenhok, maar hij beweegt helemaal niet. Denk je dat hij nog leeft?'

'Dat zullen we zo weten.' Het lukte Pia met moeite, zonder een nagel te breken, de roestige grendel van de traliedeur open te schuiven. De grond van de kennel was bezaaid met hondenpoep en afgeknaagde botten, daartussen lagen twee gedeukte metalen bakken. De hond bewoog niet toen Pia de kennel betrad. Hij lag in het hok op een vieze deken en bood een treurige aanblik. Zijn lichtbruine vel was borstelig en dof en spande zich over duidelijk uitstekende ribben en heupbotten.

'Morsdood,' meende Cordt van buitenaf.

'Nee, hij leeft nog,' zei Pia, die zag dat de ribbenkast van het dier nauwelijks merkbaar op en neer ging. 'Iemand moet een dierenarts bellen. En haal ergens water. Snel!'

'Dat doe ik!' riep Jolanda en ze ging ervandoor voordat haar moeder haar kon tegenhouden. Cordt pakte zijn telefoon om een dierenarts te googelen.

'Had Jolanda het daarnet niet over een dierenarts?' herinnerde Pia zich.

'Zeker. Raik Gehrmann,' antwoordde mevrouw Scheithauer. 'Hij heeft zijn praktijk in Kronberg, maar hij woont hier in Mammolshain.'

'Belt u hem alstublieft. Hij moet zo snel mogelijk hiernaartoe komen.' Pia legde voorzichtig haar hand op de schouder van de hond en sprak zachtjes tegen hem. Het raakte haar diep om een dier in zo'n toestand te zien. Soms raakte het leed van een dier haar meer dan het zien van een lijk. Ineens opende de hond zijn ogen, heel licht bewoog hij de punt van zijn staart, alsof hij wilde kwispelen.

'Brave jongen, Beck's.' Ze aaide behoedzaam het vervilte vel achter zijn oren. 'Hou vol! Alles komt goed.'

De hond probeerde zijn kop op te tillen, maar hij was te zwak. Hij zuchtte en gaf het weer op. Zijn ogen zaten vol korsten, zijn neus was droog en warm. Zijn poten zaten vol opgedroogd bloed en aarde, een paar nagels ontbraken. Kennelijk had hij vertwijfeld geprobeerd uit de kennel te komen. Pia hoorde Cordt met iemand praten. Jolanda kwam buiten adem de kennel binnen en gaf Pia een groene plastic fles met koolzuurvrij water.

'Die heeft die verklede man met de zwarte auto me gegeven,' hijgde ze. 'Is dat oké?'

Ze knielde naast de hond, die haar duidelijk kende, want hij kwispelde weer heel zwak met het puntje van zijn staart.

'Natuurlijk.' Pia schroefde de fles open en druppelde voorzichtig een beetje van Hennings kostbare Ballygowan-water, dat hij gewoonlijk rechtstreeks uit Ierland bestelde, op de lippen van de hond. Beck's opende zijn ogen en begon het water op te likken, eerst aarzelend, vervolgens steeds gretiger. Met elke slok die hij nam, werd zijn blik iets alerter. Het leed geen twijfel dat hij daarnet op het punt had gestaan van dorst om te komen.

'Op het antwoordapparaat van meneer Reifenrath stond een bericht van ene meneer Katzenmeier, die over de hond klaagde,' zei Pia tegen mevrouw Scheithauer. 'Kent u hem?'

'Dat is onze buurman,' antwoordde Jolanda in plaats van haar moeder en ze draaide met haar ogen. 'Die zit voortdurend te mopperen als we in de tuin spelen, en hij schreeuwt bovendien tegen zijn vrouw. Waarschijnlijk omdat hij werkloos is en zich verveelt.'

'Hij is niet werkloos, maar rentenier,' vertelde mevrouw Scheithauer tegen haar dochter. 'De Katzenmeiers waren de week voor Pasen op reis. Dan moet die arme Beck's al een hele tijd hier hebben gezeten.'

'Ik schat tien dagen,' bevestigde Pia.

'Ik heb de dierenarts te pakken gekregen,' zei hoofdcommissaris Cordt ijverig. 'Hij komt meteen.'

'Bedankt.' Pia knikte hem toe. Haar telefoon ging. Het was Henning, die klaar was met de uitwendige lijkschouwing. Ze liet de hond onder de hoede van Jolanda en haar moeder achter en nam de kortere weg langs de keukendeur naar het voorplein. Henning stond al op het punt zijn uitrusting in de kofferbak van zijn Volvo te laden.

'En?' vroeg ze hem.

'Ik heb inderdaad het resultaat van stomp geweld tegen de schedel onder de haargrens kunnen vaststellen.' Hij richtte zich op. 'Bloed- en vochtafscheiding uit beide gehoorgangen wijst op een schedelbasisfractuur. Het neusbeen is gebroken, waarschijnlijk ook de jukbeenderen. Of dat de gevolgen zijn van een val of van een klap, kan ik op grond van de vergevorderde staat van ontbinding van het lichaam op dit moment niet definitief zeggen. Het is mogelijk dat hij tijdens een val zijn hoofd ergens tegenaan heeft gestoten, maar de wond kan net zo goed door iemand zijn toegebracht. Na een sectie weet ik meer.'

Hij gaf Pia de overlijdensverklaring, waarop hij 'doodsoorzaak onduidelijk' had aangekruist.

'Oké.' Pia knikte. 'Zoals het eruitziet, is er ingebroken. Misschien heeft hij de inbreker verrast en kwam het tot een gevecht.'

'Ik heb geen afweerwonden kunnen vaststellen.' Henning sloeg de achterklep van zijn auto dicht.

'Ik zal de officier van justitie bellen en de technische recherche,' zei Pia. 'Bedankt dat je zo snel gekomen bent.'

'Geen dank.' Henning knikte. 'Fijne dag nog. Ik stuur je vanavond het manuscript.'

'Ik verheug me erop.' Pia stak haar duim omhoog.

De rest van de dag zou eerder lang dan mooi worden, dat stond wel vast. Een onduidelijke doodsoorzaak betekende dat het hele bureaucratische systeem dat bij een mogelijk geweldsmisdrijf vereist was, in gang gezet moest worden. Pia belde daarom de dienstdoende agent en vroeg hem zich met de dienstdoende openbaar aanklager in verbinding te stellen, zodat deze op zijn beurt bij de dienstdoende rechter onmiddellijk een huiszoekingsbevel kon aanvragen.

'Ben jij de Leider Plaats Delict?' vroeg de agent. 'Of zal ik een inspecteur sturen?'

'Nee, dat doe ik wel,' antwoordde Pia. 'Maar we hebben versterking nodig en vervanging voor de collega's die straks hun dienst erop hebben zitten.'

'Komt in orde.'

'Hoe staat het met de begrafenisondernemer? Het lichaam moet naar het Forensisch Instituut gebracht worden.'

'Hij komt uit Frankfurt.'

Pia beëindigde het gesprek toen mevrouw Scheithauer op haar af kwam lopen. De elegante vrouw, die tot nu toe een zeer beheerste en verstandige indruk op Pia had gemaakt, leek ongerust.

'Neemt u me niet kwalijk, mevrouw Sander,' zei ze. 'Mag ik u nog even storen?'

'Ja, natuurlijk. Wat is er?'

'Ik heb net naar de botten gekeken die in de hondenkennel verspreid liggen. Daarbij is me iets opgevallen.'

'O. Wat dan?'

'Ik denk,' zei Jolanda's moeder, 'dat het menselijke botten zijn.'

'Ménselijke botten?' Pia liet haar telefoon zakken en staarde de vrouw ongelovig aan. 'In de hondenkennel? Weet u dat heel zeker?'

'Ik ben archeologe.' Mevrouw Scheithauer knikte. 'Ik weet veel van botten. En ik weet het heel zeker. Ik heb een schouderblad gezien, een bekkenbot, ribben met borstbeen...'

***

Zijn dienst was om twee uur afgelopen. Eigenlijk was hij van plan geweest een paar dagen te stoppen met het observeren, maar het was net als met roken of met drinken: op het moment dat je je bewust voornam een hele dag geen sigaret te roken of geen slok te drinken, werd het verlangen allesoverheersend, totdat je het niet meer kon weerstaan en toegaf aan de drang. Zo was het met hem gegaan. Twaalf uur lang had hij zo goed als aan niets anders gedacht dan aan haar. Gelukkig betaalde zijn baan dankzij de ploegendiensttoeslag goed, maar het werk was tamelijk pretentieloos en vereiste zo goed als geen communicatie met zijn collega's, van wie de meeste toch nauwelijks Duits spraken.

Terwijl hij door de straten reed van het stadsdeel dat een paar jaar geleden was ontstaan in het westen van Frankfurt, grinnikte hij in zichzelf, want hij moest aan een oude film met Uwe Ochsenknecht denken, waarin die had gezegd: 'Ik kan alles weerstaan, maar niet de verleiding.' Zo was het ook voor hem. Schijt. Niemand zat op hem te wachten. En waar die andere achterbakse slet, met wie hij twintig jaar getrouwd was geweest, zat ondergedoken, wist hij sowieso allang. Zelfs haar telefoonnummer wist hij. Die liep niet weg van hem. Voorpret was tenslotte de beste pret.

Maar deze hier was een echte uitdaging. Te weten komen waar ze woonde en werkte was helemaal niet zo eenvoudig geweest en het had een paar weken geduurd voordat hij eindelijk al haar gewoonten had bestudeerd. Het was opwindend en spannend een mens zo precies te leren kennen zonder dat diegene er iets van in de gaten mocht krijgen. Ze hield er geen rekening mee dat ze werd bekeken, anders zou ze zich waarschijnlijk anders gedragen. Het was ronduit opwindend zich voor te stellen waar en wanneer hij zou kúnnen toeslaan. Ze woonde in een nieuw huizenblok op de bovenste etage van een huis met zeven verdiepingen in de Montgolfierallee. Alle straten in het nieuwe stadsdeel tussen de wijk Kuhwald, het Rebstockzwembad en de Europabuurt waren naar een of andere luchtvaartpionier genoemd: er was een Leonardo-da-Vinci-Allee, een Gebrüder-Wright-Straße en een Käthchen-Paulus-Straße. Hijzelf had niets met die steden die in één keer uit de grond werden gestampt, maar kennelijk waren bijna alle geplande woningen verkocht of gereserveerd, dat had hij onlangs op de radio gehoord. Woonruimte was schaars in Frankfurt en feitelijk had de ligging aan de Rebstock veel voordelen: er was een rechtstreekse verbinding met de A648, je was in vijftien minuten op het vliegveld, in het stadscentrum of in de Taunus, zonder dat je met veel ellende de hele stad hoefde te doorkruisen. Het grootste voordeel volgens hem was het feit dat het hele gebied nog een bouwplaats was. Hier waren geen sociale structuren en ook geen oplettende oma's die iedere vreemdeling in de wijk meteen opmerkten. Overal hingen bouwvakkers rond, stonden bestelauto's en vrachtwagens. Hij viel hier niet op en daarom had hij haar in alle rust kunnen observeren. Ze ging drie keer per week joggen, met een Apple Watch om haar pols en witte dopjes in haar oren. Ze had een goede conditie, liep meestal in het Rebstockpark, maar soms ook in de Europawijk. Hij kende de winkels waar ze boodschappen deed, de kapper bij wie ze haar haar blond liet verven, haar tandarts, de drankenhandel die mineraalwater, cola zero en Bionade bij haar bezorgde. Af en toe haalde ze Chinees eten af, maar hij had haar ook al in het Italiaanse restaurant tegenover Skyline Plaza aan de Europaallee kalfskoteletten en vis zien eten. Daar kenden ze haar en ze kreeg altijd dezelfde kleine tafel bij het raam, waar ze vervolgens tijdens het eten op haar smartphone zat te lezen of berichten aan het typen was. Hij kende haar auto, die ze meestal in de parkeergarage onder haar huis parkeerde, maar hij had hem ook wel op een parkeerplaats zien staan. In de hele periode die hij haar al observeerde, had hij haar maar twee keer in het gezelschap van een andere vrouw gezien, ouder dan zij, maar niet oud genoeg om haar moeder te zijn. Ze was zo goed als altijd alleen onderweg, wat natuurlijk erg gunstig voor zijn plan was.

Hij had het tijdstip waarop hij haar zou grijpen nog niet bepaald. Maar hij wist wel precies wat hij met haar en later met de twee andere vrouwen zou doen. Ze zouden niet snel sterven, nee. Hij zou ze langzaam doodfolteren, ze martelen en ervan genieten hoe ze geleidelijk hun verstand verloren en hem zouden smeken eindelijk te mogen sterven. En dan zou hij ze laten creperen en daarbij toekijken. Daar droomde hij al jaren over.

***

'Hartelijk dank, mevrouw Scheithauer,' zei Pia. 'Ik ga ervan uit dat u niets hebt aangeraakt.'

'Nee, natuurlijk niet.'

Er was een koude wind opgestoken. Boven de Taunusbergen hingen antracietkleurige wolken, die met regen dreigden. Het zou niet lang meer duren voordat het begon te regenen.

'Oké.' Pia koos Hennings nummer en gelukkig nam hij meteen op 'Sorry, ik ben het. Waar ben je nu?'

'Eschborn-Zuid. Vlak voor de snelweg. Hoezo?'

'Je moet helaas nog even terugkomen. In de hondenkennel liggen botten die eruitzien als mensenbotten.'

'Prima.' Henning stelde geen vragen en mopperde niet. 'Ik keer om.'

Aansluitend belde Pia hoofdinspecteur Christian Kröger, de baas Identificatiedienst van de regionale recherche. Ze had in het dienstrooster gelezen dat hij weliswaar nog vakantie had, maar ook dat hij oproepdienst had. Hij zou het haar erg kwalijk nemen als ze hem niet belde.

'Nou, eindelijk!' fluisterde hij in de telefoon. 'Ik heb tevergeefs elke vrije dag zitten wachten tot iemand me zou verlossen.'

'Eh, wat zeg je?' Pia dacht eerst dat Christian haar met een ander verwisselde, maar dat was niet het geval.

'Heb je me nodig, Pia? Alsjeblieft, zeg dat het zo is. Ik word hier helemaal gek, al vier dagen met die verdomde familie. Mijn vrouw heeft weliswaar met een scheiding gedreigd als ik haar tijdens Pasen in de steek laat, maar Pasen is voorbij, toch?'

Pia moest grijnzen. 'Duidelijk. Vandaag is een doodnormale werkdag en jij hebt dienst.'

'Jij zegt het!' Anders dan de meeste collega's, die iets minder blij zouden zijn geweest met een telefoontje op hun vrije dag, was Christian Kröger ronduit gelukkig. 'Wat heb je voor ons?'

'Een lichaam in staat van ontbinding in een woonhuis, menselijke botten in een hondenkennel, een huis met ongeveer twintig kamers en dat alles op een stuk grond dat een paar duizend vierkante meter groot is.'

'Dus de hele santenkraam – prachtig! Mijn gebeden zijn verhoord, ook al moest een arme duivel er het leven voor laten.'

'Zoals het ernaar uitziet, heeft hij zijn leven al een tijdje geleden gelaten,' antwoordde Pia. 'Het adres stuur ik je.'

'Ik trommel mijn jongens op. Ben onderweg.' En hij had al opgehangen. Pia schudde grinnikend haar hoofd. Kröger was net zo'n fanatiekeling als haar ex, en veel collega's hadden problemen met zijn pietluttigheid en humeurigheid, maar Pia werkte graag met hem samen. Niet in de laatste plaats dankzij zijn nauwkeurigheid hadden ze in het verleden zoveel zaken kunnen oplossen.

Twee auto's reden de tuin in. De pico bello schone antracietkleurige auto van de begrafenisondernemer volgde een modderige zilverkleurige combi, waaruit even later een beer van een kerel kroop. Raik Gehrmann, halverwege de vijftig, met blond haar dat aan de slapen al grijs werd en een bezorgd gezicht, kwam op Pia af.

'Hoofdinspecteur van de recherche Pia Sander van de K11 in Hofheim,' stelde ze zich voor. 'Bedankt dat u zo snel bent gekomen.'

'Geen probleem. Ik woon praktisch om de hoek.' Hij had een aangename basstem en zijn handdruk was warm en stevig. 'Een lijkwagen… is er iets gebeurd met meneer Reifenrath?'

'Ja, helaas. Het ziet ernaar uit dat hij al een paar dagen geleden is overleden,' antwoordde Pia.

'O mijn god! Dat is toch verschrikkelijk.' De dierenarts leek oprecht geraakt. 'Hoe heeft dat kunnen gebeuren? Waarom heeft niemand hem eerder gevonden?'

We weten tot nu nog niets over de omstandigheden van zijn dood,' zei Pia. 'Maar kijkt u alstublieft naar zijn hond. Hij ligt al een tijd in de kennel en verkeert in een zeer slechte toestand.'

'Beck's is in de kennel?' Dr. Gehrmann was verbaasd. 'Dat is raar. Hij zat er eigenlijk nooit in. Hij volgde Theo overal en sliep naast zijn bed.'

'Kan meneer Reifenrath de hond niet om een of andere reden hebben opgesloten?' wilde Pia weten.

'Dat is natuurlijk mogelijk,' antwoordde de dierenarts. Hij boog zich in zijn auto en pakte een tas van de passagiersstoel. 'Uitzonderingen bevestigen de regel, toch?'

'Hoe goed kent u meneer Reifenrath?' vroeg Pia.

'Ik ken hem al mijn hele leven. Mijn vader is een goede vriend van Theo. Ze waren vroeger allebei gepassioneerde huisdierfokkers. En sinds ik achttien jaar geleden een dierenartspraktijk in Kronberg heb overgenomen, behandelde ik Theo's dieren. Hij heeft tot een paar jaar geleden konijnen, tamme konijnen, kippen en pauwen gefokt, en ging met ze naar tentoonstellingen. En hij had altijd honden, soms twee of drie tegelijk. Ik kende hem heel goed, maar ik wil niet beweren dat ik zijn vriend was. Dat was eigenlijk niemand.'

'Hoezo?'

'Nou ja…' Dr. Gehrmann aarzelde. 'Theo is… was… tamelijk eigenaardig. Hij kon heel humeurig zijn. Soms keek hij je helemaal niet aan, marcheerde met een grimmig gezicht langs je heen of liet zich überhaupt niet zien. Op andere dagen was hij spraakzaam en vriendelijk. Je wist nooit waar je aan toe was.'

Ze liepen langs de keukendeur. Dr. Gehrmann zei niets over de lijkgeur, als dierenarts was hij waarschijnlijk sowieso niet overgevoelig.

Jolanda zat bij Beck's in de kennel. Ze had zijn kop op haar schoot gelegd, aaide hem en sprak zachtjes tegen hem. De hond maakte een iets alertere indruk dan zonet.

'Hallo, dr. Raik,' begroette het meisje de dierenarts. 'Opa Theo is dood! En met Beck's gaat het heel slecht. U moet hem redden! Mama heeft gezegd dat hij bij ons mag komen als niemand hem wil hebben.'

'Hallo Jolanda,' zei dr. Gehrmann. Bij de klank van zijn stem hief de hond moeizaam zijn kop en kwispelde zwak met zijn staart.

'Hij herkent u,' stelde Pia vast.

'We zijn ook oude vrienden. Ik ken hem sinds hij een pup was. Eén keer per jaar kom ik hier om hem te vaccineren. En af en toe om zijn nagels te knippen, of als er iets anders aan de hand is.' Dr. Gehrmann knielde en aaide de hond, die probeerde zijn hand te likken, met zijn berenklauwen zacht over zijn kop. 'Nou, Beck's, jongen, laten we eens kijken wat er met je aan de hand is.'

Jolanda assisteerde hem geconcentreerd en zag daarom niet dat haar moeder onopvallend naar de botten wees. Nu ze nauwkeuriger keek, stelde Pia vast dat mevrouw Scheithauer gelijk had. Tussen de hopen hondenpoep lagen menselijke botten. Waarom was het haar eerder niet opgevallen?

Ze liep een stuk langs de buitenkant van het hek van het buitenhok. De eigenlijke kennel stond op een betonplaat, die ongeveer zes meter lang en vier meter breed was. Door een deur met een klep kon de hond in het omheinde buitenhok met aarde komen. De harde regen van het voorjaar had bodemerosie veroorzaakt en de helling was een stuk weggegleden. Beck's had niet geprobeerd om onder het hek door te komen, maar hij had een gat onder de betonplaat gegraven. Pia's maag draaide om. Had de hond vlak voordat hij verhongerde vlees onder het beton geroken?

Ze gaf Jolanda's moeder haar visitekaartje en sloeg haar telefoonnummer op in haar mobiel.

'Ik denk dat het beter is dat u Jolanda naar huis brengt voordat mijn collega's van de technische recherche komen,' zei Pia. 'En ik zou u dankbaar zijn als u dat met de botten voor u zou kunnen houden.'

'Vanzelfsprekend.'

'Heel erg bedankt dat u zo opmerkzaam was. Ik had het compleet over het hoofd gezien.'

'U was afgeleid.' Een glimlach gleed over de mondhoeken van de vrouw. 'Als archeologe heb je nu eenmaal oog voor de kleinste details. U hebt mijn nummer voor het geval dat er nog iets is.'

'Ik zal zeker later vandaag of morgenochtend contact met u opnemen. Jolanda schijnt tamelijk veel over meneer Reifenrath en zijn gewoonten te weten. En dat kan voor ons eventueel nog van belang zijn.'

Bettina Scheithauer knikte alleen, maar stelde geen vragen, zoals waarschijnlijk ieder ander uit nieuwsgierigheid wel had gedaan.

'Denkt u dat hij het haalt?' wendde Pia zich nu tot de dierenarts.

'Ik denk het wel.' Dr. Gehrmann veegde zijn handen aan zijn broek af. 'Hij is erg uitgedroogd en erg ondervoed. Over de wonden aan zijn poten maak ik me een beetje zorgen, want ze zijn ontstoken. Ik kan hem het beste meenemen. Thuis kan ik hem beter behandelen dan hier.'

'Natuurlijk.' Pia knikte. 'Hebt u hulp nodig?'

'Nee, dat kan ik wel alleen.'

'Mag ik u later nog even bellen?'

'Graag.' De dierenarts scharrelde een gekreukt visitekaartje op uit zijn dokterstas en gaf het aan Pia, nadat hij nog snel zijn mobiele nummer op de achterkant had gekrast. Daarna wikkelde hij de hond in de vieze deken, tilde hem moeiteloos op en droeg hem door de beginnende regen weg, vergezeld door Jolanda en haar moeder.

***

De begrafenisondernemer vervoerde het lijk van Theo Reifenrath in een zwarte lijkzak, wat in zijn toestand geen eenvoudige onderneming was. Maar de mannen waren professioneel en klaagden niet. Ramen en deuren waren open, de ontbindingsgeur was niet meer zo geconcentreerd. Maar omdat het lijkvocht in de voegen van de tegels en tot in de vloer was gesijpeld, zou de geur nooit meer helemaal vervliegen.

Pia had de overige dertien berichten op het antwoordapparaat afgeluisterd en had de namen en telefoonnummers genoteerd. Er was zes keer opgehangen, driemaal had een man met de naam Joachim gebeld. Op 12 april had hij in de late ochtend op de band ingesproken dat hij een ongeluk had gehad en nog in het ziekenhuis in Sint-Petersburg lag en dat hij naar alle waarschijnlijkheid pas met Pasen ontslagen zou worden. De twee volgende keren had hij bezorgd geklonken, omdat Theo Reifenrath de telefoon niet opnam. De andere telefoontjes waren van een vrouw, die haar naam niet noemde en kennelijk door Joachim was gevraagd om te kijken of alles in orde was, maar ze was waarschijnlijk zelf op vakantie want haar telefoonnummer had als landnummer 0034. Ze hoopte dat 'Ivanka' inmiddels terug was, had ze gezegd. 'Goeie genade! Pak toch éíndelijk de telefoon eens op. Je verpest onze hele vakantie met je koppigheid. We zijn namelijk bezórgd! Maar hiervandaan kan ik nu niet voor je zorgen. Ik krijg ook geen vlucht tijdens de feestdagen. Het spijt me. Dinsdag na Pasen zijn we weer terug.'

Pia trok de la onder het bureaublad open. Ze vond een overvloed aan netjes uitgeknipte, voor een deel stokoude krantenartikelen waarin het over de activiteiten van de Vereniging van Huisdierfokkers ging, de ingelijste foto van een jong meisje dat serieus naar de camera keek en een versleten adresboekje. Tot nu toe wist ze zo goed als niets over de dode. Wat als hij niet de zonderlinge maar ongevaarlijke eenling was geweest zoals mevrouw Scheithauer, haar dochter en de dierenarts hem karakteriseerden, maar een moordenaar, die zijn slachtoffers onder de hondenkennel had begraven?

Net toen ze het adresboekje wilde doorbladeren, reden buiten de twee VW-busjes van de identificatiedienst voor. Pia stond op en liep door de keuken naar buiten om haar collega's te begroeten en wegwijs te maken.

'Sinds wanneer is de lijkenpikker al hier?' informeerde Christian Kröger en hij knikte naar Hennings zwarte Volvo.

'Al uren, waarde heer Kröger,' liet Henning achter hen van zich horen. 'Zeven-drie voor mij. En het is pas april!'

'Je was anders wel lang voor mij ingelicht,' mopperde Kröger. 'Concurrentievervalsing heet dat.'

Henning trok een wenkbrauw op en opende zijn mond voor een antwoord.

'Wat denk je over de botten?' vroeg Pia snel, voordat de gemoederen verhit konden raken door hun kinderachtige wedstrijdje wie van beiden het eerst bij een lijk was.

'Ze zijn van een mens, geen twijfel,' bevestigde Henning.

Terwijl Krögers mensen in de hevige regen hun spullen uit de twee VW-busjes laadden en hun beschermende kleding aantrokken, belde Pia hun baas, die echter niet opnam. Vervolgens tikte Pia op haar smartphone op het groene symbool met de gestileerde telefoonhoorn, daarbij de memo van de hoofdcommissaris van vanochtend compleet negerend. Je kon weliswaar ook op de dienst-BlackBerry's contactgroepen maken, maar in de praktijk was het gewoon te omslachtig om twee telefoons mee te nemen. Pia stuurde dus een bericht naar Bodenstein en een tweede naar de WhatsApp-groep van haar afdeling, die haar collega Tariq Omari met zijn voorliefde voor Amerikaanse politieseries de ambitieuze naam 'Major Crimes Squad' had gegeven: *@iedereen: We hebben een zaak. Wie in het land is, graag snel melden. Vakantiedagen kunnen later ingehaald worden!* :)

Ze zette de capuchon van haar donsjack op en schoof haar smartphone in de achterzak van haar spijkerbroek.

'Hoe willen jullie het aanpakken?' vroeg ze aan Christian en Henning.

Ondertussen regende het pijpenstelen, en het zag er niet naar uit dat het de komende uren zou ophouden.

'Onder deze omstandigheden doen we meer kwaad dan goed,' zei Kröger en hij fronste zijn voorhoofd. 'We zetten nu tenten op boven de kennel en het aangrenzende deel van het buitenhok en we beginnen morgenochtend. Tegen die tijd is de grond misschien iets opgedroogd.'

'Dat klinkt verstandig.' Henning deelde Krögers mening, wat maar zelden het geval was. 'Ik moet de aarde zeven. Dat is onmogelijk met deze kleigrond als die ook nog nat is.'

'Nou, aan de slag, jongens! En schiet op,' droeg Kröger zijn medewerkers op. 'We beginnen dan gewoon in het huis.'

***

Sandra Reker zat gehurkt op de vloer van de badkamer met haar rug stevig tegen het bad, haar armen om haar knieën geslagen. Ze trilde over haar hele lichaam, ze was misselijk en ze vocht tegen haar tranen. Als een stalen ring omklemde de angst haar borstkas en veroorzaakte die stekende pijn in haar middenrif, die ze vroeger bijna dagelijks had gevoeld. Nadat ze een paar weken geleden van haar advocate te horen had gekregen dat haar ex-man weer op vrije voeten was, was het alleen nog een kwestie van tijd tot hij bij hen zou opduiken – daar had ze zichzelf, haar meisjes en haar ouders psychisch op voorbereid. Ze had zichzelf de laatste jaren bij verschillende therapeuten binnenstebuiten gekeerd en er hard aan gewerkt de verwoestingen die deze destructieve relatie in haar ziel had achtergelaten, te verwerken. Eerst was het om puur overleven gegaan, later om genezing en een nieuwe start. Maar dat was allemaal theorie geweest. In de realiteit niets waard. De realiteit had haar zojuist, toen ze van het korte avondrondje met de kleine witte maltezer-reu van haar moeder uit het bronnenpark was teruggekomen, met volle kracht ingehaald. Ineens had hij voor haar gestaan. Hij was achter het houten paviljoen waaronder het Sodenia-standbeeld stond, vandaan gekomen en had haar zwijgend aangestaard. Sinds die verschrikkelijke avond vier jaar geleden had ze hem niet meer gezien.

'Zo, ben je weer bij je ouders ondergedoken?' had hij boosaardig gevraagd. 'Met het geld dat je van me hebt gejat, kun je je toch wel wat beters veroorloven.'

Ze had van angst geen woord kunnen zeggen, toch had ze het liefst tegen hem geschreeuwd. Na twintig jaar huwelijk was ze onbemiddeld achtergebleven, want er hadden op haar huis zoveel schulden gezeten, dat er bij de verkoop nauwelijks iets was overgebleven. Als ze niet met haar meisjes bij haar ouders had kunnen intrekken, had ze op straat gestaan!

'Geloof maar niet dat je van me af bent!' had hij gesnauwd. 'Je hebt mijn leven verwoest. Je zult voor alles wat je me hebt aangedaan betalen, dat zweer ik je. Jij, die slet van een deskundige en die kloterechter. Jullie zullen geen seconde rust meer hebben.'

Nog nooit had Sandra zoveel haat gezien in de ogen van een mens. Even had ze daar als verlamd gestaan, haar polsslag had zo luid in haar oren gebonsd, dat ze dacht dat haar hoofd zou barsten. De kleine hond had aan de lijn getrokken en geblaft omdat hij haar angst had gevoeld.

'Ik bel de politie!' had ze gestameld.

'Ja, doe maar.' Hij had zijn schouders opgehaald en boosaardig gelachen. 'Die komen sowieso pas als het te laat is.'

Sandra kon zich niet herinneren hoe ze thuis was gekomen. Ze was in shock. Hoe moest ze haar dochters over de ontmoeting met hun vader vertellen? Hoe zouden ze dat opnemen? Wat hij ook met haar had gedaan, voor zijn dochters was hij altijd een goede vader geweest en ze hielden van hun papa. Ze probeerde haar advocate te bereiken, maar die nam niet op. Ten slotte belde ze de politie, maar daar zeiden ze precies wat hij had voorspeld: het spijt ons, zolang er niets is gebeurd, kunnen we niets doen. Blijf binnen.

'Verdomme, verdomme,' fluisterde ze en ze duwde haar handpalmen tegen haar ogen.

Elk contact negeren, dat was het credo van haar psychologe. Dat had ze haar tijdens de vele sessies steeds weer ingeprent. Destijds, na haar vlucht, toen hij haar zo meedogenloos had gestalkt, had haar advocate binnen vierentwintig uur een contactverbod weten te regelen. Bijna vier jaar waren verstreken sinds de rechter hem als 'uiterst gevaarlijk' had bestempeld en naar een gesloten psychiatrische instelling in plaats van de gevangenis had gestuurd. Tot dan toe had Sandra nog nooit van §37 WvS gehoord, het artikel in het Wetboek van Strafrecht dat in werking treedt als een dader op grond van psychische ziekte weliswaar ontoerekeningsvatbaar is, maar hij als gevolg van zijn toestand een aanzienlijk gevaar vormt.

'U kunt blij zijn,' had haar advocate destijds tegen haar gezegd. 'Uw man zal heel, heel lang in de psychiatrische kliniek zitten. Misschien wel voor de rest van zijn leven.'

Hij was inderdaad achter de muren van de kliniek voor forensische psychiatrie in Eltville verdwenen. Sandra huiverde. Het was voor haar altijd duidelijk geweest dat hij het gekkenhuis weer uit zou komen, ongeacht wat ze allemaal hadden gezegd, de slimme advocaten en de ervaren psychologen. Geen van hen kende Claas zo goed als zij. Ze hadden allemaal geen idee hoe bedreven haar ex-man was in het manipuleren en voor zich innemen van andere mensen. Claas was tot vreselijke dingen in staat en had lak aan de normale sociale regels. Sandra beet met haar tanden in haar handpalmen om niet te huilen. Ze had de raad van haar therapeute moeten opvolgen en destijds onmiddellijk het land, ja, het beste Europa, met haar dochters moeten verlaten. Nu was het te laat. Maar ze moest hier weg. Ze mocht haar ouders en de meisjes niet in gevaar brengen.

Dag 2

Woensdag, 19 april 2017

Pia en haar baas Oliver von Bodenstein verlieten even voor acht uur het gebouw van de regionale recherche. De teambespreking was in kleine kring geweest, want Tariq was nog steeds voor die steekpartij onderweg en Kathrin en Cem werden pas aan het eind van de week terugverwacht van vakantie. Kai was al bezig met het verzamelen van informatie over Theodor Reifenrath, en Bodenstein moest om half tien bij de rechtbank verschijnen om een verklaring in een proces af te leggen die door de pers de 'pulloverpluisje-zaak' werd genoemd. Pia had het hoofd van het wagenpark haar de sleutels en de papieren van een dienstauto laten geven, want men wilde liever niet dat je je privéauto voor dienstritten gebruikte; bovendien had ze geen zin om een rittenboekje bij te houden om de kilometers die ze tijdens de dienst had gereden, te kunnen afrekenen. Ze waren net voorbij de veiligheidssluis bij de ingang, toen Pia ontdekte dat ze haar telefoon op kantoor had laten liggen.

'Verdomme!' Ze bleef staan. 'Ik moet weer naar boven.'

'We zien elkaar later!' Bodenstein stak groetend zijn hand op. 'Zodra ik klaar ben in de rechtbank, kom ik naar Mammolshain.'

'Is goed!' Pia wilde zich net omdraaien, toen een mintgroene Fiat 500 vanaf de straat het openbare parkeerterrein van de regionale recherche insloeg en het eerste parkeervak naast de geopende poort in reed. Was dat niet Kims auto? Ja. De deur van de bestuurder ging open en Pia's zus stapte uit. Maar in plaats van door de poort naar de ingang van het gebouw te gaan, liep Kim doelbewust naar het deel van het parkeerterrein dat alleen voor medewerkers was. Het stak Pia een beetje toen ze begreep dat Kim niet naar haar toe wilde. Ze liep de traptreden af en boog af naar links in de richting van de garage waarin de dienstauto's stonden. Haar laatste ontmoeting met Kim was bijna precies vier maanden terug. Het was met Kerstmis geweest, toen ze elkaar op eerste kerstdag hadden gezien tijdens de lunch bij hun ouders. Daarna had Kim op geen enkel bericht van Pia gereageerd, niet eens op haar goede wensen voor het nieuwe jaar. Weliswaar had Kim Pia na een heftige ruzie haar excuses aangeboden, maar toch was er sindsdien een duidelijk merkbare afstand tussen hen geweest, die niet meer te overbruggen was. De reden voor de ruzie was de kledingkwestie geweest, waarmee Engels steeds weer op Pia's zenuwen had gewerkt. Maar in plaats van sussend op Nicola Engel in te praten, zoals Pia van haar zus had verwacht, had Kim haar levenspartner gelijk gegeven en Pia daarmee onverhoeds aangevallen. Het was niet eens wát Kim had gezegd – Pia wist wel dat het in wezen klopte – maar Kims aanmatigende manier had haar diep gekwetst.

Sindsdien bleven hun gesprekken oppervlakkig en onpersoonlijk; toch wilde Pia niet dat hun contact volledig werd verbroken, zoals dat al een keer het geval was geweest. Meer dan tien jaar was Kim van het toneel verdwenen, tot ze vijf jaar geleden Pia heel verrassend had gebeld en haar had verteld dat ze Kerstmis met haar en hun ouders zou vieren. Ze had haar baan en haar woning in Hamburg opgezegd en wilde naar het Rijn-Maingebied terugkeren; tot ze een nieuwe stek had gevonden, was ze bij Pia en Christian op de Birkenhof ingetrokken. In die tijd was de relatie tussen de zusjes tot Pia's grote vreugde inniger dan ooit tevoren geweest. Maar toen Kim uitgerekend met Nicola Engel, Pia's baas, iets was begonnen, had ze niets meer van zich laten horen, telefoontjes en berichten alleen na lange tijd of helemaal niet beantwoord, en voor elke uitnodiging die Pia nog altijd volhardend stuurde, een excuus gevonden. De directeur van de recherche was al ruim vijf jaar Kims levenspartner, maar zelfs tijdens privéontmoetingen bewaarde ze afstand, en toen Christoph haar een keer na een paar glazen wijn op zijn ontspannen manier voorstelde elkaar te tutoyeren, had ze dat ronduit afgewezen. Misschien ooit eens, als ze niet meer Pia's baas was, maar niet nu, had ze zonder omhaal gezegd. Pia vermoedde dat Engel achter Kims veranderde gedrag stak, maar Christoph, die Nicola Engel de afwijzing niet kwalijk nam, dacht er anders over.

Pia liep het dienstterrein op en keek op het label van de autosleutel, waarop het kenteken van de dienstwagen stond, toen ze de opgewonden stem van haar zus hoorde. Kim en Nicola Engel stonden naast de BMW van Pia's baas en leken ruzie te hebben. Pia bleef achter de manshoge taxushaag staan die het dienstterrein omsloot, en gluurde door de takken. Kim wond zich ergens vreselijk over op, Engel was koeltjes, zoals altijd. Ook al verstond ze geen woord van wat er werd gezegd, Pia vond het niet prettig getuige te zijn van deze woordenwisseling. Opeens liet de directeur van de recherche Kim gewoon staan en liep rechtstreeks in Pia's richting. Die stapte achter de haag vandaag, deed alsof ze niets had meegekregen en liep naar de garage toe.

'Goedemorgen,' groette ze haar baas.

'Goedemorgen, mevrouw Sander,' antwoordde dr. Engel en ze liep langs haar heen. Ze maakte een even beheerste indruk als altijd, het was niet aan haar te merken dat er turbulentie in haar privéleven was. Iemand had haar een keer voor een met teflon beklede cyborg uitgemaakt, en dat klopte precies.

Pia opende de dienstauto, ging achter het stuur zitten en reed weg. Ze zag nog net hoe Kims Fiat in de straat afboog in de richting van de snelweg. Hoe moest ze zich gedragen? Net doen alsof ze niets wist? Kim bellen en vragen wat er was gebeurd? Nee, dat zeker niet, besloot Pia. Haar zus ervoer elke vraag naar haar privéleven, ook al was die nog zo onschuldig en aardig bedoeld, direct als bemoeizucht. Pia zette haar rechterknipperlicht uit en slaakte een zucht. Ze was niet iemand die haar zorgen openlijk rondvertelde of er via sociale media met anderen over discussieerde, maar ze besprak problemen met haar man, haar collega's of ook haar familie, wat Kim nog nooit had gekund. Haar zus had altijd al perfect willen zijn en iedere afwijking van de hoge verwachtingen die ze van zichzelf had, als een nederlaag gezien.

Zürich, 19 maart 2017

Fiona voelde zich ontworteld toen ze naar huis reed. Later werd haar duidelijk dat ze in shock verkeerd moest hebben, want ze kon zich niet meer herinneren dat ze afscheid van Ferdinand Fischer had genomen, en ook niet hoe ze bij de tramhalte was beland. Ze was zo van haar stuk dat ze een halte te vroeg was uitgestapt. Wat de man wiens naam als vader op haar geboorteakte stond, had verteld, had de grond onder haar voeten weggeslagen. En er was niemand met wie ze daarover kon praten. Haar vriendinnen had ze zo lang verwaarloosd, dat ze op een gegeven moment niets meer lieten horen. En Silvan? Ze bleef staan. Nee, het interesseerde hem niet meer wat er met haar gebeurde, dat had hij haar ondubbelzinnig te verstaan gegeven. *Je moeder of ik*, had hij op een gegeven moment gezegd. Uitgerekend op het moment dat mama haar meer nodig had dan ooit tevoren. Het had Fiona diep geraakt dat hij haar relatie met mama 'ongezond' had genoemd. 'Je moeder en jij, jullie leven in een symbiose!' had Silvan meer dan eens gezegd, eerst nog een beetje geamuseerd en welwillend. Maar in de loop van de tijd vond hij het niet meer grappig.

'Haar leven draait alleen om jou, ze isoleert je en ze verhindert je je eigen leven te leiden,' had hij haar verweten. 'Zoiets mag een moeder niet doen, Fiona, dat is ziek. Je bent tweeëntwintig en je snapt gewoon niet wat ze met je doet!'

Ze had wel geweten dat hij gelijk had, maar haar loyaliteit naar mama had haar niet toegestaan dat aan zichzelf toe te geven. Zijn laatste ultimatum had ze drie maanden geleden laten verstrijken. Daarna had hij haar zonder verdere toelichting op WhatsApp geblokkeerd en geen mail van haar meer beantwoord. Duidelijker kon niet.

Vertwijfeld probeerde Fiona helderheid in haar wild rondcirkelende gedachten te brengen. Dit verhaal was zo absurd en onbevattelijk dat ze het bijna niet kon geloven. Wat moest die vrouw – haar echte moeder – voor een mens zijn, dat ze een kind ter wereld bracht en dat dan gewoon aan een onbekende gaf? Maar afgezien daarvan: wat betekende dat voor haarzelf? Ze voelde zich van haar identiteit beroofd, bedrogen en belogen. Haar keel deed pijn van de tranen die ze uit alle macht onderdrukte.

'Mama, o, mama,' fluisterde ze hees. 'Waarom heb je me nooit iets verteld? Hoe kon je me dat toch aandoen?'

Ze barstte in snikken uit, drukte haar hand tegen haar mond. Ja, Silvan had met alles wat hij had gezegd gelijk gehad, dat wist zij zelfs! Het was niet goed van mama geweest haar zo erg in beslag te nemen. Ze had zich vaak genoeg een gevangene gevoeld, woedend en hulpeloos. Uitgerekend toen ze eindelijk moed had verzameld en had besloten in Freiburg te gaan studeren, was mama's ziekte voor de derde keer teruggekomen, en dit keer was de kanker in haar hele lichaam uitgezaaid: metastasen in het ruggenmerg, in de botten, in de hersenen, in de longen. Hoe had ze haar moeder in de steek kunnen laten? Zolang Fiona zich kon herinneren had de vreselijke ziekte, waaraan achtereenvolgens haar geliefde oma, mama's zus Heidi en ten slotte mama zelf met veel pijn waren overleden, als een zwaard van Damocles boven haar hoofd gehangen. In haar familie werd sinds generaties een gemuteerde genvariant overgeërfd, die de kans verhoogde een zeer agressieve vorm van borst- en eierstokkanker te krijgen. Na de dood van haar grootmoeder acht jaar geleden had de huisarts Fiona aangeraden zich in het instituut voor erfelijkheidsleer van de universiteit van Zürich te laten testen, maar dat had ze niet gedurfd, uit angst voor het resultaat. De angst had haar hele leven overschaduwd, tenslotte had ze drie keer van zeer dichtbij meegemaakt hoe wreed en verraderlijk deze ziekte was. Mama had maar al te goed geweten hoe bang ze daarvoor was geweest. Fiona bleef abrupt staan. Plotseling realiseerde ze zich wat dit waanzinnige verhaal voor haar betekende. De tranen die ze zo lang had ingehouden stroomden over haar gezicht, en ze kronkelde van pijn; het deed zo'n pijn aan zichzelf te moeten toegeven dat ze door haar moeder was gebruikt, ja, ronduit was misbruikt. Mama had geweten dat ze die genetische aanleg helemaal niet geërfd kon hebben, maar ze had niets gedaan om haar van die vreselijke angst te verlossen.

'O mama, o mama,' snikte Fiona. 'Als je van me hield, als je echt van me hield, dan zou je me de waarheid hebben verteld! Hoe kon je me dat aandoen?'

***

'De betonplaat moet helemaal weg,' besloot Christian Kröger, nadat hij in het buitenhok was gekropen en de gaten die de hond had gegraven, beter had bekeken. 'Daar liggen nog meer botten.'

'Ik was er al bang voor.' Pia knikte. 'Dan bel ik Henning om hem te vertellen dat hij de tijd kan nemen.'

Tijdens de rit van Hofheim naar Mammolshain had ze zitten piekeren waarover de ruzie tussen Kim en Nicola Engel zou zijn gegaan. Ze was nu bijna blij dat de nieuwe zaak haar dwong om aan iets anders te denken dan aan haar zus. Wat gisteren aanvankelijk een treurige, maar helaas alledaagse woninglijk-routinezaak had geleken, ontwikkelde zich tot iets veel groters.

'De plaat heeft geen echte fundering.' Christians stem haalde Pia uit haar gedachten. De tent was weer afgebroken en de hondenkennel inmiddels schoongemaakt, zodat de technici zich daar konden bewegen zonder het gevaar te lopen dat ze in de hondenpoep zouden trappen. De hekdelen waren gedemonteerd, het hondenhok was weggehaald. Dankzij de tent was de grond door de regen niet volledig doorweekt, desondanks was alles modderig.

'Een of andere prutser heeft gewoon beton op het gras gestort,' zei Christian botweg. 'Dat zou ook verklaren waarom de plaat zo brokkelig is.'

'Nou ja, misschien wilde de oude man niet veel geld investeren en heeft hij het daarom zelf gedaan,' bedacht Pia.

'Zou kunnen. Maar misschien wilde hij vermijden dat iemand een fundering uitgroef en daarbij het lijk ontdekte.' Christian veegde zijn modderige laarzen aan het gras af. 'We hebben een container voor het puin nodig en iemand met een pneumatische hamer. Eerder kunnen we het hier niet op een verantwoorde manier aanpakken.'

'Ik zorg ervoor,' beloofde Pia. 'Jullie kunnen dan zolang in het huis verdergaan.'

Gisteren waren de technici van de identificatiedienst begonnen de binnenkant van het huis te onderzoeken en sporen veilig te stellen. Zolang niet was opgehelderd hoe Theodor Reifenrath was overleden, gold zijn dood als een mogelijke moordzaak, en het huis moest daarom als plaats delict worden behandeld.

Binnen een uur had Pia een aannemer geregeld, wiens werknemers onder Krögers supervisie de betonplaat deel voor deel verwijderden en de brokken met kruiwagens wegbrachten, omdat ze niet met een bus tot aan de hondenkennel konden komen.

Om vier uur 's middags was de bodemplaat van de hondenkennel geheel verwijderd, en Henning arriveerde met zijn promovendi, die hem een handje zouden helpen met zijn werk.

De zon was achter dikke wolken verdwenen, daarom was ter bescherming tegen de regen de tent weer opgezet boven het opgravingsterrein, bovendien waren er schijnwerpers gemonteerd voor het geval dat het werk tot 's nachts zou duren. Een van de forensisch technici maakte voorzichtig met een handspade het gat breder dat Beck's had gegraven. Henning, in een modderige overall en rubberlaarzen, knielde naast hem, zijn bovenlichaam verdween half in het gat. Twee van Krögers mensen werkten naar hen toe door aan de andere kant van de vrijgemaakte delen met fingerspitzengefühl en uiterste zorgvuldigheid de ene laag aarde na de andere af te graven. Elke afzonderlijke schep werd nauwgezet gezeefd, de restanten uit de metalen zeven werden voor later onderzoek in plastic bekers verzameld.

Een andere technicus fotografeerde elk detail. Onder een andere tent, die op de grindtegels voor de open keukendeur was opgezet, werden de botten op een behangtafel verzameld en gesorteerd.

Nadat Henning had vastgesteld dat de menselijke botten in geen geval een historische vondst konden zijn, had Pia de dienstdoende openbaar aanklager geïnformeerd. Nu volgden Bodenstein, zij en hoofdofficier van justitie Rosenthal zwijgend de vorderingen van de gruwelijke opgravingswerkzaamheden op de voet. Het begon al te schemeren toen Henning uit het gat stapte om even te pauzeren.

'Lukas, ik ben dringend aan koffie toe,' zei hij tegen een van zijn promovendi. Die knikte en spurtte snel weg. Henning trok zijn handschoenen uit, zette zijn bril af en poetste de glazen met een brillenpoetsdoekje. 'Er liggen daar onder ten minste twee lijken. Het ene is helaas aangevreten door de hond, maar het andere lijkt nog in zeer goede conditie te zijn.'

'Twéé lijken?' Pia wisselde een bezorgde blik met haar baas, die kennelijk hetzelfde dacht als zij. Drie jaar geleden had de dochter van een overleden man in Schwalbach een huiveringwekkende ontdekking gedaan. Na de dood van haar vader had ze samen met haar man een gehuurde garage uitgeruimd, daarbij waren ze op een ton vol met lichaamsdelen gestuit. De zaak had in het hele land opzien gebaard, want de man, die langer dan veertig jaar een perfect dubbelleven had geleid, bleek de dader te zijn van ten minste vijf brute moorden; vier andere onopgehelderde moorden konden wellicht ook op zijn conto geschreven worden, maar daar was nog steeds geen sluitend bewijs voor.

'Hopelijk ontwikkelt dit zich niet tot een tweede Hessen-Ripperzaak,' zei Bodenstein.

'Dat hoop ik zeer zeker ook niet,' antwoordde Pia, maar natuurlijk was ze bang dat ze noch de lichamen konden identificeren, noch iemand ter verantwoording konden roepen, omdat de dader was overleden en zijn geheimen mee het graf in had genomen. De nachtmerrie van elke rechercheur.

'Misschien was hier vroeger ooit een familiekerkhof,' sprak ze een flauwe hoop uit. Vooral grote huizen, die generaties eigendom van een en dezelfde familie waren, hadden vaak zulke eigen begraafplaatsen, hoewel die nooit zo dicht bij het huis lagen. Maar stuitte men tijdens grondwerkzaamheden niet steeds weer op voormalige graven waarvan niemand het bestaan meer kende?

'Negatief.' Henning knikte naar de jongeman die hem een beker met dampende koffie gaf. 'Tenzij ze vroeger hun doden in folie wikkelden, in plaats van hen in doodkisten te begraven.'

'Hoezo in folie gewikkeld?' vroeg hoofdofficier van justitie Rosenthal niet-begrijpend.

'Lukas!' Henning knipte met zijn vingers. 'Haal eens een stuk van dat spul.'

De jongeman klom gehoorzaam in het gat en kwam even later terug met een stuk vies plasticfolie, dat hij aan zijn baas gaf. Kröger graaide het uit zijn hand en bekeek het kritisch.

'Dit is een speciale adhesiefolie, die zonder kleefmiddel op gladde oppervlaktes of op zichzelf kleeft,' schoolmeesterde Henning. 'De kleefkracht wordt bereikt door kleverige polymeren te mengen of hoog viskeus polyisobuteen te migreren in de...'

'Maak het toch niet zo spannend,' viel Christian Kröger hem nors in de rede. 'Het is heel ordinaire vershoudfolie, zoals je die in elke supermarkt vindt.'

'Telefoon!' riep op dat moment iemand vanuit de keukendeur. 'Hier in huis!'

'Ik neem op!' Pia drukte haar koffiebeker in Bodensteins hand en rende weg; tegelijkertijd schoot haar het adresboek weer te binnen dat ze gisteren in het bureau had gevonden. Pia trok de telefoon uit het oplaadstation en meldde zich buiten adem met 'Hallo?'

'Ivanka, ben jij het?' De gebiedende mannenstem klonk geërgerd. 'Wat is er met Theo aan de hand? Waarom neemt al dagen niemand de telefoon op? Ik heb minstens tien keer gebeld.'

'Mijn naam is Sander, recherche Hofheim,' antwoordde Pia. 'Met wie spreek ik?'

Het was een paar seconden stil.

'Fridtjof Reifenrath,' zei de man ten slotte. 'Wat doet u in het huis van mijn grootvader?'

'Dat bespreek ik liever niet door de telefoon. Ik weet dat het al laat is, maar het zou goed zijn als u hiernaartoe kunt komen.'

'Onmogelijk. Ik ben op dit moment in Los Angeles. Is er iets met mijn grootvader?'

'Het spijt me u te moeten vertellen dat we gisteren een lichaam hebben gevonden, waarbij het om meneer Reifenrath zou kunnen gaan.'

'Gisteren? En waarom hoor ik dat nu pas? Hoe bent u in het huis gekomen? En wat bedoelt u eigenlijk met: het zóú mijn grootvader kunnen zijn? Wat wilt u daarmee zeggen?'

Pia had al vaker de treurige taak gehad om familieleden te vertellen dat een bloedverwant was overleden, en ze had de meest uiteenlopende reacties meegemaakt, maar zo onvriendelijk en arrogant als deze vent was nog nooit iemand geweest. Ze besloot dat hij niet ontzien hoefde te worden.

'Het was tot nu niet mogelijk familieleden van meneer Reifenrath in te lichten,' antwoordde ze koeltjes. 'De forensisch patholoog schat dat de dood ongeveer tien dagen geleden is ingetreden. Het lijk verkeerde in een vergevorderde staat van ontbinding.'

'Hoe is dat nou mogelijk?' barstte Fridtjof Reifenrath woedend los. 'Waarom betaal ik eigenlijk een huishoudster om voor mijn grootvader te zorgen?'

Nu pas werd het Pia duidelijk dat haar gesprekspartner waarschijnlijk 'Fritz, de egoïstische rotzak' was, die zich niet meer hoefde te vertonen bij opa Theo.

'Tijdens de lijkschouwing werd een hoofdwond geconstateerd,' sprak ze verder. 'Daarom moeten we rekening houden met de mogelijkheid dat uw grootvader het slachtoffer is geworden van een geweldsdelict.'

'Nou, fantastisch! Dat ontbrak er nog maar aan.' Het verdriet over zijn overleden grootvader bleef bij Fridtjof Reifenrath nogal beperkt. Hij leek zich meer te ergeren aan de praktische gevolgen. 'Luister eens, ik kan op zijn vroegst pas overmorgen naar Frankfurt komen, ik heb nog een paar belangrijke afspraken. Ik zal iemand op de hoogte brengen, die contact met u zal opnemen.'

Pia gaf hem haar naam en telefoonnummer, daarna hing ze op. Toen ze naar buiten liep nam ze het adresboekje mee en sloeg het open. Op de eerste bladzijde stonden namen en telefoonnummers genoteerd, die de oude man waarschijnlijk vaak had gebruikt. Een paar waren doorgestreept.

Sevič, Ivanka
Doll, André
Fröhlich, Isabell (Izzi)
Dr. Gehrmann, dierenarts
~~Gehrmann, Willi~~
Lindemann, Ramona (+ Sascha)
~~Reker, Claas~~

Reifenrath, Fridtjof – alleen in geval van nood!!
Dr. Richter, huisarts
Vogt, Joachim

'En? Wie belde er?' informeerde Bodenstein toen ze bij de hondenkennel terugkwam.

'De kleinzoon van de overledene,' antwoordde ze. 'Een onsympathieke idioot genaamd Fridtjof, die helaas niet kon komen omdat hij nu in Los Angeles is.' Door de ongebruikelijke naam ging er een belletje in haar achterhoofd rinkelen, maar ze wist haar vinger er niet achter te krijgen.

'Fridtjof Reifenrath?' vroeg Bodenstein verrast.

'Ja.' Pia bladerde in het adresboekje. 'De naam Fridtjof zegt me iets.'

'Als het dé Fridtjof Reifenrath is, en daar ga ik nu bijna van uit,' zei Bodenstein met gefronst voorhoofd, 'dan zou het niet vreemd zijn. Tenslotte staat zijn naam al weken en maanden in de kranten.'

'Hoezo dat?' Pia keek verwonderd op.

'Hij is de CEO van de DAX-onderneming Duitse Effecten- en Handelsbank, de DEHAG,' informeerde Bodenstein haar. 'De laatste maanden leidde hij een vijandige fusie met een grote Britse investeringsbank en hij wilde de zetel van de onderneming van Frankfurt naar Londen verplaatsen, maar de deal mislukte door protest van de aandeelhouders en uiteindelijk door de brexit.'

'Daardoor werd bekend dat Reifenrath zich schuldig had gemaakt aan handel met voorkennis,' vulde hoofdofficier van justitie Rosenthal aan. 'Hij zit momenteel flink in de penarie. Waarschijnlijk heeft hij zijn langste tijd als bestuursvoorzitter van de DEHAG wel gehad.'

'Daar heb ik nog nooit iets over gehoord,' mompelde Pia.

'Lees je geen kranten?' vroeg Bodenstein.

'Jawel, hoor. Elke ochtend het *Kreisblatt*. Maar alleen het plaatselijke nieuws, de rouwadvertenties en de laatste pagina.'

'Aan onwetendheid gaat de wereld ten onder.' Bodenstein schudde zijn hoofd.

'Kom op! Jij leest toch ook pas het economiekatern sinds je schoonmoeder jou haar curator heeft gemaakt.'

'Dat is niet waar,' sprak Bodenstein haar tegen. 'Maar, ik geef toe, ik neem nu meer tijd om de krant te lezen dan vroeger.'

'Nou ja, het zij zo.' Pia klapte het adresboekje dicht. 'Ik ken de naam in een ander verband. Maar het schiet me gewoon niet te binnen waarvan.'

De medewerkers van de begrafenisonderneming, die zich een dutje in hun auto hadden veroorloofd, werden gehaald om het inmiddels eveneens geborgen tweede lichaam af te voeren. Henning hield elke handeling met argusogen in de gaten.

'Wat is dát nou?' Een jonge agente, die even daarvoor met haar collega's ter versterking was gekomen, huiverde bij het zien van het vrouwelijke lijk, dat op een vervuild personage uit Madame Tussauds leek. 'Het lijkt wel een zombie!'

'Dat noem je een verzeept lijk,' corrigeerde Henning haar.

'O mijn god! Hoe ontstaat zoiets dan?' Ze bekeek het lichaam met een mengeling van fascinatie en afschuw.

'Verzeepte lijken zijn helaas een wijdverbreid fenomeen op Duitse begraafplaatsen,' kwam Bodenstein tussenbeide. 'We krijgen er met opgravingen steeds vaker mee te maken. Te vochtige en leemachtige grond zorgt ervoor dat lichamen niet ontbinden.'

'Deze lijken werden in plasticfolie gewikkeld, wat de ontbinding extra remt of zelfs verhindert,' zei Henning. 'Overigens is het in ieder geval een sprookje dat doden onder de aarde door insecten en regenwormen worden aangevreten. Ze vergaan door lichaamseigen enzymen uit de darmflora. Onder ideale omstandigheden ontstaan in het lijk temperaturen tot dertig graden, en op zijn laatst na vijf jaar zijn alleen de botten nog over. In natte leemgrond zoals deze werkt de vochtigheid echter als koelmiddel. De activiteit van de enzymen stopt en de vetmoleculen spoelen weg. Onder de huid van de dode verharden ze tot deze kruimelige, witte massa, het zogeheten lijkenvet of adipocire, die het lijk als een pantser omhult.' Om te demonstreren hoe hard het pantser was, klopte hij met zijn knokkels op het lichaam. 'Klinkt hol, hoor je dat?'

'Henning, zo is het genoeg!' waarschuwde Pia.

Openbaar aanklager Rosenthal, die Hennings zwarte humor deelde, grijnsde stiekem.

'O god, daarover ga ik vannacht vast en zeker dromen,' mompelde de agente, die zichzelf met moeite wist te beheersen. Ze was doodsbleek geworden. 'Zo wil ik niet eindigen.'

'Om daar zeker van te zijn, bestaat er maar één manier,' merkte een van de twee begrafenisondernemers op en hij trok met een ruk de rits van de zwarte lijkenzak dicht. 'Namelijk een crematie op duizend graden Celsius.'

Op dat moment brak er in de kuil opwinding uit. Iedereen stopte met zijn werk en keek naar beneden.

'Wat is er aan de hand?' informeerde Bodenstein.

'Het ziet ernaar uit dat er nog een derde lichaam ligt!' verkondigde Christian. 'Het lijkt wel een massagraf.'

'Wie dat zo ondoordacht uitkraamt, heeft nog nooit een echt massagraf gezien,' zei Henning, die een hele tijd vreedzaam zij aan zij met Kröger had gewerkt.

'Ik kráám niets uit,' snauwde Christian woedend. 'En ondoordácht ben ik niet.'

Zijn medewerkers rolden met hun ogen, maar hielden zich wijselijk buiten de woordenstrijd om niet tussen de twee fronten terecht te komen.

'Toen ik in 1995 in Srebrenica en in 1998 in...' begon Henning, maar Christian onderbrak hem.

'Je wilt ons toch niet weer met je twintig jaar oude heldendaden vervelen! Ik bedoelde het als metafóór, als je weet wat dat is. Typisch jij om elk woord op een goudschaaltje te wegen.'

'Heb je enig idee hoe oud het tweede lijk zou kunnen zijn?' Pia sprong er snel tussen, voordat de situatie escaleerde.

'Nee.' Henning trok een paar schone latexhandschoenen aan. 'Het kan een paar maanden tot jaren duren voordat de omzetting van onverzadigde vetzuren in verzadigde vetzuren is voltooid. Twee tot drie jaar zal ze er op zijn minst hebben gelegen, als het niet aanzienlijk langer is.'

'Wie weet hoeveel lijken hier nog meer begraven liggen.' Pia zuchtte. 'Het stuk grond is enorm. We moeten het met een georadar en honden laten afzoeken.'

'Ja, dat lijkt me ook het beste.' Bodenstein nipte aan zijn koffie en vertrok zijn gezicht toen hij merkte dat die koud was geworden.

'Wat weten we tot nu toe over de eigenaar van het grote huis?' informeerde openbaar aanklager Rosenthal. 'Is dat de dode in de keuken?'

Pia's telefoon zoemde. Christoph. Hij liet hem maar twee keer overgaan en hing weer op, omdat hij wist dat ze hem zou terugbellen zodra ze tijd had.

'Ik ga uit van wel,' antwoordde ze. 'Hij heet Theodor Reifenrath, was in de tachtig en weduwnaar. Zijn familie bezat vroeger de Kronthaler mineraalbron. Hij woonde hier alleen met zijn hond.'

Ze vertelde Rosenthal over het buurmeisje, dat bij opa Theo in en uit was gelopen om hem in de tuin te helpen en met zijn hond te spelen, en toen drong tot haar door dat ze de lichamen vermoedelijk nooit hadden gevonden als iemand de hond niet in de kennel had opgesloten. Waarschijnlijk zou de vergevorderde staat van ontbinding van Reifenrath alleen als een nieuw geval van tekortschietende sociale controle in het dossier geregistreerd worden, en daarmee zou de zaak zonder eerst een lijkschouwing zijn afgehandeld.

'Als hij echt om het leven is gebracht,' zei Pia somber, 'dan zoeken we misschien wel de moordenaar van een seriemoordenaar.'

'U moet het noodlot niet tarten, mevrouw Sander!' vermaande openbaar aanklager Rosenthal. 'Maar ik dien natuurlijk alle noodzakelijke verzoeken in bij de rechtbank. Houdt u me alstublieft op de hoogte.'

'Vanzelfsprekend.' Pia schudde Rosenthal ten afscheid de hand en hij verdween in de duisternis. Daarna belde ze Christoph terug. De overdracht van de boerderij was soepel verlopen, en de nieuwe eigenaren waren tevreden.

'Zullen we ergens wat gaan eten en een glas champagne drinken op onze Birkenhof, nu we toch lopend kunnen gaan?' vroeg hij.

'Het ziet er helaas niet naar uit dat ik voor middernacht terug ben,' antwoordde Pia spijtig. 'Dit hier wordt een grotere zaak.'

'Prima.' Christoph kende de onzekerheden van Pia's baan. 'Dan haal ik pizza voor ons. Die kun je ook later nog de magnetron in schuiven.'

De mannen in de witte overalls werkten ondanks de kou en de regen met geroutineerde concentratie, terwijl de generatoren, die de schijnwerpers van stroom voorzagen, oorverdovend bromden.

'We zouden de lijken nooit hebben gevonden als de hond niet door iemand in de kennel was opgesloten,' zei Pia tegen haar baas. 'Hopelijk liggen er niet nog meer!'

'Ik ben bang dat dat niet uit te sluiten is.' Bodenstein gooide de rest van zijn koffie in een bosje en onderdrukte een geeuw. 'Kai zorgt al voor de georadar en de lijkenhond.'

Ze liepen om het huis naar het voorplein omdat Pia de officiële zegels uit haar auto wilde halen; die had ze nodig om de twee huisdeuren tot morgen te verzegelen.

'Je kunt rustig naar huis gaan. We hoeven niet allebei de halve nacht door te halen. Ik blijf hier tot het derde lijk is geborgen.'

'Bedankt. Dan zie ik je morgen op kantoor.' Bodenstein haalde zijn autosleutel tevoorschijn en opende met de afstandsbediening de zwarte Porsche, die hij een stukje verder had geparkeerd. 'Een goede nacht!'

'Ja, jij ook een goede nacht.' Pia bleef staan om te kijken hoe hij zich met zijn één meter achtentachtig behendig in de lage sportauto vouwde. Ronkend sloeg de motor aan en Bodenstein grijnsde, gelukkig als een kleine jongen. Voor andere mensen verborg hij zijn enthousiasme met een blasé, onverschillig gezicht, maar tegenover Pia veinsde hij niet, tenslotte wist ze heel goed dat een auto als deze altijd al zijn geheime droom was geweest, die hij zich, met zijn salaris als ambtenaar, nooit had kunnen veroorloven. Nog altijd hadden de mensen het hardnekkige idee dat een adellijke naam hetzelfde betekende als welvaart, maar dat ging in de meeste gevallen niet op. Weliswaar zou Cosima, Bodensteins ex-vrouw, zo'n auto makkelijk voor hem hebben kunnen financieren, maar dat had zijn trots niet toegestaan. Pia keek toe hoe hij op de binnenplaats keerde. De brede banden knarsten op het grind, en toen verdween de auto met ronkende motor in de duisternis.

'Mannen en sportwagens,' mompelde ze hoofdschuddend. 'Dat zal ik waarschijnlijk nooit begrijpen.'

Dag 3

Donderdag, 20 april 2017

Het was ver na middernacht toen Pia eindelijk de huisdeur openmaakte, haar rugzak aan de kapstok hing en haar schoenen uitdeed. Ze had helse rugpijn en al sinds vroeg in de middag niets meer gegeten, daarom verslond ze hongerig twee stukken koude pizza met tonijn, voordat ze twee tabletten van vierhonderd milligram ibuprofen innam. Daarna liep ze naar boven en ging onder de douche staan om de penetrante lijkgeur kwijt te raken, die in elke porie van haar huid en in haar haar was gaan zitten. Haar stinkende kleren gooide ze door de waskoker. Christoph lag in bed te slapen, zelfs het lawaai van de föhn had hem niet wakker gemaakt. Pia moest glimlachen toen ze hem zag. Het nachtlampje brandde, hij had zijn leesbril nog op zijn neus en er lag een opengeslagen boek op zijn borst. *Doodse stilte in het wad*, las Pia. Ook Christoph had zich onder de thrillerlezers geschaard. Ze moest hem morgen meteen over Hennings ambities vertellen.

'Ah, daar ben je dan,' mompelde hij slaperig toen ze hem van zijn bril en boek bevrijdde, zijn wang kuste en het lampje op het nachtkastje uitdeed. 'Hoe laat is het?'

'Twintig over een,' antwoordde Pia gapend en ze kroop tegen hem aan. 'Het spijt me echt dat ik je met de boerderij in de steek heb gelaten.'

'Heb je niet. Alles is oké,' antwoordde hij met zijn ogen dicht. Hij slaakte een diepe zucht en draaide zich op zijn linkerzij. Pia kon niet meteen slapen, hoewel ze doodmoe was. Ze luisterde naar Christophs regelmatige ademhaling en dacht erover na hoe iemand tientallen jaren een perfect dubbelleven kon leiden en ongemerkt misdaden kon begaan. Te geloven dat de wereld door globalisering en sociale media kleiner en transparanter werd, was een gevaarlijke illusie – het tegendeel was het geval. De anonimiteit van het internet bevorderde perversies en onverschilligheid in een omvang die vroeger niet had bestaan. Maar moesten niet op zijn minst de naaste familie en vrienden merken dat iemand een moordenaar werd? Hoe goed kende je je man, je levensgezel, je broer of zwager echt? En wat betekende het voor een man in de positie van een Fridtjof Reifenrath als bekend werd dat zijn grootvader in plasticfolie gewikkelde vrouwenlijken op zijn stuk grond had begraven?

Pia draaide heen en weer tot ze een houding vond waarin haar rug geen pijn deed.

Wie waren de drie vrouwen van wie ze vandaag de stoffelijke overschotten hadden gevonden? Waar kwamen ze vandaan? Welke noodlottige samenloop van omstandigheden had ertoe geleid dat ze moesten sterven en onder een hondenkennel op een stuk grond in Mammolshain waren begraven? En wat voor mens was Theodor Reifenrath, opa Theo, die met zijn elfjarige buurmeisje limonade had gemaakt en in de tuin had gewerkt, werkelijk geweest? Weliswaar waren seriemoordenaars in romans, films en Amerikaanse CSI-series steeds weer geliefde personen, maar in de realiteit waren ze dat maar zelden. Hoewel juist met de zaak in Schwalbach weer was aangetoond dat een seriemoordenaar niet noodzakelijkerwijs aan het cliché beantwoordde van de sociaal achtergestelde, weinig intelligente buitenstaander. Tegen twee uur 's nachts viel Pia in een onrustige slaap, waaruit ze al na vier uur met hartkloppingen opschrok omdat ze had gedroomd dat ze tot aan haar heupen onder een betonplaat was begraven, wat veroorzaakt kon worden door het feit dat de kat het zich comfortabel had gemaakt op haar benen. Voor het raam tjilpten de eerste vogels en ze hoorde in de verte het gieren van naderende vliegtuigmotoren, een dagelijks geluid in het Rijn-Maingebied.

Een halfuur later zaten Christoph en zij in de keuken de krant te lezen en koffie te drinken, terwijl ze de gebeurtenissen van de vorige dag bespraken.

'Ik vraag me af hoe iemand drie mensen kan vermoorden en voor zijn keukendeur kan begraven zonder dat het iemand opvalt,' zei Pia en ze nam een hap van haar geroosterde boterham met Nutella.

'Actief negeren,' antwoordde Christoph. 'Op de wc lag toch een tijdje dat boek over de vrouw van de meervoudige moordenaar uit Baden-Württemberg, die steil achteroversloeg toen haar man werd gearresteerd?'

'Ja, waanzinnig, toch?' Pia herinnerde zich het boek, dat Kai haar had geleend. 'Maar hoe kan dat? Je kunt toch eigenlijk niet echt geïnteresseerd zijn in je partner als het je niet opvalt dat er iets mis is met hem?'

'Dat heeft met zelfverloochening en angst voor de waarheid te maken,' meende Christoph. 'De schijn moet onder alle omstandigheden hooggehouden worden. En er zijn natuurlijk overal verontschuldigingen en verklaringen voor.'

'Maar ik geloof toch echt dat ik het zou merken als je zou rondrijden om mensen te vermoorden.'

'En als dat nu eens niet zo zou zijn!' Christoph liet zijn tanden zien en grijnsde duivels. 'Ik zou je kunnen vertellen dat ik op een of ander congres ben, en je zou me geloven, omdat je me vertrouwt.' Toen werd hij serieus. 'Ik zou in elk geval nooit op het idee komen een lijk op mijn eigen grond te begraven.'

'Tenzij precies dát je een kick zou geven,' bracht Pia er peinzend tegen in. 'Iemand die drie vrouwen vermoordt en begraaft, denkt niet als een normaal mens.'

Haar blik viel op de keukenklok.

'Ik moet ervandoor.' Ze stond op en zette haar koffiekopje en bord in de vaatwasser. 'We hebben om half acht de eerste teambespreking.'

'Waarschijnlijk had die vent een moeilijke jeugd.' Christoph dronk zijn koffie op en kwam ook overeind. 'Dat zeggen ze toch altijd als een of andere zieke, gewelddadige misdadiger in het gekkenhuis belandt en niet in de gevangenis.'

'Vaak zit er wel iets in.' Pia schoot haar jas aan. 'En de echte zieke geesten zijn volgens mij in een psychiatrische inrichting veruit beter af dan in de gevangenis, waar ze op een gegeven moment hun straf hebben uitgezeten en weer op vrije voeten komen.'

Christoph haalde alleen zijn schouders op, maar ze kon aan zijn gezicht zien dat hij haar mening niet deelde. Haar een mooie dag wensen was met het oog op de taak die haar te wachten stond niet gepast, daarom nam hij haar alleen in zijn armen en gaf haar een kus.

'Tot vanavond, liefje,' zei hij. 'Pas op jezelf.'

'En jij ook.' Pia beantwoordde zijn kus, pakte haar autosleutel en tas en verliet het huis. Toen schoot haar te binnen dat ze helemaal was vergeten Christoph over Kim en Nicola te vertellen.

***

Het team, dat stipt om half acht was bijeengekomen in de vergaderkamer van de K11 op de eerste verdieping van het gebouw van de regionale recherchedienst, was te overzien. Pia was al een halfuur eerder op kantoor geweest, ze had Kai Ostermann het adresboekje van Theodor Reifenrath gegeven en samen met hem alle tot dusver bekende feiten op het whiteboard geschreven. Kai zat achter zijn opengeklapte laptop aan de onderkant van de U-vormige tafelopstelling. Zonder dat Bodenstein hem dat officieel had gevraagd, had hij de taak van informatiedeskundige op zich genomen, omdat hij heel goed wist dat niemand met hem over deze taak zou twisten. Los van het feit dat hij door zijn beperking toch al alleen in de binnendienst werkte, maakten zijn jarenlange ervaring, zijn zorgvuldigheid en zijn computerachtige geheugen hem voor dit verantwoordelijke werk bijzonder geschikt. Alle berichten en verslagen zouden bij hem binnenkomen en hij was verantwoordelijk voor het beheren van de belangrijkste dossiers en de sporenbestanden. Links van hem zat inspecteur Tariq Omari, Christian Kröger ging aan het linkerbeen van de U zitten, Bodenstein nam tegenover hem plaats.

Net toen Pia wilde beginnen, hoorde ze het staccato van hakken die in de gang dichterbij kwamen, en ze weerstond de reflex haar spiegelbeeld in het raam te controleren. Omdat ze de rest van de dag op de plaats delict zou doorbrengen, had ze die ochtend geschikte kleren uitgezocht.

'Goedemorgen!' groette Nicola Engel de groep en ze ging op de lege stoel naast Bodenstein zitten.

Pia schetste bondig de situatie en gaf aan dat de dood van Theo Reifenrath op grond van de omstandigheden als geweldsdelict behandeld moest worden, tot een lijkschouwing het tegendeel bewees.

'We hebben gisternacht op het stuk grond van de overledene de stoffelijke overschotten van drie vrouwelijke personen gevonden,' zei ze tegen de groep. 'Op dit moment moeten we ervan uitgaan dat Theodor Reifenrath, de eigenaar van het landgoed, op een of andere manier in relatie stond met de drie vrouwen.'

'De drie lichamen kunt u aan de collega's van de AOZ overdragen,' zei dr. Engel, zonder van haar smartphone op te kijken.

'AOZ?' vroeg Tariq, ongebruikelijk traag van begrip. 'Wat betekent dat nu weer?'

'Afdeling voor Onopgehelderde Zaken,' verduidelijkte Pia. Cryptische afkortingen waren bij de politie in het algemeen, en bij hun baas in het bijzonder, heel populair.

'Correct,' knikte de directeur.

'Dat zou kunnen, maar dat doen we niet,' antwoordde Pia. 'Het is onze zaak, en ik ben niet van plan me de deelstatelijke recherchedienst door de strot te laten duwen.'

'Wat zegt je meerdere daarover?' vroeg Engel.

'Die heeft dezelfde mening,' antwoordde Bodenstein laconiek.

Dr. Engel keek op van haar smartphone en schonk Pia een boze blik, die deze koel beantwoordde. De directeur haatte het als er geen gevolg werd gegeven aan haar bevelen, die als adviezen werden gecamoufleerd. Toch had ze daarmee in het verleden vaker schipbreuk geleden en ze hield er daarom ook niet aan vast, want ze haatte publieke nederlagen nog meer dan Pia's onbuigzaamheid.

'Wie is de dode?' wilde ze in plaats daarvan weten.

'Theodor Ernst Reifenrath,' nam Kai Ostermann het over en hij schraapte zijn keel. 'Geboren op 12 juli 1930 als zoon van mineraalwaterfabrikant Konrad Reifenrath en zijn vrouw Edith in Königstein. Getrouwd met Rita Reifenrath, meisjesnaam Kreidler, sinds 1951...'

'Hij was weduwnaar, zei de buurvrouw,' bracht Pia ertegen in.

'Het is maar hoe je het bekijkt,' antwoordde Kai en hij leunde achterover. 'Met het oog op de drie dode vrouwen onder de hondenkennel zou het heel interessant kunnen zijn dat Rita Reifenrath in mei 1995 spoorloos is verdwenen. Haar auto werd destijds op een parkeerplaats in de buurt van de Rijnoever in Eltville gevonden. Men ging ervan uit dat ze zelfmoord had gepleegd, want ze was depressief. Er werd een groots opgezette zoektocht gehouden, duikers in de Rijn enzovoorts, en natuurlijk waren er ook politieonderzoeken, maar zonder resultaat. Rita Reifenrath werd nooit officieel doodverklaard, en is tot op de dag van vandaag vermist.'

'Hoe oud was ze toen ze verdween?' vroeg Christian Kröger.

'Moment...' Kais vingers vlogen over het toetsenbord van zijn laptop. 'Ze was van 1927, dus negenenzestig.'

'Dan is ze niet een van de drie lichamen. Die waren bij hun dood aanzienlijk jonger.'

'Theodor Reifenrath en zijn vrouw Rita droegen kinderen een warm hart toe,' sprak Kai verder. 'Twintig jaar lang namen ze talrijke pleegkinderen op, bij voorkeur uit kindertehuizen in het Main-Taunusdistrict of Frankfurt.'

'Hun huis was al in de jaren twintig en dertig van de afgelopen eeuw een kindertehuis onder leiding van nonnen, tot het door de nazi's werd opgeheven,' vulde Pia aan. 'De vader van Theo Reifenrath kon het gebouw van de orde overkopen. Met zijn mineraalbronnen en de afvulinstallaties verdiende hij goed en tientallen jaren was hij een van de belangrijkste werkgevers in Mammolshain en omgeving.'

'Hebben we al informatie over de lichamen?' Nog altijd speelde de directeur met haar telefoon, haar voorhoofd gefronst.

'Nee, we weten eigenlijk nog niets,' antwoordde Pia. 'Professor Kirchhoff zal zo snel mogelijk de lijkschouwingen uitvoeren. We gaan eerst door met het forensisch-technisch onderzoek van het huis. We moeten uitvinden waarom Reifenrath tien dagen lang niet werd gemist, wie de hond in de kennel heeft opgesloten en...'

De mobiele telefoon van dr. Engel ging over. Alsof de directeur erop had zitten wachten, schoof ze haar stoel achteruit en stond op. Misschien was het Kim? Wie weet hadden ze het wel weer goedgemaakt.

'Bedankt, mevrouw Sander,' zei ze. 'Meld me vanavond uw vorderingen. Veel succes.'

Hoewel Bodenstein eigenlijk de baas van de K11 was, negeerde Nicola Engel hem zo nu en dan volledig, wat hij niet erg vond, wist Pia.

Toen haar baas met haar telefoon aan haar oor de vergaderkamer had verlaten, beschreef ze het telefoontje met Fridtjof Reifenrath aan haar collega's. Ze had opzettelijk gewacht tot dr. Engel weg was, want zo'n prominente naam was voor de directeur zeker aanleiding geweest om zich ermee te bemoeien, en dat zou elk onderzoek, zoals de ervaring had geleerd, gecompliceerder maken.

'De mensen met de georadar komen tegen tien uur,' zei Kai. 'En de lijkenhond komt ook rond die tijd.'

'Oké.' Pia knikte. 'Christian, gaan jullie alsjeblieft verder in het huis. De baas en ik zullen nog met Jolanda Scheithauer en andere buren spreken. Tariq, jij kunt een paar ondervragingen in Mammolshain overnemen.'

'Maar wie houdt zich dan bezig met de zaak van dat lijk in Eschborn?' vroeg Tariq.

'Ach, dat klopt, die hebben we ook nog.' Pia dacht na. Een hotel in Eschborn had een dode gemeld, een 'koude afreis', zoals een suïcide in een hotelkamer eufemistisch werd genoemd. Zeker op feestdagen als kerst of Pasen, wanneer mensen zich pijnlijk bewust worden van hun eenzaamheid, kwam dat vaker voor. 'Oké, dan rij je naar Eschborn en dan kom je zodra je kunt.'

'En hoe zit het met de leegstaande gebouwen op het landgoed?' informeerde Kröger. 'Zullen we die ook doen?'

'Het woonhuis heeft nu de eerste prioriteit,' antwoordde Pia. 'Maar wanneer de hondengeleider met de lijkenhond er is, moet hij het hele terrein afgaan. Verder nog vragen?'

Ze keek rond, en zag aandachtige gezichten.

'Goed, aan het werk,' zei ze. 'Vanavond zien we elkaar hier weer.'

De meeste geweldsdelicten lagen in de relatiesfeer, waarbij het slachtoffer en de dader elkaar kenden, en die waren navenant snel op te lossen. Omdat Pia wist wat voor sporen een geweldsdelict in het leven van het slachtoffer of – als het om moord, doodslag of een suïcide ging – van de nabestaanden achterliet, werd haar werk nooit puur routine, maar sommige zaken eisten meer van haar en haar team dan andere. Deze nieuwe zaak leek zich tot zo'n zaak te ontwikkelen.

***

Aschaffenburg, 12 mei 1988

Er is bijna niets zo verschrikkelijk als een dronken vrouw. De hele avond heeft ze zich laten vollopen met bier en tequila en om de nek van een paar Amerikaanse soldaten gehangen, als een goedkope hoer. De concurrentie is groot, want er zijn een heleboel Duitse meisjes in de pub, die er allemaal van dromen een Amerikaan aan de haak te slaan. De meesten zijn jonger en mooier dan zij. Ze heeft niemand aan de haak geslagen. Het is snel middernacht. De Amerikanen vertrekken voordat de militaire politie opduikt en problemen maakt. Alles verloopt perfect voor me. Eerder op de avond had de domme gans ruziegemaakt met haar vriendin, die er op een gegeven moment haar buik vol van had en vertrok. Ik vertrek ook als de meeste Amerikanen weggaan, want ik wil niet opvallen. Ik hoef inderdaad maar een kwartier te wachten tot ze naar buiten komt, zo dronken als een kanon. Ik observeer hoe ze probeert een sigaret aan te steken. Ze kijkt naar links en naar rechts, maar de straat is uitgestorven. Bussen rijden om deze tijd niet meer. Voor een taxi heeft ze geen geld. Ze begint te lopen, ze waggelt over de stoep. Ik tril tot in het diepst van mijn wezen van opwinding als ik de motor start. Ik heb zo lang aan mijn plan zitten sleutelen, ik heb alles zo perfect mogelijk voorbereid en aan alle eventualiteiten gedacht. Ik kan bijna niet meer wachten.

'Hoi!' Ik draai het passagiersraampje naar beneden, ik rijd stapvoets naast haar. Ze blijft staan, leunt tegen mijn auto. Ze kijkt me met een glazige blik onderzoekend aan. Haar make-up is uitgelopen.

'Was je niet ook in de pub?'

'Klopt. Kan ik je ergens naartoe brengen?'

'Ik moet naar Weiterstadt.'

'Ik ga sowieso naar Darmstadt.'

Ze is te dronken om voorzichtig of argwanend te zijn.

'Nou, goed.' Ze trekt de deur open, ploft op de stoel. De stank van alcohol, zweet en sigarettenrook vult de auto. Ik kijk in de achteruitkijkspiegel. Niemand heeft ons gezien. Ik rijd weg.

'Je wilt me toch niet verkrachten, of wel?' mompelt ze onverstaanbaar, de hoer. Met elke puisterige Amerikaanse soldaat zou ze zijn meegegaan, maar ik, ik ben niet goed genoeg! Mijn haat voor haar explodeert in me, maar ik blijf rustig. Eigenlijk haat ik dit meisje helemaal niet. Ze is alleen maar een omhulsel. Inwisselbaar. Zodra het klaar is, zal ik haar naam zijn vergeten.

'Tuurlijk niet,' zeg ik glimlachend. Ze glimlacht ook, een vaag, bezopen glimlachje. Ik ben niet interessant voor haar, want ik ben geen Amerikaan. Ze heeft geen idee wie ik ben. Maar op zijn laatst over een paar uur zal ze me leren kennen.

***

In een klein dorpje als Mammolshain gingen nieuwtjes snel rond. Op de smalle asfaltweg die naar Reifenraths landgoed leidde, hadden zich al een paar kijklustigen verzameld toen Bodenstein en Pia daar tegen half negen aankwamen. Een oude groene Fendt-tractor stond met tuffende motor midden op de weg; zijn bestuurder, een in blauwe keper geklede man van ongeveer zeventig met grijs haar en een agressief buldoggezicht, stond luidruchtig en met wilde gebaren te discussiëren met de inzittenden van de politieauto die hem de doorgang verhinderde. Een paar gepensioneerden hadden de voettocht vanaf het dorp de berg af aanvaard, verschillende vrouwen met wandelstokken en honden hadden zich bij hen gevoegd en stonden reikhalzend te kijken, waarschijnlijk in de hoop de reden voor de politieversperring te zien. De pers leek in elk geval nog geen lucht te hebben gekregen van de lijkenvondst.

'Altijd hetzelfde,' bromde Bodenstein en hij remde achter de tractor. 'Het lijkt wel of zo'n versperring als een magneet op mensen werkt.'

'Wacht maar even,' zei Pia. 'Ik los het wel op.'

Ze stapte uit en liep naar de politieagenten toe. De boer wilde per se nú zijn fruitbomen controleren, die ergens 'daar beneden' stonden, de vrouwen gingen zogenaamd elke ochtend precíés hiér met hun honden wandelen en stonden ook vandaag op dat recht, tenslotte was het een openbare weg. Pia benijdde haar collega's niet om hun werk.

'Laat de mensen er maar door, en jullie kunnen beter voor de inrit gaan staan,' raadde ze de inzittenden van de politiewagen aan. 'Daarmee besparen jullie je al die onnodige discussies.'

Dat deden ze, en de file loste op. Net toen Pia weer in de dienstauto wilde stappen, kwam een kleine magere man in knalblauwe wandelkleding uit een voetpad dat naar het lagergelegen bronnenpark leidde. Hij bleef even staan, bewoog zijn hoofd met een ruk van links naar rechts en stevende vervolgens als een kruisraket, met vooruitgestoken kin en verende tred, op Pia af. Een meter voor haar bleef hij staan. Hij had een kaal hoofd en een pluizige witte, volle baard, droeg een randloze bril en was aanzienlijk ouder dan zijn energieke manier van bewegen deed vermoeden.

'Goedemor-gen,' zei hij en Pia herkende meteen de overdreven gearticuleerde manier van spreken van het antwoordapparaat.

'Goedemorgen, dr. Katzenmeier,' antwoordde ze tot zijn verbazing, die echter maar even duurde.

'Ah, ik zie dat men me kent,' zei hij met krakende stem.

'Ik herkende in elk geval uw stem,' gaf Pia toe. 'U hebt een bericht ingesproken op het antwoordapparaat van uw buurman, meneer Reifenrath, om te klagen over hondengeblaf.'

'Dat is correct.' Dr. Katzenmeier haalde een zakdoek uit zijn gore-tex jas en depte het zweet van zijn voorhoofd en zijn kale schedel. 'Het dier blafte urenlang. Ik kwam bijna in de verleiding om de politie te bellen. Maar dat heb ik op verzoek van mijn vrouw niet gedaan.'

'Had u dat maar wel gedaan,' zei Pia en ze overwoog of de man misschien in het leger had gezeten. Bestonden er officieren met een doctorstitel?

'Daar hebt u gelijk in.' Dr. Katzenmeier accepteerde het onuitgesproken verwijt zonder een spier te vertrekken. Bodenstein zette de motor af, stapte uit en kwam nieuwsgierig dichterbij.

'Dit is mijn baas, hoofdinspecteur Von Bodenstein van de recherche in Hofheim,' stelde Pia hem voor.

'Doctor Karl-Heinz Katzenmeier. Chemicus, geen arts. Ik heb gehoord dat mijn buurman het tijdelijke met het eeuwige heeft verwisseld. De aanwezigheid van de politie – vooral de recherche – doet me vermoeden dat iemand de natuur een handje heeft geholpen.'

'Hoe meneer Reifenrath overleden is, weten we nog niet. We hebben gisteren zijn lichaam gevonden,' zei Pia. 'Beter gezegd, dat wat van hem over was.'

De doctor trok zijn wenkbrauwen op.

'Kennelijk heeft hij meerdere dagen onontdekt in de keuken van zijn huis gelegen. En nu vragen we ons af waarom niemand hem gemist heeft.'

'Dat is inderdaad merkwaardig.' Dr. Katzenmeier kruiste zijn armen voor zijn borst, steunde de elleboog van zijn rechter- op zijn linkerarm en legde zijn wijsvinger tegen zijn kin, een houding die Pia alleen van stripfiguren kende. 'Zover ik weet, heeft mijn buurman een werkster, een Kroatische, die driemaal per week komt. En een paar van zijn voormalige pleegkinderen laten zich min of meer regelmatig zien om een oogje in het zeil te houden.'

'Ik heb gisteravond met een meneer Reifenrath getelefoneerd,' zei Pia. 'Fridtjof Reifenrath. Kent u hem toevallig?'

'Ja, natuurlijk!' Dr. Katzenmeier knikte. 'Hij is de kleinzoon van de oude Reifenrath. Wat er van zijn moeder, de enige dochter, is geworden, weet ik niet.'

De meer dan correcte buurman Katzenmeier bleek een waardevolle informatiebron. In 1976 had hij een stuk grond aan de Kronthaler Straße van Reifenrath gekocht, er een huis op gebouwd en sindsdien woonde hij daar met zijn vrouw.

'Hoe was uw verstandhouding met Theodor Reifenrath?' informeerde Bodenstein.

'We groeten elkaar, meer niet. Hoewel ik elke dag mijn rondjes loop, heb ik hem soms wekenlang niet gezien. Hij was vroeger al een vreemde vogel, maar na de dood van zijn vrouw heeft hij zich helemaal teruggetrokken. Je kunt onze verstandhouding het beste als vreedzame co-existentie bestempelen.'

'Woonde hij alleen?'

'Ja. Hij was een moeilijke leeftijdgenoot. Waardeerde het gezelschap van zijn dieren meer dan dat van mensen.'

'Hoe zit het met de mineraalwaterfabriek?' wilde Pia weten. 'Sinds wanneer is die gesloten?'

‘Al vele jaren. Ergens aan het begin van de jaren negentig kwam het tot een faillissement, dat zich al lang van tevoren aftekende. Reifenrath verpachtte een paar van de panden, onder anderen aan twee van zijn pleegzonen als autowerkplaats, tot er bepaalde problemen ontstonden. Daarna heeft hij alles verkocht. Het afvulbedrijf bestond nog tot 2005, daarna werd het stilgelegd.’

‘U zei dat er problemen waren.’ Pia’s nieuwsgierigheid was gewekt. ‘Wat voor?’

‘Dat weet ik niet. Er gingen destijds geruchten dat er ruzie was over een of andere vrouw.’ Dr. Katzenmeier keek op de *fitness tracker* aan zijn pols. ‘Ik moet verder.’ Hij boog zijn armen en jogde op de plaats. ‘U moet met Martha Knickfuß praten,’ schoot hem te binnen. ‘In het dorp wordt ze tot op de dag van vandaag “de bruid” genoemd. Ze was de verloofde van Reifenraths oudere broer, die tijdens de laatste oorlogsdagen is omgekomen, en ze heeft haar hele leven in de waterfabriek gewerkt.’ Hij grinnikte. ‘Maar niet als directrice, zoals ze waarschijnlijk oorspronkelijk had gedacht, maar als boekhoudster. Als iemand de familie Reifenrath kent dan is zij het wel.’

In zijn stem klonk een zweem sarcasme.

‘Bedankt voor de tip.’ Bodenstein knikte. ‘Weet u waar ze woont?’

‘In een geel vakwerkhuisje in de Borngasse, boven in het dorp.’ Hij hief groetend zijn hand op en sprintte weg.

‘Vreemd type.’ Pia keek hem hoofdschuddend na. ‘Ik wed dat hij een echte gifkikker kan zijn.’

‘Dat denk ik ook wel,’ antwoordde Bodenstein. ‘Maar iemand zoals hij ziet en hoort alles.’

‘Ik had ooit op het gymnasium een verschrikkelijke wiskundelerares die Katzenmeier heette,’ herinnerde Pia zich, toen ze naar hun dienstauto terugliepen. ‘Ik vond haar een verschrikkelijk mens. Het zou me niet verbazen als ze familie is van die verwaande kwast.’

Bodenstein opende de passagiersdeur en liet zich op de stoel vallen.

‘Het is bijna negen uur,’ zei Pia. ‘Die lui met de georadar zullen er nog niet zijn, en Christian vindt het fijn als we hem niet voor de voeten lopen. Laten we maar meteen naar die mevrouw Knickfuß rijden. Oude mensen staan graag vroeg op.’

***

Ze had hem toevallig ontdekt, toen ze daarnet uit het keukenraam naar het bronnenpark beneden had gekeken, terwijl ze koffie in het filter van het koffiezetapparaat lepelde. Claas zat op een parkbankje omhoog te staren naar haar huis. Van schrik had ze het koffieblik bijna uit haar hand laten vallen en ze had snel een stap naar achteren gedaan. Ze rilde bij de herinnering aan de haat in de ogen van de man van wie ze ooit had gehouden. Haar advocate had niet teruggebeld en ook haar appje niet gelezen. De politie kon ze wel vergeten. Wat moest ze ook tegen hen zeggen? Mijn ex-man zit in een openbaar park en kijkt omhoog naar mijn huis?

Toen ze Claas had leren kennen, was ze negentien geweest en hij achtendertig. Ze had hem op een wijnfeest in het Alten Kurpark in Bad Soden leren kennen en toen hun blikken elkaar hadden gekruist, had haar hart een salto gemaakt. Hij was ingenieur, had hij haar verteld, verantwoordelijk voor de bouw van de nieuwe terminal op het vliegveld. Dat hij twee keer zo oud was als zij, vond ze niet erg. Ze had hem bewonderd en was halsoverkop verliefd op hem geworden. De waarschuwingen van zijn ex-vrouw had ze als jaloezie en afgunst afgedaan. Nog geen acht maanden later waren ze getrouwd. Claas had haar op handen gedragen, elke wens in haar ogen gelezen. Toen terminal twee klaar was, had hij zijn baan opgezegd en haar ervan overtuigd haar studie op te geven en in plaats daarvan hem in de autowerkplaats te helpen die hij had geopend. Haar ouders, zussen en vriendinnen hadden haar gewaarschuwd niet zo volledig afhankelijk van Claas te worden, maar ze had het contact met haar familie en dat met haar oude vriendinnen laten doodbloeden.

Claas had een moeilijke, liefdeloze jeugd gehad, was in tehuizen en pleeggezinnen opgegroeid, en ze was er absoluut van overtuigd dat ze hem kon veranderen en gelukkig kon maken. Toen de relatie tussen Claas en haar verslechterde, had ze dat niet willen toegeven en gedacht dat het wel weer goed zou komen. Misschien zouden kinderen hem weer in de charmante, gulle en liefdevolle man veranderen die ze had leren kennen. Hadden haar ouders niet altijd gepreekt dat je niet bij de eerste moeilijkheden het bijltje erbij neer moest gooien? En daarom had ze het volgehouden dat ze steeds vaker het doelwit van zijn onbeheerste woedeaanvallen was geworden. Ze had haar tanden op elkaar gezet als hij tegen haar loog, haar vernederde, haar afsloot van haar familie en vrienden, haar minachtend bestrafte. Hoe slechter hij haar had behandeld, des te meer moeite had ze gedaan. Haar eigen behoeftes had ze opzijgezet, tot ze er lichamelijk ziek van was geworden. Toen was ze met yoga begonnen. Eerst had Claas er spottend over gedaan. Daarna had hij geprobeerd haar de sport tegen te maken, en toen dat allemaal geen vruchten afwierp, was hij jaloers geworden, en had hij haar voor het eerst geslagen. Weliswaar alleen maar een draai om haar oren, maar daarmee was hij een grens overgegaan. Zijn waanzin was steeds erger geworden. Toen was ze toevallig op internet een artikel over slachtoffers van misbruik door een narcist tegengekomen en was het haar duidelijk geworden dat ze hem moest verlaten om haar leven te redden. Plotseling begon ze te huilen. Zou ze de rest van haar leven op de vlucht zijn voor de man van wie ze ooit had gedacht te houden, of kon ze op een dag weer zonder de constante angst leven?

***

Martha Knickfuß was niet alleen vroeg op, maar al met de bus naar Königstein geweest om in de supermarkt boodschappen te doen, want in Mammolshain waren geen winkels, niet eens een bakker of een kiosk. Net toen Bodenstein en Pia aan de deur van het geel geverfde vakwerkhuisje aanbelden, kwam ze de hoek om, een boodschappentrolley achter zich aan trekkend. Ze was een verzorgde oude dame met dik, sneeuwwit haar, dat in een modieuze bob was geknipt. Het kapsel maakte haar veel jonger dan ze moest zijn, en haar kleding ook: zwarte spijkerbroek, sneakers, een zwart gewatteerd jasje.

'Komt u voor mij?' vroeg ze nieuwsgierig. Haar stem klonk een beetje bibberig, maar haar blik was zo scherp als van een havik. 'U bent zeker van de politie, hè?'

'Dat klopt.' Bodenstein glimlachte vriendelijk. 'Ik heet Oliver von Bodenstein, dit is mijn collega Pia Sander. We zijn van de recherche Hofheim.'

'Ah, ja.' Martha Knickfuß bekeek eerst hem, daarna Pia. 'Toen ik hoorde dat Theo dood is, dacht ik al dat de politie hier vroeg of laat zou opduiken. Toch wil ik graag uw legitimatie zien.'

Bodenstein en Pia haalde hun politielegitimatie tevoorschijn, en Martha Knickfuß vergeleek zorgvuldig de foto's met de personen die voor haar stonden.

'Hartelijk dank.' Ze diepte een sleutelbos uit haar jaszak op en opende de huisdeur. 'Je kunt als oud mens niet voorzichtig genoeg zijn. Wat die lui niet bedenken om aan het geld van anderen te komen, niet te geloven.'

'U hebt volkomen gelijk,' bevestigde Bodenstein. 'Zal ik uw boodschappen naar binnen brengen?'

'Graag, jongeman.' De oude dame glimlachte. 'Op mijn leeftijd ben je dankbaar voor alle hulp.'

Bodenstein droeg de trolley de drie traptreden op en op aanwijzing van mevrouw Knickfuß naar de keuken. Hij moest zijn hoofd buigen, want de deurpost stamde vermoedelijk uit een tijd waarin de mensen maar zelden langer dan één meter tachtig waren geweest. Pia keek om zich heen. Alles was opgeruimd en schoon. Op de meubels ontdekte ze geen stofje en de ramen waren kraakhelder.

'Woont u hier helemaal alleen?' vroeg ze.

'Zeker. Sinds mijn moeder in 1969 is overleden.' Mevrouw Knickfuß legde haar boodschappen in de koelkast. 'Ik doe op mijn eenennegentigste mijn hele huishouden nog zelf! Dat houdt me fit. Wilt u een kop koffie? Voor een sherry is het nog een beetje te vroeg, schat ik.'

Ze bracht Bodenstein en Pia naar de aangrenzende woonkamer, die met sierlijke biedermeiermeubels was volgepropt. Sierkleedjes beschermden de stoelleuningen, kleine kussentjes lagen kunstig gedrapeerd en gaven de antieke meubels iets kleinburgerlijks. Op de ombouw van een open haard stonden talloze snuisterijen. Mevrouw Knickfuß bood hun een plaats op de bank aan. Zij ging in een stoel tegenover hen zitten, in haar ogen glinsterde onverholen nieuwsgierigheid.

'U wilt van mij zeker iets over de Reifenraths weten, hè?'

'Dat klopt.' Bodenstein knikte. 'Men heeft ons verteld dat u de familie heel goed kent.'

'Dat kun je wel zeggen! Ik was bijna een van hen geworden!' Martha Knickfuß schoot in de lach. 'Het lot wilde anders en dus was ik veertig jaar lang de boekhoudster bij Reifenrath en Cie. Geloof me, ik heb van alles geprobeerd, maar zelfs ik kon niet verhinderen dat Theo het bedrijf failliet liet gaan'

Ze draaide zich om en wees naar een ingelijste zwart-witfoto met rouwband, die een ereplaats had op een massief dressoir van zwart mahonie. Haar glimlach werd weemoedig.

'Dat was mijn Eduard.' De foto toonde een goed uitziende jongeman in legeruniform, die zijn arm om een zeventig jaar jongere Martha had geslagen. Beiden lachten vrolijk in de camera.

'De Russen hebben hem doodgeschoten, twee dagen voor het eind van de oorlog.' Ze zuchtte. De tweeënzeventig jaren hadden haar verdriet niet kunnen verminderen. 'En weet u wat me zo stoort sinds ik het bericht van zijn dood heb gekregen?'

'Nee,' zei Pia beleefd en ze nam een slok koffie.

'Dat ik zo dom was dat ik niet op zijn minst één keer met hem heb geslapen,' zei de oude dame droog.

Pia verslikte zich, moest hoesten en werd knalrood. Bodenstein lachte fijntjes.

'Dus ik ben mijn hele leven een kuise maagd gebleven, terwijl ik met een beetje geluk een kind van hem had kunnen hebben.' Martha Knickfuß keek vol genegenheid naar de foto en Bodenstein voelde medelijden.

'Maar u bent een mooie vrouw,' zei hij. 'Ik kan me voorstellen dat de mannen aan uw voeten lagen.'

'Meneer de hoofdinspecteur is wel een charmeur!' Martha Knickfuß wuifde het compliment koket giechelend weg. In haar lichtblauwe ogen, die door ouderdom waterig waren geworden, fonkelde ondeugendheid. 'Aan mijn Eduard kon niemand tippen! Ik was te trots om met een tweede keus genoegen te nemen, alleen maar om onder de pannen te zijn en een man te hebben. En eerlijk gezegd heb ik altijd van oude mannen gegriezeld. Het idee dat je op een dag met een oude opa, die ik eigenlijk helemaal niet wilde hebben, opgescheept zou zitten, stond me tegen.' Ze lachte zonder bitterheid. 'Maar u bent niet hiernaartoe gekomen om mijn levensgeschiedenis aan te horen. Wat wilt u weten?'

'We zouden graag meer over Theodor Reifenrath te weten komen. Wat was hij voor een mens?'

'Theo!' Ze leunde achterover en schudde haar hoofd. 'Hij was het absolute tegendeel van zijn broer. Eduard was een fijne man met manieren en fatsoen, Theo was een mislukkeling en niet al te snugger bovendien.' Ze trok haar neus op. 'Hij had weliswaar een bepaalde boerenslimheid, maar was niet bijzonder intelligent. Misschien omringde hij zich daarom het liefst met nog dommere mensen. Hij was er niet in geïnteresseerd om zijn vader op te volgen, in plaats daarvan begon hij een opleiding als kunstsmid, maar die brak hij voortijdig af. Zijn moeder was heel ongelukkig vanwege hem, want Theo was als jongeman op-en-top een vechtersbaas, drinker en deugniet. Helaas zocht Edith een totaal niet geschikte vrouw voor hem uit. Rita kwam uit het Ruhrgebied; in de oorlog was ze in Frankfurt terechtgekomen, waar ze vervolgens in een zuigelingentehuis werkte. Begin jaren vijftig kwam ze als verpleegster op Mammolshöhe terecht, dat was een kliniek voor kinderen met longziektes. Ze zat die luie Theo achter z'n broek. Hij heeft een keer geprobeerd haar een pak slaag te geven, zoals hij dat altijd tijdens zijn affaires deed, maar Rita sloeg terug, ha!' Martha Knickfuß keek geamuseerd bij de herinnering. 'Ze was groot en sterk, een echte reuzin met handen als kolenschoppen, en ze had een opvliegend karakter! Ze sloeg hem bont en blauw, Theo moest zelfs naar het ziekenhuis, want ze had hem bijna zijn schedel ingeslagen. Officieel werd er gezegd dat hij een ongeluk in het afvulbedrijf had gehad, maar het verhaal ging natuurlijk in het hele dorp rond. Daarna raakte hij haar niet meer aan. Alleen aan de bar of bij zijn konijnenfokvrienden trok hij nog weleens zijn mond open. Thuis had hij niets te vertellen.'

'Rita en hij hadden toch een dochter?'

'Ja, Brunhilde. Wat een vreselijke naam voor dat arme kind!' Martha Knickfuß snoof verachtelijk. 'Theo aanbad de kleine, die – verbazingwekkend met zulke ouders – een lief klein ding was. Hij nam haar overal mee naartoe, naar zijn beesten en ook naar het bedrijf. Rita was ziek van jaloezie. Ik denk nu nog steeds dat ze alleen daarom pleegkinderen begon aan te nemen, zodat ze iemand had die ze naar hartenlust kon koeioneren. In 1962 kwam het eerste beklagenswaardige wurm, een knul, misschien zeven of acht jaar oud.'

'Wat is er met Brunhilde gebeurd?' wilde Pia weten.

'Ze was een gevoelig meisje, leed onder haar bazige moeder en schaamde zich voor haar vader,' antwoordde Martha Knickfuß. 'Op haar veertiende liep ze voor het eerst van huis weg, op haar zestiende weer. We vernamen een paar jaar niets meer van haar, tot we op een dag hoorden dat ze een kind had gekregen, een kleine jongen, die Rita en Theo in huis namen toen hij ongeveer twee was.'

'Fridtjof,' zei Bodenstein.

'Precies. De Berlijnse Raad voor de Kinderbescherming had hem in een totaal vervuilde woning gevonden en naar een tehuis gebracht. Daarna stelden ze Theo en Rita op de hoogte en die namen de jongen bij zich op. Nu is hij een belangrijk man, een captain of industry, zoals de kranten schrijven. Bijna niet te geloven als je weet waar hij vandaan komt.'

'Wat is er van zijn moeder geworden?'

'Ze overleed aan een overdosis heroïne op een stationstoilet in Berlijn. Voor Fridtjof kun je bijna zeggen: godzijdank, anders zou er zeker niets van hem terechtgekomen zijn.'

'Wat denkt u, waarom heeft Rita zelfmoord gepleegd?' vroeg Pia.

Martha Knickfuß keek haar aan en hield haar hoofd scheef.

'Ik heb niets aardigs over Rita verteld,' gaf ze toe. 'We hadden niet veel met elkaar op. Misschien was ik ook een beetje jaloers op haar, omdat ze had wat ik wilde hebben en er niets van maakte. Maar Rita had een treurig lot, dat moet je wel ter verontschuldiging van haar zeggen. Ze heeft haar hele familie onder de brokstukken van haar ouderlijk huis zien sterven. Haar eerste verloofde viel aan het oostfront, de tweede in Frankrijk. Toen ze Theo leerde kennen, was ze al zesentwintig, een oude vrijster voor die tijd. Waarschijnlijk was ze uit pure wanhoop met iedereen getrouwd.' Ze slaakte een diepe zucht. 'Weet u, het zou beter zijn als sommige mensen elkaar nooit waren tegengekomen. Rita was veel intelligenter dan Theo. Ze verachtte hem en liet hem dat altijd voelen. Hij haatte haar daarom, en hij heeft haar – niet helemaal onterecht – altijd verantwoordelijk gehouden voor het van huis weglopen van Brunhilde. Ik geloof nog steeds niet dat Rita zelfmoord heeft gepleegd, maar dat Theo haar heeft vermoord, omdat hij haar niet meer kon verdragen.'

***

De familie Scheithauer woonde in een huis dat waarschijnlijk oorspronkelijk, voordat het met een verdieping werd uitgebreid, een soortgelijke bungalow als die van hun buurman Katzenmeier was. In de voortuin achter een natuurstenen muur bloeide een felgele forsythia. De bloempotten langs het pad naar het huis waren nog leeg, maar er lagen al verschillende zakken potgrond opgestapeld tegen de huismuur. Naast de huisdeur verraadde een bordje van zoutdeeg wie hier woonde. Pia drukte op de bel en mevrouw Scheithauer deed even later open.

'Dank u wel dat we u zo vroeg al mogen storen,' zei Pia.

'Ik heb Jolanda al gebeld,' zei haar moeder, nadat Pia Bodenstein aan haar had voorgesteld. 'Ze is voor dag en dauw naar dr. Gehrmann gelopen omdat ze absoluut Beck's wilde zien. Wilt u binnenkomen?'

Ze volgden mevrouw Scheithauer door een portaal, langs een overvolle kapstok, waaronder een tiental schoenen, rubberlaarzen en Crocs stonden, naar een royale open keuken met uitzicht op een ruime tuin. Op de eettafel lagen boeken, documenten en aantekeningen opgestapeld, een opengeklapte laptop stond ernaast.

'Neemt u alstublieft plaats. Kan ik u koffie aanbieden?'

'Voor mij niet, dank u wel.' Pia glimlachte. 'Ik heb al drie kopjes gedronken, elke slok meer zou een overdosis zijn.'

'Heel graag, zwart het liefst.' Bodenstein nam het aanbod aan en ging aan de tafel zitten.

'Schuift u de boeken maar gewoon opzij.' Bettina Scheithauer zette de koffiemachine aan en pakte een kopje uit een hoge kast. De koffiemolen ratelde, de appetijtelijke geur van verse koffie vulde de lucht.

'Neemt u de hond echt in huis, als hij beter wordt?' wilde Pia weten.

'Als dat kan, waarom niet?' Mevrouw Scheithauer maakte een vage handbeweging in de richting van de tuin. 'We hebben plaats genoeg, en als mijn man op reis is, zullen de meisjes en ik ons een stuk veiliger voelen met een hond.'

'Hoelang woont u hier al?' informeerde Bodenstein.

'Al zes jaar,' antwoordde de elegante vrouw.

'Hoe goed kende u meneer Reifenrath?'

'Ik heb er gisteravond nog lang over nagedacht.' Mevrouw Scheithauer gaf Bodenstein zijn koffie. 'Eigenlijk helemaal niet. Ik belde hem af en toe, ik was een paar keer bij hem om Jolanda te halen als ze weer eens de tijd was vergeten. Maar echt kennen deed ik hem niet.'

'En hoe zit het met de mensen die Jolanda gisteren noemde?' vroeg Pia. 'Fritz, Ramona, Jochen en Ivanka? Kent u die?'

'Ivanka is een soort huishoudster,' antwoordde mevrouw Scheithauer. 'Zover ik weet, werkt ze al twintig jaar voor Reifenrath en ze woont in Kronberg.' Ze trok haar wenkbrauwen op. 'Ramona is een dochter. Ik ken haar alleen van Jolanda's verhalen, net als haar broer. Eigenlijk zijn ze niet echt broers en zussen, want meneer Reifenrath en zijn vrouw hebben vroeger pleegkinderen gehad. Als je moet geloven wat ze in het dorp vertellen, dan waren het er in de loop der jaren ongeveer dertig.'

'Dértig pleegkinderen?' Bodenstein, die net een slok koffie wilde nemen, liet verrast zijn hand zakken.

'Natuurlijk niet allemaal tegelijk.' Mevrouw Scheithauer glimlachte, maar werd meteen weer serieus. 'Over een periode van twintig jaar of langer. In Mammolshain spreekt iedereen met veel respect over de overleden mevrouw Reifenrath, hoewel ze allang dood is. Pasgeleden was er een overleg om een straat naar haar te vernoemen.'

Pia en Bodenstein wisselden een snelle blik.

'Tot de dag van vandaag weet men niet of Rita Reifenrath echt dood is,' zei Pia. 'Ze staat sinds 1995 te boek als verdwenen.'

Bettina Scheithauer begreep het meteen. Ze sperde haar ogen open en werd bleek. 'De botten onder de kennel! Dat is verschrikkelijk. Als ik bedenk hoe vaak Jolanda daar speelde, o mijn god!'

De bel ging, mevrouw Scheithauer verontschuldigde zich en liep naar de deur. Even later keerde ze terug met een hijgende Jolanda. Beck's was dankzij een infuus en versterkende injecties weer op krachten gekomen en Jolanda had een korte wandeling met hem mogen maken in de tuin van de dierenarts. Ze had een video gemaakt en wilde die het liefst meteen aan Pia en haar moeder laten zien.

Pia bekeek de video en informeerde terloops naar Ramona, Jochen, Ivanka en Fritz. Bereidwillig vertelde Jolanda dat opa Theo Ramona en haar man Sascha niet mocht omdat ze hem altijd probeerden de wet voor te schrijven. Fritz kwam maar heel zelden op bezoek, zijzelf had hem nooit gezien. Meestal belde hij alleen. Jochen heette eigenlijk Joachim, hij had een bastaardteefje uit Roemenië met de naam Candy, dat goed overweg kon met Beck's, en hij deed allerlei dingen voor opa Theo die de oude man niet leuk of te moeilijk vond.

'Een keer, toen Jochen er was, zei opa Theo tegen me: "Die zie ik het liefst van achteren, de betweter." Maar ik snapte niet waarom. Want hij ziet er eigenlijk ook aan de voorkant heel leuk uit.'

Pia moest een glimlach onderdrukken. 'Zoiets zeg je als je iemand niet zo aardig vindt,' legde ze uit. 'Vind jij Jochen wel aardig?'

'Nou ja, gaat wel.' Jolanda haalde haar schouders op. 'Ik moet altijd naar huis als hij er is, omdat ze dan heel belangrijke dingen moeten bespreken.'

Er schoten het meisje nog meer namen van voormalige pleegkinderen te binnen, niet omdat ze die persoonlijk had gekend, maar omdat op de zolder van het grote huis dozen opgeslagen lagen waarop hun namen stonden.

'Had opa Theo eigenlijk ook een mobiel?' vroeg Pia.

'Nee,' antwoordde Jolanda. 'Ramona wilde altijd dat hij er een zou nemen, maar dat heeft hij niet gedaan. Toen heeft ze er een voor hem gekocht, een echte coole iPhone S6! Die heeft opa Theo aan Ivanka gegeven en Ramona was boos geworden. Ik heb gehoord hoe ze tegen Sascha zei: "Nu heeft die Joego-tante een betere mobiel dan ik. Op een dag sterft ze nog van die oude man."'

'Zei ze misschien "erft"?' vroeg Pia.

'Ja, kan wel.'

Bodenstein lachte fijntjes, maar mevrouw Scheithauer kon geen glimlachje meer opbrengen. Waarschijnlijk speelden zich in haar fantasie de verschrikkelijkste horrorscènes af, en ze verweet zichzelf dat ze Jolanda onder de hoede van een seriemoordenaar had gelaten, ook al had ze het niet geweten.

Bodenstein stond op, mevrouw Scheithauer begeleidde hen naar de voordeur. Net toen ze afscheid namen, kwam Jolanda nogmaals aangelopen.

'Er is me nog iets te binnen geschoten!' riep ze opgewonden. 'Een paar weken geleden was er een keer zo'n rare man bij opa Theo op bezoek. Hij wilde gewoon bij opa Theo gaan wonen, maar die wilde dat niet. Eerst dronken ze samen bier, maar toen maakten ze knallende ruzie en schreeuwden ze tegen elkaar.'

'O ja? Wanneer was dat?'

'Ik weet het niet precies. Er lag in elk geval nog sneeuw buiten.'

'Hoe zag de man eruit?' wilde Pia weten. 'En kun je je zijn naam herinneren?'

'Hij was ook al oud. Minstens vijftig. Of nog ouder,' antwoordde Jolanda. 'Ik geloof dat opa Theo hem Claus noemde. In het begin dacht ik dat hij heel aardig was, maar toen werd hij heel erg gemeen!'

De arme mevrouw Scheithauer rolde gelaten met haar ogen. Na alles wat ze sinds gisteren had gehoord, zou ze haar dochter in de toekomst zeker niet meer onbekommerd door de omgeving laten struinen zoals ze dat tot dusver had gedaan.

'Wat deed hij dan?' vroeg Pia.

'Hij heeft opa Theo zo hard geduwd dat hij op de grond is gevallen en toen heeft hij ook nog Beck's geschopt!' herinnerde Jolanda zich heel verontwaardigd.

'Weet je waarom?'

'Ik geloof om geld,' antwoordde het meisje. 'De man pakte wat uit de kluis en opa Theo wilde dat niet.'

‘Hoe heeft de man de brandkast opengekregen?’ vroeg Pia.

‘Met het handvat natuurlijk.’

‘Ja, natuurlijk, maar de man moest toch een getal intoetsen waarmee hij opengaat, of niet?’

‘Nee. Opa Theo zei dat er sowieso niets waardevols in zat, en voordat een inbreker misschien zijn mooie brandkast kapotmaakte, liet hij hem liever open.’ Jolanda grijnsde. ‘De deur klemt een beetje. Je moet de greep helemaal naar links draaien en dan eraan trekken. Dan gaat hij open.’

Zürich, 7 april 2017

Vanaf het moment dat de begrafenisondernemer mama’s kist de huisdeur uit had gedragen, had Fiona in een toestand tussen nachtmerrie en hel geleefd, innerlijk leeg en tot in elke vezel van haar lichaam uitgeput. Maar nu was de lethargie verdwenen, en ze pakte alle dingen die ze aan de kant had geschoven weer op. Ze had al de noodzakelijke procedures afgehandeld, de werkgever van haar moeder ingelicht, evenals het ziekenfonds. De verzekeringsmaatschappij waarbij haar moeder een levens- en ongevallenverzekering had afgesloten, had ze per aangetekende post een kopie van de overlijdensakte gestuurd. Vandaag wilde ze nog de inboedel- en autoverzekering laten omzetten, maar het belangrijkste was de bank, want als ze niet op de rekening van haar moeder kon terugvallen, was ze snel platzak. In het hele huis had Fiona naar bewijzen gezocht voor het verhaal dat Ferdinand Fischer haar had verteld, maar ze had niets gevonden. Nergens was ze afrekeningen van het ziekenfonds tegengekomen uit de jaren voor haar geboorte die konden bewijzen dat haar moeder daadwerkelijk had geprobeerd op kunstmatige wijze zwanger te worden. Er was geen correspondentie met die geheimzinnige arts, van wie Ferdinand zich de naam niet herinnerde. Ook het huwelijkscontract, waarin haar moeder en Ferdinand de voorwaarden van hun huwelijksvoltrekking hadden vastgelegd, was niet te vinden. Wat als het allemaal helemaal niet waar was? Maar waarom zou de ex-man van haar moeder zoiets idioots verzinnen?

Ze had zo geconcentreerd zitten werken, dat ze helemaal niet had gemerkt dat er zoveel tijd was verstreken. Voor de ramen heerste al diepe duisternis toen Fiona opstond en haar verkrampte spieren strekte. Haar rug deed pijn en haar ogen brandden, en ze besloot dat het genoeg was voor vandaag en dat ze naar bed ging. Maar ze moest eerst nog snel de wasmachine aanzetten.

Gapend strompelde ze de steile trap af naar de kelder. In de bijkeuken lag een stapel vieze was op de grond. De tl-buis aan de muur boven de mangel was al lang kapot en moest worden vervangen. De gloeilamp aan het plafond verspreidde slechts een schemerig licht. Fiona sorteerde de kook- en bonte was en stopte de machine vol, maar toen ontdekte ze dat er geen waspoeder meer was. Zacht vloekend opende ze de hangkasten in de hoop nog ergens een pak te vinden. Wasknijpers, wasverzachter, stijfsel, vlekkenwater, tientallen pakjes huishoudzeep, opgestapelde handdoeken en vaatdoeken. Helemaal achter in de kast ontdekte ze het hoekige voorraadblik waarin haar grootmoeder vroeger kerstkoekjes had bewaard. Waarom staat dat nou hier beneden in de kast? Fiona haalde het blik tevoorschijn. Het was behoorlijk zwaar. Toen ze probeerde de deksel open te maken, brak ze bijna een nagel. Eindelijk sprong de deksel open, en razendsnel haalde ze een plat, in leer gebonden boek tevoorschijn. *Stamboek van de familie*, stond op de band gedrukt. Ze had eindelijk gevonden wat ze had gezocht!

Fiona haastte zich met het zware blik in haar handen de trap op, ze stormde de keuken in en leegde de inhoud op de keukentafel. Haar hart klopte opgewonden toen ze naast het stamboek een dagboek van haar moeder vond en een documentenmap van blauw karton, bijeengehouden door twee poreuze elastieken. In een beduimelde envelop, waarop haar naam stond, zaten in een cellofaan zakje een haarlok en een paar melktanden van haar. Een andere envelop bevatte een bankpasje en een creditcard van de UBS op naam van haar moeder, die tot 2021 geldig waren, bovendien verschillende brieven van de bank met de toegangsgegevens voor onlinebankieren en pincodes, de oudste dateerde van juni 2011. Waarom had haar moeder, die net als haar ouders een trouwe klant van de Zürcher Kantonalbank was, nooit ook maar een woord gezegd over de rekeningen die ze bij de UBS had?

Ze haalde de elastieken van de documentenmap af en sloeg hem open. Hier was alles wat ze had gezocht! Haar geboortebewijs, de moederpas, het echtscheidingsvonnis van haar moeders eerste huwelijk. Alleen de naam van de arts vond Fiona nergens. Zelfs de handtekening onder de stempels van het academisch ziekenhuis van Zürich op de vervalste moederpas was onleesbaar, het leek wel of de arts onder alle omstandigheden had willen vermijden dat ze een spoor achterliet, omdat ze wist dat haar handelswijze, als het was uitgekomen, haar absoluut haar artsentitel had gekost.

Waarom had haar moeder dat allemaal zo zorgvuldig verstopt? Was ze bang geweest dat Fiona zich van haar zou afkeren als de waarheid aan het licht kwam? Zelfs niet in het aanschijn van de dood was haar moeder open tegen haar geweest en dat deed Fiona nog het meest pijn. Ze voelde zich verraden.

***

Iemand had de brievenbus bij het hek leeggehaald en de kranten en de post op de tafel onder de tent uitgespreid. Pia haalde de reclame ertussenuit, er bleven twee enveloppen over, die bankafschriften en een telefoonrekening bevatten. Theodor Reifenrath had weinig getelefoneerd en het zou zeker geen probleem zijn de telefoonnummers te herleiden. Aanmerkelijk interessanter dan de telefoonrekening waren echter de bankafschriften. Reifenrath had een spaartegoed en een betaalrekening bij de Taunussparkasse gehad. Begin april was het tegoed op de betaalrekening bijna vijftigduizend euro geweest, maar sinds 10 april waren bijna elke dag viercijferige bedragen afgeboekt, in totaal meer dan vijfentwintigduizend euro.

'Iemand heeft na Reifenraths dood zijn betaalpasje gebruikt,' stelde Pia vast. 'Dan moet hij ook de pincode kennen.'

'De bedragen zijn elke keer bij een andere geldautomaat gepind,' stelde Bodenstein vast. 'Neuenhain, Oberursel, Wallau, Hattersheim, Steinbach, Eschborn, Frankfurt-Höchst. Een keer achthonderd, dan tweeduizend, vijfentwintighonderd, drieduizend. Kleinere bedragen, die niemand achterdochtig zouden maken.'

Pia spreidde de bankafschriften uit over de tafel, fotografeerde elk afzonderlijk en stuurde de foto's naar Kai met het verzoek contact op te nemen met de financiële instellingen. Met een beetje geluk zouden ze de beelden van de bewakingscamera's krijgen en de dief daarmee kunnen identificeren.

De zoete ontbindingsgeur hing nog altijd in de vertrekken van de benedenverdieping toen Pia en Bodenstein even later de entreehal betraden, nadat ze voor de huisdeur hun overalls en overschoenen hadden aangetrokken. De technici van de forensische dienst waren nog steeds op de benedenverdieping bezig. Onder de divan, waarop het stoffelijk overschot van Theo Reifenrath had gelegen, was de vloer bruinachtig verkleurd.

'De laatste krant die Reifenrath heeft gelezen, was van 7 april, een vrijdag,' dacht Pia hardop na. 'Op 10 april, dus drie dagen later, begonnen de geldopnames. Waarom heeft diegene tot maandag gewacht? Geldautomaten kun je ook in het weekend gebruiken.'

'Je kent toch het gezegde "gelegenheid maakt de dief",' antwoordde Bodenstein. 'Misschien kwam iemand het huis binnen, zag de dode en greep zijn kans. Om alles in rust te kunnen doorzoeken, heeft hij de hond in de kennel opgesloten en de auto meegenomen.'

'Je bedoelt dat iemand hier toevallig is langsgekomen?' Pia keek haar baas twijfelend aan.

'Het zou kunnen. Kom, we kijken nog een beetje rond. Hier lopen we toch maar in de weg.'

'Stop! Wacht even!' riep Christian Kröger, die net de trap af kwam. 'We hebben een matchende vingerafdruk, en wat voor een!' Hij liep langs hen heen naar de keuken, trok zijn handschoen uit en pakte zijn tablet van de keukentafel. 'Hier. Kijk maar.'

Pia en Bodenstein bekeken de foto's van een zeer goed uitziende donkerblonde man van rond de vijftig.

'Wie is dat?' vroeg Pia.

'De man heet Claas Reker,' antwoordde Kröger. 'In 2014 werd er een proces tegen hem aangespannen wegens vrijheidsberoving, het toebrengen van lichamelijk letsel en stalking van zijn echtgenote. Maar de rechtbank stuurde hem niet naar de gevangenis, maar legde hem een tbs-behandeling op.'

'Ik herinner me die zaak.' Bodenstein knikte.

'Hoe zijn zijn vingerafdrukken dan in dit huis gekomen als de man in een psychiatrische inrichting zit?' zei Pia aarzelend. 'Dat kan toch helemaal niet.'

'Hij was hier!' Christian Kröger geloofde rotsvast in de onfeilbaarheid van de moderne techniek. 'De scanner vergist zich niet.'

'Als jullie me eens een keer lieten uitpraten, dan had ik jullie kunnen vertellen dat Reker aan het begin van het jaar onvoorwaardelijk is vrijgelaten,' bracht Bodenstein in het midden. 'Zijn advocaat zorgde namelijk voor een herziening waarin hij aannemelijk maakte dat zijn cliënt het slachtoffer was van een justitiële dwaling.'

'Ja, natuurlijk. Dat heb ik ook gehoord!' Pia knikte. 'Rekers naam staat overigens in Reifenraths adresboekje. Maar die was doorgestreept.'

'We hebben zijn vingerafdrukken overal gevonden,' zei Kröger. 'In de slaapkamer, in de werkkamer op bijna alle gladde oppervlakken, in de keuken. En ook in de andere vertrekken op de begane grond. Boven zijn we net pas begonnen. Helaas kan onze software nog niet analyseren hoe oud de sporen zijn. Maar ik vermoed dat het recent is geweest, want de afdrukken zijn niet uitgewist.'

'Hij was hier toen er nog sneeuw lag,' piekerde Bodenstein.

'Hoe kom je daar nou bij?' Pia keek hem verbaasd aan.

'Jolanda heeft dat net aan ons verteld,' antwoordde Bodenstein. 'De man die ruzie heeft gemaakt met Theo Reifenrath en daarna het hele huis door is geweest. Het meisje dacht dat hij Klaus heette. Klaus, Claas, dat lijkt toch behoorlijk op elkaar.'

'Daar kon je weleens gelijk in hebben.' Pia was onder de indruk van zijn scherpzinnigheid. 'Dat is toch wat: een captain of industry en het slachtoffer van een justitieschandaal – Engel wordt niet goed als ze dat hoort!'

'O ja, wat doen we trouwens met de brandkast?' vroeg Kröger. 'Dat ding krijg je niet zomaar open, maar hem verplaatsen zal ook niet makkelijk zijn.'

'Die moet open zijn,' zei Pia. 'Het buurmeisje heeft ons verteld dat Reifenrath hem eigenlijk nooit op slot deed.'

Ze liepen naar de werkkamer.

'Kennelijk klemt de deur een beetje,' vulde Bodenstein aan.

Christian Kröger pakte de hendel en trok en rukte uit alle macht, maar de dikke betonnen deur bewoog geen millimeter.

'Die zit echt wel dicht!' bracht hij hortend uit.

'Laat mij eens,' zei Bodenstein.

'Als je denkt dat je sterker bent dan ik: ga je gang!' Kröger deed een stap naar achteren en zette zijn handen op zijn heupen. Pia lachte fijntjes toen ze zag hoe haar baas de aanwijzingen van Jolanda Scheithauer opvolgde, de grendel tot aan de aanslag naar links draaide en er een beetje aan trok, waarna de deur met een schrapend geluid openging.

'Zie je hoe het moet?' zei hij tegen Kröger en hij grijnsde. 'Zoiets doe je met gevoel, niet met geweld.'

De beide mannen onderzochten de inhoud van de brandkast. Op dat moment ging Pia's telefoon. De surveillant bij het hek meldde de komst van de lijkenhond en de specialisten van de geofysische dienst met de georadar. Een andere beller meldde zich, zodat Pia haar collega slechts haperend hoorde.

'...is dat oké?' verstond ze alleen.

'Ja, natuurlijk. Laat ze maar door,' zei ze, ze drukte het gesprek weg en nam het volgende op.

'Waarom duurde het zo lang?' mopperde Henning ter begroeting. 'Denk je dat ik niets anders te doen heb dan aan de telefoon te zitten en die onnozele melodie aan te horen die je elke keer opgedrongen krijgt als je jou probeert te bereiken?'

'Ook goedemorgen,' antwoordde Pia en ze liep de gang op. 'Wat is er dan zo dringend?'

'We hebben een identiteit!' Henning klonk opgewonden. 'Pia! We weten wie een van de beide verzeepte lijken was.'

'Wat zeg je?' Pia spande haar schouders. 'Je wilde toch pas morgen sectie verrichten, omdat je...'

'Ja, ja, ja. Ik heb nog helemaal niets gedaan,' onderbrak Henning haar ongeduldig. 'Moet je je voorstellen wat hier zojuist is gebeurd: collega Lemmer bekijkt de drie lijken en zegt tegen me: "Dat kan toch niet! Weet je wie de dode uit nummer twaalf is?" en ik, natuurlijk een beetje verrast, zeg: "Nee, hoe zou ik dat moeten weten," en toen zei hij: "Dat gezicht heeft me jarenlang vanaf een poster op de bushalte op weg naar de universiteit aangekeken," en toen zei ik...'

'Henning, alsjeblieft, hou het kort!' onderbrak Pia haar ex-man.

'Oké. De vrouw heet Annegret Münch. Ze was stewardess, woonde in Mörfelden-Walldorf en wordt sinds mei 1993 vermist.'

Even was Pia met stomheid geslagen.

'Dat meen je toch niet?' vroeg ze verbijsterd.

'Zeker wel! Dat is me wat, hè? Wacht, blijf aan de lijn!' Henning wendde zich af van de telefoon en riep zijn collega, die even later het gesprek overnam. Dr. Frederick Lemmer was normaal gesproken door niets uit zijn evenwicht te brengen, maar nu klonk ook hij opgewonden.

'Die zaak heeft me destijds erg geraakt,' zei hij, nadat hij had herhaald wat Henning net had samengevat. 'Ik ben in Walldorf opgegroeid en zat met haar kinderen op school. Mijn moeder was niet echt met haar bevriend, maar ze kenden elkaar wel, omdat mijn zus en ik dezelfde leeftijd hadden als haar beide zonen. Natuurlijk stond het hele dorp op z'n kop toen ze verdween. Met haar huwelijk ging het vermoedelijk niet zo goed, er waren geruchten dat ze er met een ander vandoor was gegaan. Vervolgens werd haar man verdacht van moord. Hij zat zelfs in voorarrest, dat was heel moeilijk voor haar familie. Maar op een gegeven moment werd haar auto gevonden, met haar tas en telefoon erin, en toen werd duidelijk dat er iets met haar gebeurd moest zijn. Er werd een grootscheepse opsporingsactie gehouden, haar zaak was verschillende keren bij *Aktenzeichen XY* op televisie geweest, zonder resultaat. Ik dacht daarnet dat ik door de bliksem werd getroffen, toen ik de lijkenzak openmaakte en haar gezicht zag. In al mijn jaren als forensisch patholoog is er nog nooit een bekende op mijn tafel beland, en nu dit!'

'Dat is echt niet te geloven.' Pia had de anders eerder zwijgzame dr. Lemmer nog nooit zoveel horen praten.

'Ik geloof dat haar man een paar jaar geleden is overleden. Maar haar zonen zijn van mijn leeftijd. Ze hebben al die jaren met deze onzekerheid moeten leven.'

'Hoe zeker weet u dan dat het die vrouw is?' vroeg Pia, toen hij even adem moest halen.

'Heel zeker,' antwoordde dr. Lemmer vol overtuiging. 'Maar we zullen natuurlijk voor de zekerheid een DNA-analyse doen en de vingerafdrukken controleren.'

'Goed. Dank je wel.' Pia trilde inwendig van opwinding. Ze wilde zo snel mogelijk haar baas over de nieuwste ontwikkeling informeren. Als Lemmer gelijk had dat het verzeepte lijk de lang vermiste vrouw was, dan was dat een enorm succes, want bij elk moordonderzoek met een voorlopig onbekend lijk dreigde het gevaar dat het niet geïdentificeerd kon worden. Een eerste naam binnen achtenveertig uur was een uiterst verheugende ontwikkeling. Misschien konden ze de zaak toch sneller oplossen dan Pia aanvankelijk had gevreesd. Voordat ze het vergat, belde ze Kai en vroeg hem de Mercedes van Theo Reifenrath te laten opsporen.

'O, ik heb overigens de huishoudster,' zei hij. 'Ivanka Sevič. Ze is sinds 4 april in Kroatië voor de bruiloft van haar dochter.'

'Hoe reageerde ze?' wilde Pia weten.

'Ze was geschokt en ze huilde een beetje,' antwoordde Kai. 'Reifenrath was nog tamelijk fit, daarom was het niet erg als hij af en toe een paar dagen alleen was. Ze ging ervan uit dat een van zijn zoons, een... eh... Joachim Vogt op 7 april van zijn zakenreis terug zou zijn en dan bij hem zou gaan kijken.'

'Oké.' Pia knikte, toen vertelde ze hem over de ontdekking van dr. Lemmer.

'Annegret Münch,' herhaalde Kai en Pia hoorde het tikken van zijn vingers op het toetsenbord. 'Ik herinner me die zaak. Het was ergens in de jaren negentig... eh, wacht, ik heb het al! Ze was tweeëndertig, stewardess, kwam 's morgens uit Sjanghai terug en wilde 's avonds met vriendinnen iets gaan doen, maar ze kwam nooit op de afgesproken ontmoetingsplek aan. Het laatst werd ze om 17.30 uur bij een tankstation in Walldorf gezien, toen ze haar auto voltankte. De auto, een zilverkleurige Honda Civic met kenteken OF-AM 112, werd veertien dagen later, op 23 mei 1993, afgesloten in een stuk bos in de buurt van Kloster Eberbach in de Rheingau gevonden. In de kofferbak lag haar handtas, in haar portemonnee zaten al haar papieren en driehonderdtachtig D-mark aan cash.'

'Werd de auto van Rita Reifenrath niet ook in de Rheingau gevonden?' herinnerde Pia zich.

'Ja, je hebt gelijk. In Eltville.'

'Hm.'

'Ik stuur je alles wat ik hier heb gevonden,' zei Kai.

Pia vond Bodenstein onder de tent voor de keukendeur. Op de tafel, waarop Henning gisteren de botten van het skelet had gesorteerd, lagen nu verschillende voorwerpen uit Reifenraths huis, die de mensen van Kröger mee naar het laboratorium zouden nemen.

Net toen ze Bodenstein over Annegret Münch wilde vertellen, stapte een mollige vrouw van ongeveer vijftig jaar de hoek van het huis om. Ze stopte even, toen drong ze langs de twee technici en zette haar handen op haar heupen.

'Wie is mevrouw Sander?' vroeg ze op de toon van een sergeant.

Pia, Bodenstein en Kröger draaiden zich om.

'Ik.' Pia liet haar telefoon zakken. 'Wie wil dat weten?'

'Mijn naam is Ramona Lindemann. Mag ik weten wat hier aan de hand is? Waar is mijn vader?'

De opdringerige erfenisjaagster, schoot door Pia's hoofd. Kennelijk had de collega bij het hek haar doorgelaten. 'Het spijt me u te moeten vertellen dat uw vader is overleden.'

'Ah! En waarom hebt u ons daar niet over ingelicht?' Haar ronde gezicht met de volle wangen en het begin van een onderkin was zwaar opgemaakt. Het halflange, geblondeerde ponykapsel viel als een gouden helm, voor haar kleding – een niet-flatterende strakke, spijkerbroekblauwe glitterlegging, een witte lange bloes onder een jas van nephertenleer en lichtbruine enkellaarsjes – was ze twintig centimeter te klein. Ze zag eruit als een van de Jacob Sisters.

'Ik heb gisteren met de kleinzoon van meneer Reifenrath gesproken en hij zou de informatie doorgeven.'

'Fridtjof! Nou, mij heeft hij in elk geval niet gebeld, maar dat verbaast me niet.' Mevrouw Lindemann snoof geërgerd.

'Meneer Reifenrath is al ongeveer tien dagen geleden overleden. Maar zijn lijk werd pas eergisteren ontdekt.'

'Wát?' vroeg Ramona Lindemann ongelovig. 'Dat meent u niet! Schatje? Schátje!'

Achter haar dook een man op. Schatje was iets kleiner dan Pia en had het mollige figuur van een uit vorm geraakte worstelaar, wiens spieren in vet waren omgezet. Ondanks zijn grijze haar schatte Pia hem op hoogstens begin tot midden veertig. Met zijn zachte gelaatstrekken en zijn lange, dikke wimpers zou hij er vrouwelijk hebben uitgezien als er niet een blauwige schaduw van een baard op zijn dikke wangen had gezeten.

'Waar bleef je nou?' snauwde ze hem boos toe. 'Stel je voor: vader is dood! En die agente beweert dat hij al veertien dagen geleden is overleden. Hoe kan zoiets nou gebeuren? O ja, dit is overigens mijn man.'

'Lindemann. Hallo.' De man vond het moeilijk om Pia aan te kijken. Onbeholpen had hij zijn handen in de zakken van zijn spijkerbroek gestopt, zijn hele lichaamshouding straalde onbehagen uit. Zijn blik gleed langs de tent in de richting van de hondenkennel.

'We vroegen ons ook al af waarom niemand meneer Reifenrath heeft gemist,' begon Pia, maar ze werd door Ramona Lindemann de mond gesnoerd.

'We waren een week in Spanje. Ik heb tijdens de vakantie verschillende keren geprobeerd mijn vader te bellen, maar hij nam de telefoon niet op, en Joachim, mijn broer, ook niet. Hij heeft zogenaamd een ongeluk gehad en lag in het ziekenhuis.' Ze was de afkeuring in persoon. Geen spoortje verdriet of ontsteltenis. 'Eigenlijk ben ik ervan uitgegaan dat Ivanka er zou zijn, maar nee, die moet per se met Pasen naar haar vaderland gaan. Ik vraag me af waarvoor je een huishoudster betaalt als die uitgerekend op vakantie gaat als er verder niemand is. Moet je echt víér weken weg alleen voor een bruiloft? Een paar dagen zouden toch ook genoeg zijn, of niet?'

Ze keek uitdagend om zich heen, maar niemand viel haar bij, zelfs Schatje niet.

'Volgens de forensisch patholoog is uw vader al op 7 april overleden,' zei Pia. Dat iemand tijdens de laatste veertien dagen meer dan vijfentwintigduizend euro van Theo Reifenraths rekening had opgenomen, hield ze voor zich. 'Door de vergevorderde staat van ontbinding van het lijk kan er tot nu niet worden gezegd of hij een natuurlijke dood is gestorven of door toedoen van derden. We wachten daarom het resultaat af van de lijkschouwing, die morgen zal plaatsvinden. Tot die tijd behandelen we het huis als plaats delict.'

'Door derden? Wilt u zeggen dat hij vermóórd zou kunnen zijn?' Ramona Lindemann sperde haar ogen open. 'Waar is eigenlijk de hond? Die is namelijk behoorlijk waardevol. Een raszuivere Mechelse herder van een Belgische topfokker. Mijn vader heeft bijna drieduizend euro voor dat dier betaald!'

'De hond is bij Raik Gehrmann, de dierenarts,' antwoordde Pia. 'We hebben hem in de kennel gevonden, hoewel men heeft verteld dat uw vader de hond altijd bij zich had. Wie zou Beck's daar hebben kunnen opsluiten?'

'Met een stuk worst kan iedereen dat,' zei meneer Lindemann. 'Beck's ziet er wel gevaarlijk uit, maar hij is een echte schoothond.'

'Vader hield in elk geval meer van zijn hond dan van ieder van ons!' merkte Ramona Lindemann vinnig op.

'Excuus.' Een geüniformeerde collega verscheen achter het echtpaar Lindemann. 'De jongens zijn nu zover en willen weten waar ze met de bodemradar moeten beginnen. En de hond kan ook worden ingezet.'

'Ze moeten bij de kennel beginnen,' zei Bodenstein. 'We komen er zo naartoe.'

'Bodemradar? Hond?' Ramona Lindemanns ogen vernauwden zich tot smalle spleetjes. 'Wat mag dat te betekenen hebben?'

'We hebben gisteren onder de hondenkennel een onplezierige ontdekking gedaan, die een paar vragen oproept,' antwoordde Pia 'Als Beck's geen gaten was gaan graven, dan hadden we de botten mogelijk nooit gevonden.'

Het echtpaar Lindemann staarde Pia verrast aan.

'Botten?' Meneer Lindemann schraapte een paar keer zijn keel, alsof hij zijn stem niet vertrouwde.

'Hier slingeren overal botten rond.' Zijn vrouw maakte een minachtende handbeweging. 'Vader heeft zijn dode lievelingen over het hele stuk grond begraven.'

Pia constateerde dat bij die woorden alle kleur uit het gezicht van de echtgenoot van de erfenisjaagster wegtrok.

'Ik heb het niet over dieren, maar over menselijke botten,' zei ze vervolgens.

'Wat zegt u?' Ramona Lindemann verstijfde.

'We hebben de stoffelijke overschotten van drie mensen onder de hondenkennel gevonden. Op het ogenblik gaan we ervan uit dat uw vader er iets mee te maken zou kunnen hebben.'

'Dat meent u toch niet!'

Ramona Lindemann leek voor het eerst geschokt.

'De drie lijken lagen onder de betonnen bodemplaat,' sprak ze verder. 'Voor ons zou het interessant zijn om te weten wanneer de plaat is gestort en wie dat werk heeft uitgevoerd.'

Het was een paar seconden stil. De draagwijdte van Pia's woorden sijpelde langzaam in het bewustzijn van het stel door.

'Ik geloof Joachim,' zei meneer Lindemann uiteindelijk.

'Kunt u zich herinneren wanneer dat ongeveer was?' vroeg Bodenstein.

'Dat is al langer geleden. Ik weet het niet precies.' De man staarde Bodenstein met zijn reeënogen aan als een delinquent zijn beul, wat Pia vreemd vond. Hij wendde zich tot zijn vrouw. 'Dat was geloof ik vlak voordat Theo de twee herderpuppy's kreeg.'

'Ja, klopt. Miro en Johnny,' bevestigde mevrouw Lindemann. 'Dat is minstens twintig jaar geleden, als het niet nog langer geleden is. Beck's is al de tweede hond na die twee!' Ze lachte vol voldoening. 'Joachim zal niet goed worden als hij dat hoort. En Fridtjof helemaal niet, ha!'

'Tot nu toe weten we niet zeker of uw vader iets met de lichamen te maken heeft,' temperde Bodenstein haar leedvermaak.

'Hoe moeten anders die dríé lichamen onder de hondenkennel terechtgekomen zijn? Ik kan me goed voorstellen dat Theo zoiets heeft gedaan. Vroeger verzoop hij die kleine poesjes, hoewel we hem smeekten ze te laten leven!' De hatelijke ondertoon legde oude wonden bloot, die haar nog altijd pijn leken te doen. 'Iemand die kippen en konijnen de nek omdraait zonder met zijn ogen te knipperen, die kan ook een mens doden.'

In principe had ze daar wel gelijk in. In de biografie van veel seriedaders komen opvallende feiten aan het begin van hun criminele carrière voor, zoals het mishandelen van dieren of andere sadistische trekjes, maar Pia vermoedde dat Theo Reifenrath zijn dieren niet voor zijn plezier had gedood. Niet elke slager was automatisch een potentiële seriemoordenaar.

'Kent u een man die Claas Reker heet?' vroeg Bodenstein aan het echtpaar Lindemann.

'Ja, natuurlijk,' antwoordde Ramona Lindemann, haar toon werd sarcastisch toen ze verder sprak. 'Claas was ook een van ons gelukvogels. Uit het verschrikkelijke kindertehuis gered, zoals wij allemaal. Waarom vraagt u dat? Wat is er met hem?'

Bodenstein bleef haar het antwoord op die vraag schuldig.

'Waarom hebt u eigenlijk voor uw pleegvader gezorgd?' vroeg hij in plaats daarvan. 'Volgens mij had u niet zo'n bijzonder goede relatie met hem.'

'Hoe komt u daar nou bij?' antwoordde Ramona Lindemann gepikeerd. Ze voelde zich betrapt.

'U praat niet bepaald vriendelijk over hem,' zei Pia. 'Bovendien hebben we gehoord dat hij een niet erg aardige bijnaam voor u had. Hij bestempelde u tegenover andere mensen als "opdringerige erfenisjaagster".'

De provocatie had het gewenste effect. Ramona Lindemann liep rood aan en ze perste haar lippen op elkaar. Haar man keek Pia met fonkelende ogen aan, maar toen hij zijn arm troostend om zijn vrouw wilde slaan, weerde ze hem met een onwillige handbeweging af. Het leek erop dat het tot haar doordrong dat ze haar levenslange gevecht om waardering nu, met Reifenraths dood, definitief had verloren en dat de oude man haar om haar onvoorwaardelijke loyaliteit niet had gewaardeerd, maar veracht.

'Ik heb me door die oude schoft laten gebruiken, ik, de idioot!' Ze lachte zonder blijdschap. 'Ik heb mezelf voor gek gezet. Maar ik dacht gewoon altijd dat als ik maar genoeg mijn best zou doen, als ik alles zou doen wat de anderen niet deden, dat hij dan misschien op een gegeven moment toch van mij zou houden.'

In haar ogen glinsterden tranen, die ze probeerde weg te knipperen. Pia had spijt van haar lompe gedrag en ze wilde zich verontschuldigen, maar Ramona Lindemann maakte een afwijzend gebaar.

'Hoe oud was u toen u bij de Reifenraths kwam?' vroeg Bodenstein.

'Ik was vier. Mijn biologische ouders waren verslaafde tieners en niemand wilde me adopteren – met zo'n afkomst,' zei ze vol verbittering. 'Theo en Rita waren de enige ouders die ik ooit heb gehad. En ook al moest ik ze met andere kinderen delen, ik heb op een of andere manier van ze gehouden. Ik heb om hun liefde en waardering gedongen zolang ik me kan herinneren. Hoewel ik merkte dat ze me lastig vonden, kon ik niet anders.'

'Hoeveel pleegkinderen hadden de Reifenraths, en in welke periode?' wilde Bodenstein weten.

'Vanaf begin jaren zestig tot eind jaren tachtig. Het waren er veel, het precieze aantal weet ik niet,' antwoordde Ramona Lindemann. Ze had zich weer enigszins hersteld. 'Sommigen waren er maar een paar maanden of een jaar, anderen hun hele jeugd.'

'En Claas Reker?'

'Claas was niet zo lang hier, misschien vier of vijf jaar. Hij moest weg omdat er iets was gebeurd. Daarna duldde Rita hem hier niet meer.'

'Wat was er gebeurd?' vroeg Pia.

'Tijdens de zomer van 1981 verdronk een meisje uit het dorp in de kikkerpoel, een klein meertje verderop in het bos,' herinnerde Ramona Lindemann zich. 'Nora Bartels. De laatste die met haar is gezien, was Claas. We mochten het terrein niet verlaten, tenminste niet alleen, en de kikkerpoel was voor ons kinderen helemaal taboe. Niemand weet wat er is gebeurd. In elk geval was Nora dood, een gekantelde roeiboot dreef op het meer rond en Claas had zijn natte kleren onder zijn bed verstopt. Er was geen bewijs tegen hem, daarom gebeurde hem niets. Maar Rita was blij dat ze eindelijk een reden had om van hem af te komen.'

'Hoe oud was u toen?' informeerde Pia.

'Dertien.'

'Betekent dat dat u het zich goed kunt herinneren?'

'Alsof het gisteren is gebeurd.' Ramona Lindemann knikte. 'Het was verschrikkelijk. We kenden Nora goed. Ze was een klasgenootje van ons, ze woonde vlakbij en kwam hier soms spelen. Daarna was niets meer hetzelfde. Rita had de teugels toch al strak gehouden, maar na deze kwestie leek het wel een gevangenis. We waren toen met z'n tienen; de oudsten, Claas en Britta, waren vijftien, Timo was veertien, Jochen, Fridtjof en ik waren dertien, de anderen jonger. De agenten spraken met ons allemaal. Nora's vader zat bij de politie; zijn collega's zetten ons behoorlijk onder druk.'

‘Waren er nog andere verdachten?’ Pia herinnerde zich het vloeiblad dat ze in het wiskundeboek had gevonden. *André & Nora.*

‘Niet echt.’ Ramona Lindemann schudde haar hoofd. ‘Claas ontkende natuurlijk alles en probeerde de schuld op iedereen af te schuiven, zelfs op de kleinere jongens, maar de aanwijzingen waren eenduidig: zijn natte kleren, de krassen op zijn armen en in zijn gezicht, die van Nora’s vingernagels kwamen.’

‘En wat gebeurde er toen?’

‘Van vandaag op morgen was hij weg. Ik weet niet waar hij naartoe ging, in elk geval niet naar een van de tehuizen waar ik vroeger had gezeten. Ze hadden allemaal hun buik vol van hem.’

‘Waarom?’

‘Nou ja, hij was moeilijk opvoedbaar, omdat hij voortdurend driftaanvallen kreeg en gewelddadig werd. We waren allemaal bang voor hem. Je kon beter doen wat hij wilde, anders waren de gevolgen onaangenaam.’

‘Bijvoorbeeld?’ Bodenstein moest onwillekeurig aan Peter Lessing, zijn jeugdvriend, denken, voor wie hij als jongen ook bang was geweest. Hij wist maar al te goed hoe het voelde om ’s nachts angstig wakker te liggen en ’s morgens met buikpijn naar school te gaan.

‘We hadden als kinderen maar weinig wat van onszelf was. Claas maakte het liefst kapot waaraan je het meest was gehecht. Hij stal spullen, schoof dat anderen in de schoenen en genoot ervan als die dan straf kregen. Hij ging ook heel graag naar de badkamer en duwde iemand dan net zo lang onder water in de badkuip tot die bijna geen adem meer had. ’s Nachts kwam hij naar onze kamers en trok dan een plastic zak over je hoofd.’ Ze huiverde bij de herinnering. ‘Hij vond het ook leuk om de jongere kinderen in de diepvrieskist te stoppen. Hij was een keer vergeten dat er iemand in zat, ik geloof dat het Jochen of André was. De enige voor wie hij respect had, was Rita. Ze deed namelijk hetzelfde met hem als wat hij met ons deed.’

‘Wilt u daarmee zeggen dat uw moeder kinderen in de díépvrieskist heeft opgesloten?’ vroeg Pia ongelovig.

‘Ja. En het liefst met natte kleren,’ bevestigde Ramona Lindemann. ‘Als je iets had uitgevreten, duwde ze je met je hoofd in het badwater tot je dacht dat je zou verdrinken en uit angst in je broek plaste. Daarna moest je het bad schoonmaken en de hele nacht in een natte pyjama op de gang staan. Af en toe sloot ze je ook in een donker hol op, met alleen een fles water.

Het ergste was dat je nooit precies wist waar je aan toe was bij haar. Ze kon vrolijk en toegeeflijk zijn en het volgende moment sprong ze uit haar vel. Wij kinderen waren aan haar overgeleverd. En ik had vaak de indruk dat ze ons eigenlijk haatte en genoot van haar macht over ons.'

Pia en Bodenstein wisselden snel een blik. Of de mensen in Mammolshain, die een straat naar Rita Reifenrath wilden noemen, daarvan op de hoogte waren?

'Gelooft u maar niet dat Rita een goeiig, moederlijk type was, en Theo een idealistische filantroop,' zei Ramona Lindemann briesend. 'Het waren egoïsten, die elkaar niet konden uitstaan en elkaars leven tot een hel maakten. Ze namen ons alleen maar op omdat ze er een heleboel geld voor kregen van de sociale dienst. Ze waren niet in ons geïnteresseerd, alleen in hun kleinzoon. Die hebben ze ongelooflijk verwend.'

'Rita Reifenrath is tot op heden vermist,' zei Bodenstein. 'Haar lichaam is nooit gevonden.'

'Ja, nare zaak.' De mededeelzaamheid van mevrouw Lindemann was voorbij, ze werd stil. Haar man, die zich tot nu toe zwijgend op de achtergrond had gehouden, schudde zijn hoofd.

'Mens, Moontje, vertel de politie wat je destijds hebt gezien!' spoorde hij haar aan. 'Theo is dood. Het maakt nu toch niet meer uit.'

De vrouw aarzelde.

'Ik geloof,' zei ze uiteindelijk, 'dat Theo Rita om het leven heeft gebracht. En dat Claas hem heeft geholpen om het lijk te laten verdwijnen.'

***

'Wat vind je van dat verhaal?' vroeg Pia twijfelend, nadat het echtpaar Lindemann weer weg was. Waar Claas Reker woonde, wisten ze niet. Ze hadden al jaren geen contact meer met hem.

'Mevrouw Knickfuß is er ook van overtuigd dat Rita Reifenrath geen zelfmoord heeft gepleegd,' antwoordde Bodenstein. 'En na alles wat we tot nu toe over haar hebben gehoord, lijkt ze me er ook niet bepaald het type voor.'

'Theo Reifenrath zat onder de plak van zijn dominante vrouw,' zei Pia. 'En vroeger stond hij in de schaduw van zijn broer. Alleen al de formulering dat zijn moeder een vrouw voor hem heeft uitgezocht, zegt een heleboel.'

Vooral bij delicten in de relationele sfeer speelde herhaalde krenking van het gevoel van eigenwaarde een belangrijke rol, wist Pia. Niet zelden kwam het in relaties na vele jaren tot een explosie van geweld omdat lang opgekropte agressieve gevoelens ineens tot uitbarsting kwamen, en niet zelden was daarbij alcohol in het spel. Ramona Lindemann had verteld dat op Moederdag in mei 1995 een paar van haar voormalige pleegkinderen met hun gezinnen op bezoek waren gekomen. Er was koffie en gebak en het was gezellig, tot Theo, die eigenlijk alleen maar een vroeg borreltje was gaan drinken, in de late namiddag was opgedoken – stomdronken en met Claas Reker op sleeptouw, die hem naar huis had gebracht. Er was een hevige ruzie tussen Theo en Rita Reifenrath ontstaan, en Ramona Lindemann had de volgende dag, toen ze haar twee gebakschalen wilde ophalen, schijnbaar bloedspetters in de keuken gezien. Had Theo Reifenrath, die door zijn vrouw al die jaren was vernederd, zijn zelfbeheersing verloren toen hun pleegkinderen met hun gezinnen weg waren?

'O ja, Moederdag!' Pia bleef als aan de grond genageld staan toen haar inviel wat Kai haar daarnet aan de telefoon over het verdwijnen van Annegret Münch had verteld. 'Ik was het bijna vergeten. We hebben de identiteit van een van de verzeepte lijken.'

Snel vertelde ze over haar gesprek met dr. Lemmer, en ook Bodenstein reageerde als door de bliksem getroffen. Vanzelfsprekend kende hij de zaak-Annegret Münch. Haar spoorloze verdwijning van meer dan twintig jaar geleden was een van die raadselachtige zaken die voor iedere betrokken agent in een nachtmerrie veranderden omdat het onderzoek op een dood spoor belandde. Sinds de K11 in Hofheim verantwoordelijk was voor onopgeloste zaken, had Bodenstein geregeld met gepensioneerde collega's te maken die elke keer dat moorden of persoonsvermissingen verjaarden, informeerden of er nieuwe ontwikkelingen waren in die zaken die ze niet hadden kunnen oplossen. Wat Bodenstein elke keer weer motiveerde, en waardoor hij de confrontatie met de zwartste kanten van de mensheid verdroeg, was het verlangen naar gerechtigheid. Een onbekend moordslachtoffer zijn identiteit teruggeven, een geweldsdelict na decennia ophelderen en de nabestaanden zo zekerheid te kunnen geven, daaruit haalde hij de bevrediging die hij in geen enkele andere baan dan die van rechercheur kon vinden. Toen hij tijdens zijn sabbatical over mogelijke alternatieven had nagedacht, had hij niets kunnen verzinnen wat hem ook maar bij benadering zo zinvol en essentieel leek als het ophelderen van een geweldsdelict. Oude, langjarige cold cases, waarop anderen al hun tanden hadden stukgebeten, vormden zijn grootste uitdaging. Des te opwindender was het dat nu in een van die cold cases beweging leek te komen.

'Hoe zeker is Lemmer?' wilde hij weten.

'Honderd procent zeker,' antwoordde Pia. 'Kai heeft het dossier gelezen en kon zich de zaak herinneren. Annegret Münch is overigens ook op Moederdag verdwenen. Twee jaar voor Rita Reifenrath.'

'Dat kan toeval zijn,' zei Bodenstein.

'Maar het zou ook Reifenraths motief kunnen zijn,' weersprak Pia hem. 'Als het klopt wat mevrouw Lindemann heeft verteld, dan betekende Moederdag voor Rita Reifenrath meer dan Kerstmis of haar verjaardag, en haar man haatte dat. Nog jaren later nodigde ze alle pleegkinderen op die dag uit. Als je bedenkt hoe ze de kinderen vroeger behandelde, lijkt het bijna pathologisch.'

'Als het überhaupt allemaal waar is. Voordat we ons wagen aan amateurpsychologie, kunnen we er beter een professional bij halen,' zei Bodenstein. 'Hoe zit het met je zus? Kun je haar niet even bellen?'

Dat was precies wat Pia wilde vermijden, maar ze zou Bodenstein een reden moeten geven, en dat kon ze niet. Ook al kon ze nog zo goed overweg met haar baas, toch waren er dingen die ze niet met hem besprak, en daarbij hoorde ook de ambigue relatie met haar zus.

Het was niet vreemd dat hij eerst aan Kim dacht en niet aan de collega's van de afdeling Operationele Ondersteunende Taken van de deelstatelijke recherche, met wie ze geen goede ervaringen hadden, want een paar jaar geleden had ze hen in twee zaken als adviseur bijgestaan. Kim was niet alleen een ervaren forensisch psychiater, maar ze had ook waardevolle ervaring op het gebied van gedragsanalyse opgedaan bij de FBI in de Verenigde Staten en gold als een van de meest ervaren profilers in Duitsland.

'Ik bel haar wel,' beloofde Pia hem. 'Maar we moeten zo snel mogelijk met alle mensen praten die op Reifenraths telefoonlijst staan, voordat Ramona Lindemann dat doet.'

'Absoluut.' Bodenstein keek op zijn horloge. 'We kunnen het best met die Jochen of Joachim beginnen, die de betonplaat voor de hondenkennel zou hebben gestort. Het lijkt erop dat hij de meest intieme relatie met Theo Reifenrath heeft gehad.'

***

Joachim Vogt woonde in Wildsachsen, de kleinste van de vijf wijken in Hofheim, in een doodlopende straat direct aan het bos. Net toen Bodenstein aan het eind van de straat voor het laatste huis stopte, worstelde een rijzige donkerharige man zich met onbeholpen bewegingen uit een zilverkleurige SUV. Hij tilde een kleine rolkoffer uit de kofferbak, toen hij Bodenstein en Pia zag. Zijn donkere haar, dat aan zijn slapen grijs begon te worden, was militair kort geknipt, zijn linkergezichtshelft werd ontsierd door een opgezwollen litteken, dat van zijn slaap tot het midden van zijn wang liep, het stak bloedrood af tegen zijn bleke teint en zag er nog tamelijk vers uit.

'Komt u voor mij?' vroeg hij.

'Als u Joachim Vogt bent, ja.'

'Dat ben ik.' Het klonk wantrouwend. 'En wie bent u?'

'Recherche Hofheim.' Bodenstein haalde zijn legitimatie uit zijn zak en hield die de man voor, maar hij keek er niet naar. 'Mijn naam is Bodenstein, dit is mijn collega mevrouw Sander.'

'U komt vanwege mijn pleegvader, hè?' Het wantrouwen verdween van Vogts gezicht. 'Mijn broer heeft me gisteren opgebeld en verteld wat er is gebeurd. Ik was in Sint-Petersburg.'

'U ziet er niet uit alsof u op vakantie bent geweest,' stelde Pia vast.

'Ik was er voor zaken.' Vogt leunde op de stang van zijn koffer. 'Op de dag dat ik aankwam kreeg ik op weg naar het hotel een ongeluk. Een vrachtwagen sneed de taxi af, we stortten van het talud. Dat ik achterin zat en mijn riem omhad, was voor mij een geluk bij een ongeluk en ik ben er met een hersenschudding, een paar kneuzingen en snijwonden vanaf gekomen.'

Hoewel het niet bijzonder warm was, lag er een dunne laag zweet op zijn huid en zijn ogen schitterden koortsig. Het was duidelijk dat het niet goed met hem ging.

'U hebt waarschijnlijk van uw broer gehoord dat het lichaam van uw vader op zijn minst tien dagen onontdekt in het huis lag. We vroegen ons af waarom niemand hem heeft gemist.'

'Ik had eigenlijk op de vrijdag voor Palmzondag terug willen zijn,' antwoordde Vogt. 'Ivanka, de huishoudster, is naar Kroatië. Door het ongeluk kon ik het niet laten weten.' Pas nu leek hij aan zijn manieren te denken, of beter gezegd: hij had de vrouw ontdekt die bij de garage van het aangrenzende huis nieuwsgierig stond te kijken. 'We moeten niet op straat rondhangen, laten we naar binnen gaan.'

Hij deed het hek open. Pia en Bodenstein volgden hem over de oprit van bemoste grindtegels naar het huis, dat verstopt lag tussen hoge sparren en dennen. Naast de garage stond een paardentrailer, die zo te zien een hele tijd niet meer was gebruikt, want op de polyester kap had zich een dikke laag dennennaalden gevormd. Verder naar beneden in de tuin zag Pia een glazen gebouw, dat op afstand aan een broeikas deed denken.

'Wat is dat?' vroeg ze.

'De koivijver,' verklaarde Vogt. 'Met verwarming door zonnepanelen voor de winter.'

Hij glimlachte, maar zijn litteken leek pijn te doen, zijn glimlach veranderde in een grimas. 'Mijn vrouw en onze dochters hebben in de loop van de tijd een hele menagerie verzameld: vier poezen, een papegaai, de kois, een hond en een paard.'

Vogt opende het slot van de huisdeur.

'Wat doet u voor werk?' wilde Bodenstein weten.

'Ik werk op de IT-afdeling op het vliegveld. Als keyaccountmanager voor onze samenwerkingspartners ben ik veel onderweg.' Vogt deed de deur open. Een zwarte poes kwam hem miauwend tegemoet, maar draaide zich om en sprong snel op een van de twee kattenbomen in de grote hal toen ze zag dat hij niet alleen was. Hij liet de rolkoffer staan en liep de keuken in.

'Waar is uw hond als u op reis bent?'

'Onze oudste dochter heeft hem meegenomen toen ze is verhuisd. We missen hem wel, maar voor de hond is het het beste. Wilt u iets drinken?'

Bodenstein bedankte, maar Pia knikte.

'Een glas water zou fijn zijn.' Ze keek nieuwsgierig rond terwijl Vogt glazen uit een bovenkastje pakte en een fles water uit de koelkast. De Vogts hadden duidelijk een voorliefde voor een mediterrane levensstijl: terracotta tegels op de vloer, balken aan het plafond. Een landelijke keuken van olijfhout. Aan de muren hingen naast een stilleven van citroenen en sinaasappels Toscaanse landschappen, lavendelvelden en foto's op canvas van een prachtige andalusiër met lange manen. De blikvanger in de woonkamer was een zwarte concertvleugel, die vol stond met ingelijste foto's.

'Ik maakte me zorgen toen ik Theo niet kon bereiken,' zei Vogt, nadat hij zijn glas in een paar gretige slokken had leeggedronken. 'Theo neemt weliswaar met alle plezier een paar dagen zijn telefoon niet op, maar het verbaasde me dat hij niet één keer heeft teruggebeld. Ik heb een paar maal iets ingesproken op het antwoordapparaat. Toen heb ik Ramona gebeld, maar die was ook op reis, en André ook.'

'Het ziet ernaar uit dat er is ingebroken bij uw vader,' zei Pia. 'En van zijn auto ontbreekt elk spoor.'

'De forensisch patholoog kon gezien de conditie van het lichaam niet veel zeggen, maar het is mogelijk dat uw vader om het leven is gebracht,' vulde Bodenstein aan. 'Op een of andere manier moet ook de hond in de kennel terechtgekomen zijn.'

'O god, dat is toch verschrikkelijk allemaal!' Vogt was zichtbaar geraakt. 'Wie heeft Theo eigenlijk gevonden?'

'De krantenbezorgster,' antwoordde Pia.

'En waar is Beck's nu? Leeft hij nog?'

'We hebben hem half verhongerd in de hondenkennel gevonden,' antwoordde Pia. 'Gehrmann, de dierenarts, helpt hem er nu weer bovenop.'

'Dat is ten minste iets.' Joachim Vogt zuchtte en ging aan de keukentafel zitten. 'Waar hebt u mijn vader gevonden?'

'Op de divan in de keuken,' antwoordde Pia.

'Arme Theo. Hopelijk ging het snel. Hij was niet bang voor de dood, alleen voor het sterven.' Tranen blonken in zijn ogen, hij wendde zijn blik af en probeerde zijn zelfbeheersing terug te vinden. De dood van zijn pleegvader greep hem aan, in tegenstelling tot Ramona Lindemann of Fridtjof Reifenrath.

'Waarom hebt u voor Theo Reifenrath gezorgd?' vroeg Bodenstein. 'U was toch niet zijn biologische zoon?'

'Nee. De Reifenraths hadden alleen een dochter, die redelijk jong is overleden. Ik was vroeger voor mijn werk veel onderweg en had jarenlang nauwelijks contact met hem. Ik belde hem op zijn verjaardag en met Kerstmis. Theo maakte het je niet makkelijk. Hij is koppig en vertrouwt niemand.'

'Maar u wel?'

'Pas de laatste jaren, noodgedwongen. Toen hij ouder werd, zag hij in dat hij af en toe hulp nodig had, bijvoorbeeld met zijn belastingaangifte, met bankzaken en overheidsaangelegenheden. Die dingen deed hij niet graag.'

'Hoe oud was u toen u bij de Reifenraths kwam?'

'Ik was vijf,' antwoordde Vogt. 'Als je niet meteen als zuigeling adoptieouders vindt, dan wordt de kans elk jaar kleiner. Ik had waarschijnlijk mijn hele jeugd in een tehuis gezeten als de Reifenraths me niet hadden opgenomen. Voor mij was het goed, op zijn minst beter dan in een tehuis. Ik kon naar een gymnasium, examen doen en studeren, ik had zoiets als een familie en ouders. Daar ben ik Theo en Rita achteraf gezien dankbaar voor.'

'Hebt u nog contact met de andere pleegkinderen?'

'Met de meesten niet. Eigenlijk zijn het alleen Ramona, Sascha, André en ik die naar Theo omkeken.'

'Hoe zit het met Fridtjof Reifenrath?'

'Fridtjof neemt alle kosten op zich,' antwoordde Vogt. 'Hij betaalt ook Ivanka.'

'Kunt u goed met hem overweg?'

'Ja, absoluut. Hij was vroeger mijn beste vriend. We zijn even oud en zaten van de basisschool tot aan het eindexamen altijd in dezelfde klas. We zijn tot op de dag van vandaag vrienden, maar we zien elkaar natuurlijk niet meer zo vaak als vroeger.'

'Kent u de combinatie van de brandkast?'

'Daar heb je geen combinatie voor nodig.' Een glimlachje deed Vogts mondhoeken trekken. 'Die staat altijd open, wat me wel een beetje zorgen baarde. Maar Theo meende dat er toch niets van waarde in zat, bovendien zou de hond inbrekers verjagen.'

'Waar bewaarde meneer Reifenrath dan zijn waardevolle spullen?'

'Ik weet eigenlijk niet of hij iets van materiële waarde bezit.' Vogt haalde zijn schouders op. 'Het geld dat hij voor de verkoop van het stuk grond heeft gekregen, staat op de bank.'

'Daar zal niet veel meer van over zijn. Van de betaalrekening werd de afgelopen dagen bijna vijfentwintigduizend euro afgeschreven. Wie wist de pincode van zijn betaalpasje?'

'Ivanka. Ze heeft regelmatig geld voor Theo gehaald,' antwoordde Vogt. 'Theo heeft wel een briefje met het nummer in zijn portefeuille.'

Zo lichtzinnig waren helaas veel mensen. Pia had al eens meegemaakt dat mensen de code met een Edding-stift op de kaart zelf noteerden.

'De hondenkennel heeft een betonnen bodem,' zei Bodenstein toen. 'Meneer Lindemann beweerde dat u de bodem hebt gestort.'

'De hondenkennel?' Geïrriteerd door de abrupte verandering van gespreksonderwerp keek Vogt van Bodenstein naar Pia. 'Ja, dat klopt. Maar dat is al een eeuwigheid geleden.'

'Weet u nog wanneer dat was?'

'Het was in een zomer. We waren net van vakantie terug. De kinderen waren nog klein,' herinnerde Vogt zich. 'Waarom vraagt u dat?'

'We hebben onder de bodem de stoffelijke overschotten van drie mensen gevonden,' antwoordde Bodenstein.

'Wat zegt u?' Joachim Vogt staarde hem sprakeloos aan. Een paar seconden was het stil. Vogt sloeg zijn hand voor zijn mond. Zijn verbijstering veranderde in begrip, vervolgens in ontzetting. 'En nu denkt u, dat ík... o mijn god!'

'We denken helemaal niets. Maar op dit moment moeten we ervan uitgaan dat uw vader er iets mee te maken zou kunnen hebben.'

Vogt probeerde zijn ontsteltenis de baas te worden.

'We waren voor het eerst naar Italië geweest, naar Toscane. Het moet in 1998 zijn geweest. Of 1997, dat moet ik mijn vrouw vragen. We hadden olijfolie en een doos rode wijn voor Theo meegenomen, daarom ben ik, nadat we de auto hadden uitgeladen, meteen naar hem toe gegaan.' Vogt werd stil, dacht ingespannen na. Terugkijkend kreeg de onschuldige gebeurtenis een volledig nieuwe betekenis. Toen hij weer begon te praten, klonk zijn stem schor. 'Ik herinner me dat hij nauwelijks aandacht aan me schonk en ik wilde al weer weggaan. Toen draaide hij bij. Hij wilde al een hele tijd een hondenkennel bouwen, met een groot buitenhok. Vroeger zaten de honden altijd op het erf van het bedrijf, maar hij wilde het terrein verpachten en zijn honden in de buurt van het huis hebben. Ik stelde hem voor de kennel naast de garage te bouwen, daar lag beton, en je hoefde eigenlijk alleen nog de hekken te monteren, maar hij zei dat hij de honden vanuit de keuken wilde zien. Sascha en André waren al begonnen, ze hadden de rododendronstruiken verplaatst en gaten voor de fundering en de hekken gegraven, maar toen waren ze niet meer gekomen, en daar stond hij dan en nu moest hij alles alleen afmaken. Hij had snelbeton gehaald en planken voor de bekisting, zelfs de hekelementen lag er al. Ik heb geprobeerd hem uit te leggen dat hij het beton niet gewoon op de grond kon gieten. We kregen bijna ruzie, omdat ik niet begreep waarom hij zoveel haast had en de opdracht niet aan een bedrijf gaf. Maar als hij zich iets in zijn hoofd had gehaald, dan was hij niet meer te stoppen.' Hij zweeg en stak hulpeloos zijn handen omhoog. Zijn ogen werden weer vochtig. 'Ik kan het echt niet geloven! Wat moet er in hem omgegaan zijn toen hij toekeek hoe ik het beton in het gat stortte?'

Niet voor het eerst vroeg Pia zich af hoe moeilijk het voor de familie van een moordenaar moest zijn als ze zich realiseerden waartoe een mens die je dacht te kennen, in staat was. Het medeleven van het publiek was voorbehouden aan de nabestaanden van het slachtoffer; voor de familie van een moordenaar was geen begrip, ze stonden alleen met hun radeloosheid en hun schaamte.

'Tot dusverre weten we nog niet of uw vader iets met de lichamen te maken had,' bracht Bodenstein ertegen in.

'Maar… maar wie had nog meer de tijd en de gelegenheid?' Vogts handen trilden.

'Meneer Vogt, neemt u een slok water,' zei ze daarom. 'Of hebt u iets sterkers in huis? Misschien zou een glaasje cognac u nu goeddoen.'

'Cognac?' Joachim Vogt staarde haar aan alsof hij bijkwam uit een verdoving. 'O ja, ja, in de huiskamer, in de kast naast de krabpaal.'

Pia stond op, liep naar de woonkamer en opende de kast. Er was een grote keus aan alcoholica, ze koos een Franse cognac en liep terug naar de keuken.

'Ik heb geen idee hoelang je nodig hebt om… een lijk te begraven, maar ik kan me niet voorstellen dat het erg lang duurt,' zei Vogt open. 'Theo ging in die tijd nog af en toe weg. Iemand zou het toch hebben kunnen doen in de tijd dat hij er niet was.' Hij sprak meer tegen zichzelf dan tegen Bodenstein en Pia, hij probeerde een verklaring te vinden die zijn vader vrijpleitte. Een typische reactie als een naaste van iets vreselijks werd verdacht. Pia pakte een glas uit het bovenkastje, schonk twee vingers cognac in en zette het glas voor Joachim Vogt op de tafel.

'Drink maar,' zei ze. 'Dat helpt.'

'Dank u.' Vogt dronk het glas in één teug leeg en kneep zijn ogen dicht. 'Neem me niet kwalijk.'

'Het is al goed,' verzekerde Pia hem en ze ging weer naast Bodenstein zitten. 'Mogen we u nog een paar vragen stellen?'

'Ja, ja, natuurlijk.' De cognac sorteerde effect. Vogts gezicht kreeg weer een beetje kleur. 'Weet Fridtjof dit al?'

'We hebben het hem nog niet verteld. Hij komt pas morgen uit Los Angeles terug, dan praten we met hem.'

Ze gaven Vogt nog even de tijd om zijn evenwicht te hervinden.

'Wie had sleutels en bezocht meneer Reifenrath regelmatig?' wilde Pia weten.

'Ik heb er een,' zei Vogt. 'En Fridtjof. Ivanka natuurlijk ook. En ik geloof Willi Gehrmann.'

'Gehrmann? Zoals de dierenarts?' vroeg Pia.

'Ja. Willi is Raiks vader. Hij is Theo's beste vriend.'

'Wie had toegang tot het landgoed? En daarmee bedoel ik niet de huidige situatie, maar de laatste vijfentwintig jaar.'

'Vijfentwintig jaar?' Op Vogts gezicht tekende zich weer verbijstering af toen hij begreep wat dat betekende. 'Ik... ik weet het niet precies. Theo's vrienden van de Vereniging van Huisdierfokkers liepen in en uit. Verder waren de voormalige afvulgebouwen ook een poosje verhuurd.'

'Rita Reifenrath wordt tot op heden vermist,' merkte Bodenstein op. 'Haar lichaam is nooit gevonden.'

'U bedoelt dat het mogelijk is, dat... dat ze daar onder de kennel...?' Vogt maakte de zin niet af.

Pia vond het niet eerlijk om een mens die zich in een psychisch moeilijke situatie bevond, met vragen te bestoken. Maar aan de andere kant kreeg je juist op zulke momenten de betrouwbaarste informatie, voordat het verstand die filterde en rationaliseerde.

'Herinnert u zich de dag van haar verdwijning?' vroeg Pia, nadat Vogt een paar namen had opgesomd, waarvan ze er al een paar kenden.

'Nee, ik was die dag niet in Mammolshain,' antwoordde hij. 'Ik woonde destijds in Stuttgart en had Rita opgebeld om af te zeggen. Ze was teleurgesteld, het was voor haar altijd heel belangrijk dat we allemaal op Moederdag kwamen. In de loop van de jaren was het de gewoonte geworden dat een aantal van haar voormalige pleegkinderen met hun gezinnen op Moederdag kwamen koffiedrinken. Fridtjof had me gevraagd of ik kwam, maar ik had geen zin om speciaal daarvoor van Stuttgart naar de Taunus te rijden. Er moet een hevige ruzie tussen Theo en Rita zijn geweest, maar ja, ze hadden altijd ruzie. Theo was 'm naar de kroeg gesmeerd en Rita was pisnijdig op hem. Toen Fridtjof een paar dagen later belde om me te vertellen dat Rita die avond zelfmoord had gepleegd, kon ik dat helemaal niet geloven.'

'Kennelijk gelooft bijna niemand dat,' zei Pia en ze nam zich voor het dossier op te vragen en haar collega te vinden die destijds het onderzoek had geleid. 'Mevrouw Lindemann beweert dat ze de volgende dag bloedspetters in de keuken heeft gezien.'

'Dat heeft ze ons allemaal verteld.' Vogt maakte een afwijzend gebaar. 'Maar dat verklaart nog niet hoe Rita's auto op de plek is gekomen waar hij is gevonden.'

'Misschien had Theo hulp,' merkte Bodenstein op. 'Van uw pleegbroer Claas Reker bijvoorbeeld.'

'Claas?' Vogt wierp hem een verbaasde blik toe. 'Klopt, die was er ook. Hoewel hij een huisverbod had.'

'Vanwege de zaak met het verdronken meisje?'

'Ik merk dat u al goed op de hoogte bent.' Vogt knikte. 'Ja. Rita was er vast van overtuigd dat hij iets met de dood van het buurmeisje jaren eerder te maken had.'

'En Theo?'

'Geen idee.' Vogt haalde zijn schouders op. 'Claas kon hem altijd al om zijn vinger winden. Hij kan heel charmant zijn als hij wil. Claas was lange tijd ingenieur op het vliegveld en dat maakte indruk op Theo. Na Rita's zelfmoord kwam hij vaak op bezoek bij Theo. Later hoorden we dat Claas al die jaren regelmatig contact onderhield met Theo.'

'Alhoewel hij helemaal niet lang bij de Reifenraths was, toch?'

'Maar een paar jaar,' bevestigde Vogt. 'Niet zo lang als Ramona en ik. Maar net als wij kende Claas zijn biologische ouders niet. Theo was onze enige vaderfiguur. Hij mocht Claas. Daarom verhuurde hij aan hem en André later ook de oude afvulgebouwen, zodat ze daar een autowerkplaats konden opzetten.'

'Ik dacht dat Reker ingenieur was?'

'Toen het project waaraan hij werkte klaar was, nam hij ontslag. André en hij zaten altijd al aan oude auto's te sleutelen en dat deden ze toen voor hun boterham. Ze hadden zich in oldtimers gespecialiseerd. André runt de werkplaats nog steeds en is daarmee behoorlijk succesvol.'

Pia's telefoon trilde. Ze keek op het scherm.

Het zoekteam heeft nog een skelet gevonden. Gaan jullie ernaartoe? had Kai geschreven. Pia werd koud vanbinnen. Hoeveel lijken zouden ze nog ontdekken?

Ja, zijn hier bijna klaar. Ze moeten met de berging wachten tot we er zijn, schreef ze terug, toen schoof ze haar mobiel naar Bodenstein. Hij las Kais bericht zonder een spier te vertrekken.

'Er wordt beweerd dat er problemen ontstonden tussen de compagnons,' zei hij tegen Vogt. 'Weet u daar iets over?'

'Nee. Maar met Claas ontstaan er op een gegeven moment altijd wel problemen.'

'Hoezo?'

'Hij is meedogenloos en trekt zich niets aan van regels. Het draait altijd alleen maar om hem, al het andere speelt voor hem geen rol.'

'We hebben gehoord dat hij de andere pleegkinderen destijds graag koeioneerde,' zei Pia. 'U was jonger dan hij. Was u ook een van zijn slachtoffers?'

Joachim Vogt aarzelde, toen haalde hij zijn schouders op.

'Hij heeft me een keer in de vrieskist opgesloten,' gaf hij toe.

'Waarom?'

'Dat weet ik niet.' Hij vertrok zijn gezicht. 'Claas had nooit een reden nodig. Als hij zich iets in zijn hoofd haalt, dan doet hij het, zonder aan de consequenties te denken. Hij denkt dat hij onaantastbaar en onfeilbaar is. Die houding heeft er waarschijnlijk ook voor gezorgd dat hij in de psychiatrie terechtkwam.'

'Hoe is uw verstandhouding nu?'

'Ik mag hem niet zo en hij mij ook niet.' Vogt tuitte nadenkend zijn lippen. 'Maar toen hij, nadat hij was ontslagen uit de kliniek, niet wist waar hij heen moest en me opbelde omdat hij onderdak zocht, hebben we hem een paar dagen bij ons laten logeren.'

'En dat terwijl hij u zo te pakken heeft genomen?' Pia was verbaasd.

'Dat is dertig jaar geleden.'

'De persoonlijkheid van een mens verandert in wezen niet,' zei Bodenstein. 'In de loop van de jaren versterken negatieve karaktereigenschappen zich zelfs meer dan positieve. Hebt u de hulpvraag van Claas misschien niet afgeslagen omdat u stiekem nog altijd bang voor hem bent?'

Pia herinnerde zich de zaak in Ruppertshain drie jaar geleden, toen Bodenstein met zijn verleden werd geconfronteerd. Ze had toentertijd, met betrekking tot zijn vroegere kinderkliek, iets soortgelijks gesuggereerd. Gespannen wachtte ze de reactie af van Vogt, wiens donkere ogen zich nadenkend op Bodensteins gezicht vestigden.

'Fridtjof heeft precies hetzelfde tegen me gezegd,' zei hij uiteindelijk. 'En mogelijk hebben jullie allebei gelijk. Met mensen als Claas wil je geen ruzie hebben. Ik weet heel goed waartoe hij in staat is.'

***

Het skelet zat verstopt in een gemetselde schacht onder de weide. Over het gat had een paviljoen van smeedijzer gestaan, waartegen klimrozen hadden gegroeid. De massieve stalen plaat op de schacht was bedekt geweest met een twintig centimeter dikke laag aarde en gras, die Krögers mensen voorzichtig hadden afgegraven.

'Wat is dat?' informeerde Bodenstein.

'Een bron die niet meer in gebruik is.' De technicus van het georadarbedrijf, een man van eind twintig met een bril, een wilde baard, paardenstaart, geruit overhemd en dikke leren laarzen, stond onaangedaan kauwgom te kauwen. 'Zoiets vinden we vaak.'

Het skelet in de bronschacht liet hem koud, precies als zijn collega, die inspecteur Tariq Omari iets op de monitor van de GPR aanwees en uitlegde hoe het apparaat werkte waarmee ze bommen uit de beide wereldoorlogen, waterleidingen, stroomkabels, illegale graven en alle mogelijke bodemveranderingen tot een diepte van veertig meter konden opsporen. Zou er iets zijn wat deze jongemannen raakte? Pia was blij dat geen van haar collega's zo onverschillig was als deze twee bodemradarspecialisten. Met haar mobiel aan haar oor wachtte ze tot iemand op het Forensisch Instituut de telefoon opnam.

'Heb je enig idee hoelang de bron al stilligt?' vroeg Bodenstein.

'Geen idee,' antwoordde de man met de bril. 'Behoorlijk lang, schat ik zo. Alles is droog daar beneden.'

'Ga eens aan de kant en ga even ergens anders met jullie machines spelen.' Kröger wuifde de pseudohouthakker weg. 'We moeten een tent boven de schacht opzetten voordat het begint te regenen.'

'Machines! Dat is een GPR TX...' de bebrilde baardman begon zich op te winden, maar zweeg toen Kröger hem gewoon liet staan. Pia hoorde hoe de man voor zich uit liep te schelden en was tot haar eigen verrassing blij dat hij in staat was emoties te tonen, ook al was het dan alleen maar over zoiets als gekrenkte ijdelheid omdat hij niet het respect kreeg dat hij verwachtte. Het was haar al vaker opgevallen dat jongelui niets meer konden hebben en snel beledigd waren. Ook de bebrilde baardman, die zich zo stoer kleedde, was een watje.

'Opschieten, jongens!' hoorde Pia Kröger tegen zijn collega's zeggen. 'De eerste drone komt eraan.'

'Drone?' Pia liet haar telefoon zakken en koos Hennings nummer.

'Kijklustigen nemen tegenwoordig geen genoegen meer met een paar foto's uit de verte met een telefoon. Vraag maar aan brandweerlui wat die bij verkeersongevallen en huisbranden meemaken.' Kröger snoof en keek weer naar boven. 'Kijk nou toch, daar is dat ding al!'

Er zoemde inderdaad een klein vliegtuigje boven de toppen van de hoge bomen.

'Tariq!' Pia wendde zich tot haar collega. 'Zorg er alsjeblieft voor dat die drone hier verdwijnt.'

Ze wachtte tot de tent was opgezet, toen trok ze een overall aan en daalde in de voormalige bronschacht af. Tien roestige ijzeren treden waren aan de gemetselde muur bevestigd en Pia testte tree voor tree de stevigheid voordat ze die met haar gewicht belastte. De betonnen bodemplaat was ongeveer drie bij anderhalve meter. Pia bukte zich en raakte de ruwe bodem aan.

'Hartstikke droog,' zei ze tegen Christian Kröger, die haar was gevolgd en zijn zaklamp vervolgens op de grond en de muren richtte.

Ze knielde naast het skelet neer. 'Schijn alsjeblieft even hierheen!'

Naast de vrouwelijke botten lag een stoffige glazen fles. Pia trok een paar latexhandschoenen aan, raakte voorzichtig de fles aan en draaide die tot ze het etiket kon lezen. 'Alleen als-ie ijs- en ijskoud is,' zei Kröger, maar Pia kon er niet om lachen. Ze boog zich nog dieper over de bleke botten, liet haar ogen over de vingerkootjes glijden tot ze had gevonden wat ze zocht.

'Iemand heeft haar een fles sekt mee het graf in gegeven.' Ze stond op en klopte het stof van haar spijkerbroek. 'Dat is toch schandalig.'

'Háár?' vroeg Kröger.

'Ik vermoed dat we Rita Reifenrath hebben gevonden,' antwoordde Pia en ze hield hem de gouden ring op de palm van haar hand voor. 'Dit is haar trouwring.'

Zürich, 24 maart 2017

Hoewel haar hele wezen zich ertegen had verzet, had Fiona uiteindelijk toch het dagboek dat haar moeder voor haar had achtergelaten, gelezen. Het was een deprimerend verhaal. Haar moeder was ronduit geobsedeerd geweest door haar wens om een kind te krijgen en ze had alles geprobeerd om zwanger te worden. In het academisch ziekenhuis in Zürich was ze toen de arts tegengekomen die haar hartenwens in vervulling had laten gaan, al was dat op een heel onconventionele manier.

'Dat kan toch niet waar zijn.' Fiona zuchtte teleurgesteld toen ze eindelijk in een dagboeknotitie van 11 november 1994 op de naam van de gynaecologe stuitte die haar als pasgeboren baby aan haar moeder had overgedragen. *Martina Schmidt.* Willekeuriger kon bijna niet.

De zoekmachine spuugde bij deze naam meer dan vier miljoen treffers uit. Ook toen ze de doctorstitel voor de naam zette, waren het maar een miljoen treffers minder. Was het misschien helemaal niet de echte naam van de arts? Was er een geheime afspraak tussen de vrouwen geweest, een dekmantel voor de gynaecologe, zodat haar illegale handelen niet in de openbaarheid zou komen? Fiona staarde besluiteloos naar het beeldscherm, haar vingers zweefden boven het toetsenbord. Ze dacht even na, toen voegde ze de zoektermen 'academisch ziekenhuis Zürich' en 'gynaecologie' eraan toe. Binnen een paar seconden waren de miljoenen treffers tot nog maar een kleine dertigduizend gereduceerd, maar er was geen match. Ze probeerde het met 'dr. Martina Schmidt', 'vrouwenarts', 'voortplantingsgeneeskunde' – niets! Het internet kwam haar niet te hulp, en ze was allesbehalve een hacker. Waarschijnlijk bestonden er in 1994 nog helemaal geen websites, en zolang ze niet wist of de arts echt Martina Schmidt heette, verspilde ze haar tijd.

Fiona bleef nog een poosje aan de keukentafel zitten, toen besloot ze om gewoon in het academisch ziekenhuis te gaan informeren. Met een beetje geluk vond ze iemand die daar drieëntwintig jaar geleden ook al had gewerkt. En stel dat het niet lukte, dan zou ze haar zoektocht naar haar biologische ouders opgeven en eindelijk beginnen haar leven te leven. Als Fiona Fischer uit Zürich-Fluntern.

Een halfuur later liep ze de foyer van de kliniek voor gynaecologie binnen, waarboven een van de weinige flatgebouwen in Zürich oprees, dat vanwege zijn ligging op een helling in de universiteitswijk tot een van de markantste gebouwen van de stad behoorde. Tijdens de korte wandeling van de Zürichberg naar beneden was haar een verhaal te binnen geschoten waarmee ze eventueel een kans had meer over de geheimzinnige doctor Martina Schmidt uit te vinden. De receptioniste, een moederlijk uitziende vrouw van rond de zestig, wier naambordje aangaf dat ze Corinna Mändli heette, was bereid haar te helpen toen Fiona vertelde dat haar moeder veertien dagen geleden was overleden en dat ze in haar nalatenschap een brief voor dr. Schmidt had gevonden, die ze haar graag wilde geven, want de arts had een belangrijke rol gespeeld in het leven van haar moeder.

'Mijn moeder was destijds hier omdat ze een kind wilde,' vertelde Fiona. 'En dr. Schmidt heeft haar uiteindelijk kunnen helpen. Ik ben het resultaat.' Ze glimlachte treurig en zuchtte. 'Ik dacht dat ik haar via internet zou kunnen vinden, maar dat lukte niet.'

'Ja, de naam is niet bepaald ongebruikelijk.' De receptioniste knikte. 'Wanneer zei u dat ze bij ons heeft gewerkt?'

'Ik ben in 1995 geboren,' antwoordde Fiona. 'Dus in elk geval in 1994, misschien ook al daarvoor.'

'Dan moet ik haar eigenlijk hebben gekend. Ik ben in maart 1993 hier begonnen. Maar de naam zegt me nu helaas niet meteen iets.' Corinna Mändli dacht even na, toen raadpleegde ze haar telefoonlijst, nam de hoorn van de haak en koos een intern nummer. Ze sprak met iemand, en hoewel de andere telefoons onophoudelijk rinkelden, werd ze doorverbonden, vertelde Fiona's fantasieverhaal nog twee keer, tot plotseling haar gezicht opklaarde en ze naar Fiona knipoogde en haar duim opstak.

'Aha,' zei ze tegen haar gesprekspartner. 'En dat weet je heel zeker? Ja... dat weet ik natuurlijk. Weet je nog wanneer dat was? Aha... oké. Merci.'

Het klonk veelbelovend en Fiona beteugelde met moeite haar ongeduld en dwong zichzelf haar bescheiden glimlachje te handhaven zonder dat het in een grimas veranderde.

'Nou, ik denk dat ik u een beetje verder kan helpen,' zei Corinna Mändli tevreden glimlachend. 'Doctor Schmidt heeft destijds een deel van haar specialistenopleiding bij ons gedaan. In de zomer van 1995 verhuisde ze naar een privékliniek voor voortplantingsgeneeskunde en gynaecologische endocrinologie in Baselland. Of ze daar nog werkt, dat kan ik u helaas niet vertellen.'

'Daar kom ik wel achter. U hebt me heel erg geholpen,' verzekerde Fiona haar. 'Hartelijk bedankt!'

'Graag gedaan. En gecondoleerd met de dood van uw moeder.'

Corinna Mändli zocht het adres van de kliniek op en daarmee was Fiona een grote stap verder. Op de terugweg probeerde ze zich haar echte moeder voor te stellen. Leek ze misschien op haar? Wat had haar ertoe gebracht haar kind gewoon weg te geven, aan een volledig vreemde, die ze nooit had gezien? Kon ze eigenlijk wel plotseling het leven van deze vrouw binnenvallen? Wat als ze een gezin had dat niets over haar wist? Het idee dat ze misschien broers en zussen had, deed Fiona's hart bonzen. Haar hele leven had ze naar een zus verlangd, en misschien had ze er echt een.

***

'Ik heb hier helaas een slechte verbinding,' meldde Kim zich zonder er een 'hallo' of 'hoe gaat het' aan vooraf te laten gaan. Maar het betekende wel dat ze Pia's nummer niet had gewist. 'Kan komen omdat ik in een gebied ben waar weinig bereik is.'

'Geen probleem.' Eigenlijk had Pia er geen rekening mee gehouden dat haar zus de telefoon zou opnemen. 'Hoe gaat het met je?'

'Goed,' antwoordde Kim. 'Wat kan ik voor je doen?'

Haar toon was net zo onpersoonlijk als van een medewerkster van een callcenter. Omdat ze kennelijk geen zin had om over haar toestand te praten, kwam Pia meteen ter zake.

'We hebben een nieuwe zaak. En die willen we graag met je bespreken.'

'Waarover gaat het?'

Pia had tot aan hun ruzie graag over allerlei zaken van gedachten met haar gewisseld, vooral als ze niet helemaal zeker wist hoe ze een probleem moest aanpakken. Ze waardeerde Kims professionele mening, haar nuchtere, analytische verstand en haar ervaring op het gebied van criminele psychologie. Meer dan eens had ze een doorslaggevende tip kunnen geven, die het onderzoek in de juiste richting had gestuurd.

'Het ziet ernaar uit dat we met een seriedader te maken hebben, die in de laatste vijfentwintig jaar ten minste drie vrouwen heeft vermoord.'

'Aha,' zei Kim alleen.

'Dinsdag hebben we een oude man gevonden, die twee weken dood in zijn huis lag,' ging Pia verder. 'Op zijn stuk grond lagen drie lichamen begraven onder een hondenkennel. Twee van hen zijn verzeepte lijken geworden, misschien wel omdat ze in vershoudfolie waren gewikkeld. We hebben daarnet een skelet in een voormalige bronschacht gevonden.'

'Hm.'

Het klonk niet alsof Pia haar zus tot een gesprek kon bewegen. Maar misschien antwoordde Kim alleen maar zo kort omdat ze ergens zat waar iemand kon meeluisteren.

‘Zou je misschien vandaag of morgen een uurtje de tijd hebben?’ vroeg Pia.

‘Vrees van niet, sorry,’ antwoordde Kim zonder omhaal. ‘Mijn hele bureau ligt vol met werk.’

Een duidelijke afwijzing, die je ook met de beste wil van de wereld niet anders kon interpreteren. En geen woord over het feit dat ze gisteren in Hofheim was geweest.

‘Oké, duidelijk, begrijp ik.’ Pia probeerde haar teleurstelling niet al te erg te laten merken, bovendien had ze kunnen bedenken dat Kim, na wat er tussen hen was voorgevallen, niet meteen alles uit haar handen zou laten vallen. Maar ze had het wel gehoopt.

‘Sorry, ik heb het op dit moment iets te druk,’ zei Kim toen.

‘Is goed,’ antwoordde Pia, die het vreselijk vond als iemand steeds ‘sorry’ zei. ‘Het had kunnen zijn dat je...’

‘Ik krijg een telefoontje, sorry. Moet ophangen,’ snoerde Kim haar de mond. ‘Ik laat van me horen. Oké?’

‘Tuurlijk, oké. En als je een keertje tijd hebt, moet je Christoph en mij absoluut in...’ Pia viel stil toen ze merkte dat ze niet langer tegen iemand sprak. Kim had de verbinding al verbroken. Het irriteerde haar dat ze Bodensteins voorstel had opgevolgd en nu zo door Kim was afgescheept. De laatste jaren was Kim er heel erg op gebrand geweest hen als adviseur terzijde te staan. Ze had zich toen bij de spectaculaire Taunus-sniperzaak echt opgedrongen en ervan genoten de profiler Andreas Neff van de deelstatelijke recherche te vernederen. Al als kind en tiener had Kim graag met haar kennis gepronkt, wat haar de bijnaam ‘betweter’ had opgeleverd. Niet zelden had Pia haar zusje op school tegen haar vriendinnen moeten beschermen, ook al werkte Kims aard ook haar vaak op de zenuwen. Pia, die naar buiten was gelopen om te bellen, ging door de achterdeur het RKI-gebouw binnen en liep naar het trappenhuis. Een paar collega’s van de uniformdienst kwamen in burger uit de kelder, waar de omkleedruimtes zich bevonden. Ze knikte naar hen en liep langs hen heen. Misschien had Kims botte weigering helemaal niets met haar persoonlijk te maken, maar meer met Nicola Engel. Hoewel ze ook dan wel een beetje beleefder had kunnen zijn.

Pia liep de vergaderkamer binnen.

‘En?’ Bodenstein keek op van een dossier waarin hij had zitten lezen. ‘Heb je Kim te pakken gekregen?’

'Ja.' Pia trok haar jas uit en hing die over de stoelleuning. 'Maar ze heeft geen tijd. Ik kon niet lang met haar praten. De verbinding was slecht.'

Ze deed alsof ze Bodensteins onderzoekende blik niet zag. Gegarandeerd dacht hij dat ze iets voor hem verzweeg. Pia had met niemand behalve Christoph over de ruzie tussen Kim en haar gesproken, maar Bodenstein was een opmerkzame kijker. Alleen zijn beleefdheid hield hem tegen erop door te gaan.

'Ik vraag Engel of ze contact wil opnemen met de mensen van de Operationele Misdaadanalyse.' Ze vermeed het hem aan te kijken. 'Ze vond het sowieso toch al nooit oké als we met Kim samenwerkten.'

'De baas is er niet,' zei Kai. 'Maar ik kan het wel doen.'

'Heb je het adresboekje van Theo Reifenrath, Kai?' vroeg Pia.

'Ja. Het ligt daar op tafel,' antwoordde Kai.

Pia pakte het beduimelde boekje en sloeg het open. Vanaf het moment dat Vogt de naam Sascha had genoemd, had ze erover nagedacht waar ze die recentelijk had gelezen. 'Ha! De man van Ramona Lindemann heet Sascha.'

'Ja, en?'

'Joachim Vogt heeft ons net verteld dat ene André – ik neem aan dat het om André Doll gaat – en ene Sascha hebben geholpen met het uitgraven van het gat voor de fundering van de hondenkennel,' legde ze uit, en ze pakte haar mobiel en belde Vogt. Hij meldde zich nadat de telefoon meerdere keren was overgegaan en hij bevestigde dat de door hem genoemde Sascha de echtgenoot van Ramona was.

'Waarom had hij toen al met Reifenrath te maken?' wilde Pia weten.

'Hij was ook een pleegkind en is bij ons opgegroeid,' antwoordde Vogt. Pia bedankte hem voor de informatie en beëindigde het gesprek. Ze herinnerde zich hoe opvallend onopvallend Sascha Lindemann steeds in de richting van de hondenkennel had gekeken.

'We moeten nogmaals met Sascha Lindemann praten,' zei ze tegen Bodenstein en Kai. 'En met André Doll. Ze waren allebei pleegzonen en hadden toegang tot het landgoed zonder op te vallen.'

Christian Kröger en Tariq Omari kwamen binnen en gingen zitten. De spaarbankfilialen hadden de bewakingsvideo's ter beschikking gesteld. Degene die het geld met Theo Reifenraths pasje had opgenomen, was een man, maar er was helaas niets van zijn gezicht te herkennen, want hij droeg een baseballcap en een soort skimasker. Hij was steeds 's avonds laat gekomen, waarschijnlijk om er zeker van te zijn dat hij de enige bij de geldautomaat was, en hij droeg zwarte kleren en schoenen zonder merkje. Kai had de video's meteen aan de specialisten van de deelstatelijke recherche doorgestuurd, zodat ze met behulp van verschillende parameters een lengteberekening konden maken.

'Bovendien heb ik het dossier van Annegret Münch van het Openbaar Ministerie en de bewijsstukken uit de opslagruimte van de politie laten komen,' sprak Kai verder. 'Omdat de zaak niet was afgerond, zijn de spullen die men destijds belangrijk vond, niet aan de familie teruggegeven. Het gaat alleen om de inhoud van haar tas: sleutelbos, een medewerkerspas van de Lufthansa, paspoort, kentekenbewijs van haar auto en andere troep die vrouwen met zich meeslepen. In elk geval, en dat is ongebruikelijk voor die tijd, had ze ook al een mobiele telefoon. Een Nokia, model 1011. Dat was toen de allereerste telefoon met gsm.'

'Met gsm? Wat betekent dat?' vroeg Bodenstein, voor wie technische begrippen koeterwaals waren.

'*Global system for mobile communication*,' zei Tariq. 'Dat is de draadloze standaard voor het mobiele netwerk, waarop alle huidige mobiele netwerken zoals UMTS, GPRS of LTE bouwen. Door gsm worden...'

'Dank je wel, dat is wel genoeg,' onderbrak Bodenstein de uitweidingen van zijn jonge collega. 'Ik wilde eigenlijk alleen weten of het toen al mogelijk was om telefoongesprekken na te trekken.'

'Vanzelfsprekend.' Tariq knikte. 'Het opvragen van telefoondata werd vroeger ook gedaan. Prepaidkaarten, die compleet anoniem waren, kwamen pas in 1995 op de markt. De eerste was de zogeheten Siebels-tegoedkaart. Mannesmann Arcor – tegenwoordig Vodafone – bracht een jaar later de CallYa-kaart uit.'

'Wat jij toch allemaal weet.' Pia schudde haar hoofd. 'Je bent een wandelende kennisdatabank.'

Tariq haalde cool zijn schouders op, maar het compliment streelde hem zichtbaar.

'De familie heeft Annegret Münch in 2004 dood laten verklaren,' zei Kai. 'Volgens het wetsartikel over afwezigheid en vermissing is dat na een periode van vijf jaar na het verdwijnen van een mens mogelijk, en voor de familie noodzakelijk om een levensverzekering uitbetaald te krijgen. Dat heeft ertoe geleid dat het onderzoek is heropend, want mevrouw Münch had een paar maanden voordat ze verdween een levensverzekering van meer dan een miljoen D-mark ten gunste van haar zonen afgesloten. De verzekeraar heeft zelf ook onderzoek gedaan, maar zonder succes, en moest de som uiteindelijk in oktober 2005 uitbetalen. De echtgenoot, Bernhard Münch, werd in 1993 gearresteerd, zat zelfs een tijdje in voorarrest. Het huwelijk van die twee verkeerde in een crisis, mevrouw Münch was verhuisd en had een eigen woning in Langen. Ze had een vriend, van wie de echtgenoot niets wist. Bovendien had ze bij een advocaat de scheiding aangevraagd. Onze collega's dachten destijds eerst dat haar echtgenoot haar had vermoord en haar lichaam verstopt had, omdat hij bang was dat hij het huis zou kwijtraken, dat voor de helft ook van haar was. Maar ze konden geen bewijs tegen hem vinden, daarom werd hij nooit aangeklaagd, maar de verdenking bleef wel aan hem kleven. Toen de moeder van mevrouw Münch elf jaar na het verdwijnen van haar dochter de aanvraag deed voor een overlijdensverklaring, heeft hij zich opgehangen en een afscheidsbrief achtergelaten, waarin hij schreef dat hij niet nog meer verdenkingen tegen zich kon verdragen.'

'Hoe oud waren de kinderen?'

'Momentje...' Kai bladerde in het dossier. 'Drie en vijf. Ze zouden bij hun vader blijven wonen, maar omdat hij in voorarrest moest, belandden ze bij hun grootouders.'

'Een tragedie voor alle betrokkenen,' zei Bodenstein niet zonder medeleven. Het was altijd erg als onschuldigen van moord werden verdacht; aan de andere kant vonden de meeste moorden nu eenmaal plaats in de relationele sfeer en de daders kwamen vaak uit de familiekring van het slachtoffer.

'De zaak-Münch werd vier keer onderzocht,' zei Kai. 'De laatste keer in 2013.'

'Hoe ver zijn jullie in het huis?' informeerde Pia bij Kröger.

'Morgen zijn de zolder en de kelder aan de beurt,' antwoordde de leider van de identificatiedienst. 'De mensen met de georadar hebben niets meer gevonden, maar de hond komt morgen nog een keer om de oude fabrieksgebouwen af te zoeken. We zijn trouwens in een van de gebouwen een slachtruimte met alle bijbehorende slachtwerktuigen tegengekomen. Naast drie diepvrieskisten hebben we er onder andere zeven nog origineel gesealde verpakkingen met Sarogold-vershoudfolie, 30 x 300 centimeter, gevonden.'

'O god,' mompelde Pia. Het idee dat de oude man zijn slachtoffers mogelijk in folie had gewikkeld voordat hij ze had vermoord, bezorgde haar een beklemmend gevoel. Soms dacht ze dat ze het ergste kwaad waartoe mensen in staat waren al had gezien, maar het kon altijd nog erger.

'De vrieskisten zijn op weg naar het laboratorium,' zei Kröger. 'En we hebben nog een zeer interessante ontdekking gedaan. In een lendenwervel van het skelet uit de bronschacht zat een patroon. Kaliber .22.'

'Dat betekent dat Rita Reifenrath is doodgeschoten!' riep Pia.

'Er werd op zijn minst op haar geschoten,' antwoordde Kröger.

'Wat zat er in de brandkast?' informeerde Bodenstein.

'Een familiestamboek, verzekeringspolissen, diploma's, een juwelenkistje, drie horloges, een zakhorloge, kadasteruittreksels, stamboomdocumenten van verschillende dieren, een wilsverklaring en een handgeschreven testament, gedateerd 17 augustus 2016,' somde Kröger uit zijn hoofd op.

'Heb je het bekeken?' vroeg Kai Ostermann.

'De envelop was open,' antwoordde Kröger. 'Op de wilsverklaring en de zorgvolmacht staat ene Raik Gehrmann vermeld. En Reifenrath heeft hem ook tot zijn enige erfgenaam benoemd. Fridtjof Reifenrath krijgt alleen zijn wettelijk deel.'

'Raik Gehrmann? De dierenarts?' Pia keek verbluft op. 'Waarom zou dat zijn?'

'Zijn vader was Theo's beste vriend,' zei Bodenstein. 'Dat heeft Joachim Vogt ons net verteld. Misschien vertrouwde hij hem meer dan zijn pleegzonen.'

'Het zou interessant zijn om te weten of hij zijn erfenis zal aanvaarden als hij hoort dat de erflater mogelijkerwijs een seriemoordenaar was,' merkte Tariq op.

'Raar! Toen ik hem vroeg hoe goed hij Theo Reifenrath kende, zei hij dat hij hem wel goed had gekend, maar dat hij niet met hem bevriend was geweest,' herinnerde Pia zich van haar gesprek met de dierenarts. 'De hond was halfdood, maar hij was blij hem te zien. Gehrmann beweerde dat dat niet vreemd was, tenslotte vaccineerde hij hem één keer per jaar of knipte hij zijn nagels.'

'Ja... en?' vroeg Kai. 'Wat is daar zo raar aan?'

'Wordt een hond zo blij van iemand die hij maar één of twee keer per jaar ziet?' dacht Pia hardop en haar collega's keken haar afwachtend aan. 'Theo Reifenrath heeft drie vrouwenlichamen op zijn stuk grond begraven.

Misschien wilde hij dat ook na zijn dood niemand die toevallig vond en heeft hij zijn hele hebben en houden om die reden aan iemand nagelaten die dat geheim kende.'

***

Mannheim, 12 mei 1991

Het was zo eenvoudig dat ik gechoqueerd ben. Leren jonge vrouwen tegenwoordig niet meer van hun ouders dat ze niet bij vreemde mannen in de auto moeten stappen? Ik moet een glimlachje onderdrukken. Al maanden heb ik alles perfect gepland en niets aan het toeval overgelaten, toch maakte ik me een beetje zorgen, omdat ze zich op het laatste moment nog zou kunnen bedenken. Maar ze is in mijn auto gestapt zonder ook maar te aarzelen, hoewel ze me nooit eerder had gezien. Die argeloosheid zal haar het leven kosten, maar dat weet ze nog niet. Ze babbelt en lacht en vertelt een of ander oninteressant verhaal. Zou ze ook zo'n flauwekul zitten vertellen als ze wist dat ze nog maar een paar uur te leven heeft? Waarschijnlijk niet. Ze zou eerder beginnen te schreeuwen en te smeken, of ze zou het helemaal niet geloven. Jonge mensen voelen zich onsterfelijk. Ik luister helemaal niet naar haar, laat haar gewoon praten en maak af en toe instemmende geluiden, maar ik vraag me wel af hoe zwaar ze eigenlijk is en of het me lukt haar ongezien naar de kofferbak van mijn auto te verplaatsen. Haar Saksische dialect doet me huiveren. Na een paar kilometer wil ik alleen nog maar dat ze haar bek houdt. Gelukkig heeft ze dorst gekregen van haar geklets en ik geef haar de colafles.

'Cool, cola,' zegt ze en haar ogen stralen.

Van pure gulzigheid merkt ze helemaal niet dat de dop er al af is. Ze drinkt de fles bijna half leeg. Wat een braaf meisje! Mijn handpalmen zijn bezweet van opwinding. Voor de eerste heb ik de druppels toen niet gebruikt, die viel vanzelf in slaap en maakte het me wel heel makkelijk. Bijna te makkelijk. Maar haar angst toen ze weer nuchter was en begreep dat ze zou sterven, was fantastisch. Bedwelmend. Ze heeft me echt blij gemaakt. Mandy uit de DDR *zal dus mijn eerste proefpersoon zijn. Tot nu heb ik alleen op de hond kunnen uitproberen of en hoe snel de druppels werken. Vlak voor Bensheim houdt ze op met haar gekwaak. Ik kijk naar haar.*

'Gaat het niet goed met je?' huichel ik bezorgd.

Ze mompelt onverstaanbaar. Haar ogen vallen dicht, haar hoofd valt opzij. Voorzichtig pak ik de colafles uit haar handen en rijd door. Nu staat me het gevaarlijkste deel te wachten. Maar ik heb natuurlijk alle parkeerplaatsen langs de route bekeken en er twee gevonden die voor mijn behoeftes perfect zijn. Ik rijd bij Seeheim-Jugenheim van de snelweg af. Na een paar honderd meter heb ik het stuk bos bereikt. Mijn hart klopt snel, zo blij ben ik. Pas als ik haar heb verpakt en ze in de kofferbak ligt, moet ik terugrijden en haar auto klaarmaken. De rest zal dan heel eenvoudig zijn.

Dag 4

Vrijdag, 21 april 2017

'Zeg, heb jij toevallig Sophia's status op WhatsApp bekeken?' informeerde Karoline, toen ze aan de ontbijttafel zaten.

'Nee.' Bodenstein prikte een stuk omelet met bacon en lente-uitjes aan zijn vork. Sinds zijn vrouw op het idee was gekomen alle graanproducten en voedingsmiddelen met suiker uit hun menu te verbannen, en in plaats daarvan koolhydraatarm te eten, hield hij van ontbijten. Hij was nooit een fan geweest van muesli met fruit of roggebrood met hüttenkäse en vond het heerlijk om roerei met parmezaan en gegrilde braadworst of avocado's met bacon en ei als ontbijt te nemen. 'Ik had de laatste dagen geen tijd. Hoezo?'

'Ze lijkt zich vreselijk te vervelen bij Cosima,' antwoordde Karoline. 'Ze post voortdurend van die musical.ly-video's en allerlei onnozele vragen.'

'Waarschijnlijk doet Cosima wat ze altijd al heeft gedaan,' vermoedde Bodenstein. 'Ze levert haar op kantoor af en houdt zich verder niet meer met haar bezig. Godzijdank begint maandag de school weer.'

Soms werkten de twee meisjes – de een een echte en de ander een prepuber – op hun zenuwen, maar zodra ze een paar dagen weg waren, misten ze hen.

Bodensteins telefoon begon te zoemen. Het was Kai Ostermann.

'Goedemorgen,' zei Bodenstein kauwend. 'Wat doe jij al om half zeven op kantoor?'

'Pitten is voor oudjes. Slaap wordt overgewaardeerd,' antwoordde Kai. 'Baas, ik heb eens een paar trefwoorden ingegeven bij de databank voor vermiste personen en niet-geïdentificeerde doden van de deelstatelijke recherche. Wat denk je dat ik heb gevonden? Een onopgehelderde moordzaak in het district Bernkastel-Wittlich in Rheinland-Pfalz. In mei 2014 werd in een wijngaard bij Bernkastel-Kues het lichaam van de drieëntwintigjarige Jana Becker uit Limburg gevonden.'

'Aha.'

'Jana Becker is op 8 mei 2014 verdwenen,' ging Kai verder. 'Bijna op de dag af precies tweeëntwintig jaar nadat Annegret Münch verdween. En hou je nu vast: het lichaam was van top tot teen in vershoudfolie gewikkeld!'

Bodensteins eetlust was verdwenen. Hij legde zijn vork weg, stond op en liep naar het raam.

'Doodsoorzaak?'

'Het is voor de rechercheurs een raadsel, maar volgens de lijkschouwing is ze verdronken.'

***

Een ongunstiger tijdstip om door de stad te rijden dan acht uur 's ochtends was er bijna niet, maar de lijkschouwing van de drie lichamen zou om precies negen uur beginnen. Op de A648 liep het verkeer al vast ter hoogte van Rödelheim.

'U kunt het best over de A5, baas, en dan in Niederrad eraf,' stelde Tariq Omari voor. 'Dan staan we ook wel in de file, maar als we doorrijden tot aan de Mainzer Landstraße, dan zijn we langer onderweg.'

'Je hebt gelijk.' Bodenstein zette zijn knipperlicht aan en voegde rechts in.

De vorige avond had hij nog tot laat met Nicola Engel getelefoneerd om haar over de zeer gebrekkige vorderingen van het onderzoek te informeren. Op zijn verzoek een collega van de Operationele Misdaadanalyse bij de deelstatelijke recherche te vragen, had ze boos gereageerd. Waarom ze een profiler nodig hadden als de dader al vaststond en dood was, had ze gevraagd, zonder een antwoord te verwachten. Ze was al jaren niet meer zo kortaf en onaangenaam geweest. Bodenstein kende haar lang genoeg om te weten dat je niets bij haar bereikte als ze in zo'n stemming was, daarom had hij haar in alles gelijk gegeven en het gesprek zo snel mogelijk beëindigd. Tot gisteren was hij er zelf ook van overtuigd geweest dat Theodor Reifenrath de drie vrouwen had vermoord en op zijn grond had begraven. Het feit dat de bodem van de hondenkennel pas eind jaren negentig met beton was bedekt, sprak daarvoor, omdat de lijken allemaal ouder waren.

Maar Pia's vermoeden dat dr. Gehrmann eventueel een deelgenoot, zo niet zelfs een mededader zou kunnen zijn, had hem aan het twijfelen gebracht. Ook Sascha Lindemann, André Doll en Joachim Vogt konden iets over de lichamen hebben geweten. Vooral aan het begin van een onderzoek moest je in alle richtingen denken, en het idee van een andere dader was helemaal niet zo gewaagd als je de parallellen tussen de lichamen op het landgoed van Reifenrath en de in folie gewikkelde dode uit 2014 in aanmerking nam. Was het mogelijk dat er nog een tweede moordenaar was, die er genoegen aan beleefde zijn slachtoffers in vershoudfolie te hullen? Theodor Reifenrath was in 2014 al een zeer oude man geweest en hij was op zijn drieëntachtigste lichamelijk nauwelijks nog in staat een jonge, sportieve vrouw te overweldigen. Wat als hij een helper had gehad? Het idee dat ze met een reeks moorden te maken konden hebben die nog niet was afgelopen, was angstaanjagend. Vooral nu hadden ze iemand nodig die kon helpen een daderprofiel samen te stellen. Als dat niet Kim Freitag kon zijn, dan moesten ze toch maar op de mensen van de deelstatelijke recherche terugvallen.

Om vijf voor negen sloeg Bodenstein de Paul-Ehrlich-Straße in. Het geluk was op hun hand en hij vond een parkeerplek op de binnenplaats van het Forensisch Instituut, dat zich in een jugendstilvilla aan de Kennedyallee bevond. Henning Kirchhoffs kantoor was het tweede aan de linkerkant van de met hout betimmerde hal; direct ervoor lag de receptie. Bodenstein en Omari betraden het kleine kantoor, waar Regine Kinder regeerde, die al jaren Hennings secretaresse was en die hij van zijn voorganger professor Kronlage had overgenomen.

'De baas is al beneden,' zei mevrouw Kinder en ze glimlachte. 'U kent hier de weg.'

In de eerste van de twee sectieruimtes, die zich in de kelder van het instituut bevonden, was Ronnie Böhme, de ervaren sectieassistent, net bezig de botten uit de bronschacht anatomisch correct te rangschikken. Hij keek op toen Bodenstein en Omari de sectieruimte betraden en stak groetend de rib op die hij net in zijn rechterhand hield.

'Mogge, mogge, heren.'

'Hallo, meneer Böhme,' antwoordde Bodenstein. Ze wisselden wat beleefdheden uit, en toen verscheen dr. Lemmer in blauwe kiel met hoofdkap; het mondkapje bungelde onder zijn kin. Met zijn dikke snor, geschoren hoofd en stevige postuur deed hij Bodenstein altijd een beetje aan een walrus denken.

'De botten zijn van Rita Reifenrath,' zei hij. 'We hebben röntgenfoto's van haar tandarts gekregen, die exact bij de gebitsstatus van het skelet passen. Een DNA-vergelijking kunnen we ons besparen.'

'Heel mooi.' Bodenstein knikte.

Op de tafel ernaast lagen de botten van de deels geskeletteerde en door Beck's aangevreten lichamen. Tariq Omari bestudeerde die geïnteresseerd.

'Hoe komt het dat dit lichaam voor een deel is geskeletteerd, maar de andere niet?' wilde hij weten.

'Waarschijnlijk is de bodemsamenstelling veranderd en dit lichaam kwam in aanraking met zuurstof,' antwoordde dr. Lemmer. 'Dat zou ook kunnen verklaren dat de hond het verzeepte weefsel heeft geroken en het heeft opgegraven.'

'Het is overigens bijna compleet,' merkte Ronnie Böhme op. 'Alleen een paar van de middenhandsbeentjes ontbreken. Die heeft de hond misschien ingeslikt. Of de baas heeft ze laten slingeren.' Hij grinnikte om zijn eigen grap.

'Wat zit er aan het bot van de bovenarm?' informeerde Tariq.

'Dat is goed nieuws.' Dr. Lemmers gezicht klaarde op. 'Dat is een zogeheten hoekplaat-osteosynthese. De meest voorkomende indicatie voor een operatieve ingreep met een dergelijke plaat zijn botbreuken waarmee een gewricht is gemoeid, of een open fractuur. In dit geval houd ik het op het laatste. Het verwijderen van het aangebrachte metalen materiaal volgt op z'n vroegst twaalf maanden na de operatie, op z'n laatst achttien maanden, anders groeien de schroeven in de botten.'

'Dat betekent dat de vrouw ongeveer een jaar voor haar dood haar rechterbovenarm heeft gebroken?'

'Correct.' Dr. Lemmer pakte voorzichtig het bovenarmbot en stak het Bodenstein en Omari toe. 'Het tweede goede nieuws is dat deze implantaten allemaal een ingeponst serienummer van de fabrikant hebben, dat gewoonlijk in een operatieverslag wordt vastgelegd. Ziet u het?'

'Fantastisch.' Tariq Omari pakte zijn smartphone. 'Ik maak een foto en stuur die naar Kai. Wat denkt u, baas? Met een beetje geluk hebben we een treffer in de databank en komen we er op die manier achter wie de vrouw was.'

'Ga je gang maar,' spoorde Bodenstein hem aan. 'We moeten elke mogelijkheid benutten.'

Op dat moment had de afdeling Vermissingen van de federale recherche zevenennegentig onbekende doden op te helderen. Daarbij ging het niet alleen om lijken, maar ook om delen van menselijke stoffelijke overschotten, zoals schedels, botten en afzonderlijke ledematen, die ergens in Hessen waren gevonden. In ten minste 17 zaken ging het om een gewelddadige dood en minstens 49 van de 97 geregistreerde doden konden theoretisch via hun DNA worden geïdentificeerd, als er vergelijkingsmateriaal zou zijn. Van weer 22 was een gebitsstatus bekend, maar die zou alleen maar van nut zijn als de status werd vermeld op de aangifte van de vermissing, wat nog steeds niet het geval was. Er werden 16 300 vermiste personen ingevoerd in de databank voor vermisten en niet-geïdentificeerde doden van de federale recherche, daarbij kwamen nog ongeveer 2000 Duitsers die in het buitenland spoorloos waren verdwenen. Maar ongeveer drie procent van alle als vermist gemelde personen bleef langer dan een jaar verdwenen; hun namen werden voor dertig jaar in de sinds 1992 bestaande databank geregistreerd, bij het vermoeden van een geweldsdelict ook langer.

'Oliver! Fijn je weer eens te zien.' Professor Henning Kirchhoff betrad de sectieruimte, gevolgd door twee andere forensisch pathologen. De aanwezigen draaiden zich naar hem om. 'Hallo, meneer O'Malley,' voegde hij eraan toe.

'Omari,' verbeterde Tariq hem geduldig.

'Ach ja, klopt. De Indiër.'

'Syriër, alhoewel ik om precies te zijn Duitser ben.'

'Syriër, Syriër. Dat moet ik onthouden.' Henning wreef in zijn handen. Hij oogde erg opgewekt, dat was hij maar zelden.

'Laten we meteen beginnen. We hebben een heleboel werk.'

'Maar ík ga vanavond bij wijze van uitzondering eens stipt op tijd naar huis,' nam Ronnie Böhme het woord. 'Ik ga voetbal kijken, wat er hier vandaag ook nog binnenkomt, al is het een dood marsmannetje met drie hoofden.'

'O ja, Keulen tegen Hoffenheim,' zei een van de artsen. 'Ik wilde het eerst niet, maar nu heb ik toch een abonnement op Eurosport voor de wedstrijden op vrijdag en zondag.'

'Zodat het vanavond maar een mooie voetbalavond mag worden, meneer Böhme, vraag ik u nu om concentratie en volledige inzet,' smoorde Henning de beginnende discussie over uitslagen, spelers en plaatsen op ranglijsten in de kiem. 'Ach ja, Oliver, bij het gedeeltelijk verzeepte lijk was de vershoudfolie gescheurd, waarschijnlijk door de hond, maar de twee andere waren van top tot teen quasi luchtdicht verpakt.'

'Hebben ze daarom lijkenvet ontwikkeld?' wilde Tariq weten.

'Dat speelt zeker ook een rol.' Henning trok zijn handschoenen aan en bond zijn mondkapje voor.

'Een paar jaar geleden, ik geloof dat het 1994 was, werd in Zwitserland een treintraject aangelegd over een gesloten begraafplaats. Daarbij werden tweehonderdvijftig verzeepte lijken met graafmachines uit de grond gedolven,' vertelde hij op conversatietoon en hij keek de aanwezigen om de beurt aan. 'De familie, die als kinderen huilend bij de open kist afscheid hadden genomen van hun oma en opa, waren geschokt hen vijftig jaar later als onverteerde lijken terug te zien.'

'Er is hier niemand die u met uw gruwelverhalen kunt choqueren, baas.' Ronnie Böhme rolde met zijn ogen. 'Kunnen we nu eindelijk beginnen?'

'We splitsen ons op en werken parallel,' zei Henning. 'Böhme, het lichaam in staat van ontbinding blijft hier in 1, vanwege de geur.'

'Dat hoeft u me niet te vertellen, baas,' mopperde de sectieassistent en hij liep naar de vriesvakken. 'Heb alle vier doorgelicht en CT's gemaakt. De stinker heb ik nog hier. De twee dames in goede conditie liggen daar in 2 op de tafel.'

'Goed meegedacht, Böhme,' zei Henning minzaam en hij verdiende daarmee een geërgerde blik. Hij wenkte beide pathologen die met hem waren meegekomen. 'Wij drieën gaan daarnaartoe, Lemmer en Böhme nemen het lichaam in staat van ontbinding en het deels geskeletteerde.'

'Dat dacht ik al,' mopperde Ronnie Böhme voor zich uit. 'Ik moet altijd het vieze werk doen. Elk waterlijk en elk lijk dat in staat van ontbinding verkeert, krijg ik op m'n bordje geschoven, achterlijk gedoe.'

'Zodra een dood marsmannetje met drie koppen binnenkomt, is die voor jou,' antwoordde Henning en hij verdween grinnikend.

Met een ruk opende Böhme een van de vriesvakken en trok de draagbaar eruit. Hoewel het stoffelijk overschot van Theodor Reifenrath in een bodybag zat, was de ontbindingsgeur overweldigend. Bodenstein, die al getuige was geweest van talloze lijkschouwingen, wapende zich inwendig. Toch moest hij tegen een korte aanval van misselijkheid vechten, die hij alleen dankzij zijn routine weer snel onder controle kreeg.

Tariq was gefascineerd door de aanblik van het verzeepte lichaam.

'Zoals ze eruitzien, moet je toch nog kunnen vaststellen hoe ze vermoord zijn,' zei hij tegen dr. Lemmer.

‘Alleen als er uitwendige sporen zijn,’ antwoordde Böhme in plaats van de arts. ‘Vanbinnen zien ze eruit als gebraden gehakt. Je kunt de afzonderlijke organen niet meer onderscheiden.’

‘Daarin heeft meneer Böhme helaas gelijk,’ bevestigde Lemmer. ‘Maar misschien kunnen we wel uit weefselmonsters nuttige conclusies trekken. De goede uitwendige conditie geeft in elk geval de hoop dat we ook het tweede lijk snel kunnen identificeren.’

***

Op het lichaam van Theodor Reifenrath bevonden zich depressiefracturen van de jukbeenderen, het neusbeen, alsook de oogkassen, die van een harde slag in het gezicht of een val afkomstig konden zijn.

‘De grote geweldsinwerking heeft niet alleen de gelaatsbotten gebroken, maar ook de schedelbasis,’ verklaarde Frederick Lemmer toen hij de lijkschouwing had afgerond. ‘De ruptuur van de slagader in de hersenbasis heeft tot een bloeding in de met hersenvocht gevulde subarachnoïdale ruimte geleid en daarmee tot een stijging van de intracraniële druk. Doodsoorzaak was uiteindelijk een herseninfarct. Ik vermoed dat hij is gevallen – daar zou ook de recente fractuur van de rechterpols bij passen – en daarmee heeft hij de verwondingen aan zijn gezicht opgelopen. De bloeding was hevig, hij zal zeer snel het bewustzijn hebben verloren, daarna trad de hersendood in, later multipel orgaanfalen en de dood.’

Ronnie Böhme had het lichaam alweer in het vriesvak geschoven en stond op het punt de lijkschouwing van het gedeeltelijk geskeletteerde vrouwelijke lichaam voor te bereiden.

‘Geen aanknopingspunten voor geweld van buitenaf?’ verzekerde Bodenstein zich.

‘Natuurlijk kan het ook door een krachtige slag tegen het gezicht zijn ontstaan,’ antwoordde Lemmer. ‘Maar dat spreekt de fractuur van de rechterpols tegen, een typische verwonding als je je bij een val wilt opvangen. Naast de wond boven zijn wenkbrauw zijn geen huidlaesies vast te stellen. De man was vijfentachtig jaar oud, mogelijk heeft hij een flauwte gekregen of is hij even het bewustzijn verloren en ongelukkig gevallen. De toestand van zijn organen toont aan dat hij niet bijzonder gezond heeft geleefd. Hij heeft meerdere hartinfarcten gehad – veroorzaakt door een sterke vergroting van de linkerkant van het hart – een vervette lever, diverticulitis in de dikke darm enzovoorts. Het komt allemaal in het obductieverslag te staan.'

Bodenstein bedankte en stuurde Pia een bericht. Hij had zich lang tegen deze manier van communiceren verzet, tot hij op een gegeven moment had gemerkt dat hij niet meer meekreeg wat er zich in zijn familie afspeelde. Van zijn bijna negentigjarige schoonmoeder tot zijn vrouw, zijn ex-vrouw, zijn volwassen kinderen, zijn broers en zussen, nichten en neven, tot aan zijn elfjarige dochter: ze gebruikten allemaal de gratis berichtendienst. Ze chatten, stuurden foto's, gesproken berichten en video's rond in plaats van elkaar te bellen, en toen Bodenstein zich eindelijk door Karoline had laten uitnodigen voor WhatsApp, had hij gemerkt dat bijna iedereen van zijn contacten er allang gebruik van maakte, zelfs de mensen van wie hij dat niet voor mogelijk had gehouden. Af en toe verbaasde hij zich erover hoe onmisbaar de app in zijn dagelijks leven was geworden.

Oké. Trouwens, dankzij het serienummer van het implantaat hebben we de tweede identiteit, schreef Pia meteen terug. *Het gedeeltelijk geskeletteerde lijk is Mandy Simon, 21, op 12 mei 1991 in Mannheim verdwenen.*

Het bericht volgde op de foto van een jonge donkerharige vrouw, die vrolijk in de camera lachte. Pia's beknopte formulering deed Bodenstein huiveren. Hij bekeek het verbazingwekkend ongedeerde gezicht van de dode, vergeleek het met de foto die Pia had gestuurd. Geen twijfel mogelijk, het was Mandy Simon. Zelfs de moedervlek op haar jukbeen was door de lijkvetvorming geconserveerd.

'Ze moet echt knap zijn geweest,' zei Ronnie Böhme dromerig. 'Ze zou nu halverwege de veertig zijn.'

Zo snel als mogelijk moest worden vastgesteld of er na zesentwintig jaar nog nabestaanden van de jonge vrouw waren aan wie men deze treurige zekerheid kon vertellen. Deze taak wilde Bodenstein niet simpelweg aan de plaatselijke recherche overlaten, want hij wist hoe erg de familie van vermisten werd gekweld door de onzekerheid en hoezeer het voor hen van levensbelang was om te horen waarom een geliefde persoon had moeten sterven. Vooral ouders hoopten ook na decennia nog op de opheldering van de misdaad waarvan hun kind slachtoffer was geworden, en sommige bleven alleen door deze hoop leven.

Bodenstein liep naar de aangrenzende sectieruimte. Alleen al de uitwendige lijkschouwing had een belangrijke en mogelijk nuttige aanwijzing over de derde, nog onbekende dode opgeleverd, namelijk een opvallende tattoo van een slang die zichzelf in de staart beet op de rechterbovenarm. Tariq had meteen geweten dat het een zogeheten ouroboros-symbool was, een op grond van zijn geometrie en esthetiek tamelijk geliefd motief. Hij had een foto gemaakt en naar Kai gestuurd.

'Goed nieuws, Oliver,' zei Henning, die aan een tafel zat en geconcentreerd in een microscoop keek. 'We hebben perfecte vingerafdrukken kunnen afnemen! En het ziet ernaar uit dat we voldoende en schoon DNA-materiaal hebben.'

'Heel goed.' Bodenstein knikte. De tijden waarin je dagen of zelfs weken op het resultaat van een DNA-analyse moest wachten, behoorden tot het verleden. Inmiddels konden specialisten met mobiele analyseapparatuur soms binnen een uur resultaten leveren.

Een poosje luisterden Bodenstein en Tariq zwijgend naar de vaktermen die de pathologen rondstrooiden terwijl ze de lichamen uit alle gezichtshoeken fotografeerden, gewicht, lengte en andere lichaamskenmerken documenteerden en weefselmonsters namen, die Henning kritisch bekeek onder een microscoop.

'Ongelooflijk!' riep hij tegen zijn collega's. 'Ook hier bij deze!'

'Mag ik weten waar het om gaat?' liet Bodenstein van zich horen.

'We zijn op iets bijzonders gestuit!' Henning keek op, zijn ogen schitterden. 'Het lijkt erop dat deze twee lijken ingevroren zijn voordat ze werden begraven!'

'Hoe weet je dat?'

'Je herkent het onder de microscoop. Tijdens het invriezen bouwen zich ijskristallen op in de cellen, die de celstructuur doorboren. Het weefsel barst – als een fles mineraalwater die is vergeten in het vriesvak!' verklaarde Henning. 'Het meest verbazingwekkende is de goede conditie van de lichamen, want normaal gesproken bevordert de verwoesting van cellen door bevriezing een razendsnel verval van het lichaam na het ontdooien, omdat ontbindingsbacteriën zich sneller kunnen verspreiden in de kapotgemaakte structuren.'

'Misschien lagen ze toch niet zo lang onder de grond als je in eerste instantie aannam,' vermoedde Bodenstein. 'Of de vershoudfolie heeft een snelle ontbinding verhinderd.'

'Het duurt verschillende jaren tot lijkenvet zich zo heeft ontwikkeld.' Henning fronste nadenkend zijn voorhoofd. 'De enige verklaring zou zijn dat de lichamen tijdens de winter in de bevroren grond werden begraven.

Een verzeept lijk ontstaat alleen als er geen zuurstof bij kan komen. In natte kleigrond, bijvoorbeeld. Of in een waterdichte grafkist. Bekleding van kunstvezels kan ook bijdragen aan de vorming van lijkenvet.'

'De betonplaat werd in de zomer van 1997 of 1998 gestort.' Bodenstein controleerde op zijn telefoon wat Pia had geschreven. 'De jonge vrouw verdween in mei 1991. Als we ervan uitgaan dat het ene lichaam Annegret Münch is, dan stierf ze twee jaar later. Heeft hij de een na de ander begraven en op een gegeven moment besloten het graf met een betonplaat af te dekken?'

'Misschien heeft hij haar tot die tijd ergens anders bewaard,' vermoedde Tariq. 'In een vrieskist, bijvoorbeeld.'

'Als het lichaam uit Bernkastel-Kues ook tot de slachtoffers van onze dader zou behoren, dan heeft hij zijn modus operandi veranderd,' overdacht Bodenstein. 'Maar waarom?'

'Misschien vond hij het te gevaarlijk haar mee naar huis te nemen en daar te begraven,' antwoordde Tariq. 'Of het was te zwaar voor hem. Haar ergens uit de auto gooien of op de plaats delict laten liggen is makkelijker.'

Bodensteins blik viel op de restanten stof in de plastic zakken.

'Wat is dat?' vroeg hij.

'De kleren,' antwoordde Henning.

'Ze waren aangekleed?' Bodenstein was verrast.

'Ja, helemaal. Ondergoed, T-shirt, jurk, spijkerbroek, sokken… Dankzij de vershoudfolie is alles verbazingwekkend goed gebleven.'

Bodenstein pakte een van de zakken en bekeek een licht stuk stof. Bij het zien van het roze katoenen slipje overviel hem plotseling een gevoel van verdriet. Op de ochtend voor haar dood had de draagster het slipje uit de kast gepakt en aangetrokken zoals waarschijnlijk ontelbare keren ervoor, niet vermoedend dat het de laatste keer in haar leven zou zijn. Hoe vaak waren de kleren al niet gewassen en gestreken? Waarom had ze uitgerekend dit kledingstuk gekozen? Wat had ze daarbij gedacht en gevoeld? Het waren futiliteiten als deze die een zaak voor Bodenstein tot iets persoonlijks maakten en de doden in zijn ogen lieten veranderen in de mensen die ze ooit waren geweest, voordat iemand had besloten hen van het leven te beroven.

'Hebben jullie iets over de doodsoorzaak kunnen ontdekken?' Zijn stem klonk hees.

'Ja. En dat is wel heel merkwaardig.' Henning stond op van het krukje bij de microscoop. 'Bij deze twee lijken hebben we wittige substanties op de lippen gevonden. Alles wat ik nu zeg, behoort tot het rijk der speculaties, want er zijn geen organen meer die we kunnen onderzoeken om mijn vermoedens te bewijzen. Het gaat zo: als een mens onder water raakt, houdt hij in een reflex zijn adem in. Op een gegeven moment kun je het ademhalen als gevolg van de ademprikkel door het stijgende CO_2 niet meer willekeurig onderdrukken. Het komt tot inspiratie, waarop hoestachtige aspiraties volgen. In stadium drie ontstaan tonisch-clonische krampen, in stadium vier allereerst een preterminale apneu. De bloedsomloop blijft tijdens dit laatste stadium van verdrinking, dat door een hartstilstand wordt beëindigd, in stand. Nadat het lijk uit het water wordt gehaald, vormt zich, op grond van de intredende vermindering van het longvolume, schuim voor de mond en neus, dat ontstaat door de vermenging van lucht, water, oedeemvloeistof en bronchiaal slijm. Dit schuim is fijnblazig, te vergelijken met scheerschuim, en bevat niet zelden bloed.'

'Je bedoelt dat ze zijn verdronken?' wilde Bodenstein zeker weten.

'Zóúden kúnnen,' benadrukte Henning fronsend. 'De vrouwen zouden verdronken kunnen zijn voordat ze werden ingevroren. Op hun lichamen zijn geen tekenen van uitwendig geweld te zien, afgezien van sporen van vastbinden op de polsen en enkels. Er zijn ook geen afweerverwondingen, geen vreemd weefsel onder de vingernagels, geen tekenen van verkrachting, marteling of mishandeling. De kleren zullen we naar het laboratorium sturen om die te onderzoeken op vreemd DNA. Lemmer! Hoe ziet het er bij jullie uit?'

Een minuut later verscheen dr. Lemmer in de open deur van de sectieruimte.

'Ze heeft dezelfde substantie op de mond,' zei hij.

Verdronken. Ingevroren. In folie gewikkeld.

Bodenstein herinnerde zich wat Ramona Lindemann had verteld. Onder water geduwd. In de vrieskist opgesloten. Hij was te lang agent om in toeval te geloven.

***

'Nee, het spijt me. Meneer Reifenrath moet hierheen komen, naar Hofheim,' wees Pia het verzoek van de assistente van Fridtjof Reifenrath af. Ze had Pia gevraagd naar het kantoor in Frankfurt te komen, omdat haar baas met vertraging uit Los Angeles was geland en al om één uur een belangrijke afspraak had. 'Vertel uw baas dat de afspraak bij ons ook heel belangrijk is. Mocht hij een andere mening hebben, kan ik hem ook met alle plezier dagvaarden.'

Ze beëindigde het telefoongesprek en schudde haar hoofd. Iemand als Fridtjof Reifenrath was gegarandeerd een HON-Circle-Member en vloog eersteklas. Hij had de afgelopen uren vast en zeker minder te doen gehad dan zij. Pia gooide een euro in de drankautomaat, drukte op het symbool voor een cola zero en wachtte tot de fles naar beneden donderde. Toen liep ze de trap op naar kantoor.

Kai keek op toen ze binnenkwam.

'Ik heb de naam van het derde lichaam!' verkondigde hij. 'De ouroboros-tattoo was de sleutel. Ik kan niet anders zeggen dan dat de toegang tot de databank van de deelstatelijke gerechtelijke politie absoluut fantastisch is!'

Hij grijnsde, euforisch door het onverwacht snelle resultaat van zijn zoektocht. De zaak, zo leek het, zou snel opgehelderd worden.

'Ze heette Jutta Schmitz en was op het tijdstip van haar verdwijning tweeënveertig jaar oud.' Kai schoof Pia drie computeruitdraaien toe, trots als een kind dat zijn moeder een zelfgemaakte tekening geeft. 'Verdwenen op 11 mei 1996 in Kaarst.'

Pia liep naar haar bureau, zette haar leesbril op en las de drie bladzijden vluchtig door.

'In Kaarst? Waar ligt dat?' De plotselinge blijdschap over het snelle succes veranderde in een mat gevoel, dat werd versterkt toen ze de foto's zag die bij de vermissingsaangifte zaten. Op een van de foto's stond Jutta Schmitz breed lachend op een Harley-Davidson met glimmend chroom. Ze droeg een witte, mouwloze top, de tatoeage op haar rechterbovenarm was goed te herkennen. De vrouw was heel slank en groot, haar haar gemillimeterd, en witblond gebleekt. Op het eerste gezicht en ook op het tweede kon Pia geen overeenkomsten tussen de drie vrouwen vaststellen: Jutta Schmitz was een stoer type met vierkante, bijna mannelijke gelaatstrekken. Annegret Münch was weliswaar ook blond, maar het absolute tegendeel van Jutta Schmitz: een klassieke schoonheid met volle, gewelfde lippen, een rechte neus en een perfect symmetrisch gezicht. Ze bezat een enorm vrouwelijke uitstraling en was zich bewust van haar mooie verschijning. De manier waarop ze in de camera keek, had iets flirterigs. Mandy

Simon daarentegen was donkerharig, mooi en netjes, zoals Pia's moeder dit type meisjes gewoonlijk noemde: wipneus, perzikenhuid, een vrolijk gezicht met kuiltjes in de wangen, een sportief figuur.

'In de buurt van Düsseldorf,' antwoordde Kai op Pia's vraag. 'Haar auto, een Subaru Forester, werd drie dagen na haar verdwijning op de parkeerplaats van een Ikea gevonden. Afgesloten. Haar rugzak lag in de kofferbak, inclusief telefoon, portemonnee en alle papieren. Van de autosleutel geen spoor.'

'Zoals bij Annegret Münch en Rita Reifenrath.'

'Bij Mandy Simon was het precies zo.' Kai knikte. 'Ze reed in een oude Passat. Hij werd een week nadat een vriendin haar vermissing had gemeld, op een parkeerplaats in de buurt van het sneltramstation Mannheim-Neckarau gevonden. In de kofferbak lag haar tas met sleutelbos en alle papieren, maar de autosleutel ontbrak.'

Het onbehaaglijke gevoel werd sterker, hoe langer Pia naar de foto's van de drie vrouwen keek. Ze kreeg kippenvel op haar rug. In alle gevallen was de auto afgesloten gevonden. Elke keer had de tas van het slachtoffer in de kofferbak gelegen. Dat was geen toeval, maar een modus operandi, het handschrift van de dader! Het leed geen twijfel meer: ze hadden met een seriemoordenaar te maken, die geheel ongemerkt moorden had gepleegd. Hij had zijn slachtoffers niet verminkt, dat had Bodenstein haar door de telefoon gezegd. Dat betekende dat ze naar alle waarschijnlijkheid niet met een chaotische dader te maken hadden, maar met iemand die zijn daden methodisch plande en er nauwkeurig voor zorgde dat hij geen sporen achterliet. Kon dat werkelijk Theo Reifenrath zijn geweest?

'Je kijkt als een oorwurm,' zei Kai en in zijn stem klonk een beginnend verwijt. 'We hebben alle drie de lichamen geïdentificeerd en kennen de dader, en dat binnen nog geen vier dagen!'

Pia keek op. Het verwachtingsvolle glimlachje op Kais gezicht was verdwenen.

'Je weet toch dat simpele oplossingen me in principe argwanend maken,' zei ze. Ook zij had gewild dat ze de zaak snel konden oplossen, maar de ervaring had haar geleerd dat iets maar zelden zo was als het op het eerste gezicht leek. 'Hoe dan ook: heel goed werk, Kai.'

'Maar?'

'Maar ik twijfel of we de dader echt al hebben,' antwoordde Pia.

'Hoezo?'

'Er zijn veel ongerijmdheden.' Pia leunde achterover op haar stoel en kruiste haar handen achter haar hoofd. 'Bij de lijkschouwing bleek dat Jutta Schmitz, Mandy Simon en Annegret Münch mogelijk verdronken zijn. Ze waren in elk geval alle drie ingevroren voordat ze werden begraven.'

Het raakte Pia diep om te zien hoe de euforie op het gezicht van haar collega in teleurstelling veranderde.

'Ingevroren?' herhaalde Kai verrast.

'Zo ziet het er tenminste uit,' bevestigde Pia. 'We moeten...'

'Wacht eens even,' onderbrak Kai haar, hij boog zich over zijn toetsenbord en riep het elektronische dossier van Jana Becker op. Hij zocht een poosje, tot hij het obductieverslag had gevonden.

'Doodsoorzaak verdrinking... folie... Dat is het. Shit. Jana Beckers lichaam was ook ingevroren!'

'Had ze een auto?' informeerde Pia.

'Ja. Een tamelijk nieuwe Kia Sportage.' Kai keek op. 'Hij stond op een forensenparkeerplaats in Bad Camberg aan de A3. Afgesloten.'

'En in de kofferbak lag Jana Beckers handtas.'

'Precies.'

'Ze hoort er ook bij.' Het vermoeden werd een feit. 'Slachtoffer nummer vier van onze moordenaar. Ik kan me niet voorstellen dat een tweeëntachtigjarige zoiets voor elkaar krijgt.'

'Heel eerlijk?' Kai zuchtte. Zijn gezicht stond somber. 'Ik ook niet.'

Zürich, 6 april 2017

De zoektocht naar Martina Schmidt, die zo veelbelovend was begonnen, was even gestagneerd. In de kinderwenskliniek in Baselland had Fiona een hele ochtend geduldig in de wachtkamer gezeten, tot ze eindelijk aan de beurt was geweest en haar verzoek naar voren had mogen brengen. Ze was eerst gereserveerd bejegend, de Zwitsers waren een discreet volkje en artsen al helemaal, maar het sentimentele verhaal over de brief van de overleden moeder had haar uiteindelijk milder gestemd en ervoor gezorgd dat ze de gegevens opzocht. Niemand van het huidige personeel had Martina Schmidt persoonlijk gekend. De dokter leek het nooit ergens lang vol te houden, ook in de privékliniek in Reinach had ze maar twee jaar gewerkt. In de herfst van 1999 was ze weer weggegaan. Waarheen precies, dat konden de aardige dames en heren in Baselland niet vertellen. Het was al zo lang geleden en sindsdien was het personeel meerdere keren geheel gewisseld. Fiona had bedankt en haar e-mailadres achtergelaten, voor het geval dat. Enigszins teleurgesteld was ze terug naar Zürich gereden, en had zich op haar werk gestort. De overheidsprocedures had ze afgehandeld, de verklaring van erfrecht had ze ontvangen, en ze kon volledig officieel de erfenis van haar moeder aanvaarden. Christine Fischer had haar een aanzienlijke som nagelaten; niet alleen op de geheime rekening bij de UBS, maar ook op een depositorekening bij de Zürcher Kantonalbank, bovendien een hoop gouden munten en een aandelenpakket, dat zich gunstig had ontwikkeld. Geldzorgen had Fiona dus niet en daarom had ze besloten het huis vooralsnog te behouden. Een kringloopwinkel had de woning van de kelder tot aan de zolder leeggehaald, op een paar antiquiteiten en aandenkens na. Wasmachine, wasdroger, de inbouwkeuken op de begane grond en haar eigen kamer waren allemaal in containers beland en verdwenen. Fiona had nog nooit in haar leven geklust, nu probeerde ze het. Wat kon er verkeerd gaan? Het was nu haar huis, als ze fouten maakte, hoefde ze aan niemand rekenschap af te leggen. Ook al deed 's avonds elke vezel in haar lichaam pijn en voelde ze spieren waarvan ze nooit had geweten dat ze die had, toch was ze gelukkig als ze zag wat ze die dag had gedaan. Ze krabde behang af, sloeg tegels van de muur, schuurde de gebarsten verf van de kozijnen en leerde stuken. Fiona stond net op het punt de muren in de keuken op de bovenverdieping zachtgrijsroze te verven, toen haar laptop op de nieuwe keukentafel een melodisch, drietonig geluid liet horen. Omdat het misschien om de nog uitstaande offerte van een sanitairzaak ging, onderbrak Fiona haar werk, veegde haar vingers, die vol verfvlekken zaten, schoon aan een lap en ging aan de tafel zitten. De mail was echter niet van de firma Sutterlüti, maar van professor doctor Hanswerner Baumann, de chef-arts van de kinderwenskliniek.

Geachte mevrouw Fischer, schreef hij. *Mijn collega's hebben me over uw bezoek aan onze kliniek verteld en me de reden van uw zoektocht naar een vroegere medewerkster uiteengezet. Normaal gesproken zou ik geen informatie geven, omdat ik haar niet persoonlijk ken, maar omdat de dame die u zoekt een in onze branche bekende persoonlijkheid is, maak ik zeker geen fout als ik u vertel dat ze in 1999 naar Duitsland is teruggegaan en is getrouwd. Professor doctor Martina Siebert is een coryfee op het gebied van ivf en heeft onlangs aan het academisch ziekenhuis in Frankfurt am Main een leerstoel...*

'Ja!' riep Fiona opgelucht en ze balde haar vuist. 'Heb ik je eindelijk gevonden, dokter Siebert! Ik zal je opzoeken en niet eerder weggaan voordat je me alles hebt verteld!'

***

De telefoon op het bureau rinkelde. De agent van dienst was aan de lijn. Fridtjof Reifenrath was gearriveerd en zat beneden in de veiligheidssluis te wachten. Het liefst had ze Bodenstein bij dit gesprek gehad, maar hij was nog niet terug uit het Forensisch Instituut, daarom ging ze op zoek naar Cem.

'Pia, wacht even!' Kai riep vanuit zijn kantoor en Pia bleef staan. 'Ik heb wat informatie over Fridtjof Reifenrath verzameld.' Hij trok een blad uit de printer, stond op en gaf het aan Pia. 'Ik dacht dat je het wel zou kunnen gebruiken als je met hem praat.'

'Zeker weten.' Pia glimlachte. 'Hartstikke bedankt.'

'Graag gedaan.'

Op weg naar beneden nam Pia het document vluchtig door. Hoe hij het ook voor elkaar had gekregen, Fridtjof Reifenrath had het dorp in de Taunus ver achter zich gelaten: studie bedrijfseconomie aan de European Business School in Eltville, daarna naar de Verenigde Staten. Promotie. Bestuursfuncties bij banken waarvan de namen zelfs Pia iets zeiden, gasthoogleraarschappen aan de London School of Economics en aan de Wharton University of Pennsylvania. Onderdirecteur, daarna voorzitter en CEO bij een grote Zwitserse bank en ten slotte bestuursvoorzitter van de DEHAG. Hij zat in de veiligheidssluis op een oranjekleurige plastic stoel naast een tamelijk verwaarloosd uitziende jongeman in handboeien en een cipier, en bladerde in een folder over misdaadpreventie, die in stapels op de vensterbank lagen. Pia drukte op de deuropener en de deur van pantserglas sprong open met een klik. Fritz, de egoïstische rotvent, ontpopte zich als een aantrekkelijke man: bijna een meter negentig lang, slank, met een markant, zongebruind gezicht, het dikke blonde haar getemd door een perfect kort kapsel. Zijn donkergrijze pak was duidelijk op maat gemaakt, hij droeg een sneeuwwit overhemd, manchetknopen en een stropdas in dezelfde blauwe kleur als zijn ogen, waarmee hij Pia razendsnel van top tot teen scande. Zijn gezicht ontspande, wat Pia toeschreef aan het resultaat van zijn keuring: een niet meer zo jonge vrouw met een blonde paardenstaart, in een strakke stonewashed spijkerbroek, grijze hoody en afgesleten cowboylaarzen, in wie hij geen gevaar zag.

‘Hallo, meneer Reifenrath.’ Pia hield glimlachend de deur voor hem open. ‘Dank u wel dat u het voor elkaar hebt gekregen om hierheen te komen. Ik ben hoofdinspecteur van recherche Pia Sander. We hebben elkaar woensdag telefonisch gesproken.’

‘Het spijt me dat ik zo kortaangebonden was,’ verontschuldigde hij zich. Zijn handdruk was vast en droog, zijn blik direct, en alhoewel hij momenteel in de problemen zat en zijn baan en goede naam dreigde te verliezen, maakte hij noch een ongeruste, noch een afwezige indruk. Ook van nervositeit, waarvan bijna ieder mens last heeft die niet dagelijks met de recherche te maken heeft, was bij hem niets te merken.

‘Is al goed,’ antwoordde Pia. ‘Mijn condoleances voor de dood van uw grootvader.’

‘Dank u wel.’ Reifenrath knikte. ‘Ik verwijt het mezelf dat er tien dagen lang niemand is geweest die heeft gekeken hoe het met hem ging, ook ik niet. Toen ik nog in Königstein woonde, ging ik regelmatig bij hem langs, maar mijn gezin is anderhalf jaar geleden naar Londen verhuisd, en sindsdien heb ik hem nog maar zelden opgezocht.’

Pia had zich eigenlijk voorgenomen hem naar de kleinste en onbehaaglijkste van de vier verhoorkamers in de kelder te brengen en hem daar eerst een poosje in onzekerheid te laten als hij net zo bazig en arrogant als eergisteren aan de telefoon zou zijn geweest, maar omdat dat niet het geval was, ging ze anders te werk.

‘Laten we naar mijn kantoor gaan,’ zei ze en ze liet het als een voorstel klinken. ‘Wilt u een kopje koffie? Of iets anders?’

‘Koffie, alstublieft,’ antwoordde hij. ‘Het liefst zwart.’ Pia verontschuldigde zich even, liep de wachtpost binnen en vroeg een collega Cem te bellen met het verzoek over vijf minuten naar haar kantoor te komen in plaats van naar de kelder. Toen leidde ze Reifenrath door de lange gangen met matte linoleumvloeren en afwasbare gele verf op de muren. Op weg naar de bovenverdieping hoorde ze dat Reifenrath nog geen tijd had gehad om met Joachim Vogt of Ramona Lindemann te spreken, daarom wist hij nog niets van de lijkenvondst. Des te beter.

‘De lijkschouwing van uw grootvader heeft zojuist plaatsgevonden,’ zei

Pia. 'Hij is een natuurlijke dood gestorven.'

'Twijfelde u daar dan aan?' Reifenrath keek haar verrast aan, en Pia legde hem uit waarom ze eerst ook dood door geweld hadden overwogen. In haar kantoor zag ze af van het psychologische voordeel zich achter haar bureau te verschansen, maar ging tegenover Reifenrath aan de vergadertafel zitten. Ze zette het opnameapparaat op de tafel, sprak de datum, tijd en het dossiernummer van de zaak in op de band, en bovendien de namen van de aanwezigen.

'De auto van uw grootvader is verdwenen en met zijn betaalpas is vijfentwintigduizend euro bij verschillende geldautomaten opgenomen,' zei ze vervolgens. 'In het huis hebben we onder andere vingerafdrukken van een man gevonden die u waarschijnlijk kent. Hij heet Claas Reker.'

Bij het noemen van de naam schoten Reifenraths wenkbrauwen omhoog.

'Natuurlijk ken ik hem,' antwoordde hij. 'Claas is een voormalige pleegzoon. Als iemand de auto en het geld heeft gestolen, dan is hij het.'

Hij schudde verachtelijk zijn hoofd en nipte van zijn koffie. Er werd op de deur geklopt. Cem Altunay betrad het kantoor en van de ene op de andere seconde veranderde er iets in Reifenrath. Hij registreerde Cems filmsteruiterlijk, het onberispelijke pak, de dure zijden stropdas en de glimmend gepoetste schoenen, en in plaats van de minzame gelatenheid ontstond er geconcentreerde waakzaamheid. Cem voldeed niet aan het gangbare beeld van een agent en dat leek hem te verontrusten.

'Iemand heeft de hond van uw vader in de kennel opgesloten.' Alles wat ze tot nu had gezegd, was voorspel geweest, nu kwam Pia zonder omhaal ter zake. 'Toen we de hond vonden, ontdekten we botten in de kennel en we hebben vastgesteld dat het menselijke resten betreft.'

Een fractie van een seconde versteende Reifenraths gezicht, zijn handen klemden de stoelleuningen zo stevig vast dat zijn knokkels wit werden onder de gebruinde huid en er flitste iets op in zijn ogen. Wat was dat? Angst?

'Ménselijke resten?' Geschokt keek hij heen en weer tussen Pia en Cem. Als deze korte, ingewortelde reactie van daarnet er niet was geweest, had zijn verbazing volkomen natuurlijk geleken, maar het stond voor Pia vast dat je niet bestuursvoorzitter van een van de belangrijkste beursgenoteerde financiële ondernemingen van Duitsland werd omdat je een aardige vent was. Reifenrath was zonder twijfel een geoefend strateeg en hoogstwaarschijnlijk ook een geroutineerd toneelspeler.

'Onder de betonplaat van de kennel lagen drie vrouwenlijken begraven. We gaan er op het moment van uit dat uw grootvader een seriemoordenaar kan zijn geweest.' Pia koos met opzet dit woord in plaats van een eufemisme te gebruiken.

'Een sériemoordenaar?' herhaalde Reifenrath ongelovig. 'Dat meent u toch niet serieus?'

'Jawel, dat denken we.'

Heel even was het stil. Door de dichte deur hoorde je telefoons rinkelen, stemmen en voetstappen op de gang. Fridtjof Reifenrath zat als verlamd in zijn stoel, zijn gezicht ondoorgrondelijk. Wat ging er in hem om? Waar dacht hij over na? Overwoog hij wat voor effect dit nieuws mogelijk op zijn publieke aanzien zou kunnen hebben of stak er meer achter, iets wat hij voor geen prijs wilde onthullen?

Pia gaf Cem een teken. Hij moest doorgaan.

'Meneer Reifenrath, vertelt u ons alstublieft iets over uw familie en uw grootvader,' zei Cem. 'Het is voor ons belangrijk meer over hen te horen, zodat we deze zaak hopelijk snel kunnen oplossen.'

Reifenrath ontwaakte uit zijn verstarring.

'Wat wilt u weten?'

'Bent u de enige biologische nakomeling?'

'Zover ik weet wel, ja,' antwoordde Reifenrath. 'Mijn moeder is jong overleden, daarom ben ik bij mijn grootouders opgegroeid.'

'In haar levensbeschrijving staat dat u in Berlijn bent geboren.'

'Dat klopt. Mijn moeder is op haar zestiende of zeventiende van huis weggelopen. Ik weet niets over mijn vader. Ik was twee jaar toen de kinderbescherming me naar een kindertehuis bracht en mijn grootouders als enige levende familie op de hoogte stelde.'

Het was niet vreemd dat zijn verleden en afkomst niet prettig voor hem waren, en dat hij zich een nieuw, eleganter levensverhaal had aangemeten, dat pas bij zijn studie begon en zijn jeugd in Mammolshain volledig wegliet.

'Hoe was uw relatie met uw grootouders? Noemt u ze zo, of ziet u ze als uw ouders?'

'Ze waren mijn grootouders, ook al stonden ze erop dat ik hen papa en mama noemde,' antwoordde Fridtjof Reifenrath. 'Mijn relatie met hen was goed. Ze wilden waarschijnlijk bij mij goedmaken wat ze bij hun dochter verkeerd hadden gedaan. Het ontbrak me aan niets, ik had veel vrijheid.'

Daarmee bevestigde hij wat Ramona Lindemann gisteren had verteld. De Reifenraths hadden hun kleinzoon niet alleen beter behandeld dan hun pleegkinderen, maar hem regelrecht verwend.

'Meer dan uw pleegbroers en pleegzussen?' vroeg Pia nu.

'Ik had natuurlijk privileges. Een eigen kamer en een eigen badkamer, bijvoorbeeld.' Reifenrath had zijn linkerbeen over zijn rechterknie gelegd en zat met zijn voet te wippen.

Pia moest aan de kamers op de zolder van het grote huis denken en aan de kersenrode badkamer. Een van de twee was dus van Fridtjof geweest. Wie had dan de tweede kamer gehad?

'En u had geen last van de andere kinderen?' vroeg Cem. 'Tenslotte moest u uw grootouders met hen delen.'

'Dat kon me niet schelen. Ik was niet anders gewend.'

'Bent u ooit door uw grootmoeder in de vrieskist gestopt of met uw hoofd onder water geduwd?' vroeg Pia.

'Wat is dat nou voor een vraag?' Reifenrath zette beide voeten naast elkaar op de grond en klakte geërgerd met zijn tong. 'Dat klinkt alsof mijn grootmoeder zoiets voortdurend deed!'

'Zo is het ons ook verteld,' antwoordde Pia. 'Kennelijk waren deze lijfstraffen dagelijks aan de orde.'

'Dat is complete onzin!' bracht Reifenrath ertegen in. Hij boog zich iets voorover. 'Luister, ik wil de opvoedmethoden van mijn grootouders niet mooier maken. Soms gingen ze zeker te ver, maar dat was niet systematisch. U mag niet vergeten wat voor soort kinderen mijn grootouders opnamen! Er was er niet een bij die géén problemen had. Ze kwamen allemaal uit moeilijke sociale milieus of hadden hun hele leven in tehuizen gezeten. Ze waren allemaal op de een of andere manier gestoord, voor een deel zeer agressief, en vooral de oudere kinderen hadden voor niets of niemand respect. Eigenlijk hoorden de meesten van hen thuis in een opvoedingsgesticht, niet bij mensen die wel veel goede wil hadden maar niet pedagogisch of psychologisch waren opgeleid. Wat mijn grootouders ook in hun onbeholpenheid en uit gebrek aan kennis hebben gedaan, bijna al hun pleegkinderen hebben later iets bereikt.'

Fridtjof Reifenrath had geen enkel teken van verdriet getoond om zijn overleden grootvader, met wie hij een goede relatie had gehad, als je Jolanda mocht geloven. Maar nu probeerde hij hem en zijn grootmoeder in een gunstig daglicht te plaatsen en verontschuldigingen voor hun gedrag te vinden. Waarom? En hoe zou hij het nieuws opnemen dat niet hij, maar Raik Gehrmann de enige erfgenaam was?

'Kan het zijn dat uw grootouders alleen daarom de moeilijke gevallen uit het kindertehuis opnamen, omdat die geen vangnet hadden en niemand zich voor hen interesseerde?' vroeg Pia.

'Natuurlijk deden ze dat niet uit de pure goedheid van hun hart, zoals ze andere mensen graag lieten geloven, maar omdat ze het geld prima konden gebruiken. Het bedrijf, dat mijn grootvader van zijn vader had overgenomen, was failliet. Het grote huis was vroeger al een kindertehuis geweest, de oplossing voor hun financiële problemen lag daarmee voor de hand.'

'Wat voelde u als uw pleegbroers en -zussen zo werden aangepakt door uw grootouders?' wilde Cem weten.

'Het waren niet mijn bróérs en zússen,' zei Reifenrath. 'Het waren pleegkinderen. Vreemden, die een tijdje bij ons woonden. Dat maakt een groot verschil. En ze werden niet "aangepakt"! Mijn grootmoeder had een autoritaire visie, tegenstand moest met geweld worden gebroken. Ze is absoluut af en toe te ver gegaan, maar ze heeft haar pleegkinderen niet systematisch mishandeld.'

'Hebt u er ooit met uw grootouders over gesproken?'

Reifenrath aarzelde bijna onmerkbaar, voordat hij verder sprak en zijn bewering dat hij geen last van de andere kinderen zou hebben gehad, tot in het absurde doorvoerde.

'Het mag aanmatigend klinken, maar ik vond het op een gegeven moment onverdraaglijk dat alles permanent om die asociale kinderen draaide in het huis van mijn grootouders. Ik kon nooit vrienden meenemen, omdat ik altijd bang was dat er precies op dat moment eentje zou doordraaien! Daarom verbrak ik tijdens mijn studie het contact met mijn grootouders. Ik had een studiebeurs, ik had ze niet nodig. Maar toen ik mijn eerste geld verdiende, begon ik ze financieel te ondersteunen, in de hoop dat ze geen kinderen meer uit tehuizen zouden halen. En dat deden ze toen ook. Eind jaren tachtig was het eindelijk afgelopen.'

'U hebt uw grootvader tot op het laatst ondersteund, door bijvoorbeeld de huishoudster te betalen. Waarom?'

'Omdat dat het enige was wat ik kon doen.' Reifenrath haalde zijn schouders op. 'Mijn grootvader had graag gewild dat ik zijn bedrijf had overgenomen of op zijn minst in Mammolshain was gebleven. Maar dat was voor mij uitgesloten. Nadat mijn grootmoeder zelfmoord had gepleegd, veranderde hij, en ik besefte vanuit het perspectief van een volwassene wat ik uiteindelijk aan hem te danken had. Wie weet wat er van me terechtgekomen zou zijn als hij me niet uit het kindertehuis in Berlijn had gehaald.'

Reifenrath liet zich niet verleiden tot een negatieve uitlating over zijn grootouders, maar Pia sprak hem niet tegen. Vóór de ondervraging had ze nog een keer met Jolanda Scheithauer gebeld. Het meisje had tegenover haar de tekst van het telefoongesprek tussen Theo Reifenrath en zijn kleinzoon van een paar weken geleden zo letterlijk weergegeven, dat ze die onmogelijk kon hebben bedacht. In Pia's oren klonk vooral de zin verdacht dat Fridtjof hem, Theo, met de verplichtingen uit het verleden had laten zitten en gewoon naar het buitenland was verdwenen, dat hadden ze anders afgesproken. Dat kon je, gelet op wat ze ontdekt hadden, nauwelijks anders opvatten dan dat Fridtjof van de doden wist of zelfs iets met de moorden te maken had. Zijn reactie daarnet onderbouwde op zijn minst deze aanname. In elk geval was duidelijk geworden uit wat de oude man aan de telefoon had gezegd, dat hij en zijn kleinzoon elkaar allesbehalve vriendelijk gezind waren. Maar het leek Pia beter deze kennis nog voor zich te houden.

'Verschillende van de vrouwelijke lichamen die we hebben gevonden, worden al meer dan vijfentwintig jaar vermist,' zei ze in plaats daarvan. 'Wie behalve uw grootvader had toegang tot het huis of stond in nauw contact met uw grootvader?'

'Ik natuurlijk,' zei Reifenrath en hij beantwoordde Pia's blik zonder met zijn ogen te knipperen. 'Joachim. Ramona. André Doll, een andere pleegzoon, die Theo's auto en grasmaaier onderhield.' Hij dacht even na. 'Ivanka, vanzelfsprekend. Een paar oude vrienden van mijn grootvader van de Vereniging van Huisdierfokkers. En Claas. Hij heeft een poosje samen met André een garage voor oldtimers in de voormalige fabriek gerund.'

'Meneer Vogt betwijfelt of uw grootmoeder zelfmoord heeft gepleegd,' zei Pia. 'En niet alleen hij.'

'Ik weet het.' Reifenrath knikte onwillig. 'Maar dat is onzin. Mijn grootmoeder was manisch-depressief. Op de dag waarop ze zelfmoord pleegde, had ze een hevige ruzie met mijn grootvader gehad, omdat hij Claas had meegenomen naar een feest.'

'Naar Moederdag?'

'Klopt.' Reifenrath bekeek Pia onderzoekend en leek zich af te vragen wat ze wist en wat niet. ‘Mijn grootmoeder had Claas verboden om op haar grond te komen.’

‘Vanwege de zaak met Nora Bartels.’

Weer een kort moment van twijfel.

‘Onder andere. Maar er waren nog meer redenen. Claas werkte op haar als een rode lap op een stier en mijn grootvader wist dat.’

‘We zijn vandaag toevallig op een oude bronschacht tegenover het huis gestuit.’ Pia wachtte op een reactie van Reifenrath, maar die kwam niet. De man bleef uiterlijk volkomen onbewogen. ‘Kent u die?’

‘Natuurlijk. Daar was vroeger een bron, voordat het huis op het publieke waternet werd aangesloten.’

‘Dat is al heel lang geleden,’ zei Cem. ‘Meer dan vijftig jaar, zoals we in de stad hebben gehoord.’

‘Ja, en?’ Reifenrath keek even op zijn horloge, toen sloeg hij zijn ogen op en keek haar aan met precies de juiste mix van irritatie en nieuwsgierigheid. Zijn gedrag was volkomen geloofwaardig, hij was door niets van zijn stuk gebracht of uit zijn tent gelokt, tot aan zijn reactie toen Pia de menselijke botten had genoemd, maar ook dat was niet iets wat je tegen hem kon gebruiken. Vertelde hij werkelijk de waarheid of was hij gewoon een meesterlijke leugenaar?

Pia’s telefoon zoemde. Ze pakte hem en las Bodensteins bericht.

Henning heeft het skelet uit de bron onderzocht en de gebitsstatus gecontroleerd. Het is Rita R. Bovendien zijn alle vingerafdrukken van de verzeepte lichamen vergeleken, alle identiteiten bevestigd.

Ze schoof haar mobiel naar Cem, zodat hij ook kon lezen wat Bodenstein haar had meegedeeld.

‘Dank u wel dat u de tijd voor ons hebt genomen, meneer Reifenrath. Dat was het. U mag nu gaan. Mijn collega begeleidt u naar beneden.’ Pia glimlachte en Reifenrath beantwoordde haar glimlach met een vleugje opluchting. Hij wilde niet weten waarom ze naar de bronschacht hadden gevraagd, en het leek hem ook niet te interesseren wat er met het lichaam van zijn grootvader was gebeurd of hoe het nu verder zou gaan.

‘O ja, nog iets,’ hield Pia hem tegen, toen hij al bij de deur was. Een truc die ze van haar baas had afgekeken. ‘We hebben een skelet in de oude schacht gevonden.’

Het vriendelijke afscheidsglimlachje verdween. In Reifenraths ogen verscheen een uitdrukking die Pia niet goed kon duiden.

‘Verbaast het u als ik u vertel dat het de stoffelijke resten van uw grootmoeder zijn?’

Ineens schoot het bloed naar zijn gezicht en kleurde het donkerrood. Deze hevige emotie was voor Pia het onomstotelijke bewijs dat er iets was wat Fridtjof Reifenrath tegen elke prijs voor zich wilde houden. Rood worden is net als bleek worden een lichamelijke reactie die je niet met opzet kunt veroorzaken. Met een ijzeren zelfbeheersing kreeg hij zichzelf weer onder controle, alleen de bewegingen van zijn adamsappel verraadden zijn innerlijke beroering.

‘Wat wilt u nu van me horen?’ Dat was precies de aanmatigende, intolerante toon waarmee hij aan de telefoon had gesproken. Ongetwijfeld sprak Reifenrath op die manier tegen zijn ondergeschikten als iets niet in zijn kraam te pas kwam. Hij was er al lange tijd niet meer aan gewend dat hij onaangename vragen moest beantwoorden.

‘Het liefst de waarheid,’ antwoordde ze vriendelijk.

‘Kunt u me misschien eindelijk eens zeggen wat u eigenlijk van me wilt?’ Reifenraths stem kreeg een agressieve ondertoon. ‘Ik heb veertien uur in een vliegtuig gezeten en vanmiddag heb ik een uiterst belangrijke afspraak! Hoelang wilt u nog met uw onbenulligheden mijn tijd in beslag nemen?’

‘Zijn vier lijken en de dood van uw grootvader voor u soms een onbenúlligheid?’ Pia trok haar wenkbrauwen op en keek de man met grote ogen aan. ‘Of “peanuts”, zoals men in uw branche zegt?’

‘Natuurlijk niet!’ Het was duidelijk te zien aan Reifenrath dat het hem niet beviel dat hij in zijn arrogantie niet alleen Pia, maar ook de hele situatie misschien wel verkeerd had ingeschat. ‘Ik weet gewoon niet wat ik u nog meer moet vertellen. Ja, het verrast me dat mijn grootmoeder in de oude bronschacht is gevonden! Ik was er vast van overtuigd dat ze zelfmoord had gepleegd!’

Pia keek hem onderzoekend aan, zonder iets te zeggen. Zwijgen was een van de effectiefste methoden om een persoon onzeker te maken. Op een gegeven moment begon bijna iedereen te praten, omdat hij de situatie als onaangenaam ervoer. Fridtjof Reifenrath vormde geen uitzondering.

‘Kan ik nu gaan?’ vroeg hij boos.

‘Natuurlijk,’ antwoordde Pia. ‘Maar we zullen eerst nog wel uw vingerafdrukken afnemen. Maakt u zich geen zorgen, dat gaat vandaag de dag zonder inkt.’

‘Hoezo?’ vloog Reifenrath op.

‘Omdat we naast het skelet van uw grootmoeder vingerafdrukken op een sektfles hebben gevonden die we tot nu nog niet hebben kunnen thuisbrengen. We willen alleen uitsluiten dat het de uwe zijn.’

Frankfurt, 13 april 2017

‘Zeventien euro tachtig,’ wilde de taxichauffeur hebben.

In het wisselkantoor op het centraal station had Fiona franken tegen euro’s gewisseld en zich een vrouw van de wereld gevoeld. Ze zocht er een twintigeurobiljet tussenuit en gaf het aan de chauffeur.

‘Zo is het goed,’ zei ze. De taxi had bijna net zoveel gekost als de busrit van Zürich naar Frankfurt. Toch was ze blij dat ze niet met de auto naar Duitsland was gereden. De korte rit naar Baselland had haar al duidelijk gemaakt dat ze een slechte chauffeur was, en ze kende tot dusverre alleen horrorverhalen over het verkeer op de Duitse snelwegen, waar geen snelheidslimiet gold. Daarom had ze een buskaartje voor bijna twintig frank gekocht en was ’s ochtends om zeven uur in de kikkergroene touringcar gestapt. Het was nu bijna twee uur. Ze zou dus later nog genoeg tijd hebben om ergens in de buurt van het station een hotel te zoeken. In het ergste geval zou ze morgen met de bus terug naar huis rijden, maar met een beetje geluk wist ze al snel meer over haar ware afkomst. Ze twijfelde er niet aan dat de arts haar zou helpen.

Het duurde even voordat ze zich had georiënteerd op het uitgestrekte terrein van het academisch ziekenhuis en het gebouw vond waarin gynaecologie was ondergebracht. Fiona had een afspraak gemaakt als privépatiënt, anders had ze een paar weken moeten wachten, en bovendien had ze haar leeftijd verzwegen en daarom keek de receptioniste haar een beetje verwonderd aan, want er kwamen waarschijnlijk maar zelden vrouwen van begin twintig voor een behandeling vanwege een onvervulde kinderwens. Nadat ze het aanmeldingsformulier, een vragenlijst en de overeenkomst voor de betaling van het consult had ingevuld en ondertekend, zat ze in de eenvoudige wachtruimte nerveus te bladeren in de stukgelezen tijdschriften en ziekenhuisbrochures die op de tafeltjes ter inzage lagen. Behalve zij zat er een stelletje te wachten, dat de hele tijd elkaars handen vasthield en met elkaar zat te fluisteren als verliefde tieners. Dat herinnerde haar pijnlijk aan Silvan, en weer kwam ze in de verleiding hem te schrijven.

De deur ging open, een sierlijke vrouw in een witte jas verscheen in de deuropening. Kort bruin haar met zilverkleurige draden. Geen sieraden, geen ring aan haar vingers, geen nagellak. Dat was ze! Ze zag er precies zo uit als op de foto op de website van het academisch ziekenhuis – vertrouwenwekkend en sympathiek. Fiona's hart sloeg over. Tot het laatste moment was ze bang geweest dat dokter Siebert misschien ziek of verhinderd zou zijn en ze de reis voor niets zou hebben gemaakt.

'Mevrouw Fischer?' Professor doctor Siebert glimlachte vriendelijk toen Fiona opsprong en bijna over het tafeltje struikelde. 'Komt u alstublieft binnen!'

Het kantoor van de chef-arts was groot en licht. Achter een discreet scherm stond de gynaecologische onderzoekstoel. Vanuit het raam had je een adembenemend uitzicht op de flats van de bankenwijk aan de overkant van de Main. Aan een muur hing een collage van babyfoto's. Op de vergadertafel lagen geschenken opgestapeld, wijn- en champagneflessen naast twee prachtige boeketten.

'O! Bent u jarig?' vroeg Fiona.

'Nee, dat zijn afscheidscadeaus.' De arts glimlachte. 'Dit is mijn laatste week hier in de kliniek. Ik wil van loopbaan veranderen na vijftien jaar in Frankfurt.'

'Dan heb ik geluk,' antwoordde Fiona.

'Och, ik denk dat u bij mijn opvolger ook in goede handen zult zijn. Alstublieft, neemt u plaats.'

'Dat geloof ik niet,' zei Fiona.

Professor doctor Siebert ging achter haar bureau zitten en Fiona nam plaats in een van de twee bezoekersstoelen.

'Waarom niet?' De arts keek haar verbaasd aan.

'Omdat...' begon Fiona en ze slikte nerveus. Dagenlang had ze geoefend wat ze zou zeggen als ze tegenover de arts zat, maar nu herinnerde ze zich geen woord van het voorbereide betoog. 'Omdat ik... omdat ik om een andere reden hier ben. Ik... U... Ik ben de dochter van Christine Fischer uit Zürich.'

'Aha.' Dokter Siebert glimlachte afwachtend. De naam van haar moeder leek ze zich niet te herinneren. Een moment twijfelde Fiona of ze eigenlijk wel voor de juiste persoon zat. Had ze misschien iets verkeerd begrepen?

'Het... het is al zo lang geleden,' stamelde ze en ze voelde dat het bloed naar haar wangen steeg. 'Precies drieëntwintig jaar. Mijn moeder is toen bij u in behandeling geweest, omdat ze geen kind kon krijgen. Ze... ze had een kind willen adopteren... maar toen hebt u haar een voorstel gedaan.'

Uit niets in het gezicht van de arts bleek dat ze zich iets herinnerde. Haar glimlachje bleef vriendelijk.

'Mijn moeder... ze... wilde een kind adopteren, als het niet met kunstmatige bevruchting lukte. Maar toen hebt u haar een voorstel gedaan. Een vriendin van u was zwanger en wilde het kind niet, maar het was te laat voor een abortus. U beloofde mijn moeder het kind, zonder adoptie, als ze met uw ondersteuning een zwangerschap voorwendde. Mijn moeder stemde ermee in. Op 4 mei 1995 bracht u haar 's nachts de pasgeboren baby – mij.'

Professor doctor Siebert glimlachte niet meer.

'Hoe komt u erbij mij zoiets in de schoenen te schuiven?' zei ze met een stem waaruit alle hartelijkheid was verdwenen. 'Ik wil u verzoeken mijn kantoor te verlaten. Onmiddellijk!'

'Ik wil alleen maar weten wie mijn biologische ouders zijn!' smeekte Fiona vertwijfeld. Ze was met de deur in huis gevallen, terwijl ze heel anders had willen beginnen, verdomme! 'Mijn moeder is twee weken geleden aan kanker overleden, en de man van wie ik dacht dat het mijn vader was, heeft me dit verhaal verteld!'

'Ik kan u niet helpen.' Dokter Siebert stond op en wees met uitgestoken arm naar de deur. 'Verlaat u deze ruimte.'

Het was voorbij. Ze had de enige kans die ze had, verspeeld. Fiona was bijna in tranen. Ze hing de tas over haar schouder en pakte haar koffer. Vlak voor de deur draaide ze zich om. Er bleef niets anders over: ze moest alles op één kaart zetten en bluffen.

'Ik heb bewijzen,' fluisterde ze, omdat ze haar stem niet vertrouwde. Ze trilde over haar hele lichaam. 'Ik heb de moederpas van mijn moeder, en mijn vader zal een verklaring afleggen, want hij was er tenslotte bij toen u met mij aankwam. Daarmee zal ik me tot de medisch-ethische toetsingscommissie wenden en ik zal bovendien het verhaal in de sociale media brengen. Misschien hebt u zoiets vaker gedaan, anders zou u zich toch zeker mijn geval kunnen herinneren. En ik geloof niet dat uw nieuwe werkgever dat leuk zal vinden!'

Fiona verbaasde zich over zichzelf, dat ze de moed had zoiets te zeggen. Maar haar woorden hadden effect, de arts werd bleek.

'Komt u terug,' zei ze koud. 'Gaat u weer zitten.'

***

Pia tikte net de laatste regels van haar verslag over het gesprek met Martha Knickfuß in het ComVor-systeem, toen er op de deur werd geklopt en Bodenstein het kantoor binnenkwam dat ze met Kai deelde.

'Goed dat je er bent.' Pia beëindigde het verslag en sloeg het op. 'Wat doen we nu met de profiler? We zullen hoe dan ook moeten terugvallen op de collega's van de Operationele Misdaadanalyse.'

'Niet noodzakelijk,' antwoordde Bodenstein. 'Kai, herinner je je het seminar over het thema "daderprofielen en misdaadanalyse", waaraan we afgelopen jaar hebben deelgenomen?'

'Wat dacht je,' knikte Kai. 'Dat was een van de beste seminars die ik ooit heb meegemaakt.'

'De spreker was het voormalige hoofd van de Behavioral Analysis Unit van de FBI, ene David Harding,' zei Bodenstein tegen Pia.

'Hij was Kims baas toen ze in de VS was!' riep Pia. 'Hij is bij de FBI zoiets als haar mentor geweest.'

Ze herinnerde zich dat Kim haar een poosje geleden, toen ze nog met elkaar praatten, had verteld over het aanbod van dr. Harding om naar Washington te komen om voor een particulier adviesbureau te werken, dat hij had opgericht nadat hij ontslag had genomen bij de FBI. Ze had het afgeslagen, omdat ze op dat moment net het professoraat in München had aanvaard. Maar ze waren bevriend en ze vroeg hem af en toe om raad.

'Dr. Harding is momenteel op reis in Europa om lezingen te geven,' zei Bodenstein. 'Recentelijk is in Duitsland zijn nieuwste boek over de door hem ontwikkelde profileringsmethoden verschenen. Ik had zijn visitekaartje nog en ik heb hem net gewoon even gebeld. Hij kon me zich goed herinneren, omdat we veel met elkaar hebben gepraat. Onze zaak interesseert hem.'

'Dat zou wat zijn!' Kai grijnsde.

'Vergeet het maar,' antwoordde Pia. 'Als die man zo'n ster is, dan vraagt hij vast een gigantisch adviesloon. En Engel is op de bezuinigingstoer. Dat keurt ze nooit ofte nimmer goed.'

'Daar komt nog bij dat ze denkt dat we de zaak opgelost hebben,' zei Bodenstein. 'Ik ben haar net nog in de gang tegengekomen.'

'Hoe komt ze daar nou bij? Ze kent nog niet eens alle details!'

'Misschien lijdt ze inmiddels wel aan het Nierhoff-syndroom.' Bodenstein zinspeelde op de voorganger van Nicola Engel, die de ambitie had gehad punten bij zijn leidinggevenden te scoren door zaken snel op te lossen.

'Ze wil ons allebei in haar kantoor spreken. Ik ga haar ervan proberen te overtuigen dat we Harding nodig hebben.'

'Dan ben ik heel benieuwd hoe je dat wilt aanpakken.' Pia verzamelde de stukken die ze voor de bespreking nodig had.

'Onze troef is Fridtjof Reifenrath, dat zul je zien.' Bodenstein hield de deur open en ze liepen de gang op. 'Nicola wil van alles, maar niet publiekelijk falen. En de pers zal zich op deze zaak storten, helemaal als uitlekt dat de grootvader van een prominente bankdirecteur mogelijkerwijs een seriemoordenaar was.'

'Laten we het hopen.'

Ze liepen de gang door en gingen de wachtruimte van de directeur binnen. Haar assistente stond al op het punt te vertrekken en wenkte dat ze mochten doorlopen. Nicola Engel stond achter haar bureau, waarop de dossiers in exact rechthoekig naast elkaar gerangschikte stapels lagen, in haar aktetas te rommelen. Toen ze binnenkwamen keek ze even op, maar concentreerde zich meteen weer op haar dossiers. Ze droeg een asgrijs mantelpakje, haar make-up en haar kapsel waren ook na een lange werkdag nog altijd onberispelijk.

'Ah! Mevrouw Sander, meneer Bodenstein! Naar ik hoor, hebt u de zaak zo goed als opgelost. Breng me alstublieft snel op de hoogte, ik heb over tien minuten een belangrijk telefoongesprek.'

'De zaak is niet opgelost,' antwoordde Pia. 'Het enige wat duidelijk is, zijn de identiteiten van de slachtoffers. Maar juist die leveren inconsistenties op die de vraag of Theo Reifenrath de dader is in twijfel trekken.'

'Hoezo dat?'

'Bij de stoffelijke overschotten die we in de hondenkennel en in een oude bronschacht hebben gevonden, gaat het om Annegret Münch, die sinds 1993 wordt vermist. Rita Reifenrath, de echtgenote van de overleden Theodor Reifenrath, verdween in mei 1995, Jutta Schmitz in mei 1996 en Mandy Simon in 1991.' Pia pauzeerde. Pas toen viel haar een feit op waaraan ze tot nu geen aandacht had geschonken: alle vier de vrouwen waren in dezelfde maand, namelijk mei, verdwenen. 'Uit de dossiers van de vermisten weten we dat de auto's van de slachtoffers elke keer een paar dagen na hun verdwijning onbeschadigd en afgesloten werden gevonden, met in de kofferbak altijd de inhoud van de handtas.'

'En wat concludeert u daaruit?' vroeg Nicola Engel.

'Tot nog toe niets.' De laatste tijd ging er bijna geen dag voorbij dat Pia zich niet aan haar baas ergerde. Afhankelijk van haar stemming mengde ze zich ongevraagd in kleinigheden en hield zich bezig met micromanagement, terwijl ze in de echte belangrijke dingen nauwelijks interesse had. 'Om conclusies over de dader en de loop van de gebeurtenissen te kunnen trekken, is onze informatie nog te karig.'

'We zijn op een onopgehelderde moordzaak uit 2014 gestuit, die het handschrift van onze dader draagt,' vulde Bodenstein aan.

'En we kunnen het ons nauwelijks voorstellen dat een tweeëntachtigjarige een drieëntwintigjarige overweldigt en door de omgeving sleept,' zei Pia.

'Handschrift van de dader?' Dr. Engel vertrok haar mond. Haar smartphone maakte geluid en prompt pakte ze het apparaat en begon een bericht te lezen.

Pia wierp Bodenstein een blik toe.

'We denken dat we met een psychopathische seriemoordenaar te maken hebben.'

'Met een psychopathische seriemoordenaar?' herhaalde de directeur spottend. 'Kan het misschien nog een beetje belachelijker, mevrouw Sander?'

'Wat is daar nou belachelijk aan?' Pia voelde hoe ze begon te koken. 'Mag ik u eraan herinneren dat ik in de zaak-Seel uit Schwalbach destijds ook gelijk heb gekregen? We hebben drie lichamen op het landgoed van Theo Reifenrath gevonden! Ze werden allemaal voor hun dood ingevroren. Ze waren allemaal in folie gewikkeld. En zoals het eruitziet, zijn ze alle drie verdronken! Ostermann doorzoekt de databanken van de deelstatelijke recherche en ViCLAS* op mogelijke andere slachtoffers.'

Dr. Engel keek haar aan zonder een spier te vertrekken.

'Verder,' zei ze alleen.

'Normaal gesproken vergaat weefsel dat is ingevroren en weer ontdooid

---

* Violent Crime Linkage Analysis System, een databank voor zedenzaken.

wordt, sneller dan het toch al zou doen,' nam Bodenstein het over. 'Professor Kirchhoff vermoedt daarom dat de dader de lichamen meteen vanuit de vrieskist in hun graven heeft gelegd. Door de folie en de bodemgesteldheid zijn ze niet vergaan, maar verzeept. Op Reifenraths terrein hebben we drie vrieskisten gevonden, waarvan er twee in een bijgebouw stonden.'

'Beide worden nu in het laboratorium onderzocht,' zei Pia. 'In een schuurtje bevindt zich een slachtruimte met alle daarbij behorende slachtwerktuigen. Kröger heeft daar onder andere zeven verpakkingen met vershoudfolie gevonden.'

Eindelijk hadden ze de onverdeelde aandacht van hun baas. Nicola Engel klapte haar aktetas dicht en ging zitten. Met een handbeweging beduidde ze Pia en Bodenstein plaats te nemen op de bezoekersstoelen voor haar bureau.

'In een bronschacht zijn we op het stoffelijk overschot van Rita Reifenrath gestuit, die sinds mei 1995 werd vermist. Men vermoedde zelfmoord.' Bodenstein was weer aan de beurt. 'Naast haar lag een sektfles. In haar wervelkolom zat een patroon, kaliber .22. Een oude kennis van de familie Reifenrath en twee van de voormalige pleegkinderen, met wie we al gesproken hebben, hebben altijd al getwijfeld aan de zelfmoordversie en ze vermoeden dat Theo Reifenrath zijn vrouw om het leven heeft gebracht toen hij er de gelegenheid voor had.'

'Zijn er dan bepaalde aanwijzingen dat Reifenrath niet de enige dader kan zijn geweest?' wilde de directrice weten.

'Niets overtuigends,' gaf Pia toe. 'Een van de vroegere pleegzoons wordt in verband gebracht met de moord op een dertienjarig meisje. Nora Bartels uit Mammolshain werd in de zomer van 1981 verdronken in een vijver in de buurt van Reifenraths huis gevonden en de verdenking viel op de toen vijftienjarige Claas Reker. Reker kwam in 2014 voor het gerecht wegens bedreiging van zijn echtgenote, het toebrengen van lichamelijk letsel en vrijheidsberoving. Hij hoefde niet naar de gevangenis, maar kreeg tbs. Drie jaar lang zat hij in verschillende psychiatrische ziekenhuizen. De diagnose luidde: "paranoïde psychose". De rechtbank in Frankfurt bestempelde hem in haar oordeel destijds als "uiterst gevaarlijk". In februari was er een herziening, als gevolg daarvan werd hij vrijgesproken en onmiddellijk uit het psychiatrisch ziekenhuis ontslagen.'

'Die zaak is me bekend,' zei mevrouw Engel. 'Waarom denkt u dat deze Reker iets met de zaak te maken zou kunnen hebben?'

‘Momenteel denken we in alle richtingen.’ Pia liet zich niet van haar stuk brengen. ‘Hij lijkt in elk geval bereid te zijn geweld te gebruiken.’

Ze vertelde wat ze van Ramona Lindemann over Claas Rekers pesterijen had gehoord en over Rita Reifenraths draconische straffen. ‘En als het klopt, dan heeft hij dertig jaar geleden een meisje verdronken.’

‘Ik begrijp het.’ Nicola Engel snapte onmiddellijk waar ze op uit was. Scherpzinnigheid was een van de betere eigenschappen van haar baas.

‘We staan op het punt hem en andere voormalige pleegkinderen op te sporen,’ sprak Pia verder. ‘Reker moest bij zijn ontslag uit de psychiatrische kliniek een vaste verblijfplaats opgeven. Hij woonde een poosje bij een pleegbroer en staat officieel bij zijn pleegvader in Mammolshain geregistreerd, waar hij absoluut niet woont. Zodra we hem hebben gevonden, zullen we met hem praten.’

‘Waar kwamen de kinderen die bij de Reifenraths woonden eigenlijk vandaan?’ informeerde dr. Engel.

‘Uit kindertehuizen,’ antwoordde Bodenstein. ‘De Reifenraths namen uitsluitend de moeilijkste gevallen op, die niet te bemiddelen waren of die al eerder door andere pleegouders waren teruggegeven. Het waren kinderen met afwijkend gedrag en kinderen die om een of andere reden niet geadopteerd waren en geen familie meer hadden bij wie ze ondergebracht konden worden.’

‘De perfecte slachtoffers dus.’ De directeur knikte weer.

‘Ze hadden in elk geval ook een biologische dochter, maar die is jong overleden. Haar zoon groeide bij de Reifenraths op,’ zei Pia. ‘Met hem hebben we vanochtend gesproken. En daar wordt het precair, want het gaat om Fridtjof Reifenrath, de bestuursvoorzitter van DEHAG.’

‘Dus daarom zei de naam Reifenrath me iets!’ De perfect geëpileerde wenkbrauwen van de directeur schoten omhoog, haar ogen fonkelden gealarmeerd. Bodenstein had gelijk. Nicola Engel wist dat Fridtjof Reifenrath een van de invloedrijkste topmanagers in het Duitse bedrijfsleven was, met zeer goede connecties in de politiek. ‘Hoe wilt u het verder aanpakken?’

‘We willen er zo snel mogelijk een profiler bij betrekken, want we hebben tot dusver geen enkele aanwijzing voor een motief,’ zei Bodenstein. ‘Ik heb afgelopen jaar tijdens een seminar David Harding, een van de gerenommeerdste profilers in de VS, leren kennen. Hij is op dit moment in Europa en heeft interesse in de zaak.’

‘Dr. Harding was de mentor van mijn zus toen ze bij de FBI zat,’ voegde

Pia eraan toe. Ze was er vast van overtuigd dat Engel het voorstel van Bodenstein meteen van tafel zou vegen en in plaats daarvan met de afdeling Operationele Misdaadanalyse van de deelstatelijke recherche zou komen, maar tot haar verrassing deed ze dat niet. Haar baas leunde achterover in haar stoel, zuchtte en masseerde nadenkend de rug van haar neus met haar duim en wijsvinger.

'We weten dat ons budget externe adviseurs als hij niet...' begon Pia voorzichtig.

'Laat het budget maar aan mij over. Bel de profiler, Bodenstein,' onderbrak Nicola Engel haar. 'We mogen nu geen fouten maken, anders komt de deelstatelijke recherche met zijn specialisten en dan staan wij buitenspel. Als we niet willen dat dat gebeurt, hebben we een perfecte strategie nodig. Ik zorg daarvoor. Misschien kunnen we Reifenraths naam nog even buiten de pers houden.'

***

9 mei 1993

Deze hier is tot nu toe de mooiste. Ze heeft een regelmatig gezicht, een prachtige mond en ze is een echte blondine, geen geverfde. Ze lijkt een beetje op Grace Kelly. Ik zou haar graag nog een keer zien glimlachen, maar daar zal ik haar waarschijnlijk niet meer toe kunnen bewegen als ze wakker wordt en begrijpt wat er aan de hand is. Op dat moment verheug ik me al sinds ik haar voor het eerst zag. Dat het een paar weken heeft geduurd voordat ik haar aan de haak had, vond ik niet erg. Ik hou van de voorpret. Ik hou ervan om tijdens het in slaap vallen te bedenken wat ze zal doen als ze aan het sterven is. Ik observeer haar nauwkeurig voordat ik de volgende stap zet. In gedachten vink ik de lijst af. Het deprimeert me een beetje, omdat het zo simpel was haar naar die parkeerplaats te lokken. Ze maken het zo eenvoudig! De eerste twee vormden al geen uitdaging, misschien wordt deze dat nog wel. Ik heb besloten haar eerst weer volledig bij te laten komen, voordat ik haar naar het water breng. Ze beleven dat moment niet goed als ze nog half verdoofd zijn. Dat zijn allemaal ervaringen die ik moet verzamelen. Elke keer gaat het beter, ik nader de perfectie, het ultieme geluksgevoel. Het windt me op te bedenken hoe ze... Nee! Ik mag niet weer beginnen te dromen. Nog maar vijf uur tot middernacht. Ik heb het krukje recht boven haar gezet, zodat ik haar gezicht goed kan zien. En ik kijk hoe ze langzaam bijkomt. Als ze haar hoofd en haar armen wil bewegen en merkt dat dat niet gaat! Ze knippert versuft met haar ogen tegen het helle licht. Ronduit prachtig hoe ik haar gedachten kan lezen! Haar opkomende paniek zie. Schreeuwen kan ze niet. Bewegen kan ze ook niet. Mijn blik valt op de klok boven de vrieskist, waarin nummer twee op gezelschap wacht. Twintig over acht. Buiten is het nog te licht. Ik kan op zijn vroegst om tien uur met haar naar het meer rijden. Ze wordt verbazingwekkend snel wakker. Ze kermt, spert haar mooie blauwe ogen open. Ik pak mijn camera en fotografeer deze ogen, let erop dat het licht optimaal is. En op een of andere manier verbaas ik me erover hoe weinig die vrouw me eigenlijk kan schelen. Ik ben haar naam alweer bijna vergeten. Die is ook niet van belang.

Dag 5

Zaterdag, 22 april 2017

'Goedemorgen!' Het was tien over zes toen Pia het kantoor binnenkwam.

'Hoi! Kais gezicht dook op achter de middelste van zijn drie computermonitoren. 'Wat doe jij al hier?'

'Ik had genoeg geslapen. En jij? Ben je al of nog steeds hier?'

'Ik was tussendoor eventjes naar huis. Wil je koffie? Ik heb net verse gezet en ik heb zelfs een schoon kopje.'

Pia wiep snel een blik op de stokoude koffiemachine, die op een halfhoge dossierkast troonde en stond te pruttelen. Het dikke brouwsel dat in de glazen kan druppelde, was bij de hele dienst berucht. Tariq beweerde dat een kopje van Kais speciale mix hetzelfde effect had als vijf Red Bulls.

'Ik haal er liever buiten eentje,' zei Pia daarom.

'Hoe kunnen jullie dat smerige slootwater uit die automaten zuipen?' bromde Kai en hij boog zich weer over zijn toetsenborden. Pas nu zag Pia de stoel bij een van de tafels; een beeldscherm was opzijgedraaid.

'Is Tariq ook al hier?' informeerde ze.

'Yes,' zei Kai. 'Hij kopieert nu de dossiers van de databank voor vermisten en niet-geïdentificeerde doden.'

'Dossiers?' Pia spitste haar oren. 'Dat betekent dat die slimme databanken plotseling iets hebben uitgespuugd?'

'Zeker. En wel veel meer dan ons lief is,' antwoordde haar collega. 'Ga eerst maar even koffie halen.'

Pia liep naar de kleine koffiekeuken, haalde een beker uit de kast en zette hem onder de Saeco PicoBaristo, die Kai altijd verachtelijk 'de automaat' placht te noemen, en drukte vervolgens op de knop voor cappuccino. Toen ze de drie slachtoffers onder de kennel hadden gevonden, was voor haar meteen duidelijk geweest dat ze deze zaak niet in een handomdraai zouden oplossen, en sindsdien leek het wel alsof er iets dreigends op haar afkwam, iets wat ze aanvoelde zoals honden naderend onweer aanvoelen of een ophanden zijnde aardbeving. Gisteren voordat ze in slaap viel, had ze erover liggen nadenken waarom het haar niet lukte, zoals anders, om haar emoties aan de kant te schuiven, om zich op de feiten en verbanden te concentreren. Wat had haar zo gealarmeerd en iets diep in haar geraakt? Was dat het verschrikkelijke beeld van de uitwendig zo perfect gebleven lichamen geweest? Het eigenaardige gevoel dat haar in de wasruimte op de eerste verdieping van het huis van Theo Reifenrath had overvallen? En met welke herinnering, die absoluut niet door haar geheugen werd prijsgegeven, was de naam 'Fridtjof' verbonden?

Pia blies in haar beker en nam een klein slokje, dat meteen haar levensgeesten wekte. Ze kon zich maar heel zelden haar dromen herinneren, maar de droom van afgelopen nacht stond haar wel levendig voor ogen, alsof ze het gedroomde echt had meegemaakt. Een kleine jongen had snikkend op de traptreden voor haar huisdeur op de Birkenhof gezeten. Pia kon hem nog duidelijk voor zich zien: het behuilde kindergezicht, het rode T-shirt met Snoopy, de blauwe short, mollige benen en armpjes en een verwarde blonde haardos. De kleine, die niet ouder dan vijf of zes jaar was, had iets in zijn handjes vast wat ze eerst niet kon thuisbrengen. Toen ze dichterbij was gekomen, had ze gezien dat het een vel papier was waarop een getal stond. Ze was voor hem neergeknield en had hem gevraagd waar zijn ouders waren. Toen had hij zijn hoofd opgetild, haar aangekeken en gezegd: 'Mijn mama is doodgemaakt. Er zijn veel meer weeskinderen dan je denkt.'

Vervolgens had hij met zijn vinger langs haar heen gewezen. Pia had zich omgedraaid en was geschrokken ineengekrompen, want het hele erf onder de grote walnotenboom stond vol met kinderen. Ze stonden daar allemaal gewoon en keken haar zwijgend en verwijtend aan. Ieder van hen had een vel papier met een getal in de hand. Toen ze zich weer omdraaide naar de kleine jongen, had er in zijn plaats een man op de trap gezeten, in zijn hand hield hij een vel papier met het cijfer 42. Hij had er niet uitgezien als Raik Gehrmann, toch had ze geweten dat hij het was.

'Zijn er tweeënveertig slachtoffers?' had Pia hem ongelovig gevraagd.

'Nog veel meer,' had hij geantwoord en hij had treurig geknikt. 'Ik heb ze allemaal met beton bedekt. Ik moest het doen omdat de vrieskisten vol zaten. Maar anders waren ze allemaal ontdooid en vergaan.'

'Hé, Pia,' zei iemand achter haar.

‘Goedemorgen, Tariq.’ Ze draaide zich om naar haar jonge collega. ‘Hoelang ben je al hier?’

‘Sinds augustus 2014. Hoezo? Heb ik iets verkeerds gedaan?’ Hij keek haar geïrriteerd aan.

‘Ik bedoel vandaag.’ Pia moest grijnzen. Tariq Omari was een zeer pientere jongeman en bijna even goed op de computer als Kai, maar hij had de neiging dingen letterlijk te nemen, wat altijd weer tot misverstanden leidde.

‘Ah, zo,’ antwoordde hij nu. ‘Vanaf vier uur, ongeveer.’

‘Wat zegt je vrouw als je midden in de nacht naar je werk gaat?’ Pia nam een slok koffie. Afgelopen zomer was Tariq met Pauline Reichenbach getrouwd, die hij drie jaar geleden tijdens de gerechtelijke onderzoeken in Ruppertshain had leren kennen. Ze verwachtten binnenkort hun eerste kind.

‘Niets. Ze weet toch hoe ik ben.’ Hij glimlachte. ‘En zo vaak komt het ook weer niet voor.’

‘Laten we naar Kai gaan,’ zei Pia. ‘Ik wil horen wat hij voor nieuws heeft.’

***

Afhankelijk vanuit welk oogpunt je de resultaten bekeek die Kai en Tariq uit de databanken van de deelstatelijke recherche hadden ontlokt, waren die zowel positief als negatief. Positief omdat ze daarmee een heleboel informatie in handen hadden, waarmee de profiler kon werken. Negatief omdat de zaak een dimensie dreigde aan te nemen die Pia grote zorgen baarde.

‘Eva Tamara Scholle,’ zei Kai. ‘Vierentwintig, woonde in Darmstadt-Weiterstadt bij haar ouders, die een kapperszaak hadden. Werd voor het laatst op 12 mei 1988 levend gezien. Haar lichaam werd in oktober 1989 uit de Altrhein bij Berghausen in de buurt van Speyer geborgen. Ze had een opleiding tot kapster gevolgd en werkte in de zaak van haar ouders. Ze ging ’s avonds graag uit, het liefst naar kroegen waar Amerikaanse soldaten kwamen, want ze droomde ervan met een Amerikaan te trouwen en naar de VS te emigreren. Ze werd voor het laatst in Aschaffenburg gezien. Op de avond van haar verdwijning was ze met een vriendin naar een Irish pub geweest die vooral door Amerikaanse soldaten werd bezocht. De twee hadden ruzie gekregen, en de vriendin, die de auto had, ging op een gegeven moment naar huis. Eva Tamara verliet behoorlijk aangeschoten kort na middernacht de pub. De soldaten met wie Eva Tamara Scholle eerder contact of zelfs korte liefdesrelaties had gehad, konden de rechercheurs niet bereiken, de Amerikaanse militaire instanties bleken weinig coöperatief.'

Hij gaf Pia een computeruitdraai. Een jonge, donkerharige vrouw keek haar aan, haar lippen in een wulps pruilmondje getuit, de grote ogen waren zwaar opgemaakt. Ze had haar haren tot leeuwenmanen getoupeerd, wat in de jaren tachtig in de mode was, evenals haar jas met grote schoudervullingen en de neoncreolen in beide oorlelletjes.

Pia legde de foto weg. Wat deed Theo Reifenrath 's nachts in Aschaffenburg? Had hij, op zoek naar een mogelijk slachtoffer, doelloos door de omgeving gereden? Waarop selecteerde hij zijn slachtoffers? Eva Tamara Scholle was weer een volledig ander type dan Jutta Schmitz, Jana Becker of Annegret Münch. En waarom had hij haar lichaam in de Altrhein gegooid? Had hij pas later de gewoonte ontwikkeld zijn slachtoffers mee te nemen en in zijn omgeving te begraven?

'Wie hebben jullie nog meer gevonden?' vroeg Pia.

'Rianne van Vuuren, achtendertig, Nederlands staatsburger,' antwoordde Kai. 'Ze werd door haar vriend op 15…'

'Mei?' onderbrak Pia haar collega en ze keek naar de foto die Kai had geprint. Rianne van Vuuren was blond, slank en aantrekkelijk. Zelfbewust en serieus keek ze in de camera, ze droeg een donker mantelpakje en een lichte bloes.

'Precies.' Kai schoof zijn bril met zijn wijsvinger omhoog op zijn neus. 'Haar vriend meldde haar vermissing op 15 mei 2012. Ze woonde in Gravenbruch, ging in de weekends graag joggen. Haar lichaam, dat in een vergevorderd stadium van ontbinding verkeerde en dat sporen droeg van diervraat, werd in oktober 2012 in een bos bij Winterberg in het Sauerland door paddenstoelenzoekers gevonden.'

'Had ze een auto?'

'Nee.'

'Waarom heeft de databank haar dan als treffer geselecteerd?' vroeg Pia zich hardop af.

'Omdat ze in folie was gewikkeld en door verdrinking was overleden,' antwoordde Kai. 'Maar in het obductieverslag staat niet dat ze was ingevroren.'

'Rianne van Vuuren werkte bij een grote bank in Frankfurt op de IT-afdeling. Haar echtgenoot en haar achtjarige zoon woonden in Nederland,' vulde Tariq aan. 'O ja, Eva Tamara Scholle had ook een zoon. Hij zou nu begin dertig moeten zijn.'

'Hadden de andere slachtoffers ook kinderen?' informeerde Pia en ze legde de foto van Rianne van Vuuren weg.

'Moment.' Kai wroette in de papieren op zijn bureau. 'Annegret Münch had twee zonen, Jutta Schmitz een dochter. Bij Mandy Simon vind ik daar zo snel geen informatie over.'

'Bij welke bank werkte Rianne van Vuuren?' vroeg Pia.

'ABN AMRO.' Kai vertrok zijn gezicht. 'Niet de bank waarbij Fridtjof Reifenrath zat, als je daaraan dacht.'

'Dat deed ik inderdaad. Maar misschien kenden ze elkaar.'

Pia dronk haar koffie op.

'Het kan toeval zijn dat alle slachtoffers in dezelfde maand zijn verdwenen,' peinsde ze en ze staarde naar de print die Kai voor de profiler had uitgedraaid.

12 mei 1988 – Eva Tamara Scholle, Weiterstadt (Speyer)
9 mei 1993 – Annegret Münch, Walldorf (Mammolshain)
14 mei 1995 – Rita Reifenrath, Mammolshain (aldaar)
11 mei 1996 – Jutta Schmitz, Kaarst (Mammolshain)
15 mei 2012 – Rianne van Vuuren, Gravenbruch (Winterberg)
10 mei 2014 – Jana Becker, Limburg (Bernkastel-Kues)

'Het is geen toeval. Ik heb de data gecheckt,' liet Kai van zich horen. 'Alle vrouwen verdwenen een dag voor Moederdag, met uitzondering van Rianne van Vuuren. Zij verdween op Moederdag zelf.'

'Theo Reifenrath haatte Moederdag,' zei Pia nadenkend. 'Misschien omdat zijn vrouw die dag vierde als kerst.'

'Ik ken mensen die kerst haten,' antwoordde Kai. 'Maar daarom brengen ze nog niemand om het leven. Hoogstens zichzelf.'

'Mensen, bedenk toch eens wat dat betekent!' riep Tariq opgewonden. 'Stel dat Eva Tamara Scholle in 1998 zijn eerste slachtoffer was en Jana Becker in 2014 zijn laatste, en stel dat hij elk jaar op Moederdag een vrouw heeft omgebracht, dan kom ik op een aantal van zesentwintig!'

Prompt moest Pia aan haar droom denken en het schild met het cijfer 42. Had dat misschien een betekenis?

Onzin. Het was maar een droom, berispte ze zichzelf. Ze bezat wel een goede intuïtie, maar tot nu had ze nog geen profetische gaven ontwikkeld, ook al wenste ze dat soms.

Frankfurt, 12 april 2017

Drieëntwintig jaar lang was Martina Siebert bang geweest voor dit moment. In de loop der tijd was haar bezorgdheid minder geworden en soms had ze er helemaal niet meer aan gedacht, maar in haar werk werd ze steeds weer geconfronteerd met de vertwijfeling van vrouwen voor wie hun kinderwens levensbepalend was geworden. Ze had heel veel van deze vrouwen kunnen helpen, maar sommigen ook niet. Op een gegeven moment was het tijdstip gekomen waarop ze deze ongelukkige vrouwen en hun partners voorzichtig moest vertellen dat een nieuwe ivf-behandeling hoogstwaarschijnlijk ook niet het gewenste resultaat zou hebben. Soms mocht het gewoon niet zo zijn. Dat was hard, dat wist ze. Veel vrouwen voelden zich waardeloos als ze geen kind konden krijgen. Relaties liepen stuk door de ongewilde kinderloosheid. Sommige vrouwen werden depressief. Af en toe had Martina de mogelijkheid van een adoptie aangekaart en vaak hadden ze haar advies opgevolgd.

Misschien herinnerde ze zich die vrouw in Zürich zo goed omdat ze het eerste moeilijke geval in haar loopbaan was geweest. Ze hadden bij de vrouw vanwege een ziekte beide eileiders weg moeten halen toen ze halverwege de twintig was, later ook nog een eierstok. De kinderwens was bij haar pathologisch geworden. Haar huwelijk was daardoor gestrand. Haar tweede man leek meer begrip voor haar verlangen te hebben en ook zij had medelijden met de vrouw gehad. Genoeg medelijden om iets te doen wat ze niet had moeten doen. Martina Siebert had er oneindig veel over nagedacht waarom ze zich ertoe had laten verleiden de baby van haar beste vriendin tegen alle voorschriften en wetten onderhands aan een volledig onbekend echtpaar over te dragen. Destijds was ze er zeker van geweest dat ze iets goeds deed. Kata zou ertoe in staat zijn geweest om de baby ergens achter te laten. Martina had geprobeerd uit te vinden waarom Kata zo afwijzend stond tegenover het kind in haar buik, maar haar vriendin had gezwegen. 'Ik wil het niet, basta,' had ze geantwoord en Martina had het erbij gelaten. Kata was naar haar toe gekomen in Zürich voordat je kon zien dat ze zwanger was. Ze had de kleine woning bijna niet meer verlaten en was op een nacht in Martina's bed bevallen. Alles liep gesmeerd, de Zwitserse had haar rol als zwangere perfect gespeeld, en niemand had iets vermoed, zelfs niet haar moeder, die in hetzelfde huis woonde. Martina had zichzelf gerustgesteld met de gedachte dat het kleine meisje in een gevestigde en oude Züricher familie zou opgroeien, in een mooie oude villa met uitzicht op het meer van Zürich. En ze was ervan overtuigd geweest dat de ouders alles voor de baby zouden doen.

Kata was haar dankbaar geweest. Twee dagen na de bevalling was ze in de trein gestapt en terug naar Duitsland gegaan. Ze had nooit meer naar haar kind gevraagd. Maar aan wie Martina in deze hele constellatie nooit had gedacht, was het kind zelf. Af en toe had ze zich wel afgevraagd hoe oud het meisje nu inmiddels zou zijn, maar dat was alles geweest.

En gisteren had deze geschiedenis haar weer ingehaald, op een uiterst ongunstig tijdstip, namelijk vlak voordat ze als chef-arts in de Clínica de Fertilidad in Marbella zou beginnen, een functie waarnaar ze al jaren had gestreefd. De middelen waarover ze in Spanje zou kunnen beschikken waren nagenoeg onmetelijk, want de kliniek was van de familie van een sjeik, de patiënten kwamen voor het grootste deel uit de Emiraten en Rusland. Geld speelde geen rol voor haar nieuwe werkgever. Ze hadden haar ook een fantastische villa met zeezicht ter beschikking gesteld. Ze zou wel dom zijn geweest als ze dit aanbod had afgeslagen. Bovendien hadden haar man en zij toch al de buik vol van de Duitse winters. Op 1 mei was haar eerste werkdag in Marbella, voor die tijd moest ze de verhuizing organiseren. En nu dit! Fiona Fischer! Lieve god! Eerst was ze razend op de jonge vrouw geweest. Wat dacht ze wel, haar zo te bedreigen? Ongetwijfeld liep ze kans op intrekking van haar officiële artsentitel als ze haar verhaal kon bewijzen. En daarmee zou Martina's reputatie voor altijd beschadigd zijn, haar carrière afgelopen en de droombaan in Marbella zou in rook opgaan.

Vervolgens had ze nagedacht en was tot de conclusie gekomen dat zij precies hetzelfde had gedaan als Fiona. Fiona was slachtoffer van twee egoïsten geworden die alleen aan zichzelf en niet aan de gevolgen van hun handelen hadden gedacht. Ze had Kata's eisen toen absoluut moeten afwijzen en moeten eisen dat ze het kind volkomen officieel ter adoptie afstond. Dan had het meisje later ten minste de mogelijkheid gehad iets over haar biologische moeder te weten te komen. Deze kans hadden ze haar ontnomen. Maar dat was precies Kata's intentie geweest. Destijds had

Martina nog romantische ideeën over vriendschap gehad en gedacht dat beste vriendinnen elkaar hielpen als ze in moeilijkheden raakten, en in geval van nood ook met onconventionele middelen. Pas achteraf was haar duidelijk geworden dat Kata haar had gebruikt. Het had haar veel verdriet gedaan dat haar vriendin abrupt het contact met haar had verbroken, alsof ze bij een naar verleden behoorde dat ze achter zich had gelaten. Er waren mensen die nooit terugkeken, en zonder slecht geweten op hun pad alle schepen achter zich verbrandden.

Martina Siebert staarde nadenkend uit het raam van haar kantoor naar de wolkenkrabber aan de andere kant van de Main. Ze moest het probleem oplossen vóór het afscheidsfeest van vanmiddag. Fiona Fischer zat al twee dagen in haar hotel op een antwoord te wachten. Martina had Kata's contactgegevens allang op internet gevonden, maar ze wilde die niet zomaar doorgeven, hoewel Kata dat wel had verdiend. Ze was in elk geval bij deze hele kwestie betrokken, en ze zou Fiona Fischer, door de enige echte fout die ze als arts had gemaakt, niet haar toekomst laten bederven. Met een zucht draaide Martina zich weer naar haar laptop en tikte Kata's e-mailadres. Ze schreef maar drie zinnen. Stelde haar voormalige beste vriendin een termijn. Als die verstreken was, zou ze Fiona Fischer de naam en het e-mailadres van haar biologische moeder geven. Dan was zij van de zaak af.

***

Bij de ochtendvergadering was de K11 compleet, ook Kathrin Fachinger was er weer. Niemand haalde het in zijn hoofd om te zeuren dat het zaterdag was. Bodenstein bracht het team op de hoogte van de actuele stand van zaken. Naar de verdwenen Mercedes van Theo Reifenrath werd in heel Europa gezocht. DNA-analyse had de identiteit van Mandy Simon, Jutta Schmitz en Annegret Münch bevestigd. En de ploeg van Kröger had op de zolder van het huis van Theo Reifenrath een heleboel documenten van voormalige pleegkinderen gevonden.

'We moeten zo snel mogelijk met de familie van de slachtoffers praten,' zei Bodenstein. 'Tariq, jij houdt je daarmee bezig. Neem contact op met alle collega's die met de betreffende zaken belast zijn of waren. Cem, Kathrin, Pia en ik zullen vandaag in Mammolshain informatie inwinnen. Op zaterdag zouden er veel mensen thuis kunnen zijn. We moeten meer over de Reifenraths te weten komen. Vraag iedereen naar Nora Bartels. En naar de voormalige pleegkinderen.'

Er is bijna niets moeilijkers dan een buurtonderzoek, maar het was absoluut noodzakelijk. De mensen zagen een heleboel en vergaten weer evenveel. Maar soms was er iemand die iets had gezien en zich dat herinnerde, ook al leek het onbelangrijk. Bij een zaak van drie jaar geleden hadden ze met een verhoorspecialist van de deelstatelijke recherche samengewerkt, en Pia was van zijn methode van cognitieve interview zo onder de indruk geweest, dat ze een aantal cursussen had gedaan om deze techniek te leren. Anders dan bij de gebruikelijke manier van verhoor leidde je een getuige niet keer op keer van begin tot einde door het verloop van een gebeurtenis, maar probeerde je hem zover te krijgen dat hij zich de alledaagse dingen herinnerde, zoals wat er voor het ongeluk was gebeurd, het lichamelijk letsel of een andere traumatische ervaring. Zo werd de gebeurtenis in de juiste context gezet, en de resultaten die Pia met deze manier van ondervragen bereikte, waren verbazingwekkend. De mensen haalden details uit hun geheugen voor de dag waaraan ze zelf eigenlijk nooit meer hadden gedacht. Je kon ook de volgorde van herinneringen veranderen door niet bij het begin te beginnen, maar de gebeurtenis vanaf het einde terug te volgen. De derde techniek bij een cognitief interview bestond uit het veranderen van perspectief. Deze manier van ondervragen was alleen geschikt voor bereidwillige getuigen, en kon niet bij verdachten worden ingezet, maar bij ondervragingen van buren functioneerde ze echter vaak goed.

'Hoe zit het met de profiler?' informeerde Kai.

'David Harding zal ons ondersteunen,' antwoordde Bodenstein. 'Ik heb gisteravond uitvoerig met hem gebeld. Hij is op het ogenblik nog in Stockholm, maar komt zo snel mogelijk naar Frankfurt. Tot die tijd hebben we meer informatie nodig en daarom zullen we hier een recherchebijstandsteam op zetten. Mevrouw Engel heeft toegezegd dat we zoveel mensen krijgen als we nodig hebben. Al de documenten over de voormalige pleegkinderen die we bij Reifenrath in beslag hebben genomen, moeten geanalyseerd worden. Datzelfde moet met de dossiers van de slachtoffers gebeuren.'

'Ik kan daar wel voor zorgen,' bood Kai aan. 'Ik ben ook al met Claas Reker bezig en probeer uit te vinden waar hij woont en werkt.'

'Trek alsjeblieft Sascha Lindemann, André Doll en Joachim Vogt ook na. En Raik Gehrmann, ook al was hij geen pleegkind,' vroeg Pia aan haar collega. ‘Waar ze wonen, wat voor werk ze doen, of ze getrouwd zijn. Je weet wel.’

Kai grijnsde naar haar en stak zijn duim op.

‘Oké, dat was het voor nu.’ Bodenstein knikte. ‘Heeft iemand nog vragen? Niet? Dan aan het werk!’

***

‘Ik geloof dat ik droom,’ fluisterde Pia tegen Bodenstein. ‘Die oude heks leeft nog steeds! Dat moet ik Kim absoluut vertellen!’

Het was inderdaad haar vroegere wiskundelerares die de deur voor hen opendeed toen Pia aanbelde aan de tuinpoort van de goed onderhouden bungalow van de Katzenmeiers. Ze was de afgelopen dertig jaar nauwelijks veranderd, alleen haar vroegere blonde haar was nu spierwit.

‘Wat kan ik voor u doen?’ Uschi Katzenmeier, graatmager en met hetzelfde paardengezicht als in 1982, keek argwanend naar Pia en Bodenstein, die onder aan de trap stonden.

‘Goedemorgen, mevrouw Katzenmeier,’ zei Bodenstein beleefd en hij hield zijn politielegitimatie omhoog. ‘Ik ben hoofdinspecteur Oliver von Bodenstein van de recherche Hofheim, dit is mijn collega Pia Sander. We hebben gisteren al met uw man gesproken en hebben nog een paar vragen voor hem. Is hij thuis?’

‘Nee, hij is zijn rondje aan het joggen.’

‘Laten we later terugkomen, alsjeblieft,’ fluisterde Pia, die zich onverwachts weer een puisterige tiener voelde, tegen Bodenstein. ‘Alleen al als ik haar zie, krijg ik maagpijn!’

‘Doe niet zo onnozel,’ antwoordde Bodenstein, maar hij schonk de oude Katzenmeier onaangedaan zijn charmantste glimlachje, dat Pia gewoonlijk spottend zijn ‘grafelijke blik’ noemde, en dat had onmiddellijk effect. ‘Hebt u misschien even tijd om een paar vragen te beantwoorden? Het duurt niet lang.’

Zijn innemende glimlachje kon Pia’s vroegere wiskundelerares niet weerstaan.

‘Natuurlijk. Komt u binnen.’

Bodenstein duwde de poort open. Pia volgde hem met kloppend hart en een vreemd gevoel in haar maag. Dat was echt gek na zoveel jaar, maar de nederlagen die ze aan deze vrouw te danken had, overschaduwden haar hele schooltijd en haar weerzin voor getallen en formules was daardoor pathologisch geworden.

'Mijn man vertelde me dat meneer Reifenrath is overleden,' zei Uschi Katzenmeier. 'Ik heb een heel slecht geweten omdat we niet hebben gekeken waarom de hond de hele dag stond te blaffen.'

Van dichtbij zag Pia de sporen die het leven in het gezicht van haar vroegere lerares had achtergelaten. Haar huid was rimpelig en dun als perkament. Te weinig lichaamsvet en te veel zon wreekten zich op hoge leeftijd.

'Alstublieft, gaat u toch zitten. Kan ik u iets aanbieden?' Uschi Katzenmeier bracht hen naar de werkkamer, waar een imponerende boekenkast, die twee muren van het vertrek van de grond tot aan het plafond bedekte, domineerde. Ze namen plaats aan de ronde tafel, en hoewel Pia het idee dat de gehate wiskundelerares haar met koffie, thee en koekjes zou bedienen zeer aantrekkelijk vond, sloeg ze het beleefd af.

Terwijl Bodenstein een aandachtig luisterende mevrouw Katzenmeier de reden van hun bezoek uitlegde, keek Pia nieuwsgierig naar de boekenkast en zag een heleboel thrillers en lichte romans. Dit soort lectuur had ze noch achter de gifkikker, noch achter zijn ongenaakbare vrouw gezocht.

'Onze dochter zat op de basisschool met Reifenrath-kinderen in de klas,' zei Uschi Katzenmeier. 'Dat was bijna niet te vermijden, het waren er zoveel.'

'Herinnert u zich de namen?'

'Ik herinner me nog een meisje dat Ramona heette. En ene Britta. Met haar was onze Silke heel goed bevriend voordat ze naar het gymnasium ging. Er zijn vast nog klassenfoto's. Ik kan met alle plezier even in de oude fotoalbums kijken.'

'Dat zou buitengewoon vriendelijk zijn.'

Pia keek gefascineerd toe wat voor effect Bodenstein op de oude taart had. Hij behoorde tot het soort man dat er beter ging uitzien naarmate hij ouder werd. De zilveren draden in zijn dikke, donkere haar en de lachrimpeltjes rond zijn bruine puppyogen maakten hem even aantrekkelijk als ernstig, en dan nog de adellijke naam en de perfecte omgangsvormen – een verleidelijke mix, die bij vrouwen van elke leeftijd in de smaak viel. Ook Uschi Katzenmeier smolt. Ze zat constant aan haar trui te plukken of haar haren glad te strijken.

'Het is nog niet publiekelijk bekend,' zei Bodenstein net, 'en we willen het ook nog zo lang mogelijk buiten de pers houden, maar we hebben op het perceel van Reifenrath vier lichamen gevonden, onder andere het stoffelijk overschot van Rita Reifenrath.'

'Wát?' Uschi Katzenmeier sloeg haar hand voor haar mond en sperde geschokt haar ogen open. 'O mijn god! Dat kan toch niet waar zijn!'

Uschi Katzenmeier had een paar minuten nodig om het vreselijke nieuws te verwerken. De schok bracht haar in elk geval aan het praten. Bodenstein hoefde nauwelijks vragen te stellen, maar moest alleen haar woordenvloed in juiste banen leiden. Uschi Katzenmeier had in de jaren tachtig verplichtingen in de kerk en in het bestuur op zich genomen, zorgde verschillende jaren voor de aannemelingen en organiseerde talrijke bijeenkomsten en feesten. Ze kende de Reifenraths niet alleen als buren, maar ook omdat ze een van de bekendste families van het dorp waren. In Mammolshain waren hele generaties in loondienst van de Reifenraths geweest, tot de ondergang van de waterfabriek. Met Rita Reifenrath had ze vaak en goed samengewerkt.

'Onze relatie was vriendschappelijk,' vertelde Uschi Katzenmeier. 'Rita was een flinke, grootmoedige vrouw. Ik mocht haar graag. Niets was haar te veel en je kon altijd op haar rekenen. Voor haar pleegkinderen heeft ze haar eigen behoeftes volkomen opzijgezet. Wat ze voor die kinderen deed was ongelooflijk. Toen ze het kruis van verdienste kreeg, waarvoor de dominee haar had voorgedragen, was het halve dorp bij de plechtigheid in de staatskanselarij in Wiesbaden. Wacht even, ik haal de fotoalbums.'

Ze stond op en verdween.

'Flink. Grootmoedig.' fluisterde Pia sarcastisch. 'Ik ben benieuwd wat ze over Rita's opvoedingsmethoden heeft te zeggen.'

'Het lijkt erop dat niet alleen Theo voor de ogen van het dorp een dubbelleven leidde,' antwoordde Bodenstein met gedempte stem. 'Als het echt waar is, dan is dat kruis van verdienste een aanfluiting!'

Mevrouw Katzenmeier kwam terug met vier fotoalbums in haar handen. Ze zette haar leesbril op en begon te bladeren.

'Hier is een klassenfoto van Silkes eerste schooldag. Dat was in 1976,' zei ze en ze schoof het album naar Bodenstein. Met een knokige wijsvinger wees ze naar de gezichten van de kinderen. 'Dat is Silke. Het blonde meisje naast haar is Britta. En de tweede jongen van rechts in de voorste rij is ook een Reifenrath-kind.'

Pia schoof dichterbij zodat ze de foto's kon zien. Iemand had de namen van alle kinderen onder de foto opgeschreven.

'Sascha,' stelde ze vast.

'Ja, klopt! Zo heet hij.' Mevrouw Katzenmeier vond in een ander album een foto waarnaar ze had gezocht. 'Het was een moeilijk kind. Ik herinner me dat ouders vaak over hem klaagden. Hij verstoorde de lessen, ging andere kinderen te lijf. Maar Rita verrichtte een wonder bij hem. Na een paar weken veranderde hij, was volgzaam en braaf.'

Pia wilde zich absoluut niet voor de geest halen op welke manier Rita Reifenrath deze verandering voor elkaar had gekregen. Zeer zeker niet met vriendelijkheid en geduld. In de fotoalbums van mevrouw Katzenmeier zaten ook foto's waarop Rita Reifenrath stond. Ze maakte een uiterst sympathieke indruk; haar ronde gezicht, de rode wangen en het vriendelijke glimlachje kon ze niet koppelen aan alle verhalen die ze over deze vrouw had gehoord.

'Verbaasde Rita's zelfmoord u eigenlijk?' vroeg Bodenstein, zonder van het album op te kijken.

'Verbaasd? Ik was totaal geschokt! In het dorp ging het gerucht dat ze manisch-depressief was. Ik persoonlijk heb dat nooit gemerkt. Maar je ziet de mensen toch alleen aan de buitenkant.'

'Hebt u uw twijfel tegen iemand geuit?'

'N… nee.'

Uschi Katzenmeier was kennelijk geen vrouw die zich makkelijk blootgaf. Ze had haar man ervan weerhouden de politie te bellen toen de hond van de buren meerdere dagen en nachten blafte. En drieëntwintig jaar geleden had ze de mysterieuze zelfmoord stilzwijgend geaccepteerd, hoewel ze haar twijfels had gehad. De wegkijkers waren soms niet veel beter dan de daders.

'Er zijn aanwijzingen dat Theo Reifenrath zijn vrouw om het leven gebracht zou kunnen hebben,' zei Bodenstein. 'Hebt u die mogelijkheid nooit overwogen?'

Die vraag vond Uschi Katzenmeier duidelijk niet prettig. Op haar magere hals verschenen rode vlekken.

'Er werd veel geroddeld, toen,' gaf ze verlegen toe. 'Het was geen geheim dat Theo en Rita geen bijzonder harmonieus huwelijk hadden. Maar zoiets zou niemand voor mogelijk hebben gehouden – ik ook niet!'

Altijd hetzelfde liedje! Lafheid en onwetendheid waren de beste bescherming voor een moordenaar. Pia nam zich voor het dossier van het onderzoek in de zaak-Rita Reifenrath op te vragen.

'Wat voor persoon was Reifenrath?' informeerde Bodenstein. 'U hebt dit stuk grond toch van hem gekocht?'

'Ja, dat klopt. Maar dat werd allemaal door mevrouw Knickfuß afgehandeld. Ik heb hem eigenlijk pas voor het eerst gezien toen we hier woonden, en ook alleen maar in de verte, op zijn tractor of in zijn gammele VW-busje. In de kerk zag ik hem nooit, en op feesten kwam hij alleen om er eentje te drinken.' Ze zweeg. 'Je mag over een overledene niet slecht praten, maar u moet weten wat Theo voor een mens was. Daarom wil ik niets mooier maken: hij was een luilak die zijn hele leven lang geen vaste baan had. Hij deed nooit vrijwilligerswerk. Het bedrijf werd door mevrouw Knickfuß geleid, thuis zorgde Rita dat alles liep. Theo sliep een gat in de dag, 's avonds zat hij het liefst hoog van de toren te blazen aan de bar in de Goldener Apfel. Eén keer per maand moest mevrouw Knickfuß komen om zijn rekening te betalen!'

Uschi Katzenmeier vertrok haar gezicht.

'Was hij geregeld onderweg?' informeerde Pia. 'Ging hij soms op reis?'

'Niet dat ik weet. Rita was graag een keer naar de bergen of naar zee gegaan, maar hij had daar geen zin in. Er wordt gezegd dat hij zelfs geen rijbewijs had!'

'Maar hij had toch een auto?'

'Om een auto te kopen hoef je geen rijbewijs te overleggen. Hij was noch op de uitreiking van het kruis van verdienste van zijn vrouw, noch op de herdenkingsdienst die de dominee voor Rita hield. Met vrouwen had hij sowieso problemen. Ik geloof dat hij me nooit recht in de ogen heeft gekeken. Mijn man daarentegen heeft hij af en toe de oren van het hoofd gekletst. Vervolgens keek hij hem weer een paar weken niet aan. Zo ging hij met iedereen om. Je vroeg je altijd af of je iets had misdaan. Het was een rare man. Zijn stuk land hield hij piekfijn in orde en hij zorgde voor zijn dieren, maar de rest interesseerde hem niet.'

Pia bladerde het ene album na het andere door. De mevrouw Katzenmeier op de foto's was de vrouw die ze destijds had gekend. Een draak. Had ze het zo goed met Rita Reifenrath kunnen vinden omdat ze in haar een geestelijke zus had gevonden?

'We hebben gehoord dat Rita Reifenrath er tamelijk meedogenloze opvoedingsmethoden op na hield,' zei Bodenstein en hij beschreef wat Ramona Lindemann had verteld.

'Nee, dat kan niet waar zijn!' bracht Uschi Katzenmeier er overtuigd tegen in. 'Ik had echt vaak met de Reifenrath-pleegkinderen te maken en heb nooit sporen van mishandeling bij een kind gezien! Zoiets zou me toch zijn opgevallen! Rita was tegen lichamelijk straffen. We discussieerden er vaak over, want haar man deelde geregeld een draai om de oren uit, en ze was bang dat de kinderen weggehaald zouden kunnen worden als de kinderbescherming dat zou horen.'

'Onderduwen in badwater of tien minuten in de vrieskist laat geen zichtbare sporen achter,' mengde Pia zich in het gesprek, 'maar wel psychische.'

'Dat geloof ik niet.' Mevrouw Katzenmeier schudde haar hoofd. 'Rita gaf kinderen die door het lot waren benadeeld een kans. En u kunt van me aannemen dat dat geen pretje was! Sommige van de kinderen kwamen in groep drie en konden nauwelijks praten! Veel waren gedragsgestoord en liepen in hun psychische ontwikkeling ver achter. Maar ze slaagden er allemaal in de achterstand in korte tijd in te halen. Ik kende de meesten van hen. Ze waren zonder uitzondering beter opgevoed en veroorzaakten veel minder problemen dan sommige kinderen uit normale gezinnen!'

Geen wonder, dacht Pia, ze moesten er ook voortdurend rekening mee houden dat ze weer naar het tehuis terug moesten als ze zich niet netjes gedroegen.

'Er zijn aanwijzingen dat we naar iemand zoeken die als kind zwaar getraumatiseerd is geraakt,' zei ze.

'Zei u niet dat Theo deze... mensen... om het leven heeft gebracht?'

'Nee. We hebben alleen gezegd dat op het perceel van Reifenrath vier lichamen zijn gevonden.'

Uschi Katzenmeier staarde haar aan. Plotseling flitste herkenning in haar ogen op.

'U was toch vroeger een leerling van mij, of niet?' vroeg ze.

'Ja, dat klopt.' Pia knikte opgelaten. 'Ik heet Freitag en ik heb in 1986 eindexamen gedaan.'

'Pia Freitag!' Een zwak restje van het boosaardige glimlachje waarmee ze Pia vroeger haar slechte cijfer meedeelde, gleed over het gezicht van haar voormalige lerares. 'U was geen licht in wiskunde.'

'Klopt. In plaats daarvan ben ik nu een licht in criminalistiek,' beet Pia van zich af en ze voelde ogenblikkelijk hoe bevrijdend de confrontatie met de demonen uit haar jeugd kon zijn. 'Herinnert u zich de dag waarop Nora Bartels verdronk?'

'Natuurlijk! De familie Bartels waren onze buren. Het huis waarin de Scheithauers nu wonen, was van hen. Dat was een vreselijke toestand, toen.'

'Weet u nog wat u die dag deed?'

Uschi Katzenmeier dacht na en sloot haar ogen.

'Het was een zondag in mei,' zei ze langzaam. 'Moederdag. Silke had van haar zakgeld een bos bloemen voor me gekocht. Daar was ze heel erg trots op.' Mevrouw Katzenmeier deed haar ogen weer open. 'We ontbeten op het terras en gingen daarna naar de kerk. Daar zag ik Nora voor het laatst. Het was heel warm, echt hoogzomer. Nora droeg in de kerk een minirok en een shirtje zonder mouwen, en ik herinner me nog dat ik tegen haar zei dat die kleren voor een kerkbezoek een beetje te onfatsoenlijk waren. Na de dienst zijn we naar mijn schoonmoeder in Mainz gegaan. Toen we 's avonds weer terugkwamen, hoorden we wat er was gebeurd. Het hele dorp was in rep en roer. Overal was politie. Iedereen werd ondervraagd. En 's avonds ging het gerucht al dat een van de Reifenrath-kinderen iets met de dood van Nora te maken had.'

'Weet u nog wie u dat vertelde?' wilde Pia weten.

'Ja!' Mevrouw Katzenmeier leek bijna een beetje verbaasd dat ze zich dat na zo'n lange tijd herinnerde. 'Mevrouw Wegener belde me op. We kenden elkaar van de kerk en ik was de klassenlerares van haar dochter Anja. Een paar weken later vond er nog een tragedie plaats. Een andere pleegzoon beroofde zich van het leven. Daarna liet niemand zijn kind meer bij de Reifenraths spelen.'

***

'Ik was me er niet van bewust dat Nora Bartels op Moederdag was overleden,' zei Bodenstein, toen ze het huis van de Katzenmeiers verlieten en in de auto stapten. 'Zou dat iets te betekenen hebben?'

'Geen idee.' Pia deed haar gordel om. 'We zullen waarschijnlijk niet veel mensen vinden die zich herinneren wat Theo Reifenrath deed op de dagen dat de vrouwen verdwenen.'

Uschi Katzenmeier kon zich de naam van de jongen niet herinneren die vlak na de dood van Nora zelfmoord pleegde. Wat speelde zich destijds in het grote huis af?

'Rita Reifenrath was bang dat de kinderbescherming de kinderen bij haar zou weghalen,' dacht Pia hardop. 'Toch behandelde ze hen slecht. Waarom?'

'Ik vermoed dat de betalingen van de sociale dienst de basis voor haar bestaan waren,' antwoordde Bodenstein. 'Ze heeft de kinderen bang gemaakt zodat ze hun mond dichthielden. Kennelijk werkte dat.'

'Tijdens je jeugd op je tenen lopen en in een toestand van constante angst leven,' zei Pia. 'Er was niemand die ze konden vertrouwen. Hoe kan de psyche van een kind zoiets überhaupt onbeschadigd doorstaan? Zouden we nog kunnen uitvinden wie destijds bij de kinderbescherming voor deze kinderen verantwoordelijk was?'

'Misschien vinden we wel een aanwijzing in de documenten van de pleegkinderen.' Bodenstein sloeg de straat in waar Anja Manthey, meisjesnaam Wegener, woonde. Tijdens hun gesprek met mevrouw Katzenmeier had David Harding een sms gestuurd waarin hij Bodenstein meedeelde dat hij al op het vliegveld in Stockholm stond en om 15.45 uur in Frankfurt zou landen. Tot dat moment was er nog genoeg tijd om met mevrouw Manthey te praten.

Haar man was advocaat, had mevrouw Katzenmeier verteld, geen huis-tuin-en-keukenadvocaat, maar een partner bij een Amerikaans kantoor voor economisch recht. Hij verdiende geld als water en ze woonden in een glazen paleis in de betere buurt van Mammolshain, namelijk aan de Wacholderberg, de hoogstgelegen straat van het kleine dorp. Pia's vroegere wiskundelerares had het huisnummer niet geweten, maar haar laatdunkende omschrijving was zo treffend dat ze het huis zonder moeite konden vinden.

Toen Pia op de bel drukte, klonk achter de deur woedend hondengeblaf en Bodenstein deed onwillekeurig een stap naar achter. De huisdeur ging open en een kleine jackrussellterriër drong zich keffend door de kier.

'Beanie! Af! Kom hier!' beval een vrouwenstem en de hond werd inderdaad stil, maar sloop grommend en met overeindstaande haren om Pia en Bodenstein heen.

'Mijn excuses. Ze gaat altijd tekeer, maar ze doet niets. Gewoon niet op letten.' De vrouw was ongeveer vijfenveertig. Ze droeg een groene bloes, een spijkerbroek en was op blote voeten. Het krullende asblonde haar droeg ze in een paardenstaart, haar ronde gezicht zat vol met zomersproeten. 'Wat kan ik voor u doen?'

'Bij dat geblaf had ik op zijn minst een rottweiler verwacht,' zei Pia droog en ze liet haar politielegitimatie aan de vrouw zien. Hoewel het gezin pas gisteren van de paasvakantie in de Malediven was teruggekomen, had Anja Manthey al over de dood van Theo Reifenrath gehoord.

'De dorpsroddel bereikt je, dankzij WhatsApp, ook op het verste plekje ter wereld,' zei ze en haar vriendelijke welkomstglimlachje verdween. 'Een van onze zonen kreeg het bericht van een vriend die bij de brandweer zit. Maar hoe kan ik u helpen? Ik heb ongeveer twintig jaar geleden voor het laatst met Theo Reifenrath gesproken.'

'We hebben gehoord dat u als kind vaker bij de Reifenraths was,' antwoordde Bodenstein. 'We willen ons graag een beeld van het gezin vormen. Misschien kunt u ons iets vertellen wat ons daarbij helpt.'

Hij noemde noch de lijkenvondst, noch het skelet uit de bronschacht, want hij vreesde dat de vrouw anders niet meer onbevangen zou praten.

'Natuurlijk,' zei ze. 'Laten we naar de wintertuin gaan. Met drie nieuwsgierige tieners in huis hebben de muren oren.'

Bodenstein en Pia volgden haar door het huis, dat baadde in het licht. Door de ramen, die tot aan de grond reikten, had je een fantastisch uitzicht. De terriër gromde nog steeds voor zich uit, maar bleef op afstand. De wintertuin deed zijn naam eer aan. Tussen metershoge palmen, oleanders en bloeiende sinaasappel- en citroenbomen stonden comfortabele loungemeubels, waarop ze plaatsnamen.

'Stoort het u als ik rook?'

'Nee.' Bodenstein glimlachte, en Anja Manthey pakte een pakje sigaretten uit de la van een kast waarop potten met stekjes stonden. Ze stak er eentje op en liet zich in kleermakerszit op een stoel zakken.

Ze kon zich de kinderen nog goed herinneren. Op de basisschool zat ze met Fridtjof Reifenrath, Joachim Vogt en Ramona Lindemann, die toen Koch heette, in de klas.

'Ik was 's middags vaak bij de Reifenraths,' vertelde ze en een klein glimlachje gleed over haar gezicht. 'Mijn ouders hadden dat liever niet, maar ik kon vaak wegsluipen. Mijn vader was voorzitter van het bestuur van Hoechst AG, ik leefde als enig kind in een gouden kooi. Ik heb altijd broers en zussen gewild. Het fascineerde me dat daar zoveel kinderen waren. Voor mij was dat een wereld die ik alleen uit mijn *De dolle tweeling*-boeken kende.'

'Had u de indruk dat de kinderen ongelukkig waren? Of anders dan andere kinderen?'

'Toen viel me dat niet op, maar terugkijkend denk ik dat ze allemaal... hm... hun problemen hadden. Ze gedroegen zich niet als kinderen die zich geborgen voelden. Niets was voor hen vanzelfsprekend. Als ze mevrouw Reifenrath "mama" noemden, klonk het op een of andere manier... niet echt.'

'Kunt u zich de kwestie met Nora Bartels nog herinneren?' vroeg Bodenstein.

'O ja! Dat was vreselijk! Ik heb Nora goed gekend. Ze zat op de basisschool bij mij in de klas. Later gingen we samen met de bus naar Königstein, ook al zaten we op verschillende scholen.' Ze nam een diepe haal van haar sigaret en keek een moment in gedachten verzonken voor zich uit. 'Alle jongens waren gek op Nora, hoewel ze heel erg gemeen kon zijn. Ook tegen mij, terwijl ik een hele tijd haar beste vriendin was. Ze wilde altijd hebben wat anderen hadden. En ze kon het niet verdragen als iemand haar niet aanbad.'

Anja Manthey zuchtte diep.

'Indirect geef ik mezelf tot op de dag van vandaag de schuld van haar dood.'

'Hoezo?'

'Er was een jongen, ook een pleegzoon van de Reifenraths, die mij leuker vond dan Nora.'

'Claas Reker?' vroeg Pia.

'Ja, precies!' Anja Manthey knikte verbaasd. 'Maar het ging Claas helemaal niet om mij. Hij had gehoord wie mijn vader was. Hij was een keer bij ons thuis toen mijn ouders er niet waren. Hij liet zich door mij niet wegsturen, hij probeerde me te kussen en liep gewoon het hele huis door. Hij ging zelfs achter het bureau van mijn vader zitten, wat streng verboden was. Toen zei hij tegen me: "Als ik volwassen ben, trouw ik met je, en dan is dit allemaal van mij." Ik had er nachtmerries over.'

'Nora hoorde dat en wilde Claas van u afpakken?'

'Ja, zo ongeveer. Bovendien wilde Claas me jaloers maken, maar dat lukte niet. Ik was bang voor hem. Maar dat was iedereen. Hij zag er goed uit, maar hij was... kwaadaardig. Hij genoot ervan anderen te intimideren, pijn te doen en te manipuleren. Zoiets als gewetenswroeging kende hij niet. Op een of andere manier paste hij wel bij Nora. Die kon ook zo boosaardig zijn. Ik was in elk geval niet verbaasd toen er werd gezegd dat hij Nora om het leven had gebracht. We waren allemaal blij dat hij weg was.'

'Hebt u Claas ooit weergezien?' vroeg Bodenstein. 'Hij heeft een tijd een garage in de oude waterfabriek gehad, samen met André Doll.'

'Ik was altijd bang dat ik hem tegen zou komen als ik bij mijn ouders op bezoek ging. We woonden toen in Frankfurt.' Anja Manthey snoof minachtend. 'Ik ben hem een paar keer tegen het lijf gelopen. En hoewel hij net was getrouwd, maakte hij elke keer stomme opmerkingen. Hij zei een keer dat hij niet was vergeten dat hij met mij wilde trouwen. En zijn kersverse vrouw stond naast hem! Ik vond het gewoon niet kunnen en herinnerde hem eraan dat hij al was getrouwd, maar hij wuifde dat weg en zei: "Voor jou laat ik me onmiddellijk van die daar scheiden." Toen ik hoorde dat de rechtbank hem naar een psychiatrische inrichting had gestuurd omdat hij zijn vrouw mishandelde, dacht ik nog: dan heeft eindelijk iemand hem doorzien.'

'Hoe zat dat met Fridtjof Reifenrath?' vroeg Bodenstein. 'Was hij ook bang voor Claas?'

'Nee.' Anja Manthey drukte haar sigaret uit in een asbak van messing en klapte de deksel dicht. 'Fridtjof was voor niemand bang. In tegenstelling tot Claas hoefde hij niemand te intimideren, iedereen had sowieso respect voor hem. Eén woord van hem tegen zijn grootmoeder en niemand kreeg een toetje. Als hij wilde zwemmen, bepaalde hij wie er in het zwembad mochten. Als hij zich aan iemand ergerde, werd diegene bestraft. Maar hij was consequent en berekenbaar. Als hij iemand mocht, dan was dat voor altijd.'

'Joachim Vogt, bijvoorbeeld?'

'Ja. Jochen was Fridtjofs beste vriend,' bevestigde Anja Manthey. 'Fridtjof was vroeger... nou ja... een luiwammes.' Ze schoot in de lach. 'Voor school deed hij helemaal niets. Maar hij kon iedereen manipuleren, zelfs de leraren. Hij was een knappe vent en dat wist hij. Zijn methoden waren subtieler dan die van Claas en veel effectiever. Fridtjof was toen al een geboren leider: zonder angst, cool en op een of andere manier... gewetenloos. Hij deed altijd wat hij wilde, en iedereen gehoorzaamde hem. Toch geloof ik dat er niets van hem terecht zou zijn gekomen als hij Jochen niet had gehad. Jochen was eerzuchtig en had wel door dat als hij iets wilde bereiken, hij zijn best op school moest doen. Hij trok de luie Fridtjof altijd mee. Die twee waren net een Siamese tweeling. Claas verspreidde een keer het gerucht dat ze homo waren en Nora vertelde dat overal rond. We waren toen dertien en we wisten eigenlijk niet precies wat dat betekende. Maar

Fridtjof kwam erachter en vertelde het tegen zijn grootmoeder. Ik weet niet wat er is gebeurd, maar Claas heeft nooit meer iets in die richting gezegd.'

'Hoe ging Rita Reifenrath met de kinderen om?'

'Ze was streng. Ze hadden allemaal veel respect voor haar.' Anja Manthey fronste haar voorhoofd. 'Waarschijnlijk moest ze dat wel zijn, anders was er chaos uitgebroken. Tegen mij was ze altijd heel aardig, maar dat lag misschien ook aan de maatschappelijke positie van mijn vader. In mijn herinnering was het bij de Reifenraths altijd gezellig. We speelden trefbal en ravotten in het zwembad, plukten appels, we mochten in de moestuin helpen, de hokken van de konijntjes schoonmaken, eieren zoeken in het kippenhok. Dat vond ik geweldig! Zoiets kende ik helemaal niet. Eén keer per jaar, altijd op Moederdag, was er een groot feest. Dat was veel mooier dan de stijve en saaie feesten van mijn ouders.'

'Kon u goed overweg met Theo Reifenrath?'

'Die was altijd chagrijnig en geïrriteerd,' zei Anja Manthey. 'Soms, als zijn vrouw niet in de buurt was, liep hij hard te schreeuwen en te vloeken, dat vond ik op een opwindende manier exotisch, want bij ons thuis werd nooit geschreeuwd of gevloekt. Ik mocht een keer, toen was ik ongeveer tien of elf jaar, samen met Ramona, Fridtjof, Jochen en de zoon van de burgemeester met Theo in zijn bus ergens naartoe. Ik weet niet meer precies wat het doel van de rit was. Ver weg was het niet. Ik had nog nooit zo'n mooie dag meegemaakt. Theo gaf ons cola en ijs en we mochten chips eten. Hij vertelde grappige verhalen en was als een blad aan een boom omgeslagen. Op een parkeerplaats mochten de jongens zelfs met het VW-busje rondrijden! Op een of andere manier was Theo een onnozele figuur, die nooit volwassen is geworden.'

'Hebt u een of andere herinnering die u achteraf misschien vreemd vindt?' vroeg Pia onderzoekend.

'Terugkijkend was alles vreemd. Ik mocht nooit blijven eten, terwijl ik dat zo graag wilde. Jochen zei een keer dat ik daar niet rouwig om moest zijn, want het was verschrikkelijk. Dat begreep ik niet.'

'Kwam u ook na de dood van Nora bij de Reifenraths?'

'Nee.' Anja Manthey schudde haar hoofd. 'Mijn ouders hebben me dat streng verboden, en ik hield me eraan, want ik vond alles ineens eng. Misschien hebt u al gehoord dat Timo zich drie weken later heeft opgehangen? Timo was een heel zielig kind. De kinderbescherming had hem bij zijn ouders weggehaald. Hij is altijd blijven hopen dat ze hem op een dag weer zouden ophalen, zoals dat bij sommige kinderen zeker het geval was. Er werd gefluisterd dat hij Nora had gedood en dat hij bang was dat het zou uitkomen.'

'Wat denkt u?'

'Nora had er een kwalijke rol in. Hij was heel gevoelig en leed onder haar gemene streken. Maar ik kan me niet voorstellen dat hij haar iets heeft aangedaan.' Ze aarzelde. 'Ik dacht destijds dat het André was. Hij is een beetje jonger dan ik, maar hij was minstens even eng als Claas.'

De vrouw zweeg, tuitte nadenkend haar lippen. Bodenstein en Pia wachtten geduldig tot ze verder sprak.

'Sinds ik zelf kinderen heb, heb ik veel over de Reifenrath-kinderen, zoals we ze hier in het dorp noemden, nagedacht,' zei ze na een korte pauze. 'Hoe het moet voelen om geen ouders te hebben die onvoorwaardelijk van je houden. Wat dat gevoel met je doet. Als kind had ik het niet door, maar toen het tot me doordrong waarom ze allemaal bij Theo en Rita woonden, had ik achteraf vreselijk medelijden met ze, en ik zag ze plotseling in een ander licht. Ze waren anders dan andere kinderen.' Anja Manthey zocht naar passende woorden. 'Hoe zal ik het zeggen? Ze waren altijd op een of andere manier… gespannen. Altijd op hun hoede. Ze vochten om waardering. Nu is me duidelijk dat ze bang waren om fouten te maken en verstoten te worden, weer naar het tehuis te moeten. Aan de andere kant waren ze ook bij de Reifenraths niet gelukkig. Timo zei een keer in de schoolbus tegen me dat het daar wel een gevangenis leek, dat het bijna niet vol te houden was.'

'Heeft hij dat wat gedetailleerder omschreven?'

'Nee.'

'Had u met een van de voormalige pleegkinderen later nog contact?'

'Mijn vader bezorgde Fridtjof en Jochen tijdens de schoolvakanties baantjes bij Hoechst. Dat moet ongeveer halverwege de jaren tachtig zijn geweest. Toen ik zestien was, kreeg ik een zwaar ongeluk. Jochen kwam me opzoeken, later kwamen ze allebei naar de revalidatiekliniek om me op te vrolijken. Jaren later nodigde Jochen me zelfs uit voor zijn bruiloft.' Anja Manthey glimlachte. 'Hij stuurt me overigens nog steeds een kerstkaart. Mijn man heeft een zwak voor youngtimers. Hij bezit vier auto's, die hij door André laat onderhouden. En Ramona en Sascha kwamen we een paar weken geleden toevallig in een restaurant in Rheingau tegen. Van alle anderen heb ik nooit meer iets gehoord.'

‘In Rheingau?’ Pia spitste haar oren. ‘Kunt u zich herinneren waar dat precies was?’

‘Ja, natuurlijk.’ Anja Manthey knikte. ‘In het Kronenschlösschen in Eltville.’

***

Kröger en zijn team hadden het grote huis van de kelder tot aan de zolder doorzocht en niets gevonden wat erop wees dat Theo Reifenrath ergens souvenirs van zijn slachtoffers of zijn daden had bewaard. Het beeld dat geleidelijk vorm begon te krijgen, was dat van een man die in zijn leven niet veel had bereikt en die, nadat hij van zijn gehate vrouw af was, tevreden was in zijn eigen wereld. Het was moeilijk voorstelbaar dat hij zijn slachtoffers in Mannheim en Düsseldorf zou hebben gezocht, om ze vervolgens – dood of levend – door de omgeving rond te rijden.

‘En die kwestie met de folie zit me dwars,’ zei Pia. ‘Zoiets past niet bij iemand als Reifenrath.’

‘Waarom niet?’ weersprak Bodenstein. ‘Misschien was alles veel simpeler en hechten we te veel waarde aan de bijkomende details van de daden. Theo Reifenrath slachtte konijnen, hazen en kippen, verpakte het vlees in folie en vroor het in. Het is praktisch. Daarom kan hij het met zijn slachtoffers net zo hebben gedaan.’

‘Maar ik denk niet dat hij de dieren heeft verdronken,’ antwoordde Pia. ‘En ik geloof dat het de dader juist daarom gaat. De manier van doden is de sleutel. Theo heeft zijn vrouw misschien doodgeschoten, maar hij heeft niets met de dode vrouwen onder de hondenkennel te maken.’

Ze stonden op een parkeerplaats tegenover de woonwijk Mammolshöhe en bespraken hun inzichten met Cem en Kathrin, die met een paar bewoners van de Kronthaler Straße hadden gesproken. Een oudere vrouw vertelde dat ze twee weken terug op vrijdag de zilverkleurige Mercedes van Theo had gezien.

‘Ze wist het heel zeker,’ zei Kathrin. ‘Ze had net tulpenbollen in de voortuin geplant en stond te kletsen met de postbode, die altijd tegen elf uur langskwam, toen ze de auto zag. Ze was nogal verbaasd omdat Ivanka niet achter het stuur zat, die kent ze namelijk behoorlijk goed.’

‘Herkende ze de chauffeur?’

‘Nee. Maar het was een man. Hij sloeg links af, richting Kronberg, daarom kon ze alleen de passagiersstoel zien.'

'Oké.' Pia maakte een aantekening.

Cem en Kathrin hadden bovendien met Elisabeth Beckmüller, de voormalige directeur van de basisschool, gesproken.

'Ze was verontwaardigd toen we toespelingen maakten op de mishandelingen,' vertelde Cem. 'Het scheelde niet veel of ze had ons eruit gegooid. De beste mevrouw Beckmüller was namelijk degene die de stad Königstein voorstelde een straat naar Rita Reifenrath te noemen.'

'Claas Reker kende ze niet als leerling,' ging Kathrin Fachinger verder. 'Die was al te oud voor de basisschool toen hij bij de Reifenraths kwam. Maar ze heeft bijna alle andere pleegkinderen lesgegeven en ze tegen de vooroordelen en de argwaan van de andere ouders verdedigd.'

'Fridtjof Reifenrath moet een echt klein baasje zijn geweest,' zei Cem. 'Hij was een ruziezoeker, maar hij vocht nooit. Daar had hij zijn mensen voor.'

'Joachim Vogt?' vermoedde Pia.

'O nee! Hij had een vrouwelijke bodyguard genaamd Ramona. Ze moet behoorlijk meedogenloos zijn geweest en vocht met iedereen die maar iets verkeerds zei over de door haar aanbeden Fridtjof.'

Dat kon Pia zich goed voorstellen. Ramona Lindemann kwam over als een vrouw die zich liet gelden.

'Over Theo Reifenrath sprak mevrouw Beckmüller slechts met minachting,' zei Cem. 'Ze vond hem een mislukkeling. Stuurloos, lui, driftig ook, en hij had een grote mond. Maar ze waardeerde het dat hij heel veel van zijn dochter en later van zijn kleinzoon hield. Hij en zijn vrouw pasten gewoon niet bij elkaar.'

'Dat klopt met het beeld,' meende Pia. 'Iemand zoals hij acht ik in staat tot onbeheerste, maar niet tot uiterst nauwkeurig geplande daden. Ik geloof eerder dat het een van zijn pleegzonen was.'

'Maar er is nog iemand met wie we een keer moeten gaan praten,' reageerde Cem. 'Mevrouw Beckmüller vertelde ons over een voorval dat zich eind jaren zeventig of begin jaren tachtig moet hebben afgespeeld. Het was vlak voor de grote vakantie, ze zat in een rapportvergadering, toen de moeder van een van de jongens uit de vierde klas opdook omdat haar zoon na school niet thuis was gekomen. De politie werd gebeld, de vergadering afgebroken en het hele dorp werd afgezocht. 's Avonds hebben ze de jongen in een beek gevonden. Gelukkig was het warm en zat er nauwelijks water in, anders was hij misschien verdronken.'

‘Hoezo verdronken? Was hij bewusteloos?’ vroeg Bodenstein.

‘Dat niet. Maar hij was van top tot teen in folie gewikkeld,’ antwoordde Cem. ‘Er was alleen een gat voor zijn mond en neus in de folie geknipt.’

‘Dat is toch niet te geloven!’ riep Pia. ‘En wie had dat gedaan?’

‘Dat heeft hij nooit verteld.’ Cem haalde zijn schouders op. ‘Ze heeft nooit meer iets over de kwestie gehoord, omdat de jongen na de zomervakantie naar het gymnasium in Königstein ging.’

‘En wie was dat?’ Pia trilde inwendig van concentratie, zoals een jachthond, die het spoor van zijn prooi ruikt en alleen nog op het signaal wacht om weg te rennen.

‘De zoon van de toenmalige dorpsburgemeester. Raik Gehrmann.’

***

Dierenarts Raik Gehrmann was op weg naar zijn stamkroeg in Kronberg om te lunchen, omdat hij op dat moment onbestorven weduwnaar was en geen zin had zelf te koken. Een kwartier later liepen Pia en Bodenstein de met hout betimmerde eetzaal van het restaurant binnen, die naast de bioscoop aan de afslag naar de binnenstad van Kronberg lag. De reusachtige dierenarts was de enige gast. Ze namen tegenover hem plaats en volgden zijn voorbeeld door allebei het dagmenu – tomatensoep, kippenborst met risotto en salade en een dessert – te bestellen.

‘Het is niets bijzonders,’ waarschuwde dr. Gehrmann hen. ‘Helaas veranderen de pachters sinds een paar jaar voortdurend en met elke nieuwe wordt de kwaliteit slechter. Maar voor zeventien euro kun je ook geen haute cuisine verwachten.’

Hij glimlachte vriendelijk, maar de sympathie die Pia bij hun eerste ontmoeting voor hem voelde, was in wantrouwen veranderd.

‘Hoe gaat het met Beck’s?’ informeerde ze.

‘Die is aan de beterende hand en verhuist vanavond naar de Scheithauers,’ antwoordde de dierenarts. De jonge serveerster serveerde de tomatensoep zonder een spier te vertrekken, en mompelde iets wat je met veel goede wil als ‘eet smakelijk’ kon interpreteren.

‘Dat is snel.’ Bodenstein vouwde zijn papieren servet open.

‘Als de radio niet aanstaat, hoor je de ping van de magnetron uit de keuken.’ Dr. Gehrmann ontkrachtte de kleine boosaardigheid met een knipoog.

'Ramona Lindemann heeft ons onmiddellijk onder de neus gewreven dat Beck's kennelijk heel veel waard is.' Pia nam een lepel soep, die slechts lauwwarm was en inderdaad als opgewarmde bliksoep smaakte. 'Ik dacht dat zij hem wilde hebben.'

'Bij mij heeft tot nu toe niemand naar hem gevraagd,' zei dr. Gehrmann en hij verkruimelde een stuk toast in zijn soep. 'Bij Jolanda en haar familie wordt hij goed verzorgd. Maar u bent toch zeker niet hier vanwege Beck's? Wat kan ik voor u doen?'

'We hebben gehoord dat u jaren geleden het slachtoffer van een aanslag was,' antwoordde Bodenstein en hij liet het terloops klinken.

'Een aanslag?' vroeg dr. Gehrmann stomverbaasd. 'Niet dat ik weet. Wie vertelt nou zoiets?'

'Het is al heel wat jaren geleden. U zat toen in de vierde klas. Iemand wikkelde u in folie en legde u in de beek.'

'O god, díé kwestie!' De dierenarts lachte en maakte een wegwerpgebaar. 'Dat was maar een kinderstreek!'

'Het moet vreselijk zijn geweest,' zei Pia meelevend. 'Raakte u niet in paniek? Hoelang hebt u daar gelegen zonder dat u zich kon bewegen?'

'Ik kan het me eerlijk gezegd nauwelijks herinneren,' beweerde Gehrmann.

'Echt niet?' Pia, die uit ervaring wist dat mensen absoluut niet eerlijk waren als ze 'eerlijk gezegd' zeiden, hield haar hoofd scheef. 'Ik was negen toen mijn broer en zijn vrienden me een keer in een slaapzak stopten en de ritssluiting dichttrokken. Eerst probeerde ik rustig te blijven, maar toen werd ik claustrofobisch en ik plaste uit angst in mijn broek. Ik zat er hoogstens een halfuur in, maar sindsdien kan ik het niet eens verdragen als het dekbed 's nachts over mijn hoofd glijdt.' Pia huiverde bij de herinnering. 'In folie gewikkeld in een béék liggen en bang zijn dat je verdrinkt, lijkt me verschrikkelijk!'

Raik Gehrmann hield zijn lepel een seconde te lang in de lucht voordat hij hem in zijn mond stopte. Pia wist dat hij loog toen hij weer begon te spreken.

'Ik heb er gewoon niet meer over nagedacht,' zei hij en hij at verder.

'Waarom hebt u destijds niet verteld wie dat heeft gedaan?' wilde Pia weten.

'Omdat ik geen klikspaan wilde zijn. We hebben het onder elkaar opgelost en daarmee was het weer goed.'

'Zou u het dan nu aan ons willen vertellen?' vroeg Pia.

‘Als dat belangrijk voor u is, natuurlijk.’ Dr. Gehrmann lepelde zijn bord leeg, veegde zijn mond af en leunde achterover, waarbij zijn buik de tafelrand raakte. ‘Ze waren met z’n tweeën en ik had er al rekening mee gehouden, want aan deze actie ging een ruzie vooraf die al weken in de lucht hing. Sascha en André stonden me na school op te wachten en gingen me te lijf.’

‘Sascha Lindemann en André Doll?’

‘Precies.’

‘Waar gebeurde dat?’

‘In de volkstuin die van mijn opa was.’ Voor iemand die zich ‘eerlijk gezegd’ de gebeurtenis bijna niet kon herinneren, waren zijn herinneringen verbazend precies.

‘En waar ging de ruzie over?’

‘Ik weet het niet meer.’

‘Misschien over Nora Bartels?’

‘Misschien. We hadden altijd wel ruzie over iets wat Nora had gezegd of gedaan.’ Gehrmann maakte zijn bord met het tweede stuk toast schoon. ‘Ze vond niets leuker dan tweedracht zaaien.’

‘Wie zou haar om het leven hebben gebracht?’

De dierenarts wilde net gaan antwoorden, toen, tot Bodensteins ergernis, de norse serveerster met het hoofdgerecht verscheen. Ze zag dat ze de soepborden nog niet had afgeruimd, rolde nerveus met haar ogen en zette de borden gewoon op de tafel ernaast neer.

De kippenborst was conveniencefood, de risotto waterig, de saus smaakte naar smaakversterker en azijn. De kok leek alles in het werk te stellen om zijn gasten weg te jagen. Na twee happen schoof Pia haar bord opzij.

‘Om op uw vraag terug te komen,’ zei dr. Gehrmann, die de matige kwaliteit van het eten niet leek te storen, ‘ik heb geen idee. Waarschijnlijk was het Claas Reker, ook al heeft hij het ontkend. Aan de andere kant kon Nora iemand het bloed onder de nagels vandaan halen. Er was geen jongen in Mammolshain die ze niet heeft vernederd. In principe kan het iedereen zijn geweest.’

‘Was u vaak bij de Reifenraths thuis?’

‘Ja. Ik was met Fridtjof en Joachim bevriend. Bovendien was mijn vader de beste vriend van Theo.’

Pia vond het beter hem er niet aan te herinneren wat hij op woensdag had verteld. Zijn verklaring dat hij Theo nauwelijks had gekend, was in elk geval een leugen.

'Hoe goed kon u het vinden met Rita?'

'Goed. Ze was altijd heel aardig tegen me.'

Dat geloofde Pia weer. Raik Gehrmann was de zoon van de dorpsburgemeester, Anja Mantheys vader een hoge pief bij Hoechst AG. Rita had het waarschijnlijk maar wat leuk gevonden dat haar kleinzoon met de kinderen van zulke persoonlijkheden was bevriend.

'Wist Theo wat Rita met de kinderen deed?' Pia wachtte gespannen de reactie van Gehrmann af, die prompt volgde. In zijn ogen gloeide plotseling onbehagen op.

'Wat bedoelt u?' antwoordde hij ontwijkend.

'Voor straf in het badwater onderduwen. In de vrieskist opsluiten. Een plastic zak over je hoofd trekken.'

'Zoiets deed Rita niet, maar Claas!' Dr. Gehrmann fronste zijn wenkbrauwen zo stevig dat ze elkaar boven zijn neuswortel raakten.

'Omdat hij het van Rita had geleerd.'

'Onzin!' Hij schudde zijn hoofd. 'Dat had ik toch moeten merken!'

'U gelooft toch niet dat kinderen die bang waren dat ze weer in het tehuis zouden belanden, over zoiets zouden klagen!'

Gehrmann gaf geen antwoord, in plaats daarvan schoof hij zijn eten in recordtijd naar binnen en verorberde ook nog de vier sneetjes toast die Bodenstein en Pia niet hadden opgegeten. Een minuut lang zei niemand iets.

'Sascha had dat met de folie bedacht.' De dierenarts boerde achter zijn hand. 'Het was een soort bewijs van moed. We wikkelden elkaar wel vaker in. Wie dat het langst volhield, had gewonnen.'

Hij gaf de serveerster, die achter de bar op haar smartphone stond te typen, een teken.

'Dat betekent dat het helemaal niet om Nora ging, toen ze u in de beek legden?' kwam Pia erop terug.

'Nee. Dat had niets met haar te maken.' Opeens had hij haast. Hij draaide zich om naar de bar. 'Hallo! De rekening, alsjeblieft!'

'Leeft uw vader eigenlijk nog?' vroeg Bodenstein.

'Ja.' Gehrmann onderdrukte een nieuwe boer. 'Maar als u van plan bent met hem te praten, dan hebt u weinig kans. Hij zit in Kursana in Königstein. Op de afdeling Geriatrie.'

***

'Die geschiedenis met de slaapzak heb je me nog nooit verteld,' zei Bodenstein tegen Pia toen ze weer in de auto zaten.

'Dat is ook nooit gebeurd,' antwoordde ze en ze checkte haar smartphone. Geen nieuwe berichten.

'Wat?' Bodenstein wierp haar een geïrriteerde zijdelingse blik toe.

'Dat heb ik van Tariq geleerd.' Pia grijnsde. 'Als je iets wilt lospeuteren van iemand, dan moet je net doen alsof je zelf zoiets hebt meegemaakt. Daarmee suggereer je medeleven. Dat werkt meestal wel.'

'Geraffineerd, hoor!' Bodenstein schudde zijn hoofd. 'Nou, nou.'

'Gehrmann was geïrriteerd en raakte daarna verstrikt in zijn leugens,' zei Pia. 'Van alles wat hij ons vertelde, geloof ik alleen dat zijn vader dement is. We zouden de man in elk geval moeten bezoeken. Soms hebben demente mensen heldere momenten. Misschien weet hij ook waarom Theo Reifenrath zijn zoon tot zijn enige erfgenaam heeft gemaakt.'

'Je hebt gelijk.' Bodenstein keek op de klok van het dashboard. 'Maar we moeten nu eerst naar het vliegveld. Hardings vliegtuig landt over drie kwartier.'

Een telefoontje naar mevrouw Scheithauer was voldoende om erachter te komen dat de vrouw van Raik Gehrmann arts was. Ze hadden geen kinderen en woonden in zijn ouderlijk huis in Mammolshain. Pia opende de website van de dierenarts. Naast de gebruikelijke verwijzingen naar openingstijden, aangeboden diensten, diverse links en foto's van de praktijk vond Pia een korte levensbeschrijving van de arts.

'Ach, wat een toeval,' zei ze, toen ze via de Limesspange richting Liederbach reden. 'Hij heeft van 1992 tot 1995 als dierenarts in het veterinair centrum van het vliegveld gewerkt!'

'Hoezo toeval?'

'Annegret Münch was stewardess!' bracht Pia haar baas in herinnering.

'Wat gaat er door je hoofd?' vroeg Bodenstein.

'Denk je nog dat Theo Reifenrath onze moordenaar is?' antwoordde ze met een tegenvraag.

'Op dit moment is er geen aanwijzing die dat tegenspreekt,' gaf Bodenstein ter overweging. 'Al onze twijfels zijn tot nu toe speculatie.'

'Dat klopt. Maar hoe moet de oude man een jonge vrouw als Jana Becker overmeesterd, verdronken, in folie gewikkeld en naar een wijnberg gesleept hebben?'

'Wie weet hoefde hij ze überhaupt niet te overweldigen,' zei Bodenstein, toen ze langs de Rijn-Mainbronnen reden. 'Misschien was hij ze te slim af. Een oude, gebrekkige man maakt een ongevaarlijke indruk op jonge mensen. Ted Bundy deed alsof hij gewond was om zijn slachtoffers te benaderen.'

'Tariq zei vanochtend dat onze moordenaar misschien elk jaar op Moederdag iemand heeft gedood, dan zouden we in het ergste geval met zesentwintig slachtoffers rekening moeten houden.'

Seriemoordenaars leken een fenomeen in grote uitgestrekte landen zoals de VS, Rusland of in Zuid-Amerika, maar ook in Duitsland zijn veel doden- en vermistenzaken nooit opgehelderd, dacht Pia. De zaak-Seel uit Schwalbach toonde aan dat een psychisch zieke seriedader in elk geval in staat kon zijn te integreren in de maatschappij en een onopvallend leven te leiden.

'De slachtoffers van Manfred Seel behoorden allemaal tot een hoge risicogroep die betrekkelijk makkelijk te benaderen is,' zei Bodenstein, alsof hij Pia's gedachten had gelezen. 'Het waren prostituees of zwerfsters, die niemand zo snel miste.'

'Dat is in dit geval anders. Maar vanuit welke gezichtspunten zoekt onze dader zijn slachtoffers uit?' overwoog Pia. 'Ik herken geen doelgroep. De vrouwen lijken niet op elkaar, hebben verschillende leeftijden, komen uit diverse sociale lagen. Wat zijn hun overeenkomsten? We hebben een stewardess, een administratief medewerkster, een bankmedewerkster, een studente en een kapster. De enige parallellen zijn de geparkeerde auto's, de ontbrekende autosleutels en het feit dat de dader altijd vlak voor of op Moederdag toeslaat.'

'Laten we dat meteen met de profiler bespreken,' stelde Bodenstein voor. Pia's telefoon zoemde. Het was Kai. Ze activeerde haar bluetooth, en de stem van haar collega klonk door de luidspreker.

'Claas Reker werkt op het vliegveld,' deelde Kai hun mee.

'Hoe weet jij dat?' vroeg Pia verbaasd.

'Ik ben erachter gekomen wie zijn advocaat was bij zijn herziening. Die heb ik gebeld en tegen hem gezegd dat we vanwege een erfkwestie met Reker moesten spreken. Toen was hij uiterst bereidwillig om informatie te verstrekken. Waarschijnlijk hoopt hij dat zijn vroegere cliënt een bom duiten erft, want Reker was toch maar glad vergeten zijn rekening van een kleine 10 000 euro te betalen.'

'Interessant. Hij heeft dus geld nodig.' Pia dacht onmiddellijk aan de pinpasdief. 'Oké, bedankt.'

'Momentje, er is nog meer,' zei Kai. 'Ik heb nog het een en ander over Claas Reker uitgezocht. Op het internet staat een heleboel informatie, zelfs verslagen van het proces. Zijn zaak heeft veel deining veroorzaakt, net als die van Gustl Mollath een paar jaar terug. Wist je, Pia, dat Kim destijds het advies schreef dat ervoor zorgde dat hij in de psychiatrische inrichting terechtkwam?'

'Nee, dat wist ik niet.' Pia voelde een scheut van bezorgdheid. Ze verdrong graag het feit dat haar zus als directeur van een psychiatrische kliniek vele jaren met zieke, zware criminelen te maken had gehad.

'Ik ben bang dat de rechtbank niet zo makkelijk met een advies over Reker op de proppen komt. Zal ik het Openbaar Ministerie bellen?'

'Nee, laat maar,' antwoordde Pia. 'Ik probeer via Kim aan het advies te komen.'

Pia schakelde de bluetooth weer uit voordat ze Kims nummer koos, omdat ze niet wilde dat Bodenstein meeluisterde als ze van Kim een afwijzing kreeg.

Dit is de voicemail van Katharina Freitag. Spreek alstublieft na de toon een bericht in. Pia wachtte de pieptoon af, daarna vroeg ze haar zus zo snel mogelijk terug te bellen.

Voor hen dook het gebouw van het vliegveld op. Bodenstein volgde de borden naar terminal 1 en nam de middelste rijstrook richting de vertrekhal. Daar sloeg hij af naar parkeerplaats Z in plaats van naar de parkeergarage te rijden. Hij had zijn ex-vrouw vroeger vaak naar het vliegveld gebracht en kende de kortste weg naar de gates. De vlucht uit Stockholm was al geland toen ze de roltrap omlaag naar de aankomsthal namen.

'Ik heb op YouTube video's van dr. Harding bekeken,' zei Pia. 'Ik was bang dat we een tolk nodig zouden hebben, maar hij spreekt bijna accentloos Duits.'

Een lading vliegtuigpassagiers stroomde de aankomsthal in en het aantal afhalers decimeerde plotseling met ongeveer driekwart. Na een paar minuten kwamen de eerste passagiers van de volgende vlucht door de gate.

'Ik geloof dat hij in Duitsland is opgegroeid.' Bodenstein bestudeerde de prijslijst van de Tasty Donuts Coffee Bar. Hij had vanwege de schandalige prijzen nog nooit iets te eten gekocht op het vliegveld, maar zijn trek in zoetigheid na de nauwelijks eetbare lunch bracht zijn principes aan het wankelen. Net toen hij had besloten een donut met kaneelvulling en suikerglazuur te kopen, stootte Pia hem met haar elleboog in zijn zij.

'Daar is hij!' Ze stak haar hand op om een man, die net uit de gate was gekomen en zoekend om zich heen keek, erop te attenderen waar ze stond. David Harding kwam glimlachend op haar af, een rolkoffer achter zich aan trekkend. Met zijn glimmende kale hoofd, de zandkleurige haarkrans en dikke snor zag hij eruit alsof hij rechtstreeks uit de stokoude Amerikaanse politieserie *The Streets of San Francisco* kwam. Hij droeg een ouderwets bruin driedelig pak en daaronder een kanariegeel overhemd en de lelijkste stropdas die Bodenstein ooit had gezien.

'Dag,' zei hij. 'Dank je wel dat je me komt afhalen.'

'We moeten jou bedanken, dat je zo snel hiernaartoe kon komen,' antwoordde Pia en ze schudde de profiler glimlachend de hand. 'Ik ben Pia Sander.'

'Kims grote zus.' Harding bekeek haar uitvoerig. 'De gelijkenis is onmiskenbaar. Fijn dat we elkaar leren kennen.'

'De reden is helaas niet zo plezierig, maar ik ben blij dat we elkaar terugzien,' zei Bodenstein. 'Heb je een goede vlucht gehad?'

'Ja, dank je wel. Maar in het vliegtuig hadden ze alleen mueslirepen en bruinig water waarvan ze beweerden dat het koffie was,' antwoordde Harding. 'Zullen we een broodje nemen en een echte kop koffie drinken voordat we vertrekken?'

'Heel goed idee.' Bodenstein grijnsde. De bon zou hij later bij zijn declaratie stoppen.

Een paar minuten later zaten ze in een zithoek van de Coffee Bar en hoorden waarom Harding zo perfect Duits sprak. Hij was in 1953 in Frankfurt geboren, omdat zijn vader een hoge pief bij de Amerikaanse geheime dienst in Europa was. Harding en zijn jongere broer zaten een paar jaar op de Frankfurt American High School, maar hadden ook veel Duitse vrienden voordat zijn familie door de overplaatsing van zijn vader naar Parijs, Londen en ten slotte terug naar de VS verhuisde. Hijzelf was als marechaussee, nadat hij aan het begin van de jaren zeventig was uitgezonden naar Vietnam, terug naar Duitsland gegaan, waar hij zijn vrouw, een Duitse, had leren kennen. Zijn interesse in gedragsanalyse was door een beestachtige moord op een jonge Amerikaanse burger in Frankfurt gewekt. Haar moordenaar, een Amerikaanse soldaat, die later nog andere moorden op vrouwen bekende, had hij in zijn hoedanigheid als marechaussee naar Amerika moeten begeleiden. Daarbij had hij de gelegenheid gehad met de man te praten. Niet veel later verliet hij het leger om psychologie en criminalistiek te studeren, daarna ging hij naar de FBI in Quantico en was daar medeoprichter van de Behavioral Analysis Unit geworden.

'Scott Andrews was de eerste seriemoordenaar met wie ik heb gesproken,' zei Harding en hij tipte met een papieren servet zijn mond schoon. 'En door deze ontmoeting moest ik mijn mening wijzigen dat je misdadigers aan hun uiterlijk kunt herkennen. Andrews zag er op het eerste gezicht uit als een aardige vent: aantrekkelijk, sportief, vriendelijk, beleefd. Hij had een heleboel vrienden en was een goede soldaat, die met flink wat onderscheidingen uit Vietnam was teruggekomen. Je merkte aan hem niet meteen dat hij een psychopaat met een uitgesproken narcistische persoonlijkheid was.'

'We betwijfelen of Theodor Reifenrath de moorden pleegde,' zei Pia. 'Denk je dat hij een helper kan hebben gehad?'

'Dat is zeker mogelijk,' antwoordde Harding. 'De naam Jack Unterweger zal je toch zeker wel wat zeggen, of niet? Hij was de zoon van een Amerikaanse soldaat en een Weense prostituee, groeide op bij zijn grootvader, met wie hij samen op rooftocht ging.'

'Er is een pleegzoon, Claas Reker, die er als jongen van werd verdacht dat hij zijn buurmeisje had verdronken. Het kon niet worden bewezen. Later, als volwassene, werd bij hem een paranoïde psychose en paranoïde jaloezie vastgesteld. Hij had zijn echtgenote mishandeld en dagenlang gevangengehouden. De rechtbank stuurde hem echter niet naar de gevangenis, maar naar een tbs-kliniek, waaruit hij in februari, na een herziening wegens een procedurefout, onvoorwaardelijk werd ontslagen.'

Harding fronste zijn voorhoofd.

'Wat wordt er eigenlijk precies onder een paranoïde psychose verstaan?' wilde Bodenstein weten.

'Een paranoïde psychose is in de eerste plaats een verkeerde waarneming van de realiteit,' antwoordde dr. Harding. 'Vaak ligt er aan een dergelijk ziektebeeld een persoonlijkheidstype ten grondslag dat door wantrouwen is ontstaan; handelingen van andere mensen worden altijd op zichzelf betrokken en als vijandig of kleinerend geïnterpreteerd. Typisch voor een paranoïde stoornis zijn betweterigheid, een verhoogd gevoel van eigenwaarde en een overdreven egocentrisme. Als gevolg van hun wantrouwen zijn ze vaak geïsoleerd geraakt.'

'Reker was vroeger bouwkundig ingenieur, daarna mede-eigenaar van een garage.'

'Niet alle psychopathisch aangelegde karakters zijn automatisch criminelen, daarvoor is er een comorbiditeit met bijvoorbeeld sadisme nodig,' zei Harding. 'Er bestaan zogeheten "succesvolle psychopaten", die je zeer geregeld als chirurg, toneelspeler, agent, advocaat of in leidinggevende posities vindt. Zulke mensen blijven in crisissituaties rustig, gefocust en in staat tot handelen, waar anderen radeloos worden en doordraaien. Bovendien herkennen psychopaten meteen de zwaktes van anderen en kunnen ze heel precies anticiperen op wat er van hen wordt verwacht. Voor veel banen is juist deze eigenschap een voorwaarde voor succes. De Canadese forensisch psycholoog Robert Hare beweert dat personeelschefs vaak psychopathische gedragswijzen als dominantie en manipulatie verkeerd interpreteren als leidinggevende kwaliteiten.'

'Claas Reker zou als tiener zijn pleegbroers en -zussen hebben gemarteld,' zei Pia. 'Hij sloot een andere jongen in een diepvrieskist op en terroriseerde de overige kinderen door hen onder te duwen in bad of 's nachts, als ze sliepen, een plastic zak over hun hoofd te trekken. Dat waren, zegt men, de gebruikelijke strafmaatregelen van zijn pleegmoeder, die hij zich eigen had gemaakt.'

'Hij komt uit moeilijke sociale omstandigheden, zoals overigens alle pleegkinderen die door Reifenrath en zijn vrouw werden opgenomen,' vulde Bodenstein aan. 'Reker groeide op in tehuizen en bij verschillende pleeggezinnen, waar hij nooit lang bleef, omdat hij extreem agressief was. De andere pleegkinderen waren bang voor hem.'

'Dat klinkt helemaal als de klassieke ontwikkeling van een gevaarlijke psychopaat,' oordeelde dr. Harding. 'Emotionele verwaarlozing of mishandeling zijn ongemeen sterk traumatische gebeurtenissen, vooral als een kind die voor zijn derde levensjaar meemaakt. Zulke ervaringen kunnen tot morfologische veranderingen van de hersenen leiden, bijvoorbeeld in de prefrontale cortex, aan de frontaalkwabben van de hersenschors, die als de zetel van de persoonlijkheid wordt beschouwd en verantwoordelijk is voor het sturen van emoties.'

Ze waren klaar met hun kleine maaltijd en gingen op weg naar de auto.

De assistente van dr. Engel had een kamer voor dr. Harding gereserveerd in het Dorint-hotel bij het Main-Taunus-Zentrum, maar de profiler stond erop meer over de slachtoffers te horen, daarom reed Bodenstein verder over de A66 richting Wiesbaden. Uit een oude gewoonte draaide Pia, nadat ze het winkelcentrum waren gepasseerd, haar hoofd naar rechts en zag een glimp van de Birkenhof, die er nog precies hetzelfde uitzag als altijd. Bij het zien van de kleine manege en de lege weide met de witte hekken overviel haar een gevoel van weemoed.

'Een tweeënveertigjarige vrouw uit de omgeving van Düsseldorf, een eenentwintigjarige uit Mannheim, een tweeëndertigjarige uit Walldorf,' somde Bodenstein op. 'Wat zijn de overeenkomsten? Zijn het allemaal toevallige slachtoffers die hij alleen te grazen nam omdat hij hun een dag voor Moederdag tegen het lijf liep?'

'Ik herken tot nu toe ook niets wat hen verbindt, afgezien van het gegeven dat het allemaal vrouwen zijn,' gaf dr. Harding toe. 'Maar er moet een patroon zijn. Ik geloof dat hij zijn slachtoffers gericht uitzoekt. Een basisregel in de victimologie zegt dat de dader en het slachtoffer elkaar meestal kennen, zelfs al is het maar kort en oppervlakkig. Heb je al met de familie van de slachtoffers gesproken?'

'Nog niet.' Pia verdreef energiek alle gedachten aan de Birkenhof.

'Dat moet zo snel mogelijk gebeuren,' zei dr. Harding. 'We hebben alle informatie nodig die we over de slachtoffers kunnen krijgen.'

'De dossiers van de drie slachtoffers die we onder de hondenkennel hebben gevonden, liggen al klaar.' Bodenstein zette zijn richtingaanwijzer aan en nam de afrit Hofheim-Noord. 'Bij de zaken die we in de databank voor onopgeloste moorden hebben gevonden, hebben we je hulp nodig. We weten tamelijk zeker dat die hetzelfde daderhandschrift dragen, maar jouw oordeel is belangrijk voor ons.'

Voor het hek van het politiebureau stonden uitzendwagens van de regionale televisie- en radiozenders. Een paar reporters, die Pia en Bodenstein van andere zaken en persconferenties kenden, hoopten op nieuws en een of ander livegeluid. Bodenstein liet de auto stapvoets op hen afrijden, ze gingen opzij en klaagden teleurgesteld toen hij zijn hoofd schudde.

Het was tien voor half zeven toen ze het gebouw betraden en de veiligheidssluis passeerden.

'Dr. Engel wil jullie spreken,' deelde hun collega mee die achter het pantserglas bij de poort zat, en hij drukte op de deuropener.

'Oké, bedankt.' Pia knikte. Kim had haar bericht nog niet gelezen. Misschien wist Engel waar ze was en waarom ze haar telefoon niet opnam. Op weg naar de eerste verdieping bereidde Pia dr. Harding voor op haar baas.

'Ze heeft over iedereen een oordeel en neemt elke beslissing uitsluitend vanuit strategische oogpunten,' zei ze en ze vroeg zich tegelijk af of hij wel wist dat Kim en Nicola Engel een stel waren. 'In principe is ze meer een politicus dan een politieagent. Ze zal vriendelijk zijn, maar druk uitoefenen.'

'Dat klinkt alsof ze in de staf van de FBI zit,' antwoordde dr. Harding droog. 'Maak je geen zorgen. Ik ben al veertig jaar gewend om tijdens mijn werk op wantrouwen en tegenwind te stuiten.'

'Dan is het goed.' Pia duwde met haar schouder de brandwerende deur open. 'Je moet je niet door haar laten intimideren.'

***

De directeur van de recherche stond al in de openstaande deur te wachten en begroette dr. Harding met een gemaakte vriendelijkheid, die meteen Pia's argwaan wekte.

'Hartelijk dank dat u zo snel hiernaartoe bent gekomen,' zei ze toen ze de met leer beklede deur achter hen had dichtgedaan. 'Het is een grote eer voor ons met u samen te werken. Bij het ministerie van Binnenlandse Zaken zijn ze echter sceptisch. Ze zouden vanzelfsprekend liever zien dat we op de collega's van misdaadanalyse van de deelstatelijke recherche zouden terugvallen. Maar ik heb doorgedrukt, al staan we – en dat hoef ik natuurlijk niet extra te benadrukken – onder verscherpt toezicht.'

'En wat houdt dat in?' vroeg Pia, die wel rekening met zoiets had gehouden.

'Dat we snel resultaat nodig hebben.'

'Daarom is dr. Harding hier,' zei Bodenstein.

'En juist dat wil ik liever niet naar buiten communiceren,' antwoordde de directeur. De oppervlakkige vriendelijkheid verdween en maakte plaats voor professionele vastberadenheid. 'Tot nu toe weten alleen een handjevol mensen bij het ministerie van Binnenlandse Zaken en de hoofdcommissaris van politie van u, dr. Harding. Het zou tot aanzienlijke irritatie leiden als bij de deelstatelijke recherche bekend wordt dat we de afdeling Operationele Misdaadanalyse hebben gepasseerd.'

'Dat is geen probleem voor me.' Dr. Harding glimlachte vriendelijk. 'Ik ben wat dat betreft absoluut niet ijdel en ik heb er überhaupt niets tegen als u uw vakmensen erbij betrekt. Ik werk altijd nauw samen met de plaatselijke politieautoriteiten en beschouw zo'n onderzoek niet als een wedstrijd, maar als het werk van een team, waarin ieder zijn plaats kent en zich maximaal inzet.'

Nicola Engel nam hem taxerend op. Waarschijnlijk overwoog ze wat zijn woorden in relatie met de eisen van het ministerie van Binnenlandse Zaken betekenden en of het zin had een beroep te doen op extra misdaadanalisten van de deelstatelijke recherche. Zoals Pia haar kende, zou ze dat alleen met uiterste tegenzin doen, want haar baas boekte succes graag op haar eigen naam. Ze had allang de effectiviteit van de pers ingezien, zowel in negatieve als in positieve zin.

'Goed,' zei ze. 'Dan nogmaals hartelijk dank en veel succes. Meneer Bodenstein en mevrouw Sander, ik wil even iets onder zes ogen bespreken.'

Dr. Harding knikte en verliet het kantoor.

'Wat weet hij over de huidige onderzoeken?' wilde de directeur weten, toen ze met z'n drieën waren.

'Alles wat wij ook weten,' antwoordde Bodenstein. 'Hij is ongelooflijk snel van begrip en is...'

'Jaja, dat geloof ik wel.' Nicola Engel bracht hem met een gebiedend gebaar tot zwijgen. 'In elk geval lijkt zijn aanwezigheid me overbodig. Zoals ik gisteren al tegen u zei, houd ik de zaak voor zo goed als opgehelderd.'

'Wat zegt u?' vroegen Pia en Bodenstein als uit één mond.

'We weten wie de dader is en die is dood. Daarmee heeft hij zich succesvol aan strafvervolging onttrokken,' zei dr. Engel. 'De slachtoffers zijn geïdentificeerd, de nabestaanden kunnen worden ingelicht.'

Pia geloofde haar oren niet.

'We betwijfelen of Theo Reifenrath echt de dader is,' weersprak ze. 'Dat hebben we gisteren al aan u proberen uit te leggen...'

'Zijn er aanwijzingen die uw twijfel onderbouwen, naast vage uitvluchten dat hij te oud zou zijn om een jonge vrouw te overmeesteren?' Nicola Engel keek Pia met opgetrokken wenkbrauwen aan. 'Of hebben we hier weer te maken met een van uw beruchte "buikgevoelens"?'

De aanmatigende ondertoon bracht Pia's bloed aan het koken. Ze had een hele tijd echt goed en constructief met Nicola Engel samengewerkt, maar sinds een paar weken was die onderhuidse agressie uit vroeger tijden weer terug, en Pia vroeg zich af wat de reden was. Ze was zich van geen kwaad bewust.

'Sinds vanochtend zijn we op de hoogte van twee andere onopgehelderde moorden, uit 1988 en 2012, die met de werkwijze van onze dader overeenstemmen,' antwoordde ze. 'We denken dat het mogelijk is dat Reifenrath, als hij de dader is, zijn daden niet alleen heeft begaan en dat zijn helper of mededader nog altijd op zoek kan zijn naar nieuwe slachtoffers. Deze moordenreeks is misschien nog niet beëindigd.'

'Kunt u me alstublieft uitleggen wat Fridtjof Reifenrath met de hele zaak te maken heeft?' wilde de directeur weten en ze keek Pia geërgerd aan.

'Hij is de enige bloedverwant van de overledene,' antwoordde Bodenstein in plaats van Pia.

'Staat hij onder verdenking?'

'Niet concreet.'

'Ik werd vandaag persoonlijk door de minister van Binnenlandse Zaken gebeld,' legde Engel uiteindelijk haar kaarten op tafel. 'Dr. Reifenrath heeft zich stevig bij hem beklaagd, omdat hij door u als een crimineel werd behandeld, hoewel hij vrijwillig hiernaartoe is gekomen en volledige medewerking heeft verleend. Ik heb het afschrift van de mondelinge verklaring gelezen in het ComVor-systeem en ik ben het helemaal met hem eens. Reifenrath was zeer geïrriteerd dat zijn vingerafdrukken werden afgenomen. Was dat echt nodig, mevrouw Sander?'

'Maar natuurlijk was dat nodig.' Pia weerstond gelaten de röntgenblik van haar baas, die haar vroeger onzeker had gemaakt. 'Reifenrath was niet oprecht. Dat wat hij vertelde, spreekt op veel punten de verklaringen van de andere pleegkinderen tegen. Misschien had hij te maken met de moord op zijn grootmoeder, daarvoor zijn ten minste een paar aanknopingspunten. Bij de volgende gelegenheid zullen we zijn paspoort in beslag nemen en hem officieel verbieden het land te verlaten.'

'Heb je je gezonde verstand verloren?' viel dr. Engel uit. 'De man heeft zeer goede contacten in Wiesbaden en Berlijn! Als u er met uw verdenkingen naast zit, kost me dat, als uw leidinggevende, beslist de kop!'

'En als we gelijk hebben? Reifenrath heeft een woning in Groot-Brittannië. Daar woont zijn gezin. Er bestaat een aanzienlijk vluchtgevaar en het gevaar dat hij zijn sporen uitwist.'

'Wat hebt u daarover te zeggen?' De directeur keek Bodenstein bijna hulpzoekend aan.

'Ik zie het net zo als mevrouw Sander,' antwoordde hij echter. 'We zijn rechercheurs, geen politici. Zolang we niet eenduidig kunnen bewijzen dat

Theodor Reifenrath voor de moorden verantwoordelijk is, gaan we door met het onderzoek.'

Dr. Engel keek eerst hem, daarna Pia aan, zuchtte diep en maakte een afwijzend gebaar.

'U hebt net zoveel tact als een olifant in een porseleinkast! Maar alstublieft, doe wat u moet doen. Gaat u maar weer aan het werk.'

'Kan ik u nog even alleen spreken?' vroeg Pia, toen Bodenstein op de deur afstevende.

'Als het moet.' Dr. Engel liep naar haar bureau. 'Maar hou het kort. Ik moet nog een telefoontje plegen.'

Pia wachtte tot ze alleen in het kantoor van haar baas waren.

'Met de minister van Binnenlandse Zaken?' vroeg Pia.

'Ik weet niet wat u dat aangaat,' antwoordde de directeur koud. 'Nou, wat wilt u?'

'Ik probeer sinds vanmiddag Kim te bereiken. Maar haar telefoon staat uit en ze leest ook mijn mails niet.'

'Aha.' De directeur begon in de stapel dossiers op haar bureau te rommelen.

'Kim heeft het psychiatrische advies over Claas Reker geschreven waardoor de rechtbank destijds heeft besloten hem tbs op te leggen. Voor dr. Harding zou het interessant zijn dit advies te lezen, maar de rechtbank geeft de processtukken niet zonder een bevel.'

'En nu wilt u dat ik daarvoor zorg?'

'Nee, nee. Dat doe ik wel,' zei ze. 'Ik dacht alleen dat u misschien weet waar Kim nu is.'

Nog nooit had Pia haar baas zo rechtstreeks op haar relatie met haar zus en daarmee op haar privéleven aangesproken.

De directeur staarde haar aan. Haar blik was ondoorgrondelijk. Toen de telefoon op haar bureau begon te rinkelen, pakte ze de hoorn op en legde hem meteen weer neer.

'Ik weet niet waar uw zus is, het spijt me,' zei ze met beheerste stem. 'We hebben besloten dat we in de toekomst onze eigen weg gaan.'

'O! Dat... eh... het spijt me,' stotterde Pia verbluft. 'Dat wist ik helemaal niet.'

'Als u wilt, zorg ik voor een bevel ter inzage van het dossier.' De directeur negeerde Pia's opmerking. 'Is er nog iets?'

'N... nee. Bedankt.' Pia schudde haar hoofd. 'Dat was alles.'

Ze verliet het kantoor, zonder dat Nicola Engel haar nog een keer had teruggeroepen, wat ze normaal gesproken altijd deed. De ergernis die ze voelde opzetten, kwam plotseling en ze verbaasde zichzelf over de heftigheid. Waarom deze rare geheimzinnigdoenerij? Ondanks alle verschillen was het einde van een langdurige relatie toch iets wat je tegen je zus vertelde, vooral omdat Nicola Engel Pia's baas was en deze constellatie steeds weer tot spanningen had geleid. Of Kim zag het als een pijnlijke nederlaag en wilde er daarom niet over praten, of het kon haar absoluut niet schelen of Pia het wist of niet. Omdat ze haar zus redelijk goed dacht te kennen, neigde Pia naar het laatste. Maar uiteindelijk ging het haar niet aan wat Kim deed.

15 april 2017 (paaszaterdag)

Het was half negen 's avonds, drieënhalf uur voordat de termijn was verstreken die Martina Siebert haar voormalige vriendin had gesteld, toen haar telefoon ging. Anoniem. De enige persoon die haar met een onbekend nummer belde, was haar moeder met haar oude vaste telefoon. Martina legde de kleren die ze net in haar koffer wilde leggen, terug op bed en nam het gesprek aan.

'Hallo, mama!' meldde ze zich.

'Ik ben 't. Kata.'

Er waren twintig jaren voorbijgegaan sinds Martina de stem van haar vriendin had gehoord. Ze was totaal niet veranderd. In een eerste reflex had ze bijna blij gereageerd, maar toen schoot haar te binnen dat dat na haar e-mail waarschijnlijk niet gepast zou zijn.

'Hai,' antwoordde ze daarom even onderkoeld. 'Fijn dat je belt.'

'Ik kan niet geloven wat je me hebt gestuurd,' zei Kata.

'Hoe denk je dat het voor mij was toen ze voor me stond.' Martina deed opzettelijk alsof ze niet begreep waar Kata op doelde.

'Ik bedoel het feit dat je me een ultimatum hebt gesteld! Hebben we destijds niet afgesproken nooit meer een woord aan deze kwestie te verspillen?'

Martina voelde een hevige woede in haar opborrelen. Het lukte haar met moeite zich te beheersen. Ze wilde geen ruzie met Kata uitlokken, maar het probleem oplossen voordat ze morgen naar Spanje vloog.

'Daar heb ik me ook aan gehouden,' zei ze daarom met een rustige stem. 'Ik hield er alleen geen rekening mee dat ze op een dag bij me zou opduiken. En misschien had ik een uitvlucht kunnen verzinnen, als ze me niet tamelijk heftig zou hebben bedreigd. Ik begin over een maand met een nieuwe baan en ik heb geen zin om mijn carrière te laten ruïneren.'

'Dus daar gaat het je om: om jou!' Het klonk bitter.

'Ja, stel je voor, daar gaat het me om! Ook ik heb inmiddels geleerd egoïstisch te zijn! Ze wil me wegens onethisch handelen aangeven en de hele kwestie in de publiciteit brengen. En ik geloof haar op haar woord. Ze lijkt meer op jou dan ik aanvankelijk dacht.'

'Ik wil haar niet zien.' Kata ging niet op de zijdelingse aanval in.

'Waarom dan niet? Ze is een fatsoenlijke jonge vrouw, beeldschoon bovendien. De vrouw van wie ze dacht dat het haar moeder was, is overleden en heeft haar een brief nagelaten waarin ze de hele geschiedenis heeft onthuld, inclusief mijn naam! Fiona wil alleen weten wie haar ouders zijn. Ze wil niets van je, ze heeft het financieel goed. Ze heeft een huis in Zürich geërfd en zeker voldoende geld. Het enige wat ze wil is je leren kennen.'

'En als ik dat níét wil?'

'Kata! Het doet er niet toe hoe je zwanger werd – het is vierentwintig jaar geleden!'

'Wat weet jij er nou van!'

'Niets! Je hebt het nooit nodig gevonden me iets te vertellen!'

Kata antwoordde niet. Pas toen Martina dacht dat ze had opgehangen, begon ze weer te praten.

'Het was de vreselijkste avond van mijn leven,' zei ze zacht. 'Ik heb jaren nodig gehad om eroverheen te komen, Tina! Weet je hoe moeilijk en pijnlijk het was? Als ik nu dat meisje zie, dan... dan scheurt dat alle wonden weer open.'

Vroeger had haar toon onmiddellijk medeleven en begrip bij Martina gewekt. Maar nu stuitte Kata's zelfmedelijden op een stalen muur in Martina's gevoel. Op de hoe-bescherm-ik-mezelf-tegen-uitbuitersmuur, waarvan de bouw oneindig veel kracht en discipline had gekost. In haar leven was er een hele reeks Kata's geweest, vrouwen die haar hulpvaardigheid en haar toegeeflijkheid schaamteloos hadden misbruikt.

'Ik heb je destijds geholpen omdat je in een noodsituatie zat,' antwoordde ze koel. 'Ik stelde geen vragen omdat je mijn beste vriendin was, en ik dacht dat je me op een dag alles zou uitleggen. Maar in plaats daarvan verbrak je elk contact met me, alsof alles mijn schuld was.'

'Mijn therapeute had me dat aangeraden, Tina! Ik was getraumatiséérd! Ik moest op een of andere manier overleven en...'

'Misschien had je me dat op een of andere manier moeten laten weten,' onderbrak Martina haar. 'Je gedrag heeft me diep teleurgesteld. En daarom zal het me nu een rotzorg zijn als deze kwestie oude wonden voor je openscheurt. Ik geef Fiona je naam en je e-mailadres, dat heb ik haar beloofd. Tenslotte heeft het meisje geen schuld aan de omstandigheden waaronder ze verwekt is, net zomin als ik! Het is jouw probleem en jouw verantwoordelijkheid, Kata. Je moet haar ontmoeten, in plaats van altijd maar weg te lopen!'

'Weet je wat? Loop naar de hel!' siste Kata in haar oor.

Toen hoorde ze niets meer.

'Wat een stomme koe!' schreeuwde Martina boos. In een eerste impuls had ze bijna haar smartphone tegen de muur gesmeten, zo woedend was ze op Kata en op zichzelf. Alleen haar verstand hield haar tegen, tenslotte wilde ze morgen naar Spanje vliegen en ze had geen tijd om een nieuwe smartphone aan te schaffen.

'Wie is een stomme koe?' zei iemand achter haar en ze draaide zich met een ruk om.

'Ach, dat is een oeroud verhaal, dat me na tientallen jaren weer heeft ingehaald. Herinner je je mijn oude vriendin Kata?'

'Ja, natuurlijk. Wat is er met haar?'

'Het is echt onbegrijpelijk!' Martina had haar man nooit over deze kwestie verteld, want het was gebeurd voordat ze waren getrouwd. Maar na Kata's woorden was er voor haar geen reden meer om rekening met haar te houden. Hoogste tijd om haar hart te luchten! Ze gooide de smartphone op bed. 'Waar zal ik beginnen?'

'Je kunt beter eerst snel je koffer inpakken,' zei hij. 'Dan drinken we daarna een glaasje wijn en vertel je me alles, oké?'

'Dat is het beste idee dat ik vandaag heb gehoord!' Martina glimlachte. Ze wachtte tot hij de slaapkamer had verlaten, voordat ze het bericht verstuurde waarop Fiona al drie dagen zat te wachten.

***

Op weg naar huis schoot Pia eindelijk te binnen waarvan ze de naam Fridtjof kende: Kim had aan het eind van haar schooltijd en tijdens het eerste semester van haar studie geneeskunde in Frankfurt een ongelukkige aan-uit-relatie gehad met een jongen met die naam, maar ze had hem nooit aan haar familie voorgesteld. Kon die geheimzinnige vriend Fridtjof Reifenrath zijn? Pia probeerde zich zijn levensloop te herinneren, en te bedenken waar Kim hem zou hebben kunnen leren kennen, toen reed ze naar de stoeprand en haalde haar smartphone tevoorschijn. Kim had zich niet gemeld. Ze drukte op de herhaaltoets, maar belandde weer bij Kims voicemail en typte daarom een bericht.

Ze voegde weer in het verkeer in en belde haar moeder handsfree. Het gesprek begon zoals gebruikelijk met een verwijt, wat de reden was waarom Pia niet zo graag met haar moeder belde. Ze moest zich vermannen om niet onvriendelijk te reageren.

‘Ja, ik ben er ook nog,’ antwoordde ze dus. ‘Gaat het goed met je?’

‘Nou ja, in [illegible]. Op mijn rug na. Je hebt lang niets van je laten horen.’

‘Ik heb echt veel te doen, mama. We zijn afgelopen week verhuisd.’

‘Ach ja, klopt, dat heb je verteld. Het is eigenlijk jammer dat je je mooie boerderij hebt verkocht. Dat vindt papa ook. We waren altijd zo graag bij je.’

Pia rolde met haar ogen. In de afgelopen twaalf jaar waren haar ouders in totaal drie keer bij haar op de Birkenhof op bezoek geweest, hoewel ze maar vijftien kilometer verderop woonden.

‘Alles is op een gegeven moment voorbij,’ zei ze. ‘Mama, ik heb een vraag: kun je je herinneren of Kim ooit een vriendje met de naam Fridtjof heeft gehad?’

‘Waarom wil je dat weten? Waarom vraag je dat niet aan haarzelf?’

Pia had rekening gehouden met deze tegenvraag. Haar moeder kon niet gewoon een antwoord geven zonder van tevoren ten minste twee vragen te stellen.

‘Ik kan haar niet bereiken. Het gaat om een man wiens vader is overleden. En ik meen me te herinneren dat Kim hem van vroeger kent.’

‘Nou, ik geloof niet dat Kim ons ooit aan een vriend heeft voorgesteld,’ antwoordde Pia’s moeder scherp.

‘En weet je nog hoe haar oude vriendinnen van school heetten?’

‘Waarom vraag je die dingen aan mij? Is er iets gebeurd?’

‘Nee, mama!’

‘Nou ja... Veel vriendinnen had je zus nooit. Daarin was ze heel anders dan jij,’ zei Pia’s moeder. ‘Heel vroeger had je Sabine, die kleine met de rode haren. Met haar was Kim haar hele schooltijd bevriend. En later had je nog een Daniela, met wie ze op handbal zat. Hm. Ik weet nog dat Kim nooit een verjaardagsfeestje wilde, omdat ze niemand had die ze kon uitnodigen – in tegenstelling tot Lars en jou. O ja, wacht even, hoe heette dat meisje uit Fischbach, met wie ze na school is gaan samenwonen in Frankfurt? Herinner je je dat meisje nog? Zo’n elegante mooie brunette. Ze studeerde ook geneeskunde.’

‘Eerlijk gezegd niet.’ Nog voordat Kim eindexamen had gedaan, was Pia thuis weggegaan, omdat haar ouders in 1987 van Bad Soden naar Wiesbaden-Igstadt waren verhuisd en ze geen zin had om van daaruit elke dag naar de universiteit in Frankfurt te reizen. Ze had verschillende baantjes, waardoor ze zich een kleine woning kon veroorloven. En daar had ze ook redelijk snel Henning leren kennen. ‘Zat ze ook bij ons op school?’

‘Nee. Kim heeft toch in Kelkheim examen gedaan,’ antwoordde haar moeder, en toen herinnerde Pia zich weer dat haar zus in de vijfde klas van het gymnasium naar een minder veeleisende school was overgestapt, in de hoop dat ze een beter resultaat voor de numerus clausus zou halen, wat haar ook was gelukt. Met een 9 gemiddeld had Kim destijds probleemloos een studieplek voor geneeskunde gekregen.

‘O ja, dat is waar.’

‘Wacht eens even, de naam ligt op het puntje van mijn tong... eh... haar ouders hadden een meubelzaak in Kelkheim... Het was iets korts, dat weet ik nog. Met haar ging Kim na het eindexamen een halfjaar naar Azië. Het spijt me, ik kan me haar naam niet herinneren.’

Pia herinnerde zich vaag de opwinding die Kims reis naar Zuidoost-Azië veroorzaakte, maar niet de vriendin met wie haar zus de reis ondernam. Zij maakte in die tijd een maand door die waarschijnlijk de slechtste van haar leven was, doordat een opdringerige stalker, die ze tijdens een vakantie in Frankrijk had leren kennen, haar in haar woning verkrachtte. Haar ouders zwegen deze gebeurtenis uit schaamte of door gebrek aan empathie dood en gaven Pia daarmee het gevoel dat het haar eigen schuld was. Ze keurden noch haar beslissing goed om haar rechtenstudie op te geven en in plaats daarvan bij de politie te gaan, noch toonde iemand uit haar familie interesse in Henning Kirchhoff, daarom verbrak Pia voor lange tijd het contact met haar familie volledig. Inmiddels waren Pia's ouders oude mensen, en de tijd had de wonden doen helen, wat af en toe een oppervlakkig gesprek met hen mogelijk maakte. Pia bedankte haar moeder voor de informatie en beëindigde het gesprek met een groet voor haar vader.

***

11 mei 1996

Bijna een jaar had ik nodig voor mijn planning en nu is het zover! Het geeft een goed, een bevredigend gevoel als alles precies zo gaat als ik van tevoren heb bedacht. Mijn nummer vier is tot nu toe de oudste. Ze was behoorlijk wantrouwend en niet zo makkelijk te overtuigen als de drie anderen. Daarvoor ben ik haar dankbaar. Het was een spannend spel. Ik moest allerlei listen bedenken, eventuele problemen incalculeren en er rekening mee houden dat ze een lelijke vrouw is, die er niet aan gewend is dat je haar vleit of haar zelfs bewondert. Maar ik ben slim. Heel slim zelfs. Ik ben echt trots op hoe ik het allemaal heb klaargespeeld! Nu ligt ze aan mijn voeten in het gras, en ik geloof dat ze doorheeft dat ze niet veel tijd meer heeft om haar zonden te betreuren. Als ik niet zo weinig tijd had, dan zou ik nog een poosje met haar rondrijden, want bijna niets geeft zo'n grote kick als zo'n rit. Ik heb gemerkt dat het iets heel anders is als ze dood zijn. Ik kan hun angst voelen. Die doordringt de hele auto, plakt aan mijn huid, in mijn haar. Ik kan hem ruiken en proeven en dat bedwelmt me totaal. Drie uur duurde de rit en ik genoot van elke minuut. Een hele dag had ik tijd voor haar. Ik heb elke stap exact zo uitgevoerd als het moest. Daarom ben ik nu heel rustig en ontspannen. Buiten valt de schemering in. Het moet nog licht genoeg zijn om haar ogen te zien. Ik trek mijn schoenen en mijn broek uit, mijn overhemd en mijn onderhemd. Dan buig ik me over haar heen. Ze jankt, ze schreeuwt tegen de knevel aan. Ze probeert te kronkelen en te draaien, maar dat lukt haar natuurlijk niet. De nieuwe folie blijft zitten. Deze plakt veel beter dan die ik vroeger gebruikte. Pas als ze in het water ligt, wordt het makkelijker, door het drijven. Ik moet verduiveld goed oppassen dat de scherpe rietstengels de folie niet beschadigen. Mijn hart klopt. Ik zweet. Mijn spieren trillen van inspanning. Ook dat moet zo zijn. Ik voel de zachte modder onder mijn voeten, het water is net als toen, kouder dan ik verwachtte. Ik heb enorme voorpret. Straks is het zover. Nog maar een paar minuten, dan heb ik mijn plan uitgevoerd. Ik verheug me zo erg op het gevoel van opluchting en bevrijding dat ik bijna moet huilen. Het is altijd weer bevredigend hen te zien sterven.

Dag 6

Zondag, 23 april 2017

De recreatieruimte achter de wachtpost in de kelder, die normaal gesproken nauwelijks werd gebruikt, was binnen een dag veranderd in een volledig ingerichte centrale met bureaus, telefoons, pc's, printers en faxen voor het recherchebijstandsteam. Aan de muren hingen whiteboards, daartussen het grote beeldscherm van het moderne videomatrixsysteem, onderdeel van het technische pakket waarvoor Kai op een geheimzinnige en nooit te achterhalen manier toestemming had gekregen. Toen Pia om half negen arriveerde, heerste er al een levendige drukte. De collega's van andere afdelingen die zich vrijwillig hadden gemeld voor het recherchebijstandsteam, dat Kai om voor de hand liggende redenen de naam 'Moederdag' had gegeven, waren sinds gisteren in alle ordners en dozen uit Reifenraths huis op zoek naar aanwijzingen. Op die manier waren al een paar puzzelstukjes samengevoegd, en ergens verstopt tussen al die informatie zat hopelijk dat ene wat hen op het juiste spoor zou zetten. Hoewel het vandaag zondag was, gingen ze gewoon door met hun werk.

Dr. Harding stond met een beker koffie in zijn hand voor een whiteboard en bekeek een onscherpe foto van Theo Reifenrath, die Tariq in de verenigingskroniek op de website van de Vereniging van Huisdierfokkers Mammolshain had gevonden en op een whiteboard had geplakt. Daarnaast hingen de foto's van de slachtoffers, van de vindplaats van de lichamen, en van de lichamen zelf.

'Hij ziet er helemaal niet uit als het monster dat hij misschien was.' Pia ging naast de psycholoog staan.

'Dat is vaak zo.' Harding draaide zich naar haar om. 'Het kwaad komt meestal op een totaal onspectaculaire manier ergens vandaan.'

Kai betrad het vertrek, gevolgd door Tariq. Hij ging achter zijn computer zitten. Pia kon aan zijn gezicht zien dat hij slecht nieuws had.

'ViCLAS heeft nog een naam uitgespuugd,' zei hij in plaats van een begroeting. 'Nina Mastalerz, drieëntwintig, Pools staatsburger, woonde in Bamberg. Werd op 10 mei 2013 voor het laatst gezien door haar medebewoonster, die haar een paar dagen later als vermist opgaf.'

'Wacht even.' Pia zag Bodenstein en Cem Altunay binnenkomen en wenkte hen. Tariq Omari kwam erbij staan en Kai sprak verder.

'Het obductieverslag is weliswaar in het Frans opgesteld, maar ik kon er toch uit opmaken dat het lichaam zelfs nog in bevroren toestand was toen ze in december 2013 in een stuk bos vlak over de Franse grens bij Saint-Avold werd gevonden.'

'Dat betekent dat ze niet al te lang voordat ze werd gevonden, daar neergelegd moet zijn,' zei Cem.

'Was ze in folie gewikkeld?' wilde Bodenstein weten.

'Ja.' Kai knikte. 'Ze was volledig gekleed, geen tekenen van misbruik of marteling, net als de anderen. Wie raadt de doodsoorzaak?'

'Verdrinking.'

'Correct. Haar auto, een Škoda, werd al op 21 mei op een industrieterrein in Bamberg gevonden. Afgesloten. Tas in de kofferbak. Autosleutel ontbreekt.'

'Wat denk je, dr. Harding?' vroeg Bodenstein aan de profiler.

'Het lijdt geen twijfel dat ze ook een slachtoffer van onze moordenaar is,' antwoordde hij. 'Zijn handschrift is heel specifiek. Hetzelfde als bij de andere gevallen die ik afgelopen nacht heb gezien.'

Pia zag de sceptische blik die Cem de profiler schonk.

'Daarmee hebben we tot nu zeven slachtoffers,' stelde Pia vast. 'Tussen 1988 en 2014 zit zesentwintig jaar! Ik wil me niet eens voorstellen wat er nog zou kunnen komen.'

'Goedemorgen!' Nicola Engel kwam precies om negen uur de ruimte binnen. Ze was in gezelschap van de hoofdcommissaris en de directeur van de regionale politie. 'Kunnen we beginnen?'

Iedereen zocht een plaats, het was zo vol dat sommigen moesten staan of op tafels gingen zitten.

'Over de details van de actuele zaak zullen meneer Bodenstein en mevrouw Sander u straks meer vertellen,' stak de directeur van de recherche meteen van wal. 'Ik wil u eerst aan forensisch psychiater, criminologisch psycholoog en profiler David Harding voorstellen, die ons adviserend zal ondersteunen. Hij zat vele jaren bij de FBI en heeft daar de afdeling voor Gedragsanalyse mede opgericht.'

De meesten hadden dr. Harding gisteren al leren kennen, toch werd er gefluisterd en sommige collega's wierpen de profiler deels nieuwsgierige, deels kritische blikken toe.

'Mevrouw Sander, meneer Bodenstein, gaat uw gang!' Dr. Engel wenkte hem met een gebiedend gebaar, en ze liepen naar voren.

'Waarom hebben we een profiler nodig als de dader al dood is?' informeerde hoofdinspecteur Thorsten Nickel van K23.

'Omdat we betwijfelen of Theodor Reifenrath echt de seriemoordenaar was die we zoeken,' antwoordde Pia.

'Waarom? De lichamen lagen op zijn grond.'

Pia beschreef beknopt waarom het daderschap van Theodor Reifenrath twijfelachtig leek en gaf een korte samenvatting van de inzichten tot nu toe. 'We hebben over een tijdsbestek van 1988 tot 2014 tot nu toe zeven slachtoffers geïdentificeerd, wat zeker niet betekent dat het alle slachtoffers zijn. En als we ervan uitgaan dat Theodor Reifenrath niet onze dader is, dan is het denkbaar dat er nog meer moorden zullen plaatsvinden.'

'Reifenrath en zijn vrouw namen gedurende twintig jaar pleegkinderen op,' nam Bodenstein nu het woord. 'Door de bank genomen moeilijke en getraumatiseerde kinderen, die anders hun jeugd in een tehuis hadden moeten doorbrengen. Volgens de verklaring van een voormalige pleegdochter strafte Rita Reifenrath, de echtgenote van Theodor, de kinderen willekeurig en hard. Ze duwde ze in bad onder water tot ze geen lucht meer kregen, sloot ze op in een vrieskist of in de bronschacht waarin we het skelet vonden.'

Onrust en gemompel verspreidden zich.

'We gaan er momenteel van uit dat de dader een van de pleegkinderen zou kunnen zijn of dat hij uit de directe omgeving komt,' zei Pia. 'De handelswijze van de dader doet ons vermoeden dat hij onder de straffen van Rita te lijden had.'

'Bovendien is de datum van het verdwijnen van de slachtoffers een belangrijke aanwijzing,' vulde Bodenstein aan. 'Alle vrouwen verdwenen op Moederdag zelf of een dag ervoor. Tot de volgende Moederdag zijn het nog een kleine vier weken. We houden het voor mogelijk dat hij al een volgend slachtoffer in 't vizier heeft.'

Pas op dat moment werd het voor de meeste aanwezigen duidelijk wat dat betekende. Anders dan in de zaak-Seel van drie jaar geleden ging het waarschijnlijk niet om de opheldering van oude moorden, maar om een reeks moorden die dertig jaar geleden was begonnen en nog niet was afgelopen.

'Wat gaat u nu doen?' informeerde de hoofdcommissaris.

'Dat kan dr. Harding u beter uitleggen dan ik,' zei Pia en ze knikte naar de profiler, die opstond en naar voren liep.

'Even over mijn persoon: mijn naam is David Harding,' begon hij. 'Ik zat bij de marechaussee voordat ik psychologie ging studeren en overstapte naar de FBI. Mijn collega's en ik hebben in de loop van vijfentwintig jaar meer dan honderd gearresteerde seriemoordenaars geïnterviewd. Uit onze inzichten naar aanleiding van die gesprekken is een belangrijke basis voor de gedragsgeoriënteerde opsporing van misdadigers ontstaan. Als misdaadanalisten zoeken we in eerste instantie niet de dader zelf – dat is een zaak voor de politie – maar we zoeken naar dadergedrág. Vooral bij meervoudige moorden zetten herkenbare analogieën ons op het spoor van de dader.'

'Wat bedoelt u daarmee?' wilde hoofdinspecteur Nickel weten.

'Overeenkomsten. Parallellen,' antwoordde dr. Harding. 'Zoals bijvoorbeeld Moederdag. Of het feit dat de dader zijn slachtoffers in vershoudfolie wikkelt, invriest en hun auto's afgesloten achterlaat. Ik houd het voor mogelijk dat hij de autosleutels als trofeeën bewaart.'

'Oké. Dank u.'

'We proberen eerst de onbewuste boodschap uit de daden van de moordenaar af te lezen. Welke speciale behoeften bevredigt hij met zijn handelswijze? Welke rituelen heeft hij? Uit welke motieven handelt hij? Daarvoor moeten we ons vooral op zijn slachtoffers richten. Aan de hand van deze punten kun je herkennen of je met een methodisch of niet-methodisch handelende dader te maken hebt. Hoe een misdadiger tijdens zijn daad te werk gaat, weerspiegelt hoe hij zijn leven leidt, daarom kijken we naar gedragspatronen, die geven ons aanwijzingen over zijn dagelijks leven.'

Er hing een doodse stilte in de grote ruimte. Gefascineerd luisterden de mannen en vrouwen naar dr. Hardings verslag. Een paar van hen hadden al met misdaadanalisten samengewerkt, maar nog nooit had iemand de werkwijze van een profiler zo gedetailleerd aanschouwelijk voor hen gemaakt. Ook al mocht Harding in zijn ouderwetse driedelige pak, met zijn snor en zijn kale voorhoofd tussen de hypermoderne computertechniek als een anachronisme overkomen, zijn toelichting had een enorm effect op zijn luisteraars. Zelfs de hoofdcommissaris, die eerder om de paar minuten op zijn horloge had gekeken, luisterde nu aandachtig, net als dr. Engel en Cem, de scepticus.

'We zoeken naar bepaalde gedragingen of symptomen uit het verleden van de dader die tot zijn huidige levenswijze hebben geleid. Maar je mag niet vergeten dat veel mensen die dezelfde dingen in hun jeugd meemaakten toch geen seriemoordenaars zijn geworden,' sprak Harding verder. 'De meesten van ons kunnen heel goed overweg met psychische beschadigingen. De persoon die we zoeken is echter een uiterst gevaarlijke psychopaat, we bestempelen dit type mens ook als "roofdier". Roofdieren hebben een dissociale persoonlijkheid. Ze zijn alleen met zichzelf bezig, ze jagen een doel na en doen daar alles voor. Of ze daarbij iemand beschadigen, interesseert ze niet. Ze zijn gewetenloos, wreed en kennen geen medelijden.'

Pia schoot te binnen hoe Ania Manthey gisteren Fridtjof Reifenrath had gekarakteriseerd. Zonder angst, cool en op de een of andere manier gewetenloos. Hij manipuleerde iedereen. Deed altijd alleen wat hij wilde.

Harding begon heen en weer te lopen, zoals een leraar voor een schoolklas. Zijn sonore stem vulde de ruimte, waarin het nog altijd muisstil was.

'U weet allemaal dat de gebruikelijke politiemethoden niet erg nuttig zijn als er tussen de moordenaar en zijn slachtoffer geen relatie bestaat, en daar ziet het er op het eerste gezicht in deze zaak naar uit. Maar ik ben ervan overtuigd dat de dader en het slachtoffer elkaar kenden. Misschien niet erg lang en intensief, maar er moet een of andere vorm van contact zijn geweest. In tegenstelling tot de massamoordenaar, die niet geïnteresseerd is in de identiteit van zijn slachtoffer en die iedereen ombrengt die hij tegen het lijf loopt, kiest de seriemoordenaar zijn slachtoffer gericht. De victimologie, dus de relatie tussen de dader en zijn slachtoffer, is daarom een uiterst belangrijk onderdeel van de misdaadanalyse. U moet zich daarom afvragen: Wat hield het slachtoffer bezig? Wat vond hij belangrijk? Hoe kan daaruit de relatie met de dader zijn ontstaan? Wat maakte het slachtoffer interessant voor de dader?'

Dr. Harding pauzeerde even om zijn woorden te laten inwerken voordat hij verder sprak.

'In deze zaak is echter op het eerste oog geen doelgroep te herkennen. Alle slachtoffers zijn vrouwelijk, verder zijn ze verschillend als het gaat om leeftijd, uiterlijk, afkomst en beroep, maar er moet íéts zijn wat hen verbindt. Iets wat de interesse van de dader wekte.'

Harding bleef staan en keek zijn publiek onderzoekend aan, zijn handen gekruist op zijn rug.

'Heeft iemand vragen?'

'Waarom gaat u ervan uit dat de dader zijn slachtoffers kende?' vroeg hoofdinspecteur van recherche Donjana Jensen van K21. 'Zijn de meeste seriemoorden niet seksueel gemotiveerd? Dan is het toch mogelijk dat hij zijn slachtoffers willekeurig uitzocht, of niet?'

'U hebt gelijk wat de motivatie van de meeste seriedaden betreft. Maar onze dader is geen zedendelinquent,' antwoordde dr. Harding. 'Bij een seksueel gemotiveerde moord draait het om perverse lustbevrediging. En met de volgende moord tot een bepaalde datum wachten, past niet in het patroon van een seksueel gemotiveerde moordenaar. De man die we zoeken is iemand die systematisch te werk gaat. Hij is geen doorgedraaide gek. Hij plant zijn daden methodisch en hij zorgt ervoor dat hij geen sporen achterlaat. Zijn slachtoffer brengt hij naar een van tevoren uitgekozen plek, waar hij haar om het leven brengt, maar haar niet verminkt of seksueel misbruikt. Hij is extreem gedisciplineerd, een zeer intelligente perfectionist. Essentiële elementen van zijn daden zijn machtsuitoefening en de absolute en sadistische controle over zijn slachtoffer. Dat blijkt bijvoorbeeld uit het gebruik van folie, waarin hij zijn slachtoffers wikkelt om ze weerloos te maken.'

Harding wachtte even.

'Volgens mij hebben we hier te maken met het gevaarlijkste type seriemoordenaar dat we kennen. Namelijk een man met een missie. Hij heeft het op een zeer selecte groep mensen voorzien, die volgens hem bestraft en vernietigd moet worden. De enige sleutel die we hebben om hem te vinden, zijn de slachtoffers. Laten we met hen beginnen!'

Frankfurt, 16 april 2017 (paaszondag)

Een toeristenbrochure van de hotelreceptie herinnerde Fiona eraan dat Pasen voor de deur stond. Het 'grote Frankfurter klokkenspel' op paaszaterdag had ze helaas gemist, maar als ze nog langer vastzat in Frankfurt en misschien daardoor het volgende weekend het lentefeest in Zürich miste, dan wilde ze op z'n minst de paasmis in de Dom bezoeken. Ze was veel te lang niet meer in de kerk geweest en ze voelde de behoefte aan een dialoog met de lieve Heer.

Fiona ging na het ontbijt te voet op weg. Na drie dagen in deze stad kon ze zich langzamerhand oriënteren in Frankfurt. Voor de bankenwijk hield ze rechts aan en ze wandelde langs de oever van de Main tot de Eiserner Steg.

De lucht betrok, maar het was zacht en veel mensen hadden hetzelfde idee gehad als zij. Ze realiseerde zich op dat moment dat Frankfurt de stad van Goethe was, en ze probeerde zich een gedicht te herinneren dat ze eens voor school uit haar hoofd moest leren. 'Van het ijs bevrijd zijn stroom en beken/Door der lente weldadige levensschijn,' mompelde ze, en het idee stond haar aan dat ze naar dezelfde rivier keek als ooit Johann Wolfgang von Goethe, toen hij zijn *Faust* had geschreven. 'Groen wordt in 't dal weer groot en klein/De oude winter, met zijn gebreken/Trok zich terug in het bergravijn.'

De klokken van de Dom begonnen te luiden. Fiona versnelde haar pas. Vreemde mensen glimlachten naar haar en ze glimlachte terug. De druk en haar angst losten op, en toen ze door de smalle steeg liep die naar de Dom leidde, voelde ze dat ze vrede met haar verleden moest sluiten en vooruit moest kijken.

'Ik beloof u, lieve Heer, dat ik naar huis ga als ik morgenochtend vroeg niets van dr. Siebert heb gehoord,' fluisterde ze.

Toen de hoogmis voorbij was, slenterde Fiona terug naar het hotel. De stad, zo ervaarde ze het, had haar in de armen gesloten en voelde niet langer vijandig en vreemd aan.

De mens groeit door de eisen die hij zich stelt. Haar hele leven was ze bang geweest voor het onbekende en had ze niets gedurfd. Moederziel alleen in een vreemde stad en in een vreemd land zijn, was voor haar vroeger ondenkbaar geweest. Als een bang konijntje zou ze zich in haar hotel hebben verscholen en het alleen verlaten om in de kleine City-supermarkt ernaast snel een paar levensmiddelen, boeken, sigaretten en iets te drinken te kopen. Om de paar minuten had ze haar e-mail gecontroleerd, in de hoop een bericht van dr. Siebert te vinden. Ze had geen plan B als de arts niets liet horen. Misschien had ze wel doorgehad dat Fiona alleen maar had gebluft. Of misschien interesseerde het haar niet en was ze inderdaad zo hard als je wel moest zijn als je een pasgeborene 's nachts naar een of andere vreemde bracht.

Toen ze de deur van haar hotelkamer achter zich had dichtgedaan, trok ze haar laarzen van haar voeten, hing haar jas aan de kapstok, ging op bed liggen en maakte met haar smartphone verbinding met het internet van het hotel. Een zacht sissen gaf het binnenkomen van een e-mail aan. Fiona kromp ineen toen ze de afzender zag. Het bericht kwam van Martina Siebert en bij 'onderwerp' stond maar één woord: contactgegevens! Haar vingers trilden en haar keel werd ineens kurkdroog toen ze de mail opende en snel de paar zinnen doorlas. Tranen van vreugde en opluchting schoten in haar ogen.

'Dank u, lieve Heer! Dank u!' Ze liet zich op haar rug vallen en zuchtte diep. De onzekerheid die haar sinds het gesprek met Ferdinand Fischer kwelde, zou snel over zijn.

***

Het rechercheb ijstandsteam splitste zich: de ene helft hield zich bezig met de slachtoffers, de andere met de voormalige pleegkinderen van de Reifenraths die uit de stukken naar voren kwamen. Tariq en Kai haalden alle namen door het informatiesysteem van de politie en kwamen erachter dat naast Claas Reker ook André Doll al eerder was veroordeeld.

'Dood door schuld volgens artikel 222 van het Wetboek van Strafrecht,' las Tariq van het beeldscherm. 'Dat was in 2012. Inhalen bij een inhaalverbod. Hij moest zijn rijbewijs een jaar inleveren, kreeg twee jaar voorwaardelijk plus een geldboete.' Hij riep het dossier op en floot tussen zijn tanden. 'Hé, mensen, dit is interessant! Het ongeluk gebeurde op 21 mei 2012 om 22.47 uur op de B480 in de buurt van Bad Berleburg.'

Pia was Joachim Vogt aan het googelen en kreeg een paar honderd treffers toen ze zijn naam samen met 'Fraport' ingaf, waarvan er uiteindelijk maar een paar echt interessant waren. Hij had een LinkedIn-profiel, dat ze niet helemaal kon inzien, maar de korte levensloop was voor iedereen zichtbaar. Studie economische informatica en elektrotechniek in Frankfurt en Stuttgart, zijn loopbaan had hem via Siemens en Daimler-Benz naar Fraport gebracht, waar hij sinds 1997 werkte, op het moment als directeur IT-infrastructuur. Getrouwd, twee kinderen. Dat was het.

'Wat is daar interessant aan?' vroeg Cem verwonderd.

'Rianne van Vuuren werd op 15 mei 2012 als vermist geregistreerd, haar lichaam werd in oktober van datzelfde jaar in de buurt van Winterberg gevonden,' bracht Tariq hem in herinnering. 'Bad Berleburg ligt nog geen vijfentwintig kilometer bij Winterberg vandaan.'

Dat was inderdaad interessant. Tariq had maar een paar minuten nodig om uit te vinden dat het ongeluk in de rijrichting Siegen had plaatsgevonden.

'Dat vragen we hem morgen,' zei Bodenstein.

'Britta Ogartschnik, meisjesnaam Weiss, jaargang 1972, hebben we ook in het systeem,' meldde Kai. 'Drie vroegere veroordelingen wegens bedrijfsmatige belastingontduiking. Ze heeft op grote voet sigaretten gesmokkeld, in 2015 moest ze daarom voor acht maanden de bak in.'

Pia voerde de naam 'Sascha Lindemann' in bij Google en dacht tegelijk aan het blonde meisje in het fotoalbum van mevrouw Katzenmeier, dat met haar dochter Silke bevriend was geweest. 'Waar woont ze?'

'Moment… In Hattersheim.'

Ook Sascha Lindemann zat op LinkedIn, in zijn profiel stond net zo weinig als in dat van Joachim Vogt. In elk geval was zijn levensloop wisselender. Lindemann was al huizenmakelaar, autoverkoper, personeelsadviseur en vertegenwoordiger geweest. Op dit moment omschreef hij zichzelf als salesmanager b2c bij Hagersmann Futtermittel GmbH, gevestigd in Versmold.

'Wat betekent b2c?' vroeg Pia rondkijkend.

'Dat is de afkorting voor business-to-customer,' legde Tariq haar uit. 'Een verkoopstrategie. Je hebt bijvoorbeeld ook b2b of…'

'Dank je, dank je,' zei Pia snel. Toen opende ze Maps en voerde de plaatsnaam in. Versmold lag tussen Münster, Bielefeld en Osnabrück, ver weg van alle plaatsen waar slachtoffers werden gevonden.

'Elke plaatsnaam die we tegenkomen is belangrijk voor het maken van een geografisch profiel,' zei dr. Harding toen Pia hem dat vertelde. 'De meeste daders kiezen plaatsen onbewust uit omdat ze ooit in hun leven een betekenis hadden. Hoewel het niet per se precies die plaats hoeft te zijn, maar vaak ligt die in een omgeving die de dader goed kent.'

'De auto van Rita Reifenrath werd in de buurt van Eltville in de Rheingau gevonden. En die van Annegret Münch maar een paar kilometer van klooster Eberbach,' zei Bodenstein.

'Fridtjof Reifenrath heeft in Oestrich-Winkel gestudeerd,' merkte Kai op. 'Dat ligt vlak bij Eltville.'

'Anja Manthey heeft Ramona en Sascha Lindemann in een restaurant in Eltville gezien,' voegde Pia eraan toe. 'Maar dat kan toeval zijn. Veel mensen gaan naar de Rheingau om er op een mooie plek te eten.'

'Heb je ergens een kaart van Duitsland?' vroeg dr. Harding.

'Ik kan een kaart met relevante informatie maken,' bood Tariq aan.

'Nee, ik heb liever een fysieke kaart,' antwoordde de profiler. 'Heel ouderwets, met punaises voor de vindplaatsen van de lichamen en de plekken waar de slachtoffers voor het laatst gezien werden en waar hun auto's werden gevonden.'

'Dat doe ik,' beloofde Tariq. 'Voor morgen is de kaart klaar.'

'Ik heb contact opgenomen met alle instanties die belast zijn met deze zaken,' bracht Kai in het midden. 'Morgen krijgen we alle politiedossiers per koerier. En ik heb ook contact met de collega's die de onderzoeken hebben geleid.'

Bodenstein knikte. Geleidelijk kregen ze tastbare resultaten waarmee ze konden werken. Morgen zouden Cem, Kathrin, Tariq en Merle Grumbach, de medewerkster van slachtofferhulp van de recherchedienst Hofheim, met de familieleden van de slachtoffers beginnen te praten, terwijl hij samen met Pia en dr. Harding bezoeken zou afleggen aan Claas Reker en André Doll.

Dag 7

Maandag, 24 april 2017

Pia probeerde Claas Reker verschillende keren te bereiken, maar het nummer dat in Reifenraths adresboekje stond, klopte niet meer, of hij nam zijn telefoon gewoon niet op. Misschien maar beter ook, want dan hadden ze het verrassingselement aan hun kant.

Bodenstein reed op de B43 via de brug die de A3 overspande, langs Kelsterbach en sloeg bij het Lufthansa Aviation Center links de luchthavenringweg op. Ze passeerden het kantorencomplex The Squaire, dat aan een gestrand cruiseschip deed denken en tussen de snelweg en de parallel lopende B43 lag. Even later bereikten ze het hoofdgebouw van de luchthavenexploitant. Bodenstein parkeerde de dienstauto vlak voor de ingang en ze liepen het gebouw in.

'Heel indrukwekkend,' zei dr. Harding.

'Tjongejonge!' ook Pia stond ervan te kijken en ze legde haar hoofd in haar nek. 'Dit is toch waanzinnig!'

'Klein verschilletje met die tent waarin wij zijn ondergebracht, hè?' Bodenstein was niet minder onder de indruk. Het gebouw bestond uit twee parallel lopende dwarsbalken, waarover zich een glazen dak welfde. Elk van de acht verdiepingen was door glazen loopbruggen met elkaar verbonden. Glazen liften suisden geluidloos op en neer.

'Inderdaad.'

Ze doorkruisten het lichtovergoten atrium en liepen op de ontvangstbalie af, die, hoewel ze een aantal meters lang was, minuscuul leek in de reusachtige hal. Aan de muur achter de balie hingen beeldschermen, waarop de luchthavens die Fraport runde stonden aangegeven. De jonge receptionist reageerde beleefd, maar niet erg onder de indruk van Bodensteins politielegitimatie, en pakte de telefoonhoorn om zijn leidinggevende te informeren. Die nam weer contact op met de Personeelsafdeling, van daaruit werd de directeur van de afdeling Infrastructuur geïnformeerd. Het duurde drie kwartier voordat Bodensteins verzoek om een gesprek met Claas Reker alle afdelingen had doorlopen. Om kwart over negen verscheen eindelijk de leidinggevende van Reker. Jens Hasselbach, een kleine, gespierde man, vond het verschijnen van de recherche maar niets, daar maakte hij geen geheim van.

'Hij heeft niets gedaan,' stelde Bodenstein de man gerust. 'We willen hem alleen spreken in verband met de dood van zijn vader. Helaas konden we zijn huisadres niet vinden.'

'Hallo Jens,' zei Pia. 'Lang niet gezien.'

'Pia!' Een verbaasd glimlachje veegde de ergernis van Hasselbachs gezicht. 'Dat is een verrassing! Hoe gaat het met je?'

'Goed. Afgezien van het werk.' Ze grijnsde.

'Ik hoorde dat jullie de Birkenhof hebben verkocht? Wat heb je met de paarden gedaan?'

Uit het gesprek van de twee concludeerde Bodenstein dat de baas van de binnendienst in zijn privéleven paardenvriend en ruiter moest zijn, in elk geval stonden hij en Pia op vertrouwde voet met elkaar. De dame van de Personeelsafdeling bediscussieerde nog met de directeur van de afdeling Infrastructuur of het beter was Reker uit de onderaardse catacomben naar het hoofdkantoor van het bedrijf te halen of de rechercheurs naar hem toe te brengen; uiteindelijk besloten ze tot het laatste. Bodenstein, Harding en Pia kregen een bezoekerspasje, een geel veiligheidsvest en een witte helm, en ze stapten in de VW-bus waarmee Jens Hasselbach was gekomen. Hij reed door poort 11a naar de kelderweg onder terminal 1. Tijdens de korte rit hoorden ze dat Reker in de sector Airconditioningtechniek werkte en nog in zijn proeftijd zat. Hasselbach gaf tijdens de tien minuten durende rit een ongelooflijke hoeveelheid informatie, onder andere dat het technisch onderhoud van de luchthaven door ongeveer twaalfhonderd medewerkers werd uitgevoerd.

'De hele luchthaven is volledig onderkelderd.' Je kon aan Hasselbach merken hoe trots hij erop was dat hij op de luchthaven werkte. 'Nieuwe medewerkers laten we op z'n vroegst na een jaar alleen naar beneden gaan, want je loopt snel verkeerd. Er is meer dan zestig kilometer aan gangen en schachten over drie niveaus, zeventigduizend vierkante meter technische installaties, honderden kilometers leidingen en buizen. Mobiele telefoons werken daar beneden niet, en als er eentje verdwaalt, dan kun je het wel vergeten! Ik werk al dertig jaar hier en zelfs ik ken niet elke hoek en elke gang. We weten bijvoorbeeld dat er ergens beneden een geheime bar is waar collega's elkaar ontmoeten, maar waar die precies is, dat houden ze mooi voor zich.' Hij lachte. 'Alleen al op grond van de grootte en de vele verschillende vakgebieden zijn er diverse bevoegdheden, en in elke sector zijn specialisten voor de kerntaken werkzaam.'

'En wat voor soort specialist is meneer Reker?' informeerde Bodenstein vanaf de achterbank van de VW-bus.

'Nou ja, hier bij ons eigenlijk helemaal geen,' antwoordde Hasselbach schouderophalend. 'Op dit moment tenminste niet. Maar er kunnen niet alleen maar bazen zijn.'

'En wat doet hij hier dan precies?'

'Nou ja, gewoon werken.'

'Waaruit bestaat zijn werk?'

'Vandaag is hij bij een team ingedeeld dat voor het onderhoud van de brandwerende kleppen zorgt. Eerst in de kelder waar de leidingen lopen en als ze daar klaar zijn, gaan ze in de verhuurde gebieden verder. Onlangs moest hij in de sector Hangars A/B/C inspringen, omdat we daar een storing in verschillende verlichtingszones hadden.'

'Dan is hij strikt genomen een ongeschoold arbeider?'

'Zo kun je het noemen, ja.'

Ze moesten bij een tweede veiligheidssluis achter een vrachtwagen stoppen.

'Maar opdat u niet een verkeerd beeld krijgt...' Hasselbach draaide zich om naar Bodenstein en Harding. 'Reker is totaal overgekwalificeerd voor deze baan. Hij is eigenlijk werktuigbouwkundig ingenieur. Sinds hij hier werkt, was hij geen dag afwezig, hij is altijd precies op tijd en doet zijn werk naar volle tevredenheid. Ik weet zeker dat het niet lang duurt totdat hij meer verantwoordelijkheid krijgt. Tenzij...' De chauffeur achter hen toeterde en Hasselbach reed een stuk verder. 'Tenzij hij problemen krijgt omdat jullie hier vandaag zijn. De Personeelsafdeling ziet het niet graag dat de recherche onder werktijd met medewerkers wil spreken. Vooral niet als ze een voorgeschiedenis hebben als Reker.'

'Voorgeschiedenis?' Bodenstein deed alsof hij niets wist.

'Nou ja, hij heeft een tijd in een soort kliniek gezeten.' Hasselbach liet de auto weer een stukje verder rijden. 'Het was wel onterecht, maar waarschijnlijk zal hij daarom nooit de kans krijgen een luchthavenrijbewijs te halen of een toegangsbevoegdheid voor de beveiligde zones te krijgen, wat zijn carrièremogelijkheden enorm beperkt.'

Hasselbach was een baas die zich voor zijn ondergeschikten inzette, wat in principe een goede zaak was. Kende hij wel de ware reden voor Rekers verblijf in de psychiatrische inrichting?

Ze passeerden de controle en reden in een soort ondergrondse parkeergarage.

'Dit is de kelderweg,' verklaarde Hasselbach. 'Hieronder liggen de technische centrale en onze werkplaats. Van hieruit kom je in de kelder waar de leidingen liggen die onder de hele luchthaven lopen. Overigens vindt via de kelderweg ook de complete bevoorrading van de winkels en restaurants in terminal 1 plaats, evenals de gehele vuilverwerking.'

'Waar gaat deze weg heen?' vroeg Pia.

'Nergens. Sinds de uitbreiding van de terminal is het een doodlopende weg.'

Hij reed naar een zijingang, parkeerde de auto en ze stapten uit. Bodenstein, Harding en Pia trokken snel het gele vest aan en klemden de veiligheidshelm onder hun arm.

Hasselbach kreeg een telefoontje.

'Ik zal waarschijnlijk nooit meer door terminal 1 lopen zonder te bedenken dat daar veertigduizend lampen hangen,' zei Bodenstein fijntjes lachend.

'Ik was onder de indruk van de zestig kilometer aan tunnel,' antwoordde Pia. 'Dat is ongeveer zo ver als van hier naar Gießen.'

'Sinds wanneer ken je die man?' wilde Bodenstein weten.

'Al een eeuwigheid. We hebben elkaar als puber in de manege leren kennen. Hij is in zijn vrije tijd springruiter en parcoursbouwer.'

Hasselbach had zijn telefoontje beëindigd en meldde dat Reker in de recreatieruimte op hen stond te wachten. Hij liep voorop, maar Harding hield Pia en Bodenstein even tegen.

'Vertel niet aan Reker dat ik een psycholoog ben,' zei hij met gedempte stem. 'Ik denk dat het beter is als hij denkt dat ik een politieagent ben. En wees op je hoede! Als hij de psychopaat is die ik denk dat hij is na jullie beschrijvingen, dan is hij waarschijnlijk uitgesproken charmant, maar uiterst manipulatief.'

***

Agent zijn verandert je leven in de loop van de tijd. Ook al probeer je mensen zonder voorbehoud te bejegenen, je zoekt onvermijdelijk alleen nog naar het slechte in plaats van het goede in hen. Na Hardings waarschuwingen en alles wat Pia van Ramona Lindemann en Joachim Vogt over Claas Reker had gehoord, viel het haar zwaar de man objectief tegemoet te treden.

Een sadist, schoot door haar hoofd, toen Reker haar ernstig maar beleefd met een handdruk begroette. Iemand die waarschijnlijk op zijn vijftiende het buurmeisje had verdronken, zijn pleegbroers en -zussen had gemarteld en zijn echtgenote had geslagen.

Op het eerste gezicht had ze Claas Reker niet daartoe in staat geacht, dat moest ze toegeven. Hij zag er globaal genomen niet onverdeeld goed uit – zijn neus leek op een aardappel en hij had smalle lippen, bovendien was hij niet erg groot, hoogstens één meter vijfenzeventig, en de blauwe overall maakte hem dikker dan hij in werkelijkheid mogelijk was. Maar misschien lag dat ook aan het feit dat zijn benen in verhouding te kort waren voor zijn stevige romp. Opvallend waren echter zijn ogen. Ze waren buitengewoon warm goudbruin, ingebed in lachrimpels en omkranst door dikke wimpers. Op zulke ogen konden vrouwen verliefd worden, zelfs al stelde de rest van de persoon niets voor.

'Het spijt ons als u vanwege ons in de problemen komt,' zei Bodenstein tegen Reker toen Jens Hasselbach het raamloze kantoor dat hij ter beschikking had gesteld, had verlaten en ze aan een kleine vergadertafel hadden plaatsgenomen. 'We hadden u liever ergens anders ontmoet, maar het was niet mogelijk uw huisadres te achterhalen.'

'Dat is vermoedelijk mijn schuld.' Reker haalde zijn schouders op. 'Ik had me moeten laten overschrijven toen ik verhuisde. Na drie jaar volledig onder curatele te hebben gestaan vallen de alledaagse dingen me zwaar, moet ik toegeven.'

Hij stemde erin toe dat het gesprek werd opgenomen en gaf bereidwillig alle informatie over zijn persoon.

'Waar woont u dan nu?'

'In Kelsterbach, bij een collega. Maar tijdelijk, tot ik iets voor mezelf vind. Helaas is dat niet zo makkelijk met mijn voorgeschiedenis.' Hij zei het heel open, maakte noch een geïntimideerde noch een overdreven onderdanige indruk. Maar zijn blik was waakzaam.

'Uw baas heeft veel met u op,' zei Pia.

'Dat vind ik fijn om te horen. Ik kan goed met hem en mijn collega's overweg.' Rekers glimlach veranderde zijn gezicht op een ongelooflijke manier, maakte het sympathiek en aantrekkelijk. 'Het werk is oké.'

'Hoewel u overgekwalificeerd bent voor wat u hier doet?' vroeg Bodenstein.

'Heeft Hasselbach dat gezegd? Aardig van hem.'

'Hoe hebt u deze baan gekregen?'

'Ik heb al eerder op de luchthaven gewerkt en had nog wat contacten.' Reker liet niet merken of Bodensteins vraag hem iets uitmaakte. 'Het was weliswaar niet makkelijk, na alles wat er is gebeurd, maar ze gaven me toch een kans. Maar u bent hier toch niet met z'n drieën om over mijn baan te praten?'

'Nee, dat zijn we niet. Mijn excuses.' Bodenstein glimlachte. 'Het gaat om Theodor Reifenrath. Wanneer was u voor het laatst bij hem?'

'Bij Theo? Waarom vraagt u dat?' Plotseling maakte Reker een gealarmeerde indruk. 'Is er iets met hem?'

'We hebben dinsdag zijn lichaam gevonden,' zei Pia.

Was dat opluchting, die even in Rekers ogen opvlamde?

'Theo dood? Dat wist ik helemaal niet! Ach, dat spijt me.' Reker werd serieus. 'Nu voel ik me echt schuldig omdat ik met Pasen niet bij hem was, hoewel ik het hem had beloofd. Ik had vrijwillig een dubbele dienst overgenomen omdat ik toch geen gezin heb waarmee ik rekening moest houden. Hoe is hij overleden?'

'Waarschijnlijk aan een hersenbloeding.' Pia pakte een van de pennen die in een glas op de vergadertafel stonden.

'Dat... dat spijt me echt.' Reker vertrok zijn gezicht en zijn ogen werden rood, alsof hij in tranen zou uitbarsten, maar hij had zichzelf weer snel onder controle. Zijn stem was onzeker, hij streek met zijn hand over zijn ogen. 'Neemt u mij niet kwalijk. Ik... ik mocht de oude stijfkop echt graag.'

Zijn reactie leek passend, maar misschien had hij zich ook wel goed op dit moment voorbereid.

'Wanneer hebt u voor het laatst met hem gesproken?'

'Ongeveer drie weken geleden,' antwoordde Reker, nadat hij even had nagedacht. Hij schraapte een paar keer zijn keel. 'Na mijn vrijlating bood hij me een paar dagen onderdak, omdat ik niet wist waar ik moest slapen.'

'Voor of nadat u bij Joachim Vogt woonde?' Pia liet de stift van de pen een paar keer naar binnen en naar buiten springen zonder weg te kijken van Rekers gezicht.

'Daarna.'

'Waarom bent u niet in Mammolshain blijven wonen? Er is genoeg plaats in het huis.'

'De reis naar mijn werk werd me op den duur te omslachtig. Ik was op het openbaar vervoer aangewezen.'

'Hebt u nog een sleutel van de huisdeur?'

'Nee. Ik heb er ook nooit een gehad.' Hij keek naar de balpen. Irriteerde het geluid hem, zoals Pia beoogde? 'Waarom wilt u dat weten?'

'Reifenraths hond was in de kennel opgesloten. Zijn auto is spoorloos verdwenen. Van zijn rekening werd na zijn dood 25 000 euro afgeschreven.' Pia zweeg even. 'Bovendien hebben we overal in het huis uw vingerafdrukken gevonden.'

Reker concentreerde zich helemaal op haar. Ze kon de radertjes in zijn hoofd gewoon horen ratelen. Bodenstein en Harding leek hij buitengesloten te hebben.

'De Mercedes heb ik,' zei hij. 'Theo heeft me die geleend. Hij gebruikte de auto toch niet meer nadat hij rond kerst een lichte beroerte had gekregen. Zijn huishoudster doet voor hem boodschappen en haalt geld bij de bank als hij dat nodig heeft. En dat u mijn vingerafdrukken in het huis hebt gevonden, is vanzelfsprekend. Ik heb daar tenslotte een tijdje gewoond.'

Dat zei hij allemaal zonder aarzelen en het klonk overtuigend. Het schoot Pia te binnen wat de buurvrouw uit Mammolshain aan Cem en Kathrin had verteld. Vrijdag veertien dagen geleden was het 7 april. De dag waarop Theo Reifenrath voor het laatst de krant had gelezen. Ze overwoog of ze Reker daarop zou aanspreken, maar besloot het toch niet te doen. Eerst wilde ze nog een paar dingen van hem horen die hij waarschijnlijk niet zou vertellen als hij zich in het nauw gedreven voelde.

'Waar staat de auto?'

'In de personeelsgarage P8. Hoezo?'

'We moeten hem forensisch-technisch laten onderzoeken.' Weer klikte Pia met de balpen en ze verhoogde de frequentie, maar Reker liet zich niet onzeker maken, integendeel.

'Maak ik u nerveus? Dat spijt me.' Hij klonk bezorgd en Pia voelde zich prompt betrapt. 'U hebt vreselijke dingen over me gehoord, hè?'

Hij wachtte op een reactie van Pia, op instemming of een ontkenning, maar ze wachtte zonder een spier te vertrekken tot hij doorging met praten.

'Nou ja, het meeste is onzin,' zei hij ten slotte. 'Ik heb fouten gemaakt, dat lijdt geen twijfel, maar gelooft u me, ze hadden het vonnis niet nietig verklaard als ik schuldig was! Toch was de tijd in de psychiatrie niet verspild, want die opende me de ogen en ik begreep toen dat je het jezelf te makkelijk maakt als je een slechte jeugd als enige verontschuldiging voor al je fouten gebruikt.'

Hij zuchtte en schudde zachtjes zijn hoofd. De blik uit zijn goudbruine ogen en zijn sonore stem fascineerden Pia, en ze merkte tot haar schrik dat haar overbuurman erin slaagde haar te manipuleren, zoals dr. Harding had voorspeld. Ze dreigde de controle over het gesprek te verliezen. Door haar vooroordeel had ze Reker verkeerd ingeschat, hem voor een primitieve bruut gehouden, die ze met een paar psychologische trucs in het nauw kon drijven. Ze moest op een of andere manier tegensturen, voordat Bodenstein ingreep en haar daarmee voor schut zette. Ze legde de balpen weg.

'We hebben onder de bodemplaat van de hondenkennel de stoffelijke overschotten van drie mensen gevonden,' zei ze zonder in te gaan op wat Reker had gezegd.

Claas Rekers reactie leek op die van Joachim Vogt en Fridtjof Reifenrath. Op ongeloof volgde de schok van het begrijpen, daarna afweer. Net als Vogt probeerde ook Reker zijn pleegvader te verdedigen. Maar op een andere manier dan zijn pleegbroer.

'Op dat huis rust een vloek,' zei hij met gedempte stem. Pia kreeg een onbehaaglijk gevoel. Haar hele lichaam begon te tintelen toen ze zich de rare sensatie herinnerde die haar had bekropen in de wasruimte op de eerste verdieping van het huis. 'Ik geloof dat de nonnen die uitspraken toen de nazi's de gehandicapte kinderen ophaalden om ze te vermoorden. In de zomer van 1981 verdronk een buurmeisje in de vijver ten noorden van het huis. De verdenking viel op mij, omdat ik zogenaamd als laatste met haar samen was geweest.'

'De aanwijzingen waren overweldigend,' bracht Pia ertegen in.

'Ja, dat klopt,' bevestigde Reker. 'Mijn natte kleren, de ruzie, die ik niet heb verzwegen. Maar waarom zou ik dat hebben gedaan? Toen ik Nora voor het laatst zag, leefde ze nog. Maar voor die agenten paste alles perfect, ook voor Theo's vrouw, die me sowieso niet kon uitstaan, was ik een moordenaar. In werkelijkheid was het iemand anders.'

Frankfurt, 16 april 2017

Wat schrijf je aan een moeder die je nooit hebt gezien?

'Hallo mama'? Nee, dat klonk veel te persoonlijk en een beetje opdringerig, als je bedacht wat ze had gedaan.

'Geachte dr. Freitag'? Te formeel.

'Hallo Katharina'?

Was een aanhef eigenlijk wel nodig of kon ze zich deze beleefdheidsformule besparen? En zou ze de vrouw tutoyeren of toch liever vousvoyeren?

Katharina Freitag heette de vrouw die haar op 4 mei 1995 in de woning van dr. Siebert het leven schonk. Het was niet moeilijk geweest haar op het internet te vinden. Ze was forensisch psychiater en kennelijk heel succesvol in haar werk als deskundige voor rechtbanken, bovendien was ze professor aan de universiteit in München geweest en nu medisch directeur van de Dr. Assmann-kliniek voor psychiatrie in Bad Homburg. Een intelligente vrouw dus.

Urenlang had Fiona foto's op het internet bekeken en ze vond dat ze behoorlijk op haar leek: hetzelfde hoge voorhoofd, dezelfde jukbeenderen, dezelfde mond. Ze had een paar vakboeken en veel intelligente artikelen over haar vakgebied geschreven en zelfs een paar jaar in Amerika voor de FBI gewerkt, van 1995 tot 1999. Had ze misschien daarom besloten haar baby weg te geven? Was haar carrière belangrijker geweest dan een kind?

Fiona klikte opnieuw door de verzameling foto's van de zoekmachine. Op de foto's zag Katharina Freitag er ambitieus, koel en een beetje arrogant uit, vond Fiona. Ze lachte of glimlachte op geen enkele ervan. Echt mooi was ze niet, daarvoor waren haar gelaatstrekken een beetje te hard. Fiona probeerde zich even voor te stellen hoe haar leven verlopen zou zijn als deze vrouw haar niet had weggegeven. Ze voelde geen wrok, maar ook geen blijdschap nu ze wist wie haar moeder was. Was het misschien zelfs beter het gewoon bij deze wetenschap te laten en naar huis te gaan? Gisternacht had ze eindelijk Silvan geschreven. Het had haar goedgedaan alles van zich af te schrijven en sindsdien voelde ze zich op een of andere manier... opgelucht. Of hij haar nou terugschreef of niet was eigenlijk niet meer belangrijk.

Ze wist toch precies wat hij nu zou aanraden: spreek met haar af! Daarna kun je nog altijd beslissen of je contact met haar wilt houden. Silvan was verstandig, hij maakte af waaraan hij begon. Hij zou geen begrip voor haar kunnen opbrengen als ze nu zou terugkrabbelen, nadat ze zoveel energie en moeite had gestoken in de zoektocht naar haar moeder.

'Wat kan er gebeuren?' zei ze tegen zichzelf, opende weer haar mailprogramma en las, met haar kin in haar handpalmen, de tekst die ze naar Katharina Freitag wilde sturen.

Hallo, mijn naam is Fiona Fischer. Ik ben op 4 mei 1995 in Zürich geboren. Tot zes weken geleden dacht ik nog dat ik de dochter was van Christine en Ferdinand Fischer, maar toen hoorde ik dat dat niet het geval was. Het kostte enige tijd en moeite om uit te vinden wie de vrouw is die me direct na mijn geboorte aan vreemden gaf. Ik had het heel goed bij mijn moeder. Ik had een mooie jeugd. Toch ben ik nieuwsgierig en zou ik u/je graag leren kennen. Ik ben momenteel in Frankfurt en zou het fijn vinden van u/je te horen of te lezen. Daaronder typte Fiona haar telefoonnummer en haar e-mailadres. Een paar seconden zweefde haar wijsvinger boven de touchpad van haar notebook, toen haalde ze diep adem en klikte op VERZENDEN, voordat ze zich weer kon bedenken.

***

'Hebt u zich nooit afgevraagd wie Nora Bartels om het leven gebracht zou kunnen hebben?' wilde Pia weten.

'Natuurlijk,' antwoordde Claas Reker. 'Het kan in principe iedereen zijn geweest. Iedereen wiens hart ze een keer heeft gebroken! Nora was een soort dorpsschoonheid, die de jongens graag het hoofd op hol bracht, om daarna de spot met hen te drijven. Dat probeerde ze bij mij ook, maar ze was aan het verkeerde adres.' Hij merkte dat zijn woorden ongelukkig waren gekozen en sprak daarom snel verder. 'Nora en ik zijn, hoewel het verboden was, op de kikkervijver gaan roeien. Ze zei een paar gemene dingen tegen me. We kregen ruzie en ik liet de boot omslaan. Ik dacht dat ze die paar meter naar de oever zou zwemmen, dus ik liep naar huis. 's Avonds dook de politie op, en het was me wel duidelijk dat ik de schuld van haar dood zou krijgen.'

'Denkt u dat iemand u de daad in de schoenen heeft geschoven?'

'Ja, zeker! Ik was natuurlijk de perfecte verdachte! Een ouderloos kind uit een tehuis.' Reker snoof. 'Bovendien liepen alle jongens uit het dorp achter Nora aan. En mijn broers en zussen haatten me sowieso, vooral Fridtjof, omdat hij jaloers was op mijn goede relatie met zijn grootvader. Misschien liet hij zijn trouwe vazal Joachim het wel doen. Of Ramona. Die was nog op blote voeten naar de Noordpool gelopen voor een glimlachje van hem! Ik achtte zelfs Rita ertoe in staat, alleen al om van mij af te komen! Ze zou het weliswaar nooit zelf hebben gedaan, maar ze had haar spion. Die hing zich overigens drie weken later in de badkamer op aan het douchegordijn.'

'Hoe heette die jongen?'

'Timo. Zijn achternaam kan ik me niet herinneren. Later hoorde ik van Theo dat hij een afscheidsbrief had geschreven en die op de grond van de badkamer had neergelegd voordat hij zich ophing. Rita verbrandde de brief in de kachel, omdat ze niet wilde dat hij in handen van de politie viel. Dat is voor mij bewijs genoeg dat ze niet vrijuit gaat.' Hij boog zo ver naar voren dat Pia zijn aftershave kon ruiken. 'Rita Reifenrath was een vrouw die alleen het slechte in andere mensen naar boven haalde. Ze zag er vriendelijk en onschuldig uit, met haar rode appelwangen en haar knotje, maar ze was door en door slecht en maakte Theo's leven tot een hel. Rita liet hem altijd voelen hoe erg ze hem minachtte. Tegen andere mensen zei ze geen slecht woord over hem, maar thuis nam ze geen blad voor de mond en ze kafferde hem ook in het bijzijn van ons kinderen bij elke gelegenheid uit. Hij haatte haar.'

'Zo erg dat hij in staat was haar te doden?' vroeg Pia.

'Ja. Ik weet honderd procent zeker dat hij haar om het leven heeft gebracht en haar ergens heeft begraven, de oude heks.' In Rekers ogen vlamde een oude wrok op. Hij bevochtigde zijn lippen met zijn tong en dempte zijn stem tot een indringend gefluister. 'Ik was zijn buitenechtelijke zoon, en dat was de echte reden waarom Rita me zo verafschuwde.'

'Weet u dat zeker?' Pia was verbluft.

'Nee, dat niet,' gaf Reker toe. 'Maar Theo maakte altijd toespelingen. Ik begreep dat hij het voor Rita geheim moest houden. Toen ik na die kwestie met Nora bij hen weg moest, hield hij contact met me. Hij was op me gesteld. Meer dan op de anderen.' Reker haalde schijnbaar gelaten zijn schouders op, maar zijn stem verraadde zijn spanning. 'Later, nadat Rita weg was, was ik vaak bij hem. Hij verhuurde me het terrein en de panden van het voormalige afvulbedrijf, zodat ik daar mijn garage kon runnen. Theo was trots op me! Fridtjof was daarentegen een teleurstelling voor hem. Hij vond zichzelf als kind al beter en behandelde Theo net zo neerbuigend als Rita.'

'De facto was hij ook iets beter,' antwoordde Pia. 'Hij was de enige kleinzoon van Theo en Rita en had daardoor privileges: een eigen kamer en een badkamer voor zich alleen. Was u jaloers op hem? Sloot u daarom zijn beste vriend Joachim in een vrieskist op?'

Rekers glimlachje verdween.

'Ik ben niet trots op wat ik vroeger heb gedaan,' antwoordde hij. 'Ik weet niet of u zich kunt voorstellen hoe het is om zonder liefdevolle ouders op te groeien en aan de willekeur van tehuisleiders, medewerkers van de kinderbescherming en pleegouders te zijn overgeleverd. Ik had al snel door dat ik er alleen voor stond en moest vechten. En dat deed ik, met alle middelen. Rita liet me zien hoe je respect afdwingt.'

'U hebt mijn vraag niet beantwoord,' herinnerde Pia hem. 'Waarom sloot u Joachim Vogt in de vrieskist op?'

Claas Reker antwoordde niet meteen. Heel even flikkerde in zijn ogen een zwarte afgrond van wreedheid en haat op, die de façade van gelouterde man in één keer vernietigde. Zijn onderkaak verkrampte.

'Joachim was een slijmerd. En een streber,' flapte hij eruit. 'Ja, ik was jaloers op hem. Ja, ik was graag in plaats van Joachim Fridtjofs "secondant" geweest! Zo noemde hij hem namelijk altijd: "mijn secondant". Bah! Joachim kreeg de kamer op de bovenste verdieping naast die van Fridtjof. Zelfs een eigen computer had hij, een Commodore Amiga, dat zal ik nooit vergeten. Hij mocht zijn kamer op slot doen en had samen met Fridtjof een badkamer voor zich alleen! Rita wilde per se dat haar "Fritsje" naar het privégymnasium in Königstein ging, niet naar de openbare school, zoals alle anderen, maar Fridtjof had als voorwaarde dat Joachim met hem mee moest gaan. Uiteraard, want zonder hem was hij verloren. Daardoor hadden ze ineens andere vrienden dan wij. Ze werden in de grote villa's uitgenodigd, waar hun rijke vrienden woonden. Ze mochten met hen in de winter naar Davos en Sankt Moritz om te skiën en 's zomers naar Sylt en Marbella, terwijl wij in de tuin ploeterden en in het kerkkoor moesten zingen!'

Minutieus beschreef Reker de beledigingen, afwijzingen en nederlagen. Hij had Theo, de enige welwillende vaderfiguur in zijn leven, vereerd en altijd gehoopt dat hij op een dag ook officieel als eigen zoon erkend zou worden. Theo Reifenrath, zelf een vernederde, zwakke man, had op die manier macht over Reker. Maar net als Ramona Lindemann was Claas Reker bitter teleurgesteld.

'Denkt u dat het mogelijk is dat uw pleegvader mensen doodde en op zijn perceel begroef?' wilde Pia weten.

Reker nam tijd voor het antwoord.

'Ik houd het in elk geval voor mogelijk dat hij Rita om het leven heeft gebracht,' antwoordde hij aarzelend. 'Hij sprak altijd heel denigrerend over vrouwen. Hij heeft een regelrechte haat jegens hen ontwikkeld. Eerst zat hij onder de plak van zijn moeder, die niets met hem ophad en tot aan haar dood om haar oudste zoon treurde, die in de oorlog was omgekomen. Daarna kwam de verloofde van Theo's broer, Martha, die zogenaamd de onderneming leidde. Hij gaf haar de bijnaam 'de zwarte mamba', omdat ze giftig en achterbaks was en altijd in rouwkleren rondliep. Theo wilde nooit iets te maken hebben met de onderneming, maar zijn moeder zette hem moreel onder druk en dwong hem de leiding op zich te nemen. En toen was er natuurlijk Rita. Theo noemde de drie 'het trio infernale'. Altijd wanneer de gelegenheid zich aandiende, vluchtte hij en reed met zijn VW-bus en zijn dieren naar een of andere tentoonstelling ergens in Duitsland. Later zelfs naar Polen, Tsjechië, Oostenrijk en Frankrijk.'

'Wat was dat voor een bus?' Pia spitste haar oren. 'En wanneer reed hij ermee?'

'Een lichtgrijze T2-bestelbus. Daar reed hij in elk geval in de jaren zeventig en tachtig mee. Niemand van ons mocht de bus ook maar aanraken – het was zijn heiligdom. Later roestte hij, zonder te worden gekeurd, in een paar jaar weg. André was gek op de oude bak; op een gegeven moment troggelde hij hem van Theo af, kreeg hem weer aan de praat en meldde hem weer aan. Ik geloof dat hij er nu nog af en toe in rijdt.'

'Het is al lang geleden, maar herinnert u zich de dag waarop Rita zelfmoord gepleegd zou hebben?'

'Ja, die herinner ik me.'

'Wat gebeurde er die dag?'

'Het was Moederdag. Rita wilde zichzelf weer eens in het zonnetje zetten,' antwoordde Reker. 'Theo walgde ervan. Hij belde me om samen 's ochtends een borrel in de Goldener Apfel te drinken. Daar hebben we een paar uur zitten zuipen.' Reker grijnsde bij de herinnering. 'Tegen vier uur zette de cafébaas ons de deur uit, daarom gingen we toen nog naar Willi, een vriend van Theo, en daar hebben we nog twee uur zitten drinken. Later bracht ik Theo naar huis. Hij dacht dat ze al allemaal weg zouden zijn, maar nee. Iedereen was in rep en roer omdat een of ander kind in de oude bronschacht was gevallen. Iedereen stond om het gat, de volwassenen waren door elkaar aan het schreeuwen, de kinderen huilden. Het was dolkomisch!'

'Wie waren er allemaal?'

'Pff, daar moet ik even over nadenken.' Reker fronste zijn voorhoofd en schoof zijn onderlip naar voren. 'De meesten waren al weg, maar Fridtjof was er in elk geval wel. Die probeerde Rita tegen te houden toen ze Theo met een fles zijn schedel wilde inslaan. Ramona natuurlijk, die pakte elke gelegenheid aan om te slijmen. André was er. Sascha ook, denk ik. Het was een echte vechtpartij. Ik ben in mijn auto gaan zitten en ben afgetaaid, voordat ik Rita de nek zou omdraaien. Ik was tenslotte al boven mijn theewater, en ik haatte de oude taart echt om alles wat ze me heeft aangedaan! Een paar dagen later belde Theo en hij vertelde dat Rita was verdwenen. Haar auto had ergens op een parkeerplaats gestaan en de politie zou van zelfmoord uitgaan. Ik heb hem nog gevraagd of hij haar eindelijk van kant had gemaakt, maar dat vond hij niet leuk.'

Pia geloofde wat hij vertelde. Maar ze vroeg zich nu af waarom Fridtjof Reifenrath niets over de gebeurtenissen op 12 mei 1995 had verteld. Maakte hem dat verdacht? Je kon in tweeëntwintig jaar veel verdringen, maar niet zo'n voorval. Misschien wist hij precies wat er was gebeurd? Maar wie zou hij hebben willen beschermen? Niemand van degenen die Claas Reker zojuist had opgenoemd, betekende zoveel voor hem dat hij voor hen zou liegen.

Je laat mij met je verplichtingen uit het verleden zitten en verdwijnt gewoon naar het buitenland, had Theo een paar weken voor zijn dood over de telefoon tegen zijn kleinzoon gezegd. Had dat betrekking op Rita Reifenrath of bedoelde hij daarmee iets heel anders? Maar misschien was Fridtjof ook onschuldig en hadden zijn voormalige pleegbroers en -zussen Rita naar het hol gesleept. Ze hadden allemaal onder haar te lijden gehad en groepsdruk gecombineerd met alcohol leidde niet zelden tot verschrikkelijke misdaden waartoe een enkeling niet in staat zou zijn. *Ze sloot je soms ook in een donker hol op, met alleen een fles water.* Dat had Ramona Lindemann gezegd. Had ze wraak op haar gehate pleegmoeder genomen toen de gelegenheid zich voordeed, en daarna het gerucht de wereld in geholpen dat ze had gezien dat haar pleegvader bloed in de keuken had staan opdweilen? Maar hoe was de auto van Rita Reifenrath in Eltville gekomen? Misschien hadden Ramona en haar huidige man dat samen gedaan! Bijna niets anders dan een dergelijk geheim smeedde zo'n band, tenminste zolang er geen ruzie ontstond.

Pia herinnerde zich de zaak van het 'Horrorhuis van Höxter', die het afgelopen jaar groot in het nieuws was. Een man en zijn vrouw lokten er een aantal vrouwen met contactadvertenties naartoe, om ze daar gevangen te houden en te martelen. Twee vrouwen waren aan de martelingen overleden, een van hen werd door het moordlustige paar ingevroren, daarna in stukken gesneden en in de kachel verbrand. De as van het slachtoffer verstrooiden de twee vervolgens in de stad. Pia schoot weer te binnen hoe vreemd Sascha Lindemann zich op woensdag had gedragen.

'Hoelang zijn Ramona en Sascha getrouwd?' vroeg ze.

'Geen idee. Al een hele tijd,' antwoordde Reker. 'Ten minste vijftien jaar, als het niet langer is.'

Pia kreeg ineens hoop. Ze moest Bodenstein en dr. Harding over haar verdenking vertellen. Als een mens eenmaal de drempel over was en iemand had gedood zonder gepakt te worden, dan was hij ook in staat opnieuw te moorden.

'We hebben overigens het stoffelijk overschot van Rita Reifenrath gevonden,' zei ze. 'In de oude bronschacht.'

'Dat meent u toch niet?' Verbazing tekende zich af op Rekers gezicht.

'Toch wel.'

'Dan heeft die ouwe haar dus toch het hoekje om geholpen!' Reker schudde verbijsterd zijn hoofd, toen begon hij te lachen. Hij lachte tot tranen toe en sloeg op zijn dijbenen.

'Wat is er zo komisch?' wilde Pia weten.

'Dat Theo zo'n toneelspeler was!' Reker snoof en kreeg zichzelf met moeite weer onder controle. 'Hij bedekte die nacht de schacht al met aarde en legde er een dag later grasplaggen overheen, zette er een paviljoen op en plantte rozen. Volgens hem omdat dan niemand meer per ongeluk in het gat kon vallen! De smeri… eh… de politie vroeg niet eens naar de bronschacht en kennelijk vertelde niemand iets over de ruzie. Theo en ik zaten vaak in het paviljoen bier te drinken! Hij toostte altijd met "Proost, Rita, fijn dat je er niet meer bent!" Maar ik had nooit van mijn leven kunnen bedenken dat ze al die tijd onder ons lag!'

Rekers blik dwaalde af naar de klok, die boven de deur van het kantoor hing. 'Ik moet zo langzamerhand weer aan het werk.'

'O ja, natuurlijk.' Pia knikte. 'Laten we dan nog even snel de auto halen.'

'Ach ja, de auto.' Reker aarzelde. 'Kan ik die niet gewoon later bij u langsbrengen? Zodra ik klaar ben met werken?'

'Ik weet het niet.' Pia deed alsof ze daar geen beslissing over mocht nemen. Ze keek gespeeld hulpzoekend naar Bodenstein.

'Nee, dat gaat helaas niet,' antwoordde Bodenstein beslist, waarop Reker hem een onvriendelijke blik toewierp. Het beviel hem helemaal niet dat Bodenstein erop stond hem naar zijn kast te begeleiden om de autosleutel te halen.

Jens Hasselbach reed met hen naar de personeelsgarage, die zich achter poort 3 bevond.

'Zal ik op je wachten?' vroeg hij aan Claas.

'Nee, nee. Ik weet niet hoelang het circus hier nog duurt,' gromde Reker geërgerd.

Bodenstein, dr. Harding en Pia volgden hem naar de parkeergarage en naar de lift.

'Wat deed u eigenlijk op 7 april in Mammolshain?' vroeg Pia, toen de liftdeuren dicht waren. 'Iemand zag u met de Mercedes afslaan naar de hoofdstraat.'

Het was een schot voor open doel, tenslotte had de buurvrouw de bestuurder van de Mercedes niet herkend.

'Op 7 april?' Reker haalde nonchalant zijn schouders op, maar de manier waarop hij haar blik ontweek, bewees Pia dat ze het bij het juiste eind had. 'Geen idee. Wat was dat voor een dag?'

'Vrijdag, veertien dagen geleden,' hielp Pia hem op weg. 'Op die dag is Theo Reifenrath volgens de forensisch patholoog overleden. Overigens is de hersenbloeding hoogstwaarschijnlijk ontstaan door de verwondingen aan zijn gezicht die hij had opgelopen. Of hij op zijn gezicht is gevallen of dat hij met een stomp voorwerp werd geslagen, moeten we nog uitzoeken.' Pia reikte langs hem heen en drukte op de alarmknop, waarop de lift bleef stilstaan.

'Wilt u misschien insinueren dat ik hem iets heb aangedaan?' Reker sperde zijn ogen open. Zijn ongeloof was slecht gespeeld.

'U hebt schulden,' sprak Pia verder zonder op zijn tegenwerping in te gaan. 'Theo Reifenraths portemonnee is weg. Iemand heeft met zijn bankpas bij verschillende geldautomaten in totaal 25 000 euro opgenomen.'

Claas Reker streek met zijn hand door zijn haar, toen gleed er een berouwvolle grijns over zijn gezicht.

'Ik beken schuld,' gaf hij toe. 'Ik heb het geld opgenomen. Het was een soort lening van Theo. Hij heeft me zelf zijn pas gegeven. Toen ik wegreed, was Theo nog springlevend.'

'Zoals Nora Bartels?' vroeg Bodenstein.

Claas Reker werd bleek. Hij begon te zweten.

'Waar was de hond op vrijdag?' vroeg Bodenstein.

'Ik word claustrofobisch,' beweerde Reker. 'Ik moet eruit, nu!'

Pia wisselde een blik met haar baas en zette de lift weer in beweging. Alles wat Reker nu zou zeggen, was toch niet bruikbaar, daarom was het verstandiger hem op zijn rechten te wijzen, te arresteren en later rustig te ondervragen.

***

Claas Reker verzette zich hevig tegen zijn arrestatie toen Bodenstein een handboei om zijn pols dichtklikte. Waarschijnlijk zou het hem gelukt zijn te ontsnappen als Bodenstein niet de tegenwoordigheid van geest had gehad de andere handboei aan de leuning naast de liftstoel vast te maken. Reker tierde woedend en schreeuwde, speeksel spatte van zijn lippen. Hij rukte aan de handboei tot zijn hand blauw aanliep, schopte naar de geüniformeerde collega en toonde zijn onbeheerste, waanzinnige aard, die onder een dunne laag beschaafd gedrag verborgen lag. Pia belde Jens Hasselbach en vertelde hem dat hij de komende dag niet op Reker hoefde te rekenen, daarna wachtten ze tot de takelwagen de zilverkleurige Mercedes wegsleepte en de politieauto met de nog altijd tierende Claas Reker verdween.

'Hij heeft de oude man omgebracht, per ongeluk of met opzet,' zei Pia op weg naar de auto. 'Dat hij er niet voor terugdeinsde de oude man te slaan, vertelde het buurmeisje ons al.'

'Reker had geld nodig, onderdak en vier wielen.' Bodenstein knikte. 'Reifenrath wilde niet met geld op de proppen komen, ze kregen ruzie. Als hij de hond in de kennel heeft opgesloten, dan heeft hij ons daarmee een plezier gedaan, want anders hadden we de lichamen waarschijnlijk nooit gevonden.'

'Je hebt het heel goed gedaan, Pia,' zei dr. Harding. 'Hij dacht dat je aan zijn kant stond en hem bewonderde, daarom was hij zo open. Mensen als hij denken dat ze beter zijn en onderschatten anderen fundamenteel.'

'Ik liet me bijna door hem inpalmen,' gaf Pia toe.

'Je zou niet de eerste zijn die dat overkomt,' antwoordde Harding.

'Denk je dat hij ons de waarheid heeft verteld?' wilde Bodenstein weten.

'Wat die geschiedenis met Rita betreft, ja,' antwoordde Harding. 'Hij verzweeg niet eens de smakeloze grap, een bewijs voor zijn eclatante gebrek aan empathie. Verder liet hij ons precies het beeld van zichzelf zien zoals hij graag door ons gezien wil worden. Het was heel belangrijk voor hem ons te vertellen dat hij zijn fouten inzag en zich heeft gebeterd. Dat vond hij absoluut een heel slimme zet. Maar hij vertelde ook veel. Zijn ontwikkeling tot psychopaat is praktisch klassiek: voordat hij een dader werd, was hijzelf slachtoffer en hij vond het overgeleverd zijn onverdraaglijk. Hij kreeg geen waardering en onvoorwaardelijke ouderliefde, die voor de ontwikkeling van een stabiele persoonlijkheid absoluut noodzakelijk zijn. Toch denk ik niet dat hij de man is die we zoeken. Reker is veel te impulsief en onbeheerst.'

Ze hadden de auto bereikt en stapten in.

'Narcist, psychopaat – wat is het verschil?' vroeg Bodenstein.

'De narcist gaat het in de eerste plaats om bewondering. Hij wil goed voor de dag komen. Innerlijk is hij onzeker, daarom heeft hij constant bevestiging nodig. Het is heel typisch voor een narcist om over zichzelf te praten, het liefst voor een aandachtig publiek, zoals Reker daarnet uitvoerig deed. Narcisten kunnen fantastisch spreken, maar niet luisteren. Ze zijn niet in staat zich in een ander te verplaatsen. Ze zijn zeer gevoelig als het henzelf betreft en zien zichzelf snel als slachtoffer,' verklaarde Harding. 'Een psychopaat wordt daarentegen niet gecontroleerd door een "geweten", zoals dat algemeen wordt genoemd. Hij kan zijn handelen emotioneel loskoppelen en voelt niet wat hij anderen aandoet. Psychopaten zijn bijvoorbeeld vaak uitstekende chirurgen, omdat ze zich heel erg op hun werk kunnen concentreren zonder ook maar een gedachte aan het lot van de patiënt te verspillen.'

'Maar volgens die definitie houd ik Reker niet uitsluitend voor een narcist.' Pia bedacht dat Claas Reker als kind een andere jongen in een vrieskist had opgesloten en was weggegaan zonder zich verder om hem te bekommeren.

'Daar heb je gelijk in. Ook meervoudige persoonlijkheidsstoornissen zijn helaas eerder regel dan uitzondering,' antwoordde de psycholoog. 'Daarom zou het heel verhelderend kunnen zijn als we Kims verslag zouden kunnen lezen. Ik ben benieuwd waarom ze Reker zo gevaarlijk achtte dat ze vond dat hij opgesloten moest worden.'

'Dat zou ik ook graag weten,' viel ze hem bij. 'Helaas belt ze me niet terug. Misschien zou jij het eens kunnen proberen.'

'Dat kan ik wel doen.' Dr. Harding knikte. 'Rekers belangrijkste motivatie lijkt jaloezie te zijn, veroorzaakt door het gevoel dat hij oneerlijk behandeld is en niet gewaardeerd werd. Theo had Claas in zijn macht door te beweren dat hij mogelijk zijn echte vader was. Het zou me niet verbazen als hij zoiets ook tegen zijn andere pleegzonen heeft gezegd om hen aan zijn kant te krijgen. Zo had hij een privéleger, dat hij tegen zijn onbeminde echtgenote kon inzetten.'

'En dat hem kon helpen haar uit de weg te ruimen.'

'Gemeenschappelijk gepleegde moord?' overwoog Bodenstein. 'Waarom niet? Ze hebben allemaal te lijden gehad onder Rita.'

'Als klopt wat Reker ons vertelde, dan wist Theo dat zijn vrouw in de bronschacht lag,' zei Pia. 'Hoe kon hij het daar uithouden?'

'Ze heeft hem veertig jaar lang vernederd,' antwoordde Bodenstein. 'Dat was zijn triomf over haar. Zijn wraak.'

'Dat zou wel tegen de theorie van een gemeenschappelijk gepleegde moord spreken,' meende dr. Harding. 'Als Theo mededaders had, dan zou hij voortdurend bang moeten zijn dat iemand het op zijn zenuwen zou kunnen krijgen en hem zou verraden.'

'Je bedoelt dat hij wel zijn echtgenote kan hebben gedood, maar niet de andere vrouwen?'

'Precies. Vooropgesteld dat het klopt wat Reker ons vertelde, dan zou het om een affecthandeling onder invloed van aanzienlijk veel alcohol kunnen gaan,' antwoordde Harding. 'Het was iets persoonlijks. Een typische daad in de relationele sfeer. De moorden op de vrouwen zijn daarentegen tot in de details gepland en koelbloedig uitgevoerd. Theo lijkt te zwak geweest te zijn om zich te laten gelden tegenover de dominante vrouwen in zijn omgeving. Een zwakke of afwezige vader, die zijn kinderen alleen laat en niet beschermt tegen de allesoverheersende moeder, vind je zonder uitzondering in elke biografie van psychopathische seriedaders. Daarom zou het niet verwonderlijk zijn als een paar van Reifenraths pleegzonen, die toch al getraumatiseerd waren, psychopathische karaktertrekken hebben ontwikkeld. We moeten degene vinden die dezelfde of een nog grotere haat tegen vrouwen heeft ontwikkeld als Theo.'

'Hoe zit het met pleegdóchters? Kunnen die niet ook psychische schade hebben opgelopen?'

'Dat hebben ze zeker,' bevestigde Harding. 'Maar met alles wat ik tot dusver weet, zoeken we een mannelijke dader. Bij vrouwen komt de psychopathie anders tot uiting dan bij mannen. Ze zijn meestal rationeler dan mannelijke psychopaten en worden eerder verbaal dan lichamelijk agressief. Er bestaan wel gewelddadige vrouwelijke psychopaten – denk alleen al aan Annie Wilkes in *Misery* van Stephen King – maar veel vaker manifesteert de psychopathie zich in destructief en manipulatief gedrag.'

Bodenstein liet de motor draaien.

'Nu we toch hier op het vliegveld zijn,' zei Pia, 'laten we even bij Joachim Vogt langsgaan. Ik zal hem bellen om te vragen of hij op kantoor is.'

***

Joachim Vogt was op kantoor en nam de tijd om hen te ontvangen. Hij stond in de lobby van het gebouw in terminal 1 op hen te wachten en bracht ze naar een kleine vergaderruimte op de begane grond. In het midden van de ovale tafel stond een blad met glazen en drankjes.

'Mag ik iets te drinken nemen?' vroeg Pia.

'Maar natuurlijk, ga uw gang.' Vogt zag er beduidend beter uit dan drie dagen geleden. Het litteken op zijn wang heelde goed, de hechtingen waren verwijderd, en hij leek de schok van de vondst van de lichamen op het perceel van zijn pleegvader te hebben overwonnen.

Pia nam een cola zero, opende die en dronk uit het flesje. De cola was lauwwarm en smaakte oud, maar leste haar dorst. Zou ze Vogt naar Kim vragen? Als Fridtjof Reifenrath de genoemde Fridtjof was, dan kende Vogt haar zus natuurlijk ook. Later, misschien.

Vogt vroeg wanneer de stoffelijke overschotten van zijn pleegouders zouden worden vrijgegeven, want Fridtjof had hem gevraagd om voor de rouwplechtigheid en de uitvaart te zorgen.

'Vanaf onze kant staat er niets meer in de weg,' zei Bodenstein. 'De obductie heeft plaatsgevonden, de doodsoorzaak is vastgesteld. Uw pleegvader overleed aan een hersenbloeding, die mogelijk het gevolg van een val of een klap in het gezicht was. In verband hiermee hebben we overigens uw pleegbroer Claas Reker gearresteerd. Wist u dat hij ook op de luchthaven werkt?'

'Nee, dat wist ik niet.' Vogt was verrast. 'Maar ik heb hem ook niet meer gesproken sinds hij niet meer bij ons woonde.'

'Meneer Reker reed in de Mercedes van uw pleegvader en heeft een aantal keren geld opgenomen van zijn rekening, naar hij zegt met zijn toestemming. In totaal 25 000 euro.'

'Dat zou Theo nooit hebben toegestaan! Hij was gierig en altijd bang dat hij niet genoeg geld had!' Vogts gelaatstrekken werden somber. 'Het zou me niet verwonderen als Claas hem om het leven heeft gebracht. Hij was altijd al een driftkop. Als iets niet loopt zoals hij wil, dan gaat hij uit zijn dak, zonder aan de consequenties te denken.'

'Net als destijds bij Nora Bartels?' vroeg Pia.

'Niemand weet wat daar echt is gebeurd,' antwoordde Vogt. 'Maar met zijn vrouw ging hij net zo om. Claas roept over ieder mens die met hem te maken krijgt onheil af.'

'Hij mocht u niet, vertelde hij ons,' zei Bodenstein. 'Hij was jaloers op u omdat u Fridtjofs beste vriend was, een computer had en naar het gymnasium mocht.'

'Waarom houdt hij zich daar nu nog steeds mee bezig? Dat is toch allemaal al bijna dertig jaar geleden!' Joachim Vogt schudde ongelovig zijn hoofd. 'Ja, het klopt, ik had een paar voordelen door mijn vriendschap met Fridtjof, bijvoorbeeld die Commodore Amiga, die hij eigenlijk had gekregen. Maar die interesseerde hem niet, daarom gaf hij hem aan mij.' Een glimlachje gleed over zijn gezicht. 'Ik was ambitieus en deed veel voor school, omdat ik wel begreep dat het mijn enige kans was om iets van mijn leven te maken.'

'Waren de andere pleegkinderen ook zo jaloers als Claas Reker?' wilde Bodenstein weten.

'Ze waren allemaal voortdurend vanwege iets jaloers, vooral Ramona en André,' antwoordde Joachim Vogt. 'André haatte me sowieso, en ik was bang voor hem, hoewel hij een jaar jonger dan ik was. Overigens was de school zelf niet het probleem, maar wel dat Fridtjof en ik ineens andere vrienden hadden. Normále mensen uit normále gezinnen. Voor mij was het een volledig nieuwe ervaring dat ik werd geaccepteerd om wie ik was. De vader van een goede vriendin was directeur van een multinational. We liepen als vanzelfsprekend bij haar in en uit, dat maakte Claas woedend.'

'Anja Manthey?'

'Juist.' Vogt glimlachte. 'Het was voor mij een bevrijding dat ik ten minste een paar uur van mijn "broers en zussen"...' – hij tekende met zijn vingers aanhalingstekens in de lucht – '...af was. Me een normaal mens kon voelen.'

'U hebt een keer tegen Anja Manthey gezegd dat het beter was dat ze niet bij de Reifenraths bleef lunchen. Wat bedoelde u daarmee?'

'Ik schaamde me.' Het leek Vogt niet langer te verontrusten dat de recherche met een oude jeugdvriendin over hem had gepraat. 'De toestanden waren vaak op het randje. Dat was ook de reden waarom ik verhalen over mijn ouders verzon, bijvoorbeeld dat ze bij een vliegtuigongeluk om het leven waren gekomen, of tijdens een expeditie in de jungle door een tijger waren opgevreten.'

Hij glimlachte lichtjes, maar werd meteen weer serieus.

'Heeft Theo eigenlijk ook tegen u verteld dat hij uw biologische vader was?' vroeg Pia.

'Nee.' Het klonk oprecht verbaasd.

'Dat zei hij tegen Claas Reker. Maar dat mocht hij niet verder vertellen, zodat zijn vrouw er niet achter zou komen.'

'Maar waarom zou hij dat hebben gedaan?' vroeg Vogt geïrriteerd. 'Wat heeft dat voor zin!'

'Een ouderloos kind dat niets liever wil dan ouders, had daarmee op z'n minst een vader, zelfs al kwam die er niet voor uit.'

'Misschien dacht Claas daarom altijd dat hij speciaal was.' Vogt snoof. 'Waarschijnlijk geloofde hij het echt.'

'Hebt u uw vader gekend?'

'Nee. En dat was misschien maar beter ook. Want dan heb je niet voortdurend hoop,' antwoordde Vogt. 'De kinderen die hun ouders kenden, hoopten altijd stiekem dat ze op een dag zouden worden opgehaald, wat maar heel zelden gebeurde. Ik blijf erbij dat ze er veel slechter aan toe waren dan degenen die deze hoop niet hadden, want ze werden keer op keer teleurgesteld.'

'Wie bijvoorbeeld?' vroeg Bodenstein.

'Hm.' Vogts gedachten dwaalden naar het verleden. 'Ramona kende haar ouders. Het waren tieners, die door hun ouders werden gedwongen hun kind ter adoptie af te staan. Een paar anderen, die er maar relatief kort woonden, waren haar voorbeeld. Timo kende zijn ouders ook.'

‘Timo? Was dat niet de jongen die zelfmoord pleegde?’ vroeg Pia.

‘Ja, precies.’ Vogt knikte. ‘Hij hing zich in de douche op.’

Prompt herinnerde Pia zich het onbehaaglijke gevoel dat ze kreeg toen ze de badkamer was binnengelopen.

‘Een paar jaar eerder had een meisje haar polsen in het bad doorgesneden,’ zei Joachim Vogt. ‘Barbara heette ze, haar achternaam weet ik niet meer. Ze hoopte ook altijd dat haar ouders haar weer terug zouden nemen.’

‘Hoe zat dat met André Doll?’

‘Zijn moeder was in slaap gevallen met een sigaret in haar mond. André was een zuigeling en liep zware brandwonden op. Daarna overleed ook zijn oma en belandde hij bij de Reifenraths,’ vertelde Joachim Vogt. ‘Het zou me niets verbazen als Theo ook hem heeft wijsgemaakt dat hij zijn vader is.’

Pia dacht aan het verhaal dat Raik Gehrmann had verteld, en vroeg Vogt ernaar.

‘Natuurlijk herinner ik me dat,’ zei hij. ‘Er zijn veel ergere dingen gebeurd. Dat was nog betrekkelijk onschuldig en Raik was niet bepaald een lieverdje.’

‘Wat bedoelt u daarmee?’

‘Ach, het is allemaal zo lang geleden.’ Vogt maakte een afwijzend gebaar. ‘Ik heb veel allang verdrongen. Raik is de zoon van Theo’s beste vriend, dat gebruikte hij om belangrijk te doen. Hij ging een tijdje met Nora, dat was nog op de basisschool en volkomen onschuldig, maar hij ging er nogal prat op. Maar toen ze hem aan de kant zette en iedereen hem uitlachte, was hij des duivels. Ik denk dat die actie met de folie een koekje van eigen deeg was voor iets wat hij daarvoor met hén had gedaan.’

Hij zweeg en staarde voor zich uit. Een poosje zei niemand iets.

‘U kunt zich niet voorstellen hoe erg het is als je niemand kunt vertrouwen,’ sprak hij met veranderde stem verder. ‘André en Claas, ze waren hard en koud. Wat ze met ons deden was pure terreur. Ik was hun favoriete slachtoffer, omdat ze jaloers op me waren, terwijl ik het nauwelijks beter had dan zij. Ik leefde voortdurend in angst voor een of andere aanval of kleinering.’

‘Waarom vertelde u dat niet aan uw vriend Fridtjof?’

‘Omdat ik geen verrader wilde zijn.’ Vogt zuchtte. ‘André was afhankelijk van Claas. Hij was net een soldaat, volgde elk bevel op, hoe laag of wreed dat ook was. Toen Claas weg was, werd het iets beter, maar André liet me pas met rust nadat Fridtjof er iets van had meegekregen.'

Hij schraapte zijn keel, ging rechtop zitten en streek met zijn hand over zijn kin.

'Het kost me nog steeds moeite Theo met die verschrikkelijke... gebeurtenissen in verband te brengen,' zei hij. 'Maar er is wel iets waaraan ik niet veel aandacht heb besteed, maar wat ik nu in een ander licht zie.'

'Wat bedoelt u?'

'Onder het oude poolhouse ligt een soort machineruimte, waarin de technische apparatuur van het zwembad staat.' Vogt aarzelde een moment. 'Het is nog niet zo lang geleden, misschien een halfjaar, dat we een afspraak hadden omdat ik hem naar de notaris zou brengen. Ik kon hem nergens vinden en zocht het hele huis af, en toen zag ik Beck's voor het poolhouse liggen. De deur was aan de binnenkant vergrendeld. Ik dacht dat er iets met Theo was gebeurd en klopte op de deur. Het duurde een paar minuten voordat hij opdook. Hij was behoorlijk bezweet en buiten adem en verweet me dat ik hem bespioneerde. De afspraak met de notaris was hij helemaal vergeten. Op mijn vraag wat hij in het huisje had gedaan, gaf hij geen antwoord.'

'Bent u later in het poolhouse gaan kijken?' Pia had de tot nu toe binnengekomen berichten vluchtig doorgelezen en kon zich niet herinneren of Krögers mensen het gebouw onder de loep hadden genomen.

'Hm. Ja. Ik was nieuwsgierig,' gaf Vogt toe. 'Op het eerste gezicht was er niets te zien. Alleen oude tuinmeubels. Toen schoot de machineruimte me te binnen. Over het valluik stond een kist, waarin de kussens van de tuinmeubelen werden bewaard. Ik ben naar beneden geklommen, maar er stond niets, behalve de apparaten van het zwembad.'

***

'Het maakt me in principe wantrouwig als we zulke aanwijzingen krijgen,' zei Bodenstein op weg naar Frankfurt. 'Als een brandweerman die branden sticht en als eerste ter plekke is om aandacht te trekken met zijn bluswerk.'

'Dat schoot ook door mijn hoofd,' stemde dr. Harding met hem in. 'Niet zelden keren daders terug naar de plaats delict en geven de politie aanwijzingen of mengen zich onder de kijklustigen.'

'Wat vind je van Vogt?' wendde Bodenstein zich tot de profiler.

‘Hij maakt op mij een reflecterende en bedachtzame indruk,’ antwoordde dr. Harding.

‘Maar hij is een van de verdachten,’ zei Pia. ‘Hij liep door de jaren heen geregeld bij Theo Reifenrath in en uit en was een pleegzoon, net als Claas Reker, André Doll en Sascha Lindemann.’

‘Mocht er iets onder het poolhouse te vinden zijn, misschien een ander lichaam of een andere aanwijzing naar de daden, dan is Vogt onze man,’ beaamde dr. Harding.

Het verkeer op de A5 reed vlot door, terwijl aan de andere kant, voor een stuk opengebroken weg, een file stond. Aan de rechterkant dook de skyline van Frankfurt op. Bij knooppunt Westkreuz nam Bodenstein de afslag richting centrum. Stapvoets sukkelden ze langs de Messe, van het ene rode stoplicht naar het volgende. Pia’s telefoon ging. Ze schakelde haar bluetooth in en nam het gesprek aan.

‘Ik kreeg net een telefoontje uit Hamburg,’ klonk Kai Ostermanns stem uit de luidspreker. ‘Die collega maakte me opmerkzaam op een cold case uit 1997, en ik werd achterdochtig toen ik hoorde op welke dag de vrouw verdwenen is.’

Pia voelde hoe haar nekharen overeind gingen staan. Nog een slachtoffer!

‘Op Moederdag?’ sprak ze haar vermoeden uit.

‘Exact. Elke von Donnersberg, achtenveertig, verdween op zondag 11 mei 1997 in Hamburg. Ze ging zoals elke ochtend joggen in het Jenischpark en kwam niet meer terug. Haar lichaam werd pas twee maanden later ter hoogte van de ontvangstkade voor schepen bij Hanskalbsand, een eiland in de Elbe, gevonden.’

Pia wisselde een blik met Bodenstein.

‘Was ze met haar auto onderweg?’

‘Nee. Ze woonde aan de Elbchaussee in Othmarschen en jogde elke ochtend hetzelfde stuk vanuit huis.’

‘Had ze kinderen?’ wilde dr. Harding weten.

‘Ja. Twee zonen. Destijds negen en elf jaar.’ Kai schraapte zijn keel. ‘Maar nu komt ’t: de torso van het lichaam was in plasticfolie gewikkeld. De collega’s gingen er destijds van uit dat ze in de folie verward was geraakt. In de Elbe drijft altijd een heleboel rotzooi rond, daarom schonken ze er niet veel aandacht aan. Maar voor mij is het mogelijk net zoiets als onze andere gevallen.’

'Dat zou absoluut zo kunnen zijn,' bevestigde Harding. 'De dag van haar verdwijning en de folie zijn het handschrift van onze dader.'

'Aan het lichaam ontbrak een ring met een aquamarijn,' sprak Kai verder. 'Dat hij in het water is afgevallen, is onwaarschijnlijk, want ze had haar trouwring nog om, en de ring met de aquamarijn droeg ze altijd onder haar trouwring.'

'Waar stuur je op aan?' vroeg Bodenstein.

'Dr. Harding vertelde dat de dader de autosleutels misschien als trofeeën bewaart,' zei Kai. 'Ik heb de dossiergegevens in het informatiesysteem van de politie iets nauwkeuriger bekeken en vastgesteld dat er tussen Eva Tamara Scholle, Rianne van Vuuren, Nina Mastalerz en Jana Becker een overeenkomst is die ons tot nu toe niet is opgevallen: bij alle vier de vrouwen was van het achterhoofd een pluk haar afgeknipt, dat is op de foto's duidelijk te zien. En bij iedereen ontbrak iets: bij Eva Tamara Scholle was het een riem met pareltjes, die ze op de dag van haar verdwijning droeg. Bij Rianne van Vuuren was het een kettinkje met een kruis. Bij Nina Mastalerz waren het oorbellen en bij Jana Becker was het ook een kettinkje.'

'Zijn er bij de vrouw uit Hamburg ook haren afgeknipt?'

'Door de slechte toestand van het lichaam nadat het twee maanden in het water had gelegen, was dat nog maar moeilijk vast te stellen. De collega's sturen me de dossiers en vooraf foto's, die ik naar professor Kirchhoff zal doorsturen, zodat hij ze beter kan bekijken.'

'Heel goed, Kai,' prees Bodenstein zijn hoofdmedewerker. 'Is Claas Reker al bij jullie gearriveerd?'

'Zit beneden in een cel. Wat moet er met hem gebeuren?'

'In eerste instantie niets. Kun je voor een arrestatiebevel zorgen? Verdacht van moord op Theodor Reifenrath.'

'Ja, duidelijk, doe ik.' Kai stelde zoals gebruikelijk geen overbodige vragen.

'We rijden nu naar Fridtjof Reifenrath en daarna naar André Doll. Heb je iets van Cem en Tariq gehoord?'

'Cem en Merle waren bij de moeder van Nina Mastalerz en praten nu nog met een vriendin,' zei Kai. 'Tariq en Kathrin hebben met de zonen van Annegret Münch gesproken en met de man met wie ze een verhouding had. Hij was piloot. De collega's hebben hem destijds ook al behoorlijk door de mangel gehaald, maar hij had een alibi, want toen de vrouw verdween, was hij helemaal niet in het land. Tariq is nu nog bij de beste vriendin van Annegret Münch.'

‘Acht slachtoffers,’ zei Pia somber, toen Kai had opgehangen. ‘Wie weet wat er nog allemaal naar boven komt. Ik vraag me alleen af waarom het niet veel eerder is opgevallen dat het om een seriemoord gaat. Waarom bestaan er eigenlijk databanken als ViCLAS, als zulke parallellen als het inwikkelen in folie of afgesloten auto’s niet opvallen?’

‘Een databank is zo goed als degenen die haar analyseren,’ merkte dr. Harding op. ‘Deze zaak kan eraan bijdragen dat de algoritmen van het programma worden aangepast. Maar vertel me alsjeblieft iets over de man die we nu gaan bezoeken.’

In een paar zinnen informeerde Pia de profiler over Fridtjof Reifenrath. Ze beschreef hoe hij Cem Altunay en haar had bejegend en dat ze het niet onwaarschijnlijk achtte dat hij betrokken was bij de moord op zijn grootmoeder.

‘Waarom zou hij zijn grootmoeder willen ombrengen?’ vroeg Bodenstein. ‘Hij had het goed. Ze verwende hem behoorlijk. En hij was nooit slachtoffer van haar draconische straffen.’

‘Dat zegt niets,’ meende dr. Harding. ‘Mensen met een dissociale persoonlijkheidsstoornis – ik bestempelde ze in mijn voordracht als roofdieren – denken niet zoals wij, maar alleen aan zichzelf. Ze laten zich niet door geweten, moraal of de wet tegenhouden. Overigens hoeft niet altijd mishandeling de reden te zijn voor de ontwikkeling van een dissociale persoonlijkheidsstoornis. Soms gebeurt dat ook doordat een kind zijn behoeftes ongeremd kan uitleven omdat het geen grenzen voelt. Een voorbeeld daarvan zijn de broers Erik en Lyle Menendez, die hun ouders doodschoten toen deze argeloos voor de televisie zaten. Daarna trokken ze eropuit, feestten erop los en gingen shoppen, tot ze werden gearresteerd. Ze kregen bijna altijd alleen maar het beste – de duurste scholen, kleren, geld, auto’s, tennislessen. Maar voor een psychopaat is zelfs het beste niet genoeg.’

‘Oké.’

‘Desondanks: om welke reden zou Fridtjof Reifenrath zijn grootmoeder willen doden?’

‘Als hij echt een dissociale persoonlijkheid heeft, dan heeft hij geen reden nodig,’ antwoordde Harding. ‘Misschien werkte ze hem op dat moment op de zenuwen. Of ze stond zijn plannen in de weg. Wie weet wat er in zo’n persoon omgaat?’

Bodenstein reed, om de Mainzer Landstraße te vermijden, door Westend en sloeg vanaf de Feuerbachstraße de Bockenheimer Landstraße in.

Het verkeer richting de stad stroomde redelijk door. De DEHAG-flat stond, alleen door het Rothschildpark gescheiden, als een klein broertje in de schaduw van de honderdzeventig meter hoge Opernturm. Ze parkeerden de auto op de geplaveide toegang naar het gebouw en liepen door de hoofdingang naar de glazen foyer.

De portier bij de receptie, een man van begin zestig, die volgens zijn naambordje op de ontvangstbalie naar de klinkende naam Cristiano Ribeira da Silva luisterde, maakte een aanzienlijk gedistingeerdere indruk dan de jonge bankiers die voor de ingang stonden te roken of aan de wandel waren tijdens hun middagpauze. De man met de melancholische donkere ogen en het grijze haar, wiens gezicht bij het zien van de politielegitimaties volledig onbewogen bleef, pleegde zonder aarzelen een telefoontje nadat Bodenstein te kennen had gegeven dat hij met Fridtjof Reifenrath wilde spreken.

'Een ogenblik geduld alstublieft,' zei hij waardig en hij gebaarde naar een zithoek voor in de foyer. 'Er zal zo snel mogelijk iemand komen.'

'Dank u wel.' Bodenstein knikte en wilde zich al omdraaien, toen dr. Harding naast hem ging staan en Ribeira da Silva in vloeiend Portugees aansprak. Een verheugde glans gleed over het gezicht van de man, aan wie nauwelijks iemand aandacht schonk, en in een mum van tijd waren beiden in een geanimeerd gesprek verdiept, waarvan Bodenstein en Pia geen woord verstonden, behalve *bom dia* en *obrigado*. Dr. Harding sprak een paar minuten met de Portugees, toen bedankte hij hem beleefd en volgde Bodenstein en Pia naar de zithoek.

'Het karakter van een mens is het best op te maken uit kleinigheden,' verklaarde hij. 'Da Silva vertelde me dat Reifenrath hem nooit begroet, behalve als hij bezoek heeft. Dan doet hij vriendelijk, bijna vertrouwelijk zelfs. Hij stelde zichzelf toen hij hier begon niet eens voor aan de portier, die al tweeëndertig jaar bij de bank werkt. Heel typisch gedrag voor een roofdier. Mensen die in de hiërarchie onder hem staan zijn lucht, tenzij ze een bondgenoot nodig hebben.'

Een van de beide liften stopte met een discreet geluid, de deuren gingen open en Pia wapende zich al tegen een nieuwe ontmoeting met Fridtjof Reifenrath. Maar in zijn plaats stapte een tengere zwartharige vrouw in een grijs mantelpakje uit de lift en liep op hen af. Ze bleef een meter voor hen staan, en stelde zich voor als Özgur Şenoğlu, de persoonlijk assistente van Fridtjof Reifenrath. Geen glimlachje, geen handdruk. Haar baas was helaas vandaag niet op kantoor, of ze op een of andere manier iets voor hen kon betekenen?

'Waar kunnen we meneer Reifenrath vinden?' wilde Bodenstein weten.

'Hij is niet op kantoor,' herhaalde zijn assistente.

'Hij zal toch wel ergens zijn, als hij niet hier is,' mengde Pia zich ongeduldig in het gesprek. Haar baas was weer eens veel te vriendelijk. 'U kent toch zeker zijn agenda, of niet soms?'

Geen antwoord, in plaats daarvan een koude blik, die Pia woedend maakte.

'We zijn geen vertegenwoordigers die u gewoon kunt afpoeieren,' zei ze. 'We zijn van de recherche en onderzoeken een moordzaak. Als u ons geen inlichtingen kunt, wilt of mag geven, dan laten we meneer Reifenrath gewoon dagvaarden. We kunnen hem zelfs laten opsporen. Opsporingsberichten op de radio, het internet en de televisie zijn buitengewoon effectief.'

Özgur Şenoğlu staarde haar met een uitdrukkingsloos gezicht aan. Pia beantwoordde haar blik even uitdrukkingsloos, pakte haar telefoon en koos Kais nummer.

'We moeten een opsporingsbericht uitvaardigen,' zei ze, toen Kai zich meldde. 'Hoogste prioriteit, landelijk. Nee, wacht, in heel Europa. En wel voor...'

'Wacht even!' Bij het zien van Pia's vastberadenheid ging de assistente door de knieën.

'Momentje,' zei Pia tegen Kai.

'Meneer Reifenrath is vandaag in Londen,' zei Özgur Şenoğlu met tegenzin. 'Overmorgen is hier in Frankfurt een speciale algemene vergadering, die moet worden voorbereid. Hij wil niet gestoord worden.'

'Wanneer komt hij terug?'

'Vanavond met de laatste vlucht of morgenochtend vroeg.'

'Kai? Het is opgelost. Dank je.' Pia beëindigde het gesprek. 'Waar verblijft uw baas als hij in Frankfurt is?'

'In hotel Kempinski in Falkenstein.'

'Dank u wel voor de informatie.' Pia liet de vrouw gewoon staan. Ze verlieten de foyer van de bank. Bodenstein grijnsde voor zich uit.

'Kijk,' zei hij meesmuilend tegen dr. Harding, 'dat is werkverdeling. Altijd als ik te beleefd ben, schiet Pia in de rottweilermodus, en dan gaan alle deuren open.'

***

Een telefoontje van Christian Kröger bracht Bodenstein ertoe het plan te veranderen. Na de aanwijzing van Joachim Vogt was Kröger naar Mammolshain gereden en had het poolhouse nog een keer grondig onder de loep genomen en was in de ondergrondse ruimte, waar de technische installatie van het zwembad stond, inderdaad iets tegengekomen wat de technici over het hoofd hadden gezien. Bodenstein stopte naast de blauwe VW-bus van de technische recherche. Ze stapten uit en liepen om het huis heen. Kröger stond te wachten voor het bakstenen gebouwtje.

'Zeg alsjeblieft niet dat je daar beneden nog meer lichaamsdelen hebt gevonden,' zei Pia.

'Nee, dat niet. Kijken jullie zelf maar.'

Dr. Harding gaf er de voorkeur aan in de frisse lucht te blijven, daarom volgde alleen Pia haar baas het huisje in. Ze drong zich langs tuinmeubelen, verbleekte parasols en plastic kratten en haalde diep adem voordat ze door een vierkante opening een paar ijzeren treden afklom. Ze voelde hoe haar knieën slap werden en haar hart hevig bonsde. De kleine ruimte, waarin Bodenstein met zijn lengte alleen gebukt kon staan, werd door twee stralers fel verlicht.

'Wat is dat daar?' Pia wees naar een blauw voorwerp, dat door een dikke laag stof werd bedekt, en haar op een onaangename manier herinnerde aan de vaten in Schwalbach.

'Maak je geen zorgen,' zei Christian naast haar. 'Dat is gewoon de filterketel voor het zwembad. Maar kijk hier eens!'

Hij wees naar een aantal stoffige dozen die langs de muur waren opgestapeld.

'Is dat munitie?' vroeg Pia verbaasd.

'Yes!' Christian knikte. 'Mijn jongens hebben die verstopplek over het hoofd gezien, maar hij was ook echt goed gecamoufleerd. De muurstenen stonden los op elkaar.'

Hij wees naar een gat in de muur van ongeveer zestig bij veertig centimeter achter in de ruimte.

'Daarin stonden de munitiedozen en drie kisten met een heleboel wapens.'

Wapens! Pia voelde haar maag draaien van opluchting. Ze hurkte voor de drie stoffige metalen kisten, die tegen de muur onder een stoomaggregaat stonden. Elk wapen was in meerdere lagen noppenfolie gewikkeld. Nadat ze haar handschoenen had aangetrokken, pakte ze een zilveren trommelrevolver met een kolf van ivoor.

'Wat is dit dan?'

'Een colt, kaliber .45,' verklaarde een van de mannen van de technische recherche. 'Lijkt wel een kopie. We hebben even snel een kijkje genomen, maar er zitten ook *pump guns* bij, moderne en historische pistolen en revolvers, jachtgeweren, kalasjnikovs, uzi's, een raketwerper en minstens tien handgranaten.'

'Functionerend?'

'Als ik de hoeveelheid munitie zie, dan vermoed ik van wel. Maar dat moet natuurlijk worden onderzocht.'

Pia draaide zich om naar Bodenstein.

'Ik durf te wedden dat we hier het wapen vinden waarmee Rita Reifenrath is gedood,' zei ze. 'En misschien zijn dit Fridtjofs verplichtingen van vroeger waar Theo het met hem over had aan de telefoon. Wat denk je?'

'Dat vragen we hem morgen,' antwoordde Bodenstein. 'Alleen al het bezit van handgranaten, machinegeweren en raketwerpers is een vergrijp tegen de Wet inzake het toezicht op productie en handel in oorlogstuig.'

Pia liet de beoordeling van de wapens over aan haar baas en maakte zich klaar om de ladder op te klimmen. De wapenexperts van de deelstatelijke recherche waren geïnformeerd en op weg hiernaartoe. Vandaag zouden nog alle wapens met het kaliber .22 ballistisch worden getest, zodat ze zo snel mogelijk zouden weten of het wapen waarmee op Rita Reifenrath was geschoten, erbij zat.

Dr. Harding stond bij het gat op de plek waar voorheen de hondenkennel stond, met zijn handen op zijn rug.

'Ik zou graag het huis en de bijgebouwen willen bekijken,' zei hij tegen Pia toen ze naast hem ging staan. 'Is dat mogelijk?'

'Natuurlijk. Collega Kröger heeft de huissleutel. Zal ik met je meegaan?'

'Als je het niet erg vindt, ga ik liever alleen.' Dr. Harding glimlachte verontschuldigend. 'Ik heb niets tegen je, maar ik word niet graag afgeleid.'

'O, dat begrijp ik helemaal.' Pia glimlachte terug. 'Heb je Kim eigenlijk al te pakken gekregen?'

'Nee, helaas niet.' De profiler schudde zijn hoofd. 'Ik heb haar ge-e-maild en een voicemail ingesproken, maar ze heeft me tot nu toe niet teruggebeld. Wat niets voor haar is. Normaal gesproken belt ze binnen een halve dag terug.'

Pia overwoog of ze hem over de privéproblemen van haar zus moest vertellen, maar ze kon niet beoordelen hoe nauw de relatie tussen dr. Harding en Kim was, daarom zag ze ervan af.

'Ze belt mij soms dagenlang niet terug,' zei ze in plaats daarvan luchtig. 'Onze baas zal dat rapport wel weten te bemachtigen.'

'Daar twijfel ik niet aan.'

'Ik haal snel even de sleutel voor je.'

'Geen haast. Ik kijk hier wel een beetje rond.'

Op weg naar het poolhouse bleef Pia aan de rand van het zwembad staan. Nu was het niet meer dan een rechthoekig gat dat vol met bladeren en viezigheid lag, maar eens moest het er schoon en uitnodigend hebben uitgezien, met lichtblauwe tegels en helder water, waarin de lucht zich spiegelde.

Van buitenaf bekeken waren bij de Reifenraths alle voorwaarden voor een zorgeloze jeugd aanwezig: uitgestrekte grasvelden, een beek, veel bomen, een tennisbaan, een zwembad, een grote groentetuin en ook nog allerlei dieren. Er was veel plaats om te spelen, rust en frisse lucht. Geen wonder dat de verantwoordelijke personen van de kinderbescherming blij waren voor ieder kind dat ze uit een kindertehuis naar deze ogenschijnlijke idylle mochten sturen. Had werkelijk niemand vermoed wat zich hier echt afspeelde?

Haar eigen jeugd was niet ongelukkig, maar kenmerkte zich ook niet echt door hartelijkheid en uitbundige liefde. Als tiener kwam ze in opstand tegen de school, en ze had haar ouders intolerant en bekrompen gevonden. Lars en Kim worstelden zich zonder grote conflicten door hun schooltijd en jeugd, maar Pia was allesbehalve gelukkig geweest, ze voelde zich in haar onhandige lijf en haar saaie doorsneefamilie helemaal niet op haar gemak. Afgezien van een paar oorvijgen was ze nooit geslagen en al helemaal niet mishandeld, maar ze voelde zich ook nooit gewaardeerd, integendeel: haar ouders hadden alleen maar kritiek en prentten haar in dat haar eigen behoeftes op de laatste plaats kwamen. Ze had niets goed kunnen doen, noch haar kapsel, noch haar kleren waren ooit goed genoeg geweest in de ogen van haar moeder, en vooral niet haar cijfers of haar vrienden. In hun jeugd waren Kim en Pia onafscheidelijk, maar tijdens hun puberteit veranderde dat. Kim groeide uit tot een gracieuze, elfachtige schoonheid, door de hele familie geliefd en bewonderd, terwijl Pia met pukkels, babyvet en haar temperament te kampen had gehad.

Kim werd altijd door een zwerm aanbidders omringd. Pia daarentegen kreeg nooit een liefdesbrief van een jongen, had nooit een vaste vriend, iets waaronder ze vreselijk had geleden. Door haar geringe gevoel van eigenwaarde nam ze rampzalig foute beslissingen wat mannen betreft, en dat leidde er uiteindelijk toe dat ze werd gestalkt en verkracht en later in handen viel van Henning Kirchhoff, een uitgesproken egoïst. Maar toch kreeg ze het op een of andere manier voor elkaar zich van haar verleden los te maken, in plaats van eraan onderdoor te gaan. Ze had haar plaats in het leven gevonden, verwezenlijkte met de Birkenhof haar droom en beeindigde die uit eigen beweging voordat het een nachtmerrie zou kunnen worden. Ze had een baan die veel van haar vroeg en voldoening schonk, en had het grote geluk dat ze op haar negenendertigste een man als Christoph was tegengekomen, van wie ze onvoorwaardelijk hield.

Lars ontwikkelde zich tot een bekrompen, wrokkig burgermannetje dat iedereen wantrouwde en overal samenzweringen tegen zichzelf vermoedde. Zijn paranoia leidde ertoe dat hij nooit carrière had gemaakt en dat hij halverwege de vijftig nog steeds klantadviseur bij de plaatselijke spaarbank was. En met Kim was ook iets niet in orde. Ze was aan de ene kant welbespraakt, scherpzinnig en charmant, aan de andere kant denigrerend en kwetsend. Wat haar privéleven en haar gevoel betrof was ze zo gesloten als een oester.

Maar waarom was Kim zo geworden? Ze was net zo opgegroeid als Pia. Was er iets gebeurd wat tot deze ingrijpende verandering had geleid, of was het gewoon Kims ware aard, die op een gegeven moment naar boven was gekomen? Was een of andere ervaring als kind er eigenlijk automatisch verantwoordelijk voor dat iemand zich tot een psychopathische persoonlijkheid ontwikkelde? Hoe groot was de rol van de genen? En ervoer niet ieder mens een situatie anders, gewoon omdat hij andere psychische eigenschappen had dan zijn medemensen?

'Pia?'

Iemand raakte haar schouder aan en ze keek geschrokken op. Bodenstein stond naast haar.

'Waarom sta je hier naar het zwembad te kijken?' wilde hij weten.

'Ik stond alleen maar over iets na te denken,' zei ze. 'Wat als mensen gewoon slecht zijn en hun jeugd er helemaal niets mee te maken heeft?'

'Daar kun je het beter met dr. Harding over hebben dan met mij,' antwoordde Bodenstein. 'Kunnen we weg?'

'Ja, natuurlijk. Ik moet alleen nog even de sleutel van het huis halen. Harding wil er rondkijken.'

***

Claas Reker werkte mee en gaf toe dat hij 's middags had gelogen. Theo Reifenrath was al dood toen hij laat in de ochtend op 7 april bij zijn huis arriveerde. Het hele verhaal klonk vreemd, maar wel plausibel: Reker was op vrijdag naar Mammolshain gereden, omdat Theo de telefoon niet opnam. De dag ervoor had hij zijn pleegvader om een lening gevraagd, want zijn advocaat dreigde een openstaand bedrag via de gerechtelijke weg op te eisen als hij niet binnen achtenveertig uur de ongeveer elfduizend euro betaalde. Theo zegde hem het geld toe, maar hij had het geld niet in huis en wilde hem daarom zijn bankpas geven. Toen hij aankwam, zat de huisdeur niet op slot en de oude man lag dood op de divan in de keuken. Zijn lichaam was nog warm, ook de lijkstijfheid had nog niet ingezet, maar hij ademde niet meer en had geen pols. Omdat Reker wist dat zijn pleegbroer Joachim Vogt de volgende dag van zijn zakenreis zou terugkomen, nam hij een weliswaar moreel verwerpelijke, maar niet per se criminele beslissing. Hij had in de kamers naar contant geld gezocht en ook in de brandkast gekeken. Zijn buit was magertjes: bijna vijfhonderd euro had hij in de brandkast gevonden. Opdat de hond niet het lichaam van zijn baasje zou kunnen aanvreten, sloot hij het dier in de kennel op en gaf hem voer en water, daarna draaide hij alle verwarmingen dicht, pakte de portemonnee van zijn pleegvader en verliet het huis.

'Waarom hebt u de politie niet op z'n minst anoniem ingelicht?' wilde Pia weten.

'Ik dacht dat Joachim de volgende dag zou komen en hem zou vinden,' antwoordde Reker. Hij merkte dat Pia en Bodenstein zijn verhaal geloofden en werd weer zelfverzekerder. 'Of Theo daar nu een of twee dagen lag, maakte eigenlijk niet uit, toch?'

Pia zuchtte. Ze geloofde het verhaal van de man. Hij had het geld zo hard nodig gehad dat de rest hem niets had kunnen schelen. Uiteindelijk konden ze hem zelfs dankbaar zijn dat hij de hond in de kennel had opgesloten. Volgens het obductieverslag was het mogelijk dat Reifenrath was gevallen en daarbij de zware verwondingen aan zijn gezicht had opgelopen, die tot zijn dood hadden geleid.

‘Jullie kunnen me niet langer dan vierentwintig uur vasthouden,’ zei Reker grijnzend. ‘Geloof me, ik ken mijn rechten. Als u geen gerechtelijk bevel krijgt, moet u me op z’n laatst morgenochtend vroeg weer laten gaan, anders dien ik een aanklacht tegen u in wegens ongeoorloofd geweld en vrijheidsberoving.’

‘U hebt geen vaste verblijfplaats.’

‘Natuurlijk wel. Ik trek in Theo’s huis in. Daar sta ik tenslotte ook ingeschreven. Tot die tijd woon ik bij mijn collega. Het adres hebt u. En u weet ook waar ik werk.’

Pia wierp een blik op haar baas.

‘U kunt gaan, meneer Reker,’ zei Bodenstein, hij schoof zijn documenten aan de kant en stond op. ‘Bedankt voor uw medewerking. Mijn verontschuldigingen voor de last die we u hebben bezorgd.’

‘Hoe zit het met mijn auto?’

‘De Mercedes van meneer Reifenrath wordt op dit moment door de forensisch-technische dienst onderzocht. Als dit onderzoek niets oplevert, zullen we de auto aan de erfgenamen of aan de curator overdragen.’

Zonder te groeten verliet Bodenstein de verhoorkamer en Pia volgde hem.

In de vergaderkamer zaten Tariq, Cem en Merle Grumbach al. Dr. Harding was terug uit Mammolshain, alleen Kathrin was al naar huis, omdat ze niemand voor haar dochtertje had. Bodenstein en Pia vertelden met wie ze die dag hadden gesproken, welke informatie dat had opgeleverd en waarom ze Claas Reker weer op vrije voeten hadden gesteld. Daarna was Tariq aan de beurt. Kathrin en hij waren samen met de collega uit Dietzenbach, die de zaak na de pensionering van de toenmalige rechercheur had overgenomen, bij een inmiddels volwassen zoon van Annegret Münch geweest. De verdwijning van hun moeder had het leven van de kinderen volledig op de kop gezet, want ze verloren niet alleen hun moeder, maar ook hun vader, die door de politie van de moord op zijn vrouw werd verdacht. Geen van de zonen was erin geïnteresseerd nadere informatie over de omstandigheden van hun moeders dood te horen. Ze konden haar tot op de dag van vandaag niet vergeven. Annegret Münch’ moeder daarentegen had op het nieuws dat haar dochter was gevonden, beheerst gereageerd en wilde elk detail weten. Ze vertelde dat haar dochter al lange tijd ongelukkig was geweest in haar huwelijk. Ze had de zonen bij haar man achtergelaten en had een huis in een plaats in de buurt gezocht om dicht bij hen te kunnen zijn. Toen ze voor een talkshow over dit thema werd uitgenodigd, was Bernhard Münch woedend geworden en had in het bijzijn van getuigen gedreigd dat hij haar zou doden. Daarna kreeg ze een affaire met een collega.

'Haar vriend, de ex-piloot, was allesbehalve enthousiast toen we bij hem op kantoor opdoken,' vertelde Tariq. 'Hij is inmiddels een behoorlijk hoge pief bij Lufthansa, al twintig jaar getrouwd en hij heeft drie kinderen.'

'Was zijn relatie met Annegret Münch destijds serieus?' vroeg Pia.

'Hij wilde met haar gaan samenwonen,' antwoordde Tariq. 'En hij was ook degene die haar als vermist opgaf. Daarna was hij even het middelpunt van een moordonderzoek, werd door haar woedende echtgenoot achtervolgd en moest bovendien vernemen dat ze mogelijk nog een ander ijzer in het vuur had gehad.'

'Er was dus echt een grote onbekende?'

'Ja, die was er.' Tariq knikte. 'Van haar beste vriendin Julia König weet ik dat Annegret tot over haar oren verliefd was. Ze leerde hem pas vlak voordat ze verdween kennen en deed heel geheimzinnig. Na haar terugkeer uit Sjanghai wilde ze Julia en een andere vriendin de details vertellen, maar dat kwam er niet meer van.'

'En ze heeft echt niemand iets over hem verteld?' vroeg dr. Harding. 'Dat is heel atypisch voor een vrouw.'

'Toch verraadde ze twee dingen aan haar vriendin,' zei Tariq. 'Namelijk dat ze de man in het cursuscentrum van Lufthansa had leren kennen. En ze vertelde dat hij de volledige tegenpool van haar toenmalige echtgenoot was. Bernhard Münch was gedrongen en al bijna kaal, daarom zochten ze naar een slanke donkerharige. Maar Lufthansa had in 1993 meer dan veertigduizend werknemers. De zoekactie verliep in elk geval zonder resultaat. Ook de evaluatie van Annegret Münch' telefoonrekening leverde weinig op. De meeste telefoontjes waren niet te achterhalen.'

Cem en Merle hadden meer veelbelovende nieuwtjes te bieden. Nina Mastalerz kwam in 2011 van Polen naar Duitsland om een nieuw bestaan op te bouwen. Ze nam in Bamberg een paar schoonmaakadresjes aan en volgde Engelse en Duitse les op de volksuniversiteit, 's avonds werkte ze in een *table dance bar*. Haar dochtertje, een buitenechtelijk kind, had ze in Polen bij haar grootouders achtergelaten.

'Nina was heel ambitieus,' vertelde Cem. 'Ze wilde absoluut succesvol zijn. Dat doel was het allerbelangrijkst. Haar Franse collega's vroegen destijds de politie om hulp, en de jongens uit Bamberg vermoedden dat ze haar moordenaar in de bar waar ze werkte had ontmoet. Ze keerden haar hele sociale omgeving ondersteboven, maar ze spraken niet met Nina's huisgenoot, die toentertijd illegaal in Duitsland was en zat ondergedoken om niet het land uit te worden gezet. Inmiddels is ze met een Duitser getrouwd en was ze bereid met ons te praten.'

'Die voormalige huisgenoot, een Oekraïense, heeft ons Nina's laptop gegeven, die ze had bewaard,' nam Merle het gesprek over.

'Die neem ik onder handen,' zei Kai. 'Misschien kan ik er een paar geheimen aan ontlokken.'

'Dat is dan in elk geval iets. Red je dat voor morgen?' vroeg Bodenstein, die geen idee had wat Kai met de laptop dacht te gaan doen.

'Meen je dat nou echt, baas, wil je me onder druk zetten? We zijn niet van de televisie,' klaagde Kai. 'Ik heb een beetje meer tijd nodig.'

'Je krijg het wel voor elkaar.' Bodensteins vertrouwen in Kai Ostermanns capaciteiten was grenzeloos. 'Misschien lukt het ons meer uit te vinden dan onze collega's. Het is bijna half zeven. We hebben allemaal een lange dag achter de rug. We stoppen ermee voor vandaag en gaan naar huis. Morgen pakken we André Doll en Britta Ogartschnik aan.'

***

15 mei 2012

Ik haat improviseren, maar ik kan niet anders. Ze ging op geen van mijn voorstellen in, negeerde me gewoon. Dat past bij haar. Ze is arrogant. IJskoud. Misschien was ik er helemaal niet aan begonnen als ik die egoïstische, meedogenloze slet niet toevallig tegen het lijf was gelopen. Ze verdient het gewoon. Ik parkeer mijn auto en verstop me achter een boom. Twintig minuten geleden liep ze voorbij, ik hoef dus nog maar een paar minuten te wachten. Ze loopt elke zondagochtend hetzelfde rondje, vanaf Buchschlag, waar ze woont, door het bos tot aan de Langener Waldsee. Die loopt ze een keer rond, om via een ander stuk terug te gaan. Ik zal een truc gebruiken en ben benieuwd of die lukt. Daar komt ze al! Ze loopt snel en gelijkmatig, het kost haar nauwelijks moeite. Ik weet dat ze voor de marathon in New York traint. Als alles goed gaat, zal ze niet meer naar New York vliegen. Ik stap de bosjes uit met de hondenriem in mijn hand en wenk haar. Als ze nu voorbijloopt, waar ik haar zeker toe in staat acht, heb ik pech gehad. Maar nee, ze verlaagt haar tempo tot wandelpas en doet een oortje uit.

'Goedemorgen!' Ik kuch een beetje. 'Hebt u toevallig een klein wit hondje gezien?'

'Nee, het spijt me.' Ze kijkt me onderzoekend aan. Ik weet dat ik er niet gevaarlijk uitzie, bijna hulpeloos. Een dikke oude man met een witte baard, wit haar en een bril op de neus.

'De hond is van mijn kleindochter,' zeg ik. 'Ik liet hem maar heel even los en – zoef – weg was hij! Wat moet ik nou doen? Hij weet hier de weg helemaal niet en rondom liggen overal wegen!' Ik spreid vertwijfeld mijn armen. 'Mijn dochter en mijn schoonzoon zijn voor Moederdag op bezoek en ik heb beloofd vanochtend vroeg met Milou te gaan wandelen. Mijn god! Het is een ramp als er iets met de hond gebeurt! Hij betekent alles voor mijn kleindochter.'

Ze is nog sceptisch. Heeft geen zin een arme oude man te helpen zoeken naar een hond. Ik moet nog een register opentrekken.

'Emma zit in een rolstoel, weet u. Ze heeft een dwarslaesie. De hond is zo belangrijk voor haar!'

'Misschien is hij de weg teruggelopen die u bent gekomen,' stelt ze nu voor.

'Dat hoopte ik ook.' Ik schud terneergeslagen mijn hoofd en hoop dat het snel gaat. Dat er niet nog iemand opduikt en alles verpest. Ik wijs naar de zwarte SUV, die naast mijn bestelwagen staat geparkeerd. 'Dat is mijn auto. Maar hier is hij niet. Het spijt me, maar ik moet eerst even op adem komen.'

Ik leun tegen de SUV, duw mijn hand tegen mijn borst.

Ze aarzelt. Dan haalt ze haar schouders op.

'Ik kan u wel even helpen zoeken,' zegt ze met haar Nederlandse accent, dat me aan Rudi Carrell herinnert. 'Als u wilt, loop ik nog een keer om het meer.'

'Ach, dat zou echt heel aardig van u zijn.' Ik glimlach vermoeid.

'Wacht even, ik geef u een paar hondenkoekjes mee. Milou is een enorme hongerlap.'

Ik doe alsof ik de kofferbak van de SUV wil openmaken. Ze haalt haar smartphone tevoorschijn en kijkt erop. Fantastisch! Ze is afgeleid, daarom ziet ze het stroomstootwapen niet. Ik doe een stap naar haar toe en druk het contactstuk op haar bezwete bovenarm. Ze opent haar mond, in haar ogen flitst verbazing op, dan verslappen haar spieren en zakt ze ineen. Onmiddellijk trek ik de achterdeur van de bestelwagen open. Nu moet het allemaal snel gaan. Ze is niet erg zwaar, maar toch is het niet zo eenvoudig als het er in een film uitziet om een bewusteloze persoon op te tillen. Hardhandig schuif ik haar slappe lichaam in de laadruimte en knal de deuren dicht.

Klaar! Ik feliciteer mezelf met mijn eigen idee, dat zo simpel en effectief was. Nu heb ik precies twaalf uur voordat het donker wordt. En in die twaalf uur heb ik een heleboel te doen.

Dag 8

Dinsdag, 25 april 2017

'Daar verderop is het!' Pia wees naar een bord op de poort van het grote terrein, dat door een zwart stalen hek werd omringd, in het industriegebied tussen Eschborn en Rödelheim, waarop CLASSIC CAR DREAMS FRANKFURT – WELCOME PETROLHEADS & CAR ENTHUSIASTS stond. Er viel zelfs niet een heel klein stukje onkruid te ontdekken op de grote parkeerplaats, waarop auto's stonden die Bodensteins hart sneller deden kloppen: Bentleys, Aston Martins, Maserati's, Rolls-Royces, Ferrari's. Hij parkeerde de zilverkleurige dienstauto beschaamd achter een Dodge Ramcharger, bouwjaar 1974, met twee kleuren lak; Amerikaanse import, zoals hij aan de achterlichten onmiddellijk kon zien.

Ze slenterden over de parkeerplaats, en Bodenstein nam zich voor op een andere dag hier in alle rust terug te komen.

'Als je straks met de man praat, moet je hem vragen stellen over zichzelf, zijn biologische familieleden en zijn pleeggezin,' instrueerde Harding toen ze naar de ingang liepen. 'Probeer zijn bewegingen en zijn lichaamstaal te spiegelen. Ik zie dat je een autogek bent, dan vind je vast en zeker snel een ingang bij Doll.'

'Hoe kom je erbij dat ik een autogek ben?' vroeg Bodenstein geïrriteerd.

'Het is mijn baan mensen te observeren. Je hebt net je onopvallende dienstauto achter de grootste auto op het parkeerterrein verstopt. En het enthousiasme waarmee je de mooie auto's bekijkt is onmiskenbaar.'

'Wil dat zeggen dat ik makkelijk te doorzien ben?'

'Voor mij wel, ja. Maar je deed ook geen moeite je anders voor te doen.' Harding glimlachte, maar werd meteen weer serieus. 'Probeer erachter te komen hoe Dolls relatie met zijn pleegvader was toen hij nog een kind was. Bewonderde of verachtte hij hem, verlangde hij naar waardering, was hij een leider, een meeloper of een mislukkeling? Krijg hem aan de praat.'

'Oké.' Bodenstein knikte en volgde Pia door een glazen deur het gebouw in. Bij de ontvangstbalie kon je rechtstreeks de werkplaats in kijken. Bodenstein had een soort huis-tuin-en-keukenwerkplaats verwacht, zoals hij die van autogekke hobbysleutelaars kende, volgepropt, vies en chaotisch, en zeker niet deze grote, brandschone loods in de zogeheten *industrial design*-stijl, die je aan een loft deed denken, met de rode bakstenen muren, de vloer van sierbeton, de buizen aan het plafond en de ramen met roeden tot aan de grond, waarin aan adembenemende auto's werd gewerkt. Op een hefbrug stond een zandkleurige Pagode, zoals de Mercedes 280 SL ook wel werd genoemd. Nog geen paar meter verder werkten twee mannen aan een Maserati Sebring II uit de jaren zestig. Achter de ontvangstbalie stond een jonge vrouw en ze glimlachte met sneeuwwitte tanden vriendelijk naar hen. Op een matzilveren bordje dat op haar roze bloes zat gespeld, stond haar naam: EMILY DOBBERS, RECEPTIE.

'Goedemorgen!' kwetterde ze. 'Wat kan ik voor u doen?'

'Goedemorgen, mevrouw Dobbers. We zouden graag met meneer Doll spreken,' zei Bodenstein en hij legde zijn recherchelegitimatie op de balie.

'Recherche?' Het voor klanten gereserveerde stralen verdween, maar Emily Dobbers glimlachte nog steeds, al was het wat onzeker. Haar blik vloog via Pia naar Harding en Bodenstein en terug naar Pia, ze plukte aan haar lange steile haar. Bodenstein had zich al vaker afgevraagd waarom de meeste mensen nerveus worden als de politie opduikt. Lag dat aan de vele thrillers op televisie, of zat het diep in de genen van de mens geworteld, zoiets als een aangeboren slecht geweten?

'Hoofdinspecteur Oliver von Bodenstein van de recherche Hofheim.' Hij schonk Emily Dobbers zijn 'grafelijke blik'. Met succes.

'O! Zoals landgoed Bodenstein in Kelkheim?'

'Precies. Daar ben ik opgegroeid.'

'Echt waar? Ik rijd daar al vanaf mijn achtste!' Emily Dobbers zette grote ogen op, haar mooie gezicht begon te stralen en ze wrong verrukt haar handen. 'Dan is Quentin uw... eh... neef?'

Bodenstein zag vanuit zijn ooghoek dat Pia grinnikte.

'Mijn jongere broer,' zei hij waardig.

'Ik ga het meteen tegen de baas zeggen!' De jonge vrouw draaide zich om en haastte zich op haar hoge hakken naar de twee glazen kantoren achter in de ontvangstruimte, klopte aan bij de linker deur en verdween achter de dichte jaloezieën.

Bodenstein ging naast Pia en Harding bij het raam staan.

'Het lijkt erop dat André Doll echt succes heeft met zijn "garage",' zei Pia. 'Is het niet verbazingwekkend dat veel pleegkinderen van de Reifenraths het toch behoorlijk ver hebben geschopt in hun leven?'

'Dat vind ik helemaal niet verbazingwekkend,' merkte Harding op. 'Vooral moeilijke kinderen hebben vaak een groot potentieel, als het tenminste in goede banen wordt geleid.'

'En zoveel zijn het er helemaal niet,' relativeerde Bodenstein. 'Tot nu weten we alleen van Fridtjof Reifenrath dat hij op z'n minst in beroepsmatig opzicht succes heeft.'

'Joachim Vogt maakt op mij ook niet bepaald de indruk dat hij een mislukt bestaan leidt,' zei Pia. 'Net zomin als Ramona en Sascha Lindemann.'

'Vier van de dertig.' Bodenstein keek weg van de auto's. 'Twee kinderen pleegden zelfmoord. Veel zullen er middelmatig zijn gebleven, ongeveer zoals in een schoolklas.'

De jonge vrouw wenkte en ze liepen langs de ontvangstbalie naar de kantoren.

'Hier zijn de heren van de recherche,' verkondigde Emily Dobbers tegen haar baas. 'Eh, en de dame ook, natuurlijk. Kan ik nog iets voor u doen? Een kop koffie, misschien?'

'Nee, dank u wel,' zei Bodenstein.

'Laat het me maar weten als u iets wilt hebben.'

De jonge vrouw schonk hun een vriendelijk glimlachje en deed behoedzaam de glazen deur achter hen dicht.

De muren van het kantoor van de baas hingen vol met, naast een Amerikaanse vlag, ingelijste foto's van exotische en waardevolle voertuigen: van Harley-Davidsons en *hot rods* tot aan Lamborghini's en Porsche Speedsters. De man achter het compleet afgeladen bureau kwam niet overeen met de persoon die Bodenstein in deze chique ruimtes had verwacht. André Doll was eind veertig, zongebruind, het forse lichaam gehard door talloze uren in de sportschool; bij de verschoten spijkerbroek droeg hij grote werkschoenen en een zwart T-shirt met de opdruk GAS MONKEY GARAGE, DALLAS, TEXAS. Zijn gespierde onderarmen zaten vol tatoeages, aan elke vinger prijkte een ring, in zijn rechteroor meerdere piercings. Het dikke grijze haar was kortgeknipt, een verzorgde snor en baard vervolmaakte het beeld van een echte rocker, die na het werk de outfit van zijn motorclub aanschoot om door de omgeving te gaan cruisen. Hij begroette hen beleefd maar gereserveerd. Pas toen Bodenstein iets tegen hem zei over een foto, waarop Doll en een paar andere mannen bezweet en grijnzend naast een maisgele Deuce-coupé stonden, de absolute Amerikaanse hot-rodklassieker, verdween de argwaan uit zijn blik. Na een paar minuten van vakidiotie en Bodensteins duidelijke enthousiasme voor Dolls beroep, ging hij over tot de reden van hun bezoek. Terwijl Pia bij Claas Reker het gesprek had gevoerd, liet ze deze keer de ondervraging aan hem over. Tussen hen bestond er geen ijdeltuiterij en concurrentie, want ze hadden al langere tijd door dat de chemie bij een verhoor moest kloppen om de beste resultaten te behalen.

Doll stopte een kauwgumpje in zijn mond en begeleidde hen naar een zithoek, waar ze op comfortabele antieke leren banken rond een kleine tafel plaatsnamen. Hij vond het niet bezwaarlijk dat het gesprek werd opgenomen, daarom legde Pia haar smartphone op de tafel en activeerde de dicteerfunctie.

'Ik weet wat er is gebeurd. Vroeg me al af wanneer jullie bij mij zouden opduiken,' zei André Doll, toen Bodenstein over Theo Reifenrath begon. 'Ramona heeft me alles meteen verteld. Het spijt me voor de oude man. En dat met die lichamen onder de hondenkennel is me wel iets, zeg!'

'Een vreselijke zaak,' bevestigde Bodenstein. 'Het ziet ernaar uit dat uw overleden pleegvader deze mensen heeft gedood en op zijn grond begraven.'

'Zou me niet verbazen.' André Doll maakte geen erg geschokte indruk. 'De oude man was een *psycho*, net als zijn vrouw.'

'We vragen ons nu natuurlijk af hoe hij dat heeft kunnen doen,' zei Bodenstein. 'Hij moet zijn slachtoffers toch op een of andere manier hebben vervoerd.'

Doll kauwde op zijn kauwgum en keek hem afwachtend aan.

'Iemand vertelde ons dat Theo een VW Bulli ombouwde om met zijn dieren naar tentoonstellingen te rijden.'

'Ja. En?'

'U hebt de auto weer opgeknapt.'

'Klopt. Een T2 uit 1970, origineel tot op de laatste schroef. Die zijn bij verzamelaars erg in trek. Dat is mijn werk: oude auto's vinden en opknappen, om ze met winst te verkopen. Daar heb ik een handje van.' Doll sprak bijzonder luchtig, maar hij was op zijn hoede.

'Ach, u hebt de Bulli verkocht?'

'Ja, afgelopen jaar. Ging naar een verzamelaar in Japan.'

'U hebt het opknappen toch zeker gefotografeerd, of niet?' Bodenstein had er niet echt op gerekend dat hij de auto te zien zou krijgen. 'Zo'n zeldzame auto.'

'Ik geloof van niet. Zoiets doen we eigenlijk alleen bij auto's van klanten,' beweerde Doll. 'En de Bulli was eerst helemaal niet voor de verkoop bestemd.'

Bodenstein beschouwde dat als een leugen. De oude Bulli had een heel speciale betekenis voor de man. De auto was een gevoelskwestie. Waarom die weerstand? Zijn blik ontmoette die van Pia. Ze gaf hem een teken dat ze een vraag wilde stellen, en hij knikte lichtjes.

'U zei net dat uw pleegouders psycho's waren,' wendde ze zich tot Doll. 'Wat bedoelde u daarmee?'

'Hoe zou u het noemen als twee mensen kinderen uit kindertehuizen bijeenverzamelen om hun frustraties op hen af te reageren?' antwoordde Doll. 'Rita vond ik altijd op mevrouw Knarstand uit *Jim Knoop* lijken.'

Hij lachte, maar zonder vrolijkheid.

'U bent ook door Rita Reifenrath mishandeld?' vroeg Bodenstein zonder omhaal.

'Mishandeld?' herhaalde Doll en hij deed verbaasd. 'Hoe komt u daar nou bij?'

'Andere voormalige pleegkinderen vertelden ons wat mevrouw Reifenrath met hen deed als ze niet luisterden.'

'Nee, daar weet ik niets van. Oké, ze dreigde dat we weer naar het tehuis moesten als we ons niet gedroegen, maar verder... nee... echt niet.'

Bodenstein liet Dolls bewering voor wat die was, zonder verder te informeren. Voor een man als André Doll, voor wie statussymbolen en een perfect zelfbeeld alles betekenden, was het totaal onmogelijk elke vorm van zwakte toe te geven.

'Wilt u daarmee zeggen dat u een goede relatie met uw pleegouders had?'

'Zeker.' De man haalde zijn schouders op. Hij kauwde heftig op zijn kauwgum, zijn onzekere blik gleed steeds weg van Bodensteins gezicht.

'U had op het voormalige fabrieksterrein van Reifenrath een garage samen met Claas Reker.'

‘Claas!’ gromde Doll en zijn gezicht werd onvriendelijk. ‘Die rotkerel! Herinner me toch niet aan hem!’

‘Hebt u nog contact met hem?’

‘Nee! Al jaren niet meer.’

‘We zouden toch graag iets meer over hem te weten komen.’

‘Als dat u helpt.’ Doll streek met zijn hand over zijn baard, wat een schrapend geluid veroorzaakte. ‘Toen ik klein was, was Claas mijn held, ik liep hem achterna als zijn schaduw. Ik had toen niet door dat hij net zo gestoord was als die twee oudjes. Bij hem draaide het altijd om zijn eigen voordeel. Hij liep altijd graag op te scheppen, maar voerde niets uit. De onderneming draaide een tijdje goed, maar hij ging zich steeds idioter gedragen. Hij dwong Sandra, zijn vrouw, op kantoor te zitten, terwijl ze het verschrikkelijk vond. Dat kon hem geen reet schelen. Hij wilde haar onder controle hebben, elke seconde. Af en toe kwam Sandra bij mij uithuilen en toen dacht hij meteen dat ik wat met zijn vrouw had!’ Kennelijk had zijn wrok niets aan heftigheid ingeboet, hoewel de gebeurtenissen al jaren terug lagen. ‘Die ouwe zegde onmiddellijk de pachtovereenkomst voor de garage op toen Claas de bak in moest. Alsof het mijn schuld was dat Claas zijn vrouw afranselde! Ongelooflijk!’

Doll vertelde alleen niet veel als het over hemzelf ging. Ging het gesprek over een ander, dan werd hij uitgesproken mededeelzaam.

‘Waarom onderhield u dc auto en de grasmaaimachine van uw pleegvader als u zich zo aan hem ergerde?’

‘Ach, op een of andere manier had ik medelijden met hem. Was ’n arme sukkel. Liet zich zijn hele leven commanderen door zijn vrouw, zijn moeder en de verloofde van zijn overleden broer. Theo, die had in zijn gezin nooit de broek aan. Hij was een stuk onbenul. En uiteindelijk alleen nog maar een tandeloze tijger.’

‘Uiteindelijk?’ kwam Bodenstein erop terug. ‘Was hij vroeger wel een tijger?’

David Harding volgde het gesprek ogenschijnlijk zonder veel interesse, Pia bladerde in een groot formaat prospectus van de Classic Car Dreams.

‘Misschien meer een handgranaat die elk moment kan exploderen. Ik zie hem nog voor me, met vooruitgestoken kin, kokend van woede, tot hij heel onverwachts om het een of ander totaal flipte.’ Doll lachte en deed zijn pleegvader na. ‘Ik heb een paar keer wat geïncasseerd, toen had ik door wanneer ik ’t beste weg kon wezen.’

'Vond u hem ondanks alles aardig?'

'Mijn god, het is al zo lang geleden!' André Doll deed alsof hij de tijd in Mammolshain ver achter zich had gelaten. 'Ja, vanzelfsprekend vond ik hem op een of andere manier wel aardig. Theo was niet bepaald de papa die je 's avonds verhaaltjes voorlas en mens-erger-je-niet met je speelde, maar we mochten op zijn tractor meerijden of met z'n dieren helpen. Toen we ouder waren, liet hij ons zelfs in de auto en met de tractor rijden, dronk stiekem bier met ons en zei niets als we rookten. Het leek wel of hij er plezier in had de regels van Rita te ondermijnen.'

'Kent u eigenlijk uw echte vader?' vroeg Pia.

'Nee. Hoezo?' Een ader in Dolls rechterslaap begon te kloppen.

'Zou het kunnen,' drong Pia volhardend aan, 'dat Theo u ook vertelde dat u zijn buitenechtelijke zoon bent?'

'Hoezo "ook"?' Dolls onzekere blik bleef even op Pia gericht.

'Meneer Reker denkt dat hij Theo Reifenraths zoon is, want die zinspeelde altijd op zoiets, maar bevestigde het nooit. Zoals het ernaar uitziet omdat hij het voor Rita geheim moest houden,' antwoordde Pia.

'We houden het voor mogelijk dat het een truc van hem was,' voegde Bodenstein eraan toe, toen hij zag hoe André met zichzelf aan het vechten was en ten slotte capituleerde.

'Ik geloofde het echt, tot ik mijn dossier van de kinderbescherming mocht inzien!' flapte hij eruit. Zijn stem was schor en hij balde zijn vuisten in hulpeloze woede. 'Al die jaren dacht ik dat Theo me op een dag als zijn zoon zou erkennen! Ik wist niet dat hij het ook tegen de anderen zei! Ik moest hem beloven er nooit met iemand over te praten, omdat de anderen jaloers zouden kunnen worden.'

Hij keek op en Bodenstein zag hoe gekwetst hij was. Dr. Harding had gelijk met zijn vermoeden. Doelbewust had Theo Reifenrath het grootste pijnpunt in de ziel van zijn vaderloze pleegkinderen bepaald en ze wreed gemanipuleerd met dit leugenachtige verhaal.

'Als de oude man niet al gecrepeerd was, dan zou ik hem nu van kant maken,' gromde Doll.

'Herinnert u zich die kwestie met Nora Bartels?' vroeg Bodenstein. Doll was zo opgewonden dat hij mogelijk meer zou vertellen dan met een koel hoofd.

'Natuurlijk. Was 'n enorme opschudding. De politie verhoorde iedereen, zelfs de kleinsten.'

‘U was op Nora gesteld, hè?’ greep Pia in.

‘Kan wel. Weet ik niet meer.’

‘Het was een mooi meisje, is ons verteld.’

‘Mogelijk. Ik moest destijds nog niet veel hebben van meisjes.’

‘Raakte het u dat Claas u niet meenam toen hij ging roeien?’

‘Nee! Hoezo?’ Doll keek heen en weer tussen Bodenstein en Pia. Dr. Harding bekeek hem nu aandachtig, en Doll merkte dat zijn reactie van betekenis was.

‘Het had toch gekund,’ nam Pia het gesprek over. ‘U was gesteld op Nora. Heel erg zelfs, als je dit hier ziet...’

Ze haalde een kopie van het vloeipapier uit haar jaszak, vouwde het vel open en hield het hem voor. Doll wierp er een blik op.

‘Wat is dat?’

‘Een vel vloeipapier dat we toevallig in uw oude wiskundeboek hebben gevonden,’ antwoordde Pia.

‘In mijn oude wískundeboek? Waar heb je dat opgedoken?’

‘N&A, Nora & André,’ las Pia van het blad af. ‘*I love Nora*. Nora, Nora, Nora. Hartjes, hartjes, hartjes. Heel eerlijk gezegd wekt dat de indruk dat u tot over uw oren verliefd was op de mooie Nora. Waar was u toen Claas ging roeien met Nora?’

‘Geen idee waar ik toen was.’ Doll sloeg zijn armen over elkaar en duwde zijn kin op zijn borst. ‘Waarschijnlijk in de groentetuin aan het werk of het zwembad aan het schrobben, dat soort dingen moesten wij kinderen altijd doen.’

‘Maar u zei toch zelf dat u Claas als een schaduw volgde? Bovendien gebeurde dat met Nora op een zondag, namelijk op Moederdag. Toen hoefde u toch zeker niet het zwembad te schrobben, of wel? Vooral omdat Rita die dag altijd groots vierde.’

Doll schoof heen en weer op zijn stoel. Het gesprek, dat zo onschuldig was begonnen, ging een kant op die hem niet beviel.

‘Probeert u zich de dag te herinneren,’ verzocht Pia hem dringend.

‘Kan ik niet,’ beweerde hij. Zijn adamsappel schoot op en neer, zijn blik dwaalde af. Een duidelijke aanwijzing dat hij iets te verbergen had.

Bodenstein besloot een schot in het wilde weg te wagen.

‘Fridtjof had zijn beste vriend Joachim, zijn “secondant”, met wie hij samen naar het gymnasium ging. Was u zoiets als de “secondant” van Claas Reker? Beschermde hij u tegen Rita en de andere kinderen en eiste hij als tegenprestatie een of andere gunst van u?'

'Gunst?' Doll boog zich naar voren en steunde met zijn ellebogen op zijn bovenbenen. Zijn blik kreeg iets broeierigs. 'Wat bedoelt u daarmee?'

'Bijvoorbeeld uw mond houden als hij iemand in de vrieskist opsloot?' Bodenstein liet zijn antwoord als een vraag klinken. André Doll leek af te wegen hoe hij moest reageren. Zijn gezicht was als versteend, alleen zijn kaakspieren werkten. Het waren zijn handen die zijn nervositeit verraadden. Met de duimnagel van zijn linkerhand mishandelde hij de nagelriem van zijn middelvinger. Seconden verstreken.

'Of hebt u hem zelfs geholpen?'

Stilte.

'Zoals Ramona en Sascha hebben geholpen om Raik Gehrmann in folie te wikkelen en in een beek te leggen?'

'Waarom deed u dat eigenlijk?' wilde Pia weten, toen Doll niets zei. 'Waarom folie? Waarom sloeg u hem niet gewoon in elkaar? Die jongen had in de beek kunnen verdrinken! Was u zich daar niet van bewust?'

'Op dat moment... dachten we er waarschijnlijk niet bij na.'

'Van wie was eigenlijk het idee van de folie?'

'Weet ik niet meer.'

'Meneer Doll.' Pia boog zich naar voren en liet haar stem meelevend klinken. 'We weten wat Rita Reifenrath de kinderen destijds heeft aangedaan. Waarschijnlijk kunnen we ons zelfs niet bij benadering voorstellen hoe erg dat moet zijn geweest en welke sporen dat in een kinderziel achterlaat. Maar u hoeft zich daar niet voor te schamen. U was een slachtoffer en volkomen onschuldig.'

Er gleed een geschrokken uitdrukking over zijn gezicht. Zijn mond trilde. Mannen als hij konden maar moeilijk met medelijden omgaan. Hij sprong uit zijn stoel, wreef met zijn hand over zijn nek.

'U zit maar wat te bazelen als een zielenknijper!' Doll lachte gemaakt. 'Moet ik soms hier op de bank wat gaan liggen huilen voor jullie?'

'We willen alleen nog graag de documentatie van het ombouwen van de VW Bulli zien,' zei Bodenstein. 'Dan bent u van ons af.'

'Ik kijk even in de computer of ik iets kan vinden.' De opluchting in de ogen van Doll was niet te missen en zei meer dan duizend woorden. Hij ging aan zijn bureau achter de laptop zitten. 'Ah, ja, ik heb het.' In zijn streven om zo snel mogelijk van hen af te komen, was hij vergeten dat hij eerder had beweerd dat er geen documentatie van de restauratie was.

Hij liep naar een rek, trok een ordner tevoorschijn en gooide hem op de loungetafel. 'Daar staat alles in. Ik hoop wel dat ik hem terugkrijg.'

'Hartelijk dank.' Bodenstein pakte de ordner. Ze stonden op en liepen naar de deur. 'Ach, in de zomer van 1997 of 1998 hebben Sascha Lindemann en u in de buurt van Theo's huis rododendronstruiken geplant en gaten gegraven. Waarom?'

'Waar zou ik dat hebben gedaan?' Doll fronste vragend zijn voorhoofd. Bodenstein herhaalde zijn vraag.

'Ach, ja, klopt. Theo had ons gevraagd hem te helpen. Hij wilde een nieuwe... hondenkennel bouwen.' Hij pauzeerde even toen het tot hem doordrong wat de vraag impliceerde.

'Bedankt.' Bodenstein glimlachte. Al met de deurklink in zijn hand stelde hij zijn laatste vraag. 'Wat moest u eigenlijk in het Sauerland doen, toen u dat zware ongeluk kreeg?'

Een fractie van een seconde verstijfde de gespierde man en hij vergat zelfs op zijn kauwgum te kauwen.

'In het Sauerland?' Doll probeerde tijd te winnen. Zijn stem klonk schor. 'Ik... ik heb auto's bekeken.'

'Weet u nog wat voor? En waar dat precies was?'

'Hoezo?' stoof de man op. 'Wat zijn dat nou voor vragen?'

'Weet u het nog?' hield Bodenstein vol.

'Nee, ik weet het niet meer!' Doll keek hem met fonkelende ogen aan. Hij richtte zich op en kreeg ineens iets dreigends. 'Ik herinner me die dag überhaupt niet meer. Ik heb twee maanden in het ziekenhuis gelegen. Oké?'

'Natuurlijk. Hartelijk dank voor uw tijd, meneer Doll.'

'De ordner wil ik weer terug.'

'Vanzelfsprekend krijgt u die terug. We geven de dame van de receptie een ontvangstbewijs.'

Bad Homburg, 21 april 2017

De Dr. Assmann-privékliniek lag een stuk buiten het stadsdeel Dornholzhausen in Bad Homburg. Fiona dacht al dat ze te ver was gereden, maar het navigatiesysteem van de gehuurde auto stuurde haar door een stuk bos, voordat het vertelde dat ze haar bestemming had bereikt. Katharina Freitag reageerde noch op haar e-mails, noch op haar telefoontjes en sms'jes. Haar stille boodschap was eenduidig: ze wilde niets met Fiona te maken hebben en was er niet in geïnteresseerd haar te leren kennen. Vroeger zou Fiona het hebben opgegeven, maar sinds dat moment op paaszondag voor de Frankfurter Dom was er iets in haar veranderd. Zo vlak voor haar doel zou ze niet opgeven. Het was al voldoende voor haar om een keer met deze vrouw – haar moeder – oog in oog te staan. Uitvinden waar Katharina Freitag werkte, was dankzij internet geen enkel probleem geweest, en Bad Homburg lag maar vijfentwintig kilometer van Frankfurt. Die ochtend had Fiona op het centraal station een auto gehuurd, een kleine zwarte Audi, een automaat met een navigatiesysteem, en had de plaatsen bezocht die volgens Katharina Freitags levensloop belangrijk voor haar waren geweest. In een kleine stad met de naam Bad Soden was ze geboren en opgegroeid, in het nabijgelegen Königstein had ze op school gezeten. In Königstein spoorde Fiona zelfs de voormalige school van haar moeder op, die weliswaar wegens de paasvakantie gesloten bleek, maar ze was daarna door de smalle stegen van de oude binnenstad naar boven gelopen tot aan de schilderachtige ruïne, die boven het stadje uitstak. Het had Fiona diep geraakt om met eigen ogen te zien waar haar moeder als kind en tiener had rondgelopen. Later had ze in een pizzeria een salade gegeten en zich afgevraagd of haar grootouders nog hier in de omgeving woonden. Was ze misschien hier, in deze plaats, vierentwintig jaar geleden verwekt? Had Katharina Freitag broers en zussen? Het idee wellicht tantes of ooms, nichten of neven te hebben, maakte een diep verlangen in Fiona los. Nee, het zou niet voldoende zijn deze vrouw alleen te zíén. Ze wilde antwoord op al haar vragen.

Het was even na drie uur toen ze de kleine Audi op de bezoekersparkeerplaats buiten het terrein van de Dr. Assmann-privékliniek parkeerde. Waarschijnlijk was het geen bezoekuur, want op de parkeerplaats, die door een hoge taxushaag werd omgeven, stonden naast een witte bestelauto en een donkere SUV geen andere auto's. Ze stapte uit, trok de rits van haar donsjack omhoog en stak een sigaret aan. De wind was behoorlijk koud en joeg zware wolken langs de grijze lucht. Hoe zou ze contact opnemen met dr. Freitag? Door haar mails en de sms'jes was ze al gewaarschuwd, daarom zou de truc die ze in het academisch ziekenhuis in Zürich of in de kinderwenskliniek in Baselland had gebruikt, dit keer waarschijnlijk niet lukken. Haar oorspronkelijke idee om haar op te wachten en haar aan te spreken, had ze verworpen. Ze kon niet een paar uur voor de kliniek blijven rondhangen. Bovendien wist ze niet eens of er nog ergens zijingangen waren. Maar wat als Katharina Freitag vandaag niet werkte? Misschien stond ze hier wel helemaal voor niets! Het was paasvakantie, ze kon op reis zijn. Verdorie, daar had ze helemaal niet aan gedacht! Fiona keek naar het prachtige jugendstilgebouw, nam nog een laatste trekje en liet de peuk op de grond vallen. Er restte haar geen andere weg dan de rechtstreekse. Ze haalde diep adem, sloot de auto af en ging op weg naar de kliniek.

***

'Ik begrijp niet waarom Reker en Doll dat verhaal over de buitenechtelijke zoon zo lang hebben geloofd,' zei Pia hoofdschuddend.

'Ik wel,' antwoordde dr. Harding. 'Verplaats je in de omstandigheden van de kinderen. Die kinderen kwamen uit tehuizen of gebroken gezinnen. Theo was hun enige vaderfiguur. Ze vertrouwden hem.'

Ze stonden in een snackbar naast de Toommarkt in Rödelheim en trakteerden zichzelf op koffie.

Bodenstein bladerde door de foto's die Doll aan hen had afgestaan. 'Mijn ex-vrouw heeft jaren geleden een documentaire over de toestanden in kindertehuizen in de jaren zestig en zeventig gemaakt,' zei hij. 'Tot in de late jaren zeventig werd een systeem van geweld gehanteerd, waarin het om degradatie en vernedering ging. De meeste kindertehuizen werden door kerkelijke instanties geleid en er was zo goed als geen controle door jeugdzorg. Inmiddels geldt als bewezen dat de opvoeding in tehuizen niet alleen psychische, maar ook lichamelijke schade bij voormalige tehuiskinderen heeft veroorzaakt. De kerken bagatelliseerden het probleem lange tijd en beweerden dat de verhalen van slachtoffers betreurenswaardige, op zichzelf staande gevallen waren, maar na de uitzending van Cosima's film vroeg het diaconaal werk de voormalige tehuiskinderen publiekelijk om vergeving.'

Hij veegde een paar kruimels opzij voordat hij de foto's op het blad van de statafel legde.

'Al bij heel kleine kinderen die een poosje in zulke omstandigheden moeten leven, gaan het gevoel van eigenwaarde en het oervertrouwen reddeloos verloren,' bevestigde dr. Harding. 'Dusdanig psychisch beschadigd kwamen de kinderen bij de Reifenraths, waar ze in een klimaat van willekeur en angst moesten leven. Daar heeft Theo, die zelf onder zijn machteloosheid leed, gebruik van gemaakt. Om zijn behoefte aan autoriteit en dominantie te bevredigen, verzon hij een doortrapte strategie. Door de kinderen voor te spiegelen dat hij hun vader was, en ze tegelijkertijd tot absolute geheimhouding te dwingen, knoopte hij een heel sterke emotionele band aan. Bovendien was hij slim genoeg om de kinderen in een toestand van constante onzekerheid te houden, wat dit effect nog versterkte.'

'Maar waarom hebben ze hem niet later, toen ze volwassen waren, het mes op de keel gezet?' wilde Pia weten.

'Omdat de waarheid mogelijk een verwachting zou hebben vernietigd die voor hen een centraal aspect van hun identiteit is geworden,' antwoordde Harding. 'Wij mensen willen niet graag zonder wortels leven, we accepteren liever een leugen, die we niet meer toetsen. Toen Doll daarnet hoorde dat Theo ook tegen Claas Reker had verteld dat hij een buitenechtelijke zoon was, was dat een schok voor hem. In feite spraken de kinderen – ook als volwassenen – er nooit over, en dat laat zien hoe ongelooflijk sterk de conditionering door Theo was. Daardoor is ook te verklaren waarom ze allemaal contact met hem hielden, ondanks alles wat er is gebeurd.'

'Een soort stockholmsyndroom?' vermoedde Pia.

'Iets dergelijks.' Harding knikte. 'We brachten de loyaliteit met Theo, die diep in zijn ziel verankerd ligt, aan het wankelen. Misschien zorgt dat ervoor dat hij ons bij het volgende gesprek meer zal vertellen.'

'Als hij onze dader is.' Pia trok een foto naar zich toe en bekeek de houten kist die op een doodskist leek en met piepschuim was bekleed, en die in de oude VW-bus onder een wand van dierenkooien stond. Helaas had Doll tijdens de restauratie van de grijze Bulli vijf jaar geleden alles wat ingebouwd was, verwijderd. 'Misschien heeft hij daarom alles zo grondig uit de oude bus gehaald en in Japan verkocht. Als het überhaupt klopt.'

'Kun je erachter komen wanneer het voertuig is afgemeld?'

'Ik denk het wel.'

Ze hadden hun koffie op, gooiden de bekers in de vuilnisbak en liepen terug naar hun auto.

'Waarom vertelde hij ons niet waar hij in het Sauerland was?' Dolls weigering om een simpel antwoord op hun vraag te geven, had Pia hoogst wantrouwig gemaakt. 'Het is toch echt een enorm toeval dat hij precies daar in de buurt was, waar een lichaam werd gevonden! Ik geloof hem niet als hij zegt dat hij zich vanwege het ongeluk niet meer kan herinneren wat de reden van zijn rit was.'

'Het ongeluk was een traumatische gebeurtenis,' bracht dr. Harding ertegen in. 'Daarbij is een mens om het leven gekomen.'

'Daarom zou hij zich des te beter moeten herinneren wat ervóór gebeurde,' vond Pia. 'Misschien reed hij met het lichaam in de kofferbak naar het Sauerland, gooide haar in de Biggesee, verkocht de auto en reed met een andere auto terug. Voor mij ziet het eruit alsof hij heel veel haast had om van de plaats waar hij het lichaam had gedumpt, weg te komen.'

'Je hebt gelijk,' viel Bodenstein haar bij. 'In het strafproces zal zeker vermeld worden waar hij voor die tijd was. We zullen inzage vragen in het procesdossier.'

***

De vrouw die de bekraste huisdeur op de zevende verdieping van een flat opende, was ongelooflijk dik. Ze droeg alleen een topje en een driekwartbroek, waaronder haar kuiten uitpuilden. Slierterig hing haar roodgeverfde haar op de vlezige schouders, haar gezicht was grotesk opgezwollen. Geen spoor meer van het lachende blonde meisje op de klassenfoto die mevrouw Katzenmeier haar had laten zien. Het monstrueuze lichaam, resultaat van veertig jaar slechte voeding, alcohol en gebrek aan beweging, barricadeerde de deur over de hele breedte.

'Britta Ogartschnik?' vroeg Bodenstein vriendelijk en hij hield zijn legitimatie voor haar neus. 'U hebt aan de telefoon met mijn collega Ostermann gesproken. Mijn naam is Bodenstein, we zijn van de recherche Hofheim.'

De vrouw keek eerst hem onderzoekend aan, daarna Pia en ten slotte dr. Harding.

'Kom erin,' zei ze. Er vormde zich een kleine file toen dr. Harding de woning wilde betreden. 'U ken niet langs mijn. Daar is 't hier te smal voor.' Haar hese lachen ging in hoesten over.

Ze waggelde voor hen uit door de smalle gang, en Pia verwachtte al dat ze naar een rovershol werd gebracht, maar tot haar grote verrassing was de schaars gemeubileerde woning opgeruimd en netjes. Op de salontafel stond een boeket voorjaarsbloemen, aan de muren hingen foto's die je in de bouwmarkt voor een paar euro kon kopen, en vanuit de ramen in de huiskamer had je een mooi uitzicht over de Taunus. Pia herinnerde zich dat Christian Kröger en zij een paar jaar geleden in een van die woonblokken hun voormalige collega Frank Behnke hadden bezocht. Britta Ogartschnik had in haar leven niet veel geluk gehad. Als klein kind was ze weggehaald bij haar moeder, die vier kinderen van drie mannen had, omdat ze verwaarloosd en half verhongerd was. Ze was van het ene kindertehuis naar het andere gegaan, tot ze ten slotte op haar zesde jaar bij Rita Reifenrath in het vermeende paradijs belandde. De opleiding tot banketbakster had ze op haar zeventiende moeten afbreken omdat ze zwanger was geworden. Twee echtgenoten en zes kinderen later had ze geen geld, geen baan en geen man meer en begon met het smokkelen van sigaretten uit Oost-Europa. Ook hier was het geluk haar niet gunstig gezind, ze was bij haar illegale bezigheid meteen drie keer gepakt. Nu leefde ze van de sociale dienst.

'Ik moet gaan zitten. Ik heb artrose in mijn knieën.' Mevrouw Ogartschnik liet zich hijgend in een stoel vallen. 'Nou, wat moet u van me? U hoeft niet te blijven staan. Ga gerust zitten.'

Bodenstein en dr. Harding gingen op de bank zitten, Pia op de andere stoel. Door de open balkondeur wervelde koude lucht binnen en Pia rilde.

'Uw voormalige pleegvader Theodor Reifenrath is overleden,' zei Bodenstein.

'Ach jee!' Het nieuws deed Britta Ogartschnik niet veel verdriet. 'Ik wist helemaal niet dat hij nog leefde.'

'Op het perceel in Mammolshain hebben we ook het stoffelijk overschot van Rita Reifenrath gevonden.'

'Dat is me ook wat! Heeft ze zich dus toch niet van kant gemaakt, de oude heks! Wie heeft haar de nek omgedraaid? Heeft die lafaard Theo het eindelijk gedurfd?' Het idee leek haar te amuseren. 'Of was het haar lieverdje, de mooie Fridtjof? Of – nou, hoe heette hij toch, die kleine kwal met z'n brandwondenlittekens?' De vrouw zwaaide met haar hand. 'Alex! Nee, zo heette-ie niet... Hm. André! Precies. Ja, die is toch bijna in zijn wieg verbrand omdat zijn bezopen moeder met 'n peuk in der bek in slaap viel. Was die 't?

'We weten het niet. Misschien kunt u ons vertellen wat er die dag gebeurde? We hoorden dat uw dochter in een gat viel en dat er daarom ophef was.'

'Dat kun je wel zeggen!' Britta Ogartschnik schoof heen en weer op haar stoel, die onder haar gewicht kraakte. 'Eerst was het heel gezellig. We werden elk jaar door Rita op Moederdag ontboden om koffie te komen drinken. Ze deed altijd poeslief en alsof we haar lieve kindertjes waren. We speelden allemaal braaf mee, de meesten tenminste. Sommigen kwamen niet meer, die hadden hun buik ervan vol. Nou ja, we zaten dus buiten op het gras achter het huis koffie te drinken en gebak te eten, de kinderen waren aan het ravotten. Het was zelfs warm genoeg om in het zwembad te kunnen springen. Toen we wilden opbreken, was Elodie weg. We hebben als gekken overal gezocht. Mijn man – die was er toen nog – vond haar in een oude bronschacht. Toen ik die zag, sloegen bij mij de stoppen door.'

'Hoezo?' vroeg Pia en dat leverde haar een felle blik op.

'Omdat Rita, de superpedagoge, ons vroeger als kinderen altijd in dat gat opsloot als ze dacht dat we iets hadden uitgevreten.' Britta Ogartschnik lachte grimmig. 'Een fles water gooide ze nog naar ons en daarna smeet ze de klep zo hard dicht, dat het een knal gaf. Ze deed nog veel meer dingen met ons als ze woedend was, dan was de bron nog onschuldig, maar toen ik mijn kind daar beneden zag zitten, kwam alles weer naar boven. Dat was als een wesjadu.'

'Een... wat?' informeerde dr. Harding beleefd.

'Een herinnering, gewoon, totaal levendig!'

'Een déjà-vu?' stelde Pia voor.

'Ja, precies. Zei ik toch. Dus, ik liep in de rondte te schreeuwen als een gestoorde. Ik schreeuwde tegen Rita waarom dat kutgat open was en toen ging er nog een schepje bovenop. Ramona liep plotseling ook te schreeuwen en André ook. Rita schreeuwde terug, dat kon ze immers goed. Maar we lieten ons niet meer bang maken door haar en we vlogen d'r met z'n allen aan. Fridtjof en mijn man haalden Elodie uit de bron. Op dat moment kwam Theo uit de kroeg terug, hartstikke lazarus! Hij kon bijna niet meer op z'n benen staan. Rita keek naar hem en vooral naar Claas, die was in de auto gebleven. Die wist wel waarom!' Ze moest even ademhalen voordat ze verder sprak. Haar ogen glinsterden. 'Ha! Toen was het mis, wat ik u zeg! Ik zei tegen Rita alles wat ik haar altijd al had willen zeggen, wat een smerig rotwijf ze was en dat ze op een dag hopelijk in de hel zou branden en dat we nooit meer zouden komen. Toen gingen we naar de auto en als de gesmeerde bliksem ervandoor!'

'Wie waren er nog toen u wegreed?'

Britta Ogartschnik kneep haar ogen dicht en dacht na.

'Fridtjof. André. Ramona en Sascha.'

'En Claas Reker?'

'Die was al voor ons weg. Een paar dagen later belde Ramona me en vertelde dat Rita zelfmoord had gepleegd. Haha, toen werd m'n hart helemaal warm! Ik kon het me niet echt goed voorstellen, omdat Rita niet iemand was die zelfmoord pleegt, maar het was wel zo. Ze was weg en ze vonden haar auto ergens bij de rivier.'

'Bent u daarna nog weleens in Mammolshain geweest?'

'Nooit meer.' Britta Ogartschnik schudde haar hoofd. 'Daar zal ik ook nooit meer een voet zetten en ik hoef ook niemand meer te zien of iets te horen. Ik heb nu nog nachtmerries en soms denk ik dat ze me beter in het tehuis hadden kunnen laten. Daar werd je wel afgeranseld of je kreeg geen eten, maar ik heb van geen enkel voormalig tehuiskind dingen gehoord als wat ik heb meegemaakt!'

'Wat dan bijvoorbeeld?' vroeg Bodenstein.

De dikke vrouw staarde hem aan.

'Dat gelooft, eh, niemand,' zei ze toen.

'Wij geloven u,' verzekerde Bodenstein haar. 'We hebben al het een en ander gehoord. In het bad onderduwen. In de vrieskist stoppen...'

Plotseling vocht Britta Ogartschnik tegen haar tranen.

'Ik probeerde dat een keer aan mijn klassenlerares op de middelbare school te vertellen. Maar die keek me alleen maar aan alsof ik gek was. En toen vertelde ik het aan het trutje van de kinderbescherming. Ik bedoel, ik was al iets ouder en kon het niet meer aanzien wat ze met de kleintjes deed. De stompzinnige slet verraadde het meteen aan Rita en toen waren de poppen aan het dansen!' Ze draaide opzij en presenteerde een opgezet litteken op haar onderarm. 'Rita schopte me met haar voet in het gat van de bron. Ik had een open breuk aan mijn ellepijp en mijn spaakbeen en ze liet me een paar dagen daar beneden zitten, tot de hele zooi was ontstoken. Ze hebben bijna mijn arm eraf moeten halen. In het ziekenhuis wilden ze weten hoe het was gebeurd en toen zei ik dat ik...' Ze stopte met praten en probeerde haar zelfbeheersing te herwinnen.

'...van de trap was gevallen?' zei Pia meelevend.

'Precies.' De vrouw lachte vreugdeloos en masseerde het litteken met haar rechterhand. 'Ik vraag me nu nog steeds af waarom niemand ooit achterdocht kreeg. Voortdurend viel er zogenaamd wel iemand van de trap of uit een boom. Ze wilden het allemaal niet zien. We waren maar asociale weeskinderen, die niemand wilde hebben. Geen hond interesseerde zich voor ons. Kon toch ook niet waar zijn dat bij de edelmoedige Reifenraths, die zich opofferden voor gespuis zoals wij, zulke dingen gebeurden!'

'Kwam het weleens voor dat Rita een van de kinderen in vershoudfolie wikkelde?' informeerde Bodenstein.

'Weleens? Voortdurend!' Britta Ogartschnik maakte een geluid dat als een mengeling van lachen en huilen klonk. 'Ze had dozen vol van die rollen in de kast in haar werkkamer. Er was een jongen, Sascha, hij was hoogstens vijf toen hij bij ons kwam. Een heel lief kereltje, maar totaal doorgedraaid. Was altijd aan het krijsen en om zich heen aan het slaan. Hij moest als een mummie aan tafel zitten en zijn eten van zijn bord likken. Als hij niet ophield met huilen, liet ze koud water in het bad lopen en gooide hem erin, tot hij rustig was. Soms moest hij zelfs 's nachts zo slapen, en als hij zich had ondergeplast, dan ging-ie rechtstreeks onder de koude douche.'

Geschokt luisterden Pia, Bodenstein en dr. Harding naar de beschrijvingen van de afschuwelijke kwellingen en de doortrapte psychische terreur waaraan de kinderen weerloos waren overgeleverd. Rita Reifenrath had niemand ontzien. Omdat ze lichamelijk sterk was, had ze ook niet geaarzeld de grotere kinderen te tiranniseren.

'Alleen haar lieverdje Fridtjof ontzag ze natuurlijk,' zei Britta Ogartschnik verachtelijk. 'Soms vroeg ze hem zelfs wat ze met iemand moest doen. Die kleine rotzak – ik zie hem nu nog voor me – bedacht dan een straf en zat er grijnzend naast. Dat was zo... vernederend!'

'Maar waarom ging u er dan later, als volwassene, eigenlijk nog naartoe?' wilde Pia weten.

'Geen idee.' Rita Ogartschnik hief haar handen in een gebaar van radeloosheid en liet ze weer op haar bovenbenen vallen. 'Ik heb er vaak over nagedacht. Wat er ook is gebeurd, ze waren de enige ouders die ik had. En op een of andere manier had ik altijd het gevoel dat ik hun iets schuldig was.'

***

Het was verbazingwekkend eenvoudig geweest om haar flat binnen te komen. Hij had gewoon ergens aangebeld, een sentimenteel verhaal aan de man verteld en toen deed hij de deur al voor hem open. Zoals veel mensen die in een huurhuis wonen, was ook zij zo lichtzinnig om haar voordeur maar één keer af te sluiten. En zoals zo vaak had de bouwmaatschappij, die huizenblokken als deze in recordtijd optrok, hoofdzakelijk in uiterlijkheden geïnvesteerd, maar op veiligheidsmaatregelen bespaard: protserig marmer in het trappenhuis, maar goedkope huisdeuren van weerstandsklasse 2. Met een spanner en een *half diamond lockpick* had hij de deur in twee minuten geopend, zonder het slot te beschadigen. Op de gang had hij al de zwarte bivakmuts over zijn hoofd getrokken voor het geval dat ze bewakingscamera's of een Alexa in haar woning had, maar dat was niet het geval. Het zou nog even duren voordat ze thuiskwam. Toen hij in het lichte penthouse rondliep, voelde hij de afgunst in zich opkomen. Ze moest wel goed verdienen met haar adviezen, de slet, als ze zich zo'n woning kon veroorloven: een eigen lift vanaf de ondergrondse garage tot aan haar huis. Rondom een balkon met een fantastisch uitzicht op de Taunus. Parketvloer, twee badkamers, vier kamers. De inrichting was voor zijn smaak te minimalistisch en te Aziatisch. Dacht ze weleens aan het leed dat ze anderen bezorgde als ze op haar dakterras witte wijn zat te nippen of in haar luxueuze whirlpool lag? Had ze er weleens een gedachte aan verspild hoe het hem in de psychiatrische kliniek was vergaan, terwijl zij achter haar bureau met uitzicht op het Taunusgebergte fatale leugens op haar computer zat te tikken? Hij woonde vroeger ook zo, maar dat was allemaal voorbij. Met een groeiende verbittering trok hij alle lades van de ladekast in haar slaapkamer open, snuffelde aan haar ondergoed en bekeek haar kleren in de kast. In een kleine kamer, waarin alleen een strijkplank stond, waren verhuisdozen opgestapeld. Nergens een teken van een levenspartner, gezin of familie. Ze leek een eenzaam bestaan te leiden. De boeken in de volgepropte boekenkasten in de werkkamer waren voornamelijk vakliteratuur, daarnaast stonden een heleboel Engelse thrillers en romans. Een vaste telefoon had ze niet. De open keuken was netjes opgeruimd. Met de inhoud van de ijskast was het treurig gesteld: een paar vetarme yoghurtjes, mineraalwater, een aangebroken fles pinot grigio en een liter sojamelk. De vaatwasser was net zo leeg als de vuilnisbak, waarin een schone vuilniszak hing. Hij ging in de keuken op een stoel zitten, waarvandaan hij de straat goed in de gaten kon houden. Zijn handen zweetten in de latexhandschoenen. Ze was een mens met vaste gewoontes. Hij rekende erop dat ze tegen half zes zou thuiskomen. Nog maar een kleine drie uur en hij had haar in zijn macht. En dan zou ze enorme spijt hebben van de onzin die ze over hem had verkocht.

***

'Wat verschrikkelijk!' Pia was nog altijd van haar stuk toen ze de flat verlieten en de parkeerplaats overstaken. 'Met je voeten een kind in een bronschacht schoppen! Hoelang zal ze daar hebben gelegen voordat de wond ging ontsteken? Wat moet je voor een mens zijn om hulpeloze kinderen zoiets aan te doen?'

'De kinderbescherming heeft volledig gefaald.' Ook Bodenstein was diep geschokt over de omvang van de lichamelijke en psychische mishandelingen waaraan de kinderen weerloos waren overgeleverd. Hij herinnerde zich de zaak van het dode meisje in de Main van een paar jaar geleden, waardoor ze op het spoor kwamen van een internationaal kindermisbruiknetwerk. De parallellen tussen die misdaad en wat Rita Reifenrath had gedaan, waren beangstigend. In beide gevallen hadden mensen weggekeken, uit gemakzucht, uit angst als verrader gezien te worden of gewoon omdat ze het niet voor mogelijk hielden dat zoiets vlak voor hun eigen huisdeur kon gebeuren. Maar had hij het [illegible] lang over iemand te [illegible] die bang was een vrouw zwart te maken die voor haar sociale engagement zelfs met het kruis van verdienste was onderscheiden? Wat zou hij zelf hebben gedaan? Het was makkelijk het gedrag van mensen achteraf of vanaf een bepaalde afstand te beoordelen.

'Ik denk dat Rita Reifenrath zelf ziek was,' zei dr. Harding. 'Ze was slachtoffer, voordat ze dader werd.'

'Kun je je nog herinneren wat je destijds tegen Peter Lessing zei?' richtte Bodenstein zich tot Pia. 'Je citeerde een Zwitserse psychiater.'

'Carl Jung.' Pia knikte. 'Hij zei: "Gewoonlijk zijn het de mishandelden die anderen weer mishandelen." Maar toch is een vreselijke jeugd geen excuus voor het mishandelen van kinderen of het ombrengen van mensen!'

'Geen excuus.' De profiler bleef naast de auto staan, en wachtte tot Bodenstein de centrale vergrendeling opende. 'Maar een verklaring.'

***

Nicola Engel had om vier uur een vergadering met het recherchebijstandsteam gepland. Bodenstein, dr. Harding en Pia arriveerden om kwart over drie bij de regionale recherchedienst. Persvoorlichter Smykalla had een paar kranten uitgespreid op een bureau naast zijn opengeklapte laptop en bekeek met een bezorgd gezicht de ene na de andere. Naast hem lag zijn telefoon, die onophoudelijk zoemde.

'De vondst van de lijken is uitgelekt,' zei hij. 'Bekijk de koppen maar eens op het internet!'

'Was alleen een kwestie van tijd,' antwoordde Pia schouderophalend en ze hing haar schoudertas over een stoelleuning. 'We hebben een heleboel mensen ondervraagd, en die zullen het in meer of mindere mate hebben rondgekletst.'

'Mijn telefoon staat roodgloeiend.' Smykalla wees naar zijn toestel. 'Wat moet ik tegen de journalisten zeggen?'

'Dat we vanavond een persverklaring geven,' zei Bodenstein.

Er hing een kaart van Duitsland aan de muur, volgeprikt met gekleurde punaises, bovendien had Kai alle inzichten en informatie die ze tot nu toe hadden over de slachtoffers van de Taunusripper, zoals de pers de dader inmiddels had gedoopt, op whiteboards genoteerd.

'Hier zijn de laboratoriumverslagen.' Kai Ostermann zwaaide met verschillende dunne snelhechters. 'In de Mercedes van Reifenrath hebben ze in het laboratorium niets gevonden behalve hondenharen en vingerafdrukken van Theo en Reker. In de vrieskist uit het huis zaten alleen levensmiddelen, in die uit de slachtruimte zijn bloedsporen vastgesteld, die echter van dierlijke oorsprong zijn. Maar in de derde vrieskist, die in de garage onder een stapel dozen stond, werd inderdaad menselijk DNA gevonden. Nina Mastalerz en Jana Becker hebben met een aan zekerheid grenzende waarschijnlijkheid in die kist gelegen.'

'Wat zeg je?' Pia pakte het dunne dossier. 'Maar Jana Beckers lichaam werd toch op een parkeerplaats in Rheinland-Pfalz gevonden en dat van Nina Mastalerz zelfs in Frankrijk!'

'Het lijkt erop dat onze dader zijn slachtoffers eerst meenam, voordat hij ze dumpte,' zei Kai. 'Als een kat die met zijn prooi speelt.'

'Waar stond de vrieskist?'

'In de aanbouw naast de garage waarin de slachtruimte is.'

'Maar als het Theo niet was, waarom neemt de dader dan zo'n risico?' vroeg Pia verwonderd.

'Dat kunnen we het best aan dr. Harding vragen,' antwoordde Bodenstein.

Langzaam druppelden de collega's binnen. Cem Altunay en Kathrin Fachinger kwamen met koffiebekers in hun hand binnen, dr. Harding kwam terug van het toilet. Ze gingen zitten, ook Tariq en Merle Grumbach kwamen erbij. De K11 was compleet.

Cem, Kathrin, Tariq en Merle waren met teleurstellend weinig informatie teruggekeerd. Noch de zoon van Eva Tamara Scholle, noch de collega's van het werk van Rianne van Vuuren hadden iets nieuws verteld.

Cem stak zijn hand op, net als op school.

'Ik geloof dat de oude man overal van afwist,' zei hij. 'Zijn haat tegen vrouwen, vooral tegen die van hemzelf met haar Moederdagmanie, was pathologisch. Hij zorgde voor een opvolger, die ging door toen hijzelf te oud werd. Kai heeft alle databanken doorzocht en kwam geen andere onopgehelderde sterfgevallen tegen met dezelfde modus operandi als de Moederdagmoordenaar. We hebben vijf moorden tussen 1988 en 1997 en vanaf 2012 nog drie van dit soort moorden. Het is uiteraard mogelijk dat we toch nog andere slachtoffers vinden, wat natuurlijk niemand hoopt, maar op dit moment ziet het ernaar uit dat hij een pauze van vijftien jaar heeft ingelast. Spreekt dat eigenlijk niet voor twee verschillende daders? Theo Reifenrath als dader en een van zijn pleegzonen of zijn kleinzoon als opvolger of imitator?'

Vooral aan het begin van een onderzoek – en ze hadden in feite nog geen grote vooruitgang geboekt, zoals Pia moest toegeven – waren zelfs gewaagde theorieën geoorloofd. Cem was een dwarsdenker en had in het verleden een paar keer een briljant idee gehad waardoor ze op het goede spoor waren gezet.

'Ja, dat is mogelijk, maar ik heb daar toch nog mijn twijfels over. Ik ga van één enkele dader uit,' antwoordde dr. Harding. 'Het is niet ongebruikelijk dat een seriedader een pauze inlast. Een verandering van levensomstandigheden die de uitlokkende factoren voor een poosje dempt of onderdrukt, kan de reden zijn. Een gevangenisstraf. Een ziekte. Een verhuizing. Er bestaat echter een fenomeen dat we als 'zelf-geënsceneerde onderbreking van het jachtinstinct' bestempelen. De dader houdt uit zichzelf op met moorden. Daar zijn verschillende redenen voor. Sommige daders lijden onder hun compulsie en kunnen hun aandrift niet meer verdragen. Vaak geven ze zich aan bij de politie of ze zorgen ervoor dat ze gepakt worden. Bij anderen is het net als wanneer je met roken of drinken stopt.'

'Waarom betwijfel je dat het twee daders kunnen zijn?' Cem bleef aanhouden.

'Het handschrift van een dader, de zogeheten modus operandi, is net zo individueel als een vingerafdruk,' reageerde dr. Harding. 'Als twee mensen hetzelfde doen, is het toch niet hetzelfde. Er zijn altijd verschillen. Gisteravond heb ik de foto's van de obductieverslagen van alle slachtoffers bekeken, en het viel me op dat hij een speciale inwikkeltechniek had. Hij wikkelde de folie niet gewoon lukraak om zijn slachtoffers, maar hij begon bij de voeten en wikkelde vervolgens tot aan het hoofd omhoog, wat ongebruikelijk is, als je bedenkt dat het inwikkelen diende om het slachtoffer weerloos te maken. Het was eenvoudiger geweest als hij in het midden van het lichaam was begonnen. Een tweede punt dat me opviel, was dat hij de folie nooit afscheurde of afknipte, maar voor ieder van zijn slachtoffers twee complete rollen van tien meter gebruikte. En ten derde stelde ik vast dat hij bij beide slachtoffers de armen voor het bovenlichaam fixeerde, zodat de handpalmen op het onderlichaam lagen.'

'Maar dat kan iedereen nadoen,' weersprak Cem.

'Probeer het maar eens,' raadde dr. Harding hem aan. 'Wikkel iemand in folie, en vraag je collega's het precies zo te doen als jij het deed. Je zult constateren dat niemand exact zo wikkelt als jij.'

Cem schudde zijn hoofd. Hij was niet overtuigd.

'Het inwikkelen van zijn slachtoffers is onderdeel van het ritueel,' ging dr. Harding door. 'Ik neem aan dat het slachtoffer op dat tijdstip niet bij bewustzijn is. Hij neemt de tijd, geniet van het moment waarin hij een mens volkomen in zijn macht krijgt. Toch is het niets persoonlijks.'

'Nou, ik zou het heel persoonlijk opvatten als iemand me in folie zou wikkelen en zou vermoorden,' merkte Kathrin op.

'Alle slachtoffers waren volledig gekleed. Bij niemand werden sporen van lichamelijk misbruik vastgesteld,' antwoordde de profiler. 'En dat vertelt me dat de persoon op zichzelf niet belangrijk voor hem was. Zijn slachtoffers zijn plaatsvervangers. Daarom spelen uiterlijkheden als leeftijd, voorkomen of haarkleur geen rol voor hem.'

'Plaatsvervanger voor wie?' vroeg Tariq.

'Dat is de vraag.' Dr. Harding perste nadenkend zijn lippen op elkaar.

Het was even stil.

'Kai, heb je inmiddels de namen van de medewerkers van de kinderbescherming gevonden die voor de pleegkinderen van de Reifenraths verantwoordelijk waren?' vroeg Bodenstein.

'Ach ja, die heb ik.' Kai bladerde in zijn aantekeningen. 'Het was een en dezelfde persoon voor alle pleegkinderen tussen 1962 en 1981. De dame heet Elfriede Schröder.'

‘Probeer alsjeblieft uit te vinden of ze nog leeft,’ droeg Bodenstein Kai op. ‘En zo ja, waar ze woont.’

‘Baas, hoelang ken je me?’ Kai klakte met zijn tong en schudde vergevingsgezind zijn hoofd. ‘Elfriede Schröder is in goede gezondheid. Ze is vierentachtig jaar oud en woont in een verzorgingshuis in Bad Nauheim.’

‘Je bent geweldig.’ Bodenstein grijnsde. ‘We moeten dringend met haar spreken. We zullen vandaag...’

Hij zweeg, want dr. Engel kwam het vertrek binnen, gevolgd door Christian Kröger. Ze liep recht op Bodenstein af.

‘Hoe zit het met die wapens?’ wilde ze weten en ze voegde er nog snel een begroeting aan toe. Bodenstein informeerde haar over de vondst onder het poolhouse, die ze op basis van een aanwijzing van Joachim Vogt hadden gedaan.

‘Van sierrevolvers, kalasjnikovs, handgranaten, tot raketwerpers zaten erbij.’

‘We vermoeden dat ze van Fridtjof Reifenrath zijn,’ voegde Pia eraan toe. ‘Maar dat zullen we hem morgen vragen. In de Jahrhunderthalle vindt een speciale aandeelhoudersvergadering plaats, waar hij zeker zal verschijnen.’

‘En wat bent u van plan?’ vroeg dr. Engel argwanend.

‘Eigenlijk zijn we van plan hem te arresteren,’ antwoordde Pia. ‘Het bestaan van de wapens is daarvoor voldoende. Vergrijp tegen de Wet inzake het toezicht op productie en handel in oorlogstuig. Reifenrath heeft niet eens een wapenvergunning.’

‘Kunt u bewijzen dat de wapens van hem zijn?’

‘Nog niet. Maar we weten het redelijk zeker.’

‘Zolang u er niet honderd procent zeker van bent, gaat u hem niet arresteren,’ besloot dr. Engel categorisch.

Pia was niet van plan zich te laten voorschrijven wat ze wel of niet moest doen, en al helemaal niet uit consideratie met het netwerk van de directeur. Ze stond op en zette haar handen op haar heupen.

‘Hij verzweeg belangrijke informatie voor ons en net als eerder bestaat er vluchtgevaar en het gevaar dat hij zijn sporen zal uitwissen.’

De directeur spreidde haar neusvleugels en tilde strijdlustig haar kin op. Bodenstein stond ook op en ging demonstratief naast Pia staan.

‘U gaat de man onder geen beding voor de verzamelde pers en in alle openbaarheid arresteren, mevrouw Sander,’ zei ze met een gevaarlijk zachte stem. ‘Ben ik duidelijk genoeg?’

Het werd overal doodstil. Hier was een machtsstrijd aan de gang, waarvan het resultaat vast leek te staan. Nog nooit, sinds ze de recherche Hofheim leidde, had de directeur in het openbaar toegegeven.

'Als het nodig is, zullen we doen wat we juist achten.' Pia weerstond onaangedaan de granietharde blik van haar baas. Ze wist dat ze het nu op de spits dreef en daarmee een schorsing, en misschien wel een tuchtzaak riskeerde. 'Dit is ónze zaak. Die laten we niet door een of andere politieke overweging kapotmaken.'

Nicola Engel keek haar aan, haar ondoorgrondelijke gezichtsuitdrukking veranderde een fractie van een seconde in iets wat je met veel goede wil als respect kon interpreteren. Verschoof zojuist de krachtmeting onverwachts ten gunste van Pia? Maar ze vergiste zich.

'Een dergelijke insubordinatie accepteer ik normaal gesproken niet, van niemand.' De directeur glimlachte. Het was echter geen vriendelijk, instemmend glimlachje, maar eerder het tandenblikkeren van een haai die bloed rook. 'Misschien is dat de eenvoudigste manier om van u af te komen. Ik heb namelijk meer dan genoeg van uw koppigheid. U mag blij zijn dat de hoofdcommissaris nog – ik benadruk: nóg – veel waardering voor u heeft, want van mij krijgt u geen rugdekking als het hoge spel dat u speelt, fout uitpakt.'

Ze staarden elkaar aan, en Pia kwam even in de verleiding haar te vragen of ze dan wel de loftrompet zou afsteken als bleek dat ze het bij het juiste eind had, maar ze wilde haar baas niet nog meer provoceren.

'Oké, dan is dat dus duidelijk,' zei ze in plaats daarvan. 'Maar er is nog wel iets wat we met u moeten bespreken.'

'Ik luister.' Dr. Engels gezicht was weer volkomen beheerst.

'We moeten zo snel mogelijk met de overige familieleden van het slachtoffer praten,' zei Bodenstein. 'Mevrouw Sander en ik willen dat meneer Omari en mevrouw Grumbach morgen de nabestaanden van Jutta Schmitz en Mandy Simon bezoeken.'

'Erfurt en Neuss. Dat kunnen we onmogelijk in een dag doen,' gaf Merle ter overweging. 'Ik voerde net even de adressen in de routeplanner in. Met de auto doen we over de afstand…'

'Kunt u beiden hier eigenlijk wel gemist worden?' wendde dr. Engel zich tot Bodenstein zonder Merle te laten uitspreken. 'Waarom laat u dat niet over aan de collega's ter plaatse?'

'Omdat dr. Harding graag achter de details van het verleden van de slachtoffers wil komen, die belangrijk kunnen zijn. Hij heeft daarvoor speciaal een vragenlijst samengesteld.'

'Oké.' De directeur nam zoals gebruikelijk bliksemsnel een beslissing. 'Ik zorg ervoor dat u de helikopter kunt gebruiken.' Toen keek ze Pia onderzoekend aan. 'Ik weet dat u onmiddellijk zult denken dat ik u van het genoegen wil beroven Fridtjof Reifenrath in de boeien te slaan, maar ik ben ervoor dat u samen met meneer Omari de ondervraging van de familieleden overneemt.'

'En waarom ik niet?' wilde Merle weten.

'Ik heb uw verslag van uw bezoek gisteren aan de familie van mevrouw Münch gelezen,' antwoordde de directeur. 'Er stond een heleboel overbodig emotionele kletspraat in. Sommige mensen zullen dat heel fraai vinden, maar het voegt volgens mij weinig toe.'

Merle was verontwaardigd.

'Dat wat u zo kleinerend als "emotionele kletspraat" bestempelt, is een bijzonder belangrijk onderdeel van de psychologische slachtofferhulp, zoals wij dat op de crisisinterventietrainingen leren,' antwoordde ze scherp.

'In acute crisisgevallen ben ik daar absoluut voor. Maar ondervragingen van nabestaanden bij moordzaken is in de eerste plaats onderzoekswerk van de politie en op dat terrein heeft mevrouw Sander veel meer ervaring dan u.' Dr. Engel wierp Pia een zeer moeilijk te interpreteren blik toe. 'De beslissing ligt natuurlijk bij u en meneer Bodenstein. Ik regel het met de luchtvaartpolitie en laten we nu alstublieft beginnen.'

Ze draaide zich om, haalde haar smartphone tevoorschijn en drong zich tussen de tafels en stoelen naar voren.

'Soms zou ik haar echt de nek om willen draaien,' zei Pia toen ze buiten gehoorsafstand was. 'En dan dit weer! Begrijpt iemand die vrouw nog!'

'Daar ben ik lang geleden mee opgehouden,' antwoordde Bodenstein droog. 'Maar als ze gelijk heeft, heeft ze gelijk. En wat denk je? Vlieg je met Tariq mee?'

Pia beet nadenkend op haar onderlip en overdacht snel de voor- en nadelen van deze oplossing.

'Dat betekent dat Cem en jij Reifenrath overnemen?'

'Ja. En je kunt er heel zeker van zijn dat ik net zo over een arrestatie denk als jij,' antwoordde Bodenstein.

'Ik kan me met de organisatie van jullie trips bezighouden,' liet Kai Ostermann van zich horen. 'Ik heb sowieso alle contactgegevens binnen handbereik van de collega's die voor de dossiers verantwoordelijk zijn of waren.'

'Oké,' stemde Pia in. 'Dan doen we het zo. We vliegen morgen eerst naar Neuss en van daaruit naar Erfurt.'

'Dat is toch hartstikke gaaf?' Tariq grijnsde verheugd. 'Ik heb nog nooit met 'n heli gevlogen!'

***

'We hebben de lichamen van vier vrouwen op het perceel gevonden, en bovendien vier andere vrouwelijke slachtoffers, die we op basis van de omstandigheden indelen bij onze dader,' zei Kai Ostermann. 'Rita Reifenrath hoort niet thuis in die serie, maar daarover later meer. De acht vrouwen in de leeftijd van eenentwintig tot achtenveertig stammen uit de hele Bondsrepubliek. Alle acht zijn aantoonbaar of vermoedelijk verdronken, zes van hen werden voor hun dood ingevroren en ze waren allemaal in vershoudfolie gewikkeld.'

'Wat een smeerlap!' mompelde iemand.

'Geen van de slachtoffers vertoonde afweerwonden, er zijn geen aanwijzingen voor verkrachting of marteling.' Kai voerde iets in op zijn laptop en op het grote beeldscherm verscheen een overzicht met foto's van de slachtoffers. 'Hier en op de whiteboards zien jullie de actuele stand van de onderzoeken.'

Iedereen draaide het hoofd en las de afschuwelijke details.

Naam/Details	Stand van het onderzoek	Vindplaats/ Omstandigheden
Eva Tamara Scholle *1966 (24) Weiterstadt Ongehuwd Kapster 1 dochter (3) Vermist sinds 12-05-1988	Laatst gezien door medewerkster van Irish Pub, Würzbutger Straße in Aschaffenburg op 12-05-1988, 00.30 uur.	Gevonden op 03-06-1988, in de Altrhein bij Berghausen/Speyer. Lichaam was gekleed. Bovenlichaam in folie gewikkeld, geen sporen van misbruik, geen afweerverwondingen. DO: verdrinking.

Mandy Simon *1971 (21) Mannheim Ongehuwd Afdelingschef 1 zoon (2) Vermist sinds 12-05-1991	Laatst gezien op 11-05-1991 om 18.15 door collega's bij het verlaten terrein van de firma Möbelspedition Kullmann, Mannheim-Neckarau.	Gevonden op 18-04-2017 in Mammolshain. Lichaam was gekleed. Lichaam in folie gewikkeld, was ingevroren, gedeelt. geskeletteerd, vraatsporen dier. Geen sporen misbruik, geen afweerverwondingen. Mogl. DO: verdrinking.
Annegret Münch *1961 (32) Walldorf Stewardess Gescheiden levend Echtgenoot Bernhard Münch (2001 suïcide), 2 zonen (7, 4) Vermist sinds 9-05-1993	Laatst gezien door buurvrouw bij tankstation in Walldorf op 13-05-1993 rond 17:30. Woning in Langen, relatie met Marco Friese (38), piloot. Auto Honda Civic (OF-AM 112) op 23-05-1993 in een stuk bos bij klooster Eberbach (Rheingau). Autosleutels ontbreken.	Gevonden op 18-04-2017 in Mammolshain. Lichaam was gekleed. Lichaam was in folie gewikkeld. Was ingevroren. Geen sporen van misbruik, geen afweerverwondingen. Mogl. DO: verdrinking.
Jutta Schmitz *1954 (42) Kaarst Controller Ongehuwd, 1 dochter (16) Vermist sinds 11 mei 1996	Laatst gezien door Susanne Kohl, buurvrouw, op 10-05-96 om 16.30 op sneltramstation Büttgen in gesprek met een man (grijze baard, bril, ca. 60 jaar). Auto Subaru Forrester (NE-XX 801) op Ikea-parkeerplaats. Autosleutels ontbreken.	Gevonden op 18-04-2017 in Mammolshain. Lichaam was gekleed. Lichaam in folie gewikkeld. Was ingevroren. Geen sporen van misbruik. Geen afweerverwondingen. Mogl. DO: verdrinking.

Elke von Donnersberg *1949 (48) Hamburg Getrouwd Niet-werkend 2 zonen (22, 19) Vermist sinds 11 mei 1997 Ring met aquamarijn ontbreekt	Laatst gezien door Hilko Wrede ingang Jenischpark, hoek Elbchaussee/Holztwiete in gezelschap van een man met honkbalpet en zonnebril (ca. 25-35) op 11-05-97 tegen 6.45 uur.	Gevonden op 24-07-1997 in de Elbe ter hoogte van Hanskalbsand. Lichaam was gekleed. Bovenlichaam in folie gewikkeld, geen sporen van misbruik. DO: verdrinking.
Rianne van Vuuren *1974 (38) Langen Gescheiden Bankier 1 zoon (7) vermist sinds 15-05-2012	Laatst gezien door Thomas Jansen (partner) op 15-05-2012 om 6:45.	Gevonden op 21-05-2012 in de buurt van Winterberg/Sauerland. Lichaam was gekleed. Lichaam was in folie gewikkeld. Was ingevroren. Geen sporen van misbruik. Geen afweerverwondingen. DO: verdrinking.
Nina Mastalerz *1990 (23) Bamberg, komt uit Polen Ongehuwd 1 dochter (2) Vermist sinds 12-05-2013	Laatst gezien door collega drive-in- Burger King, Bamberg op 12-05-2013 om 16.15 samen met een vrouw met honkbalpet, zonnebril en een blonde paardenstaart (ca. 40 jaar). Auto VW Golf (BA-NM 331) op pp industrieterrein. Autosleutel ontbreekt	Gevonden op 27-06-2013 in de buurt van St.-Avold, Frankrijk. Lichaam gedeeltelijk in folie. Was ingevroren. Vergevord. ontbinding. Rest van kleding was ingevroren. DO: verdrinking.

Jana Becker *1993 (21) Limburg Ongehuwd Geen beroep 1 dochter (2) Vermist sinds 10-05-2014	Laatst gezien door haar moeder op 10-05-2014 om 11.00, thuis. Auto Ford Ka (LM-JB 234) op pp op snelweg 3 nabij Raststätte Bad Camberg. Op 14-05-14. Autosleutel ontbreekt.	Gevonden op 04-10-2014 pp snelweg Bernkastel-Kues. Lichaam was gekleed en in goede toestand. Was ingevroren. In folie gewikkeld. Geen sporen van misbruik. DO: verdrinking.

'Zoals jullie zien, hebben we al behoorlijk veel informatie kunnen verzamelen,' lichtte Kai toe. 'Daarbij vielen ons parallellen op. Alle vrouwen verdwenen vlak voor of op Moederdag zelf. Vier slachtoffers hadden een auto, die elke keer afgesloten werd gevonden, in de kofferbak lag de handtas met portemonnee, sleutelbos, paspoort, creditcards en telefoon. De autosleutels werden nooit gevonden.'

Op de gezichten van haar collega's las Pia wat ze zelf ook voelde: afschuw en verbijstering. Het was één ding om zakelijk over feiten te spreken, maar als je je realiseerde wat deze vrouwen voor hun gruwelijke dood hadden doorstaan, dan brokkelde de innerlijke afstand af.

'Waarom denken jullie dat Rita Reifenrath niet bij de andere slachtoffers hoort?' vroeg Donjana Jensen. 'Ze overleed toch ook op Moederdag? En haar auto stond afgesloten op een parkeerplaats.'

'Klopt.' Pia knikte. 'Deze details zouden passen. Maar het verloop van deze daad was volledig anders. We vermoeden dat Rita Reifenrath slachtoffer van een affecthandeling werd. In haar wervelkolom zat een .22 kaliber-kogel.'

'Mag ik daar iets over zeggen?' meldde Christian Kröger zich.

'Ga je gang.' Pia knikte.

'Naast het skelet lag een sektfles in de schacht,' zei de baas van de technische recherche. 'Glas is, zoals we allemaal weten, een uitstekende sporendrager, en het laboratorium is er na al die jaren in geslaagd vier verschillende vingerafdrukken op de hals van de fles en de fles zelf vast te stellen. Drie daarvan konden we zonder twijfel toekennen aan Fridtjof Reifenrath – wijsvinger, middelvinger en duim van de rechterhand.'

Tjakka! dacht Pia en ze weerstond de verleiding dr. Engel een triomfantelijke blik toe te werpen.

'We hebben op Reifenraths perceel een omvangrijk wapenarsenaal in beslag genomen,' ging Kröger door. 'Alle vuurwapens zijn ballistisch onderzocht, en we hebben het wapen gevonden waarmee Rita Reifenrath is doodgeschoten. Een Walther TPH. Op de kolf en op de loop stonden eveneens de vingerafdrukken van Fridtjof Reifenrath.'

'Dat betekent niet automatisch dat hij iets met de moord op zijn grootmoeder te maken hoeft te hebben,' bracht Bodenstein ertegen in. 'Maar we zullen Reifenrath er expliciet naar vragen, want tijdens de eerste ondervraging deed hij alsof hij geloofde dat zijn grootmoeder zelfmoord had gepleegd.'

'Misschien hebben we toch iets meer bewijs tegen hem.' Kröger schraapte zijn keel. 'Alle vingerafdrukken op de fles wijzen erop dat de sporenmakers de fles zo vasthielden alsof er iets werd ingeschonken, namelijk aan de buik van de fles. Maar de afdrukken van Reifenrath stonden op de hals van de fles, en dan ook nog verkeerd om, alsof hij de fles als wapen gebruikte.'

Pia ontmoette de uitdrukkingsloze blik van dr. Engel en verbeet een glimlach. Vingerafdrukken waren onweerlegbaar bewijs. Het zou erg moeilijk worden voor Reifenrath zich hieruit te praten. Zijn vingerafdrukken op de Walther TPH kon hij verklaren doordat hij het wapen later had gebruikt, maar de fles had sinds 1995 onaangeraakt naast het lichaam van zijn grootmoeder in de bronschacht gelegen.

***

'Wat ben je aan het lezen?' informeerde Christoph nieuwsgierig, toen hij met een fles vinho verde en twee wijnglazen in zijn handen de traptreden naar de wintertuin af liep.

'Informatie over een verdachte.' Pia klapte de ordner, die uit de werkkamer van Theo Reifenrath kwam, dicht, en legde hem naast zich op de grond. 'We hebben tot nu toe acht slachtoffers ontdekt. En degene die we oorspronkelijk voor de dader hielden, lijkt het nu toch niet te zijn.'

'Dan zou je een keer contact moeten opnemen met Ann Kathrin Klaasen van de recherche Aurich,' zei Christoph en hij schonk een glas wijn voor haar in. 'Ze is gespecialiseerd in seriemoordenaars.'

'Met wie, zeg je?' vroeg Pia.

'Was maar een grapje,' zei Christoph met een lachje en hij liet zich op de bank naast haar vallen. 'Dat is de hoofdinspecteur uit de thriller die ik aan het lezen ben.'

'O, trouwens.' Pia nam een slok van de heerlijke lichte wijn, die Christoph en zij tijdens een reis naar Portugal hadden ontdekt en waren gaan waarderen. 'Stel je voor, Henning heeft ook een thriller geschreven!'

'Dan heeft hij waarschijnlijk te weinig lijken om open te snijden, als hij tijd heeft voor zoiets,' bromde Christoph.

'Nou ja, we hebben hem er net vier bezorgd.' Pia leunde tegen zijn schouder. 'En stof heeft hij sowieso genoeg. Hij zou een hele thrillerreeks kunnen schrijven over alles wat hij al heeft meegemaakt.'

Ze staarde naar Christophs en haar spiegelbeeld in het raam. Was Fridtjof Reifenrath dezelfde Fridtjof op wie Kim zo ongelukkig verliefd was geweest? En als dat zo was, kende ze Claas Reker dan misschien? Nee. Kim was heel correct in haar werk. In dat geval zou ze vanwege vooringenomenheid hebben geweigerd hem te beoordelen.

Christoph legde zijn hand in haar nek.

'Je bent heel gespannen,' stelde hij vast en hij begon haar te masseren.

'Geen wonder,' antwoordde Pia met haar ogen dicht. 'Als ik een thriller over onze huidige zaak zou schrijven, dan zou ik er ten minste vier slachtoffers en drie verdachten uit moeten schrappen, zodat de lezer het overzicht niet verliest.'

'Dan onderschat je de thrillerlezer,' sprak Christoph haar tegen. 'Er is niets zo saai als te weinig personages in een thriller.'

'Ken je Fridtjof Reifenrath toevallig?' vroeg Pia en ze opende haar ogen weer. Als directeur van de de Opel-Zoo, die uitsluitend werd gefinancierd met entreegelden en giften, kende Christoph heel veel mensen, en niet alleen in de Vordertaunus. Hij knikte inderdaad.

'Zijn bank doneerde destijds een mooi bedrag voor de bouw van het olifantenhuis. Hij vertelde me dat hij heel dicht bij de dierentuin woonde en er vaak kwam. Hoe kom je daar nu op?'

'Zijn grootvader is degene met de lichamen onder de hondenkennel.'

'Niet!' Christoph sperde zijn ogen open. 'En omdat jullie hem niet meer als dader beschouwen, hebben jullie nu Fridtjof Reifenrath in het vizier?'

'Hij is op z'n minst een aalgladde psychopaat,' antwoordde Pia.

'Daarvan heb je er hier in de omgeving zeker een paar,' zei Christoph met spottende ondertoon. Pia trok haar benen onder zich en draaide zich naar haar man.

'Ik heb een paar namen voor je. Als je er eentje kent, knik je gewoon, oké?'

'Oké.'

Pia noemde de namen van alle mensen over wie ze de laatste drie dagen iets had gehoord of die ze had leren kennen. Nu was het Christoph die zijn ogen dichthield en geconcentreerd luisterde.

'Gehrmann ken ik,' zei hij. 'Die consulteren we af en toe, omdat zijn praktijk niet ver weg is en hij gespecialiseerd is in exoten.'

'Wat vind je van hem?'

'Aardige man.' Christoph opende één oog, daarna het tweede. 'Komt altijd meteen. Kan goed met dieren omgaan. Bovendien adopteerde hij jaren geleden al een Mexicaanse korsthagedis en een wrattenzwijn. Is hij misschien een moordenaar?'

'De Mexicaanse korsthagedis zou weleens een waardevolle aanwijzing kunnen zijn,' grijnsde Pia, maar ze werd meteen weer serieus. 'Wat weet je over hem?'

'Niet bijzonder veel. Zijn vrouw is arts, ze wonen in Mammolshain, waar zijn vader tientallen jaren burgemeester was. Gehrmann senior is inmiddels volledig dement en woont in Kursana, in Königstein aan de Kreisel.'

Dat was inderdaad niet veel. Pia ging verder met haar vragenronde.

'Anja Manthey ken ik ook,' zei Christoph. 'Zij en haar man zijn lid van de belangenvereniging.'

'Hebben zij ook een dier geadopteerd?'

'Ja. Een dromedaris.'

'Niet verdacht. Verder.'

Ivanka Sevič, Claas Reker, Joachim Vogt, André Doll en Ramona Lindemann ontlokten geen reactie aan Christoph.

'Sascha Lindemann?'

'Ja, die ken ik,' zei Christoph tot Pia's verrassing.

'Zo'n klein mannetje met grijs haar? Hij ziet er 'n beetje uit als een dikke vrouw die zich als man heeft verkleed?'

'Als een dikke vrouw die zich als man heeft verkleed! Hopelijk formuleer jij niet de persoonsbeschrijvingen als jullie iemand opsporen!' Christoph lachte geamuseerd, maar toen bezon hij zich. 'Hoewel, eigenlijk is het redelijk treffend beschreven. Hij heeft inderdaad iets vrouwelijks.'

'Waar ken je hem van?'

'Hij vertegenwoordigt verschillende leveranciers van voedermiddelen,' antwoordde Christoph.

'Komt hij regelmatig bij jullie?'

'Twee of drie keer per jaar.'

'Weet je toevallig in welk gebied hij normaal gesproken onderweg is? Vertegenwoordigers hebben toch meestal hun eigen regio.'

'Nee, het spijt me. Dat weet ik niet,' zei Christoph spijtig. 'Maar ik kan morgen op kantoor wel opzoeken voor welke bedrijven hij onderweg is. Die hebben ons allemaal met giften voor het olifantenhuis ondersteund.'

'Dat zou super zijn.' Pia dronk haar glas leeg en gaapte. Sascha Lindemann groef samen met André Doll het gat voor de betonnen vloer van de hondenkennel. Hij hielp Raik Gehrmann in folie te wikkelen en in een beek te leggen. Vertegenwoordigers rijden in dienstauto's, meestal combi's, die ze regelmatig inruilen. Waarom had hij tijdens hun ontmoeting op woensdag niet verteld dat ook hij een pleegkind van de Reifenraths was? Waarom had hij steeds zo vreemd naar de hondenkennel gekeken? Vragen genoeg waarop ze antwoorden moest vinden. Het was frustrerend! De moordenaar moest uit de directe omgeving van Reifenrath komen, daarom was de kring van verdachten eigenlijk te overzien. Ze hadden al een berg aan informatie, maar nog altijd greep niets logisch in elkaar. Ze wisten niet wanneer en waar de slachtoffers waren verdwenen, en konden daarom niemand naar alibi's vragen. Tot nu kenden ze niet eens het motief dat de moordenaar dreef.

'Krijg ik nog een beetje?' Pia hield Christoph haar lege glas voor en hij schonk nog wat voor haar in. Ze verdrong de gedachten aan de zaak. Morgen was er weer een dag.

***

Al na elven en ze was nog steeds niet thuis! Acht hele uren zat hij al te wachten en zijn woede groeide van minuut tot minuut, want hij haatte niets meer dan wachten. Vroeger had hij het geduld niet kunnen opbrengen, maar als hij in de psychiatrische kliniek iets had geleerd, dan was het wachten.

Hij had haar inwendig het ene ultimatum na het andere gesteld, maar ze allemaal laten verstrijken. Nog een halfuur, dan ga ik. Nog een kwartiertje. Misschien had ze nog een vergadering of waren er problemen met een patiënt. Tien minuten. Niet langer. Waarschijnlijk was ze gaan eten. Of ze had toch een vent en was met hem meegegaan en liet zich naaien, terwijl hij hier zat te wachten. Onder de bivakmuts en met de latexhandschoenen aan zijn handen zweette hij als een otter en zijn blaas stond bijna op springen. Tot nu had hij niet het toilet willen gebruiken, omdat hij bang was dat ze juist op dat moment zou opduiken. Bovendien mocht hij zelfs niet het kleinste spoortje achterlaten. Pas als hij haar in zijn macht had en ze werd gemist, zouden de smerissen vroeg of laat hier alles onder de loep nemen, elk huidschilfertje verzamelen en analyseren.

Hij keek nog een keer uit het raam. De straat was leeg. Alleen de straatlantaarns schilderden oranje cirkels op het vochtige asfalt. In de huizen in de omgeving brandde licht. Televisies stonden aan. De mensen waren aan het eten of zaten voor de kijkkast. Stil voor zich uit vloekend liep hij naar het gastentoilet en hij bedacht pas op het laatste moment dat hij het licht niet aan moest doen. In het pikkedonker tastte hij naar het toilet, klapte de deksel omhoog, trok zijn broek naar beneden en ging op de toiletbril zitten. Normaal gesproken plaste hij staand, maar het risico dat er een druppel naast ging was te groot. In die ongewone houding viel het hem zwaar zijn blaas te legen. Alsof hij het had geweten, hoorde hij op dat moment de lift omhoogkomen. Snel stond hij op, trok zijn broek omhoog en deed zijn rits dicht, wat niet eenvoudig was met de handschoenen. Toen frunnikte hij de draad uit zijn jaszak, pakte de stukjes hout aan de beide uiteinden en trok hem bij wijze van proef strak. Omdat het gastentoilet direct naast de liftschacht lag, bleef hij staan waar hij stond. Hier kon hij haar het best overmeesteren als ze nietsvermoedend uit de lift stapte, waarschijnlijk nog met een tas in haar hand. Wat er nu stond te gebeuren, was hij al zo lang van plan. De woede was verdwenen, hij was heel rustig, controleerde zijn ademhaling en concentreerde zich op de taak die voor hem lag. De lift stopte. De deur ging open. Snel hief hij de draad op. Het licht ging aan, hij hoorde voetstappen en stond klaar. Als ze langs de deur van het gastentoilet liep, stond hij met één pas achter haar. Maar… ze was het niet! Hij aarzelde een seconde en dat was zijn fout. De man draaide zich razendsnel om en staarde hem aan.

'Wat…?' riep Claas Reker verbijsterd. De volgende seconde voelde hij een brandende pijn aan zijn hals. Zijn spieren werden slap, zijn benen vielen onder hem weg. Hij zakte in elkaar en toen werd alles om hem heen zwart.

***

Vroeger was het veel moeilijker om hen te vinden dan nu! Op het internet zijn mensen geneigd opener te zijn, omdat ze denken dat ze onder elkaar zijn, in hun fora en in de sociale media. De drang om in de aandacht te staan drijft hen ertoe dingen prijs te geven die iemand onder normale omstandigheden nooit zou vertellen. Een ideale plek voor me om ze te vinden, die egoïsten, die alleen maar aan zichzelf denken. Het verbaast me elke keer weer hoe argeloos ze zijn en hoe snel ze hun geheimen vertellen als je maar de juiste toon vindt. Ik heb met veel van hen contact en inmiddels ken ik de kneepjes om hen zover te krijgen dat ze hun hart bij me uitstorten. Je zou tot hun verdediging kunnen aanvoeren dat ze zich schuldig voelen omdat ze hun kind in de steek hebben gelaten, maar anderzijds vind ik dat zij de ergsten zijn, want ze zijn zich ervan bewust dat ze iets verkeerds doen. Vroeger werden vrouwen door hun familie gedwongen in het geheim te bevallen van hun buitenechtelijke kind en het weg te geven, maar sociale druk komt vandaag de dag nog maar zelden voor. De meesten van hen waren gewoon te stom om het te voorkomen, en ze willen niet met de consequenties van hun nalatigheid leven. Op mijn vraag waarom ze geen abortus lieten plegen, krijg ik in negentig procent van de gevallen het schokkende antwoord dat ze zogenaamd niet hadden gemerkt dat ze zwanger waren totdat het te laat was! Onder hun domheid moeten hun kinderen lijden. Zoals ik moest lijden. Die gedachte is voor mij onverdraaglijk.

Deze hier is een van de ergsten. Ze kreeg een kind omdat ze dacht dat de vader van het kind met haar zou trouwen. Toen hij het hazenpad koos en ze doorhad dat ze als alleenstaande moeder geen kans had een andere kostwinner te vinden, gaf ze haar kind weg als een meubelstuk waarvoor ze geen plek had.

Misschien heb ik me daarom zo uitvoerig met haar beziggehouden. Ze heeft gevochten, ja, ze wilde echt met me onderhandelen, het koudbloedige wijf! Maar je onderhandelt niet met de dood. Nu ligt ze in de vrieskist en haar lichaam wordt geleidelijk koud en stijf. Ze lijkt het meest van allemaal op Nora, wat toeval is. Hun uiterlijk speelt voor mij nooit een rol. Alleen hun daden. Deze hier beloofde haar kind steeds weer dat ze hem zou ophalen, maar deed het nooit. Net als mijn moeder met mij deed. Ik kijk een paar minuten naar haar en voel een diepe bevrediging omdat alles zo perfect ging. Ik heb een jaar de tijd om een andere te vinden. Ik doe de deksel van de kist dicht. Nu heb ik een warme douche nodig. In het meer was het behoorlijk koud.

Dag 9

Woensdag, 26 april 2017

Anna Friedek liep elke dag hetzelfde rondje met haar hond. Vanuit Oberhain door het bos tot de Herzbergturm, dan via de Silberküppel-parkeerplaats in het bos naar het Romeinse fort Saalburg en van daaruit terug naar huis. Het was een mooie wandeling en 's ochtends kwam ze hoogstens een keer een jogger of een andere wandelaar met hond tegen. Toen ze de parkeerplaats overstak, viel haar blik op de kleine groene auto met het kenteken uit Frankfurt, die haar vier of vijf dagen geleden voor het eerst was opgevallen. Hij stond onveranderd op dezelfde plek, moederziel alleen op de anders lege grindparkeerplaats. Eerst dacht ze dat de auto van een wandelaar of een jogger was, die van hieruit was gaan lopen. Mensen hebben vaste gewoonten, net als zijzelf, en daarom verbaasde het haar niet dat de auto er de volgende dag weer stond. Maar nu vond ze het toch wel een beetje raar. Ze riep haar hond naar zich toe, liep naar de kleine Fiat en keek door de ramen in de auto. Niets opvallends te zien. De auto was opgeruimd, er lag geen pakje kauwgom of zakdoekjes. Voorzichtig raakte ze de deurgreep aan. De auto was op slot.

'Wat als er iets met diegene aan de hand is?' vroeg Anna Friedek aan haar hond, die was gaan zitten en elke beweging van zijn baasje aandachtig volgde. Een ongeluk in het bos is snel gebeurd. Een hartinfarct tijdens het joggen misschien… Ze huiverde bij het idee dat ze mogelijk langs een lijk was gelopen, dat ergens in het kreupelhout lag. Hoewel, nee, dat zou Molly toch wel hebben geroken! Of niet?

'Wanneer zagen we de auto hier voor het eerst, hm?' Ze dacht na. Het regende die dag, dat wist ze nog, want ze was tijdens haar hele rondje geen mens tegengekomen.

Anna Friedek pakte haar telefoon en fotografeerde de auto. Wie belde je in zo'n geval? Het alarmnummer? Beter van niet. Maar ze moest sowieso straks naar de dokter in Bad Homburg. Onderweg kon ze misschien even bij het politiebureau in de Saalburgstraße in Kirdorf langsgaan. Ze keek nog een keer om, toen liep ze door. De gedachte dat er iets ergs met de bestuurder van de auto gebeurd zou kunnen zijn, liet haar niet meer los, en toen ze ter hoogte van het Romeinse fort weer bereik had, googelde ze het nummer van het politiebureau en belde.

***

De blauw-witte Eurocopter 145 van de politie landde even voor acht uur op de helikopterlandingsplaats die zich op het dak van de deelstatelijke recherche bevond, en wachtte met draaiende rotoren op Pia en Tariq. De copiloot hield de zijdeur voor hen open, zodat ze konden instappen. De passagiersruimte was verbazingwekkend groot en bood plaats aan negen personen, maar er zaten maar vier stoelen in gemonteerd. Nadat ze hun riem hadden omgedaan, steeg de helikopter op en vloog met verbazende snelheid naar het noordwesten. Pia keek uit het raam en zag onder zich de vertrouwde straten en dorpen kleiner worden. Na een paar minuten hadden ze de Feldberg al achter zich gelaten en vlogen ze over de Taunus. De vliegtijd naar Neuss was een klein uur, deelde de piloot mee. De helikopter ging als een pijl door de lucht, van turbulentie viel bijna niets te merken, daarom zette Pia haar leesbril op en verdiepte zich in het dossier. Kai had hun reis georganiseerd en alle afspraken gecoördineerd. In Neuss zouden ze naast de huidige baas van de K11, hoofdinspecteur van recherche Jörg Hommers, ook zijn voorganger, hoofdinspecteur buiten dienst Ulrich Westerhoff, ontmoeten, die de zaak-Jutta Schmitz tot aan zijn pensioen zeven jaar geleden niet had laten rusten. Samen zouden ze de inmiddels vijfentachtigjarige moeder van Jutta Schmitz bezoeken, om een einde aan de onzekerheid over de verblijfplaats van haar dochter te maken. Het dossier was zo dik als een roman. Pia werkte zich door tientallen verhoorverslagen, aantekeningen van gesprekken, rapporten en laboratoriumuitslagen heen. Westerhoff en zijn medewerkers waren grondig geweest en hadden met vrienden, verenigingsleden, buren, bekenden en collega's van de verdwenen vrouw gesproken.

De tweeënveertigjarige in Kaarst geboren en opgegroeide vrouw had een rusteloos leven geleid. Ze had een paar jaar in Zuidoost-Azië, Nieuw-

Zeeland en Australië doorgebracht, maar keerde in 1994 naar haar geboortestad terug en was bij een bedrijf voor motorkleding als magazijnmedewerkster gaan werken. Haar Harley was haar alles, veel vrienden had ze niet en ook geen man. Haar dochter, die ze op haar achttiende op de wereld had gezet, had ze bij haar vader achtergelaten. Zes weken voor haar verdwijning zegde Jutta Schmitz tot ieders verrassing haar woning op en verkocht haar motor. Haar moeder vertelde ze over een man, die Peter heette, die ze in de zomer van 1995 tijdens een schuttersfeest in Grevenbroich had leren kennen en die haar op het idee had gebracht met hem naar Nieuw-Zeeland te gaan. De politie slaagde er ondanks de uiterst geringe informatie snel in de geheimzinnige Peter te vinden. Peter Schlömer, twaalf jaar jonger dan Jutta, had in Grevenbroich een garage voor auto's en motoren, die hij in maart 1996 aan zijn compagnon verkocht omdat hij wilde emigreren. Jutta was ook al bezig met een werkvergunning en een baan in Nieuw-Zeeland. Bij een huiszoeking werd in Schlömers huis een envelop met het geld van de verkoop van de motor van Jutta Schmitz gevonden, wat de man tot hoofdverdachte maakte. De politie deed veel moeite om het lichaam van Jutta Schmitz te vinden. Verschillende eenheden kamden wekenlang de omgeving uit, duikers zochten de Kaarster See af, hondeneenheden werden ingezet. In een proces dat puur gebaseerd was op indirecte bewijzen werd Schlömer, die steeds had ontkend dat hij Jutta Schmitz had gedood, wegens gebrek aan bewijs vrijgesproken. Zijn droom om te emigreren ging in rook op, zijn spaargeld had hij aan zijn advocaat gespendeerd. Twee jaar geleden was hij bij een motorongeluk om het leven gekomen. Andere verdachten waren er niet. Nu was wel duidelijk dat niemand uit de privé- en beroepsomgeving van Jutta Schmitz verantwoordelijk was voor haar verdwijning. Maar waar was de vrouw haar moordenaar tegengekomen en wat had zijn interesse in haar gewekt? Pia maakte een aantekening dat ze moest uitvinden of André Doll van halverwege tot eind jaren negentig in de omgeving van Düsseldorf iets te doen had gehad. De garage van Jutta's vriend kon mogelijk een verband zijn. De laatste achtenveertig uur van Jutta Schmitz' leven waren door Westerhoff en zijn collega's door moeizame ondervragingen en onderzoeken gereconstrueerd. Helaas was er een gat van een paar uur waarvan niet was na te gaan wat ze in die tijd had gedaan.

Het was bijna elf uur toen de helikopter op een grasveld naast het gebouw van de districtspolitie Neuss landde.

'De zaak-Jutta Schmitz is de enige in mijn loopbaan als politieman die ik niet heb kunnen ophelderen,' zei Ulrich Westerhoff, een magere, witharige man met intelligente ogen en de gelige gezichtskleur van iemand die een leverziekte heeft. 'Haar moeder belt me elk jaar op de dag dat haar dochter verdween, om te horen of er al nieuws is.'

De foto's van het lichaam die Pia liet zien, raakten de gepensioneerde inspecteur en zijn opvolger diep.

'Dus Schlömer vertelde toentertijd de waarheid.' Westerhoff gaf Pia de foto's terug. 'Ik ben blij dat de rechtbank hem vrijsprak. Ook al was het maar een tweederangs vrijspraak.'

Ze stapten in een dienstauto. Hommers ging achter het stuur zitten, Westerhoff op de passagiersstoel en Pia en Tariq deelden de achterbank. Tijdens de korte rit naar Luise Schmitz in de wijk Vorst in Kaarst, die tien kilometer verderop lag, vertelde Pia haar collega's uit Neuss over haar bevindingen.

'We hebben zonder twijfel met een seriemoordenaar te maken,' eindigde ze. 'Zijn motief is tot nu toe een raadsel voor ons. Zijn slachtoffers lijken op het eerste gezicht toevallig gekozen. De enige overeenkomsten zijn hun geslacht en het feit dat hij ze altijd een dag voor of direct op Moederdag doodde.'

'Wat hoopt u van Luise Schmitz te horen?' vroeg Westerhoff. Hij maakte een enigszins gekrenkte indruk, alsof Pia's en Tariqs aanwezigheid een onuitgesproken verwijt was.

'U zocht naar een moordenaar die hier uit de omgeving kwam,' antwoordde Pia. 'We weten inmiddels dat de man die Jutta Schmitz doodde en haar lichaam begroef, uit de Taunus moet komen. En wij willen graag horen waar ze hem zou hebben kunnen leren kennen. Daarom willen we ook graag met Jutta Schmitz' dochter spreken.'

'Of haar dochter de juiste gesprekspartner zal zijn, waag ik te betwijfelen,' bromde de gepensioneerde inspecteur.

'Hoezo?'

'Toen haar moeder verdween, zat ze in een tehuis in Dortmund,' verklaarde Hommers. 'Bovendien was de verhouding tussen moeder en dochter altijd gespannen. Jutta Schmitz liet haar als baby achter om naar Thailand te kunnen gaan. Haar vader kon het niet aan, het meisje ging heen en weer tussen haar grootouders en belandde uiteindelijk in een tehuis voor moeilijk opvoedbare jongeren.'

‘Weet u waar ze woont?’ vroeg Pia.

‘Nee. Ze is al jaren geleden verhuisd en heeft nog maar sporadisch contact met haar grootmoeder,’ antwoordde Hommers. ‘Ze woont nu mogelijk in Berlijn. Eigenlijk belt ze de oude vrouw alleen op als ze weer geld nodig heeft.’

***

De speciale aandeelhoudersvergadering van de DEHAG was stipt om elf uur in de Jahrhunderthalle voor ongeveer zevenhonderd aanwezige aandeelhouders begonnen, en Fridtjof Reifenrath zat naast een medebestuurslid op het podium, dat had Cem net laten weten. Bodenstein had besloten om met dr. Harding naar Bad Nauheim te gaan om met de voormalige medewerkster van de kinderbescherming Elfriede Schröder te spreken. Als de aandeelhouders van de DEHAG in de pauze hun lunch kregen, zou hij zeker klaar zijn en naar Höchst komen. Zolang moest Cem Fridtjof in de gaten houden en Bodenstein van de gebeurtenissen op de hoogte houden.

Elfriede Schröder zat op het balkon van haar woning en genoot van de warme stralen van de voorjaarszon, die onverwacht door de dikke wolkenlaag brak. Ze was een tere oude dame met sneeuwwit haar, een bleke teint en intelligente bruine ogen.

‘Als het goed is blijf ik zitten,’ zei ze en ze klopte met een hand op het wiel van haar rolstoel. ‘Een paar meter kan ik nog wel lopen, maar elke stap put me uit. Neemt u alstublieft plaats!’

Ze zette haar bril af en legde het boek waarin ze had zitten lezen op haar schoot. Bodenstein en Harding, die waren ontvangen door een jonge vrouw en naar de derde verdieping waren begeleid, namen plaats op twee comfortabele rotanstoelen. Het huis waarin de voormalige medewerkster van de kinderbescherming woonde, was geen bejaardenhuis in de traditionele zin maar een complex voor begeleid wonen, en bestond uit verschillende naast elkaar liggende gebouwen met elk zes woningen. Vanaf het balkon had je uitzicht op een goed onderhouden park, waarin een groep tuinmannen bezig was struiken en bomen te snoeien. Vanaf een nabijgelegen speelplaats drongen heldere kinderstemmen tot hen door. De zon verdween weer achter de wolken en Elfriede Schröder trok de rits van haar turquoise fleecevest op tot aan haar kin.

‘Na uw telefoontje heb ik een beetje herinneringen zitten ophalen.’ Ze streek met beide handen de wollen deken glad die ze over haar benen had gelegd. 'Begrijpt u alstublieft alles wat ik u nu vertel tegen de achtergrond van de tijd waarover we spreken. In de jaren vijftig en zestig woonden in Duitsland ongeveer 700 000 kinderen in kindertehuizen. Ruim driekwart van die tehuizen werd door kerkelijke sociale instellingen en ordes geleid, dat was ook zo in het gebied waarvoor ik verantwoordelijk was. Vanaf 1920 bestonden er zuigelingentehuizen, die oorspronkelijk voor oorlogswezen waren bedoeld. Maar sinds ongeveer 1950 zaten er in die zuigelingentehuizen nauwelijks nog echte wezen, maar vooral zogeheten sociale wezen, wat betekende dat ze ongewild en in de regel buitenechtelijk ter wereld waren gekomen. Het grootste deel van die kinderen kwam in aanmerking voor adoptie, die overigens volgens de rechtspositie van voor 1977 zonder de controle van de kinderbescherming kon worden afgehandeld. Werd een kind niet binnen de eerste twaalf levensmaanden geadopteerd, dan was het bijna automatisch het begin van een tehuiscarrière. De levensomstandigheden voor de kleine kinderen in de zuigelingentehuizen waren door de bank genomen rampzalig. De kinderen werden weliswaar verzorgd, maar niemand hield zich met hen bezig, wat in veel gevallen tot een deprivatiesyndroom leidde en daarmee tot hospitalisme. We probeerden daarom de kleine kinderen zo jong mogelijk te laten adopteren, voordat ze gehospitaliseerd raakten en daarna door hun opvallende gedrag en hun ontwikkelingsachterstanden niet meer in aanmerking zouden komen voor een adoptie.'

Elfriede Schröder zuchtte.

'Rita Reifenrath was destijds een zegen voor ons! Haar huis bood allerlei mogelijkheden, en mijn collega's en ik hadden de indruk dat de kinderen zich daar goed voelden. Tijdens mijn bezoeken, die ik niet altijd aankondigde, waren de kinderen altijd goed verzorgd, ze droegen nette kleren en waren goed doorvoed. De kamers waren schoon, de bedden opgemaakt, het sanitair was veel moderner dan in de kindertehuizen die ik onder mijn hoede had. Ook de schoolprestaties lieten maar zelden iets te wensen over. We hadden altijd een goed gevoel bij de Reifenraths. Een pleeggezin had in principe onze voorkeur, vooral voor moeilijk te plaatsen kinderen, die verder geen alternatieven hadden.'

'Maar was het niet ongebruikelijk dat de Reifenraths zoveel kinderen en tieners tegelijk huisvestten?' wilde Bodenstein weten. 'Soms waren het wel tien kinderen tegelijk!'

'Dat klopt,' bevestigde Elfriede Schröder. 'Maar dat had natuurlijk ook voordelen, want daardoor ontstond er een heel familiaire atmosfeer. Oudere kinderen hielpen de jongere, de kinderen leerden sociaal gedrag, respect en rekening met elkaar te houden. Eén keer per jaar was er een groot feest, waar ook de kinderen die al volwassen waren naartoe kwamen.'

'Het Moederdagfeest,' bracht Bodenstein in het midden.

'Precies.' De oude dame knikte glimlachend. 'Ik heb meegemaakt hoe kleine wezentjes, die autistisch leken, in zichzelf gekeerd waren en een achterstand in hun ontwikkeling hadden, veranderden in vrolijke en gezonde kinderen, die op een paradijselijk stuk grond in grote vrijheid speelden.' Ze pakte haar theekopje en nam een slok. 'We waren zielsblij iemand als Rita Reifenrath te hebben, die de moeilijkste gevallen van ons overnam zonder ooit te klagen. De kindertehuizen puilden uit, ouderparen die wilden adopteren, konden vrij kiezen, en kinderen ouder dan twee jaar hadden reëel bekeken geen kans meer geadopteerd te worden. We hadden niet alleen zuigelingen die we moesten plaatsen, maar ook kinderen van wie de familie de opvoeding niet aankon of om welke reden ook niet meer in staat was voor het kind te zorgen. Veel kinderen hadden te maken gehad met geweld of verwaarlozing en werden daarom bij hun familie weggehaald. Het onderbrengen in een pleeggezin was soms alleen een tijdelijke ondersteuning in de opvoeding, maar in schrijnende gevallen werd het ook vaak een vaste manier van leven. Hoe dan ook, de kinderen die bij de Reifenraths kwamen, hadden een buitenkansje, daarover waren we het allemaal eens.'

Bodenstein betwijfelde of dat overeenkwam met de waarheid. Had de vriendschap met Rita Reifenrath de objectiviteit van Elfriede Schröder vertroebeld? Anderzijds had ook Anja Manthey verteld dat het haar altijd goed was bevallen bij de Reifenraths.

'We hebben gehoord dat Rita Reifenrath behoorlijk rare opvoedingsmethoden hanteerde,' zei Bodenstein. 'Draconische straffen zoals onderduwen in badwater of opsluiten in vrieskisten, kuilen in de grond of donkere kelderruimtes moeten aan de orde van de dag zijn geweest.'

'Nooit!' De voormalige medewerkster van de kinderbescherming wees deze bewering terwijl ze verontwaardigd met haar hoofd schudde van de hand. 'Zoals gezegd, we lieten de kinderen niet aan hun lot over, maar we controleerden behoorlijk goed hoe ze zich ontwikkelden. Af en toe lukte het ons kinderen ook later te laten adopteren of aan hun eigen familie terug te geven. Bovendien waren er jonge vrouwen die hun praktijkjaar voor de opleiding tot hulp in de huishouding of verzorgster bij de Reifenraths deden. Gelooft u me, over dergelijke methoden zouden we iets gehoord hebben!'

'Denkt u echt dat de kinderen u het zouden hebben verteld als ze met zulke straffen rekening moesten houden?' vroeg Bodenstein. 'Iemand vertelde zelfs dat Rita Reifenrath waarschijnlijk zoveel kinderen opnam om hen "naar hartenlust te kunnen koeioneren".'

De oude dame aarzelde. Haar glimlach verdween, net als haar zelfingenomenheid.

'Misschien,' ging Bodenstein door, 'waren de medewerkers van de kinderbescherming wel zo blij dat ze de kinderen ergens hadden ondergebracht, dat ze wegkeken van de misstanden.'

'Dat is een vreselijke beschuldiging,' antwoordde Elfriede Schröder gepikeerd. Het gesprek nam een wending waarmee ze geen rekening had gehouden.

'Daarnaast kregen de Reifenraths een heleboel geld voor zoveel kinderen.'

'Natuurlijk kregen ze er geld voor, maar het geld kan niet de doorslag hebben gegeven,' weersprak Elfriede Schröder. 'Om meer dan twintig jaar gedragsgestoorde, getraumatiseerde en deels zeer agressieve kinderen op te nemen, moet je een bepaalde opofferingsgezindheid en flink wat idealisme meebrengen. De Reifenraths namen de werkelijk dramatische gevallen op. Kinderen van wie de motoriek op hun vijfde jaar volledig onderontwikkeld was en die niet konden praten omdat ze door de overspannen nonnen in hun bedjes waren vastgebonden!'

'Kan het niet zo zijn dat de Reifenraths alleen om die reden deze kinderen opnamen, omdat niemand ze echt in de gaten hield? Er was geen familie die zich zorgen maakte,' vermoedde Bodenstein, maar hij probeerde een brug te bouwen naar de vrouw die zich in haar eer gekrenkt voelde, en haar op die manier niet helemaal tegen zich in het harnas te jagen. 'De kinderbescherming kon ook met de beste wil niet voortdurend alles controleren en moest vertrouwen op wat er tijdens hun bezoeken te zien was.'

'Ik heb nooit naar Rita's beweegredenen gevraagd,' antwoordde de vrouw. 'Zonder haar hadden de meeste van deze kinderen geen kans in het leven gehad.'

'En toch, vermoeden we, is een van die pleegkinderen misschien wel een seriemoordenaar geworden,' bracht Bodenstein ertegen in.

'Een... wát?' Elfriede Schröder liet van schrik bijna haar theekopje vallen.

'We hebben drie lichamen op het perceel van de Reifenraths gevonden,' zei Bodenstein. 'En bovendien het stoffelijk overschot van Rita Reifenrath.'

'Rita? Maar... maar ik dacht... Er werd toch gezegd dat ze zichzelf van het leven had beroofd!' stamelde mevrouw Schröder totaal van streek. Haar handen trilden zo erg dat het porseleinen theekopje stond te rammelen op het schoteltje.

'Was u in 1995 voor het Moederdagfeest uitgenodigd?'

'Nee.' Haar blik dwaalde heen en weer. 'Op dat moment was ons contact... niet meer zo nauw. Ik... ik... was een paar jaar eerder op eigen verzoek overgeplaatst naar Limburg, omdat, eh, wijlen mijn man daar werkte.'

Bodenstein merkte de korte aarzeling op. In zijn leven als agent was er zo vaak tegen hem gelogen, dat hij een zesde zintuig had ontwikkeld voor liegende mensen. Tot nu had Elfriede Schröder de waarheid verteld, maar haar laatste zin klonk niet geloofwaardig. Had ze iets te verbergen? Wist ze meer dan ze wilde toegeven? Bestond er een oude schuld?

'U kende Rita Reifenrath veel beter dan de meeste andere mensen. Hield u het echt voor mogelijk dat ze zelfmoord pleegde?'

De oude dame perste haar lippen op elkaar en liet haar hoofd zakken.

'Nee,' gaf ze ten slotte toe. 'Rita was niet het type dat zich van het leven berooft. Mijn eerste gedachte was, dat... dat haar man haar iets aangedaan zou kunnen hebben.'

'Waarom hebt u deze verdenking nooit tegen de politie geuit?' mengde dr. Harding zich voor het eerst in het gesprek. Elfriede Schröder huiverde. Haar onbehagen was duidelijk te zien. Haar vingers speelden nerveus met het kopje.

'Ik... ik heb een bekende uit Mammolshain gebeld, vlak nadat ik over Rita's verdwijning in de krant had gelezen,' zei ze met neergeslagen ogen. 'Met haar sprak ik over mijn verdenking. Twee dagen later... 's ochtends... lag onze kat dood op de mat voor onze deur. Iemand had haar de keel doorgesneden.' Haar stem trilde, ze vocht tegen haar tranen. 'En net toen ik haar wilde optillen en haar naar binnen wilde brengen, stond hij voor me te grijnzen. Koud en gemeen. "Als je nog meer van die lulkoek vertelt," zei hij, "dan gaat het met die ouwe van je net zoals met je poes. Dus denk maar goed na voor je wat rondouwehoert." Ik was verlamd van schrik. Ik heb Flocki in het bos begraven en deed alsof ze was weggelopen. Mijn man dacht dat ik zo verdrietig was om de poes dat ik niet meer in Hofheim wilde wonen. Hij is overleden zonder dat ik hem ooit de waarheid heb verteld.' Ze haalde snikkend adem. 'Ik heb me ziek gemeld en nooit meer bij de kinderbescherming gewerkt. Al die kinderen... Ik wilde echt altijd alleen maar het beste voor hen, misschien omdat ik er zelf geen kon krijgen. Ik was een idealist, het deed me verdriet als ik heel erge gevallen meemaakte. Mijn collega's staken altijd de draak met me en raadden me aan een dikkere huid te kweken, maar dat kon ik niet. Ik heb me lang tegen het idee geweerd dat er werkelijk mensen bestaan die slecht ter wereld komen.'

'Wie was de man die u bedreigde? Theodor Reifenrath?' vroeg Bodenstein met zachte stem, hoewel hij vermoedde dat hij het niet was.

'Nee, niet Theo.' Ze schudde haar hoofd, haar onderlip trilde. De herinnering aan de angst had haar leven overschaduwd en haar nooit meer losgelaten. 'Het was de jongen voor wie ik me veel meer had ingezet dan voor alle andere kinderen. Ik wilde hem zelfs adopteren, omdat ik dacht dat ik een band met hem had. Misschien raakte het me daarom zo diep. Rita had gelijk toen ze zei dat hij door en door slecht en gevaarlijk was.' Ze zuchtte diep en sloot haar ogen. 'Het was Claas. Claas Reker.'

***

Aan de Nederrijn was het een paar graden warmer dan in de Taunus en de natuur was al veel verder. De tuin van het bakstenen huisje van Luise Schmitz, dat aan het eind lag van een keerplaats in de wijk Forst in Kaarst, was nu, in het voorjaar, al een klein paradijs. Overal bloeiden forsythia's en narcissen, en de appel- en kersenbomen begonnen uit te lopen, maar Pia had geen oog voor de idylle. De hartverscheurende tranen van de oude vrouw met de kapotgewerkte handen en het door verdriet getekende gezicht die tegenover haar aan de eetkamertafel zat, raakten haar. Tot nu toe was Pia erin geslaagd een flinke afstand te bewaren, maar nu ze het verdriet voelde dat de daad van de moordenaar de familie van zijn slachtoffer had bezorgd, ontwaakte een zeer onprofessionele woede in haar. Luise Schmitz' man was zeven jaar geleden aan een gebroken hart overleden. De kwaadaardige speculaties over het verdwijnen van zijn enige dochter hadden een diepe depressie veroorzaakt. Zonder enige schuld waren hij en zijn vrouw paria's in de buurt geworden, gekweld door de onzekerheid en de hoop, die altijd weer eindigde in teleurstelling, en bovendien werden ze ook nog door hun kleindochter overladen met verwijten en beledigingen.

Om nu te horen wat er met Jutta was gebeurd, was voor haar moeder een enorme opluchting. Ze kon haar eindelijk begraven en rust vinden na al die jaren.

'Waar hebt u mijn Jutta precies gevonden?' wilde ze weten.

'In een klein plaatsje dat Mammolshain heet,' antwoordde Pia, die haar alle gruwelijke details bespaarde. 'Dat ligt in de buurt van Frankfurt am Main.'

'In de buurt van Frankfurt?' De oude vrouw zuchtte. 'Wat had ze daar dan te zoeken?'

'Ze hoeft niet per se in Frankfurt te zijn geweest,' antwoordde Pia. 'We vermoeden dat ze haar moordenaar hier in de omgeving is tegengekomen.'

'Hier? Dan is het dus zelfs mogelijk dat ik die vent ken?' Luise Schmitz barstte in snikken uit, en Tariq gaf haar zorgzaam een papieren zakdoekje, dat ze dankbaar aannam om haar neus te snuiten.

'Mevrouw Schmitz, uw dochter is waarschijnlijk het slachtoffer van een seriemoordenaar geworden,' zei Tariq zacht. 'Op de plek waar we Jutta hebben gevonden, waren nog twee andere vrouwen begraven. We moeten erachter zien te komen hoe en waar hij uw dochter leerde kennen. Kunt u ons misschien iets vertellen over de tijd voordat Jutta verdween?'

'Wat wilt u dan weten?' De oude vrouw keek Tariq aan.

'Alles wat u zich kunt herinneren. Waar woonde ze toen ze uit Thailand terugkwam? Waar werkte ze? Met welke mensen ging ze om? En hoe was haar relatie met Nicole?'

'Onze Jutta wilde altijd de wijde wereld zien,' begon Luise Schmitz te vertellen. 'Wanneer andere meisjes liefdesromannetjes zaten te lezen, zat zij in de wereldatlas te bladeren. Ze was zo gelukkig toen ze een aanstelling in een hotel in Thailand in het vooruitzicht had! Maar toen werd ze zwanger...'

Ze viel stil. Haar gedachten dwaalden af naar veertig jaar geleden.

'Nicole was vanaf de eerste dag een moeilijk kind,' vertelde ze. 'Jutta en Bernd konden haar niet aan. En ze raakten overspannen. Ze waren nog veel te jong, net achttien. Mijn man en ik zagen hoe onze Jutta van dag tot dag ongelukkiger werd, en wij hebben haar voorgesteld Nicole bij ons te laten en naar Thailand te gaan. Misschien was dat een fout... Nicole is het haar moeder altijd blijven verwijten, hoewel het haar aan niets ontbrak bij ons en bij Bernds ouders – integendeel! We hebben haar erg verwend, waarschijnlijk omdat we iets wilden goedmaken, en waren toegeeflijk waar we streng hadden moeten zijn. Er zijn heel veel boze dingen gezegd en Jutta heeft zich altijd schuldig gevoeld. Voor Nicole bleef ze later hier, maar die was haar er niet dankbaar voor. Ze ging met Nicole van de ene therapeut naar de andere. En op een gegeven moment zelfs naar zo'n televisieprogramma. Dat was vreselijk! Mijn man ging wekenlang het huis niet meer uit, omdat hij zich zo erg schaamde.'

'Wat voor een televisieprogramma was dat?' informeerde Tariq.

'Ach, ik weet niet meer hoe het heet.' Luise Schmitz depte haar ogen met de zakdoek. 'Nicole en Jutta schreeuwden alleen maar tegen elkaar en de mensen... lachten... Iedereen lachte ons uit... het was zo verschrikkelijk.' Haar stem begaf het, de oude vrouw schokte toen ze een nieuwe huilbui kreeg. Pia kon zich de vreselijke realitytalkshows goed herinneren, waarin persoonlijke drama's zich voor miljoenen televisiekijkers afspeelden. De presentatoren spoorden hun gasten aan zich helemaal bloot te geven en elkaar voor schut te zetten. Hoe erg moest het voor een eenvoudige, rechtschapen vrouw als Luise Schmitz zijn geweest om te zien hoe haar dochter en kleindochter elkaar voor een draaiende camera in de haren vlogen en daar ook nog om werden uitgelachen?

'Herinnert u zich hoe het programma heette?' vroeg Pia.

Had de moordenaar Jutta Schmitz op televisie gezien en was hij zo op haar geattendeerd? Ze moest absoluut uitvinden waarover het programma ging!

'Nee.' Luise Schmitz schudde tot haar teleurstelling haar hoofd. 'Maar ik weet nog dat de man die deze uitzending maakte later voor de rechtbank moest verschijnen, en toen bedacht ik dat er toch nog gerechtigheid op de wereld bestond.' Ze zuchtte. 'Jutta zei na dat televisieoptreden tegen me: "Mama, dat was mijn grootste fout. Nicole is dood voor mij!" en ik moest haar gelijk geven. Daarna stelde ze alles in het werk om weer naar het buitenland te gaan. Ons leven hier was spitsroeden lopen.'

'Dat hebt u me nooit verteld,' zei Ulrich Westerhoff verbaasd.

'Natuurlijk wel,' sprak de vrouw hem tegen met een stem die door ouderdom was gebroken. 'Maar dat interesseerde u toch helemaal niet! Voor u en uw collega stond vanaf het begin vast dat die jongeman Jutta had vermoord.'

'Nou ja, dat klopt wel.' De gepensioneerde inspecteur accepteerde de terechtwijzing. 'De bewijzen tegen hem leken verpletterend.'

'Heeft Jutta na dat televisieprogramma andere mensen leren kennen?' wilde Pia weten.

'Ze kreeg stapels post,' bevestigde Luise Schmitz en Pia wisselde een blik met Tariq. 'De meeste brieven maakte ze niet eens open.'

'Hebt u die brieven nog?' Pia moest moeite doen om rustig te blijven.

'Vast. Ik heb niets van haar spullen weggegooid,' antwoordde Luise Schmitz. 'Ze woonde hier bij ons, in Nicoles kinderkamer, die eerst van haar was.'

Een blik op Westerhoffs beteuterde gezicht was voldoende voor Pia om te weten dat hij deze doos nooit had gezien. Een te vroege focus op een verdachte leidde niet zelden tot ernstige gebreken in het onderzoek. Anderzijds was Peter Schlömer een uitstekende verdachte geweest – motief, middelen en gelegenheid waren voorhanden geweest.

'Ik heb alles zo gelaten als het was,' zei Luise Schmitz treurig. 'Mijn man en ik hebben het eenvoudigweg niet over ons hart kunnen krijgen iets weg te gooien. De mogelijkheid bestond dat Jutta gewoon ergens heen was gegaan en op een dag weer voor de deur zou staan.'

***

Nadat Elfriede Schröder haar ergste geheim had prijsgegeven, was de cocon van zelfbedrog waarmee ze zich al die jaren had beschermd, gebarsten. Heel even kwam Bodenstein in de verleiding haar te geloven. Door schuldgevoel overweldigd, luchtte de oude dame haar gemoed en ze vertelde hoe ze zich, als onervaren ambtenaar, door de machtsbeluste narcist had laten manipuleren. In tranen bekende Elfriede Schröder dat ze Rita Reifenrath had geholpen de oorzaken van de zelfmoord van de twee tieners, voor wie ze verantwoordelijk was geweest, te verdoezelen. In 1977 sneed de vijftienjarige Barbara Schneider haar polsen in bad door en vier jaar later hing de veertienjarige Timo Bunte zich aan de stang van het douchegordijn op. Beiden lieten een afscheidsbrief achter, waarin ze schreven dat ze de vernederingen en de lichamelijke mishandelingen niet meer konden verdragen. Rita had Elfriede de brieven laten zien en toen kwam ze op het idee de afscheidsbrieven te vervalsen, zodat Rita Reifenrath niet in een slecht daglicht kwam te staan en ze ieder problematisch kind aan haar kon blijven overdragen. Maar toen vonden ze hun meester in een vijftienjarige. Claas Reker kreeg op een of andere manier het dagboek van Barbara Schneider in handen en perste de vrouwen er na de dood van Nora Bartels ijskoud mee af, want het wanhopige meisje had uiterst belastende dingen over Rita Reifenrath en Elfriede Schröder opgeschreven. Claas Reker dreigde het dagboek aan de politie te overhandigen als hij naar het tehuis terug moest. Elfriede Schröder, die kon rekenen op een schorsing of zelfs een disciplinaire klacht en het verlies van haar ambtenarenstatus, liet zich door de jongen afpersen en nam hem bij zich in huis.

'Die jongen was door en door slecht,' besloot Elfriede Schröder met trillende stem. 'De drie jaar waarin hij bij ons was, waren de ergste uit mijn leven! Ik werd ziek en had psychologische hulp nodig.'

Haar zelfmedelijden was weerzinwekkend.

'Waarom deed u dat allemaal?' vroeg dr. Harding ontzet. 'U wist toch wat er met de kinderen bij de Reifenraths gebeurde! Waarom liet u het zover komen?'

'Ik... ik weet het niet meer.' Elfriede Schröder veegde met de rug van haar hand de tranen uit haar ooghoek. 'Rita heeft me...'

'U gaat me nu toch niet vertellen dat u ertoe werd gedwongen!' Bodenstein was ontzet door zoveel onverbloemd egocentrisme. Hij vond het afstotend hoe deze vrouw zich als slachtoffer voordeed en alle schuld van de hand wilde wijzen. 'Ik geloof veel eerder dat het u om aanzien ging! Waarschijnlijk was u de grote heldin van uw afdeling omdat u voor elk probleemkind snel een oplossing vond.'

De pijnlijk geraakte blik van de oude vrouw zei hem genoeg.

'Alleen voor uw eigen aanzien stuurde u hulpeloze weeskinderen willens en wetens de hel in. Hebt u daar ooit over nagedacht?'

Elfriede Schröder negeerde zijn vragen. De leugens waarmee ze veertig jaar lang haar geweten had gesust, waren in haar hoofd allang waarheid geworden.

'Maar het was zo paradijselijk bij de Reifenraths! Het grote park, een zwembad, gezond eten, frisse lucht! Er was zelfs een kinderboerderij!' Haar blik smeekte om begrip en absolutie. 'Ik dacht dat een beetje strengheid de kinderen niet zou schaden. Ik had ook strenge ouders en ik ben ook goed terechtgekomen.'

'"Een beetje strengheid"?' Bodenstein moest zich beheersen om niet van zijn stoel op te springen om de oude vrouw bij haar schouders te pakken en door elkaar te schudden. 'U wist toch precies wat de kinderen te wachten stond! Tegenwoordig noem je die methode waterboarding! Hoe kon u met die wetenschap 's nachts rustig slapen?'

'Ik ben geen slecht mens!' stoof de oude dame in haar rolstoel trots op. 'Ik heb misschien fouten gemaakt, maar wie maakt die niet? Wilt u me daarvoor veroordelen?'

'Nee, dat recht heb ik niet. Voor zoiets hebben we in ons land rechtbanken.' Bodensteins woede verdween. Alleen het weeë gevoel van gelatenheid bleef over. Meelopers die de ogen voor de realiteit sloten en niet bereid waren verantwoordelijkheid te nemen voor hun handelen, zouden er altijd blijven. 'We zijn hier omdat we een seriemoordenaar zoeken, die ten minste acht vrouwen heeft gedood. Hij heeft ze verdronken, in vershoudfolie gewikkeld en ingevroren, voordat hij ze onder de hondenkennel van de Reifenraths begroef of gewoon dumpte.'

'Waarom vertelt u me zoiets afgrijselijks?' Elfriede Schröder werd bleek.

'Omdat we geloven dat een van de pleegzonen van Rita Reifenrath de dader is. Een van de kinderen die u destijds hebt geplaatst.' Bodenstein boog zich naar voren, tot zijn gezicht dicht bij dat van de oude dame was. 'Een kind dat vanwege een futiliteit voor straf in een vrieskist werd opgesloten! Van top tot teen in folie gewikkeld zijn middageten van zijn bord moest likken! Of in bad werd ondergeduwd tot het in doodsangst dacht dat het zou verdrinken, en dat nu hetzelfde met...'

'Genoeg!' onderbrak Elfriede Schröder hem met schrille stem en ze hief afwerend haar handen. Tranen stroomden over haar rimpelige wangen. 'Val me daar niet mee lastig! Ik kon er niets aan doen!'

'Maar u had het kunnen verhinderen.' Bodenstein stond op. 'U was de enige die de macht had Rita Reifenrath tegen te houden! Ook al deed u destijds niets, u kunt ons nu helpen een eind te maken aan de praktijken van de dader, voordat er nog meer onschuldige vrouwen moeten sterven!'

'De arts zegt dat ik me niet mag opwinden.' Elfriede Schröder staarde hem angstig aan en drukte haar handen tegen haar borst. Haar adem ging snel en hijgend. 'Ik heb een zwak hart!'

Bodenstein merkte dat hij te ver was gegaan. Hij stond op en liet het aan dr. Harding over om nog wat nuttigs uit de vrouw te krijgen. De profiler schonk thee uit de thermoskan voor haar in en luisterde geduldig naar haar tirades vol zelfmedelijden. En zijn fijngevoeligheid wierp inderdaad vruchten af, waar Bodensteins lompe tactiek had gefaald.

***

Mandy Simon had van het Westen gedroomd sinds haar lievelingsoom vijf jaar voor de Wende en tot verdriet van zijn partijgetrouwe familie met een zelfgebouwde heteluchtballon uit de DDR was gevlucht. Zelfs haar familie had ze niet over haar plannen verteld, maar ze keerde in juli 1989 niet meer terug van een bezoek aan haar tante in Zwickau.

'
s Nachts was ze te voet de groene grens naar Tsjecho-Slowakije overgestoken en belandde op die manier in de Bondsrepubliek.

De onzekerheid over het lot van hun dochter – net als Jutta Schmitz was ook Mandy een enig kind – had diepe sporen achtergelaten in het gezicht van Hertha Simon. Ze was halverwege de zeventig, ze had donkere kringen onder de doffe ogen en piekerig grijs haar. Haar adem rook naar sigaretten, pepermunt en, hoewel het pas vroeg in de middag was, naar alcohol. De woning op de negende verdieping van een *Plattenbau*-flat in de wijk Roter Berg in Erfurt was verwaarloosd: in de smalle gang stonden vuilniszakken vol lege plastic en bierflesjes opgestapeld, naast bundels oudpapier, voornamelijk verpakkingen van diepvriespizza. In de huiskamer stond een kattenklimpaal van lichtblauw pluche tussen meubels die eruitzagen alsof ze bij het grofvuil vandaan kwamen. Het stonk naar kattenpis, schimmel en oud zweet. Hertha Simon leidde Pia, Tariq en inspecteur Lea Brüggemeier van de recherche Erfurt naar de keuken, ging op een stoel zitten en stak een sigaret aan. Bij het zien van het vettige fornuis, waarop potten en pannen met etensresten stonden, was Pia blij dat mevrouw Simon haar niet in de verlegenheid bracht een kop koffie of een ander drankje te moeten afwijzen.

Het nieuws dat het lichaam van haar dochter was gevonden, drong nauwelijks tot de vrouw door.

'Al zevenentwintig jaar probeer ik te bedenken wat er gebeurd kan zijn met mijn Mandy,' zei ze met monotone stem en ze liet de rook door haar neusgaten naar buiten stromen. De wijs- en ringvinger van haar rechterhand waren citroengeel van de duizenden gerookte sigaretten. 'Eerst dachten we er samen over na, de vader van Mandy en ik. Maar die hield het op een gegeven moment niet meer vol. Wilde niet steeds weer over

Mandy praten. Die is dood, zei hij, begrijp dat toch eindelijk! Sneed haar gewoon weg, mijn kleintje.' Een traan rolde over haar wang en viel op het tafelkleed. Daarbij vertrok ze geen spier. 'Ik kon het niet. Heb haar toch in mijn buik gehad, negen maanden! Toen zocht hij een jongere. Kwam een keer 's avonds thuis van zijn werk en zei dat hij een ander had en zou verhuizen. Naar Dortmund. Zoef. Dat was het.'

Op het plakkerige plastic tafelkleed lagen een paar foto's, geknikt en versleten.

'Terwijl we vroeger ooit een gelukkig gezin waren.' Hertha Simon schoof Pia, die op de hoekbank schuin tegenover haar was gaan zitten, de stapel foto's toe. Haar ogen stonden vol tranen bij de herinnering. 'Voor de Wende was alles goed. Voordat Mandy het domme idee kreeg naar het Westen te gaan. Het ging zo goed met ons! Maar Mandy, die vond het hier allemaal te benauwd en te kleinburgerlijk. We hadden een huisje met een tuin in Waltersleben, bij mijn schoonouders. Maar daar moest ik weg toen Otto met die andere trouwde. Is maar beter ook. Al die andere meisjes te zien, de vriendinnen van mijn Mandy, hoe oud ze nu zijn en wat ze doen, dat kan ik niet verdragen. Mandy, ze zou binnenkort achtenveertig worden! Zo oud als ik was toen ze hier wegging.' Ze werd stil, knipte de opgerookte sigaret in een zilverkleurige draaiasbak, drukte op de knop en de peuk verdween onder de ronddraaiende metalen schijf. Pia bekeek de foto's. Mandy was een mooie jonge vrouw met een bruine, warrige haardos, in haar ogen meende je de voorpret van een nieuw leven in het Westen te zien flikkeren. Ook de jongere Hertha Simon was op sommige foto's te zien. De twee leken op een paar foto's wel zusjes. Getuige te zijn van wat de moord op haar dochter met de vrouw had gedaan, deprimeerde Pia diep, en ze zwoer dat Mandy's dood niet ongestraft zou blijven.

Op haar vlucht naar het Westen leerde Mandy een jongeman kennen op wie ze verliefd werd. Samen verhuisden ze naar Mannheim, maar haar prille liefde liep door het leven van alledag spaak en ze bleef alleen in haar eenkamerwoning in Neckarau achter.

'Was er daarna nog een andere man in Mandy's leven?' kwam Pia erop terug.

'Niet iets vasts.' Hertha Simon staarde in gedachten verzonken naar een van de foto's, tikte de volgende sigaret uit het pakje en stak die aan. 'Ze vertelde me dat ze een aardige man had leren kennen. De politie vroeg me destijds ook hoe hij heette, maar ik heb het nooit geweten. Ik heb me afgevraagd of de man getrouwd was, omdat ze er zo geheimzinnig over deed. Het enige wat Mandy me over hem vertelde, was dat hij zulke mooie ogen had. "Als Bambi, het hertje, mama, om op te vreten!" zei ze een paar keer.'

'Wanneer zag u uw dochter voor het laatst?' wilde Tariq weten.

'Op 8 mei 1991. Dat was op Mandy's eenentwintigste verjaardag.' Een treurig glimlachje trok om haar mondhoeken en haar stem klonk weemoedig. 'We hebben het groots gevierd. In de tuin buiten. De volgende dag ging ze met de trein naar het Westen. Ze had een goede baan. En een mooie woning. Ach, mijn Mandy was zo'n dapper meisje! Die was nergens bang voor.'

'Mandy heeft toch een zoon, of niet?' vroeg Tariq.

'Ja. Rico. Die liet ze bij ons achter,' antwoordde Hertha Simon. 'Die was net twee jaar toen ze wegging. Ze wilde hem eigenlijk later ophalen. Maar daar kwam het niet meer van.'

'Hoe zat het met Rico's vader?'

'Ach, Enrico!' Mevrouw Simon vertrok geringschattend haar gezicht. 'Die was meteen weg toen Mandy hem vertelde dat ze zwanger was. Ging ervandoor, via Hongarije, al in 1986. Van hem heeft ze nooit meer iets gehoord.'

Na een uur namen ze afscheid van haar, en Lea Brüggemeier beloofde mevrouw Simon dat ze zou zorgen dat Mandy's lichaam werd overgebracht voor de begrafenis. Pia keek nog een keer de kamer rond en zag nog een tiental ingelijste foto's op een rek tussen allemaal snuisterijen.

'Zijn dat foto's van Mandy?' informeerde ze. 'Mag ik ze even bekijken?'

'Ga uw gang.'

Tussen meubels, dozen en stapels oude kranten leidde een pad naar de bank en een aftakking naar het rek. Pia en Tariq bekeken de foto's van Mandy Simon in alle fasen van haar korte leven. Plotseling maakte Pia's hart een sprong. Ze pakte een van de foto's, waarop Mandy op een bank naast een man met een snor zat. Op de achtergrond lichtte het opschrift NACHTCAFÉ op.

'Mevrouw Simon?' wendde ze zich tot Mandy's moeder. 'Waar is deze foto genomen?'

'Die! Dat was Mandy op de televisie!' Hertha Simon slaagde in zoiets als een glimlachje. Ze leefde even op, pakte de foto uit Pia's hand en streelde over het glas. 'Ze nodigden mijn Mandy uit! Voor de televisie! Ze werkte toen nog voor de ambassade in Praag en organiseerde daar alles. En toen

Genscher er was en ze allemaal mochten uitreizen, toen werd mijn Mandy geïnterviewd! Hier, kijkt u maar!'

Ze pakte een ander fotolijstje, waarin een gelukkig stralende Mandy Simon samen met de voormalige minister van Buitenlandse Zaken te zien was. Tariq fotografeerde beide foto's met zijn mobiel, daarna namen ze afscheid en verlieten de deprimerende woning.

Op weg naar de auto belde ze opgewonden Bodenstein. Mandy Simon was te gast geweest in een talkshow, evenals Jutta Schmitz! Dat kon geen toeval zijn.

Haar baas nam niet op.

'Trouwens, Pia,' zei Tariq. 'Weet je wie ook in een talkshow zat? Annegret Münch! Haar vriendin vertelde me dat.'

'Klopt.' Pia herinnerde zich dat Tariq dat had verteld. 'Zou het kunnen dat onze dader zijn slachtoffers in talkshows vond?'

'We moeten uitvinden wat dat voor programma's waren,' antwoordde Tariq.

Pia koos het nummer van Kai Ostermann al en hij nam meteen op.

'Welke talkshowpresentator van een van die trash-talkshows uit de jaren negentig moest voorkomen?'

'Andreas Türck,' antwoordde haar collega zonder aarzelen. 'Hoezo?'

Ze legde hem snel de samenhang uit, tegelijkertijd stuurde ze hem de foto van Mandy Simon.

'Wacht, ja, daar is de foto al,' zei Kai aan de andere kant van de lijn. 'Dat is Wieland Backers naast haar. Hij was heel lang de presentator van *Nachtcafé* bij de SWR.'

'Kun je uitvinden wanneer Mandy Simon daar te gast was?' Pia's hart sloeg sneller. Hier was het, het spoor waarnaar ze tot nu tevergeefs hadden gezocht! Haar telefoon ging. Bodenstein belde terug.

'Ik doe mijn best,' antwoordde Kai. 'Overigens is het me gelukt de laptop van Nina Mastalerz te hacken. Als jullie terug zijn, weet ik misschien ook daar meer over.'

***

'Mandy Simon wilde naar het Westen, Jutta Schmitz droomde over emigreren naar Nieuw-Zeeland,' recapituleerde Bodenstein wat Pia hem net aan de telefoon had verteld, toen hij bij Obermörlen op de A5 richting

Frankfurt reed. Een zee van rode achterlichten op vier rijbanen en de filewaarschuwing van de digitale verkeersborden deed Bodensteins hoop op een snelle rit naar Höchst teniet. 'Beiden hadden kleine kinderen, die ze achterlieten om hun levensdromen te kunnen vervullen. Eva Tamara Scholle wilde een GI aan de haak slaan en met hem naar Amerika gaan. Of ze haar zoontje wilde meenemen, weten we niet. Waarschijnlijk niet. Annegret Münch wilde ook een nieuw leven beginnen en haar zonen bij haar man laten. Voor Rianne van Vuuren was haar carrière belangrijker dan haar zoon. Dat zijn parallellen die je niet over het hoofd kunt zien.'

'Zeker.' Harding knikte en streek in gedachten over zijn snor.

'Nina Mastalerz had een zoon, die ze meteen na zijn geboorte in Polen ter adoptie afstond,' ging Bodenstein door. 'De zoon van Jana Becker belandde ook in een tehuis, haar ouders wilden hem niet omdat hij een kleurling was. Jana wilde met haar nieuwe vriend trouwen en met hem naar Zuid-Afrika verhuizen.'

Vlak voor de afrit Friedberg kwam het verkeer bijna volledig tot stilstand. Een ongeval op de linkerbaan bleek de reden voor de file te zijn. Bodenstein zag blauwe zwaailichten in zijn achteruitkijkspiegel, en stuurde zijn auto zo ver mogelijk naar rechts om een doorgang voor de reddingsvoertuigen te maken. Hoofdschuddend zag hij hoe een paar lompe kerels dat gebruikten om in te halen.

'Weet je, Oliver: dat is het,' zei dr. Harding plotseling. De anders zo beheerste profiler klonk opgewonden, zijn ogen schitterden. 'Vrouwen die hun kinderen achterlieten omdat die hun toekomstplannen in de weg stonden! Dat is de overeenkomst die we zochten! De dader doodt in de slachtoffers steeds opnieuw zijn eigen moeder, die hem verliet toen hij een klein kind was. Hij neemt bij wijze van spreken plaatsvervangend wraak!'

Bij die woorden kreeg Bodenstein kippenvel op zijn rug. Dit was het magische moment waarop alles wat je eerder met moeizaam, minutieus werk had verzameld, in elkaar paste en een betekenis kreeg!

'Daarmee hebben we weliswaar het motief van de dader, maar we zijn niet echt dichter bij hem gekomen,' dempte dr. Harding Bodensteins euforie. 'Als ik het goed zie, dan is iedereen uit de kring van onze verdachten door zijn moeder verlaten.'

'Dan moeten we de dossiers van de kinderbescherming nogmaals bekijken,' antwoordde Bodenstein. 'We moeten de beweegredenen van de moeders achterhalen. Want de slachtoffers handelden allemaal min of meer uit egoïsme, niet vanuit een dwingende sociale noodzaak. Dat wil zeggen dat de dader zich niet alleen op zijn moeder wil wreken, maar de vrouwen wil bestraffen die zich volgens zijn overtuiging precies zo gedroegen.'

'Je hebt gelijk!' Dr. Harding knikte instemmend. 'Dat is een zeer belangrijk gezichtspunt! En het zou ook kunnen verklaren waarom zijn slachtoffers uiterlijk niet op elkaar lijken. Het uiterlijk is voor hem namelijk, in tegenstelling tot voor de meeste seriemoordenaars, helemaal niet belangrijk!'

'Bovendien moet er een reden zijn waarom de dader altijd op Moederdag moordt. Deze dag moet een bijzondere betekenis voor hem hebben, en ik geloof niet dat het alleen met de obsessie van Rita Reifenrath te maken heeft. Er moet in zijn jeugd iets op Moederdag zijn gebeurd, één keer of vaker.'

'Moederdag als stressor? Ja, waarom eigenlijk niet?' overwoog de profiler hardop. 'Geweldsfantasieën ontwikkelen zich meestal al in de puberteit en worden jarenlang versterkt. Al voor de eerste moord heeft de daad zich honderden keren afgespeeld in het hoofd van de dader, zodat hij bijna alleen nog maar de theorie in de praktijk hoeft om te zetten.'

Ze bereikten de plaats waar het ongeluk was gebeurd. Verschillende auto's waren tegen elkaar aan geknald, maar kennelijk waren er geen slachtoffers gevallen. De bestuurders stonden in veiligheidsvesten achter de middenvangrail te wachten op de politie en de sleepdienst.

'Misschien viel de oorspronkelijke gebeurtenis die zijn moordfantasieën veroorzaakte, toevallig op die dag, en maakte hij daarom die dag tot een onderdeel van zijn ritueel.' De file loste op en Bodenstein trapte zijn gaspedaal in. 'Ik denk aan Nora Bartels. Ze overleed op Moederdag.'

'Waarbij we weer bij Claas Reker zouden zijn,' zei dr. Harding.

'Nee, niet per se, zelfs niet als hij haar heeft gedood, wat hij nog altijd bestrijdt,' antwoordde Bodenstein. 'Haar dood en de daaropvolgende politieverhoren waren voor alle kinderen een traumatische gebeurtenis. Een meisje dat ze allemaal goed kenden, werd op klaarlichte dag en heel dichtbij vermoord. Daar komt nog bij dat de dader nooit werd gepakt. Zoiets laat diepe sporen in een kinderziel na. Ik spreek uit eigen ervaring. Toen ik elf jaar was, verdween mijn beste vriend spoorloos, en ik dacht dat het mijn schuld was. De omstandigheden van zijn dood werden pas veertig jaar later opgehelderd, en ik merkte toen pas hoe erg die zaak me had getraumatiseerd.'

'Hm. Misschien moeten we ons niet alleen op de voormalige pleegkinderen concentreren,' gaf dr. Harding toe.

'We moeten op zijn minst Raik Gehrmann, de dierenarts, niet helemaal uit het oog verliezen.' Bodenstein herinnerde zich de anekdote die Anja Manthey had verteld. Als meisje had ze een uitstapje met Theo en een paar van zijn pleegkinderen gemaakt. Ze vertelde dat behalve zij ook de zoon van de burgemeester van de partij was. 'Gehrmann liep gedurende vele jaren in en uit bij Reifenrath.'

'We moeten ons blikveld vergroten,' viel de profiler hem bij. 'Ik houd het voor mogelijk dat de dader een helper heeft. Of dat we zelfs met twee daders te maken hebben.'

'Maar je zegt toch zelf dat je niet in een imitator gelooft!'

'Nee, dat doe ik ook niet. Daarvoor is het handschrift van de dader te specifiek. Stel dat, dan is het eerder een daderduo.'

Bodenstein was niet overtuigd. Het leek hem onwaarschijnlijk dat twee mensen langer dan vijfentwintig jaar samen gruweldaden begingen. Tenzij ze getrouwd waren.

'Ik vraag me af hoe Elke von Donnersberg in de reeks slachtoffers past,' veranderde hij van thema. 'Ze was de vrouw van een welgestelde zakenman uit Hamburg. Het huwelijk was gelukkig, ze was een liefdevolle moeder voor haar zonen en smeedde geen plannen, zover we weten, om haar familie te verlaten.'

'De mogelijkheid bestaat dat ze er helemaal niet bij hoort,' antwoordde Harding. 'Des te interessanter is het nieuws dat drie van de oudere slachtoffers in een talkshow optraden. Zo zou hij inderdaad op hen geattendeerd kunnen zijn.'

'Maar ze verschenen niet op televisie om daar te vertellen dat ze hun kinderen in de steek lieten!' reageerde Bodenstein vol twijfel.

'Misschien toch,' zei dr. Harding. 'Dat moeten we uitvinden. Psychopaten beoordelen ieder mens puur op zijn bruikbaarheid. Onze dader hoeft niet per se actief op zoek te zijn, maar als hij toevallig een vrouw treft die in zijn patroon past, dan aarzelt hij niet. Hij slaat niet meteen toe, zoals een ongeorganiseerde dader met seksuele bedoelingen zou doen, maar begint een plan te smeden, dat hij vervolgens op Moederdag in daden omzet.'

Harding sprak in de tegenwoordige tijd, en Bodenstein realiseerde zich daardoor dat de tijd drong. Als de dader – wat te vrezen was – zijn volgende slachtoffer al in het vizier had, dan hadden ze nog iets minder dan drie weken om een einde aan zijn praktijken te maken. Op 14 mei was het weer Moederdag.

***

'Stel je voor wat die kerel per jaar verdient!' Cem, die in de foyer van de Jahrhunderthalle op Bodenstein en dr. Harding stond te wachten, was nog steeds onder de indruk. 'Zéven miljoen euro, plus bonus! Dat moet je maar eens over je lippen laten rollen. Hij duwde zijn bank met zijn fusieplannen een lullige zeventig miljoen euro aan advieskosten door de strot. Daar binnen ging het er net heftig aan toe! De mensen willen weten hoe het zit met de gerechtelijke onderzoeken van het Openbaar Ministerie, maar daar gaf hij geen antwoord op.'

Ze hadden Cem ondanks zijn politielegitimatie weliswaar geen toegang verleend tot de vergadering, maar de hele bijeenkomst werd uitgezonden op beeldschermen die in de voorzaal hingen, en hij had dus niet alleen de toespraak van Reifenrath kunnen volgen, maar ook de mededelingen van de andere bestuursleden, terwijl hij zich schaamteloos van het buffet van de aandeelhouders had bediend en vier paar Frankfurter-worsten had gegeten. Ondanks het recordjaar en de hogere dividenden gaf de DEHAG haar aandeelhouders dit jaar geen reiskostenvergoeding, ook dat zorgde voor ontevredenheid.

Om kwart over twaalf druppelden de eerste hongerige luisteraars de trappen af. Voordat de rest van de aandeelhouders de foyer als een tsunami overstroomde, bracht Cem zijn baas en de profiler door de galerij, die met lichtgrijs tapijt was bekleed, naar de artiestenkleedkamers, want hij was erachter gekomen dat het bestuur van DEHAG deze ruimtes voor de middagpauze had gehuurd.

'Zodat ze maar niet het gewone volk hoeven te ontmoeten,' zei Cem cynisch. 'Maar we zullen nu mooi dr. Reifenraths eetlust gaan bederven.'

'Je klinkt een beetje jaloers,' stelde Bodenstein vast.

'"Jaloers" is het verkeerde woord,' antwoordde Cem. 'Heb je *Animal Farm* van George Orwell gelezen?'

'Veertig jaar geleden op school.'

'Er is een bepaalde passage waarin de dieren door het raam van de boerderij kijken en zien hoe hun leiders in de mooie kamer zitten en het er goed van nemen, zoals vroeger de boerenmensen.' Cem was voor de deur van de gang van de kleedkamers blijven staan. 'Ik erger me minder aan die zeven miljoen dan aan het feit dat mensen als Reifenrath denken dat ze beter zijn. Zoiets maakt me gewoon woedend.'

Dr. Harding glimlachte fijntjes en Bodenstein zei er niets op. In tegenstelling tot zijn collega begreep hij wel dat de beschadigde bestuurder de zevenhonderd woedende aandeelhouders niet te woord stond. Cem klopte op de deur, die meteen door een in het zwart geklede veiligheidsman werd opengedaan. De politielegitimatie maakte geen indruk op hem. Met een uitgestreken gezicht zei hij iets in de microfoon van zijn headset, waarna een paar seconden later zijn baas met een nog heel jong type in pak met zijn haar vol gel en een arrogant gezicht in zijn kielzog verscheen. Bodenstein herhaalde zijn verzoek.

'U kunt dr. Reifenrath momenteel niet spreken. Wilt u alstublieft wachten tot na de bijeenkomst.'

'Nee, dat willen we niet.' Bodenstein bleef onverbiddelijk. 'We kunnen ook over een halfuur met een arrestatiebevel terugkomen. Maar waarschijnlijk wil uw baas liever niet voor de ogen van zijn aandeelhouders door de politie van het podium worden gehaald.'

De man met het gelhoofd overlegde even en kwam tot de conclusie dat het beter was te storen tijdens de lunch dan het scenario waarmee Bodenstein dreigde. Met een kort hoofdgebaar beduidde hij Bodenstein, Harding en Cem hem te volgen.

Toen de deur openging, hoorden ze in de voorzaal al een opgewonden mannenstem.

'...jullie zijn allemaal idioten! Complete mislukkelingen!' brulde iemand. 'Niemand van jullie heeft ook maar voor vijf cent verstand in zijn lege kop! En met zulke dilettanten moet ik me hier...'

De deur ging dicht. Het duurde een paar minuten tot de man met het gelhoofd weer verscheen en hun vroeg binnen te komen.

Het bestuur, op één quotavrouw na geheel mannelijk, maakte het zich comfortabel in de grotere kleedruimtes. Er werd witte wijn en mineraalwater gedronken, in plaats van worstjes en kartonnen borden was er kalfsfilet en op de huid gegrilde dorade, geserveerd op porseleinen borden. Maar na de woedende toespraak van hun baas leken ze niet bijzonder te genieten van het eten. Fridtjof Reifenrath had zijn evenwicht hervonden en gaf zich niet meer bloot tegenover zijn medebestuursleden en medewerkers, de veiligheidsmensen en het rondzwermende bedienend personeel. Hij knoopte zijn colbertjasje dicht en begeleidde Bodenstein, dr. Harding en Cem Altunay met een beleefd glimlachje naar een zijvertrek. Van dichtbij zag Bodenstein dat Reifenraths gebruinde huid maar voor een deel echt was. De bestuursvoorzitter van DEHAG was voor de camera geschminkt en gepoederd.

'Wat u ook van me wilt, hou het alstublieft een beetje kort,' zei Reifenrath boos, en zijn glimlachje verdween na het sluiten van de deur. 'Over drie kwartier gaan we verder, en deze vergadering is ontzettend belangrijk voor mijn toekomst en de hele onderneming!'

'Goed.' Bodenstein knikte. 'Tijdens de doorzoeking van het perceel van uw grootvader hebben we een wapenopslagplaats gevonden. De specialisten van de deelstatelijke recherche zijn er al in geslaagd de herkomst van verschillende wapens op te helderen.'

Reifenrath kromp in elkaar. Tevreden constateerde Bodenstein een geschrokken flikkering in zijn ogen, maar die veranderde onmiddellijk, alsof hij met iets anders, iets veel ergers rekening had gehouden.

'Het bezit van handgranaten en raketwerpers valt onder de Wet inzake het toezicht op productie en handel in oorlogstuig,' ging Bodenstein verder. 'En het bezit van alle andere wapens is eveneens strafbaar als je geen wapenvergunning hebt.'

'Ik weet niets van wapens,' antwoordde Reifenrath koel en zelfverzekerd. 'Mijn grootvader verzamelde zijn hele leven militaire objecten, van stalen helmen tot kalasjnikovs.'

'Die bewering ligt natuurlijk voor de hand, vooral omdat uw grootvader niets meer kan verklaren,' zei Bodenstein met een beminnelijk glimlachje. 'We hebben echter wel uw vingerafdrukken op veel van de wapens en de bijbehorende kisten gevonden.'

'Vertel eens, bent u daarom hier?' Reifenrath legde zijn hand op de deurklink, hij glimlachte neerbuigend. 'Mijn assistent zal een afspraak voor u maken. Dan kunnen we erover praten. Ik heb nu geen tijd voor zoiets.'

Bodenstein stoorde zich niet zo erg aan Reifenraths arrogantie als Cem, die naast hem langzaam begon te koken.

'Uw vingerafdrukken staan op het pistool waarmee uw grootmoeder werd doodgeschoten,' zei hij snel, om een uitbarsting van zijn collega te voorkomen. 'En eveneens op de hals van de sektfles, die tweeëntwintig jaar lang in een voormalige bron naast het lichaam van uw grootmoeder lag.'

'Wat wilt u daarmee zeggen?' Fridtjof Reifenrath was asgrauw onder zijn schmink geworden. Hij haalde zijn hand van de deurklink, balde hem tot een vuist en opende hem meteen weer, alsof hij zich realiseerde hoe verraderlijk dit gebaar kon zijn. 'Waarvan wilt u me beschuldigen?'

'Van helemaal niets. We willen alleen weten wat zich op 14 mei 1995 echt afspeelde,' antwoordde Bodenstein. 'Tijdens het gesprek met mijn collega's was u, naar men zegt, er vast van overtuigd dat uw grootmoeder zelfmoord heeft gepleegd.'

'Dat was ik ook! Tot ik hoorde dat haar lichaam in de oude bron was gevonden. In het geval dat u me iets in de schoenen wilt schuiven: dat zal dan niet lukken. Ik heb met de dood van mijn grootmoeder niets te maken!'

'Wie dan wel?'

'Hoe moet ik dat weten? Geen idee!' Reifenrath begon te zweten. Hij kon niet inschatten hoe dit gesprek verder zou verlopen, en zoiets maakte een man als hij buitengewoon onzeker.

'Hoe kwamen uw vingerafdrukken op de hals van de sektfles?'

'Hoe moet ik dat nou weten? Dat is allemaal een eeuwigheid geleden. Waarschijnlijk heb ik sekt ingeschonken of de fles opengemaakt.'

'Hebt u de fles om die reden bij de hals vastgepakt?'

'Zou kunnen! Mijn god!' Reifenrath zocht zijn heil in de verdediging. Hij tilde zijn armen op en lachte gekunsteld. 'Weet u soms nog hoe u twintig jaar geleden een séktfles vasthield?'

'Als ik mijn grootmoeder ermee zou hebben geslagen, zeer zeker,' antwoordde Bodenstein droog. 'We denken dat Rita Reifenrath een klap met een fles op haar hoofd kreeg. En op de hals van de fles zaten geen andere vingerafdrukken dan de uwe.'

Fridtjof Reifenrath verstarde. Een ader bij zijn slaap klopte. Een milliseconde gloeide angst op in zijn ogen. Dat was voor Bodenstein voldoende bevestiging dat hij midden in de roos had geschoten en dat Pia weer eens gelijk had met haar intuïtie.

'Dit is hopelijk een grap.' Reifenrath monsterde Bodenstein met opgetrokken wenkbrauwen, uitgestoken kin en de doordringende blik die een ondergeschikte intimideerde. Maar Bodenstein was niet iemand die zich door zulke dreigende gebaren liet intimideren.

'Ik was zelden minder in de stemming voor grapjes,' antwoordde hij rustig.

Er werd geklopt op de dunne spaanplaatdeur. De zwartharige assistente, die hen onlangs had afgewimpeld, stak haar hoofd naar binnen. Achter haar was geroezemoes en het gerinkel van bestek op servies te horen.

'U wilde aan de briefing worden herinnerd, dr. Reifenrath,' zei ze op een devote toon. 'Bovendien wordt u weer bij de make-up verwacht.'

'Ja, bedankt. Ik heb nog vijf minuten nodig,' antwoordde haar baas zonder zich om te draaien, en ze deed de deur weer dicht. De twee waren een op elkaar ingespeeld team en 'de briefing' was beslist alleen een smoes om haar baas na vijftien minuten van lastige vragen te bevrijden. Helaas had hij dit keer bezoek dat zich niet zo makkelijk liet afschudden.

'U weet toch wel dat u vandaag niet meer het podium op zult gaan?' merkte Cem op.

'En waarom niet?' Reifenrath was er zo aan gewend dat de mensen om hem heen naar zijn pijpen dansten, dat het helemaal niet bij hem opkwam dat hij weleens serieus in de problemen kon zitten. Het moment van schrik was voorbij, hij had alweer de overhand. Bodenstein was heel even verbluft over zoveel gotspe. 'Kunt u zich voorstellen wat voor effect het in de publiciteit zal hebben als ik niet verschijn? Tegen vijf uur is het hele circus hier afgelopen, dan kom ik zelf naar u toe in Hofheim en dan helderen we alles op.'

'Ik vrees dat u zich niet bewust bent van de ernst van uw situatie,' antwoordde Bodenstein. 'U wordt ervan verdacht uw grootmoeder te hebben gedood of dat u op z'n minst voor haar dood voorwaardelijke opzet ten laste kan worden gelegd. In Duitsland verjaart moord niet.'

'En wat bent u nu van plan? U wilt me toch zeker niet arresteren!' Reifenrath lachte iets te hard.

'De correcte term is "voorlopige inhechtenisneming",' antwoordde Cem. 'En dat is precies wat we van plan zijn. Omdat acuut vluchtgevaar bestaat – uw hoofdverblijfplaats bevindt zich in het buitenland, en u hebt de middelen en de mogelijkheid om daarheen te verdwijnen – nemen we u in voorlopige hechtenis, omdat u ervan wordt verdacht op 14 mei 1995 Rita Reifenrath een mogelijkerwijs dodelijk letsel door middel van een wapen te hebben toegebracht.'

Nu drong het eindelijk tot Reifenrath door dat hij de situatie niet langer meester was. Hij knipperde nerveus met zijn ogen, wreef met zijn hand over zijn gladgeschoren kin.

'Maar dat is onmogelijk!' Verontwaardigd schudde hij zijn hoofd. 'Weet u niet wie ik ben? De minister van Justitie in Berlijn is een goeie vriend van me!'

'Hij zal zich razendsnel van u distantiëren als u voor moord wordt aangeklaagd, daar kunt u van op aan,' antwoordde Cem droog. 'Wilt u ons nu onopvallend door de achterdeur begeleiden of hebt u liever een grote scène: in handboeien door de foyer met een politiewagen voor de hoofdingang?'

***

Fiona reed op de snelweg langs de Messe richting Wiesbaden. Om tien over half drie ging de ICE naar Zürich, ze had bijna zes uur de tijd om nogmaals met professor doctor Siebert te spreken. Haar voormalige medewerksters in het academisch ziekenhuis hadden haar natuurlijk niet verteld waar ze binnenkort zou gaan werken, maar aan de mail die ze Fiona had geschreven, had helemaal onderaan het visitekaartje met haar privéadres gehangen. Fiona had uitgerekend dat het ongeveer een halfuur rijden was, daarom had ze nadat ze was uitgecheckt in het hotel weer een auto gehuurd.

Na veertien dagen in Frankfurt verheugde ze zich op thuis. Maar uiteindelijk waren haar inspanningen voor niets geweest, want de vrouw die haar moeder was, leek er geen interesse in te hebben om haar te leren kennen. Dat moest ze goedschiks of kwaadschiks accepteren. Ze kende in elk geval haar naam en kon op een gegeven moment een nieuwe poging wagen.

Het navigatiesysteem leidde haar naar het adres dat ze had ingegeven. Fiona parkeerde de kleine Renault een stukje bij het huis van de arts vandaan, verzamelde toen al haar moed en belde met een opgewonden kloppend hart aan. Het duurde een poosje voordat de deur eindelijk openging. Voor haar stond echter niet dr. Siebert, maar een man. Zijn ogen werden groot en even leek het wel of hij schrok.

'Hallo,' zei ze nerveus glimlachend. 'Neemt u me alstublieft niet kwalijk dat ik gewoon aanbel. Mijn naam is Fiona Fischer. Ik kwam eigenlijk voor professor Siebert.'

'Hallo.' De man glimlachte nu ook. Hij had vriendelijke ogen en een sympathieke stem. 'Mijn vrouw is nog onderweg, maar ze kan elk moment terugkomen. Wilt u binnenkomen?'

'Ik… ik wil niet storen. Ik kan buiten in de auto wachten.'

'U stoort niet,' verzekerde hij haar. 'Maar als u wilt…'

Fiona aarzelde. Hoe zou de arts reageren als ze thuiskwam en haar in haar huis aantrof? Hun ontmoeting onlangs was niet bepaald hartelijk verlopen, tenslotte had Fiona haar flink onder druk gezet.

'Ik heb net thee voor mezelf gezet,' zei de man en hij maakte een uitnodigend gebaar. 'Er is nog wel een kopje.'

Het vooruitzicht op een hete kop thee was aanlokkelijk. En wat kon er gebeuren? Tenslotte zou ze er hoogstens uit gegooid kunnen worden. Fiona zou dan ten minste kunnen zeggen dat ze werkelijk alles had geprobeerd om meer over haar moeder te weten te komen.

'Dank u wel, dat is heel aardig,' zei ze dus en ze betrad het huis.

***

Meteen nadat de helikopter op het dak van de regionale recherche was geland, haastten Pia en Tariq zich naar de vergaderruimte, waar de complete K11 voor de avondlijke teambespreking was bijeengekomen. Op de terugvlucht hadden ze de doos met herinneringen die Luise Schmitz aan hen had toevertrouwd op aanwijzingen doorzocht en hadden brieven gevonden die Jutta Schmitz na haar optreden in de talkshow van Andreas Türck had ontvangen. Ze waren door de productiemaatschappij doorgestuurd en kwamen tot Pia's teleurstelling uitsluitend van vrouwen, die Jutta Schmitz voor ontaarde moeder en egoïste uitscholden. Slechts drie vrouwen toonden begrip en bekritiseerden het gedrag van Jutta's dochter.

'We vermoedden dat hij misschien na de talkshow contact had opgenomen met Jutta Schmitz,' zei Pia licht gedeprimeerd. 'Maar we hebben niets gevonden wat daar op wijst. Een vrouw als dader kunnen we waarschijnlijk wel uitsluiten.'

'Daar ben ik niet zo zeker van,' nam Kai het woord. 'Ik heb de laptop van Nina Mastalerz kunnen hacken. Ze was actief op een internetforum waarop vrouwen allerlei mogelijke zaken uitwisselen. Carrière, ziektes, vakantiebestemmingen, kinderopvoeding. In een chat schreef Nina dat ze haar kind in Polen had achtergelaten, en dat thema werd lang en breed uitgemeten. Ze werd behoorlijk hard aangepakt, maar ze verdedigde zichzelf. Uit haar e-mailverloop weet ik dat ze met een van de deelneemsters ook buiten het forum om contact had. Deze vrouw verging het ongeveer hetzelfde: ongewild zwanger, vent weg, kind in het tehuis.'

'Heb je een naam kunnen achterhalen?' informeerde Cem.

'De vrouw heet Selina Lange en komt uit Wermelskirchen,' antwoordde

Kai. 'Nina en zij hebben elkaar wekenlang gemaild.'

'Wermelskirchen?' onderbrak Bodenstein hen. 'Waar ligt dat dan?'

'In het Bergisches Land. In de buurt van Remscheid,' wist Tariq. 'Direct aan de A1.'

'Hoe dan ook... Op een gegeven moment wilden ze elkaar ontmoeten,' ging Kai door. 'Selina Lange wilde Nina in Bamberg bezoeken, en wel op 10 mei, een dag voor Moederdag!'

'En? Heb je die Selina Lange gecontroleerd?' vroeg Kathrin.

'Ze bestaat niet.' Kai schudde zijn hoofd. 'Noch in Wermelskirchen, noch in de omgeving. Allemaal fake. Ik heb geprobeerd uit te vinden waar de mails vandaan kwamen, maar de zoektocht eindigde bij de Gmail-server.'

'Dus een doodlopend spoor,' stelde Pia vast.

'Joachim Vogt is een IT-specialist,' merkte Bodenstein op. 'Voor hem zal zoiets kinderspel zijn.'

'Om je onder een valse naam in een forum aan te melden, hoef je geen professional te zijn,' zei Tariq. 'Of hij of zij heeft simpelweg een bestaand e-mailadres gehackt of met een valse identiteit een webmailaccount aangemaakt. Dat kan tegenwoordig elke idioot.'

'Dan ben ik waarschijnlijk geen idioot. Ik zou dat namelijk niet kunnen,' bekende Bodenstein en hij oogstte daarvoor een verontschuldigende blik van Tariq en een spottende van Kai.

'We zouden de vermeende woonplaats nauwkeuriger moeten bekijken,' nam dr. Harding het woord. 'De keuze van de plaats kan natuurlijk willekeurig zijn, maar misschien bestaat er toch een of andere connectie. En de naam kan ook een betekenis hebben.'

'Selina Lange is absoluut een doorsneenaam,' meende Cem. 'Wat zou die moeten opleveren?'

'Het is maar een theorie, maar als een mens een pseudoniem gebruikt, bijvoorbeeld als je in een getuigenbeschermingsprogramma wordt opgenomen, dan behouden ze graag de beginletters van hun eigenlijke naam,' verklaarde de profiler. 'Dat maakt het makkelijker voor ze om aan hun nieuwe identiteit te wennen.'

'S.L.!' Pia kreeg kippenvel toen ze begreep wat dat kon betekenen. Ze stopte met het tekenen van cirkels en vierkantjes op haar schrijfblok en keek op. 'Sascha Lindemann! De echtgenoot van Ramona! Ik vind dat hij eruitziet als een dikke vrouw die zich als een man heeft verkleed!'

Iedereen was even stil.

'Onze dader deed zich voor als vrouw en verkreeg op slinkse wijze het vertrouwen van zijn slachtoffers door begrip voor te wenden,' zei dr. Harding. 'Daarna sprak hij met hen af. Ze koesterden geen argwaan, verwachtten iemand die ze meenden te kennen. Zoiets wordt ook wel *con approach* of "misleidende benadering" genoemd.'

'Maar als hij uiteindelijk voor hen staat, merken ze toch dat ze zijn bedrogen?' bracht Cem ertegen in.

'Hij zal met hen op een plek afspreken waar hij hen zonder problemen kan overmeesteren,' antwoordde dr. Harding. 'En hij zal een plek uitzoeken die hij ofwel goed kent, of van tevoren heeft uitgezocht. We moeten onderzoeken waar de auto's van de slachtoffers werden gevonden. Dat zullen die plekken zijn, want hij had niet veel mogelijkheden hun auto ergens heen te rijden.'

'De auto van Mandy Simon stond op de parkeerplaats van het sneltramstation Mannheim-Neckarau,' wist Tariq uit zijn hoofd. 'Annegret Münch' auto werd op de parkeerplaats van klooster Eberbach gevonden, de auto van Jutta Schmitz op de Ikea-parkeerplaats in Kaarst, de Golf van Nina Mastalerz op een parkeerplaats van een uitspanning bij Bamberg, en Jana Beckers auto stond op een carpoolparkeerplaats in de buurt van het wegrestaurant Bad Camberg aan de A3.'

'Sascha Lindemann is vertegenwoordiger in diervoeding,' zei Pia, die 's middags van Christoph meer informatie over de leveranciers van diervoeding van de zoo had gekregen. 'Hij werkt niet alleen voor die onderneming in Versmold, maar is als zelfstandige voor verschillende ondernemingen onderweg. Een daarvan heeft de hoofdvestiging in Luxemburg, niet ver van de Duits-Luxemburgse grens. Onderweg vanuit Frankfurt kom je langs Bernkastel-Kues, waar Jana Beckers lichaam lag. En geen tachtig kilometer verder naar het zuiden ligt het stuk bos waarin het lichaam van Nina Mastalerz lag! Is dat puur toeval?'

Wie komt op het idee om met een lichaam in zijn kofferbak over een landsgrens te rijden, zelfs al werd er in het kader van het Schengenverdrag zo goed als niet meer gecontroleerd? Pia gaf zelf het antwoord: eigenlijk alleen iemand voor wie dat een vanzelfsprekendheid was en die heel zeker wist waar nooit een grenscontrole plaatsvond.

'Ik heb gisteravond onder andere het dossier van Sascha Lindemann goed bekeken en de rapporten van de kinderbescherming gelezen,' ging ze verder. 'Hij was vier jaar oud toen hij vanuit het kindertehuis bij de Reifenraths kwam. Daarvoor zat hij bij drie pleeggezinnen, die hem allemaal weer terugbrachten omdat hij als klein kind al extreem agressief was. In de rapporten staat dat hij de andere kinderen in de gezinnen en ook zijn pleegouders beet, sloeg en schopte.'

'Weet je iets over zijn biologische ouders?' informeerde dr. Harding.

'Zijn moeder was pas zeventien. Ze kwam hoogzwanger in het zuigelingentehuis in Hofheim, kreeg het kind en verdween een dag later weer.'

'Even een domme vraag,' nam Kathrin het woord. 'Wat gebeurt er eigenlijk in zo'n geval?'

'Het kind blijft onder staatstoezicht,' antwoordde Bodenstein. 'De kinderen worden bij pleeggezinnen, begeleidwonengroepen of kindertehuizen ondergebracht.'

'En wie betaalt dat allemaal?'

'Vadertje Staat.'

'Dat wil zeggen: een vrouw krijgt een kind dat ze niet wil en verdwijnt gewoon?'

'Sinds 2014 is vertrouwelijk bevallen legaal, waarbij de moeder alleen aan een adviseur die gebonden is aan zwijgplicht, haar identiteit hoeft prijs te geven,' wist Tariq. 'Haar naam staat niet op de geboorteakte, maar het kind heeft later de mogelijkheid die te achterhalen. Ik heb dat een keer uitgezocht. Tussen 2000 en 2012 zijn in Duitsland 652 kinderen anoniem ter wereld gebracht, 278 werden in een vondelingenluik gelegd en 43 werden anoniem overgedragen. Uiteindelijk bleef maar bij 314 kinderen de afkomst permanent anoniem. Veel moeders gaven later hun identiteit prijs of kozen zelfs toch nog voor hun kind.'

'Maar waarom doen vrouwen zoiets?' Kathrin schudde haar hoofd.

'Er zijn verschillende redenen,' mengde dr. Harding zich nu in de discussie. 'Relatieproblemen, sociale noodsituaties en mentale overbelasting. Vaak werden de vrouwen door de vader van het kind in de steek gelaten. Vroeger speelde de druk van de eigen familie de grootste rol. Ongehuwde zwangere vrouwen werden vaak door hun ouders gedwongen het kind in een zuigelingentehuis ter wereld te brengen en ter adoptie af te staan.'

'Waarschijnlijk ging het ook zo bij Sascha Lindemann,' kwam Pia terug op het punt waarom het haar eigenlijk ging. 'Zijn moeder had wel een naam opgegeven – Alexandra Lindemann – maar later bleek dat het niet haar echte naam was.'

'Ook veertig jaar geleden kregen pleeggezinnen geld van de sociale dienst als ze een kind opnamen,' zei Bodenstein. 'Niet zoveel dat je er rijk van kon worden, maar de Reifenraths hadden er een businessmodel van gemaakt. Vandaag de dag controleren medewerkers van de kinderbescherming beter, vroeger waren ze gewoon blij dat probleemkinderen ergens ondergebracht waren. Elfriede Schröder keek bewust weg en hielp zelfs misstanden en twee zelfmoorden te verdoezelen, alleen om in een goed blaadje te staan bij haar collega's van de kinderbescherming.'

'Niet te geloven!' riep Kathrin.

'We weten van Britta Ogartschnik hoe Sascha Lindemann is "opgevoed" door Rita Reifenrath,' zei Pia. 'Daarom is het niet verwonderlijk dat de rapporten die ze over de kinderen die haar waren toevertrouwd moest schrijven zo overduidelijk verschilden van de rapporten van vroegere pleeggezinnen. Hij heeft alles doorstaan wat we bij de slachtoffers zien: hij werd in folie gewikkeld, in een badkuip ondergeduwd, in een vrieskist opgesloten. Voor zijn baan als vertegenwoordiger rijdt hij in bedrijfsauto's, combi's, die om de twee jaar worden vervangen. André Doll en hij groeven eind jaren negentig het gat voor de betonnen vloer van de hondenkennel. Hij en Doll wikkelden als kinderen Raik Gehrmann in folie en legden hem in een beek. Heel eerlijk, mensen, die vent is absoluut verdacht!'

'Je hebt gelijk.' Bodenstein knikte en keek op zijn horloge. 'We gaan nu meteen naar hem toe. Ik ben benieuwd wat hij ons te vertellen heeft.'

***

Het was heel gezellig om met meneer Siebert over Zürich te praten. Natuurlijk had hij onmiddellijk aan haar accent gemerkt dat ze Zwitserse was, en hij was werkelijk verbazend goed bekend in haar geboortestad. De thee verwarmde en kalmeerde Fiona een beetje, de bank was heel comfortabel en haar spanning nam af. Plotseling hoorde ze een geluid, dat als een doffe slag klonk. Toen nog een. Meneer Siebert brak het gesprek midden in een zin af en stond op.

'Verontschuldigt u me alstublieft even?'

'Natuurlijk.'

Toen hij de woonkamer had verlaten, wierp Fiona een blik op haar telefoon. Al bijna twaalf uur! Ze kon niet lang meer blijven, anders zou ze de trein nog missen.

De telefoon begon te rinkelen. Na de derde keer sprong het antwoordapparaat aan. Opeens hoorde ze de stem van dr. Siebert. '*Ik ben het, hallo! Ik kan je helaas niet op kantoor noch op je mobiel bereiken. Hier gaat alles prima, mijn nieuwe collega's zijn superaardig en de woning is geweldig! Stel je voor, ik zit hier met een glas tinto en kijk naar de Middellandse Zee met… zesentwintig graden! Ik wed dat het bij jou niet zo lekker warm is als in Marbella. Nou ja, bel me als je tijd hebt. Ik ben nu thuis.*'

Fiona had een paar seconden nodig om te begrijpen dat dr. Siebert niet naar huis zou komen. Waarom had haar man tegen haar gelogen? Fiona zette haar theekopje neer en merkte dat haar hand trilde. De angst drukte zwaar op haar borst. Hier klopte iets niet. Snel stopte ze haar telefoon in haar tas, pakte haar jas en ging ervandoor. Haar verbijstering veranderde in paniek toen ze niet meteen de weg naar de huisdeur vond. Ze miste een tree, struikelde en viel hard op beide knieën.

'Fiona?'

Ze zag de punten van zijn schoenen, de zoom van zijn spijkerbroek.

'Ik… ik wi… wilde… alleen even naar het toilet,' stamelde ze en ze kwam weer overeind.

'Met jas en tas?' Hij klonk anders dan voorheen. Zijn gezicht was niet vriendelijk meer. En de manier waarop hij voor haar stond, had iets bedreigends.

'Uw vrouw komt helemaal niet,' fluisterde ze. Het koude angstzweet brak haar uit. 'Ze sprak net iets in op het antwoordapparaat. Ze is in… Marbella.'

'Ach ja, dat klopt,' antwoordde hij. Zijn gezicht was ondoorgrondelijk. 'Hoe kon ik dat nou vergeten?'

In Fiona explodeerde de paniek. Weg hier, weg! Ze stormde met woeste vastberadenheid naar voren, botste tegen hem aan, maar hij weerde haar moeiteloos af en duwde haar ruw tegen de trapleuning. Trillend week ze achteruit, verder de gang in, weg van de huisdeur. Was ik nou maar niet het huis binnengegaan, schoot door haar hoofd. Had ik toen maar op school die zelfverdedigingscursus gedaan. Was ik toch maar niet naar Frankfurt gegaan.

De man dreef haar rustig voor zich uit en glimlachte mild, bijna alsof hij haar angst vermakelijk vond. Ze draaide zich om en trok de eerste de beste deur open. Een garage! Dat was goed! Verdomme, er zat geen sleutel in de deur! Fiona keek wild om zich heen. Daar was de schakelaar om de deur te openen. Ze had hem bijna bereikt, toen haar achtervolger in de deuropening verscheen.

'Vinger weg,' zei hij rustig, bijna vriendelijk.

'Laat me alstublieft gaan!' smeekte ze vertwijfeld. Tranen schoten in haar ogen. 'Ik zal tegen niemand zeggen dat ik hier was, ik zweer het!'

Ze kromp geschrokken ineen toen ze vlak naast zich dof gestommel hoorde. Het geluid kwam uit de diepvrieskist, die in een hoek stond. Er klonk weer gestommel. Ze hoorde gesmoord geschreeuw. Iets raakte haar arm en een gloeiende pijn trok door haar hele lichaam. Fiona zakte op haar knieën en viel op haar zij, niet in staat zich te bewegen. Speeksel droop uit haar mond. Hij zou haar doden. Of verkrachten. Niemand wist waar ze was. De pijn keerde terug, deed haar ledematen stuiptrekken. En toen werd alles zwart.

***

Het schemerde al toen Bodenstein een halfuur later aanbelde bij de huisdeur van een twee-onder-een-kapwoning in Niederhöchstadt. In het huis brandde licht, op de oprit stond een witte SUV geparkeerd, en in de dubbele garage, waarvan de deur openstond, een Škoda-stationwagen. Kennelijk was er iemand thuis, maar diegene deed niet open.

'Misschien zit hij in de kelder met zijn trofeeën te spelen.' Pia liep een paar passen naar rechts en keek in de garage. Ze geloofde haar ogen niet. Haar hartslag schoot omhoog.

'Het ontbreekt je niet aan fantasie!' reageerde Bodenstein en hij belde nogmaals.

'Kijk eens wat hier staat!' siste Pia. 'Dat is geen fantasie!'

Naast de Škoda stonden vier vrieskisten! Pia trok haar smartphone tevoorschijn, activeerde de camera en maakte een paar foto's. Bovendien fotografeerde ze het kenteken van de beide auto's. Ze was net klaar, toen de deur werd opengedaan. Ramona Lindemann keek haar argwanend aan, toen begreep ze wie er voor haar stond.

'Sorry dat het even duurde.' Ze droeg een grijze hoody en een joggingbroek en was niet opgemaakt, waardoor ze een paar jaar jonger leek. 'Ik zat op het terras.'

'Nogal koud om buiten te zitten,' vond Bodenstein.

'Ach ja... hm... we roken niet in huis.' Ze lachte en plukte nerveus aan haar haren. 'Wat brengt u hier?'

Terwijl Bodenstein hoorde dat Sascha Lindemann niet thuis was, vroeg

Pia via haar telefoon informatie op over de eigenaren van beide voertuigen.

'Mijn man is doordeweeks altijd onderweg,' verklaarde Ramona Lindemann. 'Wat wilt u van hem?'

'We hebben een paar vragen en waren toch in de buurt.' Bodenstein was niet van plan haar zijn verdenkingen aan de neus te hangen. De theorie dat de dader een helper zou kunnen hebben of dat de gruweldaden zelfs door een stel werden begaan, bestond nog altijd. 'Wanneer verwacht u hem terug?'

'Morgen tegen de middag. Kan ik iets aan hem doorgeven?'

'Nee, nee. We komen nog wel een keer langs. Het is niet dringend.' Bodenstein glimlachte vriendelijk. 'Vertelt u eens, waarom hebt u zoveel vrieskisten in de garage staan?'

'Vrieskisten? Ach ja, natuurlijk. Mijn man is vertegenwoordiger in diervoeding en verse producten uit Ierland. Die moeten bevroren worden opgeslagen. Rundvlees. Lamsvlees. Zalm uit Galway.' Ramona Lindemann lachte weer. 'U mag er wel in kijken, als u wilt.'

'Graag.'

Pia merkte op dat ze over haar schouder het huis in keek, voordat ze de huisdeur een stuk achter zich dichttrok en langs Bodenstein de garage in liep.

MTK-SR 443, eigenaar voertuig: Sandra Reker. Finkenweg 52, 61479 Glashütten, meldde het informatiesysteem van de politie op Pia's telefoon.

Sandra Reker! Heette de ex-vrouw van Claas Reker niet zo? Pia herinnerde zich dat André Doll haar naam had genoemd.

Ramona Lindemann opende zonder aarzelen de ene vrieskist na de andere. Verpakt vlees. Hele moten gerookte zalm. Verpakt hondenvoer.

'Is mevrouw Reker op bezoek?' vroeg Pia en de vrouw keek geschrokken om. Ook Bodenstein was verrast.

'Eh, hoe komt u daarbij?'

'Haar auto staat op uw oprit.'

'Ja. Ze is hier.' Ramona Lindemann merkte dat liegen geen zin had en haalde haar schouders op. 'We verlenen haar bij wijze van spreken asiel.'

'Vanwege Claas?'

'Precies. Die smeerlap bedreigt haar!'

'Kunnen we even met haar praten?' vroeg Pia.

'Ik vraag het wel.' Ramona Lindemann deed het licht in de garage uit en liet de roldeur zakken. 'Wacht even.'

Even later vroeg ze Pia en Bodenstein binnen te komen en bracht hen via de huiskamer naar het terras. Onder een partytent stond een biertafel met banken. Op de tafel brandde een windlicht. De vrouw die daar zat en zich nu naar hen omdraaide, droeg een dik donsjack en zat te roken. Sandra Reker was hoogstens vijfendertig, maar leek wel veertig. Haar regelmatige gezicht zou mooi kunnen zijn als ze geen violette schaduwen onder haar ogen zou hebben en haar wangen niet waren ingevallen, waardoor het leek alsof ze ziek was. Ze zat als een hoopje ellende ineengedoken op de bank. De hand waarin ze de sigaret vasthield, trilde.

'Mevrouw Lindemann vertelde ons dat u hier bent omdat u wordt bedreigd door uw ex-man,' zei Pia, nadat ze haar baas en zichzelf had voorgesteld. 'Is dat juist?'

'Ja.' Sandra Reker knikte. Ze perste haar lippen op elkaar en probeerde haar tranen tegen te houden. 'Ik woon met onze dochters weer bij mijn ouders in Bad Soden. Na de scheiding wist ik niet waar ik heen moest. Een paar dagen geleden stond mijn ex-man me op te wachten.' Haar stem trilde. 'Hij zit urenlang op een bank en staart omhoog naar mijn woning. De politie zegt dat ze niets kunnen doen zolang er niets is gebeurd. Ik had hier weg moeten gaan. Maar dat wilde ik niet. Dit is mijn thuis. Mijn familie woont in de buurt. De meisjes gaan hier naar school. En Claas zou me toch overal vinden.'

'U zou een contactverbod tegen uw ex-man kunnen aanvragen,' zei Bodenstein meelevend.

'Dat heb ik destijds wel gedaan, maar daar trekt hij zich niets van aan.' Sandra Reker maakte een afwijzend gebaar. 'Claas heeft zich nog nooit aan regels of wetten gehouden. In zijn ogen ben ik zijn eigendom. Dat ik me van hem heb laten scheiden, vindt hij onverdraaglijk. Hij is van mening dat ik zijn leven heb geruïneerd en dat het mijn schuld is dat hij het huis kwijt is. Maar dat is helemaal niet waar. Ik heb bij de scheiding niets gevraagd. Ik wilde alleen maar bij hem weg. Het huis was toch maar gehuurd, en het geld dat hij ooit had, is aan zijn advocaten opgegaan.'

'Waarom heeft hij nu een baantje als ongeschoold arbeider?' wilde Pia weten. 'Met zijn kwalificaties zou hij toch makkelijk een betere baan kunnen krijgen.'

'Welke kwalificaties?' Ze schoot in de lach, maar het was geen vrolijk lachje. 'Hij heeft nooit in zijn leven iets afgemaakt, maar dat wist ik in eerste instantie ook niet. Hij vertelde me dat hij de ingenieur was die verantwoordelijk was voor de bouw van de nieuwe terminal op de luchthaven. Toen uitkwam dat hij alleen een paar semesters machinebouw heeft gestudeerd en zijn diploma en getuigschriften vervalst waren, werd hij ontslagen; hij had nog geluk dat ze hem niet voor fraude hebben aangegeven.'

Ze drukte haar sigaret uit in een uitpuilende asbak. Haar dochters zou haar ex-man niets doen, dat wist ze zeker. Hij had het op haar voorzien.

Aanvankelijk sprak ze aarzelend, daarna steeds vloeiender over de doodsangst die ze voelde. Dat ze niet meer naar haar werk kon, en waarom ze haar zieke ex-man eigenlijk uit de kliniek hadden ontslagen.

Pia wierp Bodenstein snel een zijdelingse blik toe. Hij zat met gevouwen handen gewoon naar haar te luisteren. Zijn gave om gesprekspartners het gevoel te geven dat ze op dat moment de belangrijkste persoon op de wereld waren, had al vaak tot goede resultaten en onverwachte bekentenissen geleid, maar dit gesprek ging niet de juiste kant op. Pia wachtte tot Sandra Reker moest ademhalen.

'Het is absoluut allemaal vreselijk voor u,' zei ze. 'Maar we zijn hier omdat we een reeks moorden onderzoeken. Acht vrouwen werden in de afgelopen vijfentwintig jaar op bijna dezelfde manier gedood. Drie van hen hebben we onder de hondenkennel naast het huis van Theo Reifenrath gevonden. Denkt u dat uw ex-man in staat is een moord te beramen en te plegen?'

Sandra Reker staarde Pia met opengesperde ogen aan.

'Ik acht hem tot alles in staat,' antwoordde ze. 'Hij zit zo vol háát, dat kunt u zich niet voorstellen! Hoe hij daar voor me stond, zo...'

'Voor deze manier van moorden moet je koelbloedig zijn,' onderbrak Pia haar. 'Een mens ontvoeren en doden, in folie wikkelen, en het lichaam invriezen, daar is veel meer voor nodig dan haat.'

'O mijn god.' Sandra Reker werd nog een beetje bleker. Ze slikte krampachtig. 'Denkt u dan dat Claas zoiets heeft gedaan?'

'Dat willen we van u weten,' zei Bodenstein rustig. 'U kent hem aanmerkelijk beter dan wie dan ook.'

'Hij werd ervan verdacht dat hij een dertienjarig buurmeisje zou hebben verdronken,' voegde Pia eraan toe. 'Hij heeft zijn pleegbroers en -zussen getreiterd. Hij hield u gevangen, sloeg u en bedreigde u met een wapen. De rechtbank achtte hem zo gevaarlijk dat hij naar een gesloten psychiatrische afdeling moest en hij...'

'Hou op!' schreeuwde Sandra Reker plotseling en ze duwde als een klein kind haar handen tegen haar oren. 'Ik wil het allemaal niet horen!'

'Waarom niet?' vroeg Pia koel. 'Het is uw ex-man, die u bedreigde. Voor wie u zich hier verstopt. U hebt er met uw verklaring zelf voor gezorgd dat hij tbs kreeg opgelegd.'

'Omdat ze er allemaal op aandrongen!' Sandra Reker sloeg met haar vuisten op de tafel, zodat de asbak omhoogschoot en de peuken eruit vlogen. 'Ik wilde het niet doen! Ik zou helemaal niet tegen hem hebben getuigd als die vervloekte advocate, mijn familie en mijn fijne vriendinnen me niet hadden overgehaald!' Haar stem werd schril, tranen liepen over haar wangen. 'U hebt gelijk! Ik ken hem veel beter dan iedereen, en ik wist dat hij me nooit iets zou doen, omdat hij van me hield, op zijn manier! Maar nu háát hij me, omdat hij denkt dat ik hem heb verraden! En van degenen die per se wilden dat ik hem aangaf, trekt niemand zich meer iets van me aan nu hij weer vrij is! Voor iedereen is die geschiedenis oude koek, maar ík leef dag en nacht in angst! En de politie doet ook niets, tot hij me vermoordt!'

Pia en Bodenstein lieten haar praten zonder haar monoloog te onderbreken. Ramona Lindemann stond in de deuropening, maar deed niets om haar vriendin te steunen.

'Ja, Claas sloot me in huis op en hij hield een wapen in zijn hand, maar dat deed het helemaal niet! Hij was in een emotioneel uitzonderlijke toestand, begrijpt u? Maar hij zou me niets hebben aangedaan! Hij was heus wel weer gekalmeerd, en dan was het me vast wel gelukt om in goed overleg te scheiden. Wat wisten zij er nou van! Mijn supergeweldige vriendinnen waren gewoon jaloers op me! En die gestoorde therapeute heeft me gehersenspoeld, ze hitste me heel erg tegen Claas op. Ik mocht zijn brieven niet lezen, moest een flitsscheiding eisen, mijn meisjesnaam weer aannemen. Dan had ik anders geheten dan mijn dochters! Ik was zo van de kaart, ik kon niet meer helder denken en daar maakten ze gewoon misbruik van.' Ze begon hysterisch te snikken.

Sandra Reker verdedigde haar ex-man, die haar had vernederd en haar bedreigde. Pia had zich vroeger vaak afgevraagd waarom vrouwen die in hun relatie permanent aan psychisch of lichamelijk geweld waren blootgesteld, het jarenlang bij hun kwelgeest volhielden of na een scheiding zelfs naar hem teruggingen. Inmiddels wist ze genoeg over het fenomeen van de codependentie: mensen die in een relatie met een psychisch zieke partner verstrikt zaten, verdoezelden die ziekte voor de omgeving, waardoor die op een rampzalige manier ook nog werd versterkt. Vooral partners van narcisten als Claas Reker lukte het vaak niet een einde te maken aan een destructieve relatie, omdat ze ervan overtuigd waren dat ze niet alleen konden overleven. Sandra Reker was er in die drie jaar niet in geslaagd afstand te nemen van haar ex-man, integendeel, ze idealiseerde hem zelfs.

'Ik geloof niet dat Claas iemand heeft vermoord! Zoiets verwacht ik veel eerder van Fridtjof of André. Die zijn allebei ijskoud en denken alleen aan zichzelf.' Ze trok haar neus op en veegde met haar armen over haar ogen. Haar woede was geluwd, ze zakte weer krachteloos ineen. 'Er zal iets ergs gebeuren, dat weet ik,' orakelde ze somber. 'Ik heb hem daartoe gedreven, hoewel ik dat niet wilde. Daarom zijn eigenlijk die anderen schuldig, als hij doet wat hij van plan is.'

'En wat is dat precies?' wilde Pia weten.

Sandra Reker tilde haar hoofd op en keek haar met rode ogen aan.

'Hij heeft gezegd dat hij iedereen zal vermoorden die zijn leven heeft verwoest,' fluisterde ze. 'Mij, de rechter en die deskundige die ervoor zorgde dat hij naar het gekkenhuis moest.'

Pia had een paar seconden nodig om te begrijpen wat Sandra Reker net had gezegd, maar toen leek het alsof er ijswater door haar aderen stroomde. De deskundige die destijds de beoordeling had gemaakt waardoor Claas Reker tbs opgelegd kreeg, was haar zus, Kim!

'Waarom zegt u ons dat nu pas?' snauwde ze de vrouw woedend toe en ze sprong op. 'Kunt u eigenlijk ook aan iemand anders denken dan aan uzelf?'

'Ik dacht, ik...' begon Sandra Reker onzeker.

'U dacht kennelijk helemaal niets!' viel Pia haar grof in de rede. 'U nam de dreiging van uw ex-man zelfs zo serieus dat u de politie belde en u hier verstopte, maar aan de twee anderen hebt u geen seconde gedacht! Ik zeg u: als uw ex-man iemand iets aandoet, dan bent u daarvoor verantwoordelijk!'

'De politie wilde toch niets doen!' bracht Sandra Reker ertegen in en ze sloeg haar armen over elkaar als een koppig kind. 'Ze wilden niet eens naar me luisteren.'

'U had misschien kunnen vermelden dat uw ex-man anderen heeft bedreigd, in plaats van over uw eigen misère te jammeren.' Pia kon de aanblik van de vrouw geen seconde langer verdragen. 'Neemt u me niet kwalijk!'

Ze stormde langs een onthutste Ramona Lindemann naar buiten. Ondertussen was het even na negenen en pikdonker. Het was gaan regenen. Met bevende vingers haalde Pia haar telefoon uit haar zak en koos Kims nummer. Ze moest haar zus bereiken, haar waarschuwen en zich ervan verzekeren dat het goed met haar ging! Er klonk een kiestoon. Kims telefoon stond ten minste aan.

'Neem op!' fluisterde ze bezwerend. 'Kom op, neem nou op, Kimmi!'

Ze liet hem overgaan, toen beëindigde ze de oproep en schreef een whatsapp, daarna nog een sms.

Achter haar dook haar baas op.

'En? Heb je haar te pakken gekregen?' vroeg hij.

'Nee! Ze neemt niet op!' Pia keek vertwijfeld omhoog. 'Ik zou die stomme koe haar nek om kunnen draaien! Waarom heeft ze dat niet allemaal meteen verteld?'

Bijna een halfuur hadden ze met Sandra Reker gepraat, verspilde tijd, waarin een wraakzuchtige psychopaat haar kleine zusje misschien wel iets had aangedaan! Haar gedachten buitelden over elkaar. Afgelopen kerst nog had haar oudere broer aan Kim gevraagd of ze niet bang was voor alle gekken en moordenaars met wie ze zich elke dag bezighield. Hijzelf zou onder zo'n zwaard van Damocles niet rustig kunnen slapen. Kim deed Lars' bedenkingen met een schouderophalen af, en ook Pia kon zich niet voorstellen dat iemand wiens schuld ze had bewezen, wraak op haar zou kunnen nemen nadat hij zijn straf had uitgezeten. Alleen in films of boeken liepen rechercheurs gevaar, in de realiteit gebeurde dat zo goed als nooit. Maar toen schoot haar te binnen dat ze zelf jaren geleden ontvoerd en gevangengehouden was. Die verschrikkelijke uren had ze met succes verdrongen.

'Ik stuur een patrouille naar de collega van Reker in Kelsterbach, bij wie hij woont. En dan rijden wij naar Kims huis.' Bodenstein ging in de auto zitten en begon te bellen, terwijl Pia bleef proberen om Kim te bereiken. Het zou haar gerustgesteld hebben als Bodenstein een poging had gedaan om haar te kalmeren, maar dat deed hij niet. Ze had hem zelden zo bezorgd gezien en dat joeg haar nog de meeste angst aan.

***

Ik heb een fout gemaakt. Een fatale fout. Hoe kon ik me nou laten meeslepen en dat meisje in huis binnenlaten? Ze had gemerkt hoe geschokt ik was toen ik haar zag, maar toen had ik mezelf meteen weer onder controle. Ik had haar moeten wegsturen. Waarom heb ik dat niet gedaan? Alleen omdat ze er net zo uitziet als ZIJ destijds, toen we nog jong waren en ik hoopte dat ze op een dag van me zou houden zoals ik van haar heb gehouden? Mijn handen trillen als ik een glas water voor mezelf inschenk. Ik ben geschrokken van mezelf. In al die jaren heb ik nooit, nooit impulsief gehandeld, maar me altijd strikt aan mijn plan gehouden. Ik heb ze allemaal na een strenge selectie uitgekozen. Het voelde elke keer goed. Dit keer niet. Toen ze daarnet voor me lag en haar lichaam door de stroomstoten schokte, toen voelde ik iets wat ik niet mag voelen en niet wil: opwinding. Dat mag niet. Maar wat moet ik nu? Wat doe ik met haar? Weet iemand dat ze hiernaartoe wilde gaan? Het makkelijkst zou zijn haar een flinke dosis druppels te geven zodat ze een black-out krijgt, en haar ergens te dumpen waar iemand haar vindt. Nee, nee, nee, ik kan niet riskeren dat er ergens een spoor naar mij leidt! Ik kan helemaal niets anders doen dan haar doden. Natuurlijk niet zoals de anderen, dat gaat niet. Tenslotte is ze onschuldig en heeft ze niemand iets gedaan. Ik adem diep in en uit. Drink nog een glas water. Ja, ik heb een fout gemaakt. Een fout die ik moet gladstrijken. Het meisje is nevenschade. Zoiets kan gebeuren als je een missie moet uitvoeren. Ik kan het niet meer veranderen, en ik mag mijn tijd niet verspillen door erover na te denken. Ik heb nu belangrijkere dingen te doen.

***

Om 21.24 uur, ze waren al op de A66 richting Frankfurt, kreeg Pia een sms waarop ze niet meer had gerekend.

Hi, schreef Kim, *kon niet opnemen ben onderweg heb niet altijd bereik en geen wifi. Bel je!* In plaats van een groet had ze een emoji van de Franse vlag en een smiley toegevoegd.

'Dat is van Kim,' bracht ze hortend uit. 'O mijn god, het gaat goed met haar! Als ik haar bericht goed interpreteer, is ze nu in Frankrijk!'

Van opluchting voelde ze zich helemaal flauw. In het afgelopen uur had ze zich de verschrikkelijkste dingen voorgesteld en al bedacht hoe ze haar ouders zou vertellen dat er iets met haar kleine zusje was gebeurd.

'Dan hoeven we niet meer naar haar huis te rijden, toch?' vroeg Bodenstein, die aan het stuur zat.

'Nee. Dat is zeker niet meer nodig.' Pia schreef aan Kim terug dat Claas

Reker had gezegd dat hij zich op haar zou wreken, en dat ze alsjeblieft moest oppassen en zich moest melden zodra ze terug was. Binnen een minuut stuurde Kim een duim-omhoog-emoji terug.

'Pff! En nu lekker naar huis. Het was een lange dag.' Pia leunde met haar hoofd tegen de hoofdsteun.

Ze las de berichten die Kai via de K11-groepschat had gestuurd, en informeerde Bodenstein. 'Reker is niet bij zijn vriend, Kai heeft een opsporingsbericht uitgevaardigd.'

'Meer kunnen we nu niet doen.' Bodenstein gaapte en gaf gas. 'Schrijf hem dat hij naar huis moet gaan.'

Dag 10

Donderdag, 27 april 2017

’s Nachts had Pia geen rust gevonden. Ze was elk uur wakker geworden. Verwarde nachtmerries waarin ze steeds op de vlucht was voor een of andere ramp hadden haar geplaagd, bovendien had de pijn in haar lendenwervels, die inmiddels naar beide benen uitstraalde, het bijna onmogelijk gemaakt om een beetje comfortabel te kunnen liggen. Even voor zessen was ze uiteindelijk opgestaan en om Christoph niet wakker te maken voorzichtig naar de badkamer geslopen om zich aan te kleden. Ze moest op de rand van het bad gaan zitten om überhaupt haar spijkerbroek aan te kunnen trekken. In de keuken controleerde ze haar telefoon. Geen nieuwe berichten van Kim. Ze zette een kop koffie, slikte twee ibuprofen en liet een groet voor Christoph op het bord naast de koelkast achter. Zodra de zaak was opgelost, had ze zich ’s nachts vast voorgenomen, zou ze naar de dokter gaan.

Terwijl ze door Bad Soden reed, belde ze Jens Hasselbach. Ze hoopte dat Claas Rekers dreigement om Kim iets aan te doen niet meer dan wapengekletter was, maar helaas had haar oude kennis geen goed nieuws voor haar: Reker was sinds dinsdag niet meer op het werk verschenen en de collega bij wie hij woonde, wist ook niet waar hij was. Pia maakte een einde aan het gesprek, slaakte een vloek en probeerde Kim te bereiken, maar de telefoon van haar zus stond weer uit. Op de Limesspange ter hoogte van de Heidesiedlung schoot haar op het laatste moment de vaste flitser te binnen en ze trapte op de rem om niet weer een herinneringsfoto van de stad Liederbach te krijgen. Claas Reker leek wel van de aardbodem verdwenen. Hetzelfde gold voor Kim, en die samenloop van omstandigheden baarde Pia zorgen. Pia kon Rekers dreigement niet te licht opnemen. De man was gevaarlijk! Dr. Harding had het advies gelezen waarmee de rechtbank door interventie van dr. Engel voor de dag was gekomen en de inhoud stelde haar niet bepaald gerust. Ze klampte zich vast aan de hoop dat Kim veilig in Frankrijk was en dat ze erin zouden slagen Claas Reker te vinden voordat ze terugkwam. Ze was nu in elk geval gewaarschuwd.

Het stoplicht bij de oprit naar de B519 stond op rood en ze benutte de gelegenheid om Kims contactgegevens op te roepen. Toen constateerde ze dat ze het telefoonnummer van haar nieuwe werkplek in Bad Homburg niet had. Verdomme! Waarom kon Kim niet op zijn minst heel even bellen? Het stoplicht sprong op groen. Tijdens de rit naar Hofheim overwoog Pia of ze haar zus een mail zou schrijven. Maar Kim kon behoorlijk gevoelig zijn en zou Pia's bezorgdheid waarschijnlijk als betutteling of controle opvatten.

Tien minuten later parkeerde Pia haar Mini naast de auto van haar baas. Op de openbare parkeerplaats voor het hek van de regionale recherche stonden ondanks het vroege uur al een paar persvertegenwoordigers. Er stonden zelfs reportagewagens van televisie- en radiozenders, en Pia bedacht ineens dat ze waarschijnlijk meer geïnteresseerd waren in Fridtjof Reifenrath dan in de Taunusripper. Ze nam een korte omweg door de zijpoort, liep het gebouw in en wilde naar rechts afbuigen, maar besloot op het laatste moment toch tot iets anders: ze nam de trap en klopte op de deur van de wachtkamer van de directeur. Geen reactie. De deur zat op slot. Het schoot haar te binnen dat dr. Engels assistente in deeltijd werkte en op donderdag pas om tien uur kwam, dus liep ze verder en ze klopte op de deur van het kantoor.

'Binnen!'

Ze ging de kamer binnen en voordat ze 'goedemorgen' kon zeggen, zei Nicola Engel: 'Ik hoop dat uw uitstapje met de helikopter een succes en de exorbitante kosten waard was.'

'Dat zal moeten blijken.' Ook Pia bespaarde zich het minimum aan beleefdheden dat haar op de tong lag. 'We hoorden gisteren van Claas Rekers ex-vrouw dat hij niet alleen haar maar ook de rechter die hem destijds veroordeelde en Kim heeft bedreigd.'

'In hoeverre bedreigd?' De directeur liet niet merken of dit bericht haar raakte of niet. Maar in haar ogen flitste even bezorgdheid op.

'Hij zei dat hij alle drie de vrouwen zou ombrengen omdat hij vindt dat ze zijn leven hebben verwoest,' zei Pia. 'We nemen dit dreigement uiterst serieus. Reker is ondergedoken sinds we hem maandagavond hebben vrijgelaten. De opsporing van hem loopt. Ik heb Kim gisteravond onmiddellijk een sms gestuurd, maar daarop antwoordde ze alleen dat ze onderweg is en weinig bereik heeft. Omdat ze een emoji van een Franse vlag meestuurde, vermoed ik dat ze in Frankrijk is, maar dat weet ik niet zeker.'

'Dan hebt u al het noodzakelijke gedaan,' antwoordde de directeur. 'Was dat het?'

'Kunt u Kim alstublieft bellen?' Pia beteugelde haar opkomende woede. Hoe kon Engel zo onverschillig doen, alsof Kim een willekeurige vreemde was en niet de vrouw met wie ze vijf jaar lang een relatie had gehad? 'Misschien neemt ze uw telefoontje wel op.'

'Als u dat geruststelt, zal ik dat straks doen. Is er nog iets?'

'Kunt u het niet meteen even proberen? Alstublieft...'

'Eerder laat u me waarschijnlijk toch niet met rust.' Dr. Engel pakte met een zucht haar smartphone, tikte iets in en hield hem tegen haar oor. 'Haar mobiel staat uit.' Ze legde de telefoon weer weg. 'Bent u nu tevreden?'

Pia slikte een scherpe reactie in en telde inwendig tot drie voordat ze antwoord gaf. Als ze serieus ruzie zocht met haar baas zou ze aan het kortste eind trekken, of de hoofdcommissaris haar nou waardeerde of niet.

'Ja,' zei ze daarom beheerst. 'Dank u wel.'

'Waarschuwt u me als u met dr. Reifenrath gaat praten.' Dr. Engel zette haar bril weer op. 'Ik wil erbij zijn. Buiten verzamelt de pers zich al.'

'Ik heb het gezien.' Pia trok zich terug, inwendig kokend van woede over de onverschilligheid van haar baas. Deze vrouw had echt helemaal geen empathie! Volgens alles wat Pia de laatste dagen van dr. Harding had geleerd, was Nicola Engel iemand die de profiler als een 'succesvolle psychopaat' bestempelde! Met de deurkruk al in haar hand bedacht Pia zich en ze draaide zich om. 'Kan het u eigenlijk wel schelen wat er met Kim aan de hand is?' vroeg ze. 'Ik bedoel, het gaat me niets aan, maar u was tenslotte vijf jaar met haar samen.'

'U zegt het zelf,' antwoordde de directeur koud. 'Het gaat u absoluut niets aan.'

'Hebt u toevallig een sleutel van Kims woning?'

'Hoezo?'

'Omdat ik ernaartoe wil rijden zodra ik hier vandaag klaar ben om te kijken of alles in orde is.'

'Ik heb geen sleutel.' Mevrouw Engel boog zich over het stuk waarin ze had zitten lezen. Heel even dacht Pia dat haar baas iets liet zien als menselijkheid en bezorgdheid om de vrouw die een hele tijd dicht bij haar had gestaan, maar haar volgende woorden maakten haar wel wijzer. 'U kunt kennelijk aan niets anders meer denken dan aan uw zus. Om te voorkomen dat u uit gebrek aan concentratie tijdens het verhoor van dr. Reifenrath een faux pas maakt, lijkt het me beter dat Bodenstein en Altunay het overnemen.'

Pia's telefoon ging, maar ze drukte het gesprek weg en liep in plaats daarvan naar het bureau van haar baas. Waarom had ze het niet meteen doorgehad? Elke keer dat Kims naam werd genoemd kwam Nicola Engels reactie niet voort uit zoiets als onverschilligheid, maar was die het gevolg van een diepe krenking. Ze moest haar strategie veranderen.

'U kunt gaan, mevrouw Sander,' zei Engel zonder op te kijken, maar Pia bleef staan tot haar baas ten slotte haar hoofd optilde.

'Het spijt me dat ik zo ongevoelig was.' Pia sloeg een verontschuldigde toon aan. 'Kim zal u wel diep gekwetst hebben. Ik weet hoe dat voelt. Dat kon ze altijd al goed. Het spijt me echt.'

Met een zweem van opluchting merkte ze dat ze in de roos had geschoten. De beheerste façade van haar baas vertoonde scheurtjes. Haar hand klemde de vulpen zo stevig vast dat haar knokkels wit werden. Ze slikte en probeerde zich krampachtig te beheersen. Het genadeloze halogeenlicht van de plafondlamp toonde de kraaienpootjes en rimpels in haar hals, die Pia nooit eerder waren opgevallen. Zat er een ouder wordende vrouw voor haar die door haar jongere geliefde was verlaten? Misschien voor een jongere vrouw? Of misschien wel een man? Voordat Engel zichzelf weer onder controle had, was Pia al op weg naar buiten en hield haar mobiel tegen haar oor zodat haar baas niet op het idee zou komen om haar nog een keer terug te roepen.

***

Kennelijk hadden dr. Harding, Kai en Tariq een bericht ingesproken. Ook Bodenstein was er al. Hij zat met gefronst voorhoofd aan een van zijn drie tafels die Kai Ostermann in beslag had genomen en bestudeerde een krantenartikel.

'Goedemorgen!' groette Pia en ze liet haar schoudertas op de lege stoel naast Kais plek glijden.

'Goedemorgen.' Bodenstein keek omhoog en vouwde zijn krant op. 'Wil je de nieuwste speculaties over de Taunusripper lezen?'

'Liever niet.' Pia's blik viel op dr. Harding, die op een stoel naar het volgeschreven whiteboard zat te staren.

'Zo zit hij daar al twee uur,' zei Kai met gedempte stem. 'Hij kan bijna niet geslapen hebben, als hij überhaupt al heeft geslapen. Toen ik gisteravond om half elf wegging, was hij er nog. En vanochtend om vijf uur kwam hij beladen met een stapel dossiers met een taxi aan.'

'Hij heeft zich in elk geval omgekleed,' stelde Pia vast, en vervolgens keek ze onderzoekend naar haar collega. 'Jij zo te zien ook. Waarschijnlijk heb je niet veel meer geslapen dan hij.'

'Je weet toch dat ik maximaal vier uur nodig heb.' Kai grijnsde. 'En tussendoor twee, drie koppen koffie, een energydrankje en een powernap.'

'Is de rechter op de hoogte gebracht?'

'Gisteravond al. Ze heeft vakantie opgenomen en is naar familie in Beieren gegaan.'

'Zou ik als ik haar was ook hebben gedaan.' Pia knikte. 'Engel wil erbij zijn als we met Fridtjof Reifenrath spreken. Wanneer doen we dat?'

'Meteen na de teambespreking.'

Steeds meer collega's stroomden binnen. De directeur van politie verscheen samen met persvoorlichter Smykalla, even later dook Nicola Engel op. Bodenstein bedankte alle leden van het recherchebijstandsteam Moederdag voor hun goede werk en omdat ze zonder morren overuren maakten, daarna gaf hij het woord aan dr. Harding.

De profiler droeg hetzelfde bruine driedelige pak als de dagen ervoor, maar hij had nu een schoon oranje overhemd aan met een afgrijselijk lelijke stropdas met bruine en oranje strepen. Je kon niet aan hem zien dat hij bijna de hele nacht had doorgewerkt. Hij maakte een heldere en zeer geconcentreerde indruk.

'Een misdaadanalyse rust op drie pijlers,' begon hij. 'Ten eerste: de sporen op de plaats delict, maar helaas hebben we die niet omdat de vindplaats van de lichamen niet de plaats delict is. Ten tweede: de sporen op het lichaam waarover we in sommige maar niet in alle gevallen beschikken, en hetzelfde geldt voor het derde punt: de persoonlijkheid van de slachtoffers. Inmiddels hebben we genoeg informatie om een daderprofiel te maken. We weten dat de slachtoffers gericht werden uitgezocht. Alle vrouwen hadden kinderen die ze in de steek lieten. En niet uit een sociale noodzaak maar omdat ze een nieuw leven wilden beginnen. Ik ga ervan uit dat de moordenaar zelf als kind door zijn moeder in de steek is gelaten. Zijn slachtoffers zijn plaatsvervangers. Door hen te doden doodt hij elke keer zijn moeder. Tegelijkertijd heeft hij een missie: hij wil de wereld van vrouwen bevrijden die hun kinderen om egoïstische redenen in kindertehuizen stoppen, zoals dat hemzelf is overkomen.'

Dr. Harding schraapte zijn keel en wees naar een whiteboard waarop hij een aantal steekwoorden had genoteerd die hij een voor een doornam.

'Een andere belangrijke vereiste voor het daderprofiel is de zogeheten analyse van de feitelijke toedracht. Wat weten we tot nu toe? De dader overmeesterde zijn slachtoffers en legde daarbij een doelgerichte en goed geplande aanpak aan de dag, waaruit valt op te maken dat hij zijn slachtoffers niet bliksemsnel benaderde maar waarschijnlijk met een voorwendsel. Dit wijst wederom op een groot zelfvertrouwen en een verzorgd uiterlijk, mogelijkerwijs gebruikte hij zelfs een vermomming. De slachtoffers koesterden geen argwaan en lieten hem zo dichtbij komen dat hij ze kon overmeesteren. Psychopaten kunnen uiterst charmant zijn en beschikken oppervlakkig gezien over een grote sociale vaardigheid. Onze dader is geen eng monster. Waarschijnlijk ziet hij er heel doorsnee uit.'

Bodenstein nam in gedachten de pleegzonen van de Reifenraths door. Geen van hen was bijzonder lelijk of zag er bijzonder goed uit. Ook André Doll met zijn nette korte kapsel en zijn keurige baard had een verzorgd uiterlijk als je zijn tatoeages wegdacht, maar die kon hij zonder problemen onder lange mouwen verstoppen.

'Onze dader is intelligent, niet sociaal achtergesteld, geen zogeheten onderpresteerder. Hoogstwaarschijnlijk heeft hij een gezin. In de regel zijn zulke daders tot ze schuldig worden bevonden niet eerder voor hetzelfde bestraft.'

'Hoe weet u dat allemaal?' vroeg iemand sceptisch. 'Zijn dat feiten of vermoedens?'

'In zekere zin zijn het natuurlijk vermoedens,' gaf dr. Harding toe. 'Maar ze zijn gebaseerd op ervaringsgegevens uit talloze onderzoeksresultaten van de laatste vijftig jaar.'

'Hoe definieert u het begrip "onderpresteerder"?' wilde Bodenstein weten.

'We noemen volwassen werknemers onderpresteerders als ze hun persoonlijke capaciteiten niet volledig benutten,' verklaarde de profiler. 'Een werknemer moet zijn werk door inzet van zijn mogelijke capaciteiten netjes, geconcentreerd en zorgvuldig uitvoeren. Daarbij is het niet per se belangrijk of hij met zijn handen werkt of directeur van een onderneming is. Typisch voor onderpresteerders is dat ze niets lang volhouden, vaak van werkplek veranderen en er geen probleem mee hebben langere tijd werkloos te zijn.'

Deze karakterisering kwam met geen enkele pleegzoon overeen, hoogstens met Claas Reker. Over de andere nog levende voormalige pleegzonen hadden ze maar weinig informatie, maar die kwamen sowieso niet in aanmerking, want geen van hen voldeed aan een van de waarschijnlijk belangrijkste vereisten om de dader te kunnen zijn, namelijk toegang tot het perceel van Reifenrath zonder op te vallen. Dat gold wel voor André Doll, Sascha Lindemann, Fridtjof Reifenrath, Joachim Vogt en Claas Reker, bovendien voor de dierenarts Gehrmann, Reifenraths huisarts en een paar verenigingsvrienden, maar die had Harding evenals Reifenrath zelf van zijn overwegingen uitgesloten.

'Steekwoord: feitelijke toedracht,' ging de profiler verder. 'Het exact analyseren van de manier waarop de daad werd uitgevoerd, is zo belangrijk omdat dat ons heel veel over de praktische capaciteiten van de dader vertelt. Feit is dat sommige slachtoffers over betrekkelijk lange afstanden werden vervoerd. Het is irrelevant of ze toen al dood, alleen bewusteloos of niet in staat zich te bewegen waren, het vereiste wel enige lichaamskracht. Vijf slachtoffers werden op openbare plaatsen achtergelaten en dat is ook niet zo eenvoudig als het klinkt.'

Dr. Harding pauzeerde om een slok water te drinken.

'Alle slachtoffers werden in vershoudfolie gewikkeld; of dat voor of na hun dood was speelt geen rol, want in beide gevallen vereist het aanzienlijke kracht. Er zijn aanwijzingen dat onze dader zijn slachtoffers heeft verdronken. Om een volwassen persoon in doodsangst, vastgebonden of niet, onder water te duwen en daar te houden tot de dood is ingetreden, vereist wederom veel kracht. Voor mij staat dus vast dat de dader mannelijk is, tussen de dertig en vijftig jaar en lichamelijk fit.'

Hij wees naar het tweede whiteboard.

'Voor mij is het motief van de dader slechts secundair. Ik kijk naar gedragspatronen, waaruit ik conclusies over zijn leven, zijn dagelijks handelen kan trekken. Voor hem zijn rituelen belangrijk, dat is te zien aan zijn handschrift. Hij heeft speciale fantasieën en behoeften die alleen door een zeker geritualiseerd verloop bevredigd kunnen worden. Daarbij hoort in bepaalde omstandigheden ook het meenemen en bewaren van souvenirs, waardoor de dader zijn daden steeds opnieuw kan beleven. De kring van verdachten is tamelijk klein. De dader moet uit de directe omgeving van Theo komen.' Hij wees naar het whiteboard waarop de namen van de voormalige pleegkinderen en van Raik Gehrmann stonden. 'Ik weet zeker dat het een van hen is.'

Harding streek zijn snor met zijn wijsvinger en duim glad, toen vouwde hij zijn handen weer achter zijn rug. 'Psychopaten zijn uiterst berekenbaar als je hun handelswijze eenmaal doorhebt. Ze volgen altijd hetzelfde patroon. Zoals ik al zei, is het gedrag van de dader een uiting van zijn behoeften. Als je die kent, weet je al een heleboel over hem.'

'Ik kan me niets bij die "behoeften" voorstellen,' nam een collega het woord. 'Wat bedoelt u daar precies mee?'

'Nee, nee, dat is een goede en belangrijke vraag,' antwoordde dr. Harding toen er gemompel over deze vermeende triviale vraag rondging. 'In de psychologie definiëren we het begrip "behoefte" als de wens of het verlangen om een gevoelsmatig of feitelijk tekort te verhelpen. We beschouwen een behoefte als het voorstadium van het verlangen en het verlangen weer als een toestand die de menselijke psyche op een bepaald doel richt. Een belangrijke behoefte van onze dader is de maximale, sadistische controle over een ander mens. De factor die hem tot actie aanzet kennen we nog niet, maar we weten dat het voor hem een behoefte is om te zien en te voelen hoe het leven het lichaam verlaat. We kunnen ervan uitgaan dat het slachtoffer een langzame en pijnlijke dood moet doorstaan. De dader wil uitvoerig genieten van hetgeen hij met grote risico's – die hij op de koop toe neemt – en het uitvoeren van zijn plan heeft bereikt. Maar het is niet voldoende om zijn slachtoffers te zien sterven. Hij geniet van het lijden en de doodsangst van zijn slachtoffers en hij wil dit geluksgevoel vasthouden. Dus vriest hij ze na hun dood in en houdt hij ze een poosje bij zich. Daaruit blijkt zijn obsessieve verlangen naar macht en controle over de dood.'

'Het spijt me, maar dit houd ik niet meer vol!' klonk plotseling een schrille stem. Een stoel viel op de grond en iedereen draaide zich om. Een jonge collega die op de afdeling Inbraak werkte en zich vrijwillig had gemeld voor het werk bij het recherchebijstandsteam sprong op. Ze was lijkbleek. 'Hoe kunt u zo emotieloos over zulke afschuwelijke zaken spreken? Die vrouwen hebben vreselijke dingen moeten doorstaan en u noemt ze gewoon sláchtoffers, alsof ze geen identiteit hebben! Ieder van hen had een familie, kinderen, er werd van ze gehouden en ze werden gemist en u doet alsof dat allemaal totaal geen rol zou spelen! Bent u zo afgestompt dat het lot van deze vrouwen u volkomen koud laat?'

'Nee, integendeel!' antwoordde dr. Harding zacht. 'Alles wat ik doe, doe ik voor de slachtoffers van deze zieke moordenaar. Ik heb gezworen zo veel mogelijk een einde aan hun praktijken te maken om de slachtoffers en hun familieleden op zijn minst gerechtigheid te bezorgen. Vraag maar aan uw collega's van de recherche: depersonalisatie van slachtoffers van geweldsdelicten gebeurt absoluut niet uit gebrek aan respect of uit onverschilligheid, maar uit zelfbescherming, waardoor je als rechercheur objectief kunt blijven en niet al te persoonlijk betrokken raakt. Het is de enige manier waarop degenen die zich bezighouden met het slechte op deze wereld zulke dingen überhaupt kunnen volhouden.'

'Maar waarom moeten we dat alles eigenlijk allemaal zo precies weten?' De jonge rechercheur slikte en kruiste haar armen voor haar borst. 'U zei daarnet toch zelf dat de kring van verdachten relatief klein is. Waarom arresteren we niet iedereen om hen te verhoren?'

'Zeg toch niet zulke ondoordachte onzin!' berispte de directeur de jonge vrouw scherp. 'Men zou nog kunnen denken dat u tijdens uw studie niet hebt geluisterd toen het over recherchewerk ging.'

De agente liep rood aan toen ze zo werd berispt. Een paar van haar collega's grijnsden stiekem. Nog altijd waren sommige agenten van mening dat vrouwen veel te emotioneel waren en daarom op een paar uitzonderingen na niets te zoeken hadden in dit beroep.

'U moet het allemaal zo precies weten zodat u psychopaten in uw omgeving herkent.' Harding negeerde Nicola Engels opmerking. 'Hoogstwaarschijnlijk is onze dader allang weer op zoek naar een nieuw slachtoffer. Misschien heeft hij er zelfs al een gevonden. Als we hem nu ondoordacht in het nauw drijven, zou het kunnen gebeuren dat hij van zijn gebruikelijke procedure afwijkt en onmiddellijk toeslaat in plaats van zoals bij zijn eerdere daden tot Moederdag, wat zijn trigger lijkt te zijn, te wachten.'

'En toch kan ik er niet tegen,' zei de jonge vrouw zacht en ze vermeed Bodenstein en Pia aan te kijken. 'Het spijt me dat ik jullie in de steek laat.'

Ze rende naar buiten zonder haar stoel overeind te zetten of nog een keer om te kijken. De deur viel met een luide knal achter haar dicht. Niemand becommentarieerde haar vertrek of maakte een spottende opmerking. Wat de profiler vertelde was iets waarmee de meesten van hen nooit eerder te maken hadden gehad en zo'n geschokte reactie was niet meer dan normaal. Vooral de jonge collega's moesten eerst leren hoe je een gezonde afstand bewaarde tot de vreselijke dingen waartoe mensen in staat zijn. Sommigen lukte dat nooit, anderen konden er beter mee omgaan. Bodenstein had van zichzelf gedacht dat hij na dertig dienstjaren ook behoorlijk door de wol was geverfd, maar de laatste zaak voor zijn sabbatical had ook hem zijn persoonlijke grenzen laten zien.

Hij stond op, keek naar de gezichten van zijn collega's en zag spanning en twijfel maar ook vastbeslotenheid en nieuwsgierigheid.

'Wat jullie hier te horen krijgen is maar moeilijk te accepteren, dat weet ik,' zei hij. 'Jullie zijn vrijwillig hier en dat waarderen we. Maar we heb alle begrip voor degenen die het te veel is. Niemand hoeft zich te schamen als hij er liever mee wil stoppen.'

Geen van de aanwezigen verroerde zich.

'Oké. Bedankt.' Bodenstein knikte, toen wendde hij zich tot Harding. 'Alsjeblieft, dr. Harding, gaat u verder.'

De profiler concentreerde zich even.

'Ik kom terug op de behoeften van onze dader,' zei hij en hij begon op zijn vingers af te tellen. 'We weten dat hij uitgesproken gedisciplineerd te werk gaat. Hij laat geen sporen achter, beschermt zichzelf en laat niets aan het toeval over. Op die manier heeft hij althans vanaf 1988 succes. Maar extreem gedisciplineerde mensen zijn in hun privéleven meestal niet flexibel. Ze hebben lange periodes dezelfde baan, verhuizen niet graag, hebben vaak lange relaties. Ten tweede weten we dat machtsuitoefening een wezenlijk element van zijn daden is. Dat blijkt uit het gebruik van zaken als verhoudfolie. Ten derde,' Harding stak zijn derde vinger op, 'rituelen spelen een belangrijke rol voor hem, ze zijn onderdeel van zijn motivatie. Bij sommige daders behoort de planning al tot het ritueel, niet alleen de eigenlijke daad en zijn gedrag na de daad.'

De profiler liet zijn hand zakken.

'De man die we zoeken is een gevaarlijke sadistische psychopaat, hij kent geen medelijden, geen angst, heeft geen geweten. Mogelijk heeft hij een trauma in zijn prepuberteit opgelopen. Sadistische psychopaten hebben in hun jeugd vaak emotionele verwaarlozing en geweld ondervonden, werden mishandeld. Ook seksuele vergrijpen tussen jongeren en kinderen kunnen een dergelijk trauma veroorzaken. Onthoud ten slotte alstublieft nog één ding: seriemoordenaars zijn zieke mensen die op geen enkele manier genezen kunnen worden, niet door psychiaters of door wie dan ook. Het enige wat een psychopaat kan stoppen is een nog grotere psychopaat.'

***

Fridtjof Reifenrath had gisteren na zijn arrestatie vreemd genoeg nauwelijks geprotesteerd toen hij, nadat Cem hem op zijn rechten had gewezen, zonder riem, schoenveters en smartphone naar een van de cellen in de kelder was gebracht, die maar zelden werden gebruikt. Het telefoontje dat hij had mogen plegen was niet naar zijn vrouw of zijn advocaat geweest maar naar een bestuurslid van de DEHAG. De dienstdoende agent had gemeld dat Reifenrath 's nachts vast en diep had geslapen. Wat hij ook te horen had gekregen, het had hem niet van zijn stuk gebracht.

'Dat is toch eigenlijk een teken dat hij geen slecht geweten heeft,' vond Pia. Ze had het aan haar baas overgelaten om samen met Bodenstein het verhoor af te nemen en zat met dr. Harding achter de Venetiaanse spiegel in de kamer naast de verhoorruimte.

'De man is een psychopaat,' antwoordde de profiler. 'Hij weet helemaal niet wat een geweten is. Daarom is hij ook zo gelaten. Waarschijnlijk is het hem wel duidelijk dat hij zijn baan kwijt is. Mensen als hij kunnen zaken die verloren zijn gewoon loskoppelen. Hij weet dat hij een gouden handdruk krijgt en met een paar miljoen op zijn rekening zonder veel gezichtsverlies ergens anders verder kan gaan. Hij heeft vast en zeker al een plan.'

Fridtjof Reifenrath was ongeschoren, zijn witte overhemd was gekreukt en de kraag stond open. Zijn broek moest hij met één hand vasthouden zodat die niet afzakte zonder riem. Hij leunde achterover op zijn stoel, sloeg zijn benen over elkaar en nipte van de kartonnen beker met koffie die iemand voor hem had gehaald.

'Meneer Reifenrath,' zei Bodenstein nadat hij de noodzakelijke informatie over datum, tijdstip, dossiernummer en aanwezigen op het bandje had ingesproken. 'U wordt vandaag als verdachte verhoord. U wordt ten laste gelegd dat u op 14 mei 1995 uw grootmoeder, mevrouw Rita Reifenrath, door middel van een wapen of een gevaarlijk werktuig hebt gedood. Volgens artikel 29 van het Wetboek van Strafrecht staat het u vrij iets op deze beschuldiging te zeggen. U hebt het recht te zwijgen om uzelf niet te belasten. Bovendien mag u een advocaat raadplegen.'

‘Ik weet het,’ antwoordde Fridtjof Reifenrath en hij nipte van zijn koffie. ‘Dat heeft uw collega gisteren ook al allemaal verteld. Ik heb geen advocaat nodig.’

‘Goed.’ Bodenstein knikte. ‘We hebben onder het poolhouse op het perceel van uw grootvader wapens gevonden. Het bezit van sommige van deze wapens valt onder de Wet inzake het toezicht op productie en handel in oorlogstuig en is strafbaar. Met een van de pistolen van het merk Walther TPH kaliber .22 werd, dat heeft het ballistisch onderzoek onomstotelijk aangetoond, het schot op uw grootmoeder gelost. Bovendien hebben we op de hals van de sektfles die naast het skelet van Rita Reifenrath in de bronschacht lag uw vingerafdrukken vastgesteld.’

Dr. Harding zat voorovergebogen met zijn ellebogen op zijn knieën en volgde het gesprek even aandachtig als een ander een spannende voetbalwedstrijd. Reifenrath knikte op Bodensteins woorden. Zijn gezicht was uitdrukkingsloos, bijna verveeld.

‘De wapens zijn van mij,’ gaf hij onomwonden toe. ‘Ik was als kleine jongen al een wapengek. Toen mijn kinderen werden geboren heb ik het hele arsenaal naar mijn grootvader gebracht en hem gevraagd ze ergens op te slaan.’

‘Hij was daar niet erg blij mee, of wel?’ merkte Bodenstein op.

‘Nee, dat was hij niet,’ bevestigde Fridtjof Reifenrath. ‘Hij drong er steeds op aan om die troep bij hem weg te halen.’

‘Was dat wat hij bedoelde met “verplichtingen van vroeger” tijdens het telefoongesprek van een paar maanden geleden?’

‘Precies.’ Reifenrath leek niet verbaasd te zijn dat de politie de inhoud van het telefoongesprek met zijn grootvader kende of het kon hem gewoon niet schelen. ‘We hadden geen goede verstandhouding. Zijn favoriete dreigement voor mij was altijd dat hij me zou onterven. Hij ergerde zich dood als ik hem vertelde dat ik sowieso niet zat te wachten op een erfenis van hem en al helemaal niet op die oude bouwval of het verwaarloosde fabrieksterrein. Het verbitterde hem dat hij niets had waarmee hij me onder druk kon zetten. Integendeel. Hij stond bij mij in het krijt, want ik ben de enige die weet wat zich op 14 mei 1995 heeft afgespeeld.’

‘En wat was dat precies?’

‘Theo schoot Rita voor mijn ogen neer,’ antwoordde Reifenrath alsof hij het over het weer had. ‘Hij haatte haar en zij verachtte hem. Het is eigenlijk een wonder dat het niet veel eerder tussen die twee was geëscaleerd. Op die dag ging ze helemaal door het lint. Ze beledigde hem en schold hem uit en liet zich door niemand kalmeren, ook niet door mij. Theo wankelde het huis in, ging op de bank liggen en viel in slaap nadat hij had gedreigd dat hij haar zou vermoorden. Waarschijnlijk zou er helemaal niets zijn gebeurd als ze hem rustig zijn roes uit had laten slapen, maar nee, dat kon ze gewoon niet. De anderen waren allemaal weg, ook ik stond op het punt om weg te gaan. Ik was net met mijn verloofde gaan samenwonen, we waren onze bruiloft aan het plannen en ik wilde zo snel mogelijk naar huis. Op weg naar mijn auto hoorde ik mijn grootmoeder schreeuwen, dus ik maakte rechtsomkeert. Toen ik de keuken binnenkwam, had Theo een sektfles in zijn hand en hij wilde daarmee mijn grootmoeder op haar hoofd slaan. Hij was dronken en woedend en ik kon nog net de fles afpakken.' Reifenrath pauzeerde even en schudde zachtjes zijn hoofd. 'Ik heb de ernst van de situatie onderschat. Theo verliet de keuken en ik probeerde mijn grootmoeder te kalmeren, maar dat was onmogelijk. Opeens stond hij daar met het pistool in zijn hand. 'Ga daar weg, jongen,' zei hij. 'Nu maak ik haar koud, de heks.' Ze stond alleen maar te lachen en dat was haar fout. Hij haalde de trekker over en schoot haar in haar buik. Ik was verlamd van ontzetting. Op dat moment schoot er van alles door mijn hoofd: dokter bellen. Politie bellen. Ik zag de krantenkoppen al voor me. Mijn schoonvader was toen nog de bestuursvoorzitter van een internationaal concern, zijn naam was internationaal bekend. In zijn ogen was ik niet meer dan een parvenu. Een moordenaar als grootvader zou absoluut een buitenkansje voor hem zijn geweest en hij had de bruiloft zeker verboden.'

'Hij was twintig jaar geleden al dezelfde egoïst als nu,' stelde Harding vast. 'Niet in staat medeleven te voelen. Hij dacht zelfs in die situatie alleen aan zichzelf en aan de nadelen die voor hem zouden kunnen ontstaan.'

Egomane rotzak, dacht Pia.

'De kogel heeft waarschijnlijk de buikslagader geraakt,' beschreef Reifenrath de gebeurtenissen. 'Mijn grootmoeder bloedde binnen een paar minuten dood op de keukenvloer. Theo ging gewoon weer op de bank liggen en viel in slaap. En ik stond daar en had geen idee wat ik moest doen.'

'Kwam u op het idee van de zelfmoord?' wilde Bodenstein weten.

'Nee, dat was Joachim,' antwoordde Reifenrath. 'Ik kon niets anders bedenken dan hem bellen. Hij was mijn beste vriend en de enige mens die ik kon vertrouwen. Hij is meteen in zijn auto gestapt en was er twee uur later. Ik was in paniek. Ik was de hele tijd bang dat iemand het schot had gehoord en de politie zou bellen. We hebben het lichaam in de bronschacht gelegd. Theo kwam er op een gegeven moment bij en gooide de sektfles erin. We hebben de ijzeren plaat op de bronschacht gelegd, er aarde overheen geschept en de halve nacht de keuken staan schoonmaken. Toen had Joachim het idee de auto van Rita ergens naartoe te rijden en het verhaal over de zelfmoord te vertellen. Nou ja, en dat hebben we toen ook zo gedaan.'

'Waarom reed u uitgerekend naar Eltville?'

'Ik kende die parkeerplaats omdat ik in Oestrich-Winkel heb gestudeerd en ik daar vaak langs reed. Joachim vond dat het eruit moest zien alsof ze in de Rijn was gesprongen. Het was net hoogwater. Ik wilde haar alweer uit de bron halen om haar lichaam echt in de rivier te gooien, maar toen bedachten we dat ze een schotwond had. Als ze was gevonden, zou alles uitkomen en dan was ik erbij voor het verdoezelen van een strafbaar feit of hoe je dat ook noemt.'

'De correcte uitdrukking is "obstructie van de rechtsgang",' zei Bodenstein. 'Maar alleen meneer Vogt zou strafrechtelijk ter verantwoording zijn geroepen. U zou er volgens artikel 189 lid 3 van het Wetboek van Strafrecht zonder straf vanaf gekomen zijn omdat u de daad ten gunste van een familielid beging.'

'Echt waar?' Reifenrath staarde hem aan, toen zuchtte hij en streek met zijn hand over zijn kortgeknipte haar. 'Hoe dan ook. Joachim is daarna meteen weer weggereden. Ik heb Theo toen hij nuchter was ingeprent wat hij moest zeggen. Kennelijk heeft hij zijn mond echt dichtgehouden en niet eens Claas iets verteld, wat me achteraf nog steeds verbaast. Nou ja. Nu zou ik het waarschijnlijk anders hebben aangepakt, maar destijds leken er geen alternatieven te zijn. In elk geval vermeed ik het daarna om naar Mammolshain te gaan. De gedachte aan wat er onder het rozenpaviljoen lag, kon ik niet zo goed verdragen.'

'Hij depersonaliseert zijn grootmoeder,' mompelde dr. Harding. 'Noemt haar naam niet meer. Zijn verstand vertelt hem dat wat er is gebeurd niet in orde was, maar het raakt hem niet.' Hij stond op van zijn stoel. 'Hij is niet onze man.'

'Dat denk ik ook niet meer.' Gisteren had Pia het nog voor mogelijk gehouden dat Fridtjof Reifenrath de moordenaar was die ze zochten, maar nu herzag ze haar mening. Uit bezorgdheid om zijn reputatie en zijn toekomst had hij zich door iets laten meeslepen wat weliswaar vreselijk, maar absoluut menselijk was. Het ging hem altijd en alleen om hemzelf.

'Reifenrath zoekt zijn kick in zijn beroepsmatige omgeving,' diagnosticeerde dr. Harding. 'Het zou niet in hem opkomen ingewikkelde plannen te smeden om mensen te bespioneren en vervolgens dit plan uit te voeren. Hij beschikt ook niet over de vaardigheden. Hij is een bepaler. Iemand die zaken delegeert. Geen doener.'

De profiler liep naar de deur. Zijn interesse in Fridtjof Reifenrath was verdwenen. 'We zien elkaar straks boven.'

De deur viel achter hem dicht. Tegelijkertijd zoemde Pia's telefoon.

'Pia, ik wil je niet laten schrikken,' hoorde ze Kais stem. 'Maar ik heb net een bericht van een collega uit Bad Homburg gekregen. Gisteren is er een auto op een parkeerplaats in een bos in de buurt van de Saalburg gevonden. Die stond waarschijnlijk al sinds vrijdag afgesloten daar.'

'Wat voor een auto?' vroeg Pia.

'Een groene Fiat 500. Kenteken F-KF 8168,' antwoordde Kai. 'Eigenaar van de auto is Katharina Freitag. Montgolfierallee 164 in Frankfurt.'

***

Waar ben ik? dacht Fiona versuft. Wat is er gebeurd? Waarom is het al donker?

Het denken viel haar zwaar, maar ze herinnerde zich vaag dat ze ergens naartoe wilde gaan en naar iemand had willen vragen. Maar naar wie?

Tevergeefs probeerde ze haar ogen open te doen. Haar hele lichaam voelde verdoofd aan en haar spieren deden zo'n pijn, alsof ze te veel had gesport. Ze wilde haar armen en benen bewegen, maar dat ging niet. Waarom kon ze haar mond niet opendoen? Haar tong kleefde aan haar verhemelte en er zat iets tussen haar tanden. Ze spande haar spieren, probeerde haar handen te bewegen of haar voeten of haar hoofd, maar er gebeurde niets. Hoe hard ze haar best ook deed, ze kon niet eens een vinger buigen!

Had ze een ongeluk gehad? Haar lichaam zat van top tot teen in iets geperst wat niet meegaf.

Als een steekvlam laaide de angst in haar op en haar hart bonsde tegen haar ribben. Lag ze in een lijkenzak of was ze levend begraven? Fiona wilde met haar voeten trappelen en schreeuwen, maar het enige wat ze kon uitbrengen was een gedempt kreunen. Haar lippen jeukten, daarna ook haar vingers en haar voeten. Haar adem werd steeds sneller en oppervlakkiger, haar middenrif verkrampte en haar angst veranderde in hevige paniek omdat ze het gevoel had dat ze zou stikken. Ze hyperventileerde!

Rustig blijven, beval ze zichzelf. Hou je adem in!

Uit haar tijd bij het Jeugd Rode Kruis wist Fiona wat er op dat moment met haar aan de hand was: ze ademde te veel zuurstof in en te weinig kooldioxide uit en ze wist ook dat ze maar een paar minuten in een papieren zak hoefde te ademen om haar ademhaling weer onder controle te krijgen, maar ze had geen papieren zak. Met haar tong voelde ze een plastic buisje dat uit haar mond stak.

Het was geen nachtmerrie, maar realiteit. Was ze in de handen van een moordenaar gevallen? Maar waarom uitgerekend zij? Wilde hij haar verkrachten en doden? Niemand wist waar ze was! Er was geen mens die haar miste! Maar wacht! Er was wel iemand. Ze had Silvan geschreven dat ze naar Frankfurt was gegaan. Misschien zou hij proberen haar te bereiken. Misschien zou hij ontdekken dat er iets met haar was gebeurd. Misschien zou hij haar redden.

***

Een paar seconden leek Pia wel verstijfd. De betekenis van Kais woorden drong langzaam tot haar door. Ze hadden Kims auto op een parkeerplaats in een bos gevonden waar die sinds vrijdag stond! Ze voelde de tinteling van echte paniek in haar nek en ze kreeg nauwelijks mee wat Bodenstein en Fridtjof Reifenrath achter het glas aan het bespreken waren.

Blijf rustig, vermaande ze zichzelf. Gisteren had Kim toch nog een bericht van haar beantwoord! Pia stond op, verliet met knikkende knieën het zijvertrek en klopte op de deur van de verhoorruimte. De geüniformeerde collega opende de deur vanbinnen. De directeur wierp haar een boze blik toe, Bodenstein een vragende.

'Ik moet jullie dringend spreken.' Pia trilde over haar hele lichaam. 'Nu meteen!'

'We zijn zo terug,' hoorde ze haar baas tegen Fridtjof Reifenrath zeggen, daarna ging de deur weer dicht. Pia liep als een roofdier in een kooi in de smalle gang op en neer, niet in staat stil te staan en te wachten. Er moest een of andere logische verklaring zijn waarom Kims auto sinds vrijdag op een parkeerplaats in het bos bij de Saalburg stond! Lag de kliniek in Dornholzhausen waar ze als medisch directeur werkte soms niet ver van die parkeerplaats vandaan? Had ze haar auto misschien gewoon daar neergezet toen ze naar Frankrijk was gegaan?

De deur van de verhoorruimte ging open.

'Pia,' zei Bodenstein bezorgd. 'Wat is er aan de hand?'

Achter hem dook de directeur op.

'Kims auto is op een parkeerplaats in een bos bij de Saalburg gevonden.' Pia moest zich beheersen om niet te gaan schreeuwen. 'Hij staat er al sinds vrijdag. Op slot.'

'O, shit!' ontglipte het Bodenstein en toen verloor Pia haar zelfbeheersing.

'Waarom zijn we gisteravond nou niet meer naar haar huis gegaan?' bracht ze hortend uit. 'Ik heb haar in de steek gelaten! Ik heb mijn kleine zusje in...'

'Hou daar onmiddellijk mee op!' siste Nicola Engel met een ijzige stem en Pia zweeg. 'Als haar auto sinds vrijdag op de parkeerplaats staat, dan had u gisteren helemaal niets in haar huis kunnen doen. Dus beheerst u zich en gebruik uw verstand!'

Pia opende haar mond al voor een felle reactie, toen ze in de gaten kreeg dat haar baas helemaal bleek was geworden. Ze was niet minder bezorgd dan zij, maar ze had zichzelf beter onder controle.

'Laat meneer Reifenrath gaan zodra hij het proces-verbaal heeft ondertekend,' droeg ze Bodenstein op. 'Hij moet zijn paspoort inleveren en zich elke dag op het politiebureau in Königstein melden. En daarna komt u meteen naar boven.'

'In orde.' Bodenstein knikte.

'Mevrouw Sander, kom mee.' Met die woorden draaide ze zich op haar hakken om en liet Bodenstein en Pia staan.

'We moeten een bewegingsprofiel van Kims telefoon aanvragen,' zei Pia; haar gedachten volgden elkaar razendsnel op. 'Ik moet de kliniek bellen. Iemand moet naar haar auto gaan kijken. En ik ga nu naar haar huis. Misschien vind ik een aanwijzing! Ja, misschien is ze wel thuis en startte haar auto gewoon niet meer of...'

Haar stem begaf het, want plotseling kreeg ze het gevoel dat het allang te laat was.

'Je gaat niet alleen! Ik handel het hier nog af met Reifenrath en dan ga ik met je mee,' zei Bodenstein vastberaden. Voordat hij naar de verhoorruimte terugging, deed hij iets wat hij in al die jaren waarin ze hadden samengewerkt nog nooit had gedaan. Hij nam Pia in zijn armen, trok haar heel dicht tegen zich aan en streelde troostend over haar rug.

'Je hebt haar niet in de steek gelaten,' fluisterde hij in haar oor. 'Je hebt keer op keer geprobeerd haar te bereiken.'

'Maar wat als Reker haar iets heeft aangedaan! Waarom hebben we hem maandag nou zo makkelijk laten gaan?'

'Omdat we niets in handen hadden wat het rechtvaardigde hem langer vast te houden. We vinden Kim, dat beloof ik je! We zullen alles in het werk stellen. Maak je niet al te veel zorgen en verwijt jezelf vooral niets. Je hebt niets verkeerd gedaan, oké?'

'Oké.' Ze drukte haar gezicht tegen zijn schouder en vocht tegen haar tranen en tegen haar angst. Ze wist dat Kim iets was overkomen, dat voelde ze.

***

Het bericht dat Kims auto op een parkeerplaats in het bos was gevonden, ging als een lopend vuurtje door de recherchedienst. De parallellen met de modus operandi van de seriedader waren onmiskenbaar. Iedereen kende Pia's zus, ze was tenslotte geregeld als deskundige bij ingewikkelde onderzoeken betrokken geweest. Bovendien was algemeen bekend, ook al sprak niemand erover, dat ze de partner van de directeur was. Pia zag de onthutsing op de gezichten van haar collega's en ze besefte door de manier waarop ze zwegen en haar verlegen blikken toewierpen zodra ze in hun buurt kwam dat ze niet de enige was die zich zorgen maakte.

In de vergaderruimte waren alle medewerkers van het recherchebijstandsteam bijeengekomen. Dr. Engel, Cem, Kathrin en Tariq luisterden naar de profiler en Pia zag dat haar baas steeds knikte.

'Weet je waar de auto nu is?' Pia wendde zich tot Kai, die op zijn beeldscherm zat te staren met de telefoonhoorn tussen zijn schouder en oor geklemd.

'Ja.' Hij keek op. 'Op de binnenplaats van de wegsleepdienst in de Daimlerstraße in Bad Homburg.'

Pia vreesde het antwoord op de volgende vraag, maar ze moest hem stellen. Ze was rechercheur en ook al ging het om haar zus, ze moest zich als zodanig gedragen, anders zou Engel het nog klaarspelen om haar van het onderzoek af te halen. 'Heeft iemand al in de kofferbak gekeken?'

'Zover ik weet niet.' Kai deed professioneel, maar Pia las medeleven en bezorgdheid in zijn ogen. 'Ik heb er al voor gezorgd dat hij naar de deelstatelijke recherchedienst wordt gebracht. De autospecialisten daar weten er al van af en gaan er meteen mee aan de slag.'

'Dank je wel.'

'Is er al nieuws over Claas Reker?' Bodenstein liep naar Kais bureau.

'Jammer genoeg niet. Ik heb trouwens net met de Dr. Assmann-kliniek gebeld. Kim heeft een dag voor Pasen onverwacht twee weken vakantie opgenomen. Onze collega's van de deelstatelijke recherche zorgen al voor een bewegingsprofiel van Kims telefoon.'

Nicola Engel, dr. Harding, Cem, Tariq en Kathrin liepen naar hen toe. Kathrin legde haar hand op Pia's arm en kneep er zwijgend in.

'We gaan nu naar de woning van dr. Freitag,' zei de directeur. 'Daar zullen we met de buren praten om uit te vinden wanneer ze voor het laatst is gezien.'

'Ik heb nog niet zo lang geleden met haar gebeld,' merkte Pia op.

'Wat is niet zo lang geleden?' vroeg haar baas.

'Eh... dat weet ik niet meer precies,' stotterde Pia. 'Vlak nadat we het skelet van Rita Reifenrath hadden gevonden.'

'Dat was afgelopen donderdag,' hielp Tariq haar.

'En daarna?' wilde dr. Harding weten. 'Hebben jullie elkaar nog een bericht gestuurd?'

'Eergisteren. Nee, gisteren. Gisteravond schreef ze me dat ze iets van zich zou laten horen, want ze had op dat moment weinig bereik en geen wifi. En toen voegde ze er nog een emoji van een Franse vlag aan toe.'

'Was het een typische manier van communiceren voor Kim?' informeerde de profiler en hij keek Pia ernstig aan. 'Waren het formuleringen die je zus anders ook gebruikt of was het een beetje anders?'

'Ik... ik snap niet wat je bedoelt.' Pia was geïrriteerd.

'Het gaat me om het begrenzen van de tijd,' antwoordde dr. Harding. 'Als Kim gisteravond nog contact met je heeft gehad, dan kunnen we er met grote waarschijnlijkheid van uitgaan dat alles in orde is en dat ze zich misschien alleen heeft teruggetrokken omdat ze niet gestoord wil worden.'

Pia begreep wat hij bedoelde. Waar was het laatste bericht van Kim? Ze scrolde terug in WhatsApp. Niets! Maar Kim had haar gisteravond toch iets gestuurd! Opeens was het heel stil om haar heen en Pia realiseerde zich dat iedereen naar haar keek.

‘Ik dacht… Ik had…’ begon ze, toen zweeg ze weer. Haar handen trilden. En toen herinnerde ze het zich weer. ‘Ze heeft me ge-sms’t, niet geappt! Woensdag om 21.24 uur.’ Ze vond Kims bericht meteen en las opgelucht de korte tekst voor. *Hi, kon niet opnemen ben onderweg heb niet altijd bereik en geen wifi. Bel je!* In plaats van een groet had ze een emoji van de Franse vlag en een smiley toegevoegd. ‘Is dat Kims manier van schrijven?’ vergewiste dr. Harding zich.

‘Ja, ja, zeker.’ Pia knikte.

‘Laat eens zien.’ Mevrouw Engel stak haar hand uit en Pia gaf haar de smartphone.

‘Dat heeft Kim niet geschreven,’ beweerde de directeur. ‘Ze zou de interpunctie nooit achterwege laten. Bovendien schrijft ze altijd in hele zinnen met correcte hoofdletters en kleine letters. En ik heb nog nooit meegemaakt dat ze als groet het woord “hi” gebruikt.’

‘Misschien schreef ze het tijdens het rijden,’ opperde Pia, maar ze wist dat haar baas gelijk had. Kim wond zich er altijd over op dat mensen de taal in sms’en verminkten alleen omdat ze er niet de tijd voor namen. En de laatste sms die Pia van haar had gekregen was al jaren geleden, toen WhatsApp nog niet bestond.

‘En wat betekent dat?’ vroeg ze en ze hoorde dat haar stem bibberig klonk.

‘Het zou kunnen betekenen dat Kim al voor woensdagavond niet meer in staat was om berichten te schrijven of te bellen,’ antwoordde dr. Harding. ‘Het spijt me, Pia, maar we moeten de realiteit onder ogen zien.’

***

Het moest aan het water liggen. Elke keer nadat ze een paar slokken had gedronken, duurde het niet lang totdat haar ogen dichtvielen. Eerst werden haar ledematen loodzwaar, daarna haar hoofd en vervolgens viel ze in een diepe droomloze slaap, waaruit ze met een knallende koppijn en een vreselijke dorst wakker werd. Fiona had elk gevoel voor tijd verloren. Ze wist niet waar en in wiens macht ze zich bevond en waarom iemand überhaupt de moeite had genomen haar te ontvoeren. Zover ze dat in haar benevelde toestand kon beoordelen, was ze niet verkracht. Ze had nog dezelfde kleren aan die ze de laatste dag die ze zich kon herinneren, had aangetrokken. Het verbazingwekkende was dat ze zich niet eens echt bang voelde, daarvoor was ze veel te versuft. De ruimte waarin ze zich bevond was rechthoekig en helemaal leeg, de grond en de muren waren van glad beton. Aan het plafond op ongeveer vier meter hoogte hing een tl-lamp en aan de tegenoverliggende muur leidde een donkere schacht naar boven. Boven haar aan de muur, maar buiten haar reikwijdte, was een halfronde camera aangebracht, waarvan het rode controlelampje elke zestig seconden knipperde. Verder zag ze alleen nog een massieve stalen deur, die Fiona kende van verwarmingskelders. Het was droog en behoorlijk warm en de kale vloer waarop ze lag, was schoon. Toen ze de eerste keer wakker werd, had ze een emmer met een deksel gezien die in de hoek van de ruimte stond en die waarschijnlijk als toilet moest dienen, daarnaast stonden twintig halveliterflesjes met water, dat een beetje zout smaakte, en een aantal pakken boterkoekjes. Ze zou ten minste niet snel verhongeren of omkomen van de dorst. Was dat een goed of een slecht teken? Het betekende in elk geval dat haar ontvoerder haar een tijd gevangen wilde houden, maar haar niet wilde doden. Hoewel ze dringend moest plassen bleef Fiona liggen en verroerde zich niet. Ze kon het gewoon niet opbrengen om boven een plastic emmer te hurken terwijl een onbekende naar haar keek, bovendien had ze simpelweg de kracht niet om overeind te komen en drie stappen te lopen. Om niet aan de druk op haar blaas te hoeven denken, probeerde ze de gaten in haar herinneringen te vullen. Het laatste wat ze zich goed kon herinneren was dat ze was uitgecheckt in het hotel. Ze had met de trein naar Zürich terug willen gaan. Hoelang was dat geleden? Sinds wanneer lag ze hier? En waarom?

Het kostte haar moeite om na te denken. Ze kon geen gedachte langer dan een paar seconden vasthouden. Fiona gleed met haar tong over haar gebarsten lippen. Ze verlangde naar een ijskoude cola met ijsblokjes en een schijfje citroen. Naar een sigaret. Naar een schnitzel met rösti. Naar haar bed en naar boeken. Naar het uitzicht over het meer van Zürich en naar haar tuin. De angst sijpelde als een sluipend werkend gif door haar aderen. Wat als ze hier nooit meer wegkwam? Als haar ontvoerder merkte dat ze de verkeerde was? Ze wilde op z'n minst nog een keer met Silvan praten! De blauwe hemel zien! Koele lucht op haar huid voelen! Ze wilde huilen, maar haar ogen bleven droog. De dorst werd onverdraaglijk. Fiona strekte haar hand uit en pakte een flesje, ze schroefde de dop eraf en dronk het lauwwarme water met grote teugen tot het flesje leeg was. Ze deed haar ogen dicht en gaf zich over aan de zoete zwaarte die alle vragen in haar hoofd oploste en haar angst verdreef.

***

Kims woning lag op de bovenste etage van een gebouw met zeven verdiepingen in de nieuwe wijk die een paar jaar geleden was ontstaan tussen de Kuhwaldsiedlung, het Rebstockbad en het Europaviertel. Ze had de woning al drie jaar geleden gekocht, hoorde Pia van dr. Engel tijdens de rit van Hofheim naar Frankfurt.

'Dat wist ik helemaal niet,' zei ze. 'Ik dacht dat ze die nog niet zo lang huurde!'

Nog iets wat Kim haar nooit had verteld.

'Sinds wanneer woont ze daar?' wilde Bodenstein, die achter het stuur zat, weten.

'Ongeveer een jaar,' antwoordde de directeur, die op de achterbank zat.

'Ik dacht dat jullie samenwoonden?' Bodenstein was verbaasd.

'Dat werkte niet,' gaf de directeur toe. 'Bovendien zijn we sinds een paar weken uit elkaar.'

'O! Waarom?'

'Ik zou niet weten wat dat iemand aangaat.'

'Normaal gesproken heb je gelijk,' reageerde Bodenstein. 'Maar misschien is er iets met Kim gebeurd. En daarom zou de reden van jullie scheiding belangrijk kunnen zijn voor ons onderzoek.'

'We hebben gewoon besloten dat het niet meer gaat,' zei Nicola Engel. 'We zijn in goed overleg uit elkaar gegaan.'

'Maar jullie ruzie pasgeleden op de parkeerplaats zag er niet bepaald uit alsof jullie in goed overleg uit elkaar zijn gegaan.' Pia draaide zich om zodat ze haar baas kon aankijken.

'Hebt u ons staan afluisteren?' Nicola Engel keek haar met fonkelende ogen geërgerd aan.

'Nee, dat heb ik niet,' antwoordde Pia. 'Ik hoorde Kim wel schreeuwen, maar ik heb geen woord verstaan.'

'Nicola, alsjeblieft,' mengde Bodenstein zich weer in het gesprek. 'Kan het zijn dat Kim zichzelf iets heeft aangedaan? Of heeft ze iemand anders leren kennen, bij wie ze nu is?'

'Dat is te persoonlijk,' weerde de directeur af.

Pia voelde een vreselijke woede opkomen. Zat het misschien toch heel anders dan ze eerst had gedacht? Had Engel haar zus aan de kant gezet en niet andersom? Ze wist maar al te goed met hoeveel precisie haar baas elk teer punt kon raken. Aan de mogelijkheid dat Kim zichzelf iets aangedaan zou kunnen hebben, had ze tot nu toe helemaal niet gedacht, want ze had haar zus niet tot zoiets in staat geacht. Maar ze moest helaas toegeven dat ze Kim eigenlijk niet bijzonder goed kende.

'Ik wed dat u Kim hebt uitgekafferd!' flapte ze eruit. 'U hebt haar vast gekoeioneerd zoals u dat bij iedereen doet die niet doet wat u wilt!'

'Dat is niet waar,' sprak dr. Engel haar tegen.

'U bent ijskoud! Iedereen weet dat de gevoelens van anderen u totaal niet interesseren!' Pia zag Bodensteins waarschuwende blik niet. Ze was zo woest dat ze de venijnige woorden die als gloeiend magma in haar opborrelden niet kon tegenhouden.

'Pia,' zei Bodenstein vermanend, maar tevergeefs.

'U hebt er alles aan gedaan om Kim bij me weg te houden!' verweet ze haar baas. 'Dat ze zich van me afkeerde, is helemaal uw schuld! Ze kwam niet meer bij me op bezoek, nodigde ons nooit uit! Ik weet dat u het maar niets vond dat de zus van uw levenspartner een ondergeschikte is. U bent zo wantrouwig en zo'n controlfreak, waarschijnlijk was u bang dat ik iets over uw privéleven te weten zou komen en dat aan mijn collega's zou doorvertellen!'

Ze zweeg. Er viel een onbehaaglijke stilte.

'Ik houd u ten goede dat u heel erg emotioneel bent,' zei de directeur, die ondanks de grove beschuldigingen haar zelfbeheersing niet verloor. 'Anders zou uw uitbarsting serieuze consequenties hebben. Uw insinuaties zijn op niets gebaseerd.'

Pia snoof gefrustreerd en maakte een afwijzend gebaar. Het had geen zin. Engel zou nooit iets toegeven wat haar in een ongunstig daglicht plaatste. Maar ze zou ook zonder haar hulp uitvinden wat er met Kim was gebeurd. En als Engel er op een of andere manier iets mee te maken had, moge God haar genadig zijn!

Een poosje werd er geen woord gezegd. Op de A66 liep het verkeer ter hoogte van het Main-Taunus-Zentrum vast door wegwerkzaamheden. Pia gebruikte die tijd om haar moeder en haar broer Lars te bellen om hun te vragen wanneer ze voor het laatst met Kim hadden gesproken.

'Mijn broer sprak Kim voor het laatst met kerst,' verkondigde ze somber.

‘En mijn ouders hebben als laatste keer een paar dagen voor Pasen iets van haar gehoord.’

‘Met wie zouden we nog meer contact kunnen opnemen?’ wendde Bodenstein zich tot de directeur. ‘Heeft Kim een of andere collega of vriendin die ze iets toevertrouwd kan hebben?’

‘Niet dat ik weet,’ antwoordde dr. Engel. ‘Althans, ik ken niemand.’

***

De man van de sleuteldienst en de agenten uit de politieauto stonden al voor het huis in de Montgolfierallee te wachten toen Bodenstein de dienstauto in een parkeervak neerzette. De stad Frankfurt viel niet onder de bevoegdheid van de recherche Hofheim, daarom had hij uit voorzorg de collega’s uit Frankfurt geïnformeerd over hun komst. Er woonden twaalf gezinnen en Bodenstein drukte op de ene na de andere bel totdat iemand zich via de intercom meldde en de deur opendeed. Florian Faust, een stevige man van ongeveer vijfenveertig met een kaalgeschoren hoofd, woonde op de zesde verdieping. Normaal gesproken was hij overdag aan het werk, maar hij had sinds afgelopen weekend griep en hij was daarom vanaf maandag thuis.

‘Ik heb mevrouw Freitag afgelopen donderdag het laatst gezien,’ vertelde hij bereidwillig. ‘Onze parkeerplekken in de ondergrondse garage liggen naast elkaar. Ze had haast. Ik bedoel, ze is sowieso niet iemand die uren met je staat te kletsen, maar die avond zei ze alleen “hallo” en liep meteen naar haar lift.’

‘Naar háár lift?’ herhaalde Pia vragend.

‘Ja. Het penthouse heeft een aparte lift,’ antwoordde de buurman. ‘Daarom kom ik haar hoogstens af en toe beneden in de parkeergarage of bij de brievenbussen tegen.’

‘Is u sindsdien iets opgevallen? Heeft iemand naar dr. Freitag gevraagd?’ wilde Bodenstein weten.

‘Haar broer kwam op bezoek,’ zei Florian Faust en Pia spitste haar oren. ‘Aardige man, had de deur laten dichtvallen en was vergeten de sleutel uit haar woning mee te nemen, daarom belde hij bij mij aan. Net zoals u nu ook.’

‘Wanneer was dat?’

‘Hm, laat me even nadenken.’ De buurman fronste zijn voorhoofd.

'Maandag of dinsdag. Ik voelde me behoorlijk ziek, ik had koorts en koude rillingen. Ja, ik geloof dat het dinsdag tegen de middag was. Hij vertelde me dat hij uit Keulen kwam en dat hij voor zijn werk in Frankfurt moest zijn, hij wilde dat combineren met een bezoek aan zijn zus.'

'Hoe zag de man eruit?' vroeg Pia.

'Hij was ongeveer even groot als u,' antwoordde Florian Faust. 'Beetje forser. Bruine ogen.'

Pia zocht naar de foto waarmee naar Claas Reker werd gezocht en liet hem aan de buurman zien.

'Ja, hij was het,' bevestigde Florian Faust en op dat moment drong het tot hem door dat hij om de tuin was geleid. 'Was dat dan niet de broer van dr. Freitag?'

'Waarschijnlijk niet,' zei Pia.

Ze bedankten hem en liepen de trap op naar het penthouse. Met elke trede groeide de angst voor dat wat haar misschien in Kims woning stond te wachten.

'Kims auto staat al sinds afgelopen vrijdag op de parkeerplaats bij de Saalburg.' Nicola Engel deed haar best om professioneel te blijven. 'Reker werd pas maandagavond op vrije voeten gesteld. Dinsdag was hij hier. Wat kan dat betekenen?'

'Misschien had hij haar al eerder in zijn macht en wilde hij alleen nog iets halen of sporen verwijderen,' antwoordde Bodenstein. Ze bleven voor de huisdeur staan. De man van de sleuteldienst had maar drie minuten nodig om de deur te openen en Pia moest zich tot het uiterste beheersen om niet ruw langs hem heen de woning binnen te dringen.

'Ik kijk eerst even alleen rond.' Bodenstein trok zijn dienstwapen uit de schouderholster. 'Jullie blijven hier buiten tot ik jullie roep, oké?'

Pia wilde hem eerst tegenspreken en erop staan om met hem mee te gaan, maar toen haalde ze haar schouders op en knikte. Nicola Engel en zij bleven achter en ze vermeden het elkaar aan te kijken.

'Kim heeft mij verlaten, niet ik haar,' zei de directeur opeens met gedempte stem. 'Ze vertelde me al een paar maanden geleden dat ze zich te beperkt voelde in de relatie met mij. Toch kwam ze nog steeds langs als ze zin had in gezelschap of als ze iemand nodig had bij wie ze kon uithuilen. Dat wilde ik niet meer. Ik heb haar meerdere keren gevraagd haar spullen bij me op te halen en de huissleutel terug te geven, maar dat deed ze niet. Ik heb er toen een nieuw slot in laten zetten en haar spullen in dozen gestopt en die heb ik voor de deur neergezet. Daarom was ze die ochtend laatst zo overstuur.'

Overrompeld door deze onverwachte bekentenis wist Pia niet wat ze moest zeggen.

'En dat Kim niet meer naar u toe kwam, lag niet aan mij,' sprak haar baas verder met haar blik strak op de muur gericht. 'Maar aan uw man.'

'Aan míjn mán?' Pia was even sprakeloos.

'Hij heeft iets tegen haar gezegd wat haar erg heeft gekwetst,' antwoordde Nicola Engel. 'Jaren geleden al. Ze heeft het me verteld en ik moet helaas zeggen dat hij gelijk had.'

Pia keek haar baas aan. Haar maag draaide zich om. Wat had Christoph tegen Kim gezegd? En waarom had hij haar nooit verteld dat hij ruzie met haar zus had gemaakt? Ze had het er zo vaak met hem over gehad waarom Kim haar nooit meer kwam opzoeken en waarom ze al die jaren nooit door haar waren uitgenodigd – hij had altijd gedaan alsof hij niet wist waarom. Ineens voelde ze zich vreselijk. Had Christoph, die ze meer vertrouwde dan wie ook, haar bedrogen?

'Wat heeft…' begon ze, maar toen dook Bodenstein weer op. Zijn gezicht stond ernstig.

'Van Kim geen spoor,' zei hij. 'Maar in de badkamer ligt Claas Reker. Hij is dood.'

***

Nooit eerder had ze zo'n helse hoofdpijn gehad. Fiona durfde haar ogen niet open te doen uit angst voor het felle licht, dat als duizend naalden in haar netvlies stak. Door het liggen op de betonnen vloer deed haar hele lichaam pijn: haar stuitje, heupen, schouders. Maar het ergste was haar hoofd. Het voelde alsof ze elke gedachte moeizaam door haar hersenkronkels moest persen, waarbij die voortdurend ergens tegenaan botste, zoals een groot meubelstuk in een te smalle gang. Ze telde zwijgend tot honderd. Toen nog een keer. Op een gegeven moment zou ze haar ogen moeten openen, want ze moest dringend plassen. Maar waarom kon ze zich niets herinneren? Hoe meer de verdoving uitgewerkt raakte, des te groter werd haar angst. De eerste minuten die ze wakker was, had ze wel een vaag idee, maar dat was net zo onnozel en onscherp als de wazige flarden van een droom. Maar anders dan de droomflarden verdween de angst niet, die werd steeds heviger en vernietigender, tot hij uiteindelijk in een paniekaanval uitmondde waardoor ze begon te huilen, te schreeuwen en tegen de betonnen muur te schoppen tot haar voeten pijn deden en ze in hysterisch snikken uitbarstte. De overtuiging dat ze in deze betonnen kerker zou sterven beroofde haar bijna van haar verstand. Waarom? Waarom zij? Wat had ze gedaan? Wie had een reden om haar te kidnappen en op te sluiten? Dat ze geen antwoorden op deze vragen had, was al erg genoeg. Maar veel erger was het besef dat niemand haar miste. Misschien zou het haar buren op een gegeven moment opvallen dat ze niet meer thuiskwam, maar zouden die daarom de politie bellen? En hoe zat het met Silvan? Had hij haar mail gekregen en zou hij zich zorgen maken als hij niets meer van haar hoorde? Fiona probeerde zichzelf af te leiden door aan mooie dingen te denken. Aan bijvoorbeeld haar lievelingsgeur: de geur van regen op het hete asfalt tijdens zomerse dagen. Of aan het roze licht van de ochtendzon op de met sneeuw bedekte toppen van de Glarner Alpen. Een geluid onderbrak haar. Daar was het weer! Fiona verstijfde. De haartjes op haar armen gingen overeind staan toen ze het zachte gekreun hoorde. Voorzichtig, zonder zich te bewegen opende ze haar ogen. Haar hart maakte een sprong. Ze was niet meer alleen! Aan de andere kant van de ruimte, op nog geen vijf meter bij haar vandaan, lag iemand met haar rug naar haar toe! Het zien van de vrouw van wie het bovenlichaam vanaf haar hals tot aan haar heupen in een cocon van plastic zat, riep in Fiona de vage herinnering op dat zij er ook zo had uitgezien. Maar waarom hadden ze haar uit de folie bevrijd en de vrouw niet? Bovendien zat er zilveren tape om haar hoofd gewikkeld, maar haar neus was vrij. Fiona kroop op handen en voeten naar haar toe. De vrouw kreunde weer en kromp geschrokken ineen toen Fiona haar aanraakte.

'Niet bang zijn,' fluisterde ze. 'Ik doe je niets.'

Het was helemaal niet zo makkelijk om de tape te verwijderen. Die zat zo vast dat ze de vrouw zeker pijn deed. Bovendien was ze constant bang dat de deur zou opengaan en degene die haar had ontvoerd en haar vast observeerde, zou opduiken. Waarschijnlijk zou hij haar voor straf ook weer inwikkelen! Ze zweette van angst en haar vingers trilden terwijl ze kalmerend tegen de vrouw praatte, en ze was verbaasd dat die helemaal niet reageerde. Pas toen ze de laatste laag tape had verwijderd, zag ze dat er Ohropax in haar oren zat. Eindelijk had ze het voor elkaar en zonder al te veel haar of wimpers uit te trekken! De vrouw hoestte en hapte naar lucht en toen opende ze haar ogen. Op dat moment ging er een schok van herkenning door Fiona heen. Het blonde haar. De hoge jukbeenderen. De blauwe ogen. Voor haar lag de vrouw voor wie ze naar Duitsland was gekomen. De vrouw op de betonnen vloer was Katharina Freitag. Kata. Haar moeder.

'Dorst,' zei ze hees. 'Alsjeblieft, water!'

Fiona kroop terug naar haar plaats en schroefde een van de waterflesjes open. Het maakte geen knakkend geluid toen ze het opendraaide, zoals bij een originele verpakking het geval was. Het stond wel vast dat de flesjes met een of andere drug waren geprepareerd. Wat een duivels idee! Ze hadden dus de keus tussen van dorst omkomen of steeds opnieuw bewusteloos raken. Fiona aarzelde, maar toen besloot ze de vrouw, haar moeder, iets te drinken te geven.

'Er zit iets in het water waardoor je knock-out gaat,' zei ze.

'Wat maakt het uit,' fluisterde Katharina Freitag.

Fiona hield het flesje tegen haar uitgedroogde lippen. Ze slikte gretig en dronk bijna het halve flesje leeg. Pas nu merkte Fiona hoeveel dorst ze zelf had. Ze dronk de rest op. Beter bewusteloos dan hier binnen gek worden.

***

Claas Reker lag met opengesperde ogen op de bodem van de met water gevulde badkuip. Hij was volledig gekleed en droeg latexhandschoenen.

Pia liep de badkamer uit en leunde in de gang tegen de muur. De eerste schok was omgeslagen in opluchting, tot het tot haar afgrijzen doordrong wat Claas Rekers dood inhield. Als hij Kim in zijn macht had, dan kon hij niet meer vertellen wat hij met haar had gedaan. Waarom was hij dinsdag hiernaartoe gekomen? Wat had hij van haar gewild? En vooral: wie had hem om het leven gebracht?

Om de doodsoorzaak en een indicatie van het tijdstip van overlijden te achterhalen, had Bodenstein Henning gebeld. Daarnaast had hij de K11 in Frankfurt geïnformeerd en nog geen halfuur later waren er twee rechercheurs verschenen. Bodenstein en de directeur legden hun collega's de gecompliceerde situatie uit. Ze belden met hun leidinggevende en die overlegde weer met dr. Engel en er werd besloten dat Bodenstein deze zaak op zich zou nemen omdat ze bij de Taunusripperzaak leek te horen.

Pas nadat alles was geregeld en Bodenstein Christian Kröger de opdracht had gegeven om te komen, keek Pia rond in de woning van haar zus. Het voelde niet goed om in het privéleven van haar zus rond te snuffelen, maar dat was niet te vermijden. De woning als zodanig was een droom: vier lichtovergoten kamers met ramen tot aan de vloer: twee badkamers, een gastentoilet en een balkon dat rondom het huis liep en voor de glazen voorgevel van de woonkamer uitmondde in een royaal dakterras. De lift naast de garderobe herinnerde Pia aan de woning van Alexis Colby in de televisieserie *Dynasty* uit de jaren tachtig. De sobere, Aziatisch aandoende inrichting bezat de onpersoonlijke charme van een hotelkamer. De open keuken was keurig opgeruimd. In de koelkast stond alleen een liter sojamelk en yoghurt die niet meer goed was. De vaatwasser was eveneens leeg, in de vuilnisbak lagen alleen twee lege yoghurtbekers. Alles was klinisch schoon en gaf absoluut niets prijs waaruit je conclusies over Kims persoonlijkheid kon trekken: zowel in de woonkamer als in de slaapkamers hingen geen schilderijen aan de muren. Nergens stonden foto's of souvenirs van de vele reizen die Kim had gemaakt. Eén kamer was helemaal niet ingericht. Naast een strijkplank stonden een paar verhuisdozen opgestapeld. Alleen aan de werkkamer kon je zien dat hier iemand woonde. Een boekenkast vol boeken en op het bureau stapels dossiers.

'Haar MacBook is weg,' stelde Nicola Engel vast. Het was het eerste wat ze zei sinds Pia en zij met hun ronde waren begonnen.

'Misschien had ze die bij zich en ligt hij in haar auto,' antwoordde Pia en ze bekeek Kims handgeschreven aantekeningen. Het leek alsof ze aan een advies had zitten werken. Meer en meer verloor Pia haar schroom en ging te werk zoals ze dat in elke andere woning zou hebben gedaan waarin een dode lag en waarvan de bewoner was verdwenen.

'Helpt u mee de verhuisdozen te doorzoeken?' vroeg ze aan haar baas.

'Natuurlijk.'

Kröger en drie van zijn mensen kwamen binnen, Tariq en Cem begeleidden hen. Even later dook ook Henning op. Toen Pia hem vertelde dat dit de woning van Kim was en dat ze vreesden dat Kim was ontvoerd, nam hij haar zwijgend in zijn armen.

Bodenstein en Cem waren op pad in het gebouw, ze belden bij alle deuren aan en ondervroegen de bewoners, die langzamerhand van hun werk thuiskwamen. Een collega van de gerechtelijke identificatiedienst had de huismeester ingelicht en die gaf hem de opnames van de bewakingscamera's in de ondergrondse parkeergarage.

In de verhuisdozen vonden Pia, Tariq en dr. Engel nog meer boeken, opbergmappen, documenten en onder andere een ordner waarin brieven van voormalige patiënten zaten. In een van de dozen zaten ten slotte een paar persoonlijke spullen: herinneringen uit haar jeugd zoals een onhandig gebreide beer van gele wol, fotoalbums, oude schoolschriften, een poëziealbum en allerlei prullen. Pia bladerde in de fotoalbums, de foto's riepen herinneringen op aan haar jeugd en een paar gezinsvakanties.

'Waanzinnig!' mompelde Tariq, die de brieven van de patiënten vluchtig doorlas. 'Sommigen zijn echt dreigend! Eentje beschrijft hier en détail dat hij ervan droomt iemand open te snijden en zijn ingewanden op te eten! Waarom bewaart ze zoiets?'

'Dat heb ik me ook altijd afgevraagd,' antwoordde Nicola Engel. 'Ze zei dat ze die nodig had voor haar boekprojecten.'

'Is toch ziek.' Tariq schudde zijn hoofd en liet open of hij de schrijver van de brieven of Kim bedoelde.

Pia pakte het laatste album. *Schoolreisje Parijs, van 3 tot 10 mei 1986. St. Peter Ording, zomer 1986. Afscheidsbal dansschool Kratz, oktober 1986.* Naast de obligatoire groepsfoto had Kim haar balboekje ingeplakt en Pia's adem stokte toen ze de namen van Kims danspartners las. Ze sloeg de bladzijde om. Een fotografenfoto van Kim in een azuurblauwe jurk tot op de grond, die Pia zich nog goed kon herinneren. Naast haar in een donkerblauw pak met een smalle stropdas die toen in de mode was stond haar danspartner. Hij was sinds die tijd zeker vijfentwintig kilo zwaarder geworden, maar het was onmiskenbaar Raik Gehrmann.

***

Het was even na zevenen 's avonds toen het team van de K11 in de recherchebijstandscentrale samenkwam. Naar aanleiding van Pia's ontdekking liet Nicola Engel het huis van dr. Gehrmann bewaken. Kai had voor het hele team pizza besteld, iedereen had vreselijke honger, behalve Pia en Nicola Engel.

De spullen die in de kofferbak van Kims mintgroene Fiat 500 hadden gelegen, waren vanuit het laboratorium van de recherche gearriveerd: haar tas, een jas, joggingschoenen, een paraplu. Kims MacBook en haar smartphone zaten er niet bij. Haar sleutelbos en de autosleutel ontbraken eveneens.

Kims buren hadden haar al dagen niet meer gezien, helaas kon niemand behalve Florian Faust zich een datum herinneren. Ze hadden de post uit de brievenbus van Kim doorgekeken, maar behalve een telefoonrekening zaten er alleen reclamefolders in. Morgen zou iemand naar de Dr. Assmann-kliniek gaan om ook daar Kims post op te halen.

De evaluatie van de bewakingscamera in de ondergrondse garage had als resultaat opgeleverd dat op dinsdagavond om 23.07 uur een man in de lift van het penthouse was gestapt. Pas om 1.43 uur had hij de lift weer verlaten. Het leed geen twijfel dat het de moordenaar van Claas Reker was en zeer waarschijnlijk de man die Kim in zijn macht had, want hij had de sleutel van de lift. De kwaliteit van de film was slecht en de man vermeed het naar de camera te kijken, maar je kon hem goed genoeg zien om vast te stellen dat het niemand uit de kring van hun verdachten was. Hij was ongeveer eind zestig, begin zeventig, corpulent tot dik, had spierwit haar en een witte baard.

'Kims telefoon was op woensdag 26 april om 21.17 uur voor het laatst verbonden met het mobiele netwerk,' meldde Kai. 'Helaas is een exacte triangulatie in het stadsgebied Frankfurt onmogelijk, bovendien waren de gps en het bewegingsprofiel van de mobiel gedeactiveerd.'

'Dat was het exacte tijdstip waarop ze sms'te,' zei Pia opgewonden.

'Het spijt me, Pia, maar ik ben bang dat iemand anders die sms heeft gestuurd,' bracht Kai ertegen in. 'Zoals jullie weten registreren de exploitanten van de mobiele communicatie de locatiegegevens van elke mobiele telefoon, zelfs als je je bewegingsprofiel uitschakelt. Maar het werkt alleen als het apparaat aanstaat en dat was met Kims mobiel precies vier keer het geval de afgelopen zeven dagen. Telekom werkte gelukkig goed mee en stelde alle gegevens beschikbaar. Haar telefoon was twee keer met het netwerk verbonden in Eschborn en een keer in Kronberg, beide keren slechts voor een paar minuten.'

Terneergeslagen pakte Pia een stuk pizza. Tonijn en ansjovis, haar lievelingspizza. Ze nam een hap, want haar maag knorde, maar het smaakte haar niet. Ze moest steeds weer denken aan wat haar baas eerder had gezegd. Kim was vanwege Christoph niet meer bij haar langsgekomen!

'Raik Gehrmann heeft zijn praktijk in Kronberg,' zei Cem op dat moment.

'Sascha Lindemann woont in Eschborn,' vulde Tariq kauwend aan.

'Ik zou er niet te veel aandacht aan besteden,' nam dr. Harding het woord. 'Onze dader is veel slimmer dan we veronderstelden. Hij kent alle fouten die seriemoordenaars vaak maken en vermijdt die bewust.'

'Welke fouten bedoelt u?' vroeg Cem.

'Hij zet bijvoorbeeld de telefoon van een slachtoffer niet bij hem thuis aan,' antwoordde de profiler. 'Hij laat geen sporen achter. En ik vermoed dat hij zich vermomt. De oude man in de ondergrondse parkeergarage... kijk maar eens hoe hij zich beweegt als hij de lift verlaat!'

Kai speelde de film op het grote beeldscherm af. De man met de witte baard verscheen rechts in beeld tussen de geparkeerde auto's en liep met stramme benen zonder op te kijken naar de lift. Toen hij ruim twee uur later terugkeerde, liep hij snel en lichtvoetig.

'Er hangt een tas over zijn schouder die hij eerder niet bij zich had!' riep Tariq.

'Waarschijnlijk de MacBook,' beaamde de profiler ernstig knikkend. 'Hij is de man die we zoeken. De Moederdagmoordenaar!'

'Als...' begon Pia, toen zweeg ze en schraapte haar keel. Uitspreken wat waarschijnlijk bij iedereen aan tafel door het hoofd ging, viel haar zwaar. 'Als hij Kim echt heeft ontvoerd, hoe groot is dan de kans dat ze nog leeft?'

Dr. Harding antwoordde niet meteen.

'De man die we zoeken volgt een vast ritueel,' zei hij toen. 'Dat ritueel is extreem belangrijk voor hem, hij wijkt er beslist niet van af. Hij plant tot in het kleinste detail, zoekt een slachtoffer uit, maakt contact met haar. Dat pakt hij slim aan door zich zo nu en dan achter een valse identiteit te verschuilen, die hij zorgvuldig ontwerpt. Het komt tot een ontmoeting. Hij overmeestert zijn slachtoffer en wikkelt haar in folie zodat hij haar beter onder controle kan houden. Dan verdrinkt hij haar en vervolgens vriest hij haar in. Om welke reden hij dat doet weten we nog niet. Ik geloof niet dat hij zijn slachtoffers invriest om hen bij zich te houden. Waarschijnlijk gaat het hem meer om het optimale tijdstip om hen te dumpen.'

Pia moest haar tanden op elkaar bijten om niet op te springen en weg te lopen. Plotseling begreep ze haar jonge collega die niet meer tegen Hardings nuchtere manier van formuleren had gekund. Tot nu toe was ze erin geslaagd de innerlijke afstand te bewaren die voor haar werk noodzakelijk was. Natuurlijk voelde ze medelijden met de slachtoffers en al het verdriet en de pijn van de familie raakte haar. Maar nu was alles anders. Nu ging het om Kim. Om haar zusje. Alleen het idee dat iemand haar zou kunnen verdrinken maakte Pia bijna gek.

'Het ritueel móét op Moederdag plaatsvinden,' sprak dr. Harding verder. 'Om die reden zou zijn handelswijze als hij Kim in zijn macht heeft ongebruikelijk en afwijkend zijn. Hij zou zich daar niet prettig bij voelen en onder enorme stress staan, wat het gevaar voor Kim zou verhogen. Maar ik begrijp niet waarom hij Kim heeft uitgekozen. Ze voldoet niet aan het belangrijkste criterium.'

'En welk criterium is dat?' wilde Nicola Engel weten.

'Ze heeft geen kind dat ze in de steek liet,' antwoordde de profiler. 'Moederdag is een stressor omdat hij er een traumatische ervaring mee verbindt. Maar zijn trigger is niet Moederdag zelf, want dan zou hij net als een massamoordenaar een willekeurige persoon doden. De oorzaak van zijn moordfantasieën is altijd het contact met een vrouw die haar kind achterliet. Al zijn slachtoffers lieten een of meerdere kinderen in de steek om een beter of een ander leven te leiden.'

Pia's hart maakte een sprong. Kim voldeed niet aan de doelgroep van de moordenaar!

'Maar Elke von Donnersberg verliet haar kinderen toch ook niet,' sprak Cem de theorie tegen.

'Dat weten we nog niet,' antwoordde dr. Harding. 'Misschien wel. We moeten zo snel mogelijk met haar weduwnaar spreken. Ik ben er nog steeds van overtuigd dat we de dader alleen via zijn slachtoffers vinden. Wier nabestaanden hebben we nog niet gesproken?'

'Van Rianne van Vuuren en Elke von Donnersberg,' zei Tariq.

'Dan moet u dat absoluut doen.' De profiler leunde achterover. Hij wreef met beide handen over zijn gezicht. Ook bij hem lieten de afgelopen dagen en nachten met te weinig slaap langzamerhand sporen achter. Hij maakte een uitgeputte indruk, maar hij bleef geconcentreerd. 'Onze dader is tussen de veertig en vijftig. Hij is intelligent en in staat uiterst nauwkeurig te plannen. Hij is fysiek sterk en fit. Hij is zelfstandige of heeft flexibele werktijden. Hij heeft de mogelijkheid zijn slachtoffers gevangen te houden. Een eigen huis bijvoorbeeld.'

'Dat geldt voor Lindemann, Vogt, Doll en dr. Gehrmann,' zei Bodenstein teleurgesteld. 'Daarmee zijn we geen stap verder.'

'En wat was er met de moeder van Raik Gehrmann?' informeerde de profiler.

'Dat hebben we nog niet uitgezocht,' gaf Bodenstein toe. 'Ze is nooit ter sprake gekomen. Zijn vader was de burgemeester van Mammolshain en een goede vriend van Theo Reifenrath. Meer weten we niet.'

'Zoek het uit,' raadde dr. Harding aan.

Nicola Engels telefoon ging. Ze stond op en liep de gang op. In de vergaderruimte was het heel stil. Je hoorde de directeur buiten zachtjes praten. Twee minuten later kwam ze terug en bleef voor de deur staan.

'We hebben het rechterlijke besluit om de mobiele telefoons van alle vier de verdachten te peilen en af te luisteren,' deelde ze mee. Kai, die al op deze goedkeuring had zitten wachten, pakte ondanks het late tijdstip zijn telefoon om meteen de afluisterspecialisten van de deelstatelijke recherche in te schakelen, zij konden door middel van een IMSI-catcher en stille sms'en uitvinden waar de gezochte personen zich op dat moment bevonden. 'Bovendien laten we Lindemann, Doll, Vogt en Gehrmann observeren. Bodenstein, neem alsjeblieft contact op met de collega's in Kelkheim, Königstein en Niederhöchstadt en geef de adressen door.'

Bodenstein knikte. Pia was haar baas dankbaar, want normaal gesproken keurde ze dergelijke arbeidsintensieve maatregelen maar heel zelden of helemaal niet goed.

Dag 11

Vrijdag, 28 april 2017

Kathrin Fachinger was naar huis gegaan, Cem en Tariq lagen te slapen in de recreatieruimte. Pia had haar voeten op een stoel gelegd en zat te piekeren. Ze had Christoph een berichtje geschreven dat ze waarschijnlijk niet naar huis zou komen. Dr. Harding zat met zijn rug naar hen toe naar de whiteboards te staren. Bodenstein en Nicola Engel hadden met gedempte stem met elkaar zitten praten, maar waren inmiddels ook stil. De enige geluiden waren het ratelen van Kais toetsenbord en het zoemen van de tl-buis aan het plafond.

Vlak na middernacht liep Christian Kröger de vergaderruimte binnen.

'En?' vroeg Bodenstein. 'Hebben jullie iets gevonden?'

'Niets.' Kröger liet zich op een stoel vallen en pakte een stuk koude pizza. 'Helemaal niets! Geen haar, geen vingerafdrukken, behalve die van de bewoonster omdat die overal zitten. Het is om kotsmisselijk van te worden!'

'De "bewoonster", zoals je haar noemt, is mijn zus,' merkte Pia op.

'Ik weet het, Pia.' Kröger negeerde het verwijt en schonk haar een meevoelende blik. 'Daarom hebben we nog meer moeite gedaan dan we sowieso altijd doen.'

'Sorry,' mompelde Pia. 'Mijn zenuwen zijn een beetje overprikkeld.'

'Al goed.' Kröger nam een hap van de pizza.

In de stilte klonk het schelle rinkelen van Pia's telefoon. Het was Henning.

'Heb ik je wakker gemaakt?' vroeg hij.

'Nee,' antwoordde Pia. 'Ik ben nog op kantoor. We zijn allemaal hier.'

'O, oké, luister,' zei hij. 'Omdat ik wist dat het haast had, hebben Böhme en ik zojuist sectie verricht op het badkuiplijk. Doodsoorzaak was zonder twijfel verdrinking. Hij had een beetje alcohol in zijn bloed en hij heeft ongeveer twee uur voor zijn dood yoghurt gegeten.'

Pia herinnerde zich de lege yoghurtbekertjes in de vuilnisbak in Kims woning. Kennelijk had Reker een behoorlijke tijd zitten wachten.

'Maar wat voor jullie interessanter kan zijn: ik heb aan de rechterkant van de hals van het slachtoffer twee afdrukken geconstateerd die van een stroomstootwapen zouden kunnen komen.'

'Je bedoelt dat hij met een stroomstootwapen buiten gevecht is gesteld?' Pia ging rechtop zitten. Ook Bodenstein en dr. Engel zaten te luisteren. Kai stopte met typen. Kröger spitste zijn oren en dr. Harding draaide zich op zijn stoel om.

'Dat kan het zijn geweest,' bevestigde Henning. 'Die afdrukken zag ik overigens ook op twee van de verzeepte lichamen, zoals je je misschien wel herinnert. Het slachtoffer droeg latexhandschoenen en om zijn nek zat een soort bivakmuts van zwart katoen. In zijn rechterhand vonden we een metalen draad met houten handvatten aan beide uiteinden. Ik stuur je een foto van het ding. Böhme denkt dat het een garrot zou kunnen zijn die ze bij de maffia gebruiken om ongewenste personen onopvallend te liquideren.'

'Bedankt, Henning,' zei Pia.

'Is goed. Eh, Pia?'

'Ja?'

'Je weet dat Kim en ik elkaar nooit hebben gemogen. Maar ik hoop echt dat je haar op tijd vindt.'

'Dank je wel.' Pia beëindigde het gesprek. Plotseling schoten de tranen in haar ogen en het kostte haar veel moeite om die tegen te houden. Ze dacht aan de foto's in de albums in Kims woning, ze zag het schattige blonde meisje voor zich dat Kim ooit was. Iedereen had van haar gehouden. Wat was er toch veranderd? Waarom was er bijna niemand die Kim mocht? Wat had ze gedaan dat twee mannen op hetzelfde moment hadden besloten haar te doden?

Ze beschreef kort wat Henning had verteld. Dr. Harding sprong op.

'Het stroomstootwapen zou de oplossing van het raadsel kunnen zijn over de manier waarop hij de vrouwen kon overmeesteren!' riep hij. 'Laten we nog een keer de obductieverslagen van de slachtoffers doornemen!'

Bodenstein en Nicola Engel pakten de documenten, dr. Harding ging bij hen aan de tafel zitten en trok de resterende ordners naar zich toe.

'Ik ga even naar buiten om een luchtje te scheppen.' Pia schoof haar stoel achteruit. 'Oliver, heb je toevallig sigaretten bij je?'

Bodenstein deed een greep in zijn jaszak en gaf haar zwijgend een pakje sigaretten en een aansteker. Ze vroeg niet of hij met haar mee wilde gaan en hij bood het niet aan. Hij vermoedde vast dat ze even alleen wilde zijn.

***

Het was begonnen te regenen. De regendruppels kletterden op het glazen afdak, water klotste in de afvoerpijpen. Een buitenlamp verlichtte de binnenplaats van de regionale recherche. In de huurhuizen aan de andere kant van het hek was alles donker. Pia zat op de bovenste traptrede tegen de muur geleund en rookte haar eerste sigaret sinds maanden. De nicotine werkte meteen. Haar handen stopten met trillen en de malende gedachten vertraagden. Ze legde haar hoofd tegen de muur en deed haar ogen dicht.

Op dat moment ging de deur open. Pia vertrouwde haar ogen niet toen Nicola Engel op de trap ging zitten.

'Hebt u een sigaret voor me?' vroeg ze en Pia gaf haar het pakje. De directeur stak er een op en nam twee diepe trekken. Ze had zich omgekleed. Voor het eerst sinds Pia haar kende, droeg ze geen mantelpakje en geen stiletto's, maar een spijkerbroek en witte sneakers.

'Het spijt me wat ik daarnet tegen u zei,' zei Pia. 'Ik wilde u niet kwetsen.'

'Ik weet het. Het is al goed.' Nicola Engel slaakte een diepe zucht. 'U had in veel dingen gelijk.'

Ze zaten een poosje zwijgend te roken.

'U hebt eigenlijk vaak gelijk,' zei de directeur in het donker. 'U hebt een goede intuïtie. U staat voor de dingen waarvan u overtuigd bent en u laat zich niet van de wijs brengen. Niet eens door mij.'

Pia hield haar adem in. Wat was er met Engel aan de hand?

'U belichaamt alles voor Kim wat ze zelf nooit was en nooit zal zijn,' sprak Nicola Engel verder zonder Pia aan te kijken. 'Ongeacht welke problemen u tegenkomt, u gaat ze aan en lost ze op. U bent een vechter. U neemt beslissingen. U kunt koppig zijn en als u iets belangrijk vindt, dan kan het u niet schelen wie u daarbij voor het hoofd stoot. Kim is daarentegen een vluchter. Ze wil vooral dat mensen van haar houden en haar bewonderen. Zodra er conflicten zijn gaat ze die uit de weg en probeert ze zich eraan te onttrekken. Ze heeft nooit veel over haar jeugd verteld, maar uit wat ze me vertelde, heb ik de conclusie getrokken dat ze ook nooit hoefde te vechten. Waarschijnlijk viel haar veel in de schoot.'

'Ja, dat klopt.' Pia knikte. 'Ze was de jongste en ze was zo mooi. Veel mooier dan ik. De hele familie aanbad haar. Ik had babyvet en pukkels, Kim niet. Ze had altijd een hele reeks aanbidders, maar geen echte vriendinnen. Mijn vrienden vonden haar vermoeiend omdat ze alles beter wist.'

'Dat klinkt helemaal als Kim.' Dr. Engel glimlachte, maar werd meteen weer serieus. 'Ze beklaagde zich vaak bij me. Ze voelde zich niet gewaardeerd, kreeg niet genoeg aandacht, was jaloers en maakte voortdurend scènes. Ze wilde altijd in het middelpunt staan en als dat een keer niet het geval was, werd ze heel onzeker en veroordeelde alles en iedereen. Ik begrijp nog steeds niet waarom een vrouw die zo aantrekkelijk en succesvol is, zo weinig gevoel van eigenwaarde heeft. Kim is scherpzinnig, eloquent, belezen, financieel onafhankelijk. In haar beroep is ze een erkend coryfee. Maar in emotioneel opzicht is ze veertien jaar oud.'

'En wat heeft mijn man tegen haar gezegd?' wilde Pia weten. 'Heeft ze u dat verteld?'

'Ja. Zo'n beetje, in elk geval.' Nicola Engel drukte haar sigaret uit op de traptrede en knipte de peuk in de staande asbak. 'U zou bij hem ergens over hebben geklaagd. Daarom raadde hij haar aan dat ze eindelijk eens zou ophouden met toneelspelen en zou proberen gewoon zichzelf te zijn. Dan zou ze misschien ook echte vrienden vinden en een goede relatie krijgen en hoefde ze niet langer de lesbienne te spelen die ze eigenlijk toch helemaal niet was.'

Pia, die zich iets veel ergers had voorgesteld, was opgelucht. Dit gesprek tussen Christoph en Kim had plaatsgevonden in de tijd dat haar zus op de Birkenhof woonde. Pia herinnerde zich dat Christoph haar erover had verteld.

'Je man had gelijk,' zei de directeur. 'Hij doorzag Kim en daar kon ze niet tegen. Ze heeft een beeld van zichzelf waaraan ze graag wil voldoen. Ze wil speciaal zijn en onafhankelijk, maar tegelijk benijdt ze u om uw man, uw huis en de manier waarop u iets van het leven maakt.'

'Kim benijdt *míj*?' Pia was in de war. 'Maar waarom verbrak ze dan het contact met mij? Waarom behandelde ze me zo uit de hoogte toen het om die kledingkwestie ging?'

'Geen idee.' Nicola Engel haalde haar schouders op. 'Ze is een moeilijk persoon. Ze is ontevreden, maar het lukt haar niet om te veranderen. Ze luistert naar geen enkel nog zo goed bedoeld advies. Ze ontwikkelt zich gewoon niet. En dat is de reden waarom ik niet meer met haar samen kon zijn. Ik wilde nooit kinderen en Kim begon zich steeds meer als een puber te gedragen. Ik kon er niet meer tegen. Daarom ontstonden er steeds meer spanningen tussen ons.'

Haar nietsontziende eerlijkheid choqueerde Pia en maakte haar tegelijkertijd blij. Ook al ergerde ze zich zo vaak aan haar baas, ze waardeerde haar besluitvaardigheid, haar moed en haar analytische verstand. Dat ze dit nu tegen Pia zei, beschouwde Pia als een blijk van groot vertrouwen.

'In de kliniek in Hamburg heeft ze het zo lang volgehouden omdat niemand haar tegensprak of serieus aan haar twijfelde,' ging Nicola Engel verder. 'De patiënten waren aan haar overgeleverd. Zware criminelen en psychisch zieke delinquenten over wier wel en wee ze moest beslissen. Maar op een gegeven moment gaf ze een serieverkrachter na vijfentwintig jaar toestemming om de kliniek voor een dag te verlaten. Maar vierentwintig uur. Hij schudde zijn begeleider af, vluchtte, verkrachtte en doodde een achtjarig meisje. Kim kreeg kritiek. In plaats van de crisis te doorstaan, ervan te leren en daardoor te groeien nam ze ontslag.'

'Daar wist ik helemaal niets van,' zei Pia. 'Dat heeft ze me nooit verteld.'

'Mij ook niet,' antwoordde de directeur met een somber gezicht. 'Ik hoorde het toevallig, maar toen ik er met haar over wilde praten weerde ze dat af. Kim negeerde haar nederlagen in plaats van die te accepteren. Ze is een mens met veel geheimen. En ik ben bang dat een van die geheimen haar nu heeft ingehaald.'

Het begon harder te regenen. De lucht rook scherp en fris. Het mengsel van nicotine, oververmoeidheid en de onverwachte openhartigheid van haar baas had Pia helemaal verward. Ze wist dat Nicola Engel haar een goede agente vond, want dat stond in haar beoordelingen, en ze had haar tot Bodensteins vervanger benoemd toen hij er een jaar tussenuit was geweest. Maar zo gedetailleerd had ze zich nooit eerder over haar uitgelaten.

'Ik krijg het koud,' zei dr. Engel en ze stond op. 'Ik ga weer naar binnen.'

'Ik ga mee.' Pia stond ook op.

'Ik hoop dat wat we net hebben besproken tussen ons blijft.' Haar baas keek haar scherp aan.

'Natuurlijk,' antwoordde Pia. 'Ik zal het er met niemand over hebben. Behalve met mijn man.'

Toen vloog er een spottend glimlachje over het gezicht van Nicola Engel.

'Dat waardeer ik aan u, mevrouw Sander,' zei ze en ze hield de deur voor Pia open. 'U bent altijd eerlijk.'

***

De deur viel net achter hen dicht, toen Bodenstein in looppas de hoek om kwam. Een blik op zijn gespannen gezicht was genoeg voor Pia om te weten dat hij slecht nieuws had.

'Wat is er gebeurd?' vroeg ze angstig.

'Kai heeft Kims Gmail gehackt,' antwoordde Bodenstein. 'Kom mee.'

Ze haastten zich door de gang en botsten bijna tegen Cem en Tariq op, die net het trappenhuis uit kwamen.

'Het is me gelukt Kims e-mail te openen,' verklaarde Kai een paar minuten later. 'Alle mails voor 22 april zijn gewist. Maar ik heb een ongelezen mail van 22 april gevonden. Afzender is Fiona Fischer.'

Pia en dr. Engel wisselden een blik, de directeur gaf met een schouderophalen aan dat ze de naam niet kende. De mail verscheen op een van Kais beeldschermen. Ze bogen zich over zijn schouder om de korte tekst te lezen.

Hallo, ik ben het nog een keer, las Pia. *Jammer dat u/je niet hebt geantwoord. Misschien later een keer, u hebt immers mijn contactgegevens. Hartelijke groet, Fiona Fischer.*

'En?' vroeg Pia. 'Wat zou dat betekenen?'

'Fiona heeft Kim al eerder een mail geschreven en wel op 16 april,' antwoordde Kai. 'Die mail heeft Kim waarschijnlijk niet beantwoord. Fiona heeft het bestand nogmaals meegestuurd.'

Hij bewoog de muis en drukte op een paar toetsen, daarna rolde hij met zijn stoel achteruit zodat Pia en Nicola Engel de mail konden lezen.

Hallo, mijn naam is Fiona Fischer. Ik ben op 4 mei 1995 in Zürich geboren. Tot zes weken geleden dacht ik nog dat ik de dochter was van Christine en Ferdinand Fischer, maar toen hoorde ik dat dat niet het geval was. Het kostte enige tijd en moeite om uit te vinden wie de vrouw is die me direct na mijn geboorte aan vreemden gaf. Ik had het heel goed bij mijn moeder. Ik had een mooie jeugd. Toch ben ik nieuwsgierig en zou ik u/je graag leren kennen. Ik ben momenteel in Frankfurt en zou het fijn vinden van u/je te horen of te lezen.

Pia staarde als verdoofd naar het beeldscherm. De letters vervaagden voor haar ogen.

'Kim heeft een kind?' fluisterde ze ongelovig.

'Dat wist ik ook niet.' Nicola Engel was minstens even geschokt als Pia.

'Kim kwam in juni 1995 naar Quantico,' nam dr. Harding het woord. 'Ze moet de baby maar een paar weken daarvoor hebben gekregen.'

De drie keken elkaar aan. Onthutst. Ontzet. Ieder van hen dacht Kim te kennen. Nu moesten ze allemaal toegeven dat ze haar helemaal niet kenden. Kim was erin geslaagd dit geheim te bewaren.

'Jullie weten wat dat betekent,' zei Bodenstein.

***

Waarom had Kim dat gedaan? Waarom had ze de baby direct na de geboorte weggegeven en niemand er iets over verteld? Hoe had ze haar zwangerschap verborgen kunnen houden? Pia zat met haar hoofd in haar handen en probeerde zich mei 1995 te herinneren. Ze was toen achtentwintig. Ging ze in die tijd met Kim om? Moeizaam reconstrueerde Pia in gedachten die periode. Op Hennings dertigste verjaardag, 24 maart 1995, lag ze in het ziekenhuis. Tijdens een spoedoperatie hadden ze haar eileiders moeten verwijderen. Ze herinnerde zich het vreselijke moment nog heel goed toen de arts haar vertelde dat ze niet meer op een natuurlijke manier zwanger zou kunnen worden, terwijl ze niets liever wilde dan een baby! Destijds was ze op Hennings verzoek niet gaan werken en ze hing thuis een beetje rond als ze niet bij haar paarden was. Ze ging er vreselijk onder gebukt en was bijna depressief geworden. Waar ze ook keek, overal zag ze zwangere vrouwen en moeders met kinderwagens!

Ze had zich waardeloos gevoeld en ontroostbaar, een mislukkeling. Henning was geen grote steun voor haar geweest en ze had hem er zelfs van beschuldigd dat hij geen kinderen wilde en dat hij stiekem blij was omdat ze die nu niet meer kon krijgen. Ja, toen belde ze zelfs regelmatig met Kim, die net klaar was met haar opleiding als specialist aan het Charité in Berlijn en ze had vaak uitgehuild bij haar zus.

Verdriet en teleurstelling drukten op haar hart en ze had een brok in haar keel van niet-gehuilde tranen. Kim had precies geweten hoe ze naar een kind had verlangd! Ze had geweten hoe erg ze eronder had geleden! Waarom, wáárom had ze de baby niet aan háár gegeven? Ze had die liever aan een of andere vreemde gegeven! Waarom? Gunde ze het haar niet? Was ze toen al jaloers op haar? Ineens werd Pia woedend. Wat was ze al die jaren dom geweest! Ze had Kim met open armen ontvangen en haar in haar leven gelaten hoewel ze tien jaar lang niets van zich had laten horen. Nooit had ze haar iets verweten, ze had gerespecteerd dat Kim niet over zichzelf wilde praten! Haar hele jeugd had ze Kim beschermd en verdedigd. Ze had van haar zus gehouden, zelfs nog als Kim haar verraadde of kwetste en haar zonder omwegen vertelde dat ze zich voor haar schaamde. Het lot had een overvloed aan geluk, intelligentie en schoonheid over haar zusje uitgestrooid, maar ze had iets duisters in zich, een jaloezie en oneerlijkheid die Henning en ook Christoph was opgevallen, maar die ze zelf nooit had willen zien.

'Alles oké, Pia?' Bodenstein ging op de stoel naast haar zitten en keek haar bezorgd aan. Ze wilde hem niet vertellen wat er in haar omging. Ze was in haar leven al over zoveel teleurstellingen heen gekomen, dit keer zou ze het ook wel klaarspelen. Als Kim hier door een wonder levend uit zou komen, dan viel er veel te bepraten – of helemaal niets.

'Ja.' Pia knikte en strekte haar schouders. 'Ja, alles is oké.'

***

Tegen vier uur 's nachts meldde de patrouille zich die Lindemanns huis in Niederhöchstadt observeerde. Sascha en Ramona Lindemann waren net thuisgekomen.

'We gaan er meteen naartoe,' besloot Bodenstein. 'Harding en Pia, jullie gaan mee! Neem de foto's van de slachtoffers mee, we zullen hen ermee confronteren. Christian, jullie rijden er ook heen.'

'Hoe zit het met het huiszoekingsbevel?' informeerde Kröger.

'Daar zorg ik voor,' zei Nicola Engel. 'Tot dat moment geldt: uitstel kan gevaarlijk zijn.'

Het was opgehouden met regenen en de wolken trokken weg toen ze het gebouw verlieten en naar de parkeerplaats liepen. De sterren glinsterden in de zwarte nachthemel. Pia ging op de achterbank zitten en leunde uitgeput met haar voorhoofd tegen de koele ruit.

Fiona, dacht ze. Waar ben je nu?

Kai had een verzoek om inlichtingen naar het bevolkingsbureau in Zürich gemaild. Omdat ze haar telefoonnummer onder de mail aan Kim had vermeld, zou hij via de Zwitserse exploitant van mobiele communicatie een bewegingsprofiel van haar smartphone proberen te krijgen. Daarna had hij pogingen gedaan om de jonge vrouw te bereiken, maar haar telefoon stond niet aan en daarom had hij haar een bericht gestuurd om direct contact met hem op te nemen.

Een andere vraag was hoe de Moederdagmoordenaar erachter was gekomen dat Kim haar kind in de steek had gelaten. Zover Pia wist, was haar zus wel in veel talkshows te gast geweest, maar altijd als deskundige op haar vakgebied. Was ze misschien op een of ander internetforum actief? Of had Fiona Fischer tijdens haar zoektocht de moordenaar per ongeluk op Kim attent gemaakt? Ze moesten de jonge vrouw zo snel mogelijk vinden, daarom vaardigde Tariq meteen een opsporingsbericht uit. Het enige wat ze niet hadden was een foto van Fiona, maar Tariq was het internet en de sociale media al aan het afzoeken naar informatie over de jonge vrouw. Hoe zou ze eruitzien? Leek ze op Kim? En wie was haar vader?

***

Ramona Lindemann deed in pyjama de deur open. Haar slaperigheid was op slag verdwenen toen ze agenten voor zich zag.

'Waar is uw man?' vroeg Bodenstein, zonder de moeite te nemen haar te begroeten.

'Die ligt in bed te slapen,' antwoordde de vrouw en ze week achteruit toen Kröger en vier van zijn mensen in witte overalls langs haar heen drongen. 'Hé, wat moet dat? Hoe halen jullie het in je hoofd om midden in de nacht hier binnen te vallen? Hebt u eigenlijk een huiszoekingsbevel of hoe je dat ook noemt?'

'Dat geven we u later,' antwoordde Bodenstein. 'Waar is de slaapkamer?'

'Wat zullen we nou krijgen!' schreeuwde Ramona Lindemann. 'Dat zijn pure Stasi-methoden! Ik ga een klacht indienen.'

Twee geüniformeerde agenten bleven bij haar en voorkwamen dat ze Bodenstein en Pia naar de eerste verdieping volgde. Dr. Harding bleef eveneens beneden. Boven drukte Pia op het lichtknopje, terwijl Bodenstein elke kamerdeur opende, totdat hij aan het eind van de gang de slaapkamer had gevonden. Hardhandig wekten ze Sascha Lindemann uit zijn diepe slaap. De man keek geïrriteerd om. Van beneden drong de schrille stem van zijn vrouw tot hem door.

‘Wilt u alstublieft opstaan en iets aantrekken?’ zei Bodenstein. ‘We moeten u een paar vragen stellen.’

‘Maar… hoezo… Wat voor vragen?’ stamelde de man, die er in zijn nachthemd meer dan ooit uitzag als een vrouw. Geïntimideerd schoof hij de deken weg en hij kwam moeizaam uit bed.

Vijf minuten later zat hij beneden aan de eettafel, zijn vrouw stond met gekruiste armen achter hem terwijl Kröger en zijn mensen uitzwermden om het huis van de kelder tot aan de zolder op aanwijzingen te doorzoeken.

‘Nee, die ken ik niet. Het spijt me.’ Lindemann schudde zijn hoofd toen Pia hem de foto van Eva Tamara Scholle liet zien. Hij kende blijkbaar ook Mandy Simon, Annegret Münch, Jutta Schmitz, Elke von Donnersberg, Rianne van Vuuren, Nina Mastalerz en Jana Becker niet.

‘Kunt u ons eindelijk eens vertellen wat dit allemaal te betekenen heeft?’ Ramona Lindemann zette haar handen op haar brede heupen en stak haar kin naar voren als een agressieve bokser. ‘Wat zijn dat voor vrouwen? Wat moet u van mijn man?’

‘De lichamen van deze drie vrouwen hebben we onder de hondenkennel van uw overleden pleegvader gevonden.’ Bodenstein legde de foto’s voor de Lindemanns neer. ‘Iemand heeft hen verdronken, ze werden in vershoudfolie gewikkeld en ingevroren voordat ze werden begraven.’

Pia constateerde dat alle kleur uit Sascha Lindemanns gezicht wegtrok. Hij begon over zijn hele lichaam te trillen.

‘De andere vrouwen ondergingen hetzelfde lot. Hun lichamen werden verspreid in heel Duitsland gevonden.’ Bodenstein was tegenover Lindemann gaan zitten. Dr. Harding steunde met zijn onderarmen op de stoelleuning en verloor de man niet uit zijn ogen. ‘Bernkastel-Kues aan de Moezel. Saint-Avold in Frankrijk. Winterberg in het Sauerland. De Elbe bij Hamburg.’

‘We hebben begrepen dat u op deze plaatsen was ofwel er tijdens uw zakenreizen langs kwam,’ vulde Pia aan.

‘Alstublieft!’ vormde Lindemann geluidloos met zijn lippen, zijn ogen waren opengesperd van angst. Hij hief smekend zijn handen op. ‘Ik weet niet waar u het over hebt! Ik ken die vrouwen niet, dat moet u geloven!’

‘Klopt het dat u als kind door Rita Reifenrath in folie bent gewikkeld, onder water werd geduwd en in een vrieskist opgesloten?’ vroeg Bodenstein.

Lindemanns onderlip begon te trillen. De ogen van de man vulden zich met tranen. Hij keek naar beneden en knikte.

'Wat denkt u wel...?' begon Ramona Lindemann woedend, maar Bodenstein sprak gewoon door.

'Klopt het dat u, uw vrouw en André Doll dat ook met andere kinderen deden? Bijvoorbeeld met een klasgenoot genaamd Raik Gehrmann?'

'Ja!' Lindemann barstte gekweld in snikken uit. 'Ja, dat klopt, dat hebben we gedaan! Raik had gehoord dat Rita dat met mij deed. Dat vertelde hij tegen iedereen op school! Iedereen lachte me uit!'

'Het was míjn idee om die kleine rotzak te straffen!' mengde Ramona Lindemann zich met fonkelende ogen in het gesprek. 'Ik heb hem een paar keer gezegd dat hij daarmee moest ophouden, maar dat deed hij niet. Hij bleef er maar grappen over maken! Op een dag hebben we hem te grazen genomen. Daarna lachte hij niet meer. Hij heeft er nooit meer iets over gezegd. Vanaf dat moment was er rust. We hebben verschrikkelijke dingen meegemaakt bij de Reifenraths, geloof me maar! Het was een hel en daar hebben we nog steeds last van! Mijn man loopt om die reden al jaren bij een psycholoog en dan komt u hier binnenvallen en verdenkt u hem ervan dat hij die vrouwen om het leven heeft gebracht? Dat is toch niet te geloven!'

Ze legde een hand op de schouder van de huilende man, met de andere streek ze troostend over zijn hoofd. In dat gebaar lag zoveel genegenheid dat Pia zich ogenblikkelijk slecht voelde omdat ze de man zo hard hadden aangepakt. Toch bleef ze achterdochtig. Iedere verdachte zwoer zijn onschuld, ook al waren de bewijzen nog zo onweerlegbaar. Maar in het geval van Sascha Lindemann hadden ze geen bewijzen, alleen vage vermoedens.

'Waar was u afgelopen nacht?' Bodenstein veranderde zijn toon. 'En waar was u dinsdagavond tussen elf uur 's avonds en twee uur 's nachts?' In plaats van agressief klonk hij nu meelevend.

'Dat gaat u niets aan,' snauwde Ramona Lindemann.

'Helaas wel,' antwoordde Bodenstein onverbiddelijk. 'We verdenken u ervan dat u een vrouw hebt overmeesterd, haar woning bent binnengedrongen en daar uw pleegbroer Claas Reker hebt vermoord.'

'Is Claas dood? Echt waar?' Beide Lindemanns sperden hun ogen open en Pia was van mening dat je zo'n spontane verrassing niet kon spelen. De spanning viel van haar af en die veranderde in teleurstelling. Verkeerd spoor. Haar hoofdverdachte was onschuldig.

'Dat is geweldig!' Ramona Lindemann jubelde. 'Die lamlendige, sadistische rotzak! Hopelijk heeft hij lang geleden!'

'Dus, waar was u?' hield Bodenstein vol.

'Dinsdag was ik voor zaken in Luxemburg,' antwoordde Sascha Lindemann. 'Ik kan u de naam van het hotel geven waar ik heb overnacht.'

'En waar was u zojuist?'

Hij aarzelde. Keek over zijn schouder naar zijn vrouw en dempte zijn stem.

'We waren in Hamburg,' fluisterde hij. 'Naar de musical *De Leeuwenkoning*. Dat heb ik van mijn vrouw voor mijn verjaardag gekregen.'

'Waarom fluistert u?' wilde Pia weten.

'Zodat Sandra het niet hoort. We hebben haar verteld dat we voor de verjaardag van een collega waren uitgenodigd. Anders had ze vast mee gewild.'

***

Sandra Reker had onder invloed van slaapmiddelen zo diep en vast geslapen dat ze het bezoek van de politie bijna had gemist. Ze dook pas op toen Bodenstein, Pia en dr. Harding al op het punt stonden om te vertrekken. Ramona Lindemann vertelde haar meteen dat haar ex-man dood was en dat ze niet meer bang hoefde te zijn. In plaats van opgelucht te zijn, was Sandra Reker huilend ingestort.

Maar ze hadden nog wel waardevolle informatie van mevrouw Lindemann gekregen, namelijk dat Raik Gehrmann bij zijn vader was opgegroeid nadat zijn moeder al snel man en zoon had verlaten. De dierenarts was kinderloos en woonde in zijn ouderlijk huis met zijn vrouw, een arts, die in een kliniek in Frankfurt werkte.

Hoewel ze niet meer dachten dat Sascha Lindemann hun Moederdagmoordenaar was, onderzochten ze de kofferbakken van beide auto's en ze namen monsters van het vlees uit de vrieskisten in de garage mee. De alibi's moesten gecontroleerd worden en het huiszoekingsbevel moest nog worden afgegeven. Pia ging snel naar huis om te douchen en zich om te kleden. Ze popelde om Christoph te vertellen wat ze over Kim had gehoord, maar hij was al in de dierentuin, dus ze moest geduld hebben. Ze had overwogen of ze haar ouders moest vertellen dat Kim was verdwenen, maar had besloten dat niet te doen. Waarom zou ze de oude mensen zich onnodig druk laten maken? Ze konden toch niets doen en zolang Bodenstein of Engel niet de opdracht gaven een opsporingsbericht uit te vaardigen, was het beter dat ze niet op de hoogte waren van het gevaar waarin hun dochter verkeerde.

Haar baas had zich snel omgekleed en geschoren en liep tegelijk met Pia de vergaderkamer binnen.

De locatiebepaling van de mobiele telefoons had opgeleverd dat Raik Gehrmann, Joachim Vogt en André Doll – of in elk geval hun telefoons – de afgelopen nacht thuis waren. De exacte bewegingsprofielen zouden in de loop van de ochtend door de betreffende telecomaanbieders worden aangeleverd.

Cem had al met de weduwnaar van Rianne van Vuuren en een voormalige collega getelefoneerd, maar beiden hadden niets te vertellen wat hen op een of andere manier verder zou kunnen helpen. Het geheim waar ze haar moordenaar had leren kennen en hoe hij iets over haar kind te weten was gekomen, had Rianne mee het graf in genomen.

Om half negen verscheen mevrouw Engel. In plaats van een stijf mantelpakje en pumps in een bijpassende kleur droeg ze ook vandaag een spijkerbroek met een grijze kasjmieren trui en bruine veterlaarsjes. Het titiaanrode haar had ze met gel achterovergekamd, alleen haar make-up was zoals altijd perfect en camoufleerde de donkere kringen onder haar ogen, die door slapeloze nachten waren veroorzaakt. Wat ze niet kon wegschminken waren de gezwollen oogleden. Ze zag er tien jaar jonger uit en leek kwetsbaarder dan Pia haar ooit had gezien. Pia dacht aan de verwijten die ze haar baas gisteren tijdens de rit naar Frankfurt naar het hoofd had geslingerd en ze wenste dat ze die weer kon terugnemen.

'Ik heb net met Gero von Donnersberg getelefoneerd,' zei Bodenstein nu. 'Hij was verbouwereerd toen ik hem vroeg of zijn overleden vrouw een buitenechtelijk kind gehad zou kunnen hebben en volgens hem is dat onmogelijk. Toen hij haar leerde kennen was ze tweeëntwintig en ze was net aan een opleiding tot groothandelaar en detaillist bij de koffiebranderij Donnersberg & Söhne begonnen. Interessant is dat ze ook uit Bad Camberg kwam. En nog interessanter vind ik dat ze daar elk jaar haar moeder op Moederdag bezocht. Na haar dood in 1980 gaf ze de ritten naar Bad Camberg op Moederdag op. Begin jaren tachtig was ze vanwege een depressie in een kliniek. Toen ze verdween dacht Donnersberg eerst dat ze misschien zelfmoord had gepleegd, maar daarna leek hem dat toch onmogelijk. Haar beide zonen waren speciaal om haar te zien op Moederdag uit Engeland gekomen. Als ze zelfmoord zou hebben gepleegd, dan zeer zeker niet op die dag.’

‘Er is dus niemand die weet of ze een buitenechtelijk kind had of niet,’ stelde Pia vast. ‘Een doodlopend spoor.’

‘Dat hoeft niet,’ bracht Bodenstein ertegen in. ‘Donnersberg nodigde me uit om bij hem thuis de dozen te doorzoeken waarin alle bezittingen van zijn overleden vrouw zitten. Toen hij in 2006 voor de tweede keer trouwde, heeft hij alles ingepakt om het voor zijn zonen te bewaren.’

‘Wil je naar Hamburg vliegen?’ vroeg Nicola Engel.

Kai wierp Pia een steelse blik toe en trok zijn wenkbrauwen op. Deze zaak moest haar echt aangrijpen. Nog nooit had ze Bodenstein en plein public getutoyeerd.

‘Ja,’ antwoordde Bodenstein. ‘Vandaag nog.’

‘Goed.’ De directeur knikte. ‘Ik zal tegen mijn assistente zeggen dat ze twee vluchten moet boeken. Ik ga mee.’

***

Aan de hand van het IP-adres van de server waarmee Fiona Fischer de mail aan Kim had gestuurd, was Tariq erachter gekomen waarvandaan ze die had geschreven. In de hoop haar daar aan te treffen reden Pia en Tariq meteen na de ochtendteambespreking naar het Holiday Inn Express Hotel dat in de buurt van het centraal station in Frankfurt lag. Er was zo vroeg nog geen informatie van het bevolkingsregister van Zürich en ook niet van de Zwitserse telecomaanbieder Swisscom. Fiona Fischer was op sociale media niet bijzonder actief. Op Instagram had Tariq meer dan vijftig personen met die naam gevonden, ten minste vier woonden er in Zwitserland en ze hadden allemaal hun account zo beveiligd dat je hun foto’s alleen kon zien als ze je volgverzoek hadden geaccepteerd.

Pia liet Tariq rijden omdat ze in haar huidige gemoedstoestand geen geduld had voor de ochtendspits. Dr. Harding had afgeraden een publiekelijk opsporingsbericht uit te vaardigen om de dader niet extra onder druk te zetten en daarmee mogelijk een soort kortsluitingsreactie uit te lokken.

Joachim Vogt en André Doll verlieten zoals elke ochtend hun huis en waren heel normaal naar hun werk gereden. Fridtjof Reifenrath zat nog altijd in zijn suite in het Kempinski in Falkenstein en Raik Gehrmann was even na zevenen rechtstreeks naar zijn praktijk in Kronberg gereden.

Waar was Kim? Leefde ze nog?

In het Holiday Inn Express in de Elbestraße kon de jonge vrouw van de receptie zich Fiona Fischer gelukkig goed herinneren. Ze was woensdag om elf uur uitgecheckt en naar het centraal station gelopen, waar ze een auto wilde huren.

'Hoelang verbleef mevrouw Fischer hier?' vroeg Tariq aan haar.

'Dat mag ik u eigenlijk vanwege de privacy niet vertellen.'

'De politie mag u dat gerust vertellen,' verzekerde Tariq haar.

'Oké.' Bedia Karabulut keek onopvallend naar haar collega's, die allebei met vertrekkende gasten bezig waren, toen keek ze in haar computer. 'Ze kwam op 12 april aan en verbleef veertien nachten bij ons.'

'Hebt u weleens met haar gepraat?' wilde Pia weten.

'Ja. We gingen zelfs na het werk samen wat drinken,' antwoordde de vrouw met gedempte stem. Pas nu leek ze zich af te vragen waarom de recherche zich interesseerde voor Fiona Fischer. Haar ogen werden groot. 'Is er iets met haar gebeurd?'

'Dat weten we niet.' Tariq glimlachte geruststellend. 'We willen haar alleen iets vragen. Hebt u toevallig een foto van haar?'

'Ik denk het wel.' Bedia Karabulut pakte haar smartphone, opende haar foto's en zocht tussen de opnames tot ze iets vond. De foto raakte Pia diep. De jonge blonde vrouw die naar de camera glimlachte, was precies Kim rond haar twintigste!

Tariq liet de foto via Airdrop naar zijn telefoon sturen, toen vertelde hij tegen een onthutste Bedia Karabulut dat Fiona waarschijnlijk per ongeluk in een strafzaak verwikkeld was geraakt en dat ze de foto graag wilden gebruiken om haar op te sporen.

Op het centraal station informeerden Pia en Tariq bij de autoverhuurders en ze vonden uiteindelijk iets bij Sixt. Fiona Fischer had daar op 26 april om 12.07 uur voor een dag een witte Renault Clio gehuurd. Maar ze had de auto tot nu toe niet teruggebracht, gaf de computer aan.

'Ze heeft als borg een creditcard overlegd,' deelde de medewerker mee. 'Als ze met de auto naar Zwitserland is gereden, zal dat een duur grapje worden.'

Hij gaf hun het adres dat Fiona Fischer op het huurcontract had opgegeven.

‘Zijn uw huurauto’s met gps-trackers uitgerust?’ wilde Tariq weten.

‘Pas vanaf de auto’s uit de hogere middenklasse,’ zei de medewerker spijtig. ‘De kleine auto’s helaas niet.’

***

Pia en Tariq hadden net hun auto bereikt toen Pia’s telefoon ging. Het was Kai.

‘Heb je de foto van Fiona Fischer…’ begon ze, maar Kai onderbrak haar.

‘De jongens die Gehrmann gisteren observeerden hebben zich net gemeld!’ deelde hij mee. ‘Die vent heeft zojuist een grote zak uit een bijgebouw in de achtertuin van zijn dierenartspraktijk in Kronberg gesjouwd en is weggereden. Wat moeten ze nu doen?’

‘Hem volgen, maar onopvallend!’ riep Pia opgewonden. ‘Ze moeten me op de hoogte houden. Ik wil weten waar hij naartoe gaat!’

‘Komt in orde.’

‘Kom op! Gas geven!’ droeg Pia Tariq op. Ze viste met trillende vingers het mobiele blauwe zwaailicht achter de passagiersstoel vandaan, draaide het raam open en zette het apparaat op het dak. ‘Sneller!’

‘Waar moet ik naartoe? Wat is er eigenlijk aan de hand?’

‘Gehrmann heeft zijn praktijk verlaten,’ informeerde Pia hem. ‘Met een grote zak in de kofferbak. Rij richting Kronberg.’

Tariq slingerde door het verkeer, reed bij de Messe door alle rode stoplichten en trapte zijn gaspedaal in toen hij de stad uit reed. Pia zat zwijgend naast hem en klemde haar telefoon vast. Was Kim dood? Had de dierenarts haar lichaam in de zak gestopt om haar ergens te dumpen? Ze kreeg kippenvel bij de gedachte. Hoe moest ze haar ouders vertellen dat Kim… Nee! Ze dwong zich aan iets anders te denken. Er bestond nog een kans dat haar zus leefde.

Ter hoogte van Eschborn meldde Kai zich weer. Gehrmann was bij de stoeterij naar Mammolshain afgeslagen. Hij leek naar huis te rijden.

Tariq wilde meteen van de snelweg af, maar Pia droeg hem op pas bij het Main-Taunus-Zentrum de B8 op te gaan en dan via de B519 naar Königstein te rijden. Het was iets langer, maar wel aanzienlijk sneller omdat er alleen bij de rotonde van Königstein een stoplicht stond.

Een kwartier later passeerden ze het plaatsnaambord van Mammolshain en Pia dirigeerde Tariq door de straten van de kleine plaats en langs de basisschool. Via de mobilofoon stond ze in verbinding met de collega's in de politieauto, die bevestigden dat Gehrmann naar huis was gereden.

'Stop,' zei Tariq fel toen hij voor het huis remde en Pia de deur openduwde voordat de auto stilstond. 'Eerst trekken we onze kogelvrije vesten aan! En dan laat je mij voorop gaan!'

De collega's stonden een stuk verderop geparkeerd en liepen aan de andere kant van de straat naar hen toe. Pia opende de kofferbak, trok er ongeduldig een van de kogelvrije vesten uit en deed dat aan. Haar hart klopte in haar keel. Angst en hoop wisselden zich in sneltreinvaart in haar af. Met z'n vieren betraden ze het terrein van Gehrmann. Pia ving een glimp op van de zilverkleurige combi die met openstaande achterklep in de tuin voor de iets naar achter gelegen dubbele garage stond.

'Kom!' beval Tariq zachtjes. Ze snelden dwars door de tuin en liepen gebukt met getrokken wapens naar de achterkant van de auto. Er was niemand te zien, maar uit de garage klonk lawaai. Een paar seconden later verscheen de imposante gestalte van de dierenarts in de openstaande garagedeur. Hij liep te fluiten en boog zich over de kofferbak. Tariq knikte naar Pia.

'Hallo, dr. Gehrmann.' Ze stond op en richtte haar wapen op hem.

'O, shit...!' De man stapte geschrokken achteruit en stootte daarbij zijn achterhoofd tegen de achterklep. Met angstig opengesperde ogen staarde hij naar het wapen in Pia's hand. Tariq en de twee andere collega's stonden ook op en naderden de dierenarts van beide kanten.

'W... w... wat wilt u van me?' stotterde de man. Zijn gezicht was lijkbleek geworden en hij trilde van angst.

'Handen omhoog!' beval Pia met bevende stem en Gehrmann gehoorzaamde. 'Weg bij die auto! Nu!'

Ze moest zich dwingen om naar de zwarte vuilniszak te kijken die op het laadvlak van de combi lag. Haar maag draaide zich om, ze proefde gal en moest kokhalzen toen een lichte ontbindingsgeur in haar neus drong.

***

De Lufthansa-vlucht LH12 landde precies op tijd om 12 uur op het vliegveld in Fuhlsbüttel. Omdat ze geen bagage hadden konden Bodenstein en Nicola Engel rechtstreeks via de bagagehal het luchthavengebouw verlaten. In Hamburg was de hemel blauw, de lucht voorjaarsachtig fris.

‘Het is voor het eerst sinds vijfendertig jaar dat we samen in Hamburg zijn,’ stelde de directeur vast en ze wenkte een taxi. ‘Dat was in 1982. Mijn hemel, wat vliegt de tijd.’

‘Er is sindsdien veel gebeurd,’ bromde Bodenstein.

Ze namen plaats op de achterbank van een Mercedes Vito en hij gaf de taxichauffeur het adres van Gero von Donnersberg in Othmarschen. Tijdens de rit spraken ze niet veel en Bodenstein herinnerde zich hoe hij Nicola in november 1980 op het feest van een medestudent had leren kennen. Hij had in die tijd geen behoefte aan een relatie. In het jaar ervoor had hij een zwaar paardrijongeluk gehad, dat een onverwacht einde had gemaakt aan zijn droom van een carrière als springruiter. Toen hij ook nog constateerde dat zijn jeugdliefde Inka Hansen met Ingvar Rulandt ging, zijn grootste concurrent, was hij halsoverkop voor zijn rechtenstudie naar Hamburg verhuisd, zo ver mogelijk van de Taunus en alle pijnlijke herinneringen vandaan. Nicola had hem op het feest aangesproken en zich meteen meester van hem gemaakt. Hij liet het gebeuren, want het leidde hem af van zijn verdriet. Een paar weken later trok Nicola bij hem in zijn studentenkamer in het Schanzenviertel en ze nam zijn leven in handen. Ze droomde er al snel van om mevrouw Bodenstein te worden en hij had weinig in te brengen tegen haar bezitterige aard. Op een feest dat Nicola ter gelegenheid van hun verloving gaf, dook Cosima op en Bodenstein was vanaf het eerste moment in haar ban. Een halfjaar later gaf hij zijn rechtenstudie op, ging terug naar Hessen en begon daar aan een opleiding bij de politie. Een jaar nadat hij haar leerde kennen was hij met Cosima getrouwd, zes weken later werd Lorenz geboren.

‘Heb je je weleens afgevraagd hoe wij het ervanaf gebracht zouden hebben als Cosima niet naar dat feest was gekomen?’ verbrak Nicola na een poosje de stilte. Ze dacht dus over hetzelfde na als hij.

‘Af en toe, ja,’ gaf Bodenstein toe. ‘Ik geloof niet dat het goed was gegaan tussen ons, los van Cosima.’

‘Ik ben bang dat je gelijk hebt,’ was Nicola het met hem eens. Er klonk weemoed in haar woorden, maar ze glimlachte toen ze zich naar hem toe draaide. ‘Desondanks was het mijn gelukkigste tijd, die twee jaar met jou hier in Hamburg. We waren zo jong!’

‘Dat waren we inderdaad.’ Bodenstein glimlachte. ‘Ik was negentien, jij was net twintig geworden.’

‘Weet je nog dat we naar Sylt zijn gelift?’ Ze lachte. ‘We hadden geen idee dat je met de trein naar het eiland moest en toen we in Westerland waren hadden we geen stuiver meer!'

'We hebben in een strandkorf overnacht,' grijnsde Bodenstein. 'En in de duinen. Tot ze ons wegens landloperij wilden arresteren!'

Ze gaven zich even over aan de herinneringen van de weekendtripjes naar Denemarken en naar de Oostzee, aan zeiltochten met medestudenten in de Flensburger Fjord en de reisjes met een woonboot op de Schlei.

'Op een of andere manier waren we altijd aan het feestvieren,' grinnikte Nicola. 'Ik geloof dat ik in die twee jaar evenveel alcohol heb gedronken als in de rest van mijn leven.'

'Het was ongezond, maar ontzettend leuk,' vond Bodenstein.

'Een echte studententijd.'

Een jaar later was het voor hem als echtgenoot en vader afgelopen met de spontane korte vakanties, de zuipfestijnen en de concertbezoeken van een of andere band van wie niemand ooit eerder had gehoord.

De taxi reed in Eimsbüttel langs het Neue Flora en sloeg af naar de Holstenstraße. De volgende kruising begon al de Max-Brauer-Allee, die tot aan de Elbe liep. 'Ben ik wantrouwend en een controlfreak?' vroeg Nicola ineens. 'Koeioneer ik andere mensen?'

Dus dat hield haar bezig!

'Nou ja.' Bodenstein overwoog wat hij daarop moest antwoorden, maar besloot toen eerlijk te zijn. 'Het klopt dat je alles graag onder controle hebt. En je wekt altijd de indruk dat je andere mensen niet vertrouwt.'

'Ik heb nu eenmaal ervaren dat je in het leven niet al te goed van vertrouwen kunt zijn,' antwoordde Nicola. 'Ik ben zo vaak teleurgesteld. Dat begon al met de types met wie ik voor jou samen was, toen ging het met jou verder en zo liep het in al mijn relaties tot aan Kim toe.'

'Misschien ligt het ook wel aan jou,' zei Bodenstein. 'Je kunt heel angstaanjagend zijn.'

'Maar ik ben niet ijskoud!' kwam ze in opstand. 'Het heeft me echt geraakt dat mevrouw Sander me zoiets verwijt!'

'Het is niet aan mij om je een of ander levensadvies te geven,' antwoordde Bodenstein. 'Ik vond het zelf ook altijd moeilijk om me voor een ander open te stellen. Maar als je dat op een gegeven moment niet leert en niet begint andere mensen te vertrouwen, dan zul je eenzaam en ongelukkig blijven.'

Nicola beet op haar lippen.

'De relatie met Kim was al vanaf het begin zelfbedrog,' zei ze toen ze langs het Altonaer Rathaus reden. Door de kale bomen kon je de laadkranen van de havens van Hamburg zien.

'Maar dan zijn jullie wel behoorlijk lang samen geweest,' antwoordde Bodenstein droog.

'Ik vond het idee aantrekkelijk,' gaf Nicola toe. 'Twee succesvolle vrouwen die geen man vinden omdat mannen bang zijn voor succesvolle vrouwen. Bovendien had ik er net als Kim meer dan genoeg van om alleen te zijn. Maar uiteindelijk heb ik haar nooit echt gekend. Ze vertrouwde me niet, anders had ze me toch wel verteld dat ze ooit een kind heeft gekregen, of niet?'

'Hoeveel vertrouwen had je in haar?' vroeg Bodenstein. 'Wat heb je haar over jouw geheimen verteld?'

Nicola slaakte een diepe zucht.

'Je hebt gelijk. Ik was zelf niet beter. We waren allebei niet eerlijk tegen elkaar. Als we dat wel waren geweest, waren we zelfs niet eens een stel geworden.'

De taxi stopte voor een groot smeedijzeren hek aan de straatkant van de Elbchaussee, Bodenstein betaalde en ze stapten uit.

***

'Dat is Momo,' zei dr. Gehrmann met zijn handen achter zijn hoofd. 'Ik moest hem een paar dagen geleden laten inslapen.'

Verdoofd staarde Pia naar de levenloze bundel vacht die tevoorschijn kwam toen haar collega de zwarte vuilniszak had opengescheurd. Het duurde een paar seconden voor ze begreep dat er geen lijk in de zak zat, maar een dode Leonberger-reu.

'Mijn koelhuis in de praktijk is stukgegaan,' hoorde ze de dierenarts zeggen. 'Mijn assistente merkte dat net pas, toen ze er een kat in wilde leggen. Het moet al een paar dagen geleden zijn gebeurd, daarom ruikt Momo een beetje sterk. Ik bewaar de dode dieren in de vrieskist in mijn garage tot de vilder of de dierenbegrafenisonderneming de kadavers ophaalt.'

'Mijn excuses,' zei Pia en ze stopte het wapen terug in de holster. 'We dachten... Nou ja, het doet er niet toe.'

'Mag ik mijn handen weer naar beneden doen?'

'Ja, natuurlijk.' Haar knieën waren zo slap dat ze even tegen het spatbord van de combi moest leunen. Al haar kracht was verdwenen.

Tariq hielp dr. Gehrmann de dode Leonberger naar de vrieskist in de garage te slepen. In de kist lagen al twee dode poezen en een dood vuilnisbakteefje.

'Vanmiddag komen de mensen van Anubis,' verklaarde dr. Gehrmann. 'Die nemen de twee honden en een kat mee om te cremeren.'

'Het spijt me dat we u hebben laten schrikken.' Pia was niet van plan de dierenarts te vertellen dat ze hadden gedacht dat hij een seriemoordenaar was. Tariq had inmiddels de foto's uit de auto gehaald en liet die een voor een aan dr. Gehrmann zien.

Hij kende geen van de vrouwen.

De schrik was hem om het hart geslagen en de agenten in zijn tuin maakten hem nerveus. Pia geloofde hem, want hij was niet alert noch koudbloedig genoeg om op dit moment te liegen. Tussen de foto's van de slachtoffers zat een foto van Kim, en toen Gehrmann die zag, werden zijn ogen groot en keek hij Pia aan.

'Ik geloof dat ik deze vrouw ken,' zei hij. 'Ze doet me denken aan een kennis van vroeger, maar ik kom even niet op haar naam.'

'Katharina Freitag,' hielp Pia hem.

'Ja, precies! Kata!' Zijn vollemaansgezicht klaarde op. 'Ze was een paar jaar ouder dan ik, maar ik vond haar geweldig!'

'Ze was uw danspartner tijdens het afscheidsbal van dansschool Kratz,' zei Pia en Gehrmann keek haar verbluft aan.

'Dat klopt!' Hij schudde ongelovig zijn hoofd. 'Dat was ik helemaal vergeten.'

'Hoe kwam het zover?' wilde Pia weten. 'Normaal gesproken ga je toch met leeftijdgenoten naar dansles, of niet?'

'Er waren nooit genoeg mannen,' antwoordde de dierenarts. 'Ik ben al op mijn veertiende met dansen begonnen en ik mocht altijd inspringen als er een man tekortkwam. Maar waarom hebt u een foto van haar? Is er iets met haar gebeurd?'

'Dat weten we niet precies. Waar was u op dinsdagavond tussen elf uur 's avonds en twee uur 's nachts?'

'Wat?' Een angstige blik verscheen in de ogen van de dierenarts. 'Waarom wilt u dat weten?'

Pia besloot een halve waarheid te vertellen.

'We hebben Claas Reker gevonden,' zei ze daarom. 'We ondervragen alle mensen die hem kenden.'

'Claas is dood?' Gehrmann maakte een snuivend geluid. 'Dat is me wat! Ik mocht hem niet, maar ik heb hem al jaren niet meer gezien.'

'Dan kunt u ons wel vertellen waar u dinsdagavond was.'

'Ik was thuis en lag in bed, het spijt me. Helaas heb ik alleen mijn vrouw als getuige.' Hij fronste nadenkend zijn voorhoofd. 'We hebben iets te eten gehaald bij MyThai in Königstein en later hebben we nog twee afleveringen van *House of Cards* op Netflix gekeken.'

'Waar is uw vrouw nu?'

'Ik hoop toch echt dat ze aan het werk is.' Gehrmann glimlachte scheef. 'Ze is arts. In het Markus-ziekenhuis in Frankfurt.'

'Welke specialisatie?'

'Radiologie.'

Pia gaf hem een visitekaartje met het verzoek dat zijn vrouw zich zo spoedig mogelijk moest melden.

'O, dr. Gehrmann.' Er schoot Pia nog iets te binnen. 'Wist u eigenlijk dat Theo Reifenrath u in zijn testament tot enig erfgenaam heeft benoemd?'

'Wat zegt u? Mij? Dat meent u niet!'

'Dat dacht ik inderdaad ook.' Pia keek de man onderzoekend aan. 'Vooral omdat u me tijdens onze eerste ontmoeting vertelde dat u hem maar vluchtig kende.'

De dierenarts leek even pijnlijk geraakt.

'In werkelijkheid bent u min of meer bij de Reifenraths opgegroeid. En we kennen overigens inmiddels ook de reden waarom Sascha, Ramona en André u in folie hebben gewikkeld en in de beek hebben gelegd.'

Beschaamd boog de grote man zijn hoofd.

'Wie al over zulke kleine dingen liegt,' zei Pia, 'die mag niet verbaasd zijn als hij plotseling van moord wordt verdacht.'

***

Aan het einde van een lange oprit bood een sneeuwwitte gründerzeitvilla met een galerij van witte zuilen een grandioze aanblik.

'Lieve hemel,' zei Nicola onder de indruk, toen keek ze Bodenstein spottend van opzij aan. 'Waarschijnlijk loop jij zulke kastelen in en uit, hè?'

'Soms ben ik bang dat je dat echt denkt.' Bodenstein drukte hoofdschuddend op de bel. Hij noemde zijn naam, een zoemer klonk en de deur voor voetgangers ging open.

‘Gero von Donnersberg,’ zei Nicola. ‘Is hij adellijker dan jij?’

‘Nee, hij is maar een baron,’ antwoordde Bodenstein en hij ergerde zich er meteen aan dat hij het woord ‘maar’ had gebruikt. Hij bagatelliseerde zijn adellijke afkomst. ‘De Von Bodensteins dragen de titel graaf, maar zonder de rechten op zeggenschap over de lagere adel. Een baron staat een rang onder de graaf.’

‘Dus hij zou in theorie voor je moeten buigen,’ stelde Nicola zich geamuseerd voor terwijl ze over het schoongeharkte grindpad naar de villa liepen.

‘In Duitsland wordt er voor niemand meer gebogen,’ zei Bodenstein. ‘Behalve voor leden van regerende koningshuizen.’

Lydia von Donnersberg, de opvolgster van de vermoorde Elke, stond bij de huisdeur te wachten. Ze was een aantrekkelijke, mollige vrouw van middelbare leeftijd met keurig gekapt kastanjebruin haar en warme bruine ogen.

‘Uw telefoontje vanochtend heeft mijn man diep geschokt,’ zei ze met gedempte stem. ‘Hij is nooit over de dood van Elke heen gekomen. Hij spreekt er weliswaar nooit over, maar ik denk dat hij het niet kan afsluiten omdat nooit is opgehelderd waarom ze moest sterven en wie haar om het leven heeft gebracht. Weet u, hij hield heel veel van haar en de gedachte dat ze een geheim voor hem had, vindt hij onverdraaglijk.’

Haar woorden waren vol medeleven en zonder enige wrok, hoewel het voor haar niet makkelijk moest zijn om in de schaduw van haar overleden voorgangster te leven.

‘Hij heeft de dozen met Elkes eigendommen van zolder laten halen,’ vertelde Lydia von Donnersberg. ‘Het is voor het eerst sinds vele jaren dat hij naar die spullen heeft gekeken. En toen kwam hij iets tegen wat… nou ja… doet vermoeden dat Elke inderdaad een kind heeft gehad, over wie ze nooit heeft gesproken.’

Bodenstein kreeg bij die woorden kippenvel van opwinding. Het was altijd weer een bijzonder moment als een mogelijkheid een waarschijnlijkheid werd.

‘Komt u alstublieft mee,’ zei de vrouw des huizes. ‘Mijn man verwacht u in de blauwe salon.’

Bodenstein had geen oog voor de uitgelezen inrichting van de mooie villa die door de ramen uitzicht bood op de Elbe en de droogdokken.

De blauwe salon had zijn naam duidelijk niet te danken aan de kleur van het behang, maar aan het expressionistische schilderij dat boven de marmeren haard hing. Er stond een blauw paard op afgebeeld en het was waarschijnlijk een echte Franz Marc.

Gero Donnersberg zat aan een spiegelblank gepoetste mahonie tafel, waarop een heleboel documenten lagen uitgespreid. Tientallen ordners stonden op een rij.

'Gero?' zei Lydia von Donnersberg. 'De mensen van de recherche zijn er.'

De oude man keek op, zette zijn bril af en stond op. Hij was lang en mager en had een vale teint; door zijn dunne witte haar schemerde zijn hoofdhuid, die vol ouderdomsvlekken zat. Vroeger moest hij een heuse titaan zijn geweest. Bodenstein had een heleboel foto's van hem op internet bekeken, maar leeftijd, ziekte en waarschijnlijk ook het verdriet om zijn vermoorde vrouw hadden hem tot op het bot uitgeteerd. Hij droeg een bordeauxrood gebreid vest en hij had een zijden sjaal om zijn hals, zijn bewegingen waren langzaam, maar de blik in zijn lichtblauwe ogen was helder. Ondanks zijn achtennegentig jaar was hij nog altijd beherend vennoot van de koffiebranderij Donnersberg & Söhne, die een rijke traditie had, en hij was een belangrijke steunpilaar voor de samenleving in Hamburg, genereus begunstiger van culturele en rensportevenementen en een succesvol fokker van renpaarden op zijn eigen stoeterij in Schleswig-Holstein.

'Elkes verdwijning verjaart over een paar dagen voor de twintigste keer,' zei hij na een beleefde begroeting. 'Twintig jaar van onzekerheid liggen achter ons. De politie is er nooit achter gekomen wat er destijds echt is gebeurd. Eerst dachten ze dat Elke was ontvoerd voor losgeld. Ik wenste dat bijna. Ik was bereid elk bedrag te betalen. Maar toen werd haar lichaam gevonden.' Zijn stem brak. Hij schraapte zijn keel en sprak beheerst verder. 'We hebben alles in het werk gesteld, maar er reageerden alleen fantasten. Ik heb er dag en nacht over na zitten denken wat haar overkomen zou zijn. Op een gegeven moment heb ik besloten dat ik moest accepteren dat ik er waarschijnlijk nooit achter zou komen. Maar na uw telefoontje vanochtend vroeg heb ik mezelf toegestaan nog één keer Elkes documenten en aantekeningen te lezen.'

Hij maakte een handbeweging in de richting van de tafel en de moed zakte Bodenstein in de schoenen toen hij de hoeveelheid papier zag.

'Ik moet vooropstellen dat mijn overleden vrouw veel liefdadigheidsprojecten ondersteunde,' sprak hij verder. 'In deze ordners zitten honderden bedankbrieven. Nadat ze was verdwenen en toen later vaststond wat haar was overkomen, heeft de recherche elke brief gelezen en elke bladzijde omgedraaid, maar ze hebben niets gevonden wat een concreet spoor opleverde. Maar na wat u, meneer Bodenstein, me vanochtend vertelde, krijgt een deel van de correspondentie die eerst verder niet interessant leek een heel andere betekenis. Alstublieft, gaat u zitten en bekijkt u deze brieven.'

Bodenstein frunnikte zijn leesbril uit de binnenzak van zijn colbertje en ging zitten. Hij trok de brieven die Donnersberg netjes had opgestapeld naar zich toe. Toen zijn blik op de eerste regels van de brief viel die met een typmachine op een inmiddels behoorlijk vergeeld vel briefpapier waren geschreven, ging er een adrenalinestoot door zijn lichaam.

Mammolshain, 17 april 1973

Zeer geachte mevrouw Von Donnersberg,

Ik dank u hartelijk voor de royale schenking die u ons heeft toebedacht! De kleine Joachim was erg blij met de teddybeer; hij zou hem het liefst helemaal niet meer loslaten. Hij heeft zich goed aangepast en ontwikkelt zich goed. De middenoorontsteking is goed genezen en hij vindt de vitaminedrank die u stuurde veel lekkerder dan de levertraan. De kinderarts heeft vastgesteld dat Joachim heel gezond is. We oefenen elke dag vlijtig het praten met hem, zodat hij u bij uw volgende bezoek misschien met een klein gedichtje kan verrassen.

Hoogachtend,
Uw zeer toegenegen
Rita Reifenrath

***

Pia en Tariq reden net door het bos in de richting van Königstein, toen Kai belde.

'ViCLAS meldde net een onopgehelderde moord uit 1987,' zei hij. 'En wel uit Griekenland.'

'Momentje, ik schakel even de bluetooth in, dan kan Tariq meeluisteren,' onderbrak Pia haar collega. Een paar seconden later klonk zijn stem uit de luidspreker.

‘Op 12 augustus 1987 is de eenentwintigjarige Magalie Beauchamp, een Franse rugzaktoeriste uit Lyon, spoorloos verdwenen op Kreta. Haar lichaam raakte tien dagen later verstrikt in een visnet. Ze is verdronken, er werden wurgafdrukken op haar hals en duidelijke afweerwonden op haar armen geconstateerd. Volgens getuigen verbleef ze in een klein hotel in Fotia; ze werd verschillende keren met een groep jonge Duitsers gezien, die ook in het hotel verbleven. Die zijn op 13 augustus halsoverkop vertrokken.’

‘Aha.’ Pia begreep niet waarom Kai dacht dat deze zaak bij de Moederdagmoordenaar te plaatsen was.

‘Er is een pluk haar bij de jonge vrouw afgeknipt,’ antwoordde hij op haar vraag. ‘En haar armband ontbrak toen haar lichaam werd gevonden.’

Dat leek Pia een tamelijk zwakke overeenkomst en ze overwoog of ze Ramona Lindemann zou bellen om het haar te vragen. De vrouw had een fenomenaal geheugen, misschien herinnerde ze zich iets. Ze had het nummer al gekozen, toen ze zich bedacht. Ramona Lindemann was een ongebreidelde roddeltante. Het kon een cruciale fout zijn haar informatie te verschaffen die, als de dader het hoorde, een kettingreactie kon veroorzaken die Kim het leven kostte.

‘Wat is er?’ wilde Tariq weten.

‘Hoe komen we erachter of een van onze verdachten tijdens de zomer van 1987 op Kreta was zonder veel stof te doen opwaaien?’ Pia beet op haar onderlip. ‘Aan wie kunnen we dat vragen?’

‘Dr. Gehrmann?’ stelde Tariq voor.

‘Waarom zou hij het weten?’ overwoog Pia.

‘Hij was toch constant bij de Reifenraths,’ antwoordde Tariq.

‘Een poging waard,’ stemde Pia met haar collega in.

Tariq reed een keer de rotonde van Königstein rond en nam de weg terug via welke ze gekomen waren.

***

‘Zijn er nog meer brieven van mevrouw Reifenrath?’ informeerde Nicola Engel.

‘Ik ben met het doorzoeken van de documenten tot het jaar 1977 gekomen,’ antwoordde Gero van Donnersberg. ‘Maar vanaf april 1973 tot december 1977 schreef ze elke maand.’

Hij zweeg, schudde zijn hoofd en zuchtte diep.

'Uit de correspondentie blijkt dat Elke elk jaar op Moederdag bij een jongen die Joachim heette op bezoek ging.'

'Is de meisjesnaam van uw overleden vrouw Vogt?' wilde Bodenstein weten en het verbaasde hem niet dat Gero Donnersberg knikte. Nicola Engel bladerde op Bodensteins verzoek door de ordner van 1980. Elke von Donnersbergs moeder was in januari 1980 overleden, daarna was Elke gestopt met haar tripjes naar Hessen op Moederdag en waarschijnlijk ook met haar bezoeken aan Joachim. Maar ze bleef haar zoon wel financieel ondersteunen. Aanvankelijk noemde Rita Reifenrath de jongen nog, later niet meer. Ook schreef ze niet meer elke maand. In een brief van september 1984 verzekerde ze dat Joachim niet wist waar het geld van Elke vandaan kwam en hij kende ook de naam van zijn moeder niet.

Voor Bodenstein was het nu duidelijk waarom Theodor Reifenrath nooit had geprobeerd Joachim Vogt wijs te maken dat hij zijn biologische vader was. Dat spel speelde hij alleen met kinderen die hun moeder niet kenden.

'Waarom heeft ze dat gedaan?' Gero von Donnersberg was diep geraakt toen Bodenstein hem de samenhang had uitgelegd. Het laatste restje kleur was uit het gezicht van de oude man geweken. De vrouw die hij boven alles had liefgehad, met wie hij zesentwintig jaar getrouwd was geweest, had tegen hem gelogen!

'Waarom die geheimzinnigheid? Waarom vertrouwde ze me niet?'

Daar had Bodenstein geen antwoord op. Hij vond zoveel dingen die mensen deden onbegrijpelijk. Maar hij was diepgeraakt toen hij zag hoezeer van streek Donnersberg was over deze ongelooflijke vertrouwensbreuk. Achteraf was het kind dat ze verborgen had gehouden de verklaring voor alles: Elkes terugkerende aanvallen van melancholie die uitgroeiden tot een depressie, het constante verdriet in haar ogen, haar bijna bezeten charitatieve engagement met wees- en tehuiskinderen. Dat hij nu op de hoogte was van haar leugen zou in de toekomst de herinnering aan zijn eerste vrouw overschaduwen. De bittere wetenschap dat zijn vrouw haar hele leven ongelukkig was geweest en hem niet genoeg had vertrouwd om haar grote geheim met hem te delen, resteerde.

'Ik kan het niet begrijpen,' fluisterde hij schor en er rolde een traan over zijn gerimpelde wang. 'De jongen had toch bij ons kunnen opgroeien! Ik had hem kunnen adopteren en dan zou hij de grote broer van Jasper en Sören zijn geweest!'

Hij haalde snikkend adem. Zijn vrouw, die tot dat moment discreet op de achtergrond was gebleven, liep naar hem toe. Hij pakte haar hand en kromp in elkaar. Zijn magere lichaam schokte van het huilen.

Bodenstein aarzelde even. Maar toen besloot hij de hele waarheid aan de oude man te vertellen.

'Het spijt me dat ik u dit moet vertellen,' zei hij. 'Maar hoogstwaarschijnlijk moest uw vrouw om die reden sterven. Alle slachtoffers van de reeks moorden die we aan het onderzoeken zijn waren vrouwen die hun kinderen in de steek lieten.'

Terwijl hij dat zei, ging er iets door zijn hoofd. Het feit dat Elke von Donnersberg de biologische moeder van Joachim Vogt was, betekende niet automatisch dat hij ook de dader was die ze zochten. Het was Fridtjof die onder het bestaan van de ouderloze kinderen had geleden, die het haatte dat alles bij zijn grootouders thuis voortdurend om die kinderen draaide. En was hijzelf niet ook door zijn moeder verlaten? Wat als hij erachter was gekomen wie de moeder van zijn beste vriend was? Als hij hem dat had verteld? Als ze samen een plan hadden gesmeed dat...

Bodensteins telefoon ging. Pia belde. Hij verontschuldigde zich, sprong op en verliet de blauwe salon om het gesprek aan te nemen.

***

'We hebben misschien nog een slachtoffer!' riep Pia toen haar baas zich meldde. 'In augustus 1987 verdween een eenentwintigjarige Française op Kreta en ze werd een week later verdronken gevonden. En je zult niet geloven wie in augustus 1987 op vakantie was op Kreta en in hetzelfde hotel verbleef als Magalie Beauchamp: Fridtjof Reifenrath en Joachim Vogt met een paar vrienden!'

'Hoe weet je dat?' vroeg Bodenstein.

'Dat heeft dr. Gehrmann ons verteld,' zei Pia opgewonden. 'Kai heeft de dozen die we bij Reifenrath op zolder hebben gevonden, nogmaals grondig laten doorzoeken en in de doos met Fridtjofs spullen vonden we inderdaad een kassabon van Hotel Agia Fotia van 11 augustus 1987! Bovendien een stapel foto's uit die tijd. Maar die zijn niet gesorteerd en er staan allerlei mensen op. Ik wil nu...'

'Luister even naar me, Pia!' onderbrak Bodenstein haar. 'We hebben tussen de documenten van Elke von Donnersberg brieven van Rita Reifenrath gevonden! Elke was de moeder van Joachim Vogt! Ze ging tot 1979 elk jaar op Moederdag bij hem op bezoek!'

Pia's gedachten tolden.

'Dan is hij onze dader!' riep ze.

'Dat is mogelijk,' antwoordde Bodenstein. 'Maar het kan ook Fridtjof zijn. Of ze deden het samen! Je mag nu niets ondoordachts doen, hoor je me, Pia? Geen van beiden mag merken dat we hun op de hielen zitten. Anders brengen we Kim in levensgevaar!'

'O god!' Pia deed haar ogen dicht. 'En eventueel ook Fiona Fischer! Ze is woensdag uitgecheckt in het hotel waar ze verbleef en ze heeft een auto op het centraal station gehuurd, die ze tot nu toe niet heeft teruggebracht. Die gast van Sixt heeft het adres uitgeprint dat ze op het huurcontract heeft opgegeven. Kai heeft de collega's van de kantonpolitie gevraagd daar langs te gaan. En we hebben nu een foto van haar! O, Oliver, het is precies Kim toen ze jong was!'

De angst sloeg haar om het hart, ze kon nauwelijks nog rustig ademhalen, laat staan helder denken. Wat had Fiona gedaan om haar moeder te vinden? Met wie had ze gepraat? Hoe was ze haar eigenlijk op het spoor gekomen? Had ze zich misschien per ongeluk in een wespennest gestoken met haar gezoek en daarmee niet alleen Kim, maar ook zichzelf in levensgevaar gebracht? Plotseling wilde ze niets liever dan haar onbekende nichtje leren kennen. Er mocht haar niets overkomen!

'We proberen het vliegtuig van vier uur te halen,' zei Bodenstein op dat moment. 'Onderneem alsjeblieft helemaal niets tot we terug zijn, oké?'

'Ja. Ja, oké. Ik doe niets. Stuur me een berichtje met welke vlucht jullie komen, dan laat ik jullie van het vliegveld ophalen.'

***

Pia was totaal uitgeput en kon zich bijna niet meer concentreren. Het was de nachtmerrie van elke agent om het lichaam van een familielid te vinden en hoe langer de onzekerheid over Kim en Fiona voortduurde, des te meer zorgen maakte Pia zich dat ze hen niet op tijd zouden vinden. Ze probeerde een paar minuten te gaan liggen en een beetje te slapen, maar ze vond geen rust. Zodra ze haar ogen dichtdeed, zag ze beelden van Kim en Fiona die in folie gewikkeld hulpeloos in het water dreven, daarom besloot ze de verhuisdozen uit Kims woning nog een keer onder handen te nemen. Toen ze de centrale van het recherchebijstandsteam binnenliep, kwam Kai met nieuws aanzetten. De kantonpolitie van Zürich had op het adres dat Fiona Fischer had opgegeven niemand aangetroffen. Een buurvrouw vertelde dat ze Fiona veertien dagen geleden voor het laatst had gezien. Sinds de dood van haar moeder een paar weken geleden woonde ze alleen in de grote villa in de wijk Fluntern in Zürich.

'Dat was nog niet alles,' hield Kai Pia tegen toen ze zich al wilde omdraaien. Hij wierp een blik op een notitieblaadje. 'Het opsporingsbericht voor Fiona Fischer heeft een aanwijzing opgeleverd! Een dame die Beatrice Thoma heet, heeft zich gemeld. Ze werkt aan de universiteitskliniek in Frankfurt en is de secretaresse van de chef-arts gynaecologie.'

'Aha.'

'Vlak voor Pasen was haar baas een bazin. En wel ene Martina Siebert. Fiona Fischer had op 18 april om 14.30 uur een afspraak, die langer dan gepland had geduurd. Na deze afspraak was de professor erg van streek, zei mevrouw Thoma. Eigenlijk was er 's avonds nog een afscheidsfeest omdat het haar laatste week in de universiteitskliniek was, maar dat heeft ze afgezegd.'

'Martina Siebert,' mompelde Pia. Wat had Fiona van de arts gewild? Ze was toch niet speciaal naar Zürich gegaan om een afspraak bij een vrouwenarts te maken!

'Die aardige mevrouw Thoma heeft me een nummer van haar voormalige baas gegeven.' Kai stak Pia een papiertje toe. 'Ze werkt nu in een kinderwenskliniek in het zonnige Marbella.'

'Super. Bedankt, Kai.' Pia forceerde een glimlachje. 'Ik zal die vrouw meteen even bellen en vragen wat Fiona van haar wilde.'

Ze verliet de ruimte om ongestoord in haar kantoor te kunnen bellen. Precies op het moment dat ze de brandwerende deur van het trappenhuis opendeed, legden een paar synapsen in haar hersenen een verbinding en de naam van Kims vriendin met wie ze destijds de reis naar Zuidoost-Azië had gemaakt, schoot haar te binnen. Ze heette Tina en woonde in Fischbach! Tina – Martina? Zou het kunnen dat professor Siebert Martina was?

Ze stormde met drie treden tegelijk de trap op. Plotseling herinnerde ze zich iets wat ze een lange tijd was vergeten. Martina en Kim woonden allebei in een leefgemeenschap in Frankfurt! Ze hadden allebei geneeskunde gestudeerd. Ze waren oude, goede vriendinnen. Vriendinnen die elkaar hielpen als er eentje in de penarie zat!

Pia plofte in haar bureaustoel, trok de telefoon naar zich toe en koos het nummer dat Kai had genoteerd. De hand die de hoorn vasthield trilde terwijl ze wachtte tot de telefoon overging.

'Siebert?' Een sympathieke, aangename stem.

'Dag, professor Siebert. Mijn naam is Pia Sander van de recherche Hofheim,' antwoordde Pia. 'Ik heb uw telefoonnummer van uw voormalige medewerkster mevrouw Thoma gekregen.'

'Wat kan ik voor u doen?'

Pia dacht even na. Zou ze de arts vertellen dat ze Kims zus was? Nee, het was beter om als een neutrale agent op te treden.

'Het gaat om een vrouw met de naam Fiona Fischer,' zei ze dus.

'Aha.' De stem van de arts werd een paar graden koeler.

'We vrezen dat ze het slachtoffer van een misdaad zou kunnen zijn.'

'Wacht even, dan doe ik de deur dicht.'

Pia balde haar vuist en haalde diep adem.

'Wat wilt u van me weten?' vroeg de arts.

'We proberen te achterhalen waarom mevrouw Fischer naar Frankfurt is gegaan,' antwoordde Pia en het eiste al haar kracht om over Kim als over een vreemde te praten. 'Eigenlijk gaat het om een vrouw die Katharina Freitag heet. Ze is sinds een paar dagen verdwenen. We hebben tijdens ons onderzoek een e-mail van mevrouw Fischer gevonden waaruit we opmaken dat ze de dochter is van mevrouw Freitag. Omdat we mevrouw Fischer ook niet kunnen vinden, vrezen we nu dat beiden iets is overkomen.'

Aan de andere kant van de lijn was het even stil.

'Dat is een heel persoonlijke geschiedenis,' zei dr. Siebert. 'Ik wil er graag zeker van zijn dat u degene bent voor wie u zich uitgeeft. Geeft u me alstublieft uw telefoonnummer, dan bel ik u terug.'

Pia deed wat haar werd gevraagd en hing op. Nog geen dertig seconden later rinkelde de telefoon.

'Pia Sander, recherche Hofheim.'

'Uw voornaam is Pia?' vroeg de arts. 'Dat is ook toevallig! Katharina Freitag heeft een zus die zo heet.'

Dit keer was het Pia die even aarzelde, toen besloot ze de waarheid te vertellen.

'Katharina is mijn zus,' zei ze dus. 'En u bent waarschijnlijk Tina met wie ze na het eindexamen die reis naar Zuidoost-Azië heeft gemaakt, of niet?'

'Ja, dat klopt. Kata – zo noemde ze zich vroeger – en ik kennen elkaar vanaf onze schooltijd,' antwoordde Martina Siebert. 'We waren vriendinnen. Goede vriendinnen.'

'Wat wilde Fiona van u?'

'Dat is een lang verhaal.'

'Ik heb tijd,' zei Pia.

'Nou ja... hm... Kata en ik kennen elkaar sinds de vijfde klas,' begon dr. Siebert. 'We waren allebei buitenstaanders op school omdat we behoorlijk... hm... streberig waren. We zaten bij de numerus fixus voor medicijnen en we zijn daarna begonnen met onze studie in het wintersemester van 1987 in Frankfurt. Ik wilde weg van huis en verhuisde naar de leefgemeenschap van een kennis, Kata kwam er een jaar later ook naartoe. Ze was toen verliefd op een jongen. Maar die relatie ging constant aan en uit en toen het eindelijk was afgelopen omdat hij naar Amerika ging, wilde Kata weg uit Frankfurt en zette ze haar studie in Berlijn voort.'

'Heette die vriend toevallig Fridtjof Reifenrath?' vroeg Pia. Natuurlijk had ze destijds meegekregen dat haar zus naar Berlijn was verhuisd, maar over haar beweegredenen had Kim het nooit met haar gehad.

'Ja. Precies.' Dr. Siebert klonk een beetje verbaasd. 'Kata's hart was gebroken. Kennelijk kon ze Frankfurt zonder Fridtjof niet verdragen, vooral omdat ik mijn studie in Zürich voortzette. Ons contact verwaterde steeds meer. Maar op een dag dook ze op. Ze was wanhopig, want ze was zwanger.'

'Wanneer was dat?'

'In januari 1995. Het was te laat voor een abortus, maar Kata wilde het kind absoluut niet houden. Ze logeerde vier maanden bij me en verliet mijn woning eigenlijk zo goed als niet. In plaats daarvan studeerde ze als een bezetene omdat ze in juni naar Amerika wilde gaan, naar de FBI in Quantico – een enorme kans voor haar, die ze niet door een kind kapot wilde laten maken. Ik kon niet met haar over het kind praten, ze weerde het elke keer af als ik vragen stelde, daarom had ik het idee dat ze mogelijk was verkracht. In de kliniek in Zürich had ik bijna alleen met vrouwen te maken die ongewild kinderloos waren. Eén vrouw was een bijzonder moeilijk geval. Ze had al alle behandelingen achter de rug.' Dr. Siebert zuchtte. 'Ik heb me laten verleiden tot een vreselijke fout. Maar ik was nu eenmaal van mening dat vriendinnen elkaar helpen. Kata wilde geen adoptie omdat ze alle officiële sporen wilde voorkomen. Ik heb er niet voldoende over nagedacht wat dat later voor het kind zelf zou betekenen. De Zwitserse was bereid te doen alsof ze zwanger was en ik hielp haar daarbij. Toen Kata haar baby had gekregen, bracht ik het pasgeboren kind naar de vrouw en haar man, een klein meisje, en ik stelde voor haar een schriftelijke verklaring op voor een thuisgeboorte. Alles verliep gladjes. Kata verdween twee dagen later, ze wilde de mensen naar wie haar kind ging niet eens leren kennen. Daarna hebben we elkaar nog een paar keer geschreven, maar op een gegeven moment antwoordde ze niet meer. En toen stond Fiona ineens voor me. Mijn zonden hebben me ingehaald.'

Pia was sprakeloos toen ze dit verhaal hoorde.

'Ik heb vaak aan de baby gedacht, want een paar maanden later werd ik zelf zwanger,' sprak de arts verder. 'Binnen twee jaar had ik twee dochters, mijn man bedacht ineens dat hij eigenlijk toch geen kinderen wilde en als begindertiger was ik een alleenstaande moeder. Ik ben weer bij mijn ouders gaan wonen omdat ik een baan in Wiesbaden kreeg aangeboden. En vervolgens ben ik toevallig een oude kennis tegen het lijf gelopen met wie ik tijdens mijn studententijd in een leefgemeenschap had gewoond. We zijn nu achttien jaar getrouwd en voor de meisjes is hij hun vader.'

'Hoe ging die kwestie met Fiona Fischer verder?' informeerde Pia, voordat de arts te veel afdwaalde.

'Fiona's moeder is een paar weken geleden overleden en toen kwam ze erachter dat ze niet haar biologische dochter was,' vertelde dr. Siebert. 'Ze ontdekte mijn naam. Ik was geschokt toen die vrouw, die heel erg op Kata lijkt, plotseling voor me stond. Tegelijkertijd was ik blij te zien dat de baby zo'n mooie, intelligente jonge vrouw was geworden. Op dat moment drong echter de hele draagwijdte van mijn toenmalige gedrag tot me door. Omdat er geen adoptie had plaatsgevonden, had het meisje eigenlijk geen enkele mogelijkheid iets over haar afkomst uit te vinden. Ik was de enige die haar daarbij kon helpen. Daarom heb ik contact met haar moeder opgenomen. Maar Kata wilde niets weten van Fiona. Ze schold me uit over de telefoon en verweet me dat ik me niet aan onze afspraak had gehouden – na tweeëntwintig jaar! En toen had ik er genoeg van en heb ik Fiona de contactgegevens gestuurd.'

En precies op dat moment moet er iets gebeurd zijn wat Kim in het vizier van de moordenaar had gebracht! Met wie hadden dr. Siebert en Fiona het erover gehad?

'Ik heb er met niemand over gepraat,' verzekerde dr. Siebert haar. 'Als ooit bekend wordt wat ik toen heb gedaan, dan kan ik het beroepsmatig wel vergeten.'

'Maar iemand moet er iets over hebben gehoord,' hield Pia aan. 'We zoeken een seriemoordenaar die het op vrouwen heeft voorzien die hun kinderen in de steek lieten. Tot nu toe kennen we acht slachtoffers in een tijdsbestek van vijfentwintig jaar.'

'Een seriemoordenaar?' De arts hapte ontzet naar lucht.

'Een week geleden hebben we drie vrouwenlichamen gevonden onder een hondenkennel op een perceel in Mammolshain,' sprak Pia verder. 'Eerst dachten we dat de oude man die we dood in zijn huis hebben gevonden de dader was. Maar later konden we er overduidelijk vijf andere tot dan toe onopgehelderde moordzaken mee in verband brengen. De laatste drie moorden vonden plaats tussen 2012 en 2014.'

'Zei u net Mammolshain?' vroeg dr. Siebert.

'Ja. De man van wie het perceel was, heet Theodor Reifenrath,' antwoordde Pia. 'Hij was de grootvader van Fridtjof Reifenrath, die u nog van vroeger kent.'

'O mijn god!' fluisterde de arts onthutst. 'Mijn man was vroeger een pleegzoon van Theodor Reifenrath! Ik heb hem ook goed gekend.'

'Uw man was een pleegzoon van de Reifenraths?' Pia's hand waarmee ze de telefoon vasthield, was plotseling klam van het zweet.

'Ja. We vormden al een kliek toen we op school zaten en ik ben destijds ook met hem in de studentenleefgemeenschap getrokken...'

Pia kon bijna niet meer verstaan wat de vrouw zei, zo hard ruiste het bloed in haar oren.

'...kwamen we elkaar weer tegen toen ik met mijn kinderen bij mijn ouders ging wonen en een halfjaar later zijn we getrouwd.'

'Hoe heet uw man, dr. Siebert?' vroeg Pia met een hese stem.

'Joachim,' antwoordde de arts. 'Joachim Vogt.'

***

Fiona wist niet hoelang ze bewusteloos was geweest na de laatste keer dat ze had gedronken. Haar kracht keerde langzaam terug en de dreunende hoofdpijn nam iets af. Ze lag al een hele tijd alleen maar naar haar slapende moeder te kijken, terwijl er tegenstrijdige gevoelens door haar heen raasden.

Eindelijk kwam ook Katharina Freitag weer bij. Het kostte haar moeite haar ogen open te houden. Als Fiona antwoorden van haar wilde krijgen, dan moest ze haar ervan afhouden het vergiftigde water te drinken, anders zou ze meteen weer in slaap vallen. Hoewel haar moeder – wat voelde het vreemd deze vrouw in gedachten zo te noemen – in een nog slechtere conditie verkeerde dan zijzelf, bood haar aanwezigheid troost, want er is niets zo verschrikkelijk als isolatie en onzekerheid. Ze had nog steeds last van het zwarte gat in haar hoofd, de black-out die elke keer dat ze bijkwam langer leek te duren.

Katharina Freitag leunde met haar ogen dicht tegen de muur en begon met krachteloze bewegingen haar armen te masseren. Voor Fiona leek het wel of ze in een lachspiegel keek die haar eigen gezicht twintig jaar ouder liet lijken. De gelijkenis was duidelijker te zien dan op de internetfoto's.

Ze sloeg haar ogen op en keek Fiona aan. Zo zaten ze een hele tijd tegenover elkaar in de betonnen kerker.

'Jij bent Fiona, hè?' fluisterde Katharina Freitag. Haar lippen waren uitgedroogd en gebarsten.

'Ja.'

'Heel vreemd,' zei ze. 'In mijn fantasie had je nooit een Zwitsers accent.'

'In je… fantasie?' vroeg Fiona verbluft.

'Ja. Ik heb vaak aan je gedacht.' Een vluchtige glimlach speelde om de lippen van de vrouw die haar ter wereld had gebracht. 'Waar je woont. Of het goed met je gaat. Hoe je eruitziet. En hoe ze je hebben genoemd.'

'Echt waar?' fluisterde Fiona.

Diep in haar vlamde een vonkje op, en ineens vulde een warm geluksgevoel elke cel in haar lichaam en ze kreeg tranen in haar ogen. Ze had er niet echt meer op gerekend dat ze haar moeder zou vinden. En juist nu, in deze uitzichtloze situatie waarin ze eigenlijk bijna gek van angst zou moeten zijn, was ze gelukkiger dan ooit tevoren in haar leven. Op slag vergat ze de boosheid op de vrouw die haar gewoon had weggegeven, ze was alleen maar blij en opgelucht en voelde de onbedwingbare drang om te overleven en om haar te leren kennen.

'Ik weet niet hoeveel tijd we nog hebben,' zei Katharina Freitag. 'Vraag me daarom wat je me wilt vragen.'

'Hoe zal ik je noemen?'

'Wat jij wilt. Mijn familie en vrienden noemen me Kim.'

'Oké. Kim.' Fiona glimlachte. 'Heb ik neven en nichten?'

'Ja, twee. Dat zijn de kinderen van mijn grote broer Lars. Bovendien heb ik nog een grote zus. Ze heet Pia.'

'Waarom wilde je me niet zien?'

'Ik was bang,' gaf Kim toe. 'Dat je me verwijten zou maken. Eigenlijk wilde ik je mail beantwoorden, maar toen...' Ze vertrok haar gezicht. 'Toen... Ik weet niet wat er precies is gebeurd. Alles is zo vaag in mijn herinnering.'

'In de mijne ook. Dat ligt waarschijnlijk aan dat spul in het water. Ik denk dat het rohypnoldruppels zijn,' antwoordde Fiona. 'Ik kon me net weer iets herinneren. Ik wilde terug naar Zürich. Maar voor die tijd wilde ik nog een keer met dr. Siebert gaan praten. Ik kan me herinneren dat ik haar adres in de navigatie heb ingevoerd.'

'Martina!' Kim kneep haar ogen dicht en drukte haar handen tegen haar slapen. 'Ze heeft een nieuwe baan, dat vertelde ze me aan de telefoon.'

'Marbella!' schoot Fiona heel plotseling te binnen. Opgewonden kwam ze overeind. 'Precies! Ik was bij haar thuis, maar ze was er niet! Haar man liet me binnen...'

'Martina's man?' Kim staarde haar aan. 'Joachim?'

'Ik weet niet hoe hij heet.' Fiona haalde haar schouders op. 'Het laatste wat ik me kan herinneren is... thee. Nee, er was nog iets...'

Ze probeerde zich te concentreren. De thee. De stem van Martina Siebert. Marbella! De garage! Ineens werd ze heel koud vanbinnen.

'Hij heeft iets met me gedaan!' fluisterde ze. 'Is hij dan degene die ons heeft ontvoerd?'

'Joachim! Maar waarom?' mompelde Kim verward. 'We waren vroeger ooit vrienden. We woonden allebei in een leefgemeenschap en... o mijn god!' Ze zweeg, legde haar hand voor haar mond en neus en deed haar ogen dicht.

'Wat is er? Wat heb je?' Fiona schoof naar haar toe en raakte voorzichtig haar arm aan. 'Kim? Kim! Alsjeblieft! Wat is er met die vent?'

'Ik weet het ook niet.' Kim begon weer te praten, eerst haperend, daarna steeds vloeiender. 'Vroeger was hij mijn beste vriend. Hij... hij was altijd een beetje verliefd op me, maar... maar ik niet op hem. Ik hield van zijn beste vriend Fridtjof. Ik was gek op hem, maar op een of andere manier... op een of andere manier ging het niet tussen ons. Toen het uit was, ben ik in Berlijn gaan studeren. Ik hield het niet meer vol in Frankfurt. En... op een dag nodigde Fridtjof me uit voor een feest, een zomerfeest bij vrienden thuis. Ik had er niet heen moeten gaan.'

Ze werd stil en schudde haar hoofd.

'Waarom niet?' wilde Fiona weten.

Kim keek haar aan. Een liefdevolle uitdrukking gleed over haar gezicht. Ze stak haar arm uit en streek over Fiona's wang.

'Op die avond ben je verwekt,' fluisterde ze schor.

'Je weet wie mijn vader is?' Fiona staarde haar verbluft aan.

'Helaas niet zeker,' antwoordde Kim somber. 'Fridtjof bracht me naar de garage toen ik al wat had gedronken. "Voor de goeie oude tijd," zei hij en ik ben erop ingegaan, hoewel ik wist dat hij een vriendin had.' Ze zuchtte diep. 'Een uur later vertelde hij me met zijn vriendin aan zijn arm dat ze verloofd waren. Ik voelde me vreselijk vernederd en wilde alleen nog maar weg.'

'Wat een rotstreek,' zei Fiona meelevend. 'Arme jij!'

'Helaas is het verhaal nog niet afgelopen.' Kim worstelde met zichzelf, maar sprak toen verder. 'Joachim was er ook. Hij heeft me mee naar zijn huis genomen omdat ik uit frustratie stomdronken ben geworden. Ik had een volledige black-out en dat heeft hij gebruikt...'

'Hij heeft je verkracht!' riep Fiona verontwaardigd. 'Wat een schoft!'

'Tja.' Kim keek haar aan en zuchtte weer. 'Een van die twee rotzakken is helaas je biologische vader.'

***

Allemaal onmiddellijk naar boven in mijn kantoor komen, typte Pia met één vinger in de chatgroep van de K11, terwijl Martina Siebert verder sprak over haar man en hoe ze hem na al die jaren weer was tegengekomen. *Joachim Vogt is onze man!*

Cem en Tariq stormden een minuut later haar kantoor binnen en keken Pia nieuwsgierig aan. Ze beduidde hun stil te zijn, vervolgens drukte ze op de luidsprekertoets van haar telefoon.

'Hebt u uw man over de kwestie met Kims dochter verteld?' vroeg ze aan de arts.

'O ja,' antwoordde die. 'Ja, klopt. Ik heb het er met hem over gehad. Hij kent Kata ook van vroeger.'

Kai verscheen in de deuropening, gevolgd door dr. Harding. Beiden gingen naast hun collega's staan.

'Hoe reageerde hij daarop?' wilde Pia weten. Het trillen was gestopt.

Haar hoofd functioneerde weer. Dit was de doorbraak waarop ze hadden gewacht!

'Hm. Eigenlijk knikte hij alleen. Ja, oké, ik heb Kata destijds wel beloofd dat ik er niet over zou praten, maar ik was die avond zo boos op haar!' rechtvaardigde dr. Siebert zichzelf. 'Ze wilde er niets mee te maken hebben. Het interesseerde haar niet dat het meisje wanhopig was! Ik moest de volgende ochtend naar Spanje vliegen en was mijn koffers aan het pakken en toen beledigde Kata me op een verschrikkelijke manier, alhoewel ik me jarenlang aan mijn afspraak heb gehouden!'

'Mevrouw Siebert, hoe is uw huwelijk?' vroeg Pia.

'Waarom wilt u dat weten?' Het klonk verbaasd. 'Goed. Vol vertrouwen. Dat moet een huwelijk ook zijn als je zo ver bij elkaar vandaan woont. Ik bouw hier in Spanje ons nieuwe bestaan op omdat we onze oude dag graag in het zuiden willen doorbrengen...'

'Is er rond het jaar 2012 iets gebeurd?' onderbrak Pia de woordenstroom van de arts. 'Was er een crisis in uw huwelijk?'

Cem, Tariq, Kai en de profiler luisterden gespannen.

'Eh, ik zou niet weten wat u...' begon dr. Siebert, maar Pia liet haar niet uitpraten.

'De moordenaar die we zoeken en van wie we denken dat hij Kata en haar dochter in zijn macht heeft, pleegde tussen 1997 en 2011 geen moorden. De reeks ging pas in mei 2012 verder,' zei ze.

Dr. Siebert zweeg even.

'Maar u wilt nu toch niet beweren dat mijn man een seriemoordenaar is, of wel soms?' De arts lachte iets te schel en probeerde te klinken alsof het haar een grappig idee leek.

Het antwoord was pijnlijk. Als dr. Siebert de ernst van de situatie niet begreep of als Kims en misschien ook Fiona's lot haar niet kon schelen, dan zou het heel gevaarlijk zijn om haar de waarheid te vertellen. Ze zou uit loyaliteit haar man bellen en hem waarschuwen en hij zou Kim doden of zichzelf. Dan zouden ze nooit te weten komen waar hij haar gevangenhield.

Om hem niet achterdochtig te maken, hadden ze de steun van zijn vrouw nodig zodat hij geen sporen uitwiste.

'Hij is een van de verdachten,' bevestigde Pia. 'Alleen al omdat hij een pleegzoon van Reifenrath was.'

Kai trok zijn telefoon tevoorschijn en liep de gang op. Dr. Harding pakte een vel papier van Pia's bureau, haalde zijn pen tevoorschijn en schreef iets op.

'M... m... maar dat kan niet,' stamelde dr. Siebert ontdaan. 'Waarom... waarom zou Joachim zoiets doen? Ik bedoel... hij... is zo'n lieve man! Hij is betrouwbaar en... en... ruimdenkend, hij geeft me alle vrijheid en houdt van mijn dochters alsof het zijn eigen kinderen zijn! Zo iemand brengt toch niet zomaar... iemand... iemand om het leven!'

Dr. Harding gaf het vel papier aan Pia.

BRENG HAAR VERTROUWEN IN HEM AAN HET WANKELEN!

Pia knikte en stak haar duim op.

'Wat gebeurde er in 2012?' herhaalde ze haar vraag.

'Ik... ik had een affaire met een collega,' bekende de arts. 'Het stelde helemaal niets voor. Maar Joachim was er op een of andere manier achter gekomen. Hij was er helemaal kapot van.'

'Wanneer kwam hij achter uw affaire?'

'Ik weet het niet precies. Ik geloof rond Pasen.'

In mei 2012 werd Rianne van Vuuren vermoord.

'Maar hij vertelde me pas die zomer dat hij het wist. Vlak voor onze vakantie. Ik had de affaire allang beëindigd. Joachim en ik hebben alles uitgepraat. We gingen zelfs naar een huwelijkstherapeut en we hebben elkaar weer gevonden en besloten onze gemeenschappelijke droom van een leven in het zuiden te verwezenlijken.' Ze zweeg even. 'Nee, u moet zich vergissen! Joachim is zo'n gevoelige, goedige man! Hij doet geen vlieg kwaad, geloof me!'

'Wanneer was u voor het eerst in Toscane?' vroeg Pia.

'Dat is lang geleden. Tijdens de zomer van 1997. San Gimignano. De week na die vakantie zijn we naar Wildsachsen verhuisd.'

'Waar woonde u daarvoor?'

'De meisjes en ik bij mijn ouders, dat was praktisch omdat ik dan kon gaan werken. Joachim huurde destijds een huisje in Diedenbergen, maar dat was voor ons vieren veel te klein.'

Joachim Vogt had het beton voor het fundament van de hondenkennel meteen na zijn eerste vakantie in Toscane gestort, dus in 1997. Had hij vanwege de ophanden zijnde verhuizing naar een gezamenlijk huis van de gelegenheid gebruikgemaakt om op een onopvallende manier af te komen van de lichamen van Mandy Simon, Annegret Münch en Jutta Schmitz, die hij tot die tijd ergens had bewaard?

'Luister,' zei de arts. 'Ik ken mijn man. Hij zou nooit tot zulke dingen in staat zijn! We hebben geen geheimen voor elkaar. We vertrouwen elkaar.'

'Heeft uw man u verteld dat hij zijn biologische moeder kende?' vroeg Pia.

'N...nee.' Het klonk aarzelend. Over geheimen gesproken. 'Ze is bij zijn geboorte overleden. Daarom kwam hij toch in een pleeggezin?'

'Dat is helaas niet waar. De moeder van uw man heette Elke Vogt en kwam uit Bad Camberg. Ze heeft Joachim meteen na zijn geboorte afgestaan ter adoptie. Maar om een of andere reden werd hij niet geadopteerd en hij belandde ten slotte bij de Reifenraths. Vlak daarna trouwde ze met een welgestelde koffie-importeur in Hamburg, waarna ze Elke von Donnersberg heette. Op Moederdag in mei 1977 werd ze vermoord. Op dezelfde manier als alle andere slachtoffers. Uw man kende haar, want ze zocht hem vroeger altijd op Moederdag op bij de Reifenraths.'

'Op Moederdag...' fluisterde dr. Siebert.

'Op Moederdag in 1995 schoot Theo Reifenrath zijn vrouw Rita dood,' zei Pia. 'Fridtjof en Joachim hielpen hem de moord te verdoezelen en op een zelfmoord te laten lijken. Afgelopen week hebben we het stoffelijk overschot van Rita Reifenrath op het perceel in Mammolshain gevonden.'

Stilte.

'Was uw man ooit op Kreta?'

'Ja. Na zijn eindexamen. Samen met Fridtjof en twee andere jongens van hun jaar.'

'Ze zaten in een klein hotel in een stadje dat Fotia heet, klopt dat?' zei Pia.

'Dat is mogelijk.'

'In het hotel logeerde ook een Franse rugzaktoeriste. Magalie Beauchamp. Ze werd een paar keer samen met de Duitse jongens gezien. Op 12 augustus verdween ze. De jongens vertrokken dezelfde dag. Niet veel later werd haar lichaam gevonden.'

'Nee, nee,' fluisterde de arts. 'Maar dat kan toch helemaal niet! Ik zou Fridtjof tot zoiets in staat achten. Hij was altijd al een ijskoude en hij ging over lijken. Hoe denkt u dat hij Kata toen aan de kant zette? Hij nodigde haar uit voor een feest waarop hij zijn verloving bekendmaakte, de gevoelloze rotzak!'

'Wanneer was dat feest?' kwam Pia erop terug.

'Ik weet het niet precies. Een paar jaar voordat ik Joachim weer tegenkwam. Maar hij heeft me erover verteld. Hij was er ook en bracht Kata na het feest weg.'

De laatste puzzelstukjes in Pia's hoofd vielen samen. Het totaalplaatje werd steeds duidelijker. Fridtjof en Joachim kenden Kim goed. Kim had van Fridtjof gehouden, maar die was met een andere vrouw getrouwd. Was een van de twee de vader van Fiona? Had Kim daarom tegen elke prijs willen verhinderen dat iemand iets over haar zwangerschap te weten kwam?

'Dr. Siebert, zou u hierheen willen komen?' Pia liet haar stem zacht en meelevend klinken. 'We kunnen een vlucht van Malaga naar Frankfurt voor u boeken.'

'Hm... ik... Ja...' Ze barstte in snikken uit. Ze was in shock en dat was haar niet kwalijk te nemen.

'U mag absoluut niet met uw man praten over wat u net hebt gehoord. Ook niet met uw dochters. Met absoluut niemand,' zei Pia nadrukkelijk. 'Als u hem vandaag of morgenochtend spreekt, doet u zoals altijd. Kunt u dat?'

'J... Ja. Ja, dat kan ik wel.'

'Als hij echt degene is die we denken dat hij is, dan zal hij de vrouwen die hij in zijn macht heeft onmiddellijk doden en alle sporen proberen uit te wissen.'

'Ik begrijp het.' Dr. Sieberts stem klonk rustig. 'Vandaag gaat om acht uur een vlucht van Malaga naar München. Als ik opschiet, haal ik die.'

'Houdt u ons alstublieft op de hoogte,' zei Pia. 'We halen u in München van het vliegveld op en dan brengen we u naar Frankfurt.'

***

Het is om gek van te worden! Voor het eerst in al die jaren zie ik geen oplossing voor mijn problemen. Omdat ik geen plan had. Omdat ik gedwongen was spontaan te handelen. Omdat ik geen tijd had alle eventualiteiten af te wegen. En daarom beleef ik geen plezier aan de hele toestand. Dat de politie me dicht op de hielen zit, stoort me niet. Het was te voorzien dat het op een dag zou kunnen gebeuren en op een of andere manier verhoogt het zelfs de prikkel. Ik heb niets in mijn leven wat ik niet binnen vijf minuten achter me kan laten. Ik heb alle voorbereidingen getroffen om te verdwijnen als de grond me te heet onder de voeten wordt. Waar ik me aan erger is dat ik me heb overgeleverd aan het toeval. Dat is me nog nooit overkomen! Het begon allemaal met dat ongeluk in Sint-Petersburg! Als ik thuis was geweest, had Theo niet dagenlang in zijn woning gelegen. Dan had die domme Claas de hond niet in de kennel opgesloten. De drie vrouwen zouden nooit ontdekt zijn. Maar zo is alles langzamerhand ontrafeld, zoals bij het breien, wanneer je een steek laat vallen en alles uiteenvalt. Het ergste voor mij is dat ik geen zin heb die twee vrouwen te doden. Het voelt niet goed dit keer. Ik heb nog nooit uit wellust gedood, maar altijd alleen omdat het zo moest zijn. Zodat het evenwicht in mezelf weer is hersteld. En daarvoor moet alles kloppen. Ik denk al een week over Kata na. Waarom ze het heeft gedaan. Het is erger dan elk verraad. Ik was allang over Kata heen. Over de Kata van wie ik hield. Die bestaat niet meer. De vrouw die nu daar beneden zit, is een vreemde. Ze ziet er oud uit. Ze ruikt oud en leugenachtig. Het probleem is de jonge Kata. Zij heeft niets gedaan waarvoor ze bestraft moet worden. Ik dood geen onschuldigen. Afgezien van Claas, maar die verdiende het sowieso. Ik zet de camera aan en kijk een paar minuten naar die twee. Misschien kan ik hen het beste laten omkomen van de dorst. Als hun lichamen worden gevonden, zit ik in Spanje. En als ik het goed speel, zullen ze denken dat Claas hen daar beneden heeft opgesloten.

***

In de centrale van het recherchebijstandsteam brak een koortsachtige bedrijvigheid uit. Kai diende een verzoek in voor een huiszoekingsbevel voor de woning van Joachim Vogt in Wildsachsen en vroeg toestemming om zijn telefoon af te luisteren. Van Fiona Fischer hadden ze nog steeds geen teken van leven gekregen, daarom moesten ze ervan uitgaan dat ze dood of ook in handen van Vogt was. Pia had Cem en Tariq naar Falkenstein gestuurd om Fridtjof Reifenrath op te halen voor een nieuw verhoor. Ze was van plan hem niet op haar kantoor of in een verhoorkamer te ondervragen, maar in de centrale van het recherchebijstandsteam. Samen met dr. Harding, Kathrin en Kai arrangeerde ze de whiteboards zo dat Reifenrath vanuit zijn stoel constant de foto's van de slachtoffers en hun lichamen zou zien. Dan zou hij hopelijk de ernst van de situatie begrijpen. Kai had de foto's van Magalie Beauchamp uit het ViCLAS-bestand geprint en op een whiteboard geplakt, daarnaast een vergrote foto van de rekening van het hotel in Fotia.

Alles wat dr. Siebert Pia over de telefoon had verteld, paste in het profiel dat dr. Harding had samengesteld: Joachim Vogt had geen vrienden en buiten zijn baan zo goed als geen sociale contacten. Hij was voor zijn werk veel onderweg, in zijn positie hoefde hij niet te verantwoorden wanneer hij waar was en hij kon ook vanuit huis werken. Het was nu ook duidelijk waarom hij zich de afgelopen jaren zo intensief om de belangen van zijn voormalige pleegvader had bekommerd, want op die manier kon hij het perceel in Mammolshain in de gaten houden en snel reageren als het nodig was. Zijn pech was dat hij uitgerekend op het moment dat Reifenrath was overleden, een ongeluk had gehad!

Fridtjof Reifenrath daarentegen, dat had Kais achtergrondonderzoek opgeleverd, leidde in Engeland het typische leven van de Britse upper class. Met zijn vrouw en twee honden woonde hij op een landgoed dat op enige afstand van Londen lag, zijn bijna volwassen kinderen zaten in Eton op een college, zijn vrouw en hij ontvingen vaak gasten en ze gingen een aantal keren per jaar met het hele gezin op vakantie. Het was heel onwaarschijnlijk dat hij een seriemoordenaar was die zijn slachtoffers in Duitsland zocht.

Pia pakte Kims fotoalbums en de doos met Fridtjof Reifenraths jeugdherinneringen en zocht de foto's ertussenuit die ze Reifenrath meteen wilde voorleggen. In de doos waarop Joachim Vogts naam stond, zat niets waaruit je conclusies over zijn persoonlijkheid en verleden kon trekken, en dr. Harding koesterde de verdenking dat Vogt al jaren geleden de inhoud had gecontroleerd en alles wat hem zou kunnen verraden eruit had gehaald. De profiler hield het ook voor mogelijk dat Joachim Vogt bij het plannen van zijn daden rekening had gehouden met de levensomstandigheden en actieradius van zijn pleegbroers, om in het geval van een politieonderzoek hen in verdenking te brengen.

'Hij is extreem intelligent,' zei dr. Harding en zijn toon verraadde onwillekeurig bewondering. 'Neem bijvoorbeeld het verhaal over de betonplaat van de hondenkennel. Hij heeft jullie verteld dat Theo al aan het werk was toen hij daar toevallig kwam. Ik denk eerder dat hij de werkzaamheden van Doll en Lindemann heeft gezien en een kans zag om van de drie lichamen af te komen die hij waarschijnlijk nog in de vrieskist had liggen maar waarvoor hij snel een oplossing moest vinden omdat hij op het punt stond te verhuizen naar de nieuwe woning.'

'Een goede plek,' bevestigde Kai. 'Hij kon er wel van uitgaan dat niemand meer zou komen helpen met de hondenkennel.'

'Misschien dacht hij ook dat hij of zijn vriend Fridtjof op een dag het huis zouden erven en dan zou het nooit meer een probleem hebben opgeleverd,' vermoedde Kathrin.

'Een onaangenaam toeval dat Theo overleed toen hij even niet in de buurt was.' Dr. Harding knikte. 'En het was nog vervelender dat Claas Reker de hond in de kennel opsloot.'

'Daarvoor moeten we Reker echt dankbaar zijn.' Pia schoof de foto's op een stapel. 'Zonder de botten in de kennel zouden we de onderzoeken snel hebben stilgelegd.'

Bodenstein en dr. Engel arriveerden en Pia stelde beiden snel op de hoogte van haar gesprek met Martina Siebert.

'Als ze het inderdaad alleen aan hem heeft verteld, dan is Vogt zonder twijfel onze man,' zei Bodenstein. 'Wat hoop je van Reifenrath te horen?'

'Wat er in 1987 op Kreta is gebeurd,' antwoordde Pia. 'Hoe Vogt achter de waarheid over zijn moeder kwam. We hebben tot nu geen enkel solide bewijs dat Vogt de moorden pleegde, dus we hebben op zijn minst een reeks sluitende aanwijzingen nodig, anders slaan de advocaten ons met deze zaak om de oren en in het ergste geval wandelt Vogt als vrij man de rechtszaal uit. Zijn vrouw vliegt vanavond naar München en is hier morgenochtend. Ze zal bij de huiszoeking aanwezig zijn.'

Het viel haar op dat de directeur met een afwezige blik uit het raam staarde. Hoe verbijsterend moest het zijn als je hoorde dat een persoon die je dacht te kennen en die je had vertrouwd, zoveel geheimen voor je had?

'Wat een onnodige tragedie! Joachim Vogt had als geadopteerde zoon van Gero Donnersberg op kunnen groeien,' zei Bodenstein. 'Als zijn moeder de moed had gehad haar man over haar buitenechtelijke kind te vertellen.'

'Dat kun je nu makkelijk zeggen,' bracht dr. Harding ertegen in. 'Maar in de jaren zestig was een buitenechtelijk kind een ramp. Ze was waarschijnlijk bang dat haar man haar zou verstoten.'

'Ze wilde haar luxueuze leventje niet in gevaar brengen.' Bodenstein schudde zijn hoofd. 'Daar heeft ze met vijfentwintig jaar aan geheimzinnigheden, met depressies en ten slotte met een gruwelijke dood voor betaald. Wat dom en wat onnodig!'

'Acht vrouwen zouden nog leven als ze dat niet had gedaan,' zei Pia met onverhoedse verbittering. 'En nu verkeert mijn zus ook nog in gevaar, alleen omdat die ene vrouw zo laf en egoïstisch was!'

'Je kunt niet alle schuld in de schoenen van deze vrouw schuiven.' Dr. Engel ontwaakte uit haar verstarring. 'Dat zou betekenen dat Vogt niet verantwoordelijk is voor zijn handelen. Maar dat is hij wel. Andere kinderen werden ook door hun ouders in de steek gelaten en zijn geen moordenaars geworden.'

'We mochten alle brieven van Rita Reifenrath aan Elke von Donnersberg meenemen,' zei Bodenstein. 'Daaruit blijkt dat ze in 1979 haar zoon voor het laatst op Moederdag heeft opgezocht. Nora Bartels werd in 1981 gedood en ik denk dat dit zeer waarschijnlijk Vogts eerste moord was. Hij heeft het meisje verdronken en daar genoot hij van.'

Pia's telefoon zoemde. Cem en Tariq waren met Fridtjof Reifenrath gearriveerd. Ook openbaar aanklager Rosenthal was gekomen om het verhoor te volgen.

'We willen hem hier in de ruimte van het recherchebijstandsteam ondervragen,' zei ze. 'Ik wil dat hij de foto's van de slachtoffers en de lichamen ziet. Hij moet begrijpen waar het om gaat.'

'Doet u dat.' Dr. Engel knikte en glimlachte grimmig. 'We zullen er allemaal bij zijn. Dat zal hem onder druk zetten.'

***

Toen Cem en Tariq Fridtjof Reifenrath naar de centrale van het recherchebijstandsteam brachten, legde hij in eerste instantie een koele arrogantie aan de dag, die omsloeg in nervositeit die hij maar slecht kon verbloemen. Pia had haar team en de andere collega's strikt geïnstrueerd en de zorgvuldige enscenering bleek te werken. Niemand bood Reifenrath iets fris of een kop koffie aan. Ze wierpen hem onderzoekende en nieuwsgierige blikken toe, maar spraken hem niet aan. Bodenstein, Pia, Nicola Engel, Harding, Cem en Tariq stonden om Kais tafel zachtjes met elkaar te praten, maar keken af en toe naar Reifenrath, die op een stoel met zijn rug naar het raam zat. Nog geen vijf meter bij hem vandaan en vanuit zijn positie goed te zien stonden de whiteboards met de gruwelijke foto's. Hij kon nog geen minuut rustig blijven zitten. Zijn blik dwaalde steeds weer af naar de foto's. Hij schoof heen en weer op zijn stoel, ging om de paar seconden anders zitten, trok aan zijn neus, streek door zijn haar en zat te zweten. Je kon duidelijk zien dat hij zich niet prettig voelde en dat was precies Pia's bedoeling.

'Waarom moet ik hier zitten?' beklaagde hij zich toen Pia en Bodenstein ten slotte naar hem toe kwamen. 'Waarom dwingt u me naar die foto's te kijken?'

Zijn verontwaardiging was maar gespeeld. Hij was bang.

Pia sprak de noodzakelijke informatie in op het bandje, attendeerde Reifenrath op het feit dat het gesprek ook op video werd opgenomen en dat hij als getuige werd gehoord en niet als verdachte. Ten slotte vroeg ze hem of hij een advocaat wilde, maar dat ontkende hij.

'Herkent u iemand op de foto's?' vroeg Bodenstein aan hem.

'Nee.' Reifenrath schudde met klem zijn hoofd.

'Kijkt u eens goed.'

Met tegenzin volgde Reifenrath Bodensteins verzoek op. Pia ontging de geschrokken blik in zijn ogen niet toen hij naar de foto van Magalie Beauchamp keek.

'Herinnert u zich haar?' wilde Pia weten. 'U hebt haar in 1987 tijdens uw vakantie op Kreta leren kennen.'

Reifenrath liep rood aan. Slikte nerveus.

'We hebben op vakantie veel meisjes leren kennen,' antwoordde hij. 'Wat is er met haar aan de hand?'

'Magalie verdween op 12 augustus 1987. Haar lichaam raakte een paar dagen later verstrikt in een vissersnet,' zei Bodenstein.

Reifenrath zette grote ogen op.

'Ze is in zee gegooid nadat ze werd gewurgd. Ze heeft zich hevig verzet.' Bodenstein maakte een gebaar in de richting van de whiteboards. 'Al deze vrouwen werden verdronken. Net als Nora Bartels.'

'En wat heb ik daarmee te maken?' barstte Reifenrath woedend uit.

'Vertelt u ons wat er in augustus 1987 op Kreta is gebeurd,' zei Pia. 'Hebt u Magalie gewurgd en haar lichaam in zee gegooid om deze misdaad te verhullen?'

'Nee!' Fridtjof Reifenrath sprong op van zijn stoel. 'Nee, ik heb haar niets aangedaan!'

'Gaat u zitten.' Bodenstein boog zich naar voren en zette zijn ellebogen op zijn knieën. Hij wachtte tot Reifenrath weer had plaatsgenomen. 'Goed dat u zich haar herinnert. Vertelt u ons alstublieft wat u nog meer te binnen schiet.'

Reifenrath begreep dat hij zichzelf had verraden. Passend bij zijn aard stond hij niet te lang stil bij zijn faux pas en hij begon te praten. De zomer na zijn eindexamen vloog hij voor een vakantie met drie vrienden naar

Kreta voordat hij in oktober aan zijn studie begon. Ze reisden het eiland rond en belandden uiteindelijk in Fotia, een klein kustplaatsje waar veel jonge mensen waren. Op het strand had hij Magalie leren kennen. Ze reisde alleen en hij vond haar meteen leuk. De hele dag had ze met hem geflirt en 's avonds waren ze samen op een feest, waar ze allebei te veel alcohol dronken.

'Ik was behoorlijk dronken die avond,' gaf Reifenrath toe. 'Op een of andere manier ben ik in mijn kamer beland en heb ik geslapen. De volgende dag zijn we halsoverkop vertrokken. De reden daarvoor kan ik me niet herinneren. Dat meisje heb ik niet meer gezien en ik heb ook later nooit meer iets van haar gehoord.' Hij vertrok zijn gezicht tot een scheef glimlachje. 'Dat verbaast me nu natuurlijk niet meer.'

'We geloven u niet,' zei Pia. 'U weet precies wat er met Magalie is gebeurd.'

'Ik heb haar niets aangedaan.'

'Wie dan wel?'

Stilte.

'Magalie had een zoontje, dat ze bij haar ouders achterliet omdat ze de wereld wilde ontdekken. Heeft ze u over het jongetje verteld?'

'Nee!' Reifenrath schudde zijn hoofd. 'Dat wist ik niet!'

'Iemand moet het hebben geweten. Alle vrouwen die u hier op de foto's ziet, hadden kleine kinderen die ze in de steek lieten. Zoals al uw pleegbroers en pleegzussen door hun moeders in de steek werden gelaten en in een tehuis belandden.'

Reifenrath fixeerde Pia met een uitdrukkingsloos gezicht. Alleen het malen van zijn kaken verraadde zijn innerlijke spanning.

'We vermoeden dat Magalie precies om die reden moest sterven,' zei Pia. 'Haar moordenaar heeft in de loop van de tijd zijn handwerk verfijnd. Hij heeft zijn slachtoffers met behulp van een stroomstootwapen overmeesterd en ze van top tot teen in vershoudfolie gewikkeld zodat ze zich niet konden verzetten. Daarna heeft hij ze verdronken, vervolgens in een vrieskist ingevroren en later begraven of het lichaam ergens afgedankt.'

Alle kleur week uit Reifenraths gezicht.

'We vermoeden dat hij getraumatiseerd is doordat hij in zijn vroege jeugd is verlaten en dat werd door de mishandelingen van uw grootmoeder en de andere jongeren nog versterkt. Deze man is daardoor een seriemoordenaar geworden,' sprak Pia verder. 'Hij doodt niet uit moordlust en ook niet uit wraak of seksuele motieven, maar hij voert een kruistocht. Hij ziet het als zijn missie vrouwen te doden die hun kinderen om egoïstische redenen in de steek laten.'

'We denken dat hij ook zijn eigen moeder heeft omgebracht,' vulde Bodenstein aan. 'En we zijn ervan overtuigd dat u die man kent.'

De gesprekken in de grote ruimte waren verstomd. Het was doodstil. Gespannen wachtte iedereen op een reactie.

Reifenrath zat kaarsrecht en als versteend op zijn stoel, alleen zijn adamsappel ging schoksgewijs op en neer. Op zijn voorhoofd hadden zich zweetdruppels gevormd en die sijpelden langs zijn slapen naar beneden. Zijn anders zo beheerste gezicht kon je ineens lezen als een open boek: tientallen jaren loyaliteit streden met het besef van een vreselijke waarheid. Pia verhoogde de druk.

'Hij heeft op dit moment een vrouw in zijn macht die u ook kent,' antwoordde ze. 'Ze heet Katharina Freitag. Vroeger noemde ze zich Kata of Kim.'

Reifenraths wenkbrauwen schoten omhoog. Hij begon te zuchten en te kreunen.

'En die man heeft woensdagavond Claas Reker gedood in de woning van Katharina Freitag.'

Reifenraths mondhoeken vertrokken, maar hij zweeg. De man was een harde dobber.

Pia kon wel begrijpen dat een veertig jaar lange vriendschap niet zo makkelijk aan het wankelen te brengen was, maar ze raakte toch gefrustreerd. Haar plan slaagde niet. Ze had bijna alle registers opengetrokken en toch de man tegenover haar niet aan het praten gekregen. Er was nog een allerlaatste mogelijkheid en die baseerde ze op de veronderstelling dat Reifenrath niet iemand was die zich voor een ander opofferde, zelfs niet voor zijn beste vriend.

'Oké, dat was het,' zei ze daarom, ze stond op en schoof haar documenten en notities op een stapel. Ze keek hem niet aan. 'We stoppen er nu mee. U wordt in voorlopige hechtenis genomen wegens medeplichtigheid aan moord in ten minste acht zaken en u wordt naar de strafgevangenis Weiterstadt overgebracht. Ik raad u aan een advocaat te bellen, want morgenochtend wordt u voorgeleid aan de rechter-commissaris. U hebt het recht om te zwijgen. Indien u geen gebruik maakt van dit recht kan alles wat u zegt tegen u worden gebruikt...'

'Wacht even!' riep Reifenrath in een vlaag van paniek. 'Ik heb er niets mee te maken! Ik wist niets van al die moorden, behalve van...'

Hij zweeg, schudde zijn hoofd, bedacht zich en begon opnieuw te praten.

'Joachim heeft Magalie destijds vermoord.' Zijn stem klonk plotseling schor. 'Ik wist er niets van, tot hij het me de volgende dag vertelde toen ik weer nuchter was. Hij beweerde dat Magalie me wilde aangeven voor verkrachting en dat hij haar had moeten doden, anders was ze naar de politie gegaan. Hij... hij deed het om mij te... beschermen.'

***

Fiona was schor van het schreeuwen. Nadat Kim het hele vreselijke verhaal had verteld, had ze zo'n dorst gehad dat ze een hele fles water had leeggedronken. Daarna duurde het een paar minuten totdat ze in slaap viel. Toen het stil was hoorde Fiona heel gedempt de claxon van een auto en het rammelen van metaal op metaal en ze maakte daaruit op dat er ergens boven hen mensen waren! Ze had geprobeerd aandacht te trekken door zo hard als ze kon te schreeuwen en tegen de metalen deur te schoppen tot haar voeten pijn deden, maar er was niets gebeurd. Ze had keelpijn en ze had zo'n dorst dat ze op het punt stond eraan toe te geven en ook een flesje leeg te drinken. Maar ze had zich beheerst. Ze had een paar druppels van haar hand gelikt en er was niets gebeurd.

Nu lag ze uitgeput naast haar moeder op de betonnen vloer en ze dacht na over wat ze allemaal had gehoord. Kim was na het feest diep vernederd naar Berlijn teruggegaan en had alles in het werk gesteld om een baan ergens in het buitenland te vinden. Ze kreeg inderdaad een tijdelijk contract bij de FBI in Washington aangeboden. Ze had veel te laat gemerkt dat ze zwanger was en in haar vertwijfeling had ze zich tot haar beste vriendin gewend. Het idee een kind te hebben dat haar altijd zou herinneren aan die vreselijke nacht, was onverdraaglijk voor haar geweest en ze had zich getroost met de wetenschap dat het goed ging met haar baby. Daarna was ze naar Amerika gegaan en toen ze een paar jaar later hoorde dat haar beste vriendin met Joachim was getrouwd, had ze elk contact met haar verbroken.

Fiona's hart brak als ze eraan dacht hoe Kim zich had gevoeld, hoe moeilijk het voor haar moest zijn geweest te besluiten haar kind aan vreemden af te staan. Het had haar hele leven verwoest.

Nee, ze verweet haar moeder niets. Het enige wat ze wenste was meer tijd. Tijd om Kim beter te leren kennen, haar tante en haar oom, haar grootouders en haar neven en nichtjes te zien. Ze wilde niet hier in deze kerker sterven! Niet nu ze eindelijk een grote familie en een moeder had!

***

'Dat was gelogen,' zei Bodenstein. 'En u bent in die leugen getrapt.'

'Joachim Vogt heeft u alleen maar gebruikt,' ging Pia erop door. 'Ook al hebt u altijd gedacht dat u degene was die het voor het zeggen had in jullie vriendschap, eigenlijk was het omgekeerd. Joachim heeft zich onmisbaar voor u gemaakt: hij sleepte u door uw schooltijd, loste uw problemen op, regelde zaken voor u.'

'Dat deed hij niet voor u, maar enkel en alleen voor zichzelf en in zijn eigen voordeel. Iedereen had dat door – alleen u niet! U hebt nooit begrepen wat er echt speelde en hoe Vogt u manipuleerde.' Pia zag aan Fridtjof Reifenrath dat het tot hem doordrong dat ze gelijk had en hoe diep dat besef hem raakte.

Een minder egocentrisch persoon dan Reifenrath zou waarschijnlijk de dynamiek van deze vriendschap hebben doorzien, maar Joachim Vogt had het slim aangepakt en zijn vriend in de waan gelaten dat hij de toon aangaf. Reifenrath kon slechts aan één ding denken, namelijk aan zichzelf. Maar hij had het in zijn leven onder andere zo ver gebracht omdat hij in staat was nederlagen van zich af te laten glijden. Hij herwon razendsnel zijn evenwicht.

'Dat kan gebeuren als je goedhartig bent en een mens onvoorwaardelijk vertrouwt,' zei hij en als het niet zo ernstig was geweest, zou Pia om deze wending hebben gelachen.

'Wanneer zag u Katharina Freitag voor het laatst?' vroeg Bodenstein.

'Dat is een eeuwigheid geleden,' antwoordde Reifenrath. 'Ik geloof dat het op mijn verlovingsfeest was. In de zomer van 1994.'

'Ze was toch ooit uw vriendin, of niet?'

'Jawel. Maar het was niet serieus. We waren soms samen en soms niet.' Hij haalde zijn schouders op. 'Eigenlijk was ze Joachims grote liefde. Mijn beste vriend betekende meer dan een vrouw. Kata was sowieso niet de ware voor me.'

'Waarom niet?' Pia kon niet zo goed tegen de denigrerende ondertoon die in zijn stem was geslopen, maar ze beet haar tanden op elkaar. 'Het was toch een mooi meisje?'

'Ja, klopt. Ze was mooi, ze was intelligent. Misschien was het wel iets tussen ons geworden als ze een andere familie had gehad. Ik wilde weg uit Mammolshain, weg van mijn kleinburgerlijke grootouders. Dat gaat het snelst door te trouwen in een hogere maatschappelijke klasse.'

Het gebeurde niet zelden dat personen die erop uit zijn een onberispelijk beeld van zichzelf in de publiciteit te presenteren, tijdens een verhoor een onverbloemde openhartigheid aan de dag legden – alsof agenten zoiets als biechtvaders waren en alsof hun geheimen bij hen veilig waren. Maar Reifenrath verwachtte geen absolutie, hij werd ook niet gedreven door de behoefte zijn hart te luchten. Het kon hem gewoon niet schelen dat hij op zijn weg naar boven mensen gekwetst, vernederd of kapotgemaakt had. Pia's woede groeide met elk woord dat hij zei.

'Wat gebeurde er op uw feest?'

'Niets. Wat moet er dan gebeurd zijn?'

'Katharina Freitag heeft in mei 1995 een kind gekregen,' zei Pia. 'Ze wilde het niet, daarom heeft ze het weggegeven. En precies om die reden is ze in het vizier van de moordenaar gekomen.'

Reifenrath begreep het en werd bleek. Deze reactie was voor Pia bewijs genoeg.

'Bent u die avond met haar naar bed geweest? Op uw verlóvingsfeest?'

'Lieve hemel, ja!' Hij haalde zijn schouders op. 'Ik was aangeschoten! Kata liep achter me aan naar de garage toen ik sekt uit de koelkast wilde halen. Ze heeft me verleid! Ze zei zoiets als "voor de goede oude tijd". Nou ja. Het is gewoon gebeurd.'

'Wist ze toen al dat u zich had verloofd?'

'Nee,' gaf Reifenrath zonder een greintje berouw of verlegenheid toe. 'Dat hebben we pas tegen middernacht bekendgemaakt. Joachim vertelde me later dat Kata zoveel had gedronken dat ze niet meer kon lopen. Hij heeft haar mee naar zijn huis genomen, want hij wilde haar niet zo naar haar ouders brengen. Ze woonde toen in Berlijn en was alleen voor het feest naar Frankfurt gekomen. En zijn ridderlijke daad bleek toen ook voor hem de moeite waard te zijn. Tien jaar lang was hij alleen haar beste vriend, hoewel hij er altijd over had gedroomd eens haar... eh... haar... hm... minnaar te zijn.'

Pia kreeg het ijskoud toen ze de betekenis van zijn woorden begreep.

Kim was die avond niet alleen met Fridtjof, maar ook met Joachim naar bed geweest. Negen maanden later had ze een baby gekregen. Fridtjof, die haar zo had gekwetst, was de vader, of Joachim, die haar waarschijnlijk had verkracht toen ze dronken was. Beide opties waren rampzalig, daarom wilde ze per se van de baby af. De ironie van het lot wilde dat uitgerekend de latere echtgenote van Joachim Vogt haar daarbij had geholpen. Waarbij het een man als Vogt, die niets aan het toeval overliet, absoluut was toe te vertrouwen dat hij uit koele berekening met Martina Schmidt was getrouwd, want via haar zou hij het contact met zijn grote liefde in stand kunnen houden.

Nu had hij Kim in zijn macht. Zou hij weten dat hij Fiona's vader kon zijn? Of – erger nog – wist hij dat ook zijn beste vriend de vader kon zijn? Zou hij aarzelen om Kim iets aan te doen omdat hij ooit van haar had gehouden, of was precies het tegendeel het geval en haatte hij haar des te meer omdat ze hem zijn kind had onthouden?

Inmiddels was de vertrouwde loyaliteit verdwenen en Reifenrath begon alles zonder pardon te vertellen.

'Joachim heeft Nora Bartels om het leven gebracht,' zei hij gedreven door de wraakzucht van de bedrogene. 'Hij was toevallig bij het meer toen Claas en Nora daar aan het roeien waren. Claas had met opzet de boot laten kantelen en was ervandoor gegaan, maar Nora's voet zat vast in de algen.' Hij schoot in de lach. 'Joachim vertelde me dat hij Nora onder water zou hebben geduwd omdat ze slechte dingen over me vertelde, maar dat was waarschijnlijk ook gelogen. Ik denk eerder dat hij Claas een loer wilde draaien en dat is hem ook gelukt.'

'Wist u wat Claas met hem had gedaan?' informeerde Bodenstein.

'Ja, op een of andere manier wel, hoewel hij het tegenover mij altijd heeft gebagatelliseerd,' antwoordde Reifenrath. 'Claas haatte hem, want hij was jaloers op zijn privileges.'

'Heeft hij hem ook in folie gewikkeld en onder water geduwd?'

'Hm. Ja.' Reifenrath haalde zijn schouders op.

'En u hebt hem niet beschermd.'

'Ik heb het een paar keer aan mijn grootmoeder verteld en ze heeft Claas gestraft. Maar daarna werd Claas steeds agressiever. Joachim zou in de vrieskist zijn gestikt als ik hem niet op het allerlaatste moment had gevonden!'

Fridtjof was op een dag achter de naam en het adres van Joachims biologische moeder gekomen en hij had zijn vriend gedekt toen die naar Hamburg was gegaan om zijn moeder op te zoeken.

'Heeft hij met haar gesproken?' vroeg Bodenstein.

'Ik geloof het niet,' antwoordde Bodenstein. 'Hij heeft haar huis gezien en hij kwam erachter dat hij twee halfbroers heeft. Dat was waarschijnlijk genoeg voor hem. Daarna heeft hij er nooit meer een woord aan verspild.'

'Maar een paar jaar later is hij naar Hamburg gegaan en heeft zijn moeder om het leven gebracht,' reageerde Bodenstein.

'Behoorlijk kortzichtig van hem.' Reifenrath haalde harteloos zijn schouders op. 'Ze had een villa aan de Elbchaussee en haar man had geld als water. Ik zou in zijn plaats alles gedaan hebben om zijn stiefzoon te worden in plaats van haar om het leven te brengen.'

***

Pia kon de man geen seconde langer verdragen en gaf Bodenstein een teken dat ze een pauze wilde. Hij kon wel alleen met Reifenrath doorgaan of samen met Nicola Engel. Ze verliet de vergaderruimte en liep naar de drankautomaat. Haar hoofd dreunde en haar rug deed helse pijn. De spanning van de laatste achtenveertig uur en de onzekerheid over Kims en Fiona's lot hadden alle kracht uit haar lichaam gezogen. Een loodzware vermoeidheid, waartegen ook een flesje cola niet hielp, verspreidde zich in haar.

'Pia?' Kai dook achter haar op.

'Ja?' Het liefst had ze hem afgewimpeld, maar dat zou niet terecht zijn geweest.

'Je hebt je telefoon bij me laten liggen.' Hij gaf haar de smartphone en keek haar bezorgd aan. 'Ga naar huis en probeer een beetje te slapen.'

'Ik ga wel even boven op de bank liggen,' antwoordde ze.

'Rosenthal heeft alles erdoor gekregen bij de rechter,' lichtte Kai haar in. 'Huiszoekingsbevel voor Vogts huis en kantoor. Toestemming om zowel zijn mobiele als vaste telefoons af te luisteren, en voor observatie en een bewegingsprofiel. We mogen zelfs de technici van de deelstatelijke recherche met een warmtecamera en een *through-the-wall* sensor bij zijn huis inzetten, zodat we kunnen checken of hij Kim en Fiona misschien daar gevangenhoudt.'

'En als ze daar niet zijn?' Pia leunde tegen de muur.

'Daar heb ik het ook met de openbaar aanklager over gehad,' antwoordde Kai. 'Vogt is de laatste drie dagen uitsluitend tussen zijn huis en zijn werk op en neer gegaan. Hij is nergens anders geweest.'

'Zijn mobíél is nergens anders geweest,' verbeterde Pia hem. Ze gaapte en wreef over haar ogen.

'Hij wordt geobserveerd. Om 19.40 uur is hij de parkeergarage van de luchthaven uit gereden en hij was om 20.35 uur thuis.'

'Wanneer wordt de warmtecamera ingezet?'

'Die jongens zijn al onderweg. Dan beginnen we meteen. Maar dat kan de baas overnemen. Ga maar even liggen.'

Het was bijna half tien. Over anderhalf uur zou Martina Siebert in München landen. Een chauffeur was al op weg om haar op te halen en naar Hofheim te brengen.

'Oké,' antwoordde Pia. 'Als er iets is, laat het me dan weten.'

'Doen we.' Kai klopte haar op de schouder.

Ze haalde haar jas en haar tas, sleepte zich de trap op naar de eerste verdieping en dook op de bekraste leren bank in de vergaderruimte. Ik moet in elk geval Christoph snel wat laten weten, dacht ze nog, maar toen viel ze overmand door vermoeidheid in slaap.

Dag 12

Zaterdag, 29 april 2017

'Pia? Pia, word wakker!'

Iemand raakte haar schouder aan en rukte haar uit de diepte van een zware, droomloze slaap. Versuft knipperde ze met haar ogen in het felle licht en ze herkende het gezicht van Christian Kröger. Ze hoorde ergens stemmen en het rook naar koffie.

'Hoe laat is het?' mompelde ze en ze streek met haar hand over haar ogen.

'Bijna half vier. We hebben de huurauto van Fiona Fischer gevonden!'

Pia was meteen klaarwakker. Ze kwam overeind.

'Waar?'

'Op de parkeerplaats van de REWE in Breckenheim! En het beste is: aan de binnenkant van de deurgreep, op het knipperlicht en op de rugzak en de reistas van Fiona Fischer die in de kofferbak lagen, zat bloed. Nu hebben we DNA, en als dat van Vogt is, dan hebben we bewijs!'

'Haar bagage lag in de kofferbak? Dan heeft hij niet alleen mijn zus, maar ook haar.' Pia haalde het elastiekje uit haar haren, kamde met haar tien vingers door het verwarde haar en maakte een knot in haar nek. 'Wat heeft de warmtecamera laten zien?'

'Helaas maar één persoon en iets kleins, waarschijnlijk een huisdier. We hebben meerdere drones over het huis laten vliegen, maar er was geen spoor van Kim en haar dochter, tenminste niet op de begane grond of op de eerste verdieping. Als hij ze in de kelder heeft opgesloten, dan kunnen we dat niet zien. Bij massieve betonnen vloeren bereiken de warmtecamera's hun grenzen.'

Bodenstein kwam de vergaderkamer binnen.

'Ik heb je toch gezegd dat je haar moest laten slapen!' snauwde hij Kröger toe.

'Al goed.' Pia stond voorzichtig op en strekte haar pijnlijke rug. 'Ik ben weer bedrijfsklaar. Waar is Reifenrath?'

'Beneden in een cel,' antwoordde Bodenstein. 'Dat leek me veiliger. Niet dat hij Vogt waarschuwt. Dr. Siebert zit beneden te wachten. Ze is een uur geleden aangekomen en wilde niet naar het hotel.'

'Laten we dan maar meteen met haar gaan praten. Ik fris me snel even op.' Pia liep naar de kleedruimtes. Er lagen voor dit soort gevallen een tandenborstel, tandpasta en andere toiletartikelen, en bovendien schone kleren in haar kast.

Tien minuten later voelde ze zich al veel beter en haar spiegelbeeld zag er betrekkelijk uitgerust uit. Op weg naar boven beantwoordde ze Christophs bericht van gisteravond. Had ze hem eigenlijk verteld dat Kim een dochter had en dat beiden waarschijnlijk in handen van een seriemoordenaar waren gevallen? De afgelopen 72 uur waren in haar geheugen tot één dag versmolten en ze kon zelfs niet zeggen wanneer ze haar man voor het laatst had gesproken.

Dr. Harding en Cem hadden zichzelf ook een beetje slaap gegund, maar het hele team liep zo langzamerhand op zijn tandvlees. Kai en Tariq hadden meerdere nachten bijna aan één stuk door gewerkt en hadden zich wakker gehouden met dutjes en liters koffie en energydrankjes. Ook aan dr. Engel en Bodenstein was de vermoeidheid te zien. Alleen Christian Kröger was klaarwakker en even energiek als altijd.

'Ik heb de oude dossiers van deze zaak nogmaals doorgenomen en gezien dat er in 1988 onbekend DNA op de kleding van Eva Tamara Scholle is gevonden,' meldde hij bijna euforisch. 'Toen konden ze er weliswaar nog niets mee, maar ze hebben het bewaard en we kunnen het testen! Waanzinnig, toch? Over een jaar zou de termijn van dertig jaar zijn verstreken en zouden ze waarschijnlijk de in beslag genomen bewijsstukken hebben vernietigd.'

Martina Siebert zat aan een tafel in het voorste gedeelte van de centrale van het recherchebijstandsteam. Ze had haar handen voor zich om een kopje gelegd. Pia bekeek de elegante vrouw met het kortgeknipte bruine haar met grijze plukken en ze herkende in haar het vrolijke meisje uit de fotoalbums van Kim. Maar ze herinnerde zich niet dat ze haar ooit had ontmoet.

'Hallo, dr. Siebert.' Pia bleef naast de tafel staan. 'Dank u wel dat u zo snel bent gekomen.'

De vrouw keek op. Onder haar rode ogen lagen donkere kringen.

'Hallo,' zei ze alleen en ze klemde het kopje weer vast alsof het haar enige houvast was.

'Mogen we bij u komen zitten?'

Pia wist hoe vreselijk het voor de familie van een moordenaar was als ze beseften wat een persoon die ze hadden vertrouwd en van wie ze hadden gehouden, had aangericht. De schuldgevoelens waren al erg als het om een affecthandeling ging, maar hoe zou je je voelen als je hoorde dat je eigen man tientallen jaren vrouwen had doodgemarteld? De vraag wat in hun relatie niet gelogen was, achtervolgde de familie de rest van hun leven, evenals de vraag of ze iets hadden moeten merken en misschien iets hadden kunnen verhinderen.

'Natuurlijk,' zei dr. Siebert.

Bodenstein en dr. Harding gingen ook aan de tafel zitten.

Martina Siebert draaide het lege kopje tussen haar vingers en hield haar blik op het tafelblad gericht.

'Weet u zeker dat...?' In een hoekje van haar hart leek ze te hopen dat het allemaal een vergissing was. Ze tilde haar hoofd op en keek Bodenstein smekend aan.

'We weten het helaas behoorlijk zeker,' bevestigde hij. 'Uw man heeft al als kind een meisje verdronken en later als jongeman een Franse rugzaktoeriste op Kreta.'

'O mijn god.' Er rolde een traan uit haar ooghoek. 'Ik kan het eigenlijk allemaal niet geloven. Ik dacht dat ik mijn man kende! Wat zult u nu wel van me denken?'

'We denken dat uw man al tientallen jaren een perfect dubbelleven leidde,' zei dr. Harding zacht.

'Als ik niet zo'n egoïst was geweest, had ik iets gemerkt.' De arts kwelde zich met zelfverwijten. 'Maar ik dacht aan mijn carrière, aan mijn dochters, aan mijn dieren. Mijn man stelde nooit eisen. Hij was met alles tevreden, liet mij de beslissingen nemen... Ik heb me te weinig met hem beziggehouden. Het is mijn schuld dat die vrouwen moesten sterven. En dat misschien ook Kata en haar dochter moeten sterven.' Ze barstte in snikken uit. 'Als hij thuis was, zat hij meestal achter zijn computer. En al vanaf het moment dat ik hem leerde kennen was hij vaak voor zijn werk onderweg. Ik heb er niets achter gezocht. Ik had toch niet in de verste verte kunnen bedenken dat hij... dat hij... vrouwen om het leven brengt.'

'U vertrouwde hem,' zei dr. Harding. 'En hij heeft uw vertrouwen misbruikt. Het is niet uw schuld.'

'Wel!' riep ze en de tranen stroomden over haar gezicht. 'Ik heb hem over Kata verteld! Alleen daarom wist hij het van de baby! Al die jaren heb ik me aan mijn belofte gehouden en er met niemand over gesproken, maar die avond heb ik me laten meeslepen omdat ik op dat moment heel kwaad op haar was! Ze was mijn beste vriendin en ik heb haar geholpen zonder vragen te stellen en tegen mijn overtuiging in. Meteen daarna was ze verdwenen en ze reageerde op een gegeven moment niet meer op mijn brieven en mails! Ik was zo radeloos en zo gekwetst en ik... ik heb haar zo gemist!'

Haar vertwijfeling raakte Pia recht in haar hart.

'U kon echt niet weten dat uw man zoiets zou doen,' mengde Pia zich in het gesprek. 'En ik denk dat we inmiddels weten waarom Kim – Kata – afstand van u heeft genomen. Wist ze dat u met Joachim Vogt bent getrouwd?'

'Ja, ik heb haar destijds een huwelijksaankondiging gestuurd.' Martina Siebert haalde een papieren zakdoekje uit haar jaszak en snoot haar neus.

Pia vatte kort voor haar samen wat ze eerder van Fridtjof Reifenrath had gehoord en Martina Siebert raakte weer totaal van streek.

'Dat betekent dat Fiona Fischer het kind van mijn man zou kunnen zijn?' vroeg ze met trillende stem.

'Theoretisch is dat mogelijk.' Pia knikte meelevend.

De arts wekte de indruk dat ze niet veel meer jobstijdingen aan zou kunnen, terwijl ze maar net waren begonnen. Dr. Harding legde de foto's van de slachtoffers voor haar neer, maar niet de foto's van de lichamen.

'Die vrouw ken ik!' riep ze en ze wees naar de foto van Eva Tamara Scholle. 'Ze is... Ze was de nicht van een jongen die bij ons in de leefgemeenschap woonde. Thomas heette hij. Thomas Scholle. Eva bleef soms bij hem overnachten als ze in Frankfurt uit was gegaan.'

Daarmee was het raadsel opgelost hoe Joachim zijn derde slachtoffer had leren kennen.

'O mijn god, o mijn god,' fluisterde de arts. 'We waren destijds op haar begrafenis! Wij allemaal... Ook mijn man! Hoe kon hij dat doen?'

Ze snikte wanhopig.

'Alle vrouwen werden steeds vlak voor of op Moederdag gedood,' zei Bodenstein, toen ze een beetje was gekalmeerd. 'In 2012, 2013 en 2014. Kunt u zich herinneren of uw man in die jaren op Moederdag thuis was of niet?'

Dr. Siebert greep naar haar keel.

'Hij... hij was er nooit op Moederdag,' fluisterde ze schor. 'Hij vindt het een dom feest. Pure geldklopperij noemt hij het, net als Valentijnsdag. Ik hecht er niet veel waarde aan. Mijn man... Hij... hij was op die dagen altijd... aan het werk.' Ze sloeg haar handen voor haar gezicht.

***

Joachim Vogt had al jong een voorliefde voor computers, daarom leek zijn weg in de IT al uitgestippeld, maar na twee semesters had hij zijn studievakken veranderd en was hij elektrotechniek en natuurkunde gaan studeren. Begin jaren negentig had hij naast zijn studie bij de SWR in Stuttgart gewerkt en daar had hij tijdens een live-uitzending Mandy Simon leren kennen, zijn vierde slachtoffer. Zijn façade was perfect. Hij stond overal als betrouwbaar, vriendelijk en behulpzaam te boek.

Een ander raadsel kon dankzij Martina Siebert ook worden opgelost, namelijk hoe de DNA-sporen van Nina Mastalerz en Jana Becker in een vrieskist in het slachthuis van Theo Reifenrath waren beland. Joachim Vogt had de vrieskist, die oorspronkelijk in zijn garage in Wildsachsen had gestaan, met de paardentrailer naar Mammolshain getransporteerd en hij had ter vervanging meteen een nieuwe vrieskist meegenomen. Het feit dat haar man de lichamen van zijn slachtoffers van tijd tot tijd in de garage van haar huis had bewaard, schokte de arts opnieuw. Ze begreep nu waarom hij zo fel tegen de aanschaf van een praktischere diepvrieskast met laden was geweest.

'Hoe zeker weet u dat Vogt onze man is?' vroeg Nicola Engel aan dr. Harding nadat dr. Siebert onder begeleiding van een agent het vertrek had verlaten.

'Honderd procent,' antwoordde de profiler zonder aarzelen. 'Het profiel past perfect. We weten dat hij Nora Bartels en Magalie Beauchamp om het leven heeft gebracht en je kunt wel verzinnen hoe hij in contact kwam met zijn slachtoffers. Hij heeft de dumpplaatsen van de lichamen en de pseudoniemen op de internetfora zo gekozen dat in het geval van een gerechtelijk onderzoek de verdenking op zijn voormalige pleegbroers valt, wat erop wijst dat hij altijd op de hoogte is van hun activiteiten en dat hij niets aan het toeval overlaat.'

'Goed.' De directeur knikte. 'Dan gaan we er nu op af.'

Tegen zevenen verscheen Kathrin Fachinger bepakt met allerlei boodschappentassen waaruit ze belegde broodjes, yoghurt, muesli en fruitsalade haalde. Ze nodigde haar collega's uit om te komen ontbijten voordat de briefing begon. Pia vroeg haar ook Martina Siebert en Fridtjof Reifenrath te halen voor het ontbijt. Ze waren allebei naar de vergaderkamers op de begane grond gebracht, waar ze door Merle Grumbach, een psychologe en twee agenten werden verzorgd en bewaakt. Als Joachim Vogt contact met zijn vrouw opnam, kon Martina Siebert dat niet verborgen houden.

Er kwamen steeds meer collega's binnen, onder hen de specialisten van de deelstatelijke recherche en de groepscommandant van de mobiele eenheid die Bodenstein voor de zekerheid op het vliegveld klaar wilde hebben staan. Openbaar aanklager Rosenthal dook op en even later ook de hoofdcommissaris van politie.

Persvoorlichter Smykalla had veel te stellen met de talrijke vragen van de journalisten. Voor het hek van de regionale recherche verzamelden zich steeds meer reportagewagens, sommige reporters hadden daar de hele nacht gekampeerd. Natuurlijk leidde het feit dat Fridtjof Reifenrath weer een nacht in hechtenis had doorgebracht tot wilde speculaties en sommige boulevardbladen en onlinenieuwsdiensten kondigden met centimetershoge koppen aan dat de politie hem in het kader van de Taunusripperzaak zou verhoren.

'Hij zal ons aanklagen,' vreesde Smykalla. 'We moeten dat absoluut rechtzetten.'

'We zetten helemaal niets recht,' viel Nicola Engel hem in de rede. 'Het is een afleidingsmanoeuvre. Ik heb die informatie via een omweg naar de pers gelekt. Reifenrath vond het goed.'

'Pardon? Hij vond het góéd?' Smykalla, die net fruitsalade in zijn mueslikom schepte, stopte verrast.

'Min of meer,' antwoordde zijn baas koel. 'We willen dat Vogt zich veilig voelt. Hij mag in geen geval argwaan krijgen.'

'En wanneer had ík dat moeten horen?' vroeg Smykalla verbouwereerd.

'U weet het nu,' antwoordde Nicola Engel.

'Als je afgelopen nacht hier was geweest in plaats van in je bedje, dan had je het geweten,' spotte Kröger.

Joachim Vogt was nog thuis, maar hij zou uiterlijk tegen de middag naar zijn werk gaan. Dat deed hij volgens zijn vrouw vaak, want het onderhoud of de nieuwe implementatie van de computersystemen werd meestal gedaan als het luchtverkeer pauzeerde en de shops en lounges gesloten waren. In de nacht van zaterdag op zondag moest er bijvoorbeeld een update uitgevoerd worden voor de computerbesturing van de bagagebanden waaraan Joachim Vogt en zijn team maanden hadden gewerkt.

Zodra hij zijn huis in Wildsachsen had verlaten, zou de bewaker hem op de voet volgen om er zeker van te zijn dat hij naar zijn werk zou rijden en niet alleen maar naar de bakker. Pas als hij zijn auto in de personeelsgarage had geparkeerd, zouden ze het huis binnengaan en het van de zolder tot de kelder doorzoeken.

Na het ontbijt belde Pia haar oude kennis Jens Hasselbach op en vertelde hem onder strikte geheimhouding over haar vermoeden dat er ergens op het terrein van de luchthaven twee vrouwen gevangen werden gehouden. Ze hoopte dat Hasselbach onmiddellijk een idee zou kunnen hebben waar je twee mensen voor een langere periode verborgen kon houden, maar zijn antwoord was ontmoedigend. Zelfs hij kende lang niet elke hoek van het twintig vierkante kilometer grote terrein van de luchthaven. Helaas kende Joachim Vogt er goed de weg en hij had bovendien de hoogste veiligheidsmachtiging, dus hij kon zich in alle sectoren vrij bewegen. Een man met een geel Fraport-veiligheidsvest, helm en een geel luchthavenpasje zou nergens opzien baren.

De hoofdcommissaris van politie droeg de coördinatie van de operationele eenheid en de exploitatiemaatschappij van het vliegveld over aan Nicola Engel en nam daarvoor direct contact op met de directie van Fraport. De kring van ingewijden moest zo klein mogelijk blijven, slechts een paar mensen mochten weten waar het werkelijk om ging.

'Het allerergste zou zijn dat Vogt om het leven komt, zelfverkozen of op wat voor manier dan ook,' zei Bodenstein. 'Hoogste prioriteit heeft het leven van beide vrouwen die hij vermoedelijk in zijn macht heeft.'

***

Na de briefing begon het wachten. Uur na uur verstreek zonder dat Joachim Vogt aanstalten maakte om zijn huis te verlaten. Twee burgerauto's van de politie wisselden elkaar tijdens het observeren af. Het team van de K11 zat werkeloos in de centrale van het recherchebijstandsteam, de zenuwen van alle aanwezigen waren tot het uiterste gespannen. Iedereen vroeg zich in stilte af of de twee vrouwen eigenlijk nog wel in leven waren. Om negen uur waren de sporendragers van de moordzaak van Eva Tamara Scholle uit de opslagruimte met in beslag genomen bewijsstukken van de deelstatelijke recherche in het laboratorium aangekomen en die werden meteen aan een DNA-test onderworpen.

Even voor twaalven ging Christian Krögers telefoon over. Hij luisterde een paar seconden en bedankte. Gespannen keek iedereen naar hem.

'Ja!' riep hij en hij stak triomfantelijk zijn gebalde vuist in de lucht. 'Het DNA op de kleren van Eva Tamara Scholle is hetzelfde als het DNA dat we in de huurauto hebben gevonden!'

Pia en Bodenstein keken elkaar aan. Zodra ze in Vogts huis waren, konden ze zijn DNA van een haar- of tandenborstel afnemen en in een snelle procedure sequentiëren. Als het overeenkwam hadden ze een onomstotelijk bewijs tegen Vogt in handen.

Kai Ostermann stond in verbinding met het bewakingsteam in Wildsachsen. Er gebeurde niets in het huis, Vogts auto stond nog altijd op de oprit, hoewel het inmiddels al kwart voor een was.

'We rijden ernaartoe,' besloot Bodenstein. 'Het duurt me allemaal te lang. Ik heb het gevoel dat er iets niet klopt.'

Op de luchthaven was men in staat van paraatheid. De veiligheidscontroles waren verscherpt en de mobiele eenheid had onopvallend positie gekozen rond het gebouw waarin Vogts kantoor zich bevond.

Bodenstein, Pia, de hoofdcommissaris van politie en Nicola Engel bespraken via een conferencecall met de groepscommandant van de mobiele eenheid en de directie van Fraport of het niet beter was Vogt meteen te arresteren nadat hij zijn huis had verlaten of op z'n laatst in de parkeergarage. De crisisstaf van Fraport en de groepscommandant van de mobiele eenheid gaven de voorkeur aan deze variant, want zij hadden in de eerste plaats de veiligheid van de luchthaven en de mensen in de terminals voor ogen. Zou Vogt erin slagen op het terrein onder te duiken, dan zou dat een ramp zijn, omdat niemand wist wat hij zou doen als hij zich in het nauw gedreven voelde.

'Maar we hopen dat hij naar zijn gijzelaars gaat kijken,' bracht Pia ertegen in. 'Als hij ons er niet naartoe leidt, dan is het onmogelijk hen te vinden!'

'In menselijk opzicht heb ik daar groot begrip voor,' antwoordde de dame van de Fraport-directie die verantwoordelijk was voor de veiligheid van het vliegveld. 'Maar we moeten aan de verhoudingen denken. We hebben tientallen aankomende en vertrekkende vliegtuigen. Wij zijn er verantwoordelijk voor dat er niets gebeurt en we mogen geen risico's nemen.'

Gefrustreerd merkte Pia dat de hoofdcommissaris van politie geneigd was in te stemmen met de argumenten van de mensen van Fraport. Ze wist dat ze gelijk hadden. Welke beslissing zou zij nemen als de twee vrouwen niet haar zus en nicht waren, maar vreemden?

Bodenstein droeg Tariq op Martina Siebert te halen, die hen naar Wildsachsen zou begeleiden. Kröger en drie van zijn technici stonden klaar om te vertrekken.

'Hij verlaat het huis!' riep Kai Ostermann op dat moment. 'We gaan!'

'Wat nu?' Nicola Engel keek de hoofdcommissaris van politie afwachtend aan. Hij fronste zijn voorhoofd, dacht even na en nam een beslissing.

'Arresteren,' beval hij. 'Nu!'

Het was 13.22 uur toen Kai het bevel aan de collega's in Wildsachsen doorgaf. Pia sloot haar ogen. Haar schouders zakten naar voren en ze zuchtte diep. Daarmee was de kans dat ze Kim en Fiona nog levend zouden vinden zo goed als verkeken.

***

'Dat is Vogt niet!' schreeuwde een stem door de hoorn van het telefoontoestel op Kais bureau. 'Dat is een vrouw!'

'Waar is dr. Siebert?' vroeg Nicola Engel en ze stak eisend haar hand uit, waarop Kai haar de telefoon gaf. 'Hoe kan dat? Waar is hij dan?'

'Geen idee... Wacht even...'

Pia, die al op weg naar buiten was, draaide zich om. Uit de hoorn klonk geroezemoes, toen een hysterische vrouwenstem.

'...zijn auto staat op de oprit...'

'Ik dacht dat de warmtecamera duidelijk had vastgesteld dat er maar één persoon in het huis was,' zei de hoofdcommissaris van politie op ijzige toon.

'Dat was ook zo,' antwoordde de specialist van de deelstatelijke recherche die 's nachts de bewakingsactie had geleid. 'We zijn om kwart voor vijf vertrokken.'

'Het is de schoonmaakster,' meldde de agent die voor Vogts huis stond op dat moment.

'Hoe kan de schoonmaakster dan ongezien het huis in komen?' vroeg Nicola Engel op onheilspellende toon, maar ze kreeg geen antwoord.

'...is om half negen gekomen... Toen was Vogt er nog. Ze heeft in de keuken nog koffie met hem gedronken. Hoe laat hij het huis heeft verlaten, weet ze niet.'

'Hoe kan dat nou?' tierde de directeur. 'U hebt het huis toch constant geobserveerd, of niet soms?'

'We stonden niet recht voor de oprit geparkeerd,' verdedigde de agent zich. 'Dan hadden we net zo goed kunnen aanbellen.'

'Ik begrijp het niet! Waar was u? Hebt u een dutje gedaan of bent u gezellig ergens gaan ontbijten?'

'Natuurlijk niet! Maar we moesten een paar keer van positie veranderen zodat we niet zouden opvallen. Het is een doodlopende straat, die alleen door aanwonenden wordt gebruikt. Toen het licht werd, zijn we een stuk verder omhoog naar de rand van het bos gereden. Van daaruit konden we de poort zien. Wat moeten we nu doen? Moeten we de schoonmaakster laten gaan?'

Tariq kwam terug met dr. Siebert.

'Shit, shit, shit!' vloekte Nicola Engel tot verrassing van haar ondergeschikten. Nog nooit had iemand meegemaakt dat de directeur op zo'n manier haar zelfbeheersing verloor. Haar blik viel op Vogts echtgenote.

'Hebt u misschien uw man gewaarschuwd?' viel ze uit tegen de vrouw.

'Nee, dat heb ik niet!' antwoordde de arts. Ze keek onzeker naar de gezichten van de omstanders en begreep dat er iets was misgegaan.

'Onze schoonmaakster komt om de veertien dagen rond half negen,' bevestigde ze. 'Ze heeft een sleutel van het huis. Misschien is mijn man op de fiets naar zijn werk gegaan. Dat doet hij wel vaker als het mooi weer is.'

'Hartstikke bedankt dat u daar nu pas aan denkt!' siste Nicola Engel grimmig. 'Hoe kon hij ongezien het huis verlaten?'

'Achter in de tuin zit een poort,' antwoordde de arts geïntimideerd. 'Het is korter op de fiets als je rechtstreeks door het bos naar Langenhain rijdt.'

De directeur staarde haar aan, haalde toen diep adem, hield die even vast en blies toen weer uit.

'Ik kan wel zeggen dat dit faliekant is mislukt,' stelde ze vast. 'Breng de mensen van de luchthaven en de mobiele eenheid op de hoogte. We hebben een nieuw plan nodig.'

***

De helft van mijn team staat voor de ingang te roken. Ze maken goedbedoelde grappen over mijn fietskleren. Ik blijf even bij hen staan, hoewel ik een hekel heb aan sigarettenrook en ook aan die nieuwe verdampers waar drie van hen op staan te sabbelen.

'We zijn over vijf minuten boven,' zegt er een en ik knik glimlachend. Glimlachen is zo langzamerhand mijn tweede natuur geworden en iedereen denkt dat ik een vriendelijk mens ben. Mijn team mag me graag, maar ik vind ze allemaal heel oppervlakkig en weinig ontwikkeld. Ik haat het gebrek aan respect van die jonge gasten, maar dat laat ik niet merken. Inmiddels ben ik de oudste hier en ook de duurste, daarom probeert de onderneming vanwege kostenbesparing al jaren van me af te komen en me weg te werken naar de onderaannemer aan wie ze het complete computercentrum hebben 'geoutsourcet', zoals ze dat tegenwoordig noemen. Die ondankbaarheid irriteert me, maar ook daar verspil ik geen woord aan.

Ik ga met de lift naar de derde verdieping. Ik kleed me om in mijn kantoor. Ik heb er vandaag een uur en dertig minuten over gedaan, een nieuw record. Ik ben topfit. De terugweg zal langer duren omdat het bergop is, maar dat vind ik niet erg. Tijdens het fietsen krijg ik de beste ideeën, maar ik ben er nog steeds niet uit wat ik met Fiona zal doen.

Tien minuten later loop ik de controlekamer op de zesde verdieping binnen. Voordat we de update kunnen uitvoeren, moeten er nog een paar voorbereidingen worden getroffen. Toch kunnen we pas beginnen als het laatste vliegtuig van vandaag is binnengekomen en de bagagebanden stilstaan. Genoeg tijd om alles rustig voor te bereiden. Ik concentreer me op mijn werk. Ik wil dat alles perfect gaat. Dat doel heb ik bij alles wat ik doe.

***

Bodenstein zat achter het stuur van de dienstauto, Pia had op de passagiersstoel plaatsgenomen en dr. Harding en dr. Siebert zaten op de achterbank. Kröger en zijn team volgden in twee VW-busjes. Om de wachtende pers niet te alarmeren hadden ze het bedrijfsterrein via een sluipweg verlaten.

‘Misschien kan ik Joachim ervan overtuigen ons te vertellen waar Kata en Fiona zijn,’ zei Martina Siebert.

‘U mag hem nu niet bellen!’ beval Bodenstein. ‘We weten niet waar hij nu is en wat hij van plan is.’

‘Verwacht u alstublieft niet dat u iets kunt bereiken bij uw man,’ zei de profiler tegen Martina Siebert toen ze de Erdbeermeile in de richting van de snelweg afreden. ‘Hij zal niet naar u luisteren. Uw man is een psychopaat van de allerergste soort. Mensen zoals hij kunnen niets voor andere mensen voelen.’

‘Dat is niet waar,’ sprak de arts hem zonder al te veel nadruk tegen, alsof ze eigenlijk zichzelf wilde overtuigen. ‘Joachim houdt van onze dochters en van mij! Er is niets wat hij niet voor ons zou doen! Hij is attent en zorgzaam en inlevend!’

‘Ik weet dat het moeilijk voor u is om te geloven,’ antwoordde dr. Harding, ‘maar psychopaten als uw man kunnen zich aan de sociale normen aanpassen en op die manier een weinig opvallend leven leiden. Ze kunnen perfect respect, genegenheid en medeleven simuleren. Wat wij bij dergelijke mensen als gevoel beschouwen zijn echter alleen gespeelde emoties. Komedie.’

‘Maar dat had ik in die achttien jaar toch moeten merken!’ reageerde Martina Siebert ongelukkig.

‘Hebt u ooit samen met uw man naar een horrorfilm gekeken? Of een film waarbij u moest huilen of waarnaar u niet meer kon kijken als er iets wreeds gebeurde?’

‘Ik... ik denk van wel.’

‘Moest uw man ook weleens huilen? Of heeft hij ooit “ai” geroepen, zijn gezicht vertrokken of weggekeken van het beeldscherm?’

De echtgenote van Joachim Vogt dacht na en schudde ten slotte aarzelend haar hoofd.

‘Nee,’ fluisterde ze terneergeslagen.

‘Alstublieft, vergeeft u me mijn indiscrete vraag, maar had u nog regelmatig seks?’

‘Nee.’ Martina Siebert boog haar hoofd en beet op haar onderlip. ‘Daar hechtte hij nooit veel waarde aan. Daarom... daarom had ik ook die affaire.’

Pia luisterde zwijgend naar de dialoog. ‘Actief negeren’, had Christoph dat genoemd. Toen Martina Siebert tegen dr. Harding zei dat het allemaal niet waar kon zijn – want als haar man echt zo'n vreselijke psychopaat was dan had hij haar of hun dochters toch ook iets aangedaan –, had Pia er genoeg van.

'Hoe naïef bent u eigenlijk?' viel ze uit tegen de vrouw die ooit de beste vriendin van haar zus was geweest. 'Uw man heeft u en uw kinderen alleen als dekmantel voor zijn perverse lusten gebruikt! U laat hem volledig koud – en hij u waarschijnlijk ook, anders zou het u op een gegeven moment zijn opgevallen dat uw relatie niet normaal was!'

'Hoe kunt u zoiets zeggen,' fluisterde Martina Siebert met een in tranen gesmoorde stem. 'Ik voel me sowieso al schuldig.'

Ineens voelde Pia zich ellendig. Haar woede verdween en er bleef een pijnlijke leegte achter. Ze dacht aan Fiona, haar nicht, die volledig buiten haar schuld in gevaar verkeerde en nu misschien met haar leven voor de fouten van haar moeder moest betalen. Haar hart kromp samen.

'Het spijt me.' Ze draaide zich om en keek Martina Siebert aan. 'Dat had ik niet mogen zeggen. Ik ben op van de zenuwen.'

'Al goed.' De arts stak haar hand uit en legde die zwijgend op Pia's schouder. 'Dat ben ik ook.'

***

Een tweede team van de technische recherche arriveerde vlak na hen in Vogts huis. Tien man doorzocht elke hoek van de bungalow. Een zwarte kat was door de voordeur geglipt en ging ervandoor toen hij de grote hoeveelheid mensen zag. Pia liep alle kamers door met haar handen in haar jaszakken om maar niets aan te raken. Ze huiverde. De vriendelijke mediterrane sfeer leek ineens een grotesk decor.

Martina Siebert stond in het midden van de keuken naar de muur te staren.

'Wilt u iets drinken?' Pia herinnerde zich haar laatste bezoek en dat er tranen in Joachim Vogts ogen hadden gestaan. Ze had cognac voor hem ingeschonken omdat ze dacht dat hij in een shock verkeerde. Zijn optreden was zo overtuigend geweest dat ze geen seconde had getwijfeld.

'Hij bracht de vrouwen hierheen,' fluisterde Martina Siebert zonder antwoord te geven op Pia's vraag. 'Hier naar dit huis. Heeft hij ze ook hier… om het leven gebracht?'

Haar wereld lag in gruzelementen. Niets zou ooit meer zo zijn als vroeger. Ze zou ermee moeten leven dat de man met wie ze was getrouwd, die ze had vertrouwd en van wie ze had gehouden, een seriemoordenaar was. Een monster, ijskoud en meedogenloos, dat haar leven, haar huis en alle herinneringen met leed had besmet en voor altijd verwoest had.

Pia kon het niet over haar hart verkrijgen om haar te vertellen dat zijn slachtoffers waarschijnlijk al dood waren toen Vogt hen hierheen had gebracht.

'Ik denk het niet,' zei ze daarom. Ze vulde de waterkoker en zette hem aan, vervolgens doorzocht ze de keukenkastjes en vond een beker, zwarte thee en honing. Terwijl het water begon te koken bracht ze Martina Siebert naar de keukentafel en ze duwde haar zachtjes op de stoel.

'Ik wist het niet,' fluisterde de arts. 'Hoe kan dat? Hoe kan het dat ik níéts heb gemerkt?'

'Hij kan heel goed doen alsof,' antwoordde Pia. Ze goot het kokende water over het theezakje en deed een lepel honing in de beker. 'Hij heeft iedereen om de tuin geleid. Mij ook.'

Kröger en Bodenstein kwamen de keuken binnen. Met één blik op hun gezichten wist Pia dat ze iets hadden gevonden. In de garage stond een vrieskist. Martina Siebert had verteld dat die werd gebruikt om diervoeding in op te slaan en 's zomers ook voor schone paardendekens. Maar nu was de vrieskist leeg en ze stond aan en Krögers mensen hadden er een blonde haar in gevonden. Op een rek stonden behalve jerrycans met ruitenreiniger, grasmaaibenzine en andere alledaagse dingen meerdere rollen vershoudfolie.

'Waarvoor gebruikt u die?' wilde Kröger van dr. Siebert weten.

'Ik heb eerlijk gezegd geen idee.' Dapper beantwoordde de arts alle vragen, maar je kon aan haar zien dat de grenzen van haar incasseringsvermogen allang waren overschreden. Ze verkeerde in shock en het kon haar nauwelijks méér van haar stuk brengen toen ze begreep dat haar man niet eens de moeite had genomen om zijn moord- en martelwerktuigen voor haar te verbergen.

Vogts werkkamer in het souterrain was een heel normaal kantoor: dossierkasten, boekenkasten vol vakliteratuur, een computer op een opgeruimd bureau. Printer, fax, scanner, kopieerapparaat. In de kasten lag kantoormateriaal. Ze openden laden en kastdeuren, bladerden door ordners en rekeningafschriften. Alles was netjes, bijna pietluttig opgeborgen en gesorteerd. Geen enkele verwijzing naar het dubbelleven dat de man leidde.

'De computer kunnen we ons besparen.' Bodenstein ging achter het bureau zitten. 'Die zal zo beveiligd zijn dat we er sowieso niet in kunnen komen.'

Hij keek rond op het bureaublad, haalde zijn schouders op en stond weer op. Toen hij de werkkamer uit liep, bleef hij plotseling staan.

'Wat is er?' vroeg Pia.

Bodenstein keek naar de gang, toen weer naar Vogts kantoor.

'Ik geloof dat ik het heb gevonden,' zei hij opgewonden en hij stormde terug naar de kleine kamer en begon de boeken uit een boekenkast te trekken en op de grond te gooien. Pia stond stomverbaasd naar haar baas te kijken.

'Kom eens hier, Pia!' riep hij buiten adem. 'Help me eens de boekenkast weg te halen!'

Pia hielp een handje mee. Samen schoven ze de houten boekenkast aan de kant. Erachter kwam een onopvallende grijze metalen deur tevoorschijn.

'Hoe wist je dat?' vroeg Pia verbluft.

'De ruimte leek me vergeleken met de gang te klein,' antwoordde Bodenstein. 'Hij heeft een stuk afgescheiden met een gipsmuurtje.'

***

De Boeing 747-8 met vluchtnummer LH 717 was om 15.15 uur van Tokio-Haneda vertrokken. Onder normale omstandigheden duurde de vlucht over een afstand van 9482 kilometer 11 uur en 40 minuten, maar ze waren pas na een vol uur vertraging opgestegen. Gezagvoerder Bernd Metzner was vastbesloten het verloren uur weer in te halen, want hij had zijn vrouw namelijk plechtig beloofd op tijd thuis te zijn voor haar verjaardagsfeest. Ze werd tenslotte veertig. Hij had in Tokio een heel speciaal cadeau voor haar gekocht en hij verheugde zich al op haar gezichtsuitdrukking als ze het in bijzijn van alle gasten uitpakte.

'Ik ga even naar het toilet,' zei de copiloot en hij maakte zijn gordel los. 'Zal ik koffie meenemen?'

'Voor mij niet, dank je wel,' antwoordde Metzner.

'Zwart alsjeblieft,' zei de tweede gezagvoerder.

Nog ruim drie uur tot Frankfurt. Boven Siberië hadden ze hun vlieghoogte moeten veranderen zodat de brandstof niet bevroor en dat had ook weer tijd gekost, daarom had Metzner zijn copiloot geïnstrueerd om de vliegsnelheid te verhogen. De vlucht verliep rustig en de rest van de afstand stond de 364 passagiers ook geen turbulentie te wachten. Ze waren Sint-Petersburg al voorbij en naderden Tallinn. Metzner controleerde de instrumenten, keek uit het raam en kon ver beneden zich de Oostzee zien. Hij glimlachte tevreden. Ze hadden de vertraging goedgemaakt en zouden stipt om 18.45 uur in Frankfurt landen.

***

‘De deur is hoogstwaarschijnlijk beveiligd,’ vermoedde Christian Kröger. ‘Als we pech hebben, dan schakelen we een alarm in als we hem opendoen.’

‘Dat risico moeten we nemen,’ antwoordde Bodenstein en hij pakte zijn telefoon. ‘Ik bel dr. Engel om te informeren hoe ver ze op het vliegveld zijn. Misschien hebben ze hem al gearresteerd.’

Hij liep naar buiten en ze hoorden hem zachtjes praten.

Martina Siebert leunde tegen de deurpost met haar kopje in beide handen en haar ogen opengesperd. Ze had niets van deze deur en van een ruimte erachter geweten en dat terwijl ze al bijna vijftien jaar in dit huis woonde.

‘Dit is een gipsmuur,’ stelde Kröger vast nadat hij met zijn hand op de muur had geklopt. ‘Die is later geplaatst. Deze ruimte moet oorspronkelijk groter zijn geweest.’

Bodenstein kwam terug.

‘Vogt is op zijn werkplek,’ verkondigde hij. ‘De mobiele eenheid staat klaar en de veiligheidsdienst van de luchthaven heeft het gebouw onopvallend afgesloten. We mogen de deur openmaken.’

‘Oké.’ Kröger knikte. Resoluut gingen hij en een collega aan het werk, maar de massieve stalen deur was bestand tegen hun pogingen die te forceren.

‘Laten we de muur afbreken,’ stelde een technicus voor. ‘Het is maar gips. Met een bijl hebben we die er in een handomdraai uit.’

‘Doe maar.’ Bodenstein knikte.

Ze keken toe hoe de mannen de boekenkasten aan de kant schoven. Pia voelde dat haar vingernagels zich in haar handpalmen boorden en dat ze stond te tandenknarsen. Ze moest zich dwingen haar vuisten te openen en haar kaken te ontspannen. Had de warmtecamera niet door het metaal van de kasten en de deur en door het betonnen plafond van het vertrek kunnen dringen? Wat als dat zo was? Zaten Kim en Fiona achter deze deur gevangen? Waren ze nog in leven of zouden ze misschien alleen nog hun lichamen vinden?

Martina Siebert, die even angstig als Pia was, stond zo dicht naast haar dat hun ellebogen elkaar bijna raakten. Ze had haar kopje ergens neergezet en haar armen zo stevig om haar bovenlichaam gestrengeld dat het leek alsof ze anders uit elkaar zou vallen.

Een paar slagen met de bijl waren voldoende om de gipsplaten en het frame van aluminium in een stofwolk te veranderen. Hoestend baande Kröger zich een weg door het puin en hij verdween achter de restanten van de muur. Licht flikkerde op.

'Lieve hemel!' riep hij.

'Zijn ze daar?' Pia stormde weg voordat Bodenstein dat kon verhinderen, ze struikelde over een stuk gipsplaat en haalde haar handschoen en de bal van haar hand open aan een stuk metaal dat uit de afgebroken muur stak. Ze zag alleen diffuus licht waarin het stof danste.

'Nee, hier is niemand,' antwoordde Kröger. 'Maar ik geloof dat we zijn trofeeën hebben gevonden!'

In een eenvoudige houten boekenkast stonden elf doorzichtige plastic dozen. Op tien waren zorgvuldig de namen en de tijdstippen van overlijden genoteerd.

'De trofeeën,' zei Bodenstein met schorre stem. 'Strengen haar. Autosleutels. Halskettinkjes. Hier een riem. En... foto's.'

'Hij heeft alles bewaard,' bevestigde Kröger. 'Lieve hemel, wat luguber! Kijk nou toch!'

De openbaar aanklager zou zijn verdediging niet alleen op verdenkingen en getuigenverklaringen hoeven te baseren om de misdaden van Joachim Vogt aan te tonen, hier lag meer bewijs voor zijn schuld dan ze hadden kunnen wensen.

Het zien van de elfde doos benam Pia de adem en even voelde ze zich bijna gewichtloos, alsof ze op het punt stond in een afgrond te storten. KATHARINA FREITAG, stond in een verzorgd handschrift op het etiket. Door het melkwitte plastic zag ze een autosleutel en een sleutelbos. Ze herkende de sleutelhanger, een versleten stoffen leeuw, die ze vaak in Kims handen had gezien.

'En kijken jullie hier eens naar.' Kröger had een doos opengemaakt en haalde met zijn vingertoppen een witte pruik en een witte baard voor de dag. 'Zijn vermomming. Er zitten nog meer pruiken in. Brillen, maskers, laarzen met hoge hakken.'

'Kennelijk heeft hij zich soms ook als vrouw verkleed.' Bodenstein fronste zijn voorhoofd. 'Dus zo benaderde hij zijn slachtoffers.'

'Laat me los! Ik wil naar binnen,' klonk de stem van Martina Siebert.

'Doet u dat niet, dr. Siebert,' smeekte dr. Harding de arts. 'Laten we alstublieft naar boven gaan zodat de technische recherche haar werk kan doen.'

'Maar ik wil zien wat die schoft hier in mijn huis en achter mijn rug heeft uitgevoerd! Ik wil zien wat...' Ze wrong zich door het gat dat Krögers mensen inmiddels groter hadden gemaakt en ze viel stil. Haar blik gleed over de plastic dozen. Ze wankelde. Toen opende ze haar mond en begon te gillen.

***

Mijn polsslag schiet als een raket omhoog als ik tijdens een korte pauze op mijn smartphone kijk, die ik altijd op stil zet als ik geconcentreerd aan het werk ben. Ik heb zeven meldingen van mijn smarthome-app en ik weet meteen wat dat betekent. En hoewel ik er al jaren rekening mee houd dat dit ogenblik zou komen, ben ik een paar seconden verstijfd van schrik. Ik tik terloops op de app. Mijn hand trilt. Ze hebben de deur gevonden! Ze hebben mijn heiligdom opengemaakt! En dat al een uur geleden! Verdomme. Hopelijk vind ik nog een uitweg.

Ik haal een paar keer diep adem om mezelf weer onder controle te krijgen. Ik heb ergens een fout gemaakt, daar was ik al bang voor. Maar ik heb allang voorzorgsmaatregelen getroffen. Ze zullen me niet te pakken krijgen. Ze zullen die twee niet vinden, hoogstens hun lijken.

Ik mag nu niets laten merken.

'Ik ben zo terug,' zeg ik tegen de jongen die links van me zit en die kauwgom kauwend op zijn beeldscherm zit te staren. Hij knikt alleen. Ik sta op, verlaat de controleruimte, loop rustig naar de lift en druk op de knop. Terwijl ik sta te wachten, kijk ik door de glazen voorgevel naar beneden op het voorplein. Als ik de in het zwart geklede figuren zie, weet ik genoeg. Ze zijn er al. In een fractie van een seconde moet ik mijn plan veranderen. Ik

loop de trap af, niemand houdt me tegen. Op de vijfde verdieping verdwijn ik in het damestoilet. Daar open ik de deur van de schoonmaakmiddelenruimte, waardoor je de achtertrap bereikt die naar de kelderverdieping leidt. Er hangen op de luchthaven 1260 bewakingscamera's, maar geen enkele op de vluchtroute die ik al jaren aan het plannen ben, daar heb ik wel voor gezorgd. Met een beetje geluk lukt het me om weg te komen.

Ik ben helemaal rustig. Mijn vingers trillen niet eens als ik de metalen deur van de kelderverdieping opendoe. Ik heb deze situatie al duizenden keren in alle denkbare variaties door mijn hoofd laten gaan. Ik moet toegeven dat ik er alleen geen rekening mee heb gehouden dat het zo krap zou worden. Ik dacht eigenlijk dat ik meer tijd zou hebben om in alle rust te kunnen verdwijnen. Nu moet ik vluchten en er blijft geen andere weg over dan die door de catacomben. Maar mijn afscheidsvoorstelling zal mijn achtervolgers afleiden. Ze zullen hun handen eraan vol hebben om de chaos onder controle te krijgen die ik als dank voor hun gebrek aan waardering voor hen achterlaat.

Ik heb precies 1 minuut en 17 seconden nodig om met mijn smartphone via een achterdeur het hoofdcluster Harmageddon.bin te activeren. Niemand kent het systeem zo goed als ik. De 146 terabyte van de back-upmachines zullen nutteloos zijn. Over ongeveer vijfenveertig minuten zal het ondergrondse high-performance datacenter compleet lamgelegd zijn. Overal op de luchthaven, in de terminals, de kantoren, de lounges, de winkelpromenades, op het voorterrein, de bagagebanden, in de vrachtsector, op de brandweerkazerne, ja, werkelijk overal zal een enorme chaos uitbreken want nadat ze tien jaar geleden dachten dat ze me niet meer nodig hadden en dat ze het computercentrum, de servicedesk en het hele netwerk gewoon zouden kunnen outsourcen, heb ik mezelf het plezier gegund Harmageddon.bin te schrijven.

Bijna jammer dat ik niet kan meemaken hoe ze het probleem proberen op te lossen en dat ze op een gegeven moment vaststellen dat ze geen toegang meer hebben! Ze zullen zich nog een poosje veilig wanen omdat ik zo slim was een tweede computercentrum te installeren voor alle back-upscenario's en verschillende noodsituaties, maar er zal blinde paniek uitbreken als ze merken dat alles allang met Harmageddon.bin is geïnfecteerd. Ik had tien jaar de tijd om elk detail te overwegen en uit te werken. Als het allemaal mislukt is dat niet zo erg. Ik heb in het gunstigste geval zevenendertig minuten nodig om de luchthaven ondergronds te verlaten, dat heb ik vaak genoeg geoefend. Het zal een beetje moeilijker worden omdat ik nu niet meer aan mijn nieuwe vermomming, de nieuwe mobiel, de valse legitimatiepapieren en het nieuwe luchthavenpasje kan komen. Ik vind het ook jammer van mijn aandenkens, die nu in handen van de politie zijn gevallen, maar ik kan nieuwe fiksen. Mijn smartphone laat ik op de grond liggen, want die moet nog een poosje zijn werk doen. Maar dat kan hij ook zonder mij.

***

Joachim Vogt leek wel van de aardbodem verdwenen toen Bodenstein, dr. Harding en Pia om kwart voor vijf op het hoofdkantoor van de luchthavenexploitant arriveerden, waar het crisisteam een vergaderruimte achter de ontvangstbalie had ingericht. Nicola Engel en de hoofdcommissaris van politie waren er al, net als de hele directie van Fraport en een tiental veiligheidsexperts.

Vogt had ongehinderd op zijn werkplek in de controleruimte van het computercentrum gezeten. Hij was ongeveer twintig minuten geleden naar het toilet gegaan en niet meer teruggekomen. De mobiele eenheid en de veiligheidsdienst van de luchthaven waren nog altijd bezig de acht verdiepingen van het gebouw te doorzoeken. Er was een verzoek ingediend voor hondenteams waarvan de honden speciaal waren getraind in het opsporen van mensen.

'Hoe kan dat nou?' Pia was sprakeloos over deze tweede eclatante tegenslag. 'Waarom is hij niet meteen gearresteerd? Daar was toch genoeg tijd voor!'

'Hij had de ruimte achter zijn werkkamer met een camera beveiligd,' voegde Bodenstein eraan toe. 'Hij heeft vast een waarschuwing gekregen en is er meteen vandoor gegaan.'

'Men wilde het ónopvallend afhandelen,' antwoordde dr. Engel en ze wierp de hoofdcommissaris een geërgerde blik toe. 'Bovendien is de controleruimte van het computercentrum het brein van de luchthaven en men is bang dat Vogt zich zou kunnen verzetten tegen zijn arrestatie en schade zou kunnen aanrichten.'

'We moeten de mensen hier vertellen wat er speelt,' spoorde Bodenstein zijn baas en de hoofdcommissaris aan. 'We hebben alle steun nodig die we kunnen krijgen als we Vogts slachtoffers nog op tijd willen redden.'

'Waarom bent u er eigenlijk zo zeker van dat ze hier op de luchthaven zijn?' vroeg de hoofdcommissaris, die bekendstond als een voorstander van een restrictieve informatiepolitiek tegenover burgers.

'Omdat ze niet bij hem thuis waren,' antwoordde dr. Harding in plaats van Bodenstein. 'Een dader als Vogt zou zijn slachtoffers nooit op een plek onderbrengen waar ze toevallig gevonden zouden kunnen worden of waar hij ze niet onder controle heeft. Het luchthaventerrein is zijn comfortzone. Hij kent hier de weg en daarom voelt hij zich veilig. De twee vrouwen zijn hier ergens. Honderd procent zeker.'

Ze liepen terug naar de vergadertafel. Plattegronden van het luchthaventerrein lagen op de tafel uitgespreid. De eerste stappen voor een noodplan werden voorbereid. Er kwamen steeds meer mensen bij. De bazen van de verschillende afdelingen. Vogts directe leidinggevende en een van zijn naaste medewerkers, een jonge nerd met een baard, een nikkelen bril en schouderlange dreadlocks, verschenen.

Kostbare minuten verstreken.

'We kunnen hier toch niet maar wat blijven rondhangen!' Pia haatte het om tot nietsdoen veroordeeld te zijn. 'Waarom komen ze niet in actie?'

'Je hebt gelijk.' Dr. Harding liep recht op de vier directieleden af die aan het hoofd van de tafel stonden en onderbrak hun gesprek door hard in zijn handen te klappen. Het geroezemoes verstomde, alle ogen richtten zich op de man met de zeehondensnor en het slechtzittende bruine pak.

'Mijn naam is David Harding,' zei hij en zijn sonore stem klonk door de ruimte. 'Ik gaf vijfentwintig jaar lang leiding aan de gedragsanalyse-eenheid van de FBI en ik ben gespecialiseerd in seriemoordenaars. Ik ben adviseur van de recherche Hofheim in een seriemoord.'

Nu had hij eindelijk de ongebreidelde aandacht van alle aanwezigen.

'De man die we zoeken en die u allemaal kent, is een seriemoordenaar,' sprak hij door. In de vergaderruimte werd het zo stil dat je een speld kon horen vallen. Verbijsterd luisterde iedereen naar Hardings woorden.

'We hebben zojuist in zijn huis de bewijzen in beslag kunnen nemen die aantonen dat hij ten minste tien vrouwen op beestachtige wijze om het leven heeft gebracht. Op dit moment heeft hij twee vrouwen in zijn macht en we veronderstellen dat hij ze hier ergens op het terrein van de luchthaven heeft verstopt. Joachim Vogt is gewaarschuwd doordat hij zijn huis had beveiligd. Dus hij weet dat we hem hebben ontmaskerd en hij is op de vlucht. Hij zal alles in het werk stellen om zijn twee slachtoffers te doden en daarna te ontsnappen, daarvoor zal hij geen enkel middel schuwen. Ik ga ervan uit dat hij zijn vlucht lang en minutieus heeft voorbereid en dat hij zijn vluchtroutes heeft verkend. Het gebouw waarin hij het laatst werd gezien, heeft hij ongetwijfeld allang verlaten.'

'Wat denkt u dat hij van plan is?' informeerde de baas van de afdeling Infrastructuur, die als eerste van de schrik was bekomen van dit nieuws.

'Hij wil er zo snel mogelijk vandoor gaan,' antwoordde Harding.

De man fronste zijn voorhoofd.

'Vogt kent de luchthaven heel goed. Hij heeft de implementatie van de IT-infrastructuur gecoördineerd. Bovendien heeft hij de hoogste veiligheidsmachtiging. Hij kan overal naartoe.'

'Maar die moet toch ingetrokken kunnen worden,' bracht Nicola Engel ertegen in. 'Hef de machtiging op! Informeer alle medewerkers dat ze naar hem uitkijken.'

'Er mag hem nu niets overkomen,' zei Pia. 'Hij heeft twee vrouwen in handen. Die moeten we vinden.'

'De agenten kunnen met hun speurhonden de kelder waar de leidingen liggen doorzoeken,' stelde iemand voor.

Ineens begon iedereen door elkaar te praten, tot de directievoorzitter het woord nam.

'De belangrijkste vraag is nu de volgende,' zei hij tegen Vogts directe baas, een slimme man met een kaal hoofd van halverwege de veertig. 'Welke schade kan Vogt als afdelingshoofd van het computercentrum aanrichten?'

'Ik acht het heel onwaarschijnlijk dat hij ergens schade kan aanrichten,' antwoordde de kaalkop met een zelfverzekerdheid die aan arrogantie grensde. 'Dit is geen thuisnetwerk dat je even snel kunt hacken. Onze programma's zijn zo gespecialiseerd dat we ze allemaal zelf schrijven. De hele besturing wordt vanuit het controlecentrum bewaakt en...'

De directievoorzitter liet hem niet uitpraten.

'Maar als ik het goed begrijp, is Vogt een van de mensen die het hele systeem hebben opgebouwd.'

'Al onze applicaties zijn gebaseerd op programma's die hij heeft geschreven,' mengde de nerd met de dreadlocks zich bezorgd in het gesprek.

De directievoorzitter wisselde een snelle blik met zijn mededirecteuren.

'Hij hoefde dus helemaal niets te hacken. Hij heeft sowieso toegang tot het systeem, of niet?' vroeg hij.

'In principe wel,' gaf de kaalkop met tegenzin toe. 'Maar zo eenvoudig is het niet. Alle systemen zijn gespiegeld. De belangrijkste besturingsprogramma's van de luchthaven draaien in een tweede computercentrum parallel aan die in het eerste. Nee, nee, onze computersystemen zijn absoluut veilig.'

'Joachim Vogt heeft niets meer te verliezen,' gaf dr. Harding ter overweging. 'Hij is een psychopaat met een maniakale controlebehoefte die vast en zeker verschillende ontsnappingsscenario's in petto heeft.'

De kaalkop trok het gelaten geduldige gezicht van een astrofysicus die vragen van basisschoolleerlingen moest beantwoorden. 'We zijn op elk soort aanval op ons systeem voorbereid. Een toegangsbeveiliging regelt dat niemand alleen in het systeem kan zitten rommelen. En onze 24/7-monitoring zorgt ervoor dat alles probleemloos draait. Er zijn meer dan duizend servers.'

De mobiel van de nerd met de dreadlocks ging over. Hij nam op en luisterde een paar seconden. Het was interessant te zien hoe zijn gezicht en lichaamstaal op slag veranderden.

'Fuck!' bracht hij grommend uit en hij wenkte zijn baas met het kale hoofd. 'We hebben een probleem! De ene na de andere server reageert niet meer!'

'Heel onwaarschijnlijk dat er iets gebeurt, hè?' zei Pia. 'Ik ben bang dat Joachim Vogt voor zijn afscheid iets heel bijzonders heeft bedacht.'

De kaalkop stormde weg.

'Wacht even!' Bodenstein hield de jongeman met de dreadlocks tegen toen hij zijn baas wilde volgen.

'Geen tijd, sorry!' antwoordde de computerspecialist.

'Ik ken iemand die je misschien zou kunnen helpen,' zei Bodenstein tot Pia's verbazing.

'Jullie IT'ers van de politie soms? Vergeet het maar. Dit is een maatje te groot voor ze.'

'Zegt de naam Lukas van den Berg je iets?' Bodenstein negeerde zijn sarcasme.

'Natuurlijk. Die gast is 'n fucking legende! Hebt u toevallig zijn nummer?' De nerd grijnsde en hij was al bijna de deur uit toen Bodenstein onderkoeld antwoordde: 'Natuurlijk heb ik dat. Hij is toevallig mijn schoonzoon.'

***

Het werd snel duidelijk dat dr. Harding gelijk had. Vogt had het computernetwerk van de luchthaven van Frankfurt besmet met een virus dat zich geleidelijk in alle systemen nestelde en zich razendsnel verspreidde. Eerst weigerden de veiligheidssystemen. Deuren blokkeerden of gingen niet meer open, roltrappen stonden stil, liften zaten vast. In de aankomst- en vertrekhallen en bij de gates van beide terminals vielen de informatieborden uit, de sprinklers gingen aan. De bagagebanden sloegen op hol. Noodplannen traden in werking, de verkeerstoren werd geïnformeerd.

Bodenstein had Lukas, die gelukkig thuis was, te pakken gekregen. Binnen een paar minuten was geregeld dat hij door een helikopter van het dak van het ziekenhuis in Bad Soden werd opgehaald en naar de luchthaven werd gebracht; hij zat nu in de controleruimte van het computercentrum en deed alles om zijn reputatie als beste hacker van Duitsland waar te maken.

De interesse van de luchthavenautoriteiten in het lot van Kim en Fiona neigde met het oog op de chaos naar nul en ze waren ook niet van plan de veiligheidsdiensten de catacomben in te sturen om naar Vogt te zoeken. Iedere man was nodig om de mensen in de terminals te evacueren en een dreigende massale paniek te voorkomen.

Nicola Engel, dr. Harding en Pia waren alleen in de vergaderkamer achtergebleven. Bodenstein was in de controleruimte van het computercentrum, de groepscommandant van de mobiele eenheid stond buiten met zijn mannen en de agenten van de hondenbrigade op het volgende commando te wachten.

'Ik heb de ernst van zijn obsessie onderschat,' zei dr. Harding moedeloos. Hij stond met gefronst voorhoofd voor een plattegrond van de luchthaven. 'En ik denk inmiddels dat hij deze chaos niet alleen heeft veroorzaakt om zich uit de voeten te kunnen maken.'

Pia was gaan zitten en had haar voeten op de tafel gelegd. Haar rug deed zo'n pijn dat ze niet meer kon staan.

'Waarom zou hij het anders gedaan hebben?' De directeur, die constant op en neer liep, bleef staan.

'Hij wil afmaken waar hij aan begonnen is,' antwoordde de profiler zonder op te kijken van de plattegrond waarop elk gebouw stond aangegeven. 'En daar heeft hij water voor nodig.'

'Water?'

'Hij moet zijn plan uitvoeren. Het is een innerlijke dwang. Hij moet zijn missie voltooien en daarvoor moet hij zijn ritueel volgen.'

Het overgaan van Pia's mobiel verbrak de stilte. Het was Jens Hasselbach, die bij geen enkel crisisteam hoorde.

'Ik moest je toch bellen als ik iets hoorde of zag,' zei hij met gedempte stem. 'Vogt is drie minuten geleden verdwenen door een deur in de buizenkelder.'

'Weet je heel zeker dat hij het was?' Pia sprong van haar stoel alsof ze een schok kreeg.

'Ja, natuurlijk! Ik ken hem toch!'

'Waar is hij nu?'

'Dat kan ik niet precies zeggen.'

'We moeten achter hem aan!' Pia's hart bonsde. 'Waar ben je nu?'

'Beneden in de technische centrale. De hel is hier losgebroken. Alle computersystemen vallen uit en de sprinklers zijn aangesprongen...'

'Hoe komen we bij jou?'

'Jullie moeten door poort 3 en daarna door poort 11a,' zei Hasselbach. 'Net als pasgeleden, toen jullie met Reker hebben gepraat.'

'Helemaal duidelijk. Tot zo.' Pia beëindigde het gesprek, daarna vertelde ze dr. Engel en de profiler wat ze had gehoord.

'Dan had ik het toch goed dat hij nog hier is.' Dr. Harding glimlachte grimmig. 'Hij kan niet weg voordat hij klaar is. En dat is onze kans!'

***

Vlucht LH 717 uit Tokio bevond zich vijftig kilometer ten noordoosten van de Taunus in een wachtgebied dat de Gedern Holding haar had aangewezen. Het ene na het andere vliegtuig werd naar een andere luchthaven gestuurd. Er klopte iets niet in Frankfurt, maar er was geen informatie. De copiloot had de luchtverkeersbeveiliging en Lufthansa Operations meegedeeld dat ze niet genoeg brandstof hadden om Hahn, Düsseldorf of Köln/Bonn te bereiken. Eindelijk kregen ze toestemming om te landen.

'*Request further descent*,' zei gezagvoerder Bernd Metzner. '*Seat belts on!*'

'Het weer is goed, we wachten op de 07 rechts,' antwoordde de copiloot. 'Brandstofsituatie: we zijn aan het minimum, maar we hebben verschillende *runways*.'

Metzner schakelde de landingsverlichting in. De automatische piloot stuurde de jumbo tussen Frankfurt en de bergen van de Taunus door in de richting van Wiesbaden. De wolkenkrabbers van Frankfurt lagen aan de linkerkant, de Vordertaunus rechts. Achter Wiesbaden vlogen ze met een bocht naar links in zuidelijke richting.

Zo, als de wiedeweerga naar beneden, dacht gezagvoerder Metzner.

'Lufthansa 717,' meldde de luchtverkeersbeveiliging zich. '*Turn left, heading 100, cleared ILS 07 right and change tower one-one-nine-point-nine!*'

De copiloot las de instructie exact terug.

Gezagvoerder Metzner verminderde de snelheid.

'Flaps 10,' commandeerde hij.

'Flaps 10,' herhaalde de copiloot en zette de landingskleppen op 10.

De automatische piloot begon aan de laatste fase van de landing. Nog een paar minuten, dan waren ze na een lange vlucht thuis.

* * *

Alle beeldschermen in het controlecentrum stonden op zwart of vertoonden een warboel aan symbolen. Elke poging in het besturingssysteem van de computer te komen mislukte.

Bodenstein stond tussen de CIO en de kaalhoofdige baas van het computercentrum en voelde zich een figurant in een Hollywood-rampenfilm. Het zweet stroomde over het gezicht van de kaalkop, hij was constant aan het bellen en zag eruit alsof hij elk moment een hartinfarct kon krijgen, terwijl de computerspecialisten en Lukas probeerden de server in een veilige modus op te starten om met behulp van de *root*-accounts in de configuratie te komen. Ze hoopten op die manier de virussoftware op de servers, die daar niet hoorde, te herkennen.

'We laten GammaRay draaien via de scriptbestanden,' stelde Lukas op dat moment voor. 'Met een beetje geluk vindt die de Delta en dan kunnen we hem met de bestanden van de back-up vergelijken.'

'GammaRay is verdomd snel,' was de man met de dreadlocks het met hem eens. 'Die doet een paar miljoen regels code per minuut. Maar met onze enorme hoeveelheid data kunnen we maximaal vijftig servers per dag doen. Dan duurt het een eeuwigheid voordat het hele systeem weer draait, zelfs als we alleen de belangrijkste server doen. Of we nemen de *image* van het VM-systeem en installeren dat op nieuwe geïsoleerde servers.'

'Het virus heeft de hoofdcluster besmet,' zei een ander. 'Daardoor is de

Disaster Recovery Site ook geïnfecteerd. We hebben geen schone back-up.'

'Die hebben we wel!' bemoeide weer een ander zich ermee.

Terwijl ze met elkaar aan het praten waren, kennis en ideeën uitwisselden, zaten ze op hun toetsenborden te hameren. De beeldschermen stonden niet langer op zwart, maar vertoonden codes die er razendsnel overheen liepen, wat op Bodensteins lekenverstand nog veel onheilspellender overkwam.

'Fuck, ik ben erin!' bracht Lukas hortend uit. 'We checken de directory handmatig en gooien alles weg wat er niet thuishoort.'

Niemand sprak hem tegen, want kennelijk had niemand een beter idee, alleen de kaalkop twijfelde.

'O god, o god, o god,' mompelde hij. 'Ik hoop dat ze weten wat ze doen!'

***

Ik kijk op mijn horloge. Zij daar boven hebben vast iets beters te doen dan mij te achtervolgen. Harmageddon zal ze even bezighouden. Als ik me voorstel hoe ze vertwijfeld proberen het virus in het systeem te vinden, moet ik grijnzen. Maar het lachen vergaat me als ik constateer dat ik de weg die ik gepland heb niet kan nemen. In de buizenkelder zitten werkelijk waar nog twee deuren waarvoor je een ouderwetse sleutel nodig hebt. Niet dat ik die sleutels niet heb, maar die liggen helaas in mijn tas voor noodsituaties en die heb ik niet meer kunnen pakken omdat ik zo overhaast moest vluchten. Wat een ellende! De omweg via het ventilatiekanaal kost me ruim een kwartier. Ik schat wanneer de stroom ongeveer zal uitvallen. Het wordt wel krap. Zonder zaklamp zal ik moeizaam op de tast vooruit moeten zien te komen en ik mag nergens een verkeerde aftakking nemen. Ik erger me dood aan dit probleem. Ik ga iets sneller lopen en hoop dat niemand me tegemoetkomt, want ik heb geen zin onnodige energie en tijd te verspillen. De toegang tot het ventilatiekanaal vind ik meteen. Nu is het nog ongeveer anderhalve kilometer, dan zal ik de veiligheidsdeur ter hoogte van de oude poort 33 hebben bereikt. Van daaruit is het dan nog een paar honderd meter naar poort 105 en brandweerkazerne 3. Ik moet opschieten, anders zit ik in de val.

***

Jens Hasselbach had niet alleen zijn medewerkers in de ondergrondse technische centrale opgetrommeld, maar ook collega's van de sectoren Object- en Facilitair Management en de brandweer. Ieder van hen kende het terrein van zijn sector als zijn broekzak. De sprinklers zetten niet alleen de kelderstraten, maar ook de technische centrale langzaam maar zeker onder water, tot het iemand lukte de hoofdkraan van de pompen handmatig te sluiten.

Ze hadden zich verzameld voor een plattegrond van de luchthaven en Hasselbach legde uit waar ze zich precies bevonden.

'Waar kan hij vanuit hier naartoe?' vroeg de groepscommandant van de mobiele eenheid.

'Helaas overal,' antwoordde Hasselbach. 'De tunnels van de luchthaven lopen onder de terminals, het voorterrein en de startbanen door tot Cargo City Zuid en verder naar poort 33 aan de oostkant. Omdat er vroeger steeds onbevoegden binnendrongen, zijn er om de paar honderd meter met een alarm beveiligde deuren ingebouwd die je alleen met een bepaalde code kunt openen. Ook van buitenaf kun je het tunnelsysteem niet meer in, behalve als je de vereiste veiligheidsmachtiging hebt. Als een van die deuren langer dan drie minuten openblijft, wordt onmiddellijk de airportsecurity gealarmeerd.'

'En wat gebeurt er met die deuren als de computers uitvallen?' wilde dr. Harding weten.

'Er is nooit een volledige computerstoring,' beweerde Hasselbach vol overtuiging.

'Ik vrees van wel,' zei Pia. 'Joachim Vogt heeft het systeem met een virus besmet zodat hij ongehinderd kan vluchten. Maar eerst wil hij de twee vrouwen die hij hier ergens gevangenhoudt nog om het leven brengen. We moeten hem vinden voordat hij hun iets kan aandoen!'

Iedereen was aan het wikken en wegen op welke plekken je twee mensen voor een langere periode kon verstoppen zonder dat ze ontdekt zouden worden.

'Hij moet er steeds heen kunnen gaan zonder dat het opvalt,' gaf Bodenstein, die naar hen toe was gekomen omdat hij in de controleruimte niets kon doen, ter overweging. 'Is er niet ergens een plek die hij kan bereiken zonder door de kelderstraat te moeten?'

'Verschillende,' antwoordde Hasselbach. 'Maar hij moet de vrouwen er ook op een of andere manier naartoe hebben gebracht...'

'Waar bevinden zich grotere hoeveelheden water?' vroeg Nicola Engel.

‘Water?’ Hasselbach krabde op zijn hoofd.

‘Ja, water!’ herhaalde de directeur ongeduldig.

‘O ja, er zijn retentiebekkens,’ meldde een man die tot nu toe niets had gezegd. ‘Aan de andere kant en onder de startbanen.’

‘Klopt,’ bevestigde Jens Hasselbach. ‘Er zijn meerdere retentiebekkens om het oppervlaktewater van de startbanen en van het voorterrein in op te nemen. Maar daar kom je niet in.’

Opeens begon iedereen door elkaar te praten.

‘Om de beurt alstublieft!’ Dr. Harding stak zijn handen op en de mannen zwegen.

‘De retentiebekkens 30/31, waarin het water van bedrijfssector Cargo City wegloopt, liggen heel dicht bij de voormalige poort 30,’ wist een van de mannen. ‘Vroeger kon je ondergronds om het hele terrein heen rijden, tot er overal deuren tussen de sectoren werden geplaatst. Zover ik weet bestaat de toegangsweg naar de tunnel nog. Met een gewoon traliehek en een hele hoop onkruid ervoor.’

‘Waar is dat?’ wilde Bodenstein weten.

‘Hier!’ Een van de brandweermannen wees doelgericht naar een punt op de plattegrond dat zich precies aan de andere kant van het reusachtige terrein bevond. ‘De toegangsweg ligt bij poort 105a naast de parkeerplaats voor de brandweerkazerne.’

‘Wat moet ik me bij die retentiebekkens voorstellen?’ Pia leek wel geëlektriseerd.

‘De ingang is bij transformatorhuisje ASW, vlak voor de werf van Lufthansa Techniek. Je loopt een trap af en dan door een ondergrondse gang. Daar heb je een technische ruimte met allerlei bedieningsapparaten. Een schuilkelder met…’

‘Een schuilkelder?’ vroeg Bodenstein.

‘Ja. Met een brandwerende deur. Voor het onwaarschijnlijke geval dat het bekken een keer overloopt. De ruimte heeft een ontwateringsschacht die rechtstreeks tussen de twee start- en landingsbanen uitkomt.’

‘Ik probeer de bevoegde ingenieur van het facilitair management te bereiken,’ zei Hasselbach. ‘Dat zou een mogelijkheid kunnen zijn.’

Hij pakte een van de mobilofoons die op een rek naast de plattegrond lagen. Op dat moment ging het licht uit.

***

Fiona telde tot zestig. Voor elke minuut kraste ze met het metalen omhulsel van de bewakingscamera, die ze met een volle waterfles van de muur had geslagen, een streep op de betonnen wand. Nu kon die rotzak hen niet meer in de gaten houden. Ze liep rondjes, deed sit-ups, push-ups en rekoefeningen om haar spieren soepel te houden. Als die klootzak kwam om haar te doden, dan zou hij raar opkijken! Ze was bereid voor haar leven en dat van haar moeder te vechten. Haar blik viel op de muur achter haar. Toen hoorde ze een constant geruis. Uit de schacht in het plafond liep water! Nee, het liep niet, het stroomde! Fiona sprong op, legde haar handen op de muur en snoof. Dat was echt water! Heerlijk, helder water! Ze likte de muur af. Nooit eerder in haar leven had gewoon water zo lekker gesmaakt.

'Kim!' riep ze opgewonden. 'Kim, wakker worden!'

Maar haar moeder maakte geen aanstalten om wakker te worden. Haar adem klonk reutelend en haar borst ging onregelmatig op en neer.

Fiona pakte een leeg waterflesje en hield het onder het water dat naar beneden stroomde. Ze spoelde het flesje om, liet het daarna vollopen en knielde naast Kim. Voorzichtig, zodat er niets in haar neus of mond kwam, goot ze de inhoud over haar gezicht. En eindelijk, eindelijk werd ze wakker. Ze bewoog haar uitgedroogde lippen, haar oogleden knipperden, maar ze ontwaakte niet uit de comateuze toestand waarin ze zich al veel te lang bevond.

'Mama, mama!' huilde Fiona en ze sloeg haar armen om haar heen. Haar lichaam gloeide van de koorts. 'Word wakker, alsjeblieft, alsjeblieft, doe je ogen open! We moeten volhouden, hoor je me? Vroeg of laat zal hij hier opduiken en dan...'

Plotseling ging het licht uit. Fiona zat verstijfd in het pikdonker en durfde zich niet te bewegen. Het ruisen van het water en de reutelende ademhaling van haar moeder waren de enige geluiden. Ineens schoot er iets in Fiona's gedachten dat zo afschuwelijk was dat ze het meteen weer verbande. Waar kwam dat water ineens vandaan? Het stroomde al over de grond. Wat als die schoft helemaal niet van plan was hen uit deze kerker te bevrijden? Misschien wilde hij hen hier binnen laten verdrinken!

'Nee!' schreeuwde Fiona tot haar stembanden pijn deden. 'Nee! We gaan niet dood. Dat kun je wel vergeten, klootzak!'

***

Lufthansavlucht LH 717 had de landing ingezet.

'Frankfurt *tower*, goedenavond,' zei de copiloot. 'Lufthansa 717, ILS 07 right.'

'*LH 717, we hebben hier...*' klonk de stem van de verkeersleider uit de verkeerstoren, toen werd de verbinding met de toren verbroken.

'Frankfurt tower, Lufthansa 717,' herhaalde de copiloot. 'Ontvangt u ons?'

Geen antwoord. De jumbo begon op het glijpad in de richting van de landingsbaan te dalen.

'*Robsa 4000 feet, altitude checked*,' zei de copiloot.

Nog twee minuten tot de landing.

'*Go around altitude 3000 feet set, gear down*,' zei gezagvoerder Metzner.

'Gear down,' herhaalde de copiloot.

Het vliegtuig schokte een beetje toen het landingsgestel uitklapte.

Uit het niets doemden ineens rode *master warning lights* op, harde waarschuwingssignalen klonken schel door de cockpit, de drie automatische piloten vielen allemaal tegelijk uit.

'Wat is er aan de hand?' Gezagvoerder Metzner pakte de stuurknuppel steviger vast. Hij was tijdens de vlucht alleen de *monitoring pilot* geweest, maar nu nam hij de controle weer over.

'De automatische piloten zijn uitgevallen!'

'En het ILS-signaal is weg!' merkte de copiloot op.

'*One thousand*,' meldde de stem van de radiohoogtemeter.

'Hier beneden is het helemaal donker,' stelde de tweede gezagvoerder vast. 'Ik zie de landingsbanen niet! Het lijkt wel of de stroom is uitgevallen.'

'Dat kan toch helemaal niet. Die gaat zo weer aan.' Gezagvoerder Metzner bleef rustig. Hij had wel kritischere situaties meegemaakt.

'Hallo, tower?' riep de copiloot nogmaals via de radio op. 'Tower Frankfurt vanuit de Lufthansa 717.'

Geen antwoord. Het bleef stil in de verkeerstoren van Frankfurt.

'Wat doen we?' vroeg de tweede gezagvoerder. '*Go around*?'

'Daar hebben we niet meer voldoende brandstof voor.' Metzner schudde zijn hoofd. 'We moeten naar beneden. Wat zeggen de anderen? Kunnen we iemand bereiken?'

'Ik probeer het wel even.' De tweede gezagvoerder riep de luchtverkeersbeveiliging in Langen per radio op en ze kwamen te weten dat er iets aan de hand was in Frankfurt, maar wat precies, dat wisten ze daar ook niet. Toen de loods de instructie gaf om een andere koers te kiezen en naar Düsseldorf door te vliegen, weigerde Metzner.

'We redden het met onze brandstof niet meer tot Düsseldorf.'

'*Five hundred*,' meldde de radiohoogtemeter.

De gezagvoerder en de copiloot keken elkaar even aan.

'We hebben geen alternatief,' zei Metzner. 'We moeten naar beneden. En wel nu.'

***

Uitgerust met hoofdlampen liepen Pia, Nicola Engel en Bodenstein achter Jens Hasselbach door de begaanbare ventilatiekanalen van de buizenkelder. Er was niet genoeg tijd om de mobiele eenheid aan de andere kant in het tunnelsysteem te laten klimmen om Vogt de pas af te snijden, daarom konden ze alleen maar hopen dat de computerspecialisten de veiligheidssystemen aan de praat konden krijgen voordat hij door de deur naar buiten kon wandelen en zou verdwijnen. De lucht was verstikkend, want de airconditioning was evenals het licht uitgevallen. Pia verbood zichzelf elke gedachte aan wat er zou gebeuren als Vogt het klepmechanisme van de retentiebekkens echt had gemanipuleerd. Verder, steeds verder, ook al deed haar rug pijn en klopte haar gewonde hand. Ze moesten de man te pakken krijgen, koste wat het kost!

***

'"Harmageddon" heeft hij dat ding genoemd!' brieste Lukas van den Berg in de controleruimte van het computercentrum. 'Beetje patserig, hè?'

Hij zat met zijn ogen op het beeldscherm gericht op zijn toetsenbord te hameren. Langzamerhand kreeg hij door wat Vogt had gedaan. Harmageddon.bin legde weliswaar alle systemen lam, maar hij zou ze niet vernietigen.

'Hij heeft een *scheduler* ingebouwd!' riep Lukas uit. 'Ik denk dat het systeem zal rebooten als alles platligt.'

'En wanneer zal dat zijn?' wilde de kaalkop, die over zijn schouder meekeek, weten. 'Buiten is het een grote chaos!'

'Geen idee,' bromde Lukas zonder op te kijken. 'Ik leer dat mannetje net pas kennen. Als u nu even uw mond houdt, vind ik misschien een manier om het te stoppen.'

***

De mobilofoon van Jens Hasselbach kraakte. De ingenieur van het facilitair management die de retentiebekkens in het zuidwesten van het vliegveld moest controleren, meldde zich. Hij was maar moeilijk te verstaan.

'...geen mogelijkheid om binnen te komen... Deur is dicht... het besturingspaneel is dood... geen stroom!'

Het probleem van de digitalisering. Vroeger hadden deuren sleutels, tegenwoordig werd alles elektronisch gestuurd.

'Kloteboel!' vloekte Jens Hasselbach.

Ze bereikten een kruising, waar de buizenschacht zich splitste.

'Welke kant op?' De man die helemaal vooraan liep, bleef staan.

'Links!' riep een ander. 'Rechts gaat naar Cargo City Noord.'

Het zweet stroomde over Pia's gezicht. Haar rug voelde alsof hij elk moment zou kunnen breken. Bovendien had ze steken in haar zij. Hijgend drukte ze haar hand in haar zij en ze hapte naar lucht. Het wreekte zich nu dat ze al maanden niet meer had gesport. Elke vezel in haar lichaam protesteerde tegen de krachtsinspanning, maar ze mocht gewoon niet opgeven, hoewel ze het liefst op de grond was gaan liggen huilen.

'Verder!' beval Nicola Engel en ze zetten zich weer in beweging.

De brandweer van wachtpost 3 was op het luchthaventerrein uitgerukt, er was niemand in de buurt van de stilgelegde tunnel die Vogt tegemoet kon gaan en hem de weg kon versperren.

Pia negeerde Bodensteins bezorgde blik en dwong zichzelf verder te lopen. Joachim Vogt mocht niet ontkomen. Ze was het aan zijn slachtoffers verschuldigd, ze was het Kim verschuldigd en Fiona. Fiona! Pia wilde haar nicht zo graag leren kennen! Herinneringen aan een andere donkere gang flitsten in haar op. Herinneringen aan een andere psychopaat, die Christophs kleindochter Lilly had ontvoerd en met haar in de inktzwarte Nidda was gesprongen. Die schoft had zich aan zijn arrestatie weten te onttrekken doordat hij de rivier over was gezwommen en zij had hulpeloos moeten toekijken. Dit keer zou ze alles doen om zoiets te voorkomen. De angst, die inwendig alles had geabsorbeerd, veranderde in woede. In een kille, glasheldere woede, die pijn en uitputting verdrong.

'Daar loopt hij!' riep de man die vooropliep opgewonden.

In het licht van de Maglite lichtten de reflectoren van een geel veiligheidsvest in de donkere tunnel op. Pia drong zich langs de mannen voordat iemand haar kon tegenhouden. Tijdens het lopen opende ze haar schouderholster en trok haar SIG Sauer eruit.

'Meneer Vogt!' schreeuwde ze. 'Staan blijven! U kunt nergens meer naartoe!'

***

In de zestien jaar dat Gereon Richter als verkeersleider op het vliegveld van Frankfurt werkte, had hij een situatie als deze nog nooit meegemaakt. Binnen een paar minuten waren niet alleen alle computersystemen uitgevallen, maar tegelijkertijd ook de stroom. De start- en landingsbaanbebakening doofde en alle lichten gingen uit. Ook de controlepost op het voorterrein was lamgelegd. Er hing een angstaanjagende stilte. In de invallende duisternis waren alleen de lichten van de vliegtuigen te zien die over de taxibanen naar de gates of naar de startbanen rolden.

'We verkassen! Opschieten!' beval de supervisor nadat hij de luchtverkeersbeveiliging in Langen per mobiel had geïnformeerd dat alle aankomende vliegtuigen naar andere luchthavens omgeleid moesten worden. Gereon Richter en zijn collega's zochten in het schemerlicht dat door de grote ramen viel hun spullen bij elkaar. Eén keer, inmiddels drie jaar geleden, hadden ze een rampenscenario uitgetest en op een avond waren ze tussen tien en elf uur van de nieuwe toren bij terminal 1 naar de oude verkeerstoren in het zuiden van de luchthaven verhuisd, die door de DFS als 'hot standby' voor crisissituaties werd gerund. Eén keer per week werden alle computers opgestart om de systemen te controleren.

'Het is de vraag of we daar meer stroom hebben dan hier,' zei een van de collega's van Richter. 'Ik zie geen licht.'

'Wat is er eigenlijk gebeurd?' informeerde een ander.

'Maakt nu niet uit, opschieten, mannen!' spoorde de supervisor hen aan. 'We moeten zo snel mogelijk weer bedrijfsklaar zijn.'

Gereon Richter keek nog een keer over zijn schouder. Hij schrok zich dood.

'Shit!' riep hij. 'Hoe kan het nou dat er nog een gaat landen?'

Zijn collega's bleven staan, een pakte de verrekijker.

'Dat is de LH 717 uit Tokio,' stelde hij vast. 'Een 747-8!'

'Die kan hier toch niet landen! Hij heeft geen ILS en geen bebakening!'
'O mijn god!' riep de verkeersleider, die door de verrekijker keek. 'Op de rechter landingsbaan lopen mensen rond!'
'Verdomme!' De supervisor trok zijn alarmpistool uit zijn bureau en stormde naar de buitendeur.

***

Voordat ze hem hadden bereikt, was Joachim Vogt een ladder op geklommen en had hij de putdeksel omhooggeduwd.
'Wat is daar boven?' wilde Pia weten.
'Recht boven ons liggen de landingsbanen,' riep Jens Hasselbach.
Zonder aan de wond aan haar linkerhand te denken pakte Pia een sport van de ladder. Een gloeiende pijn schoot door haar linkerarm, ze slaakte een kreet, liet los en botste tegen een van de leden van de mobiele eenheid, die zo gefocust was op de achtervolging van zijn doelwit dat hij er niet aan dacht haar op te vangen. Ze viel op de grond en sloeg hard met haar hoofd tegen de betonnen muur. Iets brak met een versplinterend geluid. Het werd even zwart voor haar ogen. Iemand probeerde haar wapen uit haar hand te halen.
'Laat nu los!' hoorde ze Nicola Engels stem zeggen. Ze opende eerst haar hand, daarna haar ogen. Boven zich zag ze een rond stuk nachtelijke lucht, toen werd ze door fel licht verblind.
'Hij mag niet ontsnappen,' mompelde Pia versuft en ze kneep haar ogen weer dicht.
'Dat gebeurt ook niet,' antwoordde de directeur. 'Maar nu moet u de mannen voor laten gaan. U bloedt flink en u zit vol splinters.'
Pia wilde haar hoofd optillen, maar werd teruggeduwd.
'Godallemachtig, stoere tante!' schold haar baas. 'Laat me op zijn minst de splinters eruit halen.'
Pia's hart ging tekeer. Engel duwde een stuk stof in haar hand.
'Nu erop drukken!' commandeerde ze. Toen hielp ze Pia met opstaan. Haar knieën knikten. Haar hele lichaam deed pijn. Ze moest even tegen de muur leunen.
Plotseling trilden de ventilatiebuizen en ze sprongen aan. Er was weer stroom! Wat betekende dat? Functioneerden de computersystemen weer?
'Kim!' bracht Pia hortend uit. 'We moeten haar vinden.'
Nicola Engel deed haar hoofdlamp af. Pia zag dat haar baas alleen nog

een wit T-shirt droeg, dat onder het bloed zat.

'U bent gewond,' stamelde ze geschrokken.

'Ben ik niet.' De directeur schudde haar hoofd. 'U hebt een gat in uw hoofd en u bloedt als een rund. Lukt het om de ladder op te klimmen?'

'Natuurlijk.' Pia verzamelde haar krachten, maar toch slaagde ze er alleen met hulp van Nicola Engel in om sport voor sport de ladder op te komen. Haar baas riep iets, maar in Pia's hoofd dreunde een oorverdovend lawaai. Ze moest zich erger verwond hebben dan ze had aangenomen. Ze stak haar hoofd uit de schacht. Nog maar één sport, dan had ze het gehaald. Het lawaai werd erger. Met haar laatste kracht sleepte ze zich uit het gat en ze bleef hijgend op haar buik liggen met haar wang op het beton.

Sta op! beval ze zichzelf, maar haar spieren gehoorzaamden niet meer. Overal om haar heen brandden lichten. Ze proefde bloed. Ze opende haar ogen en verstijfde van angst. Een enorm vliegtuig raasde recht op haar af.

***

Zestig meter hoogte, een snelheid van 300 kilometer per uur en geen toestemming om te landen! Gezagvoerder Metzner voelde dat het zweet hem uitbrak. Dit was het laatste moment waarop hij had kunnen doorstarten. Hij keek naar links, naar de verkeerstoren. De schrik sloeg hem om het hart toen hij het rode lichtsignaal zag opflitsen.

'Doorstarten!' schreeuwde de copiloot.

'Te laat!' antwoordde gezagvoerder Metzner. 'God sta ons bij!'

De hoogtemeter gaf vijftig voet aan toen ze over het begin van de landingsbaan vlogen.

De monotone computerstem zei: '*Fourty – thirthy – twenty – ten...*'

Nog honderd meter tot ze de grond zouden raken.

Ineens flikkerde de bebakening van de landingsbaan op. En toen zag gezagvoerder Metzner de reden waarom de verkeerstoren hem met een lichtsignaal wilde afhouden van een landing: op het 1000-voetpunt liepen vlak naast de landingsbaan mensen rond. Verschillende ploegen van de luchthavenbrandweer kwamen met hoge snelheid over een taxibaan op 11 uur aanrijden.

'Shit!' schreeuwde de copiloot op dat moment. 'Daar ligt iets!'

***

De jumbo raasde recht op haar af. De vier motoren loeiden oorverdovend hard. De felle koplamp aan de boeg van het enorme vliegtuig verblindde Pia en ze kromp geschrokken ineen en drukte haar handen op haar oren. Het volgende moment hing het vliegtuig recht boven haar en het raakte slechts een paar meter verder de grond. Pas op dat moment realiseerde ze zich dat ze op de landingsbaan lag. Nicola Engel stak haar hoofd uit de rioolput.

'Is alles oké?' informeerde ze.

Pia knikte verdoofd en kwam overeind. Eigenlijk was niets oké! Ze was bijna onder de wielen van een landend vliegtuig terechtgekomen. Ze had een barstende hoofdpijn, bloed liep over haar gezicht en ze kon haar linkerhand bijna niet meer bewegen.

'Kom! We moeten van de landingsbaan af.' Haar baas greep haar rechterarm en trok haar van de grond. Een paar brandweerwagens kwamen dichterbij. Door de zoeklichten leek het in de hele omgeving wel dag, daarna sloegen de wagens af en reden weg in noordelijke richting.

Pia strompelde achter Nicola Engel aan, die haar rechterhand stevig vasthield. Ze was haar oriëntatie volledig kwijt. Voor hen lagen gigantische gebouwen en hangars. Waar was Bodenstein? Waar waren Hasselbach en zijn mensen en de agenten van de mobiele eenheid naartoe gelopen? Hadden ze Vogt gearresteerd?

'We lopen de verkeerde kant op!' riep Pia buiten adem.

De directeur liet haar los en bleef staan.

'Daar voor ons ligt waarschijnlijk Cargo City Zuid,' zei ze. 'En als ik het goed op de plattegrond heb gezien, dan moet hier ergens de ingang naar het retentiebekken zijn.'

Natuurlijk! Het retentiebekken! Van pure opwinding was Pia Kim en Fiona even vergeten. Ze vond haar telefoon in de achterzak van haar spijkerbroek, haalde hem eruit, opende de oproepenlijst en koos Bodensteins nummer. Hij meldde zich een paar seconden later.

'We zijn hem uit het oog verloren,' zei hij. 'Waar ben je?'

'Ergens naast de landingsbaan.' Pia draaide zich om haar eigen as. 'Engel denkt dat hier ergens de ingang is naar het retentiebekken.'

'Oké. Blijf waar jullie zijn,' antwoordde Bodenstein. 'We komen naar jullie toe. De brandweer en de Airport Security zijn hier. De computersystemen draaien weer.'

Uit de duisternis dook een gestalte op, die doelbewust op het gebouw van

Cargo City Zuid afliep. Haar hart sloeg een paar slagen over. Ze drukte Bodenstein weg. Dat was Joachim Vogt! Hij had zijn gele vest uitgetrokken, waarschijnlijk om zich in het donker onopvallender te kunnen bewegen.

'"Engel", zo, zo.' De directeur keek haar strak aan. 'Absoluut respectloos om zo in mijn bijzijn over me...'

'Daar loopt Vogt!' viel Pia haar in de rede en ze wees naar de man die op dat moment het lichtschijnsel had bereikt. Hij bewoog in een hoog tempo, maar hij rende niet.

'Waar is Bodenstein?' wilde Nicola weten.

'Te ver weg. Kom! We moeten voorkomen dat hij de gebouwen bereikt!' Pia rende weg en trok tijdens het lopen haar vest uit. Vogt moest zich verwond hebben, want hij strompelde. Dit was haar kans. Ze hoorde haar baas vlak achter zich. Vogt keek steeds om naar achtervolgers, maar hij keek niet in hun richting. Dertig meter betonnen terrein lag er nog tussen haar en de man die als enige wist waar Kim en Fiona waren!

'Blijf staan en ga opzij!' siste de directeur. Pia gehoorzaamde en keek naar het wapen in de handen van haar baas. Ze was zelf niet in staat een gericht schot te lossen.

'Joachim Vogt!' schreeuwde Nicola Engel met de SIG Sauer in de aanslag. 'Staan blijven!'

De man draaide zijn hoofd in hun richting in plaats van ervandoor te gaan – een fout!

'Staan blijven!' herhaalde de directeur en ze loste een waarschuwingsschot. Vogt zette het op een lopen. Nicola Engel richtte en haalde de trekker over. Vogt begon te schreeuwen. Hij hupte nog een paar meter op zijn linkerbeen verder, toen wankelde hij, zakte op zijn knieën en bleef roerloos liggen.

'U hebt hem doodgeschoten!' schreeuwde Pia tegen haar baas.

'Niet waar,' antwoordde Nicola Engel koud en ze duwde Pia het dienstwapen in de hand. 'Ik heb hem precies daar geraakt waar ik hem wilde raken – in zijn rechterkuit.'

Ze staken de weg over. Vogt lag ineengekrompen op het beton, met zijn handen klemde hij zijn rechteronderbeen vast.

'U hebt op me geschoten!' snikte hij. 'Mijn been. Ik blóéd. Ik ben gewond!'

'We zouden niet op u hebben geschoten als u was blijven staan.' Pia borg haar wapen op en frunnikte een paar kabelbinders van haar riem los. 'Ik arresteer u wegens de moorden op Eva Tamara Scholle, Nina Mastalerz en ten minste acht andere vrouwen. U hebt het recht te zwijgen. U hebt het recht op een advocaat. Alles wat u zegt, kan tegen u worden gebruikt.'

'We hebben hem,' hoorde ze Nicola Engel achter zich zeggen. 'Schiet op! Hij heeft een ziekenauto nodig.'

Vogt was gestopt met jammeren. Pia boog zich over de gewonde, trok zijn armen op zijn rug en boeide zijn polsen. Toen kwam ze overeind en ze keek naar de man die minstens tien mensen meedogenloos had gefolterd en gedood, die van de doodsangst van zijn slachtoffers had genoten en veel mensen onvoorstelbaar leed had bezorgd.

'Waar zijn Katharina Freitag en Fiona Fischer?' vroeg ze.

Vogt tilde zijn hoofd op en keek haar aan. Een glimlach gleed over zijn gezicht, een vriendelijk, bijna bezorgd glimlachje. Het glimlachje waarmee hij het vertrouwen van zijn slachtoffers had gewonnen.

'U bent ook gewond.' Zijn stem klonk meelevend. 'Uw hoofd bloedt! Dat is mijn schuld. Het spijt me.'

'Bespaar me uw psychopatencharme,' antwoordde Pia kil. 'Waar zijn de beide vrouwen?'

'Dat zou u graag willen weten, hè?' Zijn glimlach kreeg iets wreeds. Hij liet zijn tanden zien als een roofdier en lachte honend. 'Maar dat vertel ik u niet. Op de plek waar ze nu zitten zullen ze pas worden gevonden als ze verhongerd of van dorst omgekomen zijn, de vieze hoeren!'

Zijn metamorfose was angstaanjagend. Pia voelde een grenzeloos verlangen dit monster in menselijke gestalte iets aan te doen.

'Dat u Kata Freitag haat, kan ik begrijpen. Maar wat heeft Fiona Fischer daarmee te maken? Waarom wilt u uw eigen dochter om het leven brengen?' zei ze en Vogts glimlachje verdween op slag.

'Mijn dochter?' fluisterde hij vol ongeloof.

'Verwekt in de nacht van Fridtjofs verlovingsfeest. Fridtjof heeft ons verteld dat u stapelgek op Kata was, maar dat ze u niet zag zitten. U had maar één keer succes bij haar, namelijk toen ze stomdronken was. In haar toestand had ze zich waarschijnlijk door iedere idioot laten nemen.'

'Hou uw mond!' siste Vogt woedend.

'U hebt Kata zwanger gemaakt,' ging Pia door, hoewel ze het moeilijk vond om zo onbewogen over haar zus te praten. 'Voltreffer, zou ik zeggen, en dat met één enkele miserabele poging!'

'Hou je bek, slet! Hoe durf je dat door het slijk te halen?'

'Ze walgde van u. Toen ze merkte dat ze zwanger was, wilde ze van het kind – uw kind – af, omdat ze er niet tegen kon aan die pijnlijke misstap te worden herinnerd.'

'Hou onmiddellijk je vieze bek!' knarsetandde Vogt in machteloze woede en hij rukte aan zijn boeien. 'Anders...'

'Anders wat?' vroeg Pia. 'Wikkelt u me in folie en verdrinkt u me zoals u dat zo graag met vrouwen doet, zwakkeling? Zieke loser!'

Vogt kromp in elkaar alsof ze hem om z'n oren had geslagen.

'Schiet op,' fluisterde haar baas haar toe. 'De brandweer is zo meteen hier.'

Pia knielde, pakte zijn haardos en trok zijn hoofd ruw naar achteren. Vogt staarde haar aan. In zijn ogen laaide uitzinnige haat op.

'De man van uw moeder heeft ons gezegd dat hij u geadopteerd zou hebben als ze het hem had verteld,' fluisterde ze. 'Stelt u zich eens voor: u zou als Joachim von Donnersberg in een villa in Hamburg zijn opgegroeid in plaats van bij de Reifenraths in Mammolshain! Maar uw moeder was laf, daarom heeft ze voor haar man verzwegen dat ze al een kind had!'

Het was een voltreffer. Ze zag de tranen in Vogts ogen opkomen.

'Dat is niet waar,' zei hij hees.

'Toch wel.' Pia liet hem los. 'Weet u eigenlijk waarom uw moeder niet meer bij u op bezoek kwam? Nee? Haar eigen moeder is in 1980 overleden en toen had ze geen zin meer om elk jaar op Moederdag naar Hessen te rijden. Bovendien had ze aan haar man moeten uitleggen waarom, en dat was het haar kennelijk allemaal niet waard.'

Joachim Vogt zei niets meer. Hij wendde zijn blik af.

'Ze zitten in een ruimte onder terminal 1,' zei hij met toonloze stem. 'Achter de vuilcontainers in de kelderstraat zit een put. Daardoorheen kun je er komen.'

'Hartelijk dank.' Pia stond onnoemelijk opgelucht op. Kim en Fiona zaten niet in het retentiebekken. Ze waren veilig!

Twee brandweerwagens remden links en rechts van hen. Verschillende auto's van de airportsecurity en een ziekenauto stopten ernaast. Plotseling krioelde het van de mensen. Ze werden omringd door de groepscommandant en zijn eenheid. Bodenstein was met Nicola Engel aan het praten. Pia draaide zich nog een keer om.

'Eh, trouwens, meneer Vogt,' zei ze. 'Wist u eigenlijk dat Kata eerder op de avond op het genoemde feest seks met Fridtjof had? De mogelijkheid bestaat dus dat hij de biologische vader van Fiona Fischer is, en niet u.'

Ze wachtte zijn reactie niet af, maar liep naar Bodenstein en haar baas toe zonder nog een keer naar hem om te kijken.

***

Joachim Vogt had de waarheid verteld. Een halfuur later stonden Pia en Bodenstein met Nicola Engel en dr. Harding in de kelderstraat te kijken hoe de mannen van de luchthavenbrandweer met ondersteuning van de ambulancedokter Kim en Fiona uit hun gevangenis bevrijdden. Omdat het redden door de buizenkelder te omslachtig zou zijn, trokken ze de twee vrouwen met behulp van draagriemen naar boven.

'Daar hadden we ze waarschijnlijk nooit gevonden,' meende Jens Hasselbach. 'In die ruimte kijken we hoogstens één keer per jaar, want er staat niets behalve een houten trap en een oude bezem uit de tijd dat terminal 1 werd gebouwd.'

Twee ziekenauto's reden de doodlopende straat in en stopten. De deuren gingen open en de verplegers haalden de brancards eruit.

'Ik heb me vergist.' Dr. Harding schudde zijn hoofd. 'Ik zou erom gewed hebben dat hij ze ergens had verstopt waar water in de buurt is. Maar ik ben nog nooit zo blij geweest als nu dat ik ongelijk heb.'

'Er was wel water in de buurt,' antwoordde Bodenstein. 'Als de sprinklers aan waren blijven staan, dan was die ruimte overstroomd.'

Het was Kim die als eerste omhoog werd getrokken en op een brancard werd gelegd.

'Wilt u...?' richtte Pia zich tot haar baas.

'Nee, nee. Gaat u maar eerst,' antwoordde Nicola Engel.

'Dank u wel.' Pia liep met een slap gevoel in haar knieën weg. Ze schrok toen ze Kim zag. Haar blonde haar zat in de war, haar bleke gezicht was ingevallen en vies. Haar kleren waren helemaal doorweekt. Ze had haar ogen dicht en het leek wel of ze dood was. Maar er zat een canule aan de binnenkant van haar elleboog. Een slangetje liep naar de infuuszak.

'Kim!' fluisterde Pia en ze pakte de hand van haar zusje. Die was gloeiend heet. 'Kimmi, ik ben het, Pia!'

Kim sloeg haar ogen open. Haar blik was wazig en het duurde even voordat er een teken van herkenning in haar ogen verscheen. Haar vingers sloten zich een moment om Pia's pols.

‘Het spijt me zo,’ fluisterde ze met uitgedroogde lippen. ‘Ik… ik heb… Ik had je… alles moeten vertellen.’

‘Ik ben zo blij dat je leeft, Kimmi!’ Pia kon haar tranen niet langer tegenhouden. ‘Word eerst maar eens beter en dan hebben we tijd om te praten.’

‘Oké.’ Een vaag glimlachje speelde om Kims mondhoeken, toen draaide haar blik weg en sloot ze haar ogen. Pia liep bij de brancard vandaan en liet haar zus aan de verplegers over.

De brandweerlui hadden inmiddels ook Fiona uit de schacht gehaald. De jonge vrouw, die inderdaad heel erg op Kim leek, verkeerde in een iets betere lichamelijke conditie, maar ook zij was zwak.

‘Hallo, Fiona.’ Pia glimlachte naar de jonge vrouw. ‘Je weet niet hoe blij ik ben je te leren kennen.’

‘Ik ook.’ Fiona beantwoordde haar glimlach vermoeid. ‘Kim heeft me over je verteld.’ Haar gezicht betrok. ‘Wat is er met die man gebeurd?’

‘Die hebben we gearresteerd,’ stelde Pia haar nicht gerust. ‘Voor hem hoef je niet meer bang te zijn.’

‘Dat is mooi.’ Fiona zuchtte opgelucht.

‘Is er iemand die ik moet laten weten dat het goed met je gaat?’ informeerde Pia. Haar nichtje aarzelde even, toen knikte ze.

‘Ja, er is iemand. Hij heet Silvan.’

Pia noteerde het telefoonnummer met de Zwitserse landcode, toen keek ze hoe Fiona in de tweede ziekenauto werd getild.

‘Wat is er met u aan de hand?’ De ambulancearts bleef voor haar staan. ‘Uw hoofdwond heeft flink gebloed.’

‘Daar zorg ik zelf wel voor. Later.’

‘Dat moet u zelf weten.’ Hij haalde zijn schouders op.

Pia liep naar Bodenstein, dr. Harding en de directeur, die op haar stonden te wachten.

‘Kom, mensen.’ Bodenstein duwde zich van de muur af waar hij tegenaan leunde. ‘Laten we hier weggaan.’

‘Dat klinkt goed.’ Pia glimlachte vermoeid. ‘Ik heb nu wel een beetje honger.’

‘O ja, ik ook,’ zei dr. Harding. ‘Een flinke steak zou er nu wel in gaan.’

Ze liepen door de kelderstraat in de richting van de uitgang. Op dat moment stopte er een VW-busje naast hen. Jens Hasselbach leunde uit het raam.

‘Taxi nodig?’

'Heel graag.' Pia grijnsde en klom op de passagiersstoel. 'Bedankt voor je hulp, Jens. Zonder jullie hadden we die kerel niet te pakken gekregen.'

'Geen probleem,' antwoordde Hasselbach bescheiden. 'Het enige wat me dwarszit, is dat ik niet aan die ruimte heb gedacht.'

Dag 13

Zondag, 30 april 2017

Het was middernacht toen ze de centrale van het recherchebijstandsteam van de recherche Hofheim binnenliepen. Kai Ostermann, Cem Altunay, Tariq Omari, Christian Kröger en openbaar aanklager Rosenthal hadden op hen gewacht en ze stortten zich uitgehongerd op de burgers die ze onderweg hadden gehaald. Dr. Engel bedankte voor een late snack en ging naar boven naar haar kantoor.

Pia waste uitgebreid haar handen en slikte twee pijnstillers. Morgen zou ze genoeg tijd hebben om naar de dokter te gaan.

De openbaar aanklager vertelde dat Joachim Vogt naar het ziekenhuis was gebracht, waar hij streng werd bewaakt. Nadat zijn schotwond was verzorgd zou hij naar de strafgevangenis Frankfurt 1 worden gebracht en hij zou morgenochtend aan de rechter-commissaris worden voorgeleid.

Kai, die met Bodensteins schoonzoon had gebeld, wist dat alle computersystemen op de luchthaven van Frankfurt weer functioneerden, zodat het luchtverkeer de volgende dag weer op gang kon komen.

'Vogt was in alles wat hij deed consequent,' zei Kai. 'Alleen met het virus niet. Hij kon het niet over zijn hart verkrijgen zijn levenswerk te vernietigen.'

'En dat was onze mazzel.' Bodenstein, die geen fan van fastfood was, keek sceptisch naar de burger in zijn hand. 'Als de stroomuitval langer had geduurd, dan was hij ontsnapt.'

'Neem nou gewoon een hap, of heb je mes en vork nodig?' zei Kröger kauwend. 'We hebben overigens zonder enige twijfel alle trofeeën bij de slachtoffers kunnen plaatsen. Vogt heeft alles uiterst precies gedocumenteerd: de vermommingen die hij heeft gebruikt, de informatie over de plekken waar hij de lichamen heeft achtergelaten – zelfs de correspondentie met zijn eerste slachtoffers heeft hij bewaard. In de koelkast hebben we een aantal flesjes GHB gevonden.'

'De daterapedrug?' vroeg Tariq. 'Maar natuurlijk! Daarmee heeft hij zijn slachtoffers waarschijnlijk buiten westen gekregen. Eerst het stroomstootwapen, daarna een portie GHB in een drankje en dan kon hij met hen doen wat hij wilde.'

Pia veegde haar mond schoon en dronk haar cola zero op.

'Wat een drama,' zei ze peinzend. 'Tien vrouwen moesten sterven. Daarbij alle pijn, het verdriet en de jarenlange onzekerheid van de familie. En dat alleen omdat Vogts moeder niet het lef had haar man de waarheid te vertellen.'

'Waarom had ze haar man eigenlijk niets over de jongen verteld?' vroeg Cem zich af.

'Omdat mensen in hun leven vaak verkeerde beslissingen nemen,' antwoordde dr. Harding. 'Maar ze hebben zelden zulke ernstige gevolgen als in dit geval.'

Het gezelschap viel stil. De afgelopen dagen waren voor iedereen vermoeiend geweest. En hoewel ze de ergste seriemoordenaar uit de Duitse misdaadgeschiedenis hadden gearresteerd en tien onopgehelderde moordzaken hadden opgelost, was niemand in feeststemming.

'Zo, mensen. Ik rook nog even een sigaretje en dan ga ik naar huis.' Pia stond op en rekte zich uit. De pijnstillers hadden haar hoofdpijn tot een draaglijk niveau teruggebracht. 'Morgen schrijf ik het rapport.'

'Wacht, ik ga mee.' Bodenstein stond ook op. 'Zonder mij kun je sowieso niet roken, tenzij je inmiddels zelf sigaretten hebt gekocht.'

***

Ze zaten naast elkaar op de trap voor de achteringang zwijgend te roken. De lucht was mild en vervuld van de geur van sierkersen, die in de aangrenzende tuinen in volle bloei stonden. De lente was begonnen, de natuur explodeerde na de verregende laatste weken.

'Denk je dat Vogt Kim en Fiona tot Moederdag gevangen wilde houden?' vroeg Pia.

'Zou kunnen,' antwoordde Bodenstein. 'Maar ze verkeerden in zo'n slechte lichamelijke conditie dat ze het waarschijnlijk niet nog twee weken hadden volgehouden.'

'Ze waren allebei totaal uitgedroogd, zei de ambulancearts.' Pia knikte.

'Hij heeft waterflesjes voor ze neergezet,' zei Bodenstein. 'Ik ben benieuwd wat het laboratorium heeft ontdekt. Het zou me niet verbazen als hij ze met GHB heeft geprepareerd om hen op die manier naar zijn hand te zetten.'

'Tien moorden heeft hij op zijn geweten.' Pia drukte haar sigaret op de traptrede uit.

'Elf,' verbeterde Bodenstein haar. 'Claas Reker komt ook voor zijn rekening.'

'Wat een ziek monster.' Pia huiverde. 'En hoe slim heeft hij het aangepakt dat de verdenking op alle anderen viel maar niet op hem!'

'Hij wist alles over zijn pleegbroers. Hij kende de gebieden waar Lindemann onderweg was. Hij wist waar Doll naar auto's heeft gekeken. Precies daar heeft hij de lichamen gedumpt.'

'Het verhaal over de hondenkennel!' Pia schudde haar hoofd. 'Ik geloofde het helemaal.'

'Dr. Harding denkt dat hij zijn kick niet alleen uit de moorden haalde, maar al uit de planning,' zei Bodenstein. 'We mogen blij zijn dat we hem als adviseur hadden.'

'En we mogen blij zijn dat Engel zo goed kan schieten.' Pia voelde aan de buil op haar hoofd.

'Hè!' Bodenstein keek haar verbaasd aan. 'Ze vertelde me dat jij hebt geschoten!'

'Nee, ze heeft mijn dienstwapen gebruikt en de schoft op een afstand van minstens dertig meter neergeschoten. Waarom zegt ze nou tegen jou dat ik geschoten heb?' Pia was in de war.

'Geen idee.' Bodenstein gaapte. 'Ze was op de politieschool al de beste. En bij de opleiding tot scherpschutter ook.'

'Waar is die vrouw eigenlijk niet goed in?' Pia gaapte. 'Ze heeft vast geen zin in al het papierwerk en daarom heeft ze...'

Ze stopte met praten, want de deur achter hen ging open.

'Ostermann vertelde me dat ik u hier kon vinden.' De directeur had een jas aangetrokken. 'U en uw team hebben fantastisch werk geleverd. Dat moet ik u ook namens de hoofdcommissaris van politie en de minister van Binnenlandse Zaken vertellen.'

'Dank u.' Bodenstein, wiens goede opvoeding hem verbood te blijven zitten als een dame stond, kwam overeind van de traptrede. Pia verroerde zich niet. Ze bedacht ineens wat de directeur tegen haar had gezegd. *Van mij krijgt u geen rugdekking als het hoge spel dat u speelt fout uitpakt.*

'Laat mevrouw Sander en mij even alleen,' zei Nicola Engel tegen Bodenstein.

'Oké.'

'Mag ik nog een sigaret van je?' vroeg Pia aan haar baas.

'Je mag het pakje wel hebben.' Bodenstein gaf het haar. 'We zien elkaar morgenochtend. Welterusten!'

'Welterusten,' antwoordde Pia.

De directeur wachtte tot de glazen deur achter Bodenstein in het slot was gevallen, toen ging ze naast haar zitten, pakte het pakje sigaretten en stak er een aan.

'Ik wilde me bij u verontschuldigen,' zei ze zonder Pia aan te kijken. 'Het was niet oké hoe ik u onlangs heb aangepakt.'

Pia geloofde haar oren niet.

'Ik heb mijn slechte humeur op u botgevierd en dat was oneerlijk.'

'Is al goed,' antwoordde Pia. 'In het heetst van de strijd zeg je soms dingen die je eigenlijk niet wilt zeggen.'

'Dat mag zo zijn, maar zo was het niet.' De directeur draaide zich naar haar toe. 'U hebt gelijk: Kims gedrag had me erg gekwetst en dat was de reden voor mijn irritatie. U had er niets mee te maken.'

'Hm,' deed Pia alleen, omdat ze niet wist wat ze daarop moest antwoorden.

'Ik heb veel waardering voor u, mevrouw Sander,' sprak dr. Engel verder. 'U bent een heel goede agente. U hebt een gezond verstand en een prima gevoel voor wat goed en fout is. Kim...' Ze hield een pauze en zuchtte. 'Kim wilde nooit dat we uw man uitnodigden. Of dat we samen naar jullie toe gingen. Achteraf begrijp ik haar beweegredenen. Ze was bang dat u haar zou doorzien. Er was nogal wat wat ze voor ons heeft verzwegen.'

'Kunt u haar vergeven?' vroeg Pia.

De directeur dacht even na.

'Nee,' antwoordde ze ten slotte. 'Nee, ik denk niet dat ik dat kan. Ik kan haar ook niet meer vertrouwen. Hoe is dat voor u? Kunt u uw zus vergeven dat ze niets over haar dochter heeft verteld?'

'Ik weet het niet,' antwoordde Pia eerlijk. 'Ik heb me de laatste dagen vreselijke zorgen om Kim gemaakt. Om het kleine zusje dat ik vroeger altijd heb beschermd. Toen ik haar net zag, merkte ik dat er voor mij iets is veranderd. Ik denk dat het aan haar ligt of ik erin slaag haar te vergeven. Maar ik verheug me er wel op mijn nichtje te leren kennen. Fiona is heel sympathiek.'

'Hopelijk is Vogt niet haar vader!' brieste dr. Engel. 'Dat zou een zware last zijn!'

'Ik denk het niet,' antwoordde Pia. 'Ze lijkt op Fridtjof Reifenrath. Dezelfde mond. Dezelfde blauwe ogen.'

Ze zaten een poosje zwijgend bij elkaar. Pia gaapte.

'Ik moet naar huis,' zei ze en ze stond op. 'Ik ben doodmoe.'

'Ja, ik ook. Het waren lange dagen.' Nicola Engel drukte haar sigaret uit. 'Gaat u morgen eerst naar een dokter. Zoals u met uw hoofd tegen de muur knalde, hebt u misschien een hersenschudding.'

Ze stonden tegenover elkaar en keken elkaar aan. Ineens stak de directeur Pia haar rechterhand toe.

'We zijn weliswaar geen schoonzussen meer, maar... ik ben Nicola.'

Pia staarde haar baas verbijsterd aan.

'Bent u nu serieus of heb ik misschien écht een hersenschudding?' vroeg ze toen ze was bijgekomen van de verbazing.

'Nou?' Nicola Engel glimlachte. 'Wacht u tot mijn arm slaapt?' vroeg ze.

'Dat zou ik nooit durven.' Pia grijnsde en pakte haar hand. 'Ik ben Pia.'

'Oké.' De directeur legde haar hand op de deurklink, toen haar nog iets te binnen schoot. Pia rekende op de instructie dat ze in het openbaar of voor collega's het formele 'u' zouden handhaven.

'Waar is mijn kasjmieren trui gebleven?' vroeg haar baas in plaats daarvan.

'Welke kasjmieren trui?' vroeg Pia verward.

'Die ik je net in de tunnel heb gegeven.'

'O, dat was uw... eh... je trui?' Pia probeerde zich te herinneren wat ze ermee had gedaan. 'Ik ben bang dat ik die daar beneden heb laten liggen. Het spijt me.'

'Nou ja, er zijn ergere dingen.' Nicola Engel haalde haar schouders op. 'Welterusten dan maar. En ga morgen naar de dokter voordat je hier opduikt.'

'Doe ik.' Pia glimlachte. 'Jij ook welterusten.'

Ze keek haar baas na, die de gang door liep en in het trappenhuis verdween. Pia weerstond de verleiding Bodenstein te bellen en dit verhaal te vertellen. Ze betrad het gebouw en liep door de lege centrale van het recherchebijstandsteam om haar jas en haar tas te halen.

Er was niemand meer in de ruimte, zelfs Kai was gestopt met werken. Pia trok haar jas aan en hing haar tas over haar schouder. Haar blik gleed over de whiteboards. De zaak was opgelost. De bewijzen voor Joachim Vogts schuld waren verpletterend. Morgenochtend vroeg zou ze de ouders van Nora Bartels bellen, zodat voor hen na zesendertig jaar een eind aan de onzekerheid kwam. Ook de familie van Magalie Beauchamp zou eindelijk weten wat er met hun dochter was gebeurd. Op dit soort momenten wist Pia waarvoor ze dit werk deed.

Ze zuchtte diep, toen drukte ze op de schakelaar om het licht uit te doen.

'Goedenacht, Pia!' wenste de dienstdoende agent haar toe toen ze door de veiligheidssluis liep.

Ze opende de deur en liep de duisternis in.

Personenregister

De K11:
Oliver von Bodenstein, eerste hoofdinpecteur, baas van de K11
Pia Sander, voorheen Kirchhoff, hoofdinspecteur, K11
Dr. Nicola Engel, commissaris, directeur van de RKI Hofheim
Kai Ostermann, inspecteur, K11
Kathrin Fachinger, inspecteur, K11
Cem Altunay, hoofdinspecteur, K11
Tariq Omari, inspecteur, K11
Christian Kröger, hoofdinspecteur, identificatiedienst
Stefan Smykalla, inspecteur, persvoorlichter, K11
Merle Grumbach, slachtofferbegeleiding, RKI Hofheim

Prof. Dr. Henning Kirchhoff, leider van het Instituut voor Forensische Geneeskunde in Frankfurt
Dr. Frederick Lemmer, forensisch arts
Ronnie Böhme, sectieassistent

Dr. Kim Freitag, forensisch pychiater
Dr. David Harding, profiler

Personages, op volgorde van verschijning:
Nora Bartels
Fiona Fischer
Ferdinand Fischer
Dr. Christoph Sander, man van Pia
Karoline von Bodenstein, vrouw van Oliver
Monika Wahl, krantenbezorgster
Dennis Cordt, inspecteur van politie
Theodor Reifenrath
Jolanda Scheithauer

Bettina Scheithauer, haar moeder
Dr. Karl-Heinz Katzenmeier, buurman
Uschi Katzenmeier, zijn vrouw
Dr. Raik Gehrmann, dierenarts
Sandra Reker
Claas Reker, haar exman
Hoofdofficier van Justitie Rosenthal
Dr. Fridtjof Reifenrath
Martha Knickfuß
Ramona Lindemann
Sascha Lindemann, haar echtgenoot
Joachim Vogt
Prof. Dr. Martina Siebert
Anja Manthey
Jens Hasselbach
André Doll
Britta Ogartschnik

Het spannende debuut van Nele Neuhaus

'Actie en spanning als in Grishams beste werk.' *Krimi-couch.de*

Nele Neuhaus
Tussen de haaien

Alex Sontheim is ambitieus, mooi en getalenteerd – ze maakt een bliksemcarrière op Wall Street. Wanneer ze een baan aangeboden krijgt bij een van de meest prestigieuze banken twijfelt ze geen moment. Ze wordt meerdere malen gewaarschuwd dat er duistere dingen schuilgaan achter de keurige façade van het bedrijf, maar Alex weigert om die geruchten te geloven. Ze laat zich helemaal meeslepen in de glitter en glamour van New York en geniet met volle teugen.

Wanneer Alex eindelijk inziet wat er om haar heen gebeurt, zit ze al vast in een complot met verstrekkende gevolgen. Alex weet niet meer wie ze kan vertrouwen, ze weet alleen dat de mannen die het op haar hebben gemunt tot het uiterste zullen gaan om haar voor altijd het zwijgen op te leggen.